中國古代小說文體文法術語考釋

譚帆 等 著

中國古代小說文體研究書系

譚帆 主編

術語篇

增訂本

本書入選 2012 年度《國家哲學社會科學成果文庫》

利於揭示古代小説文體的獨特“譜系”。對文學術語作考釋是中國文學批評史領域的傳統研究方式，取得了不俗的研究成績。在古代小説研究領域，對文體術語的考釋也有較爲悠久的歷史，並取得了較好的成績，但仍有提升空間，許多問題尚處於模糊狀態。譬如，古代小説文體術語非常豐富，但有無自身的體系？其構成體系的邏輯關聯是什麼？通過梳理和研究，我們認爲，中國古代小説的文體術語有其自身的體系，且在術語之間形成了相應的層級。

自《莊子·外物》出現“小説”這一語詞，一直到晚清以“小説”“説部”“稗官”等指稱小説文體，有關小説的文體術語非常豐富。概括起來可以作出如下區分：（一）來源於傳統學術分類的小説術語。如班固《漢書·藝文志》列“小説家”於“諸子略”，後世引伸爲“子部”之“小説”；又如劉知幾於《史通》中詳細討論“小説”的分類和特性，“子部”“史部”遂成小説淵藪。“小説”“稗官”“稗史”等術語均與此一脈相承。此類術語背景宏大，影響深遠，是研究小説文體術語的核心部分，也是把握中國古代小説“……”之關鍵。（二）完整呈現古代小説諸文體之術語。如“志怪”“筆記”“……”“話本”“詞話”“平話”“章回”等，這一類術語既能標示古代小説的分類，又能顯現古代小説文體發展之歷程。（三）用於揭示古代小説文體發展歷程中小説的文體價值和特性之術語。如“奇書”與“才子書”，這是明清小説史上非常重要的術語，用以指稱通俗小説中的優秀作品，如“四大……”“第一奇書”“第五才子書”等，今人更將“奇書”一詞作爲小説文體，稱之爲“奇書文體”。① （四）由小説的創作方法延伸出的文體術語。如“……言”本是言説事理的一種特殊方式，後慢慢演化爲與小説文體相……又如“按鑑”，原爲明後期歷史小説創作的一種方式，所謂“按鑑

────────

……迪著：《中國叙事學》，北京大學出版社 1996 年版。羅書華也將“奇書”與“才子……説”這一文體概念的前稱。見《章回小説的命名和前稱》，《明清小説研究》1999 年

總　序
論小説文體研究的三個維度

譚　帆

《中國古代小説文體研究書系》是我主持的國家社會科
"中國小説文體發展史"的系列研究成果。此項目 2011 年獲
核，再經近兩年的修訂，於 2021 年陸續交付上海古籍出版
前後相續恰好十年。經過十年之"辛苦"，我們完成的系
代小説文體文法術語考釋》（"術語篇"）、《中國古代小説
《中國古代小説文體史料繫年輯録》（"資料篇"）。三書
的格局和篇幅全面系統地研究和梳理中國古代小説
具有一定的學術價值和創新意義。本文所論小説
指小説文體研究的"術語"維度、"歷史"維度
"術語""歷史""史料"三位一體，則古代小

一

"術語"考釋是古代小説文體研究
歷代指稱"小説"這一文體或文類
的名詞稱謂作出深入的考釋，不

利於揭示古代小説文體的獨特“譜系”。對文學術語作考釋是中國文學批評史領域的傳統研究方式，取得了不俗的研究成績。在古代小説研究領域，對文體術語的考釋也有較爲悠久的歷史，並取得了較好的成績，但仍有提升空間，許多問題尚處於模糊狀態。譬如，古代小説文體術語非常豐富，但有無自身的體系？其構成體系的邏輯關聯是什麽？通過梳理和研究，我們認爲，中國古代小説的文體術語有其自身的體系，且在術語之間形成了相應的層級。

自《莊子·外物》出現“小説”這一語詞，一直到晚清以“小説”“説部”“稗官”等指稱小説文體，有關小説的文體術語非常豐富。概括起來可以作出如下區分：（一）來源於傳統學術分類的小説術語。如班固《漢書·藝文志》列“小説家”於“諸子略”，後世引伸爲“子部”之“小説”；又如劉知幾於《史通》中詳細討論“小説”的分類和特性，“子部”“史部”遂成小説之淵藪。“小説”“稗官”“稗史”等術語均與此一脈相承。此類術語背景宏闊，影響深遠，是研究小説文體術語的核心部分，也是把握中國古代小説“譜系”之關鍵。（二）完整呈現古代小説諸文體之術語。如“志怪”“筆記”“傳奇”“話本”“詞話”“平話”“章回”等，這一類術語既能標示古代小説的文體分類，又能顯現古代小説文體發展之歷程。（三）用於揭示古代小説文體發展過程中小説的文體價值和特性之術語。如“奇書”與“才子書”，這是明末清初小説史上非常重要的術語，用以指稱通俗小説中的優秀作品，如“四大奇書”“第一奇書”“第五才子書”等，今人更將“奇書”一詞作爲小説文體的代稱，稱之爲“奇書文體”。[1]（四）由小説的創作方法延伸出的文體術語。如“寓言”本是言説事理的一種特殊方式，後慢慢演化爲與小説文體相關之術語。又如“按鑑”，原爲明後期歷史小説創作的一種方式，所謂“按鑑

---

① 〔美〕浦安迪著：《中國叙事學》，北京大學出版社 1996 年版。羅書華也將“奇書”與“才子書”視爲“章回小説”這一文體概念的前稱。見《章回小説的命名和前稱》，《明清小説研究》1999 年2 期。

總　序
論小説文體研究的三個維度

譚　帆

　　《中國古代小説文體研究書系》是我主持的國家社會科學基金重大項目"中國小説文體發展史"的系列研究成果。此項目 2011 年獲批，2019 年通過審核，再經近兩年的修訂，於 2021 年陸續交付上海古籍出版社。從立項到定稿，前後相續恰好十年。經過十年之"辛苦"，我們完成的系列成果包括：《中國古代小説文體文法術語考釋》（"術語篇"）、《中國古代小説文體史》（"歷史篇"）和《中國古代小説文體史料繫年輯録》（"資料篇"）。三書合計兩百餘萬字，以這樣的格局和篇幅全面系統地研究和梳理中國古代小説文體，在海内外尚屬首次，具有一定的學術價值和創新意義。本文所論小説文體研究的"三個維度"即指小説文體研究的"術語"維度、"歷史"維度和"史料"維度。我們認爲，"術語""歷史""史料"三位一體，則古代小説文體之研究庶幾完滿。

一

　　"術語"考釋是古代小説文體研究的一個重要維度。而所謂"術語"是指歷代指稱"小説"這一文體或文類的名詞稱謂，對這些涵蓋面廣、歷史悠久的名詞稱謂作出深入的考釋，不僅可以呈現中國古代小説文體之特性，還有演義”；推而廣之，遂爲一階段性的小說文體術語，即“按鑑體”。

上述四個方面的術語基本囊括了古代小説的諸種文體，其中所顯示的“體系性”十分清晰。就價值層面言之，上述四個方面的術語所呈現的“層級性”也非常明顯。如“小説”“説部”“稗官”等文體術語在中國古代小説史上最爲重要，處於小說文體術語體系之核心層面，是指代古代小說文體最爲普遍也是最難把握和釐清的文體術語。對這個層級的術語解讀是小説文體研究的關鍵，對小說文體研究會産生直接的影響。相對而言，顯示古代小説諸文體的術語如“志怪”“傳奇”“話本”“詞話”“平話”“章回”等雖然也是古代小說文體史上的重要術語，但由於其所承載的文體内涵較爲單一，各自指稱之對象也比較清晰和固定，故而較少歧義，也較易把握。至於由創作方法、理論批評引申出的文體術語則處於小說文體術語體系之末端，是一類“暫時性”或“過渡性”的術語。如“寓言”雖與小說文體始終相關，但終究没能成爲獨立的小説文體術語。“奇書”與“才子書”也並非嚴格意義上的小説文體術語，而是明末清初通俗小說評價體系中兩個重要的批評概念，可看成爲對通俗小說的價值認可，對通俗小說的發展有一定的“導向”意義。由此可見，中國古代小說文體術語相當豐富，其中顯示的“體系性”和“層級性”也十分明顯，值得加以重視。

再譬如，古代小說的文體術語體現了怎樣的屬性？這種屬性在小說文體發展史上起到了何種作用？現代學科意義上的中國小說史建構爲何獨取“小説”？“小説”這一術語又是如何建構中國古代小説史的？對於這些問題，也需要加以深入的研究和理性的評判，從而凸顯小説文體術語的研究價值。

一般而言，古代小說文體術語大致具備三種屬性：“文體屬性”“功能屬性”和“文體”與“功能”並舉之“雙重屬性”。三種屬性各有所指，如“志怪”“筆記”“傳奇”“話本”“詞話”“平話”“章回”等術語大體上顯示的是“文體屬性”，這是以小説文體的内容和形式來界定的術語；“稗官”

"稗史"等術語所顯示的是"功能屬性"，是體現小説文體價值的相關術語；而"小説""説部"等術語則體現了"文體"與"功能"並舉的"雙重屬性"，既顯示小説的文體地位，又承載小説的文體特性。不言而喻，上述三種屬性的小説文體術語以第三種最爲重要，與中國古代小説文體史的關係也最爲密切。

試以"小説"與"稗官"的關係作一比較：

在中國古代小説史上，"小説"是一個使用最普遍、影響也最大的文體術語；相對而言，"稗官"之術語地位要遜於"小説"，但也是一個影響深遠的文體術語。之所以如此，關鍵在於兩者都能涵蓋古代小説之全體，無論文白，不計雅俗，都能用"小説"或"稗官"表述之、限定之。而其中之奥秘在於這兩個術語都具備小説文體的"功能屬性"，即都能在功能上限定古代小説之內涵。而其中維繫之邏輯不在於小説研究中人們所慣用的"虚構""叙事"等屬於文體屬性之標尺，更爲重要的在於這兩個術語所顯示的功能屬性：古代小説（含文言和白話）貫穿始終的"非正統性"和"非主流性"。

在中國古代，無論是文言小説還是白話小説，其"非正統"和"非主流"的地位乃一以貫之。小説是"小道"，與經國之"大道"相對舉，是"子之末流"；小説是"野史"，與"正史"相對應，是"史家別子"。此類言論在小説史上不絕如縷。"稗官"亦然，據現有資料，"稗官"一詞較早出自秦簡，《漢書·藝文志》"小説家者流，蓋出於稗官"一語開啓了以"稗官"指稱"小説家"之先河。漢以後，"稗官"這一語詞頻繁見諸文獻之中，尤其從宋代開始，"稗官"一方面爲文人所習用，同時還與"小説"合成爲"稗官小説"一詞，用來指稱文言筆記小説和白話通俗小説。以下三則史料頗具代表性：

（《夷堅志》）翰林學士鄱陽洪邁景盧撰。稗官小説，昔人固有爲之

者矣，遊戲筆端，資助談柄，猶賢乎已可也。未有卷帙如此其多者，不亦謬用其心也哉！（陳振孫《直齋書錄解題》評《夷堅志》）①

余不揣譾劣，原作者之意，綴俚語四十韻於卷端，庶幾歌詠而有所得歟？於戲，牛溲馬勃，良醫所診，孰謂稗官小説，不足爲世道重輕哉？（修髯子《三國志通俗演義引》）②

各學堂學生不准私自購閲稗官小説、謬報逆書。凡非學科内應用之參考書，均不准攜帶入堂。（《奏定學堂章程・奏定各學堂管理通則》）③

可見，無論是"小説"還是"稗官"，其共同的"功能屬性"——"非正統性"和"非主流性"是其之所以獨得"青睞"的首要因素，因爲它最吻合中國古代小説之實際。對此，浦江清的一個評斷頗爲貼切："有一個觀念，從紀元前後起一直到 19 世紀，差不多兩千年來不曾改變的是：小説者，乃是對於正經的大著作而稱，是不正經的淺陋的通俗讀物。"④

然則"小説"與"稗官"雖同樣在小説史上廣泛使用，但在 20 世紀以來中國小説史學科的現代建構過程中，兩者之境遇却大不相同："小説"成爲學科的唯一術語，而"稗官"則在小説史的建構過程中漸次消失。個中緣由衆多，但最爲根本的應是兩者在術語屬性上的差異所致。"稗官"就其本質而言是一個"功能性"術語，其"非主流""非正統"的屬性内涵在中國古代文化語境下指稱"小説"尚無問題，但顯然與晚清"小説界革命"以來對"小説"

---

①　（宋）陳振孫撰：《直齋書錄解題》，上海古籍出版社 1987 年版，第 336 頁。
②　黄霖、韓同文選注：《中國歷代小説論著選》（修訂本）上，江西人民出版社 2000 年版，第 115 頁。
③　《奏定學堂章程・奏定各學堂管理通則》，見璩鑫圭、唐良炎編：《中國近代教育史資料彙編・學制演變》，上海教育出版社 2007 年版，第 488 頁。
④　浦江清：《論小説》，《浦江清文錄》，人民文學出版社 1958 年版，第 193 頁。

的極力推崇和有意拔高格格不入。而"小說"術語的雙重屬性却起到了至關重要的作用，因爲只要摒棄或淡化其"功能屬性"，其"文體屬性"完全可以彰顯，而近代以來中國小説史的學科建構正是以"文體"爲其本質屬性的。近代以來對"小說"術語的改造主要體現在兩個方面：一是在與"novel"的對譯中强化了"虛構的叙事散文"這一"小説"術語中本來就具有的文體屬性，並將這一屬性升格爲"小説"術語的核心内涵，使"小説"成爲了一個融合中西、貫通古今的重要術語，在小説史的學科建構中起到了統領作用。另一方面，又將"志怪""傳奇""筆記""話本"和"章回"等原本比較單一的文體術語作爲"小説"一詞的前綴，構造了"志怪小説""筆記小説""傳奇小説""話本小説"和"章回小説"等屬於二級層面的小説文體術語。經過這兩個方面的"改造"，"小説"終於成爲了一個具有統領意義的核心術語而"一枝獨秀"，並與其他術語一起共同建構了現代學科範疇的中國古代小説文體的術語體系，影響深遠。

由此可見，"術語"維度在小説文體研究中是一個頗具學術價值的研究領域和研究視角，其重要性不言而喻。甚至有學者認爲，對一個學科成熟與否的考量，術語研究是一個重要的尺度："20 世紀 80 年代末，曾有學者感嘆，中國古代文學史研究還僅僅處於前科學的狀態，這在一定程度上是事實。如果説得苛刻一點，中國古代小説史的研究，同樣存在這種情況。這是因爲，作爲一門科學意義上成熟的學科，構成此學科許多最爲基礎的概念與範疇，必有較爲明確的界定。倘若作爲一門學科的衆多最爲基本的概念與範疇都没有研究清楚，那麽，我們怎麽能説這一門學科不處於前科學狀態？"[①] 評價雖不無偏激，却也在理。

---

① 鍾明奇：《探尋中國古代小説的"本然狀態"與民族特徵——評〈中國古代小説文體文法術語考釋〉》，《中國文學研究》第四輯，復旦大學出版社 2014 年版，第 143 頁。

二

小説文體研究的第二個維度是"歷史"著述。20世紀以來，中國古代小説文體史的著述主要集中於兩個時段：一是20世紀二三十年代，以魯迅《中國小説史略》爲代表。該書較多關注小説文體的演進，提出了不少小説的文體或文類概念，對後世小説文體史研究産生了深遠影響。二是20世紀90年代以來，以石昌渝《中國小説源流論》爲代表。該書專門以小説文體爲對象梳理中國古代小説史，在小説史研究中有開拓之功，其影響延續至今。[①] 進入21世紀以後，小説文體史研究有所發展，[②] 還出現了一批明確以"文體研究"爲標目的小説研究論著。[③] 所有這些都説明了小説文體的歷史研究已取得了很好的成績。本文擬在上述成果的基礎上提出一些建議和設想。

第一，中國古代小説文體的"歷史"著述要强化與"術語"考釋的關聯度，兩個維度的文體研究應該互爲補充，共同建構中國古代小説文體史。

20世紀以來，影響中國古代小説文體研究最爲重要的是兩個術語——"小説"和"叙事"，這兩個術語均在與西方小説相關術語的對譯中得到了"改造"。[④] 我們以"叙事"爲例分析"術語"與小説文體史研究之關係。

何謂"叙事"？浦安迪云："'叙事'又稱'叙述'，是中國文論裏早就有的術語，近年來用來翻譯英文'narrative'一詞。"又云："當我們涉及'叙事

---

① 石昌渝著：《中國小説源流論》，三聯書店1994年版。

② 研究論著主要有：劉勇强《中國古代小説史叙論》（北京大學出版社2007年版）、林崗《口述與案頭》（北京大學出版社2011年版）、陳文新《中國小説的譜系與文體形態》（中國社會科學出版社2012年版）、李舜華《明代章回小説的興起》（上海古籍出版社2012年版）等。

③ 如王慶華《話本小説文體研究》（華東師範大學出版社2006年版）、李軍均《傳奇小説文體研究》（華中科技大學出版社2007年版）、馮汝常《中國神魔小説文體研究》（三聯書店，2009年版）、劉曉軍《章回小説文體研究》（華東師範大學出版2011年版）、紀德君《中國古代小説文體生成方式及其他》（商務印書館2012年版）。

④ 譚帆：《論中國古代小説文體研究的四種關係》，《學術月刊》2013年第11期。

文學'這一概念時，所遇到的第一個問題就是：什麼是叙事？簡而言之，叙事就是'講故事'。"① 這一符合"narrative"的解釋其實並不適合中國古代語境中的"叙事"。但在當下的小説文體研究中，"故事"的限定乃根深蒂固，就如無"虛構"不能成爲小説一樣，有無"故事"也是確定作品"叙事"與否的關鍵。如談到唐代小説《酉陽雜俎》時，有學者就指出此書"内容很雜，其中只有一部分可以算作小説"，② 而古人非但視《酉陽雜俎》爲小説，更"推爲小説之翹楚"。③ 古今之差異可謂大矣！問題的癥結在哪裏？我們試以唐代爲例作一分析：

在 20 世紀以來的小説研究中，大量的作品因被視爲"非叙事"或包含"非叙事"成分而飽受詬病，甚至被排斥在小説文體的歷史著述之外。這一類作品在古代小説史上延續久遠，如《博物志》《西京雜記》《搜神記》等都包含大量"非叙事"的内容；唐代小説如《封氏聞見記》《酉陽雜俎》《獨異志》《資暇集》《北户録》《杜陽雜編》《蘇氏演義》《唐摭言》《開元天寶遺事》等作品也包含大量的"非叙事"成分，可見這是古代小説創作的固有特性。

這些小説作品中"非叙事"成分最典型的表述方式是"描述"與"羅列"。其中"描述"是指對某一"事"或"物"作客觀記録。我們舉王仁裕《開元天寶遺事》對"遊仙枕"和"隨蝶所幸"的記録爲例：

> 龜兹國進奉枕一枚，其色如瑪瑙，温潤如玉，其製作甚樸素。若枕之而寐，則十洲三島、四海五湖，盡在夢中所見。帝因立命爲"遊仙枕"，後賜與楊國忠。

① 〔美〕浦安迪著：《中國叙事學》，北京大學出版社 1996 年版，第 4 頁。
② 程毅中著：《唐代小説史》，人民文學出版社 2003 年版，第 249 頁。
③ （清）永瑢等撰：《四庫全書總目》，中華書局 1965 年版，第 1214 頁。

開元末，明皇每至春時，旦暮宴於宮中。使嬪妃輩争插艷花，帝親
捉粉蝶放之，隨蝶所止幸之。後因楊妃專寵，遂不復此戲也。①

"羅列"是指圍繞某一主題將符合主題的相關事物一一呈現，而不作説
明。我們舉《義山雜纂》"煞風景"爲例：

　　松下喝道　看花淚下　苔上鋪席　斫却垂楊　花下曬裩　遊春重載
石笋繫馬　月下把火　步行將軍　背山起高樓　果園種菜　花架下養鷄
鴨　妓筵説俗事②

這是一則典型的以"羅列"爲叙述方式的文本，它將符合"煞風景"這
一主題的諸多現象加以羅列，從而呈現"煞風景"的特殊内涵。

"描述"與"羅列"這兩種表述方式在唐人小説創作中是否也被視爲"叙
事"？限於史料不能貿然確定。但從"術語"維度檢索唐人相關資料，我們發
現，"叙事"這一術語所承載的内涵本來就有對事物的"描述"和"羅列"功
能，故在唐人觀念中，這當然也是"叙事"。譬如，唐代有不少專供藝文習用
的書籍，稱之爲"類書"，如《北堂書鈔》《藝文類聚》《初學記》等。在這些
類書中，有專門對"事類"的解釋，這種解釋有時徑稱爲"叙事"。以《初學
記》爲例，該書體例是每一子目均分"叙事""事對"和"詩文"三個部分。
請看"月"之"叙事"：

　　《淮南子》云：月者，太陰之精。《釋名》云：月，闕也，言滿則復
　　闕也。《漢書》云：月，立夏、夏至行南方赤道，曰南陸；立秋、秋分行

---

① 陶敏主編：《全唐五代筆記》，三秦出版社 2008 年版，第 3158 頁。
② （唐）李義山等撰，曲彦斌校注：《雜纂七種》，上海古籍出版社 1988 年版，第 22 頁。

西方白道，曰西陸；立冬、冬至行北方黑道，曰北陸。分則同道，至則相過。晦而見西方謂之朓，朔而見東方謂之朒，亦謂之側匿。（朓，音他了反；朒，音女六反。朓，健行疾貌也；朒，縮遲貌也。側匿猶縮懦，亦遲貌。）《釋名》云：朏，月未成明也；魄，月始生魄然也。（承大月，月生三日謂之魄；承小月，月生三日謂之朏。朏音斐。）朔，月初之名也；朔，蘇也，月死復蘇生也；晦，月盡之名也；晦，灰也，死爲灰，月光盡似之也；弦，月半之名也，其形一旁曲，一旁直，若張弓弦也；望，月滿之名也，日月遥相望也。《淮南子》云：月，一名夜光；月御曰望舒，亦曰纖阿。①

此處所謂“叙事”其實就是對事物的解釋，而其方式是羅列自古以來解釋“月”的相關史料。《四庫全書總目》認爲《初學記》之叙事“雖雜取群書，而次第若相連屬”。②但“羅列”之意味仍然是濃烈的，可見《初學記》的“叙事”内涵與唐人筆記小説“羅列”的表述方式頗爲一致，是筆記小説創作獨特的叙事方式。

第二，中國古代小説文體史的著述要建立一個“大文體”的格局，用於揭示古代小説“正文—評點—插圖”三位一體的文本形態。

在中國古代，小説文本的一個重要特徵就是正文之外大多有評點與圖像，“圖文評”結合是古代小説特有的文本形態。對這一現象，學界尚未引起足夠的重視，雖然小説評點研究、小説圖像研究都非常熱鬧，但研究思路還是以文學批評史視角和美術史視角爲主體，對古代小説“圖文評”結合的價值認知尚不充分。表現爲：研究者一方面對圖像與評點的價值功能給予較高評價，另一方面却又在整體上割裂小説評點、小説圖像與小説正文的統一性。這一

---

① （唐）徐堅撰：《初學記》，中華書局 1962 年版，第 8 頁。
② （清）永瑢等撰：《四庫全書總目》，中華書局 1965 年版，第 1143 頁。

做法實則遮蔽了評點和插圖在小説文體建構過程中具備"能動性"這一重要的歷史事實。有鑒於此，我們應該從小説文體建構的視角重建關於小説評點和小説插圖的認知。我們認爲，對小説"文體"的理解不應局限於小説正文之"體"，而是應該突破傳統的研究方式，從文本的多重性角度來觀照小説之"整體"。即：既要關注小説之體裁、體制、風格、語體等内涵，更要建立一個以小説整體文本形態爲觀照對象的小説文體學研究新維度，將小説的文體研究範圍拓展到小説文本之全部，包含正文、插圖、評點等。同時，還要充分肯定評點與插圖對小説文體建構的價值和意義，考察小説評點"評改一體"的具體實踐和小説插圖對小説文本建構的實際參與；盡可能還原小説評點、小説插圖參與小説文體建構的客觀事實，從而揭示"圖文評"三者在小説文體建構中的合力效果和整體意義。①

第三，中國古代小説文體史的著述要加強個案研究和局部研究，尤其是對那些有爭議的問題要有針對性的突破。我們各舉一例加以説明：

其一，關於《漢書·藝文志》的評價問題。作爲現存最早著録小説的書目文獻，《漢書·藝文志》對小説概念的界定、小説價值與地位的評估以及小説文本的確認等諸多方面，一直影響著古代的小説觀念與小説創作。這樣一部反映小説原貌與主流小説觀念的書目，本應在古代小説研究方面擁有足夠的話語權。但20世紀以來，包括《漢書·藝文志》在内的小説目録總體處於"失位"的狀態。然而《漢書·藝文志》所録小説畢竟屬於歷史存在，在漢人的觀念裏，這種文獻就叫做"小説"，無論今人是否承認其爲小説，此類文獻作爲"小説"被著録、被認可甚至被仿作了上千年，這是無法抹去的歷史事實。我們認爲，《漢書·藝文志》所録小説及其體現出來的小説觀念是古代小説及其文體流變的邏輯起點。對其研究首先應回到漢代的歷史語境，剖析

---

① 參閲毛傑：《論插圖對中國古代小説文體之建構》，《文藝研究》2020年10期。

《漢書・藝文志》"小説家"的立意；再擇取相關的傳世文獻與出土文獻作比照，盡可能還原《漢書・藝文志》所録小説的本真面目；最後綜合各種因素，論述《漢書・藝文志》"小説家"的文類屬性與文體特徵。[①]

　　其二，關於唐傳奇在小説文體史上的地位問題。在小説文體的歷史研究中，唐傳奇文體地位的提升是從 20 世紀開始的，以魯迅的評價最有代表性，如："小説亦如詩，至唐代而一變，雖尚不離於搜奇記逸，然叙述宛轉，文辭華艷，與六朝之粗陳梗概者較，演進之迹甚明，而尤顯者乃在是時則始有意爲小説。"[②] 又謂："唐代傳奇文可就大兩樣了：神仙人鬼妖物，都可以隨便驅使；文筆是精細，曲折的，至於被崇尚簡古者所詬病；所叙的事，也大抵具有首尾和波瀾，不止一點斷片的談柄；而且作者往往故意顯示著這事迹的虚構，以見他想像的才能了。"[③] 長期以來，魯迅的上述論斷被學界奉爲圭臬而少有異議，唐傳奇由此被視爲中國古代小説史上最早成熟的文體，所謂小説的"文體獨立"、小説文體的"成熟形態"等表述都是古代小説文體研究中的"定論"。其實，魯迅的表述還是審慎的，但後人據此延伸、放大了魯迅的觀點，得出傳奇乃最早成熟的小説文體等關鍵性結論。[④] 對於這個問題，學界已有較多論述，但在我看來，還是浦江清在近八十年前的評述最爲貼切，至今仍有意義："現代人説唐人開始有真正的小説，其實是小説到了唐人傳奇，在體裁和宗旨兩方面，古意全失。所以我們與其説它們是小説的正宗，無寧説是別派，與其説是小説的本幹，無寧説是獨秀的旁枝吧。"[⑤] 可謂表述生動，評價到位，確實已無贅述之必要。

---

　　① 詳見劉曉軍：《〈漢書・藝文志〉"小説家"的名與實》，《諸子學刊》第二十輯，上海古籍出版社 2020 年版，第 282—283 頁。

　　② 魯迅著：《中國小説史略》，上海古籍出版社 1998 年版，第 44 頁。

　　③ 魯迅：《六朝小説和唐代傳奇文有怎樣的區別？——答文學社問》，魯迅著：《且介亭雜文二集》，《魯迅全集》第六卷，人民文學出版社 1973 年版，第 87 頁。

　　④ 詳見譚帆：《論中國古代小説文體研究的四種關係》，《學術月刊》2013 年第 11 期。

　　⑤ 浦江清：《論小説》，原載《當代評論》四卷 8、9 期，1944 年。引自《浦江清文録》，人民文學出版社 1958 年版，第 186 頁。

三

　　小説文體史料的輯録也是古代小説文體研究的一個重要維度。20 世紀以來，古代小説文獻史料的整理與研究取得了很大的成績，可以説，小説研究所取得的成就都有賴於小説史料的開掘整理。史料整理不僅爲小説學科的建立與發展奠定了扎實的基礎，提供了有力的保障，還極大地推進了小説史研究的深入開展。① 但也有缺憾，主要表現爲：小説文獻史料的整理基本限於理論批評史料和經典小説的相關資料，除侯忠義《中國文言小説參考資料》（北京大學出版社 1985 年版）等有限幾部之外，專題性的史料整理相對比較薄弱；即便如小説文體史料這樣有價值的專題史料迄今尚無系統的整理和研究。而在古代小説史上，小説文體史料非常豐富，全面梳理和辨析這些史料有利於把握小説文體的流變歷史和地位升降。對小説文體史料作繫年輯録有如下三個方面的特性和意義：

　　首先，對小説文體史料作獨立系統的整理與研究可以有效解決小説文體史研究中的諸多重要問題，故小説文體史的著述與小説文體史料的編纂應互爲表裏，共同推動中國古代小説史研究的深入開展。

　　譬如，關於中國古代小説文體，今人一般持“四體”的分法，即筆記體、傳奇體、話本體和章回體，這一分法已成爲古代小説文體系統的經典表述，影響深遠。但對於小説文體的認知，古今差異非常明顯，可以説，從古代到

---

　　① 小説文獻資料的整理除大型工具書和大型作品集成外，以小説批評史料選編和經典小説資料彙編最富影響，前者如曾祖蔭等《中國歷代小説序跋選注》（長江文藝出版社 1982 年版）、孫遜等《中國古典小説美學資料匯粹》（上海古籍出版社 1991 年版）、陳平原等《二十世紀中國小説理論資料》（第一卷，北京：北京大學出版社 1989 年版）、黄霖等《中國歷代小説論著選》（南昌：江西人民出版社 1995 年版）、丁錫根《中國歷代小説序跋集》（人民文學出版社 1996 年版）等；後者如朱一玄“中國古典小説名著資料叢刊”（南開大學出版社 2012 年新版）、中華書局“古典文學研究資料彙編”（内含一粟《紅樓夢資料彙編》1964 年版，馬蹄疾《水滸傳資料彙編》1980 年版，黄霖《金瓶梅資料彙編》1987 年版）以及李漢秋《儒林外史研究資料集成》（上海古籍出版社 2017 年版）等。

　　清末民初，對於小説文體的認知一直處在變動之中。這可以從"小説體"及相關史料的梳理中加以把握。

　　在古代小説史上，古人常將"體""體制""體例""體裁"等語詞與"小説""説部"等聯繫在一起，稱之爲"小説體""小説體裁"和"説部體"等。依循這些語詞及相關表述，可以觀察對於小説文體的基本認知。大體而言，古人以筆記體小説爲小説文體之主流，如明陳汝元《稗海》"凡例"云："小説體裁雖異，總之自成一家。"明郭一鶚《玉堂叢語序》亦謂："《玉堂叢語》一書，成於秣陵太史焦先生。先生蔚然爲一代儒宗，其銓叙今古，津梁後學，所著述傳之通都鉅邑者，蓋凡幾種。是書最晚出，體裁仍之《世説》，區分準之《類林》，而中所取裁抽揚，宛然成館閣諸君子一小史然。"[1] 這種以"小説體"指稱筆記小説的傳統得到了清人的普遍認可和延續，如《四庫全書總目提要》評鄭文寶《南唐近事》："其體頗近小説，疑南唐亡後，文寶有志於國史，搜采舊聞，排纂叙次。以朝廷大政入《江表志》，至大中祥符三年乃成。其餘叢談瑣事，別爲緝綴，先成此編。一爲史體，一爲小説體也。"[2] 將"小説體"與"史體"對舉，其小説文體觀念非常清晰。又如馮鎮巒《讀〈聊齋〉雜説》云："讀《聊齋》不作文章看，但作故事看，便是呆漢。惟讀過《左》《國》《史》《漢》，深明體裁作法者，方知其妙。不知舉《左》《國》《史》《漢》而以小説體出之，使人易曉也。""漁洋評太略，遠村評太詳。漁洋是批經史雜家體，遠村似批文章小説體。"[3] 可見以"小説體"指稱筆記體小説在古代一脈相承。晚清以降，新的小説文體觀念開始建構，呈現出與傳統分離的趨向，其中章回體小説地位的提升最值得矚目，由此，"章回""筆記"二分的分體模式得以構建。而時人論小説也經常以"小説體"指稱章回體，如

---

①　（明）郭一鶚：《玉堂叢語序》，（明）焦竑撰：《玉堂叢語》，中華書局 1981 年版，第 3 頁。

②　（清）永瑢等撰：《四庫全書總目》，中華書局 1965 年版，第 1188 頁。

③　（清）馮鎮巒《讀〈聊齋〉雜説》，見（清）蒲松齡著，盛偉校注：《聊齋志異校注》，山西人民出版社 2000 年版，第 1725、1727 頁。

平步青《霞外攟屑》卷九《小棲霞説稗》："《殘唐五代傳》小説，與史合者十之一二，餘皆杜撰裝點，小説體例如是，不足異也。"① 光緒七年（1881）十二月十四號《申報》刊載《野叟曝言》廣告云："《野叟曝言》一書，體雖小説，文極瑰奇，向只傳抄，現經排印。"② 又如光緒十六年九月五號《申報》關於《快心編》的廣告："《快心編》一書爲天花才子所著，描情寫景，曲曲入神。雖不脱章回小説體裁，而其敘公子之風流，佳人之妍慧，草寇之行兇作惡，老僕之義膽忠肝，生面別開，從不落前人窠臼。"③ 對"二體"（筆記體和章回體）的評述以管達如《説小説》一文最爲詳備："（筆記體）此體之特質，在於據事直書，各事自爲起訖。有一書僅述一事者，亦有合數十數百事而成一書者，多寡初無一定也。此體之所長，在其文字甚自由，不必構思組織，搜集多數之材料，意有所得，縱筆疾書，即可成篇，合刻單行，均無不可。雖其趣味之濃深，不及章回體，然在著作上，實有無限之便利也。""（章回體）此體之所以異於筆記體者，以其篇幅甚長，書中所敘之事實極多，亦極複雜，而均須首尾聯貫，合成一事，故其著作之難，實倍蓰於筆記體。然其趣味之濃深，感人之力之偉大，亦倍蓰之而未有已焉。"④ 不難發現，管氏雖然將"筆記體"與"章回體"平列，但評價之天平已明顯傾向於章回體，筆記體之價值在他的觀念中僅"在其文字甚自由"和著述方式"實有無限之便利也"。此爲"一體"（筆記體）到"二體"（筆記體與章回體）的變遷，而從"二體"到"四體"的變化則更爲晚近。如傳奇體小説得益於小説觀念的轉變和魯迅的推重才從筆記體中析出，成爲獨立的小説文體。"話本體"的獨立則與小説文獻的發掘密切相關，如《宣和遺事》《五代史平話》《大唐三藏

① （清）平步青撰：《霞外攟屑》（下），上海古籍出版社1982年版，第657頁。
② 《新印野叟曝言出售》，《申報》1881年12月14日第5版。
③ 申報館主人：《重印快心編出售》，《申報》1890年9月5日第1版。
④ 管達如：《説小説》，引自黃霖編：《中國歷代小説批評史料彙編校釋》，百花洲文藝出版社2009年版，第1000頁。

取經詩話》《京本通俗小説》等，這些小説文本的發現使原本包含於"章回體"中的"話本體"成爲獨立的文體。至此，"筆記""傳奇""話本""章回"四分的觀念才終得確立，成爲古代小説文體研究中最爲重要的分體模式。^① 由此可見，今人所謂"四體"並非古已有之，而釐清"小説體"認知的變化軌迹，對理解中國古代小説文體的發展演變有著切實的幫助。

其次，如何整理古代小説文體史料有多種形式可供選擇，但繫年或許是最爲適合的形式之一。繫年是中國最古老的史書體裁之一，歷來備受矚目。唐代劉知幾謂："莫不備載其事，形於目前。理盡一言，語無重出，此其所以爲長也。""故論其細也，則纖芥無遺；語其粗也，則丘山是棄。此其所以爲短也。"^② 可知對史料巨細無遺的載錄，既是繫年體的優長，也是繫年體的缺陷。但繫年"備載其事，形於目前"、"論其細也，則纖芥無遺"的特質還是適合小説文體史料的整理和研究的。且舉一例，在明清時期的小説史料中，以"賬簿"喻"小説"較爲常見，但内涵不盡一致。對此，在以史料梳理爲重心的繫年框架下，以"賬簿"喻小説之多重内涵可以得到清晰的呈現。試排比如下：

小説史上較早以"賬簿"喻小説的是晚明陳繼儒，其稱《列國志傳》："此世宙間一大賬簿也。"（萬曆四十三年，1615，陳繼儒《叙列國傳》）^③ 又謂："天地間有一大賬簿，古史，舊賬簿也，今史，新賬簿也。……史者，天地間一大賬簿。"（萬曆年間，陳繼儒《〈湯睡庵先生歷朝綱鑑全史〉序》）^④ 可見陳繼儒之所謂"賬簿"既指史書，亦指由史書改編的小説；而在價值評判上則基本持一種客觀陳述的態度，沒有明顯的褒貶。較早以"賬簿"譏諷

---

① 詳見王瑜錦、譚帆：《中國小説文體觀念的古今演變》，《學術月刊》2020 年 5 期。
② （唐）劉知幾著，（清）浦起龍通釋，王煦華整理：《史通通釋》，上海古籍出版社 2009 年版，第 25 頁。
③ （明）陳繼儒重校：《春秋列國志傳》，《古本小説集成》，上海古籍出版社 1994 年版，第 1 頁。
④ （明）陳繼儒：《〈湯睡庵先生歷朝綱鑑全史〉序》，明萬曆刻本，北京大學圖書館藏。

小説的是張無咎："（《金瓶梅》等）如慧婢作夫人，只會記日用賬簿，全不曾學得處分家政，效《水滸》而窮者也。"（泰昌元年，1620，張無咎《平妖傳叙》）但這種評述在晚明没有得到太多的回應與延續，相反，以"賬簿"爲褒義者却不絶如縷。如崇禎年間余季岳贊揚《帝王御世志傳》："不比世之紀傳小説，無補世道人心者也。四方君子以是傳而置之座右，誠古今來一大賬簿也哉。"（崇禎年間，余季岳《盤古至唐虞傳》"識語"）清人褚人穫亦謂："昔人以《通鑑》爲古今大賬簿，斯固然矣。第既有總記之大賬簿，又當有雜記之小賬簿，此歷朝傳志演義諸書所以不廢於世也。"（康熙三十四年，1695，褚人穫《隋唐演義序》）又云："間翻舊史細思量，似傀儡排場。古今賬簿分明載，還看取野乘鋪張。"（褚人穫《隋唐演義》第一百回正文）其基本認知無疑來源於晚明陳繼儒的觀點。清人對張無咎的觀點貌似有所延續的是張竹坡，但思路和評價已有明顯不同，實際上是對張無咎觀點的辯駁。在張竹坡看來，世人因《金瓶梅》描述細膩瑣碎而謂之"賬簿"，乃不得要領；《金瓶梅》之特色和價值正是"隱大段精彩於瑣碎之中"，而其評點就是要揭示這種特色，從而爲《金瓶梅》的藝術特性張目。其云："我的《金瓶梅》，上洗淫亂而存孝悌，變賬簿以作文章，直使《金瓶梅》一書冰消瓦解，則算小子劈《金瓶梅》原板亦何不可。"（康熙三十四年，1695，張竹坡評點《金瓶梅》）從上述有關"賬簿"的史料來看，所謂以"賬簿"喻小説實則有一個頗爲複雜的内涵，其中指稱對象和價值評判都有所不同。而在上述史料中，真正視"賬簿"爲貶義來批評作品的僅張無咎一人而已。這明顯超出了以往小説研究中普遍認爲此乃譏諷《金瓶梅》叙事方式的認知。

第四，以繫年形式將小説文體史料作爲獨立的專題來輯録，還可以從更寬泛的領域擇取材料，因爲"備載其事""纖芥無遺"本來就是繫年的形式特徵，故能顯示更大的開放性和包容性。

輯録古代小説文體史料大致可從如下幾個方面入手：一是專門的小説論

著，如小説序跋、小説評點、小説話等，也包括小説文本中蘊含的相關文體史料，這是小説文體史料最爲集中、最爲重要的部分。二是在歷史領域輯録相關小説文體史料，包括史書、筆記、方志等。三是在文學領域如選本、詩話、文話、曲話、尺牘等書籍中輯録小説文體史料。四是擇取歷代書目中的小説文體史料，尤其是《四庫全書總目提要》對小説的評判最具規模，也最爲典型，其中"雜家類"與"小説家類"中的小説文體史料甚至可以悉數載入。

綜上，我們從"術語""歷史"和"史料"三個維度梳理和探究了小説文體研究的基本領域及其理論方法，對小説文體研究中所出現的相關問題和不足也提出了個人的意見和建議。中國古代小説文體研究在學術界已延續多年，成果也比較豐富，但如石昌渝《中國小説源流論》這樣有影響的論著還不多，突破性的成果更爲罕見。個中原因很多，其中最爲重要的或許還是兩個老生常談的問題——小説觀念的偏狹，及由此引發的對小説文本的遮蔽。對於"小説"，對於"叙事"，我們持有的仍然是 20 世紀以來經西學改造的觀念，由此，大量的小説文本尤其是筆記體小説文本迄今没有進入研究視野。故小説文體研究要得到發展，觀念的開放、文本的完善和史料的輯録仍然是居於前列的重要問題。

序

陳平原

　　經由晚清與“五四”兩代人的努力，中國人的思維方式、學問體系、概念術語等，發生了翻天覆地的變化。不説別的，單是知識類型、學科建構、圖書分類、文體劃分，傳統中國與現代中國的差異一目瞭然。今天中國人所談論的“文學”，以及“詩歌”“小説”“戲劇”“散文”等文類，都是在 19 世紀末 20 世紀初這大轉折時代建立起來的。此一“知識建構”的過程相當艱難、曲折與繁複，用“驚心動魄”來描述一點也不爲過——此後八九十年，雖然也有這樣那樣的波動與調整，但都是在延續前人的事業。借助那個時代的報刊、著述、辭典、教科書，以及可能公開也可能未公開的書信、日記、檔案等，中外學界正條分縷析，勾勒這一文化輸入、抗拒與調試的全過程。對於那時占主流地位的西學，既非頂禮膜拜，也不拒之門外，真正具有思想史意義的，必定是“對話”——某種意義上也是“抗争”。

　　就以小説史研究爲例，整個 20 世紀中外學界，凡取得驕人業績的，沒有一個走的是金聖歎的路子。但反過來，晚清開啓的“以西例律我國小説”，既是機遇，也是陷阱。陳西瀅誤指《中國小説史略》“整大本的剽竊”，之所以引起魯迅的極大憤怒，除了此乃鑿空之説，更因魯迅根本看不上被世人奉爲教條的西式“文學概論”。不僅魯迅，中國學界的有識之士大都有此志向。只不過，這一扔掉西學拐杖、凸顯中國文學特性的努力，最近二十年顯得尤爲醒目。不僅中

國人這麽做，外國學者也有此意圖——讀美國學者浦安迪（Andrew H. Plaks）的
《明代小説四大奇書》（*The Four Masterworks of the Ming Novel*，Princeton
University Press，1987；沈亨壽譯，中國和平出版社，1993），你能明顯看到其
借用評點之學來解讀"四大奇書"的企圖。

　　在中國的飲食傳統中，一直有"原湯化原食"的説法；照此推理，用中
國原有的理論術語來解讀中國古代詩歌、小説等，應該是最貼切的。可實際
上没那麽簡單。這種尋求傳統資源支持的閲讀與闡釋，在詩文研究上比較成
功，而在叙事性質的小説、戲曲，則"同志仍需努力"。我猜測，那是因爲在
漫長的歷史進程中，小説因"不登大雅之堂"而較少吸引特異之才，故理論
體系的建構不算太成功——相對於詩話、詞話、文話以及書論、畫論而言。
可這不等於説，這一努力的方向不對。關鍵在於，從何處入手，什麽是轉化
的有效途徑，以及如何達到理想的境界。

　　我同意本書作者的觀點："梳理中國小説之'譜系'或爲有益之津梁，而
術語正是中國小説'譜系'之外在呈現。所謂'術語'是指歷代指稱小説這
一文體或文類的名詞稱謂，這些名詞稱謂歷史悠久，涵蓋面廣，對其作出綜
合研究，在某種程度上可以考知中國小説之特性，進而揭示中國小説之獨特
'譜系'，乃小説史研究的一種特殊理路。"經由一系列考鏡源流、梳理内涵、
抉發意旨、評判價值，本書確實給讀者提供了較爲清晰的傳統中國小説的基
本面貌。

　　這一借勾稽"術語"來建立"譜系"的研究思路，馬上讓我聯想到朱自
清的《詩言志辨》。此等從小處下手，一個字不放鬆，"像漢學家考辨經史子
書"那樣，"尋出各個批評的意念如何發生，如何演變"，在朱自清看來，是
研究中國文學批評史的正途，更切實可靠，也更有學術價值。在《評郭紹虞
〈中國文學批評史〉上卷》（1934）中，朱自清稱："郭君還有一個基本的方法，
就是分析意義，他的書的成功，至少有一半是在這裏。例如'文學''神'

'氣''文筆''道''貫道''載情'這些個重要術語，最是纏夾不清；書中都按著它們在各個時代或各家學說裏的關係，仔細辨析它們的意義。懂得這些個術語的意義，才懂得一時代或一家的學說。"郭紹虞的《中國文學批評史》以及《照隅室古典文學論集》最爲引人注目處，確實在對於諸多重要文學觀念的精彩辨析。借考證特定術語的生成與演變，來"辨章學術，考鏡源流"，這對於中國學者來說，實在是"老樹新花"。看看胡適、傅斯年對清儒阮元治學方法的表彰（參見胡適完成於1923年的《戴東原的哲學》，以及傅斯年出版於1940年的《性命古訓辨證》），就能明白其中奧妙——後者所說的"即以語言學的觀點解決思想史中之問題是也"，與當下世人矚目的"關鍵字""觀念史""語義學""外來詞研究"等，有異曲同工之妙（參見陳平原《學術史視野中的"關鍵字"》，《讀書》2008年第4、5期）。

必須指出，譚帆等著《中國古代小説文體文法術語考釋》的工作思路，與郭紹虞、朱自清的批評史有關聯，但也不盡相同。在我看來，本書最大特色是將批評史、文體史、學術史三種視野合一。没錯，就像作者説的，本書屬於"術語的解讀"，但這些"在中國古代小説史上影響深遠的小説術語"，好多本身就是小説史上跌宕起伏、波瀾壯闊的"文體"（如"志怪""傳奇""話本""演義"等），研究者一旦進入，大有縱橫馳騁的空間。另外，作者將晚清以至當下"小説史學"的得失納入視野，褒貶抑揚之間，等於爲後學提供了簡便且可信的治學路徑圖。這是大學（尤其是師範大學）教師的特點，娓娓道來不説，每章結尾都有總結，且提供閲讀篇目，全書還附錄"中國古代小説文體文法術語研究論著總目"，以備讀者延伸閲讀和查詢之需。

全書分上下兩卷，總共考釋了27個在中國古代小説史上影響深遠的小説術語。以我的閲讀體會，下卷釋"草蛇灰綫""背面鋪粉""橫雲斷山"以及"絶妙好辭"，似乎不及上卷考"小説""志怪""稗官""話本""演義"等。12個小説文法術語，雖然追索到書畫、兵法、堪輿和文章學等傳統文化領域，頗有自家心得（譚帆著《中國小説評點研究》等，難怪其得心應手），但總覺得不如考證 15 個小説文類/文體那麽堅實。我反省自己，是不是受胡適、魯迅影響，對評點之學有偏見？最後還是認定：一個偏於體制，一個偏於趣味，二者放在一起，使用同一種考釋方法，必定輕重有別。當初若是分爲兩本書來經營，不要互相牽制，當更爲酣暢淋漓。

　　二十年前，我對"小説類型"有興趣，下了一點功夫，但那工作主要是與《千古文人俠客夢——武俠小説類型研究》相配套，屬於撰史過程中的理論思考。日後，不只一位朋友批評我的"類型學"研究半途而廢，只留下收錄在《小説史：理論與實踐》中各文。譚帆兄等比我有經驗，磨刀砍柴兩不誤，在全力以赴撰寫《中國古代小説文體史》的同時，將作爲前期準備的學術史清理及理論思考，以《中國古代小説文體文法術語考釋》爲題刊行。作爲小説史學的"逃兵"，拜讀譚著，除了深感慚愧，我更願意表達祝福——何時雙劍合璧，縱橫天下？

2011 年 9 月 12 日

於香港中文大學客舍

目　録

下　卷

術語的解讀：小説史研究的特殊理路

引 言

從 20 世紀初開始，小説研究漸成爲中國古典文學研究之"顯學"，而自魯迅先生《中國小説史略》問世後①，"小説史"研究也越來越受到研究界之關注，近一個世紀以來，小説史之著述層出不窮，"通史"的、"分體"的、"斷代"的、"類型"的，名目繁多，蔚爲壯觀。然就理論角度言之，一個不容忽視的現實是："小説史"之梳理大都以西方小説觀爲參照，或折衷於東西方小説觀之差異而仍以西方小説觀爲圭臬。流播所及，延而至今。然而，中國小説實有其自身之"譜系"，與西方小説及小説觀頗多鑿枘之處，強爲曲説，難免會成爲西人小説視野下之"小説史"，而喪失了中國小説之本性。近年來，對中國小説研究之反思不絶於耳，出路何在？梳理中國小説之"譜系"或爲有益之津梁，而術語正是中國小説"譜系"之外在呈現。所謂"術語"是指歷代指稱小説這一文體或文類的名詞稱謂，這些名詞稱謂歷史悠久，涵蓋面廣，對其作出綜合研究，在某種程度上可以考知中國小説之特性，進而

---

① 胡從經《中國小説史學史長編》（香港中華書局 1999 年版）認爲發表於《月月小説》第 11 期（1907）的天僇生《中國歷代小説史論》是"最早在理論上倡導小説史研究"的文章。而從現有論著來看，最早對中國小説史進行歷史清理的是日本學者笹川臨風的《支那小説戲曲小史》（東京東華堂1897 年發行），國人的最早著述是張静廬的《中國小説史大綱》（泰東圖書局 1920 年版），魯迅《中國小説史略》於 1923—1924 年由北京大學新潮社出版。但從影響而言，開小説史研究之風氣者無疑是魯迅的《中國小説史略》。詳見黄霖、許建平等著《20 世紀中國古代文學研究史》（小説卷）第四章《"中國小説史"著作的編纂》，東方出版中心 2006 年版。

揭示中國小説之獨特“譜系”，乃小説史研究的一種特殊理路。自《莊子·外物》“小説”肇端，至晚清以“説部”指稱小説文體，小説之術語可謂多矣。大別之，約有如下數端：一是由學術分類引發的小説術語，如班固《漢書·藝文志》列“小説家”於“諸子略”，乃承《莊子》“小説”一脈，後世延伸爲“子部”之“小説”；劉知幾《史通》於“史部”中詳論“小説”，“子”“史”兩部遂成中國小説之淵藪。“説部”“稗史”等術語均與此一脈相承。此類術語背景最爲宏廓，影響最爲深遠，是把握中國小説“譜系”之關鍵。二是完整呈現中國小説文體之術語，如“志怪”“筆記”“傳奇”“話本”“章回”等，此類術語既是小説文體分類的客觀呈現，又顯示了中國小説的文體發展。三是揭示中國小説發展過程中小説文體價值和文體特性之術語，如“演義”本指“言説”，宋儒説“經”（如《大學衍義》《三經演義》）即然，而由“演言”延伸爲“演事”，即通俗化地叙述歷史和現實，乃强化了通俗小説的文體自覺。四是由創作方法引申出的文體術語，如“寓言”本爲“修辭”，是言説事理的一種特殊方式，後逐步演化爲與小説文體相關之術語；“按鑑”原爲明中後期歷史小説創作的一種方法，推而廣之，遂爲一階段性的小説術語，所謂“按鑑體”。由此可見，小説術語非常豐富，基本呈現了中國小説之面貌。

一、術語與中國小説之特性

近代以來，“小説史”之著述大都取西人之小説觀，以“虚構之叙事散文”來概言中國小説之特性，並以此爲鑑衡追溯中國小説之源流，由此確認了中國小説“神話傳説—志怪志人—傳奇—話本—章回”之發展綫索和内在“譜系”。此一綫索和“譜系”確爲近人之一大發明，清晰又便利地勾畫出了符合西人小説觀念的“中國小説史”及其内在構成。然則此一綫索和“譜系”並不全然符合中國小説之實際，其“抽繹”之綫索和“限定”之範圍是依循西方觀念之産物，與中國小說之傳統其實頗多"間隔"，"虛構之叙事散文"祇是部分地界定了中國小說之特性，而非中國小說之本質屬性。

那中國小說之本質屬性是什麼呢？以"小說"和"說部"爲例①，我們即可明顯地看出中國小說的豐富性和獨特性。

首先，中國小說是一個整體，在其長期的發展過程中，無論"文白"，不拘"雅俗"，古人將其統歸於"小說"（或"說部"）名下，即有其内在邏輯來維繫，其豐富之性質遠非"虛構之叙事散文"可以概言。

作爲一個"通名"性質的術語，"小說"之名延續久遠，其指稱之對象頗爲複雜。清人劉廷璣即感嘆："小說之名雖同，而古今之别則相去天淵。"② 概而言之，主要有如下内涵：（1）"小說"是無關於政教的"小道"。此由《莊子·外物》發端，經班固《漢志》延伸，確立了"小說"的基本義界："小說"是無關於大道的瑣屑之言；"小說"是源於民間、道聽途說的"街談巷語"。此"小說"是一個範圍非常寬泛的概念，大致相對於正經著作而言，大凡不能歸入正經著作的皆可稱之爲"小說"。後世"子部小說家"即承此而來，成爲中國小說之一大宗。（2）"小說"是指有别於正史的野史和傳說。這一觀念的確立標志是南朝梁《殷芸小說》的出現，清姚振宗《隋書經籍志考證》卷三十二云："案此殆是梁武作通史時事，凡此不經之說爲通史所不取者，皆令殷芸别集爲《小說》，是此《小說》因通史而作，猶通史之外乘也。"③ 而唐劉知幾的理論分析更爲明晰："是知偏記小說，自成一家，而能與

①　在中國古代，具有"通名"性質的小說術語主要有三個："小說""稗官"和"說部"。其他術語或指稱某一小說文體，如"筆記""傳奇"等，或具有階段性之特徵，如"演義""按鑑"等，唯有"小說""稗官""說部"可以基本籠括中國小說之全體，故以此來抉發中國小說之特性有其合理性。

②　（清）劉廷璣《在園雜志·歷朝小說》，（清）劉廷璣撰，張守謙校點《在園雜志》，中華書局2005年版，第82—83頁。

③　（清）姚振宗撰《隋書經籍志考證》卷三十二，《續修四庫全書》史部目錄類第915册，據浙江圖書館藏開明書店鉛印師石山房叢書本影印，第499頁。

正史參行，其所由來尚矣。爰及近古，斯道漸煩，史氏流別，殊途並騖。"①
"偏記小説"與"正史"已兩兩相對，以後，司馬光撰《資治通鑑》，明言
"遍閱舊史，旁采小説"②，亦將小説與正史對舉。可見"小説"與"史部"關
係密切，源遠流長。（3）"小説"是一種由民間發展起來的"說話"伎藝。這
一名稱較早見於南朝宋裴松之注《三國志》所引《魏略》中"誦俳優小説數
千言訖"一語③，"俳優小説"顯然是指與後世頗爲相近的說話伎藝。《唐會
要》卷四言韋綏"好諧戲，兼通人間小説"④，唐段成式《酉陽雜俎》續集卷
四記當時之"市人小説"⑤，均與此一脈相承。宋代說話藝術勃興，"小説"一
辭遂專指說話藝術的一個門類⑥。以"小説"指稱說話伎藝，與後世作爲文體
的"小説"有別，但却是後世通俗小説的近源。（4）"小説"是虛構的叙事散
文。此與現代小説觀念最爲接近，而這一觀念已是明代以來通俗小説發展繁
盛之産物。"說部"亦然，作爲小説史上另一個具有"通名"性質的術語，
"說部"之名亦源遠流長，其指稱之對象亦復與"小説"相類。一般認爲，
"說部"之體肇始於劉向《説苑》和劉義慶《世説新語》，而"說部"之名稱
則較早見於明王世貞《弇州四部稿》，所謂"四部"者，即《賦部》《詩部》
《文部》和《説部》。明人鄒迪光撰《文府滑稽》，其中卷九至卷十二亦名爲
《説部》。至清宣統二年（1910），王文濡主編《古今説部叢書》十集六十册，

---

① （唐）劉知幾《史通·雜述》，（唐）劉知幾著，（清）浦起龍通釋《史通通釋》，上海古籍出版
社 2009 年版，第 253 頁。
② （宋）司馬光《進書表》，（宋）司馬光編著，（元）胡三省音注《資治通鑑》，中華書局 1956 年
版，第 9607 頁。
③ 見《三國志·魏書·王衛二劉傳傳》裴松之注引《魏略》，（晉）陳壽撰，（劉宋）裴松之注
《三國志》卷二十一，中華書局 1959 年版，第 603 頁。
④ （宋）王溥撰《唐會要》卷四，中華書局 1955 年版，第 47 頁。
⑤ （唐）段成式撰《酉陽雜俎》，中華書局 1981 年版，第 240 頁。
⑥ 吳自牧《夢粱録》卷二十《小説講經史》："説話者，謂之舌辯。雖有四家數，各有門庭。且
小説名銀字兒，如烟粉、靈怪、傳奇、公案、朴刀桿棒、發發踪泰（發迹變泰）之事。"見《東京夢華
録（外四種）》，古典文學出版社 1956 年版，第 312 頁。

乃蔚爲大觀①。清人朱康壽《〈澆愁集〉叙》曾對"說部"指稱之沿革作了歷史清理，認爲"說部"乃"史家別子""子部之餘"②。清人李光廷亦分"說部"爲"子""史"兩類③。近代以來，"說部"專指"通俗小說"，王韜《海上塵天影叙》云："歷來章回說部中，《石頭記》以細膩勝，《水滸傳》以粗豪勝，《鏡花緣》以苛刻勝，《品花寶鑑》以含蓄勝，《野叟曝言》以夸大勝，《花月痕》以情致勝。是書兼而有之，可與以上說部家分争一席，其所以譽之者如此。"④顯然，"說部"指稱之小說也遠超我們對小說的認識範圍。

由此可見，作爲"通名"之"小說""說部"，均從學術分類入手，逐步延伸至通俗小說，由"子"而"史"再到"通俗小說"，乃"小說""說部"指稱小說之共有脈絡。其中最切合"虚構之叙事散文"這一觀念的僅是通俗小說。故以"虚構""叙事"等標尺來追尋中國小說之源流其實並不合理，乃簡單化之做法。這種簡單化的做法使我們對中國小說性質的認識無限地狹隘化，而中國小說"神話傳說—志怪志人—傳奇—話本—章回"之發展綫索和内在"譜系"正是這種"狹隘化"認識的結果。"小說"之脈絡固然清晰，但

---

① 詳見本書《"說部"考》。

② （清）朱康壽《〈澆愁集〉叙》："說部爲史家別子，綜厥大旨，要皆取義六經，發源群籍。或見名理，或佐紀載；或微詞諷諭，或直言指陳，咸足補正書所未備。自《洞冥》《搜神》諸書出，後之作者，多鈎奇弋異，遂變而爲子部之餘，然觀其詞隱義深，未始不主文譎諫，於人心世道之防，往往三致意焉。乃近人撰述，初不察古人立懦興頑之本旨，專取瑰談詭說，衍而爲荒唐儌詭之辭。於是奇益求奇，幻益求幻，務極六合所未見，千古所未聞之事，粉飾而論列之，自附於古作者之林，嗚呼悖已！"見（清）鄒弢《澆愁集》，黄山書社2009年版，第4頁。

③ （清）李光廷《蕉軒隨録序》："自稗官之職廢，而說部始興。唐、宋以來，美不勝收矣。而其別則有二：穿穴罅漏、爬梳纖悉，大足以抉經義傳疏之奥，小亦以窮名物象數之源，是曰考訂家，如《容齋隨筆》《困學紀聞》之類是也；朝章國典，遺聞瑣事，鉅不遺而細不棄，上以資掌故而下以廣見聞，是曰小說家，如《唐國史補》《北夢瑣言》之類是也。"見（清）方濬師撰，盛冬鈴點校《蕉軒隨録　續録》，中華書局1995年版，第1頁。

④ （清）王韜《海上塵天影叙》，（清）司香舊尉著《海上塵天影》，上海古籍出版社《古本小說集成》據復旦大學圖書館藏光緒三十年石印本影印，第2頁。相似之表述尚有梁啓超《譯印政治小說序》："今中國識字人寡，深通文學之人尤寡，然則小說學之在中國，殆可增七略而爲八，蔚四部而爲五者矣。"見光緒二十四年十一月十一日《清議報》第一册，中華書局1991年9月影印本，第54頁。康有爲《日本書目志·小說門》"識語"："易逮於民治，善入於愚俗，可增《七略》爲八，四部爲五，蔚爲大國，直隸《王風》者，今日急務，其小說乎？僅識字之人，有不讀經，無有不讀小說者。"見（清）康有爲撰，姜義華編校《康有爲全集》第三集，上海古籍出版社1992年第1版，第1212頁。

却是捨去了中國小說的豐富性和獨特性。

其次，中國小說由"子"而"史"再到"通俗小說"，而在這一"譜系"中，"子""史"兩部是中國小說之淵藪，也是中國小說之本源。

從班固《漢書·藝文志》始，歷代史志如《隋書·經籍志》、新舊《唐書》及《四庫全書總目》等大都隸"小說家"於"子部"，"子部"之書本爲"言說"，"小說家"亦然，故《隋書·經籍志》著錄之"小說家"大都爲"講說"之書（餘者爲"博識類"），《舊唐書·經籍志》因之。史志"子部小說家"之著錄至《新唐書·藝文志》而一變，除承續《隋志》外，一些本隸於"史部·雜家"類之著述及少數唐代傳奇集（唐人視爲偏於"史"之"傳記"）被闌入"子部小說家"；至此，"小說家"實際已糅合"子""史"，後世之公私目錄著錄之"小說家"大抵如此①。而其中之轉折乃魏晉以來史部之發展及其分流，"雜史""雜傳"之繁盛引發了史學界之反思，劉勰《文心雕龍·史傳》《隋書·經籍志》和劉知幾《史通》等均對此予以撻伐，於是一部分本屬"史部"之"雜史""雜傳"類著述改隸"子部小說家"。宋元以來，中國小說之"通俗"一系更是討源"正史"，旁采"小說"，所謂"正史之補"的"史餘"觀念在通俗小說發展中綿延不絕。故"子""史"兩部實乃中國小說之大宗。而"子""史"兩部與敘事之關係亦不可不辨，案"說"之本義有記事以明理之內涵，晉陸機《文賦》曰："奏平徹以閑雅，說煒曄而譎狂。"李善注曰："說以感動爲先，故煒曄譎誑。"方廷珪注曰："說者，即一物而說明其故，忌鄙俗，故須煒曄。煒曄，明顯也。動人之聽，忌直致，故須譎誑。譎誑，恢諧也。"② 故中國小說有"因言記事"者，有"因事記言"者，有"通俗演義"者，"因言記事"重在明理，即"子之末流"之小說；"因事記言"重

---

① 參見潘建國《中國古代小說書目研究》第二章《歷代公私目錄與古代文言小說的著錄及其觀念之嬗變》，上海古籍出版社 2005 年版。

② （晉）陸機著，張少康集釋《文賦集釋》，人民文學出版社 2002 年版，第 99、118 頁。

在記録，乃"史之流裔"；而"通俗演義"方爲"演事"，爲"正史之補"，後更推而廣之，將一切歷史和現實故事作通俗化叙述者統名之曰"演義"。

第三，中國小説糅合"子""史"，又衍爲"通俗"一系，其中維繫之邏輯不在於"虛構"，也非全然在"叙事"，而在於中國小説貫穿始終的"非正統性"和"非主流性"。

無論是"子部小説家""史部"之"偏記小説"還是後世之通俗小説，其"非正統"和"非主流"乃一以貫之。小説是"小道"，相對於"經國"之"大道"，是"子之末流"；小説是"野史"，與"正史"相對，是"史家別子"。此類言論不絶如縷。兹舉清人兩例申述之，紀昀於《四庫全書總目提要》"子部小説家類二"有"案語"曰："紀録雜事之書，小説與雜史最易相淆，諸家著録，亦往往牽混。今以述朝政軍國者入雜史；其參以里巷閑談，詞章細故者，則均隸此門。《世説新語》古俱著録於小説，其明例矣。"① "雜史"之屬本在史部不入流品，而"小説"更等而下之。在《四庫全書簡明目録》"小説家"類的評論中，紀昀更是明辨了所謂"小説之體"："（《朝野僉載》）其書記唐代軼事，多瑣屑猥雜，然古來小説之體，大抵如此。""（《大唐新語》）《唐志》列諸雜史中，然其中諧謔一門，殊爲猥雜，其義例亦全爲小説，非史體也。""（《菽園雜記》）其雜以詼嘲鄙事，蓋小説之體。"② 其中對小説"非主流""非正統"之認識已然明晰。清羅浮居士《蜃樓志序》評價白話小説亦然："小説者何？别乎大言言之也。一言乎小，則凡天經地義，治國化民，與夫漢儒之羽翼經傳，宋儒之正誠心意，概勿講焉；一言乎説，則凡遷、固之瑰瑋博麗，子雲、相如之異曲同工，與夫艷富、辨裁、清婉之殊科，宗經、原道、辨騷之異制，概勿道焉。其事爲家人父子日用飲食往來酬

---

① （清）紀昀等原著，《四庫全書》研究所整理《欽定四庫全書總目》，中華書局1997年版，第1870頁。

② （清）永瑢等著《四庫全書簡明目録》，上海古籍出版社1985年新1版，第531、550頁。

酢之細故，是以謂之小；其辭爲一方一隅男女瑣碎之閑談，是以謂之説。然則最淺易、最明白者，乃小説正宗也。"① 在中國古代，"小説"出入"子""史"，又別爲通俗小説一系，雖文類龐雜，洋洋大觀，但"非正統""非主流"依然如故。浦江清對此的評斷最爲貼切："有一個觀念，從紀元前後起一直到 19 世紀，差不多兩千年來不曾改變的是：小説者，乃是對於正經的大著作而稱，是不正經的淺陋的通俗讀物。"② 於是，小説之功能在中國古代便在於它的"輔助性"，"正統""主流"著述之輔助乃小説之"正格"。故"資考證""示勸懲""補正史""廣異聞""助談笑"是中國小説最爲普遍之價值功能③，從"資""示""補""廣""助"等語詞中我們不難看出小説的這種"輔助"作用。

綜上，將中國小説之特性定位於"虛構之叙事散文"，並以此作爲研究中國小説之邏輯起點實不足以概言中國小説之全體；以"神話傳説—志怪志人—傳奇—話本—章回"作爲中國小説之"譜系"亦非中國小説之"本然狀態"，脱離"子""史"兩部來談論中國小説之"譜系"，實際失却了中國小説賴以生存的宏廓背景和複雜内涵；而小説"非正統""非主流"之特性更是顯示了小説在中國古代的存在價值和生存狀態。

二、術語與中國小説之文體

中國小説文體源遠流長，且品類繁多，各有義例。梳理其淵源流變，前

---

① （清）庾嶺勞人著《蜃樓志》，百花文藝出版社 1987 年版。
② 浦江清《論小説》，《浦江清文録》，人民文學出版社 1958 年版，第 193 頁。
③ 這種多元的價值功能就是在通俗小説中也得到認可，如晚清王韜評《鏡花緣》："《鏡花緣》一書，雖小説家流，而兼才人、學人之能事者也。……觀其學問之淵博，考據之精詳，搜羅之富有，於聲韵、訓詁、曆算、輿圖諸書，無不涉歷一周，時流露於筆墨間。閲者勿以説部觀，作異書觀亦無不可。……竊謂熟讀此書，於席間可應專對之選，與它説部之但叙俗情羌無故實者，奚翅上下牀之别哉？"見（清）王韜《鏡花緣圖像序》，中國書店 1985 年據 1888 年上海點石齋版《繪圖鏡花緣》影印本。

人已頗多述作①，概而言之，一是從語言和格調趣味等角度分小説爲文白兩體；二是在區分文白之基礎上，再加細分，以如下劃分最具代表性："古代小説可以按照篇幅、結構、語言、表達方式、流傳方式等文體特徵，分爲筆記體、傳奇體、話本體、章回體等四種文體。"② 古人對"文白兩體"在術語上各有表述，而四種文體在中國小説史上亦各有其"名實"，即均有相應之術語爲之"冠名"，雖然其"冠名"或滯後，如"傳奇"之確認在唐以後，"章回"之名實相應更爲晚近；或"混稱"，如"話本""詞話""傳奇"等均有混用之現象。然細加條列，仍可明其義例，分其畛域，故考索術語與中國小説文體之關係對理解中國小説之特性亦頗多裨益。鑒於學界對此已有一定研究，系統梳理亦非單篇著述所可概言，兹僅就術語與中國小説文體關係緊密者，舉數例作一討論：

一是"演義"與中國小説文體之發展關係密切。在中國小説史上，白話小説（含章回與話本）之興起乃中國小説發展之一大轉折，如何界定其文體性質是小説家們迫切關注的問題，"演義"這一術語的出現即順應著小説發展之需要，實則是旨在强化白話小説在中國小説史上的"文體自覺"。

"演義"作爲白話小説之專稱始於《三國志通俗演義》，本指對史書的通俗化，漸演化爲專指白話小説之一體③。這一"文體自覺"主要表現在兩個方面：首先是"明其特性"，"演義"一辭非始於白話小説，章太炎序《洪秀全

---

① 如胡懷琛《中國小説研究》（商務印書館 1929 年版）第三章《中國小説形式上之分類及研究》劃分爲記載體、演義體、描寫體、詩歌體；鄭振鐸《中國小説的分類及其演化趨勢》（《學生雜志》1930 年 1 月第 17 卷第 1 號）劃分爲短篇小説（筆記、傳奇、評話）、中篇小説、長篇小説；青木正兒《中國文學概説》（開明書店 1938 年版）第二章《文學序説》（二）"文學諸體之發達"劃分爲筆記小説、傳奇小説、短篇小説、章回小説。石昌渝《中國小説源流論》（三聯書店 1994 年版），孫遜、潘建國《唐傳奇文體考辨》（《文學遺産》1999 年第 6 期）均將小説文體分爲"筆記""傳奇""話本"和"章回"四體。

② 孫遜、潘建國《唐傳奇文體考辨》，《文學遺産》1999 年第 6 期。

③ 一般認爲，"演義"是小説類型概念，指稱白話小説中的歷史演義一種類型，其實不確，"演義"在明清兩代是一個小説文體概念，統稱白話小説這一小説文體。詳見本書《"演義"考》。

演義》謂："演義之萌芽，蓋遠起於戰國，今觀晚周諸子説上世故事，多根本經典，而以己意飾增，或言或事，率多數倍。"① 並將"演義"分成"演言"與"演事"兩個系統，所謂"演言"是指對義理之闡釋，而"演事"則是對史事的推演。明代以來，白話小説繁盛，"演義"便由《三國志通俗演義》等歷史小説逐步演化爲指稱一切白話小説，而其特性即在於"通俗"。雉衡山人《東西晉演義序》云："一代肇興，必有一代之史，而有信史有野史。好事者蒐取而演之，以通俗諭人，名曰演義，蓋自羅貫中《水滸傳》《三國傳》始也。"② 故"通俗"是"演義"區別於其他小説的首要特性，《唐書演義序》説得更爲直截了當："演義，以通俗爲義也者。故今流俗即目不挂司馬班陳一字，然皆能道赤帝、詫銅馬、悲伏龍、憑曹瞞者，則演義之爲耳。演義固喻俗書哉，義意遠矣。"③ 其次是"辨其源流"，"演義"既以通俗爲歸，則其源流亦應有別。緑天館主人《古今小説叙》謂："若通俗演義，不知何昉。按南宋供奉局，有説話人，如今説書之流。其文必通俗，其作者莫可考。泥馬倦勤，以太上享天下之養。仁壽清暇，喜閲話本，命内璫日進一帙，當意，則以金錢厚酬。於是内璫輩廣求先代奇迹及閭里新聞，倩人敷演進御，以怡天顔。然一覽輒置，卒多浮沉内庭，其傳布民間者，什不一二耳。然如《玩江樓》《雙魚墜記》等類，又皆鄙俚淺薄，齒牙弗馨焉。暨施、羅兩公，鼓吹胡元，而《三國志》《水滸》《平妖》諸傳，遂成巨觀。"④ 以"通俗"爲特性，以説話爲源頭，以"教化""娛樂"爲功能是"演義"的基本性質，這一"文體自覺"對白話小説的發展無疑是有積極作用的。可見，"文白兩體"是中國

---

　　① （清）章炳麟《洪秀全演義·章序》，（清）黄小配著《洪秀全演義》，上海古籍出版社 1981 年版，第 1 頁。
　　② （明）雉衡山人《東西晉演義序》，（明）雉衡山人《東西晉演義》，上海古籍出版社《古本小説集成》據中國藝術研究院戲曲研究所藏本影印，1994 年，第 1 頁。
　　③ 《唐書演義序》，（明）無名氏《唐書志傳題評》，中華書局《古本小説叢刊》第二十八輯影印世德堂刊本，1991 年版，第 1—2 頁。
　　④ （明）緑天館主人《古今小説叙》，（明）馮夢龍編《古今小説》，上海古籍出版社《古本小説集成》據天許齋刊本影印，1994 年，第 2—4 頁。

小説最顯明之文體劃分，古人從"特性""源流""功能"角度辨別了"演義"（白話小説）之性質，其義例、畛域均十分清晰。

二是"筆記"爲中國小説之一大體式，是文言小説之"正脈"，但"筆記"一體尚隱晦不彰，究明"筆記"之名實可以考知"筆記體小説"之源流義例。

"筆記"一體之隱晦乃事出有因，一者，"筆記"在傳統目録學中並未作爲一個"部類"名稱加以使用，一般將此類著作歸入"子部·雜家"和"子部·小説家"，或"史部·雜史"和"史部·雜傳記"等，也即"筆記"乃"隱"於"子""史"兩部之中，其"名實"並不相應。二者，"筆記"之内涵古今凡"三變"，其實際指稱亦復多變不定。"筆記"一辭源出魏晉南北朝，"辭賦極其清深，筆記尤盡典實"①，"今之常言，有文有筆，以爲無韻者筆也，有韻者文也"②。故筆記或泛指執筆記叙之"書記"③，或泛指與韻文相對之散文，而非特指某種著述形式。至宋代，"筆記"始爲書名而成爲一種著述體例，宋祁《筆記》肇其端，宋以降蔚然成風，此類著作大都以隨筆札記之形式，議論雜説、考據辨證、記述見聞、叙述雜事。相類之名稱還有"隨筆""筆談""筆録""漫録""叢説""雜志""札記"等。宋以來，對"筆記"之界定亦時有之，洪邁《容齋隨筆》卷一釋"隨筆"就涉及此類著述之體例："予老去習懶，讀書不多，意之所之，隨即紀録，因其後先，無復詮次，故目之曰隨筆。"④《四庫全書總目》將"筆記"作爲指稱議論雜説、考據辨證類雜著的別稱："雜説之源，出於《論衡》。其説或抒己意，或訂俗訛，或述近聞，

① （唐）歐陽詢撰《藝文類聚》卷四九引（梁）王僧孺《太常敬子任府君傳》，上海古籍出版社1982年版，第879頁。
② （梁）劉勰《文心雕龍·總術》，（梁）劉勰著，范文瀾注《文心雕龍注》，人民文學出版社1958年版，第655頁。
③ （梁）蕭子顯撰《南齊書》卷五十二《丘巨源傳》："議者必云筆記賤伎，非殺活所待；開勸小説，非否判所寄。"見《南齊書》，中華書局1972年版，第894頁。
④ （宋）洪邁《容齋隨筆》卷一，上海古籍出版社1978年版，第1頁。

或綜古義，後人沿波，筆記作焉。大抵隨意録載，不限卷帙之多寡，不分次第之先後。興之所至，即可成編。"① 20 世紀初以來，"筆記小説"連用②，成爲一個相對固定的文類或文體概念。1912 年，王文濡主編《筆記小説大觀》，收書二百多種，以"子部小説家"爲主體，擴展到與之相近的"雜史""雜傳""雜家"類著作。"筆記小説"由此被界定爲一個龐雜的文類概念。1930 年，鄭振鐸撰《中國小説的分類及其演化的趨勢》一文，將"小説"劃分爲短篇小説（筆記、傳奇、評話）、中篇小説、長篇小説，其中，"筆記小説"被界定爲與"傳奇小説"相對應的文言小説文體類型："第一類是所謂'筆記小説'。這個筆記小説的名稱，係指《搜神記》（干寶）、《續齊諧記》（吳均）、《博異志》（谷神子），以至《閲微草堂筆記》（紀昀）一類比較具有多量的瑣雜的或神異的'故事'總集而言。"③ 至此，"筆記小説"乃作爲一個文體概念流行開來。

　　"筆記"從"泛稱"到"著述形式"再到"文類文體概念"，其内涵和指稱對象是多變的，而"筆記"在目録學中又非單獨之"部類"，這一境況致使"筆記"一體隱晦不彰。然則"筆記"作爲"小説"文體類別還是有迹可循的，其作爲"小説"文體概念也有其理據。而其關捩或在於辨其"名實"，"名實"清則筆記一體之源流義例隨之豁然。而筆記一體之"名實之辨"實爲"體用之辨"，以"小説"爲"體"（内容價值），以"筆記"爲用（形式趣味）。

　　所謂以"小説"爲"體"是指從内容價值角度可以爲"筆記體小説"劃分範圍。這在唐代劉知幾《史通》中就有明確表述，在《雜述》一篇中，劉知幾劃分"偏記小説"爲十類，其中"逸事""瑣言""雜記"三類即爲"筆

<hr>

① （清）紀昀等原著，《四庫全書》研究所整理《欽定四庫全書總目》，中華書局 1997 年版，第 1636 頁。

② 在古代文獻中，"筆記"和"小説"絶少連用，南宋史繩祖《學齋佔畢》卷二："前輩筆記小説固有字誤或刊本之誤，因而後生末學不稽考本出處，承襲謬誤甚多。"此"筆記小説"爲並列詞組。

③ 鄭振鐸《中國小説的分類及其演化的趨勢》，見《鄭振鐸古典文學論文集》，上海古籍出版社 2009 年版，第 331 頁。

記體小説"。"逸事"主要載録歷史人物逸聞軼事，如和嶠《汲冢紀年》、葛洪《西京雜記》、顧協《瑣語》、謝綽《拾遺》等；"瑣言"以記載歷史人物言行爲主體，如劉義慶《世説》、裴榮期《語林》、孔思尚《語録》、陽玠松《談藪》等；"雜記"則主要載録鬼神怪異之事，如祖台《志怪》、劉義慶《幽明》、劉敬叔《異苑》等①。明代胡應麟《少室山房筆叢·九流緒論》將"小説家"分爲六類，其中"志怪"相當於劉知幾所言之"雜記"，"雜録"相當於劉知幾所言之"逸事""瑣言"，再加上"叢談"中兼述雜事神怪的筆記雜著均可看作"筆記體小説"；《四庫全書總目提要》"小説家序"謂："迹其流別，凡有三派，其一叙述雜事，其一記録異聞，其一綴輯瑣語也。"② 三派都可歸入"筆記體小説"。而筆記之價值亦有説焉，曾慥《類説序》："小道可觀，聖人之訓也。……可以資治體，助名教，供談笑，廣見聞，如嗜常珍，不廢異饌，下箸之處，水陸具陳矣。"③《四庫全書總目提要》"小説家序"稱："中間誣謾失真，妖妄熒聽者，固爲不少，然寓勸戒、廣見聞、資考證者，亦錯出其中。"④ 所謂以"筆記"爲"體"是指從形式趣味角度爲"筆記體小説"界定其特性。《史通·雜述》謂"言皆瑣碎，事必叢殘。固難以接光塵於《五傳》，並輝烈於《三史》。古人以比玉屑滿篋，良有旨哉"⑤。紀昀《姑妄聽之自序》謂"陶淵明、劉敬叔、劉義慶，簡淡數言，自然妙遠"⑥。均表達了筆記的形式旨趣。

　　概而言之，"筆記體小説"的主要文體特性可概括爲：以記載鬼神怪異之

---

① （唐）劉知幾《史通·雜述》，（唐）劉知幾著，（清）浦起龍通釋《史通通釋》，上海古籍出版社 2009 年版，第 253—255 頁。
② （清）紀昀等原著，《四庫全書》研究所整理《欽定四庫全書總目》，中華書局 1997 年版，第 1834 頁。
③ （宋）曾慥《類説序》，見（宋）曾慥《類説》，文學古籍刊行社影印本，第 29 頁。
④ （清）紀昀等原著，《四庫全書》研究所整理《欽定四庫全書總目》，中華書局 1997 年版，第 1834 頁。
⑤ （唐）劉知幾《史通·雜述》，（唐）劉知幾著，（清）浦起龍通釋《史通通釋》，上海古籍出版社 2009 年版，第 257 頁。
⑥ （清）紀昀《閲微草堂筆記》，上海古籍出版社 1980 年版，第 359 頁。

事和歷史人物軼聞瑣事爲主的題材類型，"資考證、廣見聞、寓勸戒"的價值定位，"據見聞實録"的寫作姿態，以及隨筆雜記，簡古雅贍的篇章體制。

三是中國小説之諸種文體有不同的價值定位，這同樣體現在"術語"的運用之中。古人將"傳奇"與"筆記"劃出畛域，又將"演義"專指白話小説，即有價值層面之考慮，其目的在於確認文言小説爲中國小説之正宗，筆記又爲文言小説之正脈。

譬如"傳奇"。在中國古代，"傳奇"作爲一個術語，内涵頗爲複雜，既可指稱小説文體，也可指稱戲曲文體，還可表示一種創作手法。在小説領域，"傳奇"首先是作爲書名標示的，如裴鉶《傳奇》（元稹《鶯鶯傳》亦名《傳奇》）；宋元以來，專指一種題材類型，爲説話伎藝"小説"門下類型之一種（如"烟粉""靈怪""傳奇"），以表現男女戀情爲其特色；以後又指稱文言小説之一種體式，專指那種"叙述宛轉，文辭華艷"的小説作品。但綜觀"傳奇"一辭在小説史上的演變，我們不難看到一個"奇怪"的現象：當人們用"傳奇"一辭指稱與"傳奇"相關之書籍、創作手法乃至文體時，往往含有一種鄙視的口吻。我們且舉數例，宋陳師道《後山詩話》："范文正公爲《岳陽樓記》，用對語説時景，世以爲奇。尹師魯讀之，曰：'《傳奇》體爾！'"[①] 此針對由裴鉶《傳奇》引申的一種創作手法，而其評價明顯表現出不屑之口吻。元虞集以"傳奇"概括一種小説文體，然鄙視之口吻依然，其《道園學古録》卷三十八《寫韵軒記》謂："蓋唐之才人，於經藝道學有見者少，徒知好爲文辭。閑暇無所用心，輒想像幽怪遇合、才情恍惚之事，作爲詩章答問之意，傅會以爲説。盍簪之次，各出行卷以相娱玩。非必真有是事，

---

① （宋）陳師道《後山詩話》，見（清）何文煥輯《歷代詩話》，中華書局 1981 年版，第 310 頁。尹師魯（尹洙）"傳奇體"的提出，最早見於北宋畢仲詢《幕府燕閑録》："范文正公作《岳陽樓記》，爲世所貴。尹師魯讀之，曰：'此《傳奇》體也。'"（《説郛》卷十四第 22 頁，中國書店 1986 年影印涵芬樓 1927 年版）

謂之'傳奇'。"① 明胡應麟專門評價裴鉶《傳奇》，謂："唐所謂傳奇，自是小説書名，裴鉶所撰，中如《藍橋》等記，詩詞家至今用之，然什九妖妄，寓言也。裴，晚唐人，高駢幕客，以駢好神仙，故撰此以惑之。其書頗事藻繪而體氣俳弱，蓋晚唐文類爾。"② 對"傳奇"之鄙視以清代紀昀最爲徹底，其《四庫全書總目提要》摒棄"傳奇"而回歸"子部小説家"之純粹（歐陽修《新唐書·藝文志》將唐代傳奇闌入"子部小説家"）。而在具體評述時，凡運用"傳奇"一辭，紀昀均帶有貶斥之口氣，如"小説家類存目一"著録《漢雜事秘辛》，提要謂："其文淫艷，亦類傳奇。"《昨夢録》提要云："至開封尹李倫被攝事，連篇累牘，殆如傳奇，又唐人小説之末流，益無取矣。"③ 而細味紀昀之用意，傳奇之"淫艷""冗沓""有傷風教"正是其摒棄之重要因素，其目的在於清理"小説""可資考證""簡古雅贍""有益勸戒"之義例本色，從而捍衛"小説"之傳統"正脈"④。

　　"演義"亦然。將"演義"專指白話小説，突出中國小説的"文白兩分"也有價值層面之因素。雖然人們將"演義"視爲"喻俗書"，但在總體上沒能真正提升白話小説之地位，"演義"之價值仍然是有限的。這祇要辨別"演義"與"小説"之關係便可明瞭，"演義"與"小説"是古人使用較爲普遍的兩個術語，兩者之間的關係大致這樣："小説"早於"演義"而出現，其指稱範圍包括文言小説和白話小説兩大門類，"演義"則是白話小説的專稱；而在價值層面上，"演義"與"小説"則有明顯的區別。我們且舉兩例以説明之：明萬曆年間的胡應麟曾對"演義"與"小説"作過區分，其所謂"小説"專指文言小説，包括"志怪""傳奇""雜録""叢談""辨訂""箴規"六大門

---

① （元）虞集撰《道園學古録》，商務印書館 1937 年版，第 645 頁。
② （明）胡應麟《少室山房筆叢·莊岳委談下》，上海書店出版社 2009 年版，第 424 頁。
③ 詳見潘建國《中國古代小説書目研究》，上海古籍出版社 2005 年版，第 57 頁。
④ 參見胡之昀《論唐代筆記雜録》（稿本），華東師範大學 2005 年碩士論文。

類，而"演義"則指《水滸傳》《三國志通俗演義》等白話小説。《莊岳委談》下云："今世傳街談巷語有所謂演義者，蓋尤在傳奇、雜劇下。"又云："關壯繆明燭一端，則大可笑，乃讀書之士亦什九信之，何也？蓋由勝國末村學究編魏、吳、蜀演義，因《傳》有'羽守邳見執曹氏'之文，撰爲斯説，而俚儒潘氏又不考而贊其大節，遂致談者紛紛。案《三國志》羽傳及裴松之注，及《通鑑》《綱目》，並無其文，演義何所據哉？"① 其鄙視之口吻清晰可見。而清初劉廷璣的判定則更爲斬釘截鐵："演義，小説之別名，非出正道，自當凜遵諭旨，永行禁絶。"② 胡、劉二氏對小説（包括文言白話）均非常熟悉，且深有研究，其言論當具代表性。

要而言之，從術語角度觀照中國小説文體，可以清晰地梳理出中國小説之文體構成和文體發展，且從價值層面言之，術語也顯示了小説文體在中國古代的存在態勢，那就是"重文言輕白話"，"重筆記輕傳奇"，這一態勢一直延續到晚清。

三、術語與 20 世紀中國小説之創作和研究

20 世紀以來，小説研究取得了豐碩的成果，形成了自身的特色。我們完全可以認爲，20 世紀是中國小説研究史上最爲豐收的一個世紀，小説研究從邊緣逐步走向了中心，而小説作爲一種"文體"也在中國文學創作中漸據"主體"之地位。促成這一轉變有多種因素，而其中最爲關鍵的仍然在術語——"小説"與"novel"的對譯。

一般認爲，現代"小説"之觀念是從日本逆輸而來的，"小説"一辭的現代變遷是將"小説"與"novel"對譯的産物。從語源角度看，最早將小説與

① （明）胡應麟《少室山房筆叢·莊岳委談下》，上海書店出版社 2009 年版，第 432、436 頁。
② （清）劉廷璣撰，張守謙校點《在園雜志》卷三，中華書局 2005 年版，第 125 頁。

"novel" 對譯的是英國傳教士馬禮遜的《華英字典》（1822），在日本，出版於 1873 年的《外來語の語源》和《附音挿図英和字彙》也收有 "novel" 的譯語 "小説"，但兩者影響均不大。而真正改變傳統小説内涵、推進日本現代小説發展的是坪内逍遥（1859—1935）的《小説神髓》（1885），坪内逍遥 "試圖把中國既有的 '小説' 概念和戲作文學（日本江户後期的通俗小説）統一到 'ノベル'（novel）這一西方的新概念上來"①。由此，"小説" 在傳統基礎上被賦予了新的内涵，即以西方 "novel" 概念來限定 "小説" 之内涵。近代以來，中國小説之研究和創作受日本影響是顯而易見的，其中最爲本質的即是小説觀念，而梁啓超和魯迅對後來小説之研究和創作影響最大②。

　"小説" 與 "novel" 的對譯對 20 世紀中國小説研究史和小説創作史都有深遠的影響，在某種程度上我們可以説，它使中國小説學術史和中國小説創作史翻開了新的一頁。從研究史角度而言，經過梁啓超等 "小説界革命" 的努力，小説地位有了明顯的提升，雖然近代以來人們對傳統中國小説仍然頗多鄙薄之辭，但 "小説" 作爲一種 "文體" 的地位有了根本性的改變，"小説爲文學之最上乘" 的言論在 20 世紀初的小説論壇上成了一個被不斷强化的觀念而逐步爲人們所接受③。正是由於這一觀念的推動，近代以來的小説研究開啓了不少前所未有的新途，如王國維嘗試運用西方美學思想來分析中國傳統小説，雖不無牽强，却是開風氣之先；胡適以考據方法研究中國小説，雖方

①　詳見何華珍《"小説" 一詞的變遷》，香港中國語文學會《語文建設通訊》第 70 期（2002 年 5 月），第 51—53 頁。

②　何華珍《"小説" 一詞的變遷》（《語文建設通訊》第 70 期）："戊戌變法失敗後，梁亡命東瀛。航海途中，偶翻日人小説《佳人之奇遇》，由於滿紙漢字，梁氏當時雖還不識日文，却也能看個大概。抵日後，創辦《清議報》（1898），發表《譯印政治小説序》，翻譯《佳人之奇遇》；繼之，又創辦《新小説》（1902），發表《論小説與群治之關係》。可見，'新小説' 的興起，不但與梁啓超有關，而且與日本密不可分。" 魯迅作《中國小説史略》受鹽谷温之影響也是顯見的，而鹽谷温之中國小説研究已是 "折衷於當時東西方不同的小説史觀和方法來進行工作的。" 見黄霖、許建平等著《20 世紀中國古代文學研究史》（小説卷）第四章《"中國小説史" 著作的編纂》，東方出版中心 2006 年版。

③　楚卿《論文學上小説之位置》，《新小説》第七號光緒二十九年（1903）七月十五日第 1—7 頁，上海書店複印本，1980 年版。

法是傳統的，但運用考據方法研究中國小説則是以對小説價值的重新體認爲前提的；而魯迅等的小説史研究更是以新的文學史觀念和小説觀念爲其理論指導。而所有這些研究方法之新途都和"小説"與"novel"的對譯關係密切，小説地位的確認和"虚構之叙事散文"特性的明確是中國小説研究形成全新格局的首要因素。這一新的研究格局在20世紀的中國小説研究史上，雖每個時期有其局部之變化，但總體上一以貫之。從創作史角度來看，"小説"與"novel"的對譯也促成了中國小説創作的質的變化，在這一過程中，如果説，梁啓超等所倡導的"新小説"祗是著重在小説表現内涵上的"新變"，其文體框架仍然是"傳統"的，所謂"新小説"乃"舊瓶裝新酒"；那麼，以魯迅爲代表的小説創作則完成了中國小説真正意義上的"新舊"變遷，開啓了全新的現代小説之格局。而小説新格局的産生在根本意義上是中國小説"西化"的結果，郁達夫在其《小説論》中即明確表示："中國現代的小説，實際上是屬於歐洲的文學系統的。"而現代小説也就是"中國小説的世界化"①。

　　由此可見，"小説"與"novel"的對譯，表面看來似乎祗是一個語詞的翻譯問題，實則藴涵了深層次的思想内核，是中國小説研究和創作與西方小説觀念的對接，中國現代學術史範疇的"小説"研究和中國現代文學範疇的"小説"創作均以此作爲"起點"，其影響不言而喻，其貢獻也不容輕視。然而，當我們回顧梳理這一段歷史的時候，我們也不無遺憾地發現，由"小説"與"novel"對譯所帶來的"小説"新内涵在深刻影響中國小説研究和創作的同時，也對中國小説研究和創作帶來了不少"負面"影響，尤其在小説研究和創作的"本土化"方面更爲明顯。這主要表現在如下兩個方面：

　　一是小説研究的"古今"差異所引起的研究格局之"偏仄"。20世紀以來中國小説研究的"時代特性"是明顯的，古今之研究差異更是十分鮮明。

---

　　① 詳見劉勇强《一種小説觀及小説史觀的形成與影響——20世紀"以西例律我國小説"現象分析》，《文學遺産》2003年第3期。

從總體來看，中國小說研究的古今差異除了研究方法、理論觀念等之外，最爲明顯的是研究對象重視程度的差異：由“重文言輕白話”漸演爲“重白話輕文言”，從“重筆記輕傳奇”變而爲“重傳奇輕筆記”。而觀其變化之迹，一在於思想觀念，如梁啓超“小說界革命”看重小說之“通俗化民”；一在於研究觀念，如魯迅等“虛構之叙事散文”的小說觀念與傳奇小說、白話小說更爲符契；而 50 年代以後之“重白話輕文言”“重傳奇輕筆記”則是思想觀念與研究觀念合併影響之産物。在 20 世紀的中國小說研究中，白話通俗小說成了小說研究之主流，而在有限的文言小說研究中，傳奇研究明顯占據主體地位，其研究格局之“偏仄”成了此時期小說研究的主要不足。更有甚者，當人們一味拔高白話通俗小說之歷史地位的時候，所持有的從西方引進的小說觀念却是一個純文學觀念（或雅文學觀念），這種研究對象與研究觀念之間的“悖離”致使 20 世紀的白話通俗小說研究也不盡如人意，其中首要之點是研究對象的過於集中，《水滸》《三國》《紅樓夢》等有限幾部小說成了人們津津樂道的小說研究主體。文言小說研究亦然，當“虛構的叙事散文”成爲研究小說的理論基礎時，“叙述婉轉”的傳奇便無可辯駁地取代了“粗陳梗概”的筆記小說之地位，雖然筆記小說是傳統文言小說之“正脈”，但仍然難以避免被“邊緣化”的窘境。其實，浦江清早在半個世紀前就提出了不同的看法：“現代人說唐人開始有真正的小說，其實是小說到了唐人傳奇，在體裁和宗旨兩方面，古意全失。所以我們與其說它們是小說的正宗，無寧說是別派，與其說是小說的本幹，無寧說是獨秀的旁枝吧。”① 惜乎没能引起足够的重視。由此可見，20 世紀中國小說研究的這一“古今”差異對中國小說研究的整體格局有著很大的影響。

　　二是小說內涵之“更新”所引起的傳統小說文體之“流失”。隨著小說與

---

① 浦江清《論小說》，《浦江清文録》，人民文學出版社 1958 年版，第 186 頁。

"novel"的對接，人們開始嘗試研究小説的理論和作法，而在研究思路上則由"古今"之比較演爲"中外"之比較，並逐步確立了以西學爲根基的小説創作理論。劉勇强在《一種小説觀及小説史觀的形成與影響》一文中對此作了分析："五四"時介紹的西方以"人物、情節、環境"爲小説三元素的理論在當時頗有影響，"清華小説研究社的《短篇小説作法》，郁達夫的《小説論》，沈雁冰的《小説研究 ABC》等，都接受了這種新的三分法理論。西方小説理論的興盛，意味著對中國小説的批評從思想層面向文體層面的深入，而古代小説一旦在文體層面納入了西方小説的分析與評價體系，它要得到客觀的認識勢必更加困難了。"① 其實，這種影響非獨針對中國傳統小説之批評，它對當時小説創作之影響更爲强烈，尤其"要命"的是，這些小説理論的研究者往往又是小説的創作者，理論觀念的改變無疑也會改變他們的創作路數，所謂現代小説的産生正是以這一背景爲依托的。於是，在這一"中外"小説及小説觀念的大衝撞中，傳統小説文體被無限地"邊緣化"，一方面，傳統章回體小説"隱退"到小説主流之外，蟄伏於"言情""武俠"等小説領域，且在"雅俗"的大框架下充任著不入流品的"通俗小説"角色；同時，頗具中國特色的筆記體小説在中國現代小説史上更是越來越難覓踪影，筆記體小説固然良莠不齊，但優秀的筆記體小説所體現出的創作精神、文體軌範、叙述方式、語言風格却是中國傳統小説之菁華。近年來，當作家們感嘆小説創作難尋新路，讀者們激賞孫犁、汪曾祺小説別具一格的傳統風神時，人們自然想到了中國文言小説之"正脈"的筆記體小説。然而，一個世紀以來對傳統小説文體的"抑制"和在西學背景下現代小説的"一支獨秀"，已從根本上顛覆了中國古代小説之傳統。這或許是 20 世紀初中國小説研究者在開闢新域時所没有料到的結局。

---

① 劉勇强《一種小説觀及小説史觀的形成與影響——20 世紀"以西例律我國小説"現象分析》，《文學遺産》2003 年第 3 期。

結　語

以上我們從"術語與中國小説之特性""術語與中國小説之文體"和"術語與 20 世紀中國小説之創作和研究"三個方面清理了術語與中國小説之關係。由此，我們大致可以延伸出如下觀點：(1) 中國古代小説是一個整體，無論"文白"，不拘"雅俗"，古人將其統歸於"小説"之名，即有其內在邏輯來維繫，其中"子""史"兩部是中國古代小説之淵藪，今人以"虛構之敘事散文"觀念來梳理和限定中國古代小説其實不符合中國小説之實際。(2) 中國小説乃"文白兩分"，文言一系由"筆記""傳奇"兩體所構成，而在漫長的古代中國，小説之"重文言輕白話""重筆記輕傳奇"是一以貫之的傳統。(3) 20 世紀以來中國小説研究的基本格局是"重白話輕文言"和"重傳奇輕筆記"，而形成這一格局的根本乃是"小説"與"novel"的對接，這一格局對中國小説研究產生了深遠影響，中國現代學術史範疇的"小説"研究由此生成，同時也影響了現代小説的創作。然而，這一格局也在某種程度上使中國小説研究和創作與傳統中國小説之"本然"漸行漸遠。其實，從小説術語的解讀中，我們已不難看到，中國傳統小説是一個非常廣博的系統，是中國傳統文化中的重要組成部分，它雖然始終處於"非主流""非正統"的地位，但其所體現的文化內核還是非常豐富的，尤其與"子""史"兩部之關係異常緊密。而當我們僅從"虛構之敘事散文"來看待和限定中國傳統小説時，我們的研究和創作在很大程度上"失去"了與傳統中國小説的血脈聯繫，其中最爲突出的是"失去"了中國小説的"豐贍"和中國小説家的"博學"。

文法術語：小説叙事法則的獨特呈現

在中國古典小説術語中，除了指稱小説史上相關文體的專門術語諸如"小説""傳奇""演義""話本"等之外，還有大量獨具特色的小説文法術語，如"草蛇灰綫""羯鼓解穢""獅子滾球""章法""白描"等，這類文法術語既是中國古代小説評點家所總結的小説叙事技法，同時又是小説評點家評判古代小説的一套獨特的批評話語，最能體現中國傳統小説批評之特色。近代以來，隨著小説評點在小説論壇上的逐漸"消失"和西方小説理論的大量涌入，文法術語漸漸脱離了小説批評者的視綫，人們解讀中國古代小説已習慣於用西方引進的一套術語，如"性格""結構""典型""叙事視角"等，並以此分析中國古代小説，所謂"以西例律我國小説"①，可以説，這一套術語及其思路通貫於百年中國小説研究史，對中國古代小説史之研究産生了重大的影響，而中國傳統小説批評的文法術語倒逐漸成了一個"歷史的遺存"。20世紀以來，中國古代小説文法術語雖也引起了研究者的注意，但否定者居多，如胡適《水滸傳考證》認爲這些技法"有害無益"，"讀書的人自己去研究《水滸》的文學，不必去管 17 世紀八股選家的什麼背面鋪粉法和什麼橫雲斷山法！"② 魯迅在《談金聖歎》一文中對金聖歎將小説批評"硬拖到八股的作法"也深爲不滿，而 50 年代以來長期批判文學創作的所謂"形式主義"，小説文法術語更是難以進入研究者的視野。一直到 20 世紀 80 年代以後，文法

① 《小説叢話》中定一之語，《新小説》1905 年版。
② 胡適《中國章回小説考證》，安徽教育出版社 1999 年 9 月第 1 版，第 4、8 頁。

術語才進入了真正的研究之中。其實，文法術語作爲中國古代小說敘事法則的獨特呈現，它在中國古代小說史上曾產生過重要的作用，也是中國古代小說批評中最具小說本體特性的批評內涵，值得加以深入探究。

一

我們首先縷述古代小說文法術語的變化軌迹。

在中國古代，小說文法術語是伴隨小說評點的發展而發展的，其命運亦與小說評點相仿，自晚明至晚清，經歷了由少量徵引到蔚爲大觀再到陳陳相因並最終"消亡"的過程。

在小說評點興起之前，小說評論中雖偶有藝術評賞，但真正涉及文法批評的極少，如評《水滸傳》"講論處不儱搭，不絮煩；敷衍處有規模，有收拾。冷淡處提掇得有家數，熱鬧處敷衍得越久長"[①]，"中間抑揚映帶，回護咏嘆之工，真有超出語言之外者"[②]。還没有形成完整的小說文法術語。

小說評點興起之後，由於評點形式的傳統制約，文法批評走向了自覺，小說的文法術語由此也逐步形成。在小說評點初期，文法批評最突出的是《水滸傳》"容與堂本"和"袁無涯本"，尤其是"袁無涯本"更值得重視。通觀《水滸傳》"容與堂本"，具有明確文法意味的術語主要有"同而不同""點綴""傳神""鋪序""伸縮次第""過接無痕"等。而《水滸傳》"袁無涯本"則提出了包括"寫生""詳略虛實""皴法""埋根""逆法""離法""銷繳法""關映""傳神""蛛絲燕泥""映帶""烘染""緩急""點綴""賓主""錯綜開宕""入題""叙事養題""叠叙""脱卸""轉筆""藕絲蛇踪""閑筆""點染""急來緩受""映照""疏密互見""水窮雲起""煩上三毫""形擊""犯""擒

<hr>

① （宋）羅燁《醉翁談録》，古典文學出版社 1957 年版，第 5 頁。
② （明）胡應麟《少室山房筆叢》，上海書店出版社 2009 年版，第 437 頁。

縱""極省法""立題""襯貼"等大量文法術語，在術語來源的廣泛性、涉及藝術環節的寬廣性以及總結的深刻性方面均較"容本"出色，對以後的小説文法批評影響深遠。

崇禎十四年（1641），金聖歎批本《水滸傳》問世，康熙十八年（1679），毛氏父子完成《三國志通俗演義》的批點，康熙三十四年，張竹坡批點《金瓶梅》，這五十餘年是中國古代小説評點的黃金時期，也是古代小説文法批評的繁盛時期。此時期的小説文法批評最爲成熟和發達，古代小説文法術語的主體部分也在此時期得以完成，而其中尤以金聖歎、張竹坡的小説文法批評最爲出色，代表了古代小説文法批評的最高成就（相對而言，毛氏父子的《三國演義》批點由於過多承續金聖歎的《水滸傳》批點，故在文法批評的貢獻上略遜一籌）。具體表現爲：（1）金聖歎和張竹坡的小説文法術語極爲豐富，尤其是善於創造性地總結古代小説的創作方法，並提出相應的文法術語。如"容與堂本"《水滸傳》中有"同而不同"法，"袁無涯本"《水滸傳》中有諸多"犯"法，二者在金聖歎筆下即集中爲所謂的"避犯法"；"容與堂本"中的"過接無痕"、"袁無涯本"中的"脱卸"與"轉筆"，在金聖歎筆下則成了"鸞膠續弦"法；"袁無涯本"中的"省文法"在金聖歎筆下演變爲"極省法"與"極不省法"；"袁無涯本"中的"藕絲蛇踪""埋根"兩法在金聖歎筆下則以"草蛇灰綫"法來取代。與此相應，金聖歎和張竹坡還善於在細讀小説文本基礎上，根據小説自身藝術特徵提出新的文法術語，如由金聖歎提出並由張竹坡廣爲運用的"白描"法、"極大章法"（"大章法"），由張竹坡結合世情小説描寫特徵而提出的"影寫法"、"趁窩和泥"法等，大大地豐富了小説的文法術語。（2）金聖歎、張竹坡提出的文法術語涉及了小説藝術的諸多環節，對古代小説叙事法則的總結可謂具體入微，如有關小説整體結構布局的文法術語有"草蛇灰綫""橫雲斷山""鸞膠續弦""水窮雲起""長蛇陣法""文字對峙""遥對章法"等，涉及具體描寫方式的文法有"大落墨法"、"背面鋪粉”法、“加一倍法”、“烘雲托月”法、“明修暗度”法、“欲擒故縱”法等，涉及文勢鋪墊與轉接的文法有“回環兜鎖”法、“冷題熱寫”法、“趁水生波”法、“移雲接月”法、“片帆飛渡”法等，其他小說創作過程中諸如埋伏照應、寫生傳神、襯托點染等環節的文法亦多有歸納，且大都成了後世小說文法術語的固定稱謂。（3）金聖歎與張竹坡的小說評點有著自覺的文法批評意識和豐富的文法批評實踐，對以後的小說文法批評影響深遠。古代小說文法批評中相當多的術語或直接或間接均來源於金聖歎和張竹坡的小說評點，甚至可以說，金聖歎之《水滸傳》評點、張竹坡之《金瓶梅》評點是中國古代小說文法術語的“資料庫”，毛氏父子的《三國志演義》評點、脂硯齋的《紅樓夢》評點明顯承接金聖歎批本，而馮鎮巒、但明倫等的《聊齋志異》評點，黃小田等的《儒林外史》評點，張新之等的《紅樓夢》評點等，也基本上能在金聖歎或張竹坡那裏找到對應的小說文法術語，可見其影響之深遠。

在文法批評的高峰期過後，小說文法批評總體上籠罩在金聖歎和張竹坡的“陰影”之中，而文法術語基本呈現陳陳相因之勢。其中金聖歎的影響尤為明顯，如金氏注重的小說“章有章法、句有句法、字有字法”的觀念在此後的小說文法批評中不絕如縷，張書紳《新說西遊記·總批》謂：“《西遊》一書，不惟理學淵源，正見其文法井井。看他章有章法，字有字法，句有句法，且更部有部法，處處埋伏，回回照應。不獨深於理，實更精於文也。後之批者非惟不解其理，亦並没注其文，則有負此書也多矣。”[1] 其語調、筆法與金聖歎如出一轍。而由金氏所奠定的小說文法術語在此時亦為評點家所承繼，如《紅樓夢》甲戌本第一回眉批有云：“事則實事，然亦叙得有間架，有曲折，有順逆，有映帶，有隱有見，有正有閏，以至草蛇灰綫、空谷傳聲、一擊兩鳴、明修棧道、暗度陳倉、雲龍霧雨、兩山對峙、烘雲托月、背面鋪

---

① （清）張書紳《新說西遊記》“總批”，上海古籍出版社《古本小說集成》據上海古籍出版社藏本影印，1994 年版，第 20 頁。下引《古本小說集成》均為此版本，不另注。

粉、千皴萬染諸奇。書中之秘法，亦不復少。余亦於逐回中搜剔刳剖，明白注釋，以待高明，再批示誤謬。"[1] 同時，文章學對小說文法的影響更爲强烈，這在張書紳《新説西遊記》評點中表現得最爲明顯，其《總批》謂："一部《西遊記》共計一百回，實分三大段；再細分之，三段之内又分五十二節，每節一個題目，每題一篇文字。其文雖有大小長短之不齊，其旨總不外於明新止至善。"[2] 而在具體的評論中更是比比皆是，如"文無反正旁側，亦不成爲文"（第十三回前評）、"文章有正筆有補筆，亦要騰挪地步"（第十四回末評）、"一扇兩用，寫出無窮的妙意"（第五十九回末評）、"又合制藝兩截之法"（第六十九回末評）、"兩截過渡之法"（第七十回夾評）等。此時期在小説文法批評中值得一提的作品主要有《紅樓夢》脂硯齋批本、張書紳《新説西遊記》、《水滸後傳》批本、《紅樓夢》張新之批本、《儒林外史》黄小田批本、《聊齋志異》但明倫批本等。

　　小説的文法批評傳統一直延續至清末，由於小説評點外部環境的變化，小説的文法批評已難有明顯的發展，而文法術語也基本上承繼有餘，更新不足。一方面，小説文法批評的整體風格仍然是金聖歎等人所開創的路數，文章學的"八股"習氣在小説文法批評中更呈蔓延之勢；而更爲重要的是，晚清小説評點有很大一部分是附麗於小説報刊連載形式的，而報刊連載方式在讀者閱讀過程中所形成的文本連續意識與單看一部完整小説相比無疑要降低不少，這對於慣常以抉發小説起結章法、埋伏照應、對鎖章法等技巧内容爲主要特徵的小説文法批評來説也是極爲不利的。因爲讀者在看完一期報刊所載小説内容後，很有可能對上一期小説評點中出現的諸如伏筆、伏綫等文法提示毫無印象，因此此類文法批評也就形同虚設，而難以真正產生批評意義。

---

　　① （清）曹雪芹著，（清）脂硯齋評批，黄霖校點《紅樓夢》，第一回眉評，齊魯書社 1994 年版，第 6 頁。
　　② （清）張書紳《新説西遊記》"總批"，上海古籍出版社《古本小説集成》據上海古籍出版社藏本影印，第 12 頁。

同時，晚清以來，"新小説"的出現和西方理論觀念的引進，更使傳統小説文法批評陷於尷尬之境地，"以古文家或准古文家眼光讀小説，自然跟以西方小説理論家眼光讀小説有很大差距。前者關心字法、句法、章法、部法；後者區分情節、性格、背景"①。這一新舊交替的小説現狀致使傳統小説文法批評難以找到其存在空間，從而最終導致小説文法批評趨於消亡，而小説的文法術語也逐步爲一套新的、西化的"批評話語"所取代。

二

小説文法批評自明中葉以來延續長久，至清末逐漸退出了歷史舞臺，而綜觀這數百年的小説文法批評，文法術語也構成了自身的獨特系統，這是中國古代小説叙事法則的獨特呈現，反映了古代小説自身的創作法則。

繁複蕪雜的小説文法術語主要涉及如下幾個方面：

一是小説結構的"伏筆照應"，强調小説事件描寫的緊湊完整。古代小説批評者認爲，事件描寫在小説創作過程中的意義十分重要，包括事件的開端與結尾、人物的出場與結局、故事的鋪叙和展開等，均須以或明或隱的形式加以映合照應，以求事件的完整，避免情節的散亂無章。涉及的文法術語包括："伏筆""前掩後映""草蛇灰綫""長蛇陣法""鸞膠續弦""一擊空谷八方皆應""手寫此處眼照彼處""隔年下種""遥對章法""起結章法""牽綫動影""鬥筍"等。以"草蛇灰綫"爲例，"草蛇灰綫"是古代小説文法術語中運用比較普遍的一個術語，而之所以得到如此重視與古人的小説創作原則是緊密關聯的。作爲體制篇幅較大的小説文體，其"叙事之難，不難在聚處，

---

① 陳平原《中國小説叙事模式的轉變》，見《陳平原小説史論集》（上），河北人民出版社 1997年版，第 283 頁。

而難在散處"①，故在小説創作原則中最爲重要的即是"目注此處手寫彼處"，如評點者所云："文章最妙是目注彼處，手寫此處。若有時必欲目注此處，則必手寫彼處。"②"文字千曲百曲之妙。手寫此處，却心覷彼處；因心覷彼處，乃手寫此處。"③"所謂文見於此，而屬於彼也。"④"眼觀彼處，手寫此處，或眼觀此處，手寫彼處，便見文章異常微妙。"⑤ 可見，"目注此處手寫彼處"是小説創作普遍追求的藝術傾向，有助於叙寫"散處之難"，可將分散於作品不同部位的細部單元加以有機鈎連，形成一個内在的統一體，而注重"草蛇灰綫"之法正有利於實現小説的這種創作效果。

二是小説情節的"脱卸轉換"，旨在實現小説創作中人物、事件或情境之間的巧妙承接與轉換。體現這一内涵的小説文法術語大致有："水窮雲起""横雲斷山""移雲接月""雲穿月漏""趁水生波""雲斷月出""暗渡陳倉""移堂就樹""手揮目送""金蟬脱殼""片帆飛渡""羯鼓解穢""急脈緩受""欲擒故縱"等。對小説情節"脱卸轉換"的重要性，評點者多有提及，如金聖歎云："文章妙處，全在脱卸，脱卸之法，千變萬化。"⑥ 張新之曰："此書每於緊拍處用别事截斷。蓋一説盡，便無餘味可尋也，亦文章善尋轉身法。"⑦《野叟曝言》評者曰："回頭一著，其妙無倫，讀書須於轉換處著意。"⑧ 可以説，"脱卸轉換"是古代小説追求情節曲折、懸念迭起、引人入勝等文體特性的内在要求。如

---

① （明）羅貫中原著，（清）毛宗崗評改，穆儔等標點《三國演義》第四十一回總評，上海古籍出版社 1989 年版，第 524 頁。

② （清）金聖歎評改本《金聖歎批本西廂記》"讀法"，張國光校注，上海古籍出版社 1986 年版，第 13 頁。

③ 秦修容整理《金瓶梅》（會評會校本）第二十回張竹坡批語，中華書局 1998 年版，第 277 頁。

④ （清）陳其泰評，劉操南輯《桐花鳳閣評紅樓夢輯録》，天津人民出版社 1981 年版，第 147 頁。

⑤ （清）哈斯寶評，亦鄰真譯《新譯紅樓夢回批》第十五回批語，引自朱一玄編《紅樓夢資料彙編》，南開大學出版社 2001 年版，第 791 頁。

⑥ （清）金聖歎評改本《第五才子書水滸傳》第五十一回夾評，上海古籍出版社《古本小説集成》據金閶葉瑶池刊本影印，第 2875 頁。

⑦ 馮其庸纂校訂定《八家評批紅樓夢》第二十六回張新之批語，文化藝術出版社 1991 年版，第 590 頁。

⑧ （清）夏敬渠著，黄克點校《野叟曝言》，人民文學出版社 1997 年版，第 1036 頁。

“羯鼓解穢”乃强調小説叙事格調的轉換，而“水窮雲起”强調的則是在小説叙事過程中要善於“絶境轉換”，從而營造出驚奇交迭、悲喜相生的審美效果。

　　三是小説叙寫的“蓄勢敷衍”和“對比襯托”。“蓄勢”指爲展開後文情節而預先進行的鋪墊，“敷衍”則指對叙寫對象淋漓盡致的刻畫。“蓄勢”的小説文法大致有：“叙事養題”、“養局”、“逼拶法”、“反跌法”（“逆法離法”）、“那輾法”、“月度回廊法”、“極不省法”等；“敷衍”的小説文法則有“大落墨法”“獅子滚球法”等。如“獅子滚球法”，這是對古代小説特定藝術文法的形象稱謂，它强調在小説叙事過程中應針對重要的叙事關節（或爲情節、或爲人物形象、或爲特定情境）作往復回環的叙寫，以獲得一種循環跌宕的藝術美感。而“對比襯托”更是古代小説叙寫中十分注意的創作文法，小説文法術語中諸如“急與緩”“疏與密”“虚與實”“奇與正”“賓與主”“濃與淡”“生與熟”“冷與熱”等强調互補關係的術語都是此種文法的體現。圍繞這種互補關係還衍生出其他小説文法，如“映襯”“烘雲托月”“背面鋪粉”“影寫法”等，也是强調通過對立面的叙寫來達到對叙寫對象本身的描寫，以獲得以彼寫此、以此寫彼的叙述效果。

　　四是小説人物的“傳神寫生”，强調小説人物描寫的逼真效果和本質揭示。相關文法術語大致有：“傳神”“頰上三毫”“綿針泥刺”“白描”“鐘鼎象物”“追魂攝影”“繪聲繪影”“畫龍點睛”等。此類文法大都源於畫論，如“白描”，作爲古代繪畫的一種藝術文法，本指北宋李公麟開創的一種繪畫風格和文法，移用於小説領域，專指人物形象的描寫技巧和特色。如陳其泰《紅樓夢》第七回中夾批：“一筆而其事已悉，真李龍眠白描法也。”[1]《花月痕》第十七回末評：“此回傳秋痕、采秋，純用白描，而神情態度活現毫端，

---

[1] （清）陳其泰評，劉操南輯《桐花鳳閣評紅樓夢輯録》，天津人民出版社 1981 年版，第 67 頁。

的是龍眠高手。"① 其中承傳之關係十分明晰。

五是小説語言的"絕妙好辭（詞）"。相對其他小説文法，古人對小説語言的評判比較零散，也缺少相應的文法術語，除了籠統的"字法""句法"和"趣""妙""機趣"等直觀評述之外，使用相對比較普遍的是"絕妙好辭（詞）"。"絕妙好辭"典出《世説新語・捷悟》楊修解讀蔡邕對曹娥碑文的八字評價，云："黄絹，色絲也，於字爲絕。幼婦，少女也，於字爲妙。外孫，女子也，於字爲好。虀臼，受辛也，於字爲辤。所謂'絕妙好辭'也。"② "絕妙好詞"源於周密所編詞選《絕妙好詞》，而廣泛使用於小説評點，金聖歎《水滸傳》評本、毛氏父子《三國演義》評本、《紅樓夢》張新之姚燮評本、《聊齋志異》馮鎮巒評本等均以"絕妙好辭（詞）"評價小説語言，觀其評判之旨趣，大致可見古人對小説語言的審美追求，即"生動諧趣"和"清約秀妙"。

中國古代小説文法術語主要由上述五個方面構成，這五個方面的小説文法術語雖然不脱現代小説學"情節、人物、語言"三分法之框架，因爲作爲叙事文學的古代小説（尤其是通俗小説）與現代小説之間自有其"共性"在，但從中亦不難看出古代小説文法術語所體現的傳統内涵和自身特色。

三

從中國古代小説文法術語的發展歷史和構成情況中我們不難看出：古代小説文法術語乃植根於中國傳統文化之中，又在小説文體的制約下形成自身的文法批評傳統和文法術語系統的；同時，古代小説的文法批評和文法術語也有其自身的"言説"方式，即以形象化的表述來闡明理性的創作思想。這

---

① （清）魏秀仁著，（清）棲霞居士評《花月痕》，上海古籍出版社《古本小説集成》影印本，第111頁。

② 余嘉錫撰，周祖謨、余淑宜整理《世説新語箋疏》，中華書局1983年版，第580頁。

確乎是一個獨特的批評傳統。那中國古代小説的文法批評和文法術語何以會形成這一格局呢？我們認爲，古代小説的文法批評和文法術語之所以會形成這一格局大致有兩方面的因素：一是與文法術語的來源有關係；二是與小説“文法”的特殊性質密切相關。

中國古代小説文法術語雖然數量衆多，但真正屬於小説批評自身的文法術語却並不多見，多數承襲其他文體或藝術門類，簡言之，它是在大量借鑒書畫理論、堪輿理論、兵法理論的基礎上，又以文章學（含古文和時文）爲其核心内涵，從廣義的“文章”角度來觀照小説的。

在中國古代，書畫一體，其藝理大致相通①。古代書畫理論對小説文法批評的影響主要體現在以下幾方面：一是以書畫創作中的“傳神寫生”來評價小説的逼真描寫，小説文法批評中廣爲出現的諸如“點睛”“頰上添毫”“繪風繪水”“白描”等術語即是如此。二是以書畫創作過程中的具體技藝來揭示小説藝術的細部描寫文法。古代書畫創作“不外乎用筆、用墨、用水”② 三個層面，書畫技藝基本上圍繞這三者而展開，皴、渲、點、染、襯、烘、托等構成了創作過程中的常見技藝，而小説文法批評中反復出現的諸如“烘染”“渲染”“點染”“絢染”“勾染”“襯染”“染葉襯花”“烘雲托月”“追染”“襯叠點染”“千皴萬染”“三染”“倒皴反剔”“點綴”“烘托”“正襯”“反襯”等術語均是對書畫技藝術語的沿用。三是以書畫創作觀念上的辯證法來揭示小説藝術的相應手法與構思布局。書畫創作觀念中諸如逆與順、露與藏、濃與淡、疏與密、生與熟、連與斷、虛與實等對立統一的辯證法在小説文法批評中即以“逆法”“藏閃法”“濃淡相生”“疏密相間”“生熟停匀”“橫雲斷山”“山斷雲連”等名目出現。從上述三方面可以看出，書畫理論對小説文法批評

① 如清人方薰明確指出：“畫即是書之理，書即是畫之法。”（《山静居畫論》）引自俞劍華編著《中國畫論類編》，人民美術出版社 1986 年版，第 254 頁。

② （清）松年《頤園論畫》，引自俞劍華編著《中國畫論類編》，同上，第 325 頁。

的影響可謂是全方位的，它使得原本較爲抽象的文學文法更具形象而易爲人所接受。

堪輿理論作爲一種古人普遍篤信的文化傳統，它被援引入小説文法批評亦不足爲奇。堪輿理論對小説文法批評的影響主要體現爲以下兩方面：其一，以尋察"龍脈"之所在的類似方式來觀照小説創作的整體結構特徵，揭示小説創作應將小説情節的演進變化視爲一條隱性而靈動的生命綫，抓住了此條生命綫，也就抓住了小説叙寫成敗的關鍵，從而使小説情節構成一個有機統一的整體。小説文法批評中時常出現的諸如"千里來龍""伏脈千里""草蛇灰綫""文脈回龍"等術語均與堪輿理論中的"龍脈"之説緊密相關。其二，堪輿理論中具體步驟的相關術語也被沿用至小説文法批評中，用以描述小説創作具體的細部環節。如"伏案""立案""顧母""結穴""脱卸""急脈緩受"等文法術語即屬於此種情形。綜合上述兩種内涵，可以看出堪輿理論主要影響小説創作的結構觀念。

兵法與文人本無必然關聯，但出於事功報國和文化素養等因素的影響，文人也大都熟知兵法，故在文學批評中留下了衆多兵法影響的痕迹①，小説批評亦然。兵法理論影響小説文法批評主要在兩端：一是以諸如"行文如用兵，遣筆如遣將"、"絶妙兵法，却成絶妙章法"②、"文章一道，通於兵法"、"兵法即技法"③ 等觀念來説明小説文法之特性，以凸顯小説叙事手法類似兵法謀略的奇特性；二是援引兵法術語來評價小説的叙事特色，如"常山率然""奇正相生""明修暗度""避實擊虚""欲擒故縱"等文法術語。兵法理論進入小説文法批評一方面使得小説批評更爲生動，同時也比較貼切自然。

---

① 詳見吴承學《古代兵法與文學批評》，《文學遺産》1998 年第 6 期。
② （清）金聖歎評改本《第五才子書水滸傳》第十八回、第六十七回夾評，上海古籍出版社《古本小説集成》據金閶葉瑤池刊本影印，第 997、3746 頁。
③ 分别見（清）馮鎮巒《讀聊齋雜説》、卷七《宦娘》篇夾評，（清）蒲松齡著，張友鶴輯校《聊齋志異》（會評會校會注本），上海古籍出版社 1986 年版，第 14、986 頁。

　　文章學主要是指自南宋以來較爲興盛的古文評點與時文評點中的相關理論，它側重於就古文、時文的寫作規律與寫作技巧作細緻入微的抉發與總結，諸如結構綫索、謀篇布局、勾連轉換等寫作環節都是評點的重心所在。小説文法批評接受文章學的影響主要體現在以下幾點：一是文章學批評觀念的借鑒與轉化，例如"相題有眼，捽題有法，搗題有力"①，"看小説，如看一篇長文字，有起伏，有過遞，有照應，有結局，倘前後顛倒，或强生支節，或遺前失後，或借鬼怪以神其説，俱屬牽强"②，"小説作法與制藝同"③。二是對文章學中結構論的借鑒與轉化，文章學中的起承轉合的觀念、伏筆照應的觀念、段段勾連的觀念等結構要素均得到突出强調，例如"此章兩回，實分四大節看。三藏化齋一段是起，八戒忘形一段是承，打死蜘蛛一段是轉，千花洞一段是合。起承轉合，寫出文章之奇；反正曲折，畫出書理之妙"④，"首尾大照應、中間大關鎖"，"必先令聞其名，然後羅而致之，方不爲無因。於是有劉二撒潑一事，此截搭渡法也。但渡要渡得自然，不要渡得勉强"⑤。三是以諸如"開闔、抑揚、跌宕、頓挫、錯綜、翻轉"等文章學常見的寫作手法來審視小説創作的文法運用，這在小説評點中比比皆是。出現這樣的影響，既與晚明以來文人習慣以"時文手眼"批評文學的風氣密切相關，同時小説自身藝術成就的相對提升也提供了借鑒文章學展開批評的可能空間。

　　而古代小説文法批評形成"形象化"的"言説"特性則與"文法"的獨特性質密切相關。章學誠謂："塾師講授《四書》文義，謂之時文，必有法度

---

　　① （清）金聖歎評改本《第五才子書水滸傳》第四十六回批語，上海古籍出版社《古本小説集成》據金閶葉瑶池刊本影印，第 2607 頁。

　　② （清）蘇庵主人《綉屏緣》總評，上海古籍出版社《古本小説集成》據荷蘭漢學研究所藏鈔本影印，第 369 頁。

　　③ （清）韓邦慶《海上花列傳》"例言"，人民文學出版社 1982 年版，第 3 頁。

　　④ （清）張書紳《新説西遊記》第七十三回批語，上海古籍出版社《古本小説集成》據上海古籍出版社藏本影印，第 2341 頁。

　　⑤ （清）文龍《金瓶梅》評本第九十四回批語，見劉輝《金瓶梅成書與版本研究》，遼寧人民出版社 1986 年版，第 270 頁。

以合程式。而法度難以空言，則往往取譬以示蒙學，擬於房室，則有所謂間架結構；擬於身體，則有所謂眉目筋節；擬於繪畫，則有所謂點睛添毫；擬於形家，則有所謂來龍結穴，隨時取譬。然爲初學示法，亦自不得不然，無庸責也。"①《紅樓夢》脂硯齋評點亦有類似表述："此回似著意，似不著意，似接續，似不接續，在畫師爲濃淡相間，在墨客爲骨肉停匀，在樂工爲笙歌間作，在文壇爲養局、爲別調：前後文氣，至此一歇。"② 這種"法度難以空言"，必欲"取譬"以言説的特性決定了文法批評的論説方式和術語生成。

四

由此可見，中國古代小説的文法批評及其所形成的文法術語是非常豐富的，而其價值也不容輕視。概而言之，古代小説文法術語之總體價值體現在如下幾個方面：

其一，小説文法術語雖然大都源於書畫、兵法、堪輿和文章學等傳統文化領域，但因了小説自身的文體内涵和藝術特性，小説的文法術語往往豐富了"術語"的傳統内涵，具有一定的理論建構意義。

小説文法術語的運用對於古代文學批評而言有一定的建構意義。這主要體現爲小説文法術語在小説文體的制約下，以小説叙事法則爲鑒衡，重構了原有的批評範疇或概念。我們以"虚實"爲例，"虚"與"實"是中國古代文學批評中的常規術語，在諸多批評家筆下反復出現，"大而別之，它主要包括兩方面的内涵：一是藝術形象中的虚實關係，在這裏，所謂'實'是指藝術作品中瞭然可感的直接形象，所謂'虚'則指由直接形象所引發，經由想像、

---

① （清）章學誠著，葉瑛校注《文史通義校注》，中華書局 1985 年版，第 509 頁。
② （清）曹雪芹著，脂硯齋批，黄霖校點《紅樓夢》，第七十二回回前評，齊魯書社 1994 年版，第 1118 頁。

聯想所獲得的間接形象，中國古典美學對此强調'有無相生''虛實相間'，從而創造有餘不盡的藝術妙境。''虛實'範疇的另外一方面内涵是指藝術表現中的'虛構'與'真實'的關係問題"①。而古代小説文法批評中的"虛""實"内涵則與此不同，更接近實踐操作層面。如《三國志演義》毛評本第五十一回前評有云："妙在趙子龍一邊在周瑜眼中實寫，雲長、翼德兩邊在周瑜耳中虛寫，此敘事虛實之法。"《金瓶梅》張竹坡評本第五十一回前評："黄、安二主事來拜是實，宋御史送禮是虛，又兩兩相映也。"《結水滸全傳》第一百三十二回批語："首篇既用實叙，此篇自應虛寫，此定法也。"可見，作爲一種藝術文法，小説批評中"虛實"問題以正面直接詳寫爲"實"，以側面映帶爲"虛"，這顯然豐富和補充了"虛實"範疇的既有内涵。其他如"奇正""賓主""有無""疏密""自注""蓄"等術語均是如此。

其二，小説文法術語蘊含了豐富的小説敘事思想，是中國古代文學敘事理論的重要組成部分。

中國古代敘事理論形成了"戲曲""小説"和"史"鼎足而三的局面。古代文學中的敘事理論則主要體現在戲曲批評與小説批評之中，但相對而言，在以"曲學理論""劇學理論"和"敘事理論"爲核心構建的古代戲曲理論中，"敘事理論"是最爲薄弱的②。在這一背景之下，小説評點的敘事思想在古代敘事理論中地位就尤爲突出，而敘事法則的總結在小説文法批評中也體現得最爲明顯。儘管在批評體式上戲曲要多於小説（戲曲批評中除了評點之外還出現了"曲品""曲話""曲律"等專門形式），但事實上關於人物形象的刻畫、情節的新奇曲折以及結構的變化更新等方面的敘事法則，戲曲批評相對來説較少關注，或探討得並不充分③；而小説文法批評對敘事技巧的總結則

① 譚帆、陸煒《中國古典戲劇理論史》（增訂本），上海古籍出版社 2021 年版，第 156—157 頁。
② 同上，第 155 頁。
③ 金聖歎的《西廂記》評點突出文法批評現象是個例外，而在其他戲曲評點中，文法批評並不那麼突出，而重在探討曲律、唱腔、曲辭等問題的曲論專著更是對此關注甚少。

要全面深入得多，故而古代叙事理論的顯著成績還是存在於小説文法批評之内。從上一節對小説文法術語構成的分析中可知，小説文法術語所藴含的理論思想大都是小説的叙事思想和叙事法則，而之所以出現這種現象，還是與批評對象的文體特性密切相關。我們認爲："戲曲的主體精神實質是'詩'的，小説的主體精神實質是'史'的。戲曲在叙述故事、塑造人物上包含了強烈的'詩心'，小説則體現了強烈的'史性'。"① 故以詩體形式——"曲"來推演情節發展的戲曲，和以追求自身情節完滿性的小説相比，兩者所構成的叙事樣式顯然是有差異的，由此，小説的文法批評更關注小説的叙事法則也是十分自然的事情。

其三，小説的文法批評及其文法術語因其獨特的思想内涵和表述方式，促進了小説文本的傳播，提升了小説閲讀的質量。

小説評點促進小説的傳播，評點在某種程度上是小説的"促銷手段"，這已成爲人們的共識，毋庸贅言。而小説評點之所以獲得這一價值，一方面當然是由於評點者對小説文本的獨特解讀對讀者所産生的影響和引導，同時，小説評點者解讀文本所持有的批評話語——文法術語，也起到了至關重要的作用。這大致包括兩方面的内涵：一是小説文法術語來源比較廣泛，如文章學術語的大量援引吻合當時讀者的趣味和學養，而書畫、兵法、堪輿等術語的運用無疑增強了小説評點的生動性與可讀性，或設喻精巧，或形象生動，或別具一格，從而促進了小説評點本的傳播。且以小説文法術語中援引最爲普遍也最爲今人所詬病的八股文法術語爲例，其中也頗有富於機趣的評論。如張書紳《新説西遊記》第六十九回總評云："看他寫爲富，句句是個爲富；寫不仁，筆筆是個不仁；寫不富，處處是個不富；寫爲仁，字字是個爲仁。把文章只作到個化境，却又合制藝兩截之法，此所以爲奇也。"第七十回夾評

① 譚帆《稗戲相異論——古典小説戲曲"叙事性"與"通俗性"辨析》，《文學遺産》2006 年第 4 期。

又評道："以下是從爲富轉到不富，不仁轉到爲仁，乃兩截過渡之法。"評者
以八股文法"作譬"頗富機趣，也較爲妥帖，易爲讀者所接受。二是小説文
法術語在借鑒其他門類概念術語的同時，對小説自身獨特的叙事法則加以總
結，揭示小説文本的藝術品格，同時賦予小説評點頗具價值的導讀功能，從
而提升了小説評點的傳播價值。論者指出："聖歎評小説得法處，全在能識破
作者用意用筆的所在，故能一一指出其篇法、章法、句法，使讀者翕然有
味。"① "《三國演義》一書，其能普及於社會者，不僅文字之力，余謂得力於
毛氏之批評，能使讀者不致如猪八戒之吃人參果囫圇吞下，絶未注意於篇法、
章法、句法。"② "《水滸》可做文法教科書讀。就金聖歎所言，即有十五
法。……若無聖歎之讀法評語，則讀《水滸》畢竟是吃苦事。"③ 其所指出之
價值非爲溢美，也是有其理據的。

以上我們簡略梳理了中國古代小説文法術語的基本情況，從中不難看出，
古代小説文法術語源遠流長，内涵豐富，是中國古代小説叙事法則的獨特呈
現，也是中國古代小説批評的主流話語，對中國古代小説的創作和傳播均産
生了重要的作用。作爲一個"歷史的遺存"，小説文法術語當然有其明顯的弊
病，如濃重的"八股"習氣、陳陳相因的格套、内涵的不確定性等，這也引
起了後人之詬病。但無論如何，作爲一個曾經在中國小説史上産生過重要影
響的批評話語和思想系統，值得我們加以重視，尤其在"以西例律我國小説"
的大背景下，更需要探究中國古代小説批評的思想傳統和話語系統。

---

① 夢生《小説叢話》，《雅言》第 1 卷，1914 年第 7 期。
② 觚庵語，載《小説林》1908 年第 11 期，收録於《觚庵漫筆》。
③ 定一語，載《新小説》1905 年第 15 號。

上　卷

"小説"考

"小説"一辭歧義叢生，乃古代文學文體術語中指稱範圍最爲複雜者之一。清人劉廷璣即感嘆："小説之名雖同，而古今之別，則相去天淵。"[①] 今人對"小説"一辭的析解或以今義爲準，以今律古；或以古義爲準，以古律古；或古今義折中。論述甚多，歧異亦繁，尚有進一步探討梳理之必要。我們擬順循"小説"一辭指稱對象之變更於縱橫兩端梳理"小説"内涵之演變，既揭示其歷時發展演變之迹，又展示其共時交錯並存之現象，力求將"小説"一辭回歸其原有的歷史文化語境，而作原原本本的清理。

一

"小説"是無關於政教的"小道"。此爲先秦兩漢時期確立的最早的"小説"觀，對後世影響深遠。

"小説"一辭最早作爲社會一般用語見諸先秦諸子，《莊子·外物》謂："夫揭竿累，趣灌瀆，守鯢鮒，其於得大魚難矣，飾小説以干縣令，其於大達亦遠矣。""飾小説以干縣令，其於大達亦遠矣"意爲"粉飾淺識小語以求高名，那和明達大智的距離就很遠了"[②]。此處之"小説"指與"明達大智"相對舉的"淺識小語"，亦即淺薄之論。《荀子·正名》亦謂："故知者論道而已

---

① （清）劉廷璣《在園雜志》，中華書局 2005 年版，第 82—83 頁。
② 陳鼓應《莊子今注今譯》，中華書局 1983 年版，第 708 頁。

矣，小家珍説之所願皆衰矣。”“小家珍説”即“小説”，“知者”，智也。“小家珍説”亦指與“知者論道”相對的淺薄之言。可見“小説”一辭産生於諸子論爭中，是其互相駁難、貶低對方之鄙稱，泛指與智者所言高深之理相對應的淺薄之論①。

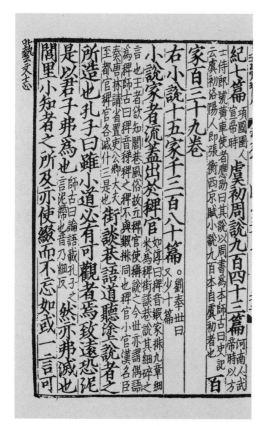

北宋刻遞修本《漢書》

“小説”明確作爲文類概念較早見於班固《漢書·藝文志》“諸子略”之“小説家”。《莊子·天下篇》《淮南子·要略篇》《史記·太史公自序》引司馬談《論六家要旨》劃分諸子派別，均無“小説家”之稱。學界通常認爲，“小説家”應爲劉歆、班固增入。《漢志》以“辨章學術，考鏡源流”爲原則，對衆典籍進行分類。“小説”歸於“諸子略”，表明它與諸子著作性質相似或相近，基本可做子書看待。而諸子之作大都爲闡明某種道理的“入道見志之書”②，小説家在文類性質上也應基本與之相似，主要爲論説性文字。《漢志》“小説家”小序稱：“小説家者流，蓋出於稗官，街談巷語，道聽途説者之所造也。孔子曰：‘雖小道，必有可觀者焉！致遠恐泥，是以君子弗爲也。’然亦弗滅

---

① 《論語·子張》：“子夏曰：‘雖小道，必有可觀者焉！致遠恐泥，是以君子不爲也。’”楊伯峻《論語譯注》，中華書局 1980 年版，第 200 頁。
② （梁）劉勰著，周振甫注釋《文心雕龍》，人民文學出版社 1981 年版，第 188 頁。

也。閭里小知者之所及，亦使綴而不忘。如或一言可采，此亦芻蕘狂夫之議也。”“街談巷語，道聽途説者之所造”，“閭里小知者之所及”，均指此類作品爲社會下層之“小智者”所作。“小道”“芻蕘狂夫之議”則指此類作品談論的爲淺薄之道理。而所謂“小道”，是與諸子九家相對而言。《諸子略序》云：“諸子十家，其可觀者九家而已。……《易》曰：‘天下同歸而殊途，一致而百慮。’今異家者，各推所長，窮知究慮，以明其指。雖有蔽短，合其要歸，亦《六經》之支與流裔。”諸子九家爲“《六經》之支與流裔”，談論的是治國平天下、有關政教的“大道”，而“小説家”則僅爲於“治身理家，有可觀之辭”的“小道”。可見，《漢志》“小説家”的内涵實際上與先秦“小説”一辭一脈相承，指與諸子相似，主要是記載社會下層人士談説某些淺薄道理的論説性著作。《漢志》著録之“小説十五家，千三百八十篇”與上述内涵界定基本一致。如《伊尹説》“其語淺薄，似依托也”，《黄帝説》“迂誕依托”，《師曠》“見《春秋》，其言淺薄，本與此同，似因托之”①。《封禪方説》《虞初周説》《待詔臣安成未央術》《待召臣饒心術》則多爲方士的“機祥小術”②。故明胡應麟謂：“漢《藝文志》所謂小説，雖曰街談巷語，實與後世博物、志怪等書迥别，蓋亦雜家者流，稍錯以事耳。”③《漢志》對“小説家”的界定應反映當時比較普遍的一種認識，如張衡《西京賦》：“匪爲玩好，乃有秘術。小説九百，本自虞初。”桓譚《新論》：“若其小説家，合叢殘小語，近取譬論，以作短書，治身理家，有可觀之辭。”“小説”一辭從先秦的社會普通用語到漢代的文類概念，應主要源於文獻整理過程中文類指稱的需要。“諸子略”對

---

①　具體論證參見王慶華《論〈漢書·藝文志〉小説家》，《内蒙古社會科學》2001 年第 6 期。

②　余嘉錫稱：“向、歆校書，遠在張道陵、于吉之前，道教未興，惟有方士，雖亦托始於黄帝，未嘗自名爲道家。而方士之中，又復操術不一，其流甚繁，向、歆部次群書，以其論陰陽五行變化終始之理者入陰陽家，采補導引服餌之術，則分爲房中神仙二家，而與一切占驗推步禳解卜相之書，皆歸之《數術略》。惟《封禪方説》《未央術》《虞初周説》等書，雖必出於方士，而巫祝雜陳，不名一格，幾於無類可歸，以其爲機祥小術，閭里所傳，等於道聽途説，故入小説家。”見《小説家出於稗官説》，《余嘉錫論學雜著》上册，中華書局 1963 年版。

③　（明）胡應麟《少室山房筆叢》，上海書店出版社 2001 年版，第 280 頁。

文類的劃分主要以各家不同的思想主旨取向來確定，但對無關政教的"小道"之作却無類可歸，故借用"小説"指稱此類著作①。

先秦兩漢時期奠定之"小説"義界在後世廣爲延續，影響深廣。魏晉南北朝時期，"小説"一辭亦或指稱"小道"，或指稱論説"小道"的著作。如徐幹《中論・務本第十五》："夫詳於小事而察於近物者，謂耳聽乎絲竹歌謡之和，目視乎雕琢采色之章，口給乎辯慧切對之辭，心通乎短言小説之文，手習乎射御書數之巧，體蒍乎俯仰折旋之容。"②《宋書》卷六十二《王微傳》引王微《報廬江何偃書》："小兒時尤粗笨無好，常從博士讀小小章句，竟無可得，口吃不能劇讀，遂絶意於尋求。至二十左右，方復就觀小説，往來者見牀頭有數帙書，便言學問，試就檢，當何有哉。"③《南齊書》卷五十二《文學・丘巨源傳》載丘巨源致尚書令袁粲的書信："議者必云筆記賤伎，非殺活所待；開勸小説，非否判所寄。"④劉勰《文心雕龍・諧隱》："然文辭之有諧隱，譬九流之有小説。蓋稗官所采，以廣視聽。"均指這一内涵。

隋唐以來，一方面"小説"指稱"小道"或指稱論説"小道"的著作的用法依然被使用，如《全唐文》卷六百七十一白居易《黜子書》："臣聞仲尼没而微言絶，七十子喪而大義乖，大義乖則小説興，微言絶則異端起，於是乎歧分派别，而百氏之書作焉。……斯所謂排小説而扶大義，斥異端而闡微言，辨惑向方、化人成俗之要也。"⑤《全唐文》卷八百一陸龜蒙《蟹志》："今之學者，始得百家小説，而不知孟軻、荀、揚氏之道。或知之，又不汲汲於聖人之言，求大中之要，何也？百家小説，沮洳也。孟軻、荀、揚氏，聖

---

①　當然，《漢志》所録"小説"也具有相應的"史"的特徵與功能。如《周考》後注"考周事也"，《青史子》後注"古史官記事也"，但從"小説"歸於"諸子略"的書籍分類而言當以論説性爲主體，參見本書《"稗史"》考。

②　（魏）徐幹《中論》，遼寧教育出版社2001年版，第27頁。

③　（梁）沈約《宋書》，中華書局1974年版，第1669頁。

④　（梁）蕭子顯《南齊書》，中華書局1972年版，第894頁。

⑤　（清）董誥等《全唐文》，中華書局1983年版，第6849頁。

人之瀆也。六籍者，聖人之海也。苟不能捨沮洳而求瀆，由瀆而至於海，是人之智反出水蟲下，能不悲夫?"①《王安石全集》卷七十三《答曾子固書》："故某自百家諸子之書，至於《難經》《素問》《本草》諸小説，無所不讀。農夫女工，無所不問。"② 另一方面，在公私書目著録過程中，《漢志》之義界使"小説"成爲範圍非常寬泛的概念，成了容納無類可歸的"小道""小術"之作的淵藪。《隋志》"小説家叙"稱：

> 小説者，街説巷語之説也。《傳》載輿人之誦，《詩》美詢于芻蕘。古者聖人在上，史爲書，瞽爲詩，工誦箴諫，大夫規誨，士傳言而庶人

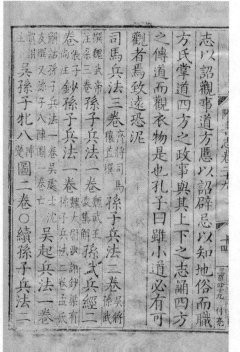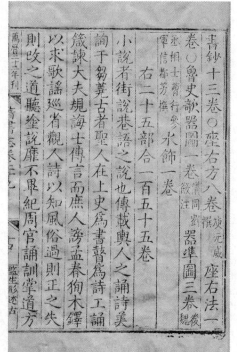

明萬曆間南監刊本《隋書》

---

① （清）董誥等《全唐文》，中華書局 1983 年版，第 8414 頁。
② （宋）王安石《王安石全集》（第四册），九州書局 1935 年版，第 578 頁。

謗。孟春，徇木鐸以求歌謡，巡省觀人詩，以知風俗。過則正之，失則
改之，道聽途説，靡不畢紀。《周官》，誦訓"掌道方志以詔觀事，道方慝
以詔辟忌，以知地俗"；而訓方氏"掌道四方之政事，與其上下之志，誦
四方之傳道而觀衣物"，是也。孔子曰："雖小道，必有可觀者焉，致遠
恐泥。"①

此界定在文字上與《漢志》大體相同，然兩者之内涵已有較大差異。《漢
志》"街談巷語，道聽途説者之所造"是指社會下層人士所造作的"小道"，
而《隋志》之指稱乃載録各類社會人士的言説，此類言説可以"知風俗""正
過失"。無疑，這是對《漢志》"小説家"文類觀的延申。與此相應，其著録
之作品亦基本以集綴人物言説的瑣言類爲主，如《雜語》《郭子》《雜對語》
《瑣語》《笑林》《世説》《辯林》等。在正統史家眼中，此類作品基本定位爲
難登大雅之堂的"小道"，如劉知幾《史通・書事》："又自魏、晉已降，著述
多門，《語林》《笑林》，《世説》《俗説》，皆喜載調謔小辯，嗤鄙異聞，雖爲
有識所譏，頗爲無知所説。"② 另有一少部分無類可歸的藝術器物介紹類如
《古今藝術》《器準圖》《水飾》等，也按照"小道"的原則被歸了進來；此
外，載録不經的歷史傳聞如《燕丹子》《小説》和雜鈔雜説類《雜書鈔》《座
右方》等也被歸入"小説"。顯然，《隋志》"小説家"的内涵和指稱已與《漢
志》迥然有別，一方面，它重新確立了以集綴人物言説應對的瑣言爲文類主
體的觀念，另一方面，它實際上成了容納無類可歸的"小道""小術"之作的
淵藪。

在宋代公私書目中，"小説家"的主體主要指志怪、傳奇、雜記等叙事類
作品，但同時也包含了少部分筆記雜著等非叙事類作品，這無疑也是《漢志》

---

① （唐）魏徵等《隋書》，中華書局 1973 年版，第 1012 頁。
② （唐）劉知幾著，（清）浦起龍通釋《史通通釋》，上海古籍出版社 2009 年版，第 214 頁。

“小説家”之遺響。以《四庫全書總目》“雜家類”的相關著録爲參照系可以看出，《新唐志》《郡齋讀書志》《直齋書録解題》中“小説家”非叙事類作品的著録對象基本與“雜家”的“雜考”“雜説”“雜纂”的文類性質相當，如“雜考”有《緗素雜記》《資暇集》（《郡齋讀書志》），《能改齋漫録》《鼠璞》（《直齋書録解題》），《刊誤》《蘇氏演義》（《新唐書·藝文志》）；“雜説”有《封氏聞見録》《尚書故實》《夢溪筆談》《冷齋夜話》《師友談記》（《郡齋讀書志》），《麈史》《曲洧舊聞》《春渚紀聞》《石林燕語》《岩下放言》《却掃編》《雲麓漫鈔》《游宦紀聞》《老學庵筆記》（《直齋書録解題》）；雜纂有《紺珠集》《類説》（《郡齋讀書志》）。“辨證者謂之雜考，議論而兼叙述者謂之雜説……類輯舊文、塗兼衆軌者謂之雜纂”①。這三類著作基本都屬議論考證性質的筆記雜著。在這三類作品中，“雜説”顯然占據了主導地位。“雜説”類作品大量興起於北宋，“自宋以來，作者至夥”，體例隨意駁雜、内容包羅萬象，“大抵隨意録載，不限卷帙之多寡，不分次第之先後。興之所至，即可成編”，“或抒己意，或訂俗訛，或述近聞，或綜古義”②，議論雜説、考證辨訂、記述見聞，無所不能，經史子集、典章制度、天文地理、志怪雜事，無所不包。另外，家訓、家範類作品兩栖於“小説家”和“雜家”，可看作兩者共有的一種文類，如《新唐志》“小説家”著録了《盧公家範》《誡子拾遺》《開元御集誡子書》，《直齋書録解題》“雜家”著録了《續顔氏家訓》《袁氏世範》《石林家訓》。

在宋代目録學中，“雜家”之雜考、雜説、雜纂性著作與“小説家”非叙事類作品的著述類型和文類性質大體相當，在《四庫全書總目》中，兩者基本被合併爲“雜家”的“雜考之屬”“雜説之屬”“雜纂之屬”。從某種意義上説，同一著述類型的雜考、雜説、雜纂性著作被分别劃歸了“雜家”和“小

① （清）永瑢等《四庫全書總目》，中華書局 1997 年版，第 1563 頁。
② 同上，第 1636 頁。

説家"兩種不同的文類。這就很容易造成"雜家"和"小説家"著録此類作品時的混雜不清、相互出入，如《資暇集》，《新唐志》《郡齋讀書志》入"小説家"，《直齋書録解題》則入"雜家"。不過，作爲不同的文類，兩者在古人心目中却也有著相互區别的規定性。一般地説，"雜家"之考證辨訂、議論雜説、抄録編纂主要以經、史或諸子爲對象，體例較嚴謹，功用價值定位相對較高；"小説家"則多以雜事、掌故、俗説、詩文、神怪等"小道"爲對象，體例駁雜，功用價值定位相對較低。例如，宋代程大昌之《考古編》與吳曾之《能改齋漫録》同爲考證辨訂之作，多被當時書目分别著録於"雜家"和"小説家"。究其原因，應爲兩者考訂之内容有别。《考古編》："雜論經義異同及記、傳謬誤，多所訂證。"①《能改齋漫録》："書中分事始、辨誤、事實、沿襲、地理、議論、記詩、謹正、記事、記文、方物、樂府、神仙鬼怪，共十三類。"②《意林》與《紺珠集》同爲雜纂之作，但《意林》"采諸子"而成，"比《子鈔》更爲取之嚴，録之精"，而《紺珠集》"其書皆鈔撮説部，摘録數語，分條件繫，以供獺祭之用"③。因此，宋代書目普遍將《意林》和《紺珠集》分别歸入"雜家"和"小説家"。

明清書目中的"小説家"也基本沿襲了宋人的界定，其非叙事類作品的著録依然以雜考、雜説、雜纂爲主，如焦竑《國史經籍志》"小説家"著録有唐宋之《刊誤》《資暇集》《蘇氏演義》《老學庵筆記》《麈史》《紺珠集》《類説》《曲洧舊聞》，明代之《芥隱筆記》《七修類稿》《讀書筆記》《楊子巵言》《丹鉛六集》《學林就正》《史乘考誤》《類博雜言》《墐户録》等；《千頃堂書目》"小説家"著録了《五雜組》《少室山房筆叢》《留青日札》《桐薪》《戲瑕》《六硯齋筆記》《丹鉛總録》《藝林伐山》《應庵隨意筆録》《讀書日記》

① （清）永瑢等《四庫全書總目》，中華書局1997年版，第1582頁。
② 同上，第1580頁。
③ 同上，第1641頁。

等。這些著作在《四庫全書總目》中也大都被歸入了"雜家"之"雜考""雜說""雜纂"。明代胡應麟《少室山房筆叢》將"小説家"分爲"六類"，其中三類即指稱非叙事性作品，"小説家一類，又自分數種……一曰叢談，《容齋》《夢溪》《東谷》《道山》之類是也。一曰辨訂，《鼠璞》《雞肋》《資暇》《辨疑》之類是也。一曰箴規，《家訓》《世範》《勸善》《省心》之類是也"①。"叢談""辨訂"基本相當於"雜說"和"雜考"，"箴規"則主要爲家訓、家範、善書。顯然，胡氏對"小説家"非叙事類作品的認識也與宋明書目的著録基本一致，實際上反映宋、明人比較普遍的一種"小説"文類觀。然而，"小説"文類觀念相對比較一致的共識並沒有帶來文類劃分的界限清晰、區分明確。明清書目"小説家"對非叙事性作品的具體著録範圍也不盡一致，或寬或窄、有出有入，在"雜家"和"小説家"之間依然存在著與宋元書目相似的種種混雜現象。

　　綜上，小説是"小道"，無關於政教，是中國小説史上最早值得重視的命題，它確立"小説"乃"子之末"的認識觀念，對中國古代小説在指稱範圍和價值判斷上均產生了深遠影響。尤其在價值判斷上，"小道可觀"這一命題在很大程度上給小説文體（無論是言説的還是叙事的）立下了一根無可逾越的"標尺"，在很大程度上規定了小説在中國文化史上的基本位置，中國古代小説始終處於一個尷尬的位置和可憐的地位也正與此相關。

二

　　"小説"是野史、傳説，有別於正史。此爲"小説"的一種新義界。這一觀念的確立標志是南朝梁《殷芸小説》的出現，這是中國古代較早用"小説"

---

① （明）胡應麟《少室山房筆叢》，上海書店出版社 2001 年版，第 282 頁。

一辭作爲書名的書籍①。劉知幾《史通·雜說中》稱："劉敬叔《異苑》稱晉武庫失火，漢高祖斬蛇劍穿屋而飛，其言不經。致梁武帝令殷芸編諸《小說》。"② 姚振宗《隋書經籍志考證》卷三十二也稱："案此殆是梁武作通史時，凡不經之說爲通史所不取者，皆令殷芸別集爲小說，是小說因通史而作，猶通史之外乘。"③ 顯然，殷芸借"小說"爲自己的著作命名是對原有文類概念的借用，但更是一種個人化的創新。通過借用，"小說"一辭被特別引申爲不經的歷史傳聞，指稱那些虛妄荒誕的雜史、野史。"小說"被如此借用應源於《漢志》所言之"街談巷語，道聽途說者之所造也"。這一句話被特意引申爲"街談巷語，道聽途說"的歷史傳聞，從而賦予"小說"一辭以新的内涵。

　　殷芸對"小說"一辭的引申和借用唐初以來便逐漸被人們所接受，"小說"指正史之外的野史、傳說開始成爲一種文類觀念。如李延壽《北史》卷一百《序傳》："然北朝自魏以還，南朝從宋以降，運行疊變，時俗汙隆，代有載筆，人多好事，考之篇目，史牒不少，互陳見聞，同異甚多。而小說短書，易爲湮落，脱或殘滅，求勘無所。"④ 顯然，此處之"小說短書"應指魏宋以來大量"互陳見聞"的雜史、雜傳之流。唐以來，"小說"指正史之外的雜史、野史發展成爲一種非常普遍的文類概念，如劉知幾《史通·雜述》："是知偏記小説，自成一家，而能與正史參行，其所由來尚矣。"劉餗《隋唐嘉話自序》："余自髫丱之年，便多聞往説，不足備之大典，故繫之小説之末。"⑤ 李肇《唐國史補自序》："《公羊傳》曰：'所見異辭，所聞異辭。'未有不因見聞而備故實者。昔劉餗集小説，涉南北朝至開元，著爲《傳記》。予

---

　　① 《舊唐書·藝文志》、《新唐書·藝文志》"小説家"類著録《小説》十卷，題劉義慶撰，已佚，劉義慶早殷芸68年，但此書未見《隋書·經籍志》著録，亦未見他書徵引，故學界尚懷疑此書之真實性。
　　② （唐）劉知幾著，（清）浦起龍通釋《史通通釋》，上海古籍出版社2009年版，第449頁。
　　③ 《二十五史補編》，中華書局1955年版，第5537頁。
　　④ （唐）李延壽《北史》，中華書局1974年版，第3344、3345頁。
　　⑤ （唐）劉餗《隋唐嘉話》，古典文學出版社1957年版，第2頁。

自開元至長慶，撰《國史補》，慮史氏或闕則補之意，續《傳記》而有不爲。"① 參寥子《闕史序》："故自武德、貞觀而後，吮筆爲小説、小録、稗史、野史、雜録、雜紀者多矣。貞元、大曆已前，捃拾無遺事；大中、咸通而下，或有可以爲誇尚者、資談笑者、垂訓戒者，惜乎不書於方册。輒從而記之，其雅登於太史氏者，不復載録。……討尋經史之暇，時或一覽，猶至味之有菹醢也。"② 陸希聲《北户録序》："近日著小説者多矣，大率皆鬼神變怪荒唐誕委之事，不然則滑稽詼諧，以爲笑樂之資。"③ 至北宋初年，歐陽修等人編撰《新唐書·藝文志》就基本承襲了唐人的"小説"文類觀念，《藝文志序》明確稱："至於上古三皇五帝以來世次，國家興滅終始，僭竊僞亂，史官備矣。而傳記、小説，外暨方言、地理、職官、氏族，皆出於史官之流也。"以此内涵爲依據，《新唐志》著録了大量原應隸屬史部雜傳雜史類的作品。至此，"小説"指"正史之外的野史、傳説"成爲中國傳統文言小説觀的主體和主流。

"小説"的義界轉換——由無關政教的"小道"到有别於正史的野史、傳説，應主要源於魏晉南北朝和唐代史部的發展分流和史學理論的發展成熟。魏晉南北朝和唐代史部的發展分流和史學理論的發展成熟，使得一部分史學價值低下的野史雜傳類作品逐漸爲史部所不容。這自然就産生了將此類作品逐出史部，並爲之重新命名的需要，即："小説"之"正史之外的野史、傳説"的義界實際上是將部分"雜史""雜傳"類作品從史部中剥離出來，而重新劃歸"小説家"的結果。

魏晉南北朝時期，史學獲得巨大發展，私家撰述成風，分化分流出大量

---

① （唐）李肇《唐國史補》，上海古籍出版社 1978 年版，第 3 頁。
② （唐）高彦休《唐闕史》，陳尚君等整理《中華野史·唐朝卷》，中國戲劇出版社 2002 年版，第 795 頁。
③ （唐）段公路《北户録》，廣陵書社 2003 年版，第 2 頁。

各種類型的雜史雜傳，"但中世作者，其流日煩，雖國有册書，殺青不暇，而百家諸子，私存撰録"，"爰及近古，斯道漸煩，史氏流别，殊途並騖"①。史部的發展分流在《隋書・經籍志》"雜史""雜傳"類的"小序"中揭示得非常充分："靈、獻之世，天下大亂，史官失其常守。博達之士，愍其廢絶，各記聞見，以備遺亡。是後群才景慕，作者甚衆。""又漢時，阮倉作《列仙圖》，劉向典校經籍，始作《列仙》《列士》《列女》之傳，皆因其志尚，率爾而作，不在正史。後漢光武，始詔南陽，撰作風俗，故沛、三輔有耆舊節士之序，魯、廬江有名德先賢之贊。郡國之書，由是而作。魏文帝又作《列異》，以序鬼物奇怪之事，嵇康作《高士傳》，以叙聖賢之風。因其事類，相繼而作者甚衆，名目轉廣。"②

隨著史部的不斷發展分化和大量各種流别的雜史雜傳著作的興起，一些史學家和學者也開始不斷以"信史""實録直書""勸善懲惡""雅正"等正統史學原則來批判其中的怪誕、虚妄和鄙俗。如梁代劉勰《文心雕龍・史傳》就指出："蓋文疑則闕，貴信史也。然俗皆愛奇，莫顧實理。傳聞而欲偉其事，録遠而欲詳其迹，於是棄同即異，穿鑿傍説，舊史所無，我書則傳，此訛濫之本源，而述遠之巨蠹也。"以"文疑則闕"的"信史"原則指責一些史書隨意采録傳聞以聳動視聽而不加考核徵實的不良傾向。唐初《隋志》在"雜史""雜傳"小序中也對此類著作批評説："體制不經，又有委巷之説，迂怪妄誕，真虚莫測。""雜以虚誕怪妄之説。""妄誕""虚誕""真虚莫測"顯然是指此類著作大量以"傳聞"爲素材，而違背了史家之"實録"原則；"迂怪""怪妄"則指這些著作大量記載鬼神怪異内容，與正統史學"不語怪力亂神"的原則相悖。

唐代史學發達，官修前代史有唐初八史《晉書》《梁書》《陳書》《北齊

---

① （唐）劉知幾撰，（清）浦起龍釋《史通通釋》，上海書店 1978 年版，第 75 頁。
② （唐）魏徵等《隋書》，中華書局 1973 年版，第 962、982 頁。

書》《周書》《隋書》《南史》《北史》，私修前代史有李延壽的《南史》《北史》。太宗貞觀初年，高宗顯慶元年，高宗龍朔年間，武后長壽、長安年間曾由官方組織大規模修撰當代史。個人撰述的歷史著作更是數量驚人。歷史著作的大量涌現，修史熱情的空前高漲，促使唐人不斷對史學進行反思。唐中宗景龍年間，劉知幾《史通》較全面地闡述了史書的源流、體例、編撰方法、史家修養及諸書得失等，標誌著中國古代史學理論的發展成熟。該書以"國史"的編纂爲中心，進一步系統批判了史書中的怪誕、虛妄和鄙俗性內容，基本否定了部分"虛妄傳聞""怪力亂神""詼諧小辯"的雜史雜傳類作品。劉氏的觀點並非一家之言，代表了正統史學比較普遍的一種價值判斷和理論認識。在這樣比較成熟的史學觀念觀照之下，史家更加注重史料的可信性和取材的雅正，愈來愈以嚴肅冷峻的態度記事存人，一部分"苟載傳聞，而無銓擇"、"苟談怪異，務述妖邪"、"詼諧小辯"的雜史雜傳著作類型就容易因史學價值低下而爲史家所不容。這些作品被逐出史部之後，歸屬和命名問題自然就成爲一種迫切的需要，而這正好爲"小說"一辭的舊詞新用提供了契機。實際上，殷芸將史部中的"不經之說"單獨輯出而將其命名爲"小說"，就是要把此類作品與正統史書區別開來。

北宋初年，《新唐志》"小說家"著錄的雜史雜傳類作品就與上述史學觀念存在著顯而易見的對應關係，一方面，將原屬於《隋志》史部"雜傳類"的一批志怪書改隸小說家，如戴祚《甄異傳》、袁王壽《古異傳》、祖冲之《述異記》、劉質《近異錄》、干寶《搜神記》、梁元帝《妍神記》、祖台之《志怪》、孔氏《志怪》、荀氏《靈鬼志》、謝氏《鬼神列傳》、劉義慶《幽明錄》、東陽無疑《齊諧記》等。另一方面，收錄了大量唐代史學價值非常低下的志怪、瑣聞、雜錄、傳奇類作品，如唐臨《冥報記》、王方慶《王氏神通記》、陳翱《卓異記》、谷神子《博異志》、沈如筠《異物志》、牛肅《紀聞》、牛僧孺《玄怪錄》、李復言《續玄怪錄》、陳翰《異聞集》、李隱《大唐奇事記》、段成式《酉陽雜俎》、康軿《劇談録》、高彦休《闕史》、裴鉶《傳奇》等。這些作品與劉氏反對的"虛妄傳聞""怪力亂神""詼諧小辯"類雜史雜傳作品基本一致。也就是説，史學與史學理論的發展不僅爲"小説"新内涵的出現提供了契機，而且直接促成了其對應的指稱對象。

宋以降，"小説"被看作正史之外的野史傳説更成爲一種普遍的認識觀念，司馬光《進資治通鑑表》稱："遍閱舊史，旁采小説。"沈括《夢溪筆談》卷四《辨證二·蜀道難》："蓋小説所記，各得於一時見聞，本末不相知，率多舛誤，皆此文之類。"① 陳言《潁水遺編·説史中》："正史之流而爲雜史也，雜史之流而爲類書、爲小説、爲家傳也。"同時，因"小説"與"雜史""雜傳"同屬"野史之流"，文類性質非常接近，容易相互混淆，故怎樣將這些同屬"野史之流"的文類區分開來，自然成了一個不得不辨的問題。《通志·校讎略》之《編次之訛論十五篇》謂："古今編書所不能分者五：一曰傳記，二曰雜家，三曰小説，四曰雜史，五曰故事。凡此五類之書，足相紊亂。"②《文獻通考·經籍考二十二》亦謂："莫謬亂於史，蓋有實故事而以爲雜史者，實雜史而以爲小説者。"③ 如何區分？晁公武《郡齋讀書志》卷九《傳記類》謂："《藝文志》以書之紀國政得失、人事美惡，其大者類爲雜史，其餘則屬之小説。然其間或論一事、著一人者，附於雜史、小説皆未安，故又爲傳記類，今從之。"④ 焦竑《國史經籍志》"傳記類"序謂："雜史、傳記皆野史之流……若小説家與此二者易溷，而實不同，當辨之。"而《四庫全書總目》對此的分析最爲細緻，"雜史類序"稱："然既繫史名，事殊小説。著書有體，焉可無分。今仍用舊文，立此一類。凡所著録，則務示別裁。大抵取其事繫廟堂，語關軍國。或但具一事之始末，非一代之全編；或但述一時

① （宋）沈括《夢溪筆談》，岳麓書社 1998 年版，第 29 頁。
② （宋）鄭樵《通志》，中華書局 1982 年版，第 834 頁。
③ （元）馬端臨《文獻通考》，中華書局 1986 年版，第 648 頁。
④ （宋）晁公武《衢本郡齋讀書志》，江蘇古籍出版社 1988 年版，第 241 頁。

之見聞，衹一家之私記。要期遺文舊事，足以存掌故，資考證，備讀史者之
參稽云爾。若夫語神怪，供詼嘲，里巷瑣言，稗官所述，則別有雜家、小説
家存焉。"

　　將"小説"視爲有別於正史的野史、傳説直接促成了中國古代小説"史
之餘"觀念的形成和發展，故"補史"是中國古代小説一個重要的價值功能，
也是促成中國古代小説發展繁榮的一個重要因素。"補史"觀念在古代雜史筆
記和通俗小説之間有一定差異，如果説，傳統的"補史"觀念著重於小説乃
是對正史的拾遺補闕，是對正史不屑載録的內容的叙述，其所要完成的是輔
助正史的補闕功能。那麼，通俗小説的"補史"觀則直接針對的是以《三國
演義》爲代表的講史演義，評論對象的變更自然引出了不同的理論趨向，"正
史之補"也好，"羽翼信史"也罷，通俗小説的"補史"觀均以"通俗"爲其
理論歸結，將正史通俗化，以完成對民衆的歷史普及和思想教化。

三

　　在中國古代，"小説"還曾作爲一個口頭伎藝名稱，指稱民間發展起來的
"説話"伎藝。這一名稱較早出現於三國時期，《三國志·魏志》卷二一《王
粲傳》裴松之注引《魏略》云："太祖遣淳詣植，植初得淳甚喜，延入坐，不
先與談。時天暑熱，植因呼常從取水自澡訖，傅粉，遂科頭拍袒、胡舞五椎
鍛、跳丸、擊劍、誦俳優小説數千言訖，謂淳曰：'邯鄲生何如耶？'"[①]"俳
優小説"顯然爲當時流行的一種伎藝。從當時其他相關史料來看，該伎藝應
以講説故事爲主，與後世的"説話"伎藝頗爲相近。如《三國志·魏志》卷
二一注引《吳質別傳》："酒酣，質欲盡歡，時上將軍曹真性肥，中領將軍朱

---

① 　（晉）陳壽《三國志》，中華書局 1959 年版，第 603 頁。

鑠性瘦，質召優使説肥瘦。真負貴，恥見戲。"①《北史》卷四三《李崇傳》附《李諧傳》子李若："若性滑稽，善諷誦。數奉旨詩咏，並説外間世事可笑樂者，凡所話談，每多會旨。……帝每狎弄之。"②《南史》卷六五《始興王叔陵傳》："夜常不卧，執燭達曉，呼召賓客，説人間細事，戲謔無所不爲。"③《隋書》卷五八《陸爽傳》附侯白："好學有捷才，性滑稽，尤辯俊，舉秀才，爲儒林郎，通脱不恃威儀，好爲俳優雜説，人多愛狎之。所在之處，觀者如市。"④ 顯然，"俳優小説"之命名與當時作爲文類概念的"小説"並無聯繫，而屬於另一伎藝名稱系統。"俳優小説""説肥瘦""俳優雜説"之"説"應指以講説爲主要表演形式，而"小説"之"小"應指講説的内容短小或俗淺。

至唐代，"小説"伎藝已進一步發展爲獨立的、職業化的表演形式。《唐會要》卷四載："元和十年……韋綏罷侍讀，綏好諧戲，兼通人（民）間小説。"⑤ 此尚爲民間伎藝，但段成式《酉陽雜俎》續集卷四《貶誤篇》所載則有所不同："予太和（827—835）末，因弟生日觀雜戲，有市人小説，呼扁鵲作褊鵲字上聲，予令座客任道昇字正之。市人言二十年前嘗於上都齋會設此，有一秀才甚賞某呼扁字與褊同聲，云世人皆誤。"⑥ 此所謂"市人小説"已具職業化表演之性質。顯見，"民間小説""市人小説"乃與"俳優小説"一脈相承。

宋代，特別是南宋，"説話"伎藝在瓦舍勾欄等市井娛樂場所獲得巨大發展，伎藝内部的分工越來越細緻，出現了"四家數"之分，且其體制軌範逐漸成熟、定型。其中"小説"成爲"説話"伎藝的門類專稱之一。灌圃耐得

① （晉）陳壽《三國志》，中華書局 1959 年版，第 609 頁。
② （唐）李延壽《北史》，中華書局 1974 年版，第 1606 頁。
③ （唐）李延壽《南史》，中華書局 1975 年版，第 1583 頁。
④ （唐）魏徵等《隋書》，中華書局 1973 年版，第 1421 頁。
⑤ （宋）王溥《唐會要》，上海古籍出版社 1978 年版，第 47 頁。
⑥ （唐）段成式《酉陽雜俎》，中華書局 1981 年版，第 240 頁。

翁《都城紀勝》"瓦舍衆伎"條："説話有四家：一者小説，謂之銀字兒，如
烟粉、靈怪、傳奇；説公案，皆是朴刀桿棒及發迹變泰之事。……最畏小説
人，蓋小説人能以一朝一代故事，頃刻間提破。"① 吳自牧《夢粱録》卷二十
"小説講經史"條："説話者，謂之舌辯。雖有四家數，各有門庭。且小説名
銀字兒，如烟粉、靈怪、傳奇、公案、朴刀桿棒、發發踪泰（發迹變泰）之
事。有譚淡子、翁三郎、雍燕、王保義、陳良甫、陳郎婦、棗兒余二郎等，
談論古今，如水之流。……但最畏小説人，蓋小説者，能講一朝一代故事，
頃刻間捏合。"② 其中以《醉翁談録·小説開闢》對"小説"伎藝的描述最爲
詳切：

　　夫小説者，雖爲末學，尤務多聞。非庸常淺識之流，有博覽該通之
理。幼習《太平廣記》，長攻歷代史書。烟粉奇傳，素蘊胸次之間；風月
須知，只在唇吻之上。《夷堅志》無有不覽，《琇瑩集》所載皆通。動哨
中哨，莫非《東山笑林》；引倬底倬，須還《綠窗新話》。論才詞有歐、
蘇、黃、陳佳句；説古詩是李、杜、韓、柳篇章。舉斷模按師表規模，
靠敷演令看官清耳。只憑三寸舌，褒貶是非；略咽萬餘言，講論古今。
説收拾尋常有百萬套，談話頭動輒是數千回。説重門不掩底相思，談閨
閣難藏底密恨。辨草木山川之物類，分州軍縣鎮之程途。講歷代年載廢
興，記歲月英雄文武。有靈怪、烟粉、傳奇、公案，兼朴刀、桿棒、妖
術、神仙。自然使席上風生，不杠教坐間星拱。……説國賊懷奸從佞，
遣愚夫等輩生嗔；説忠臣負屈啣冤，鐵心腸也須下淚。講鬼怪令羽士心
寒膽戰，論閨怨遣佳人綠慘紅愁。説人頭厮挺，令羽士快心；言兩陣對

---

　　① （宋）灌圃耐得翁《都城紀勝》，見《東京夢華録（外四種）》，古典文學出版社 1956 年版，第
98 頁。
　　② （宋）吳自牧《夢粱録》，見《東京夢華録（外四種）》，同上，第 312、313 頁。

圓，使雄夫壯志。談呂相青雲得路，遣才人著意群書；演霜林白日升天，
教隱士如初學道。噇發迹話，使寒門發憤；講負心底，令奸漢包羞。講
論處不儜搭、不絮煩，敷演處有規模、有收拾。冷淡處提掇得有家數，
熱鬧處敷演得越久長。白得詞，念得詩，説得話，使得砌。言無訛舛，
遣高士善口贊揚；事有源流，使才人怡神嗟訝。詩曰：小説紛紛皆有之，
須憑實學是根基。開天闢地通經史，博古明今歷傳奇。藏蘊滿懷風與月，
吐談萬卷曲和詩。辨論妖怪精靈話，分別神仙達士機。涉案槍刀并鐵騎，
閨情雲雨共偷期。世上多少無窮事，歷歷從頭説細微。①

　　從灌圃耐得翁《都城紀勝》、吳自牧《夢粱録》和羅燁《醉翁談録》等相
關記載來看，宋代“小説”伎藝主要有以下特徵：首先，“小説”在體制上屬
於篇幅短小，能在較短的時間内把一個完整故事的來龍去脈講完的伎藝形式，
“能講一朝一代故事，頃刻間提破（或捏合）”。其次，在表演形式上，“小
説”主要以散説爲主，詩詞韵語的少量插用爲輔，韵語主要爲念誦，在演出
中還大量“使砌”。“説得話”中的“話”即“伎藝故事”，而“説得”表明故
事主要是靠散説來敷演。“白得詞，念得詩”説明“小説”中的韵文主要爲詩
詞等韵文形式，這類韵語顯然無法像諸宫調中的曲詞或詞話中的詩贊那樣大
段地叙述故事發展，而衹能屬於描摹、評論性的點綴性插用，且“白”“念”
也表明其中的韵語爲念誦而非歌唱②。“使得砌”則表明“砌”在“小説”伎

<hr/>

　　① （宋）羅燁《新編醉翁談録》，遼寧教育出版社 1998 年版，第 3、4 頁。
　　② 對於小説中韵文的表達方式，學界有不同的認識。一種以鄭振鐸《明清二代的平話集》、陳汝
衡《説書史話》、葉德均《宋元明講唱文學》爲代表，主張和樂歌唱，其依據主要是小説被別稱爲“銀
字兒”；一種以嚴敦易《水滸傳的演變》、李嘯倉《宋元伎藝雜考》爲代表，主張“銀字兒”爲哀艷腔
調的代稱，其中的韵文純爲念誦，其依據主要爲“白得詞，念得詩”的記載；另外，胡士瑩《話本小
説概論》綜合上述兩家之説，認爲小説在初期和樂歌唱，後期則純爲念誦。顯然，因“小説”別稱爲
“銀子兒”而判斷其中的韵文以歌唱的方式演出應僅是一種臆測，而從《醉翁談録》的記載和宋元小説
家話本的韵文使用情況來看，“念誦説”較符合實際。不過，這是就一般情況而言的，在“小説”中，
也有一些體制較特殊的“特例”，如《刎頸鴛鴦會》《快嘴李翠蓮記》等，其中，也可能使用歌唱的
成分。

藝中被廣泛運用。"小説"雖然篇幅短小，但對故事的敷演却細緻入微。"講論處不儒搭、不絮煩"、"冷淡處提掇得有家數"指"小説"藝人的概述、評説要言簡意賅。"敷演處有規模、有收拾"、"熱鬧處敷演得越久長"則指"小説"藝人要善於敷演出一段段生動細膩的場景。兩者相比，"小説"伎藝顯然是以細緻的場景化描繪爲主要叙事方式。而"世上多少無窮事，歷歷從頭説細微"實際上也在説明"小説"伎藝對故事刻畫的細緻入微。第三，"小説"的題材比較豐富，且形成了自己獨特的格局。上引各書對"小説"題材的記載不盡相同，存在一定的出入，如《都城紀勝》稱："説公案，皆是朴刀桿棒及發迹變泰之事。"而基本承襲其説的《夢粱録》却把"公案"與"朴刀桿棒""發迹變泰"等名稱並列。從《醉翁談録》對"小説"的分類和著録來看，公案類作品主要是摘奸發伏、官府審案的內容，與朴刀桿棒類講述江湖英雄傳奇經歷的故事內容有很大的區別。發迹變泰類在《都城紀勝》《夢粱録》都有記載，而《醉翁談録》却並無此類。這些不同大概是由作者的時代差異造成的。因此，綜合各家之説，"小説"的題材應包括靈怪、烟粉、傳奇、公案、朴刀、桿棒、妖術、神仙、發迹變泰等。

同時，由口頭伎藝"小説"轉化而來的書面文學讀物——小説家話本也被稱爲"小説"，如元刻本《新編紅白蜘蛛小説》末尾題"新編紅白蜘蛛小説"；《清平山堂話本》原名爲《六十家小説》，其中的宋元舊篇卷末常有"新編小説快嘴李翠蓮記終"或"小説……終"的篇末題記。因此，"小説"由口頭伎藝名稱進一步引申爲其所對應的話本名稱，而明人在追尋通俗小説的文體淵源時正是依循此一思路的。

明中期以來，一些文人在筆記和小説序跋中追溯通俗小説的歷史淵源時，已明確意識到"小説"一辭指涉兩種不同的對象，一爲講述"一奇怪之事"，有"得勝頭回"和"話説趙宋某年"的專有口頭伎藝名稱；一爲傳統的"子部·小説家"文言筆記或傳奇小説。如郎瑛《七修類稿》卷二十二："小説起宋仁宗時，蓋時太平盛久，國家閑暇，日欲進一奇怪之事以娛之，故小説得勝頭回之後，即云話説趙宋某年。閭閻淘真之本之起，亦曰：'太祖太宗真宗帝，四帝仁宗有道君。'國初瞿存齋過汴之詩，有'陌頭盲女無愁恨，能撥琵琶説趙家'，皆指宋也。若夫近時蘇刻幾十家小説者，乃文章家之一體，詩話傳記之流也，又非如此之小説。"① 即空觀主人《拍案驚奇自序》："宋、元時有小説家一種，多采閭巷新事爲宮闈承應談資，語多俚近，意存勸諷。雖非博雅之派，要亦小道可觀。"② 馮夢龍《警世通言》卷十九《崔衙内白鷴招妖》可一主人眉批："宋人小説人説賞勞，凡使費動是若干兩、若干貫，何其多也！蓋小説是進御者，恐啓官家裁省之端，是以務從廣大，觀者不可不知。"

　　不僅在追溯話本小説的源流時如此，就是當時盛行的章回小説人們也習慣於將"小説"伎藝視爲源頭。天都外臣《水滸傳叙》謂："小説之興，始於宋仁宗。於時天下小康，邊釁未動。人主垂衣之暇，命教坊樂部，纂取野記，按以歌詞，與秘戲優工，相雜而奏。是後盛行，遍於朝野，蓋雖不經，亦太平樂事，含哺擊壤之遺也。其書無慮數百十家，而《水滸》稱爲行中第一。"③ 綠天館主人《古今小説叙》亦謂："若通俗演義，不知何昉。按南宋供奉局，有説話人，如今説書之流。其文必通俗，其作者莫可考。泥馬倦勤，以太上享天下之養。仁壽清暇，喜閲話本，命内璫日進一帙，當意，則以金錢厚酬。於是内璫輩廣求先代奇迹及閭里新聞，倩人敷演進御，以怡天顏。然一覽輒置，卒多浮沉内庭，其傳布民間者，什不一二耳。然如《玩江樓》《雙魚墜記》等類，又皆鄙俚淺薄，齒牙弗馨焉。暨施、羅兩公，鼓吹胡元，而《三國志》《水滸》《平妖》諸傳，遂成巨觀。"④ 至此，"小説"自伎藝名稱逐步

---

① （明）郎瑛《七修類稿》，上海書店出版社 2001 年版，第 229 頁。
② （明）凌濛初《拍案驚奇》（安少雲梓本），上海古籍出版社《古本小説集成》據尚友堂刊本影印，第 3、4 頁。
③ 轉引自黃霖、韓同文選注《中國歷代小説論著選》，江西人民出版社 1982 年版，第 124 頁。
④ （明）馮夢龍《古今小説》，上海古籍出版社《古本小説集成》據天許齋刊本影印，第 2、3 頁。

演化爲文體名稱。不難發現，作爲伎藝名稱之"小説"本來屬於另一系統的表演範疇，然有了這一層因緣，"小説"由原來的口頭伎藝名稱逐漸演化爲通俗小説的文體概念。

四

明清時期，通俗小説興起且繁盛，"小説"最終確立了"虛構的有關人物故事的特殊文體"這一內涵，此內涵與近代小説觀念最爲接近，亦與明清小説的發展實際最相吻合，體現了小説觀念的演化。

元末明初，羅貫中、施耐庵在民間長期積累的基礎上，以宋元平話爲底本，創作而成了《三國志通俗演義》《殘唐五代史演義傳》《隋唐兩朝志傳》和《水滸傳》等，實現了從宋元平話到章回小説的飛躍，標志白話通俗小説的正式誕生。嘉靖元年前後，《三國演義》《水滸傳》刊印流行，在它們的巨大影響下，很快掀起了歷史演義和英雄傳奇小説的創作熱潮，萬曆二十年左右，《西遊記》刊行，在它的影響下，很快形成了神魔小説創作流派；在《西遊記》刊行前後，人情小説的開山之作《金瓶梅詞話》也幾乎同時問世，開始以鈔本的形式流傳。在明代中後期短短幾十年的時間里，章回小説經歷由歷史演義、英雄傳奇到神魔小説，再到人情小説的演進過程，並最後形成了四大主流類型齊頭並進的創作態勢，進入一個全面繁榮的發展階段。在章回小説興起過程中，除歷史演義之外，英雄傳奇、神魔小説、世情小説的開山之作《水滸傳》《西遊記》《金瓶梅》，基本都被看作幻設虛構之作。

《水滸傳》刊印行世不久，文人在評點、筆記雜著中就對其憑空虛構的文本特性予以充分揭示。如容與堂本《忠義水滸傳》第一回回評："《水滸傳》事節都是假的，説來却似逼真，所以爲妙。"第七十一回眉批："劈空捏造，條理井井如此，文人之心一至此乎！"第十回回評："《水滸傳》文字原是假的，祇爲他描寫得真情出，所以便可與天地相終始。"袁無涯《忠義水滸全書》之《發凡》："是書蓋本情以造事者也，原不必取證他書。"胡應麟《少室山房筆叢》之《莊岳委談下》："元人武林施某所編《水滸傳》，特爲盛行，世率以其鑿空無據。"

　　《西遊記》在明萬曆二十年（1592）刊印之初，就被認定爲幻設虛構的"寓言"之作，金陵唐氏世德堂《新刻出像官板大字西遊記》卷首之陳元之《刊西遊記序》稱："余覽其意，近跡弛滑稽之雄，厄言漫衍之爲也。……此其書直寓言者哉？彼以爲大丹之數也。……彼以爲濁世不可以莊語也，故委蛇以浮世；委蛇不可以爲教也，故微言以中道理；道之言不可以入俗也，故浪謔笑謔以恣肆。……謬悠荒唐，無端崖涯矣。"①

　　《金瓶梅》問世不久，也很快被看作"於古無徵""等齊東之野語"的虛構寄托之寓言。廿公《金瓶梅跋》："《金瓶梅傳》爲世廟時一巨公寓言，蓋有所刺也。"②觀海道人《金瓶梅序》："今子之撰《金瓶梅》一書也，論事，則於古無徵，等齊東之野語。……至若謂事實於古無徵，則小說家語，寓言八九，固不煩比附正史以論列。"③

　　《水滸傳》《西遊記》《金瓶梅》爲幻設虛構之作的界說被後世普遍接受和認可。如金聖歎《讀第五才子書法》："《水滸》是因文生事。……因文生事即不然，只是順著筆性去，削高補低都由我。""只是七十回中許多事迹，須知都是作書人憑空造謊出來。"尤侗《西遊真詮序》："其言雖幻，可以喻大；其事雖奇，可以證真；其意雖游戲三昧，而廣大神通具焉。"④王陽健《西遊原旨跋》："《西遊》寓言也，如《易》辭焉，如《南華》焉，彌綸萬化，

　　① 《西遊記》（世德堂刊本），上海古籍出版社《古本小說集成》據世德堂刊本影印，第3—6頁。
　　② （明）蘭陵笑笑生著，秦修容整理《金瓶梅》（會評會校本），中華書局1998年版，第1471頁。
　　③ 轉引自丁錫根編《中國歷代小說序跋集》，人民文學出版社1996年版，第1109、1110頁。
　　④ （明）陳士斌《西遊真詮》，上海古籍出版社《古本小說集成》據乾隆刊本影印，第4頁。

不可方物。"① 張竹坡《金瓶梅寓意説》："稗官者，寓言也。其假捏一人，幻造一事，雖爲風影之談，亦必依山點石，藉海揚波。故《金瓶》一部，有名人物，不下百數，爲之尋端竟委，大半皆屬寓言。"② 四橋居士《隔簾花影序》："《金瓶梅》一書，雖係寓言……則是書也，不獨深合於六經之旨，且有關於世道人心者不小。"③ 晴川居士《白圭志序》："若夫《西遊》《金瓶梅》之類，此皆無影而生端，虛妄而成文，則無其事而亦有其文矣。"④

在歷史演義創作中，雖然徵實求信的觀念占有比較突出的地位，如余劭魚《題全像列國志傳引》："編年取法《麟經》，記事一據實録。"⑤ 熊大木《大宋中興通俗演義序》："以王本傳行狀之實迹，按《通鑑綱目》而取義。"⑥ 可觀道人《新列國志序》："大要不敢盡違其實。"⑦ 但是，不少作者也對增益、緣飾、生發等想像虛構的編創方式持肯定態度，如甄偉《西漢通俗演義序》："若謂字字句句與史盡合，則此書又不必作矣。"⑧ 褚人穫《隋唐演義序》："其間闕略者補之，零星者刪之，更采當時奇趣雅韵之事點染之。"⑨ 而且，這種增益、緣飾、生發的虛構意識也逐漸被歷史演義創作者普遍認可。

晚明以降，"小説"爲虛構的故事性文體已基本成爲一種共識，如鴛湖漁叟《説唐後傳序》："若傳奇小説，乃屬無稽之談，最易動人聽聞，閲者每至忘食忘寢，夏夏乎有餘味焉。"⑩ 風月盟主《賽花鈴後序》："而余謂稗家小

---

① 轉引自丁錫根編《中國歷代小説序跋集》，人民文學出版社 1996 年版，第 1372 頁。
② 轉引自黄霖編《金瓶梅資料彙編》，中華書局 1987 年版，第 58 頁。
③ 《隔簾花影》(本衙藏板本)，上海古籍出版社《古本小説集成》據本衙藏板本影印，第 4—9 頁。
④ (清) 崔象川《白圭志》，上海古籍出版社《古本小説集成》據繡文堂刊本影印，第 4、5 頁。
⑤ (明) 余邵魚《春秋五霸七雄列國志傳》，上海古籍出版社《古本小説集成》據三臺館刊本影印，第 3 頁。
⑥ (明) 熊大木《大宋中興通俗演義》，上海古籍出版社《古本小説集成》據清白堂刊本影印，第 2 頁。
⑦ (明) 馮夢龍《新列國志》，上海古籍出版社《古本小説集成》據金閶葉敬池刊本影印，第 10 頁。
⑧ 轉引自黄霖、韓同文選注《中國歷代小説論著選》，江西人民出版社 1982 年版，第 199 頁。
⑨ (清) 褚人穫《隋唐演義》，上海古籍出版社《古本小説集成》據四雪草堂刊本影印，第 3 頁。
⑩ (清) 鴛湖漁叟《説唐演義後傳》，上海古籍出版社《古本小説集成》據觀文書屋刊本影印，第 2 頁。

説，猶得與於公史。勸善懲淫，隱陽秋於皮底；駕空設幻，揣世故於筆端。"①
平步青《小栖霞説稗》："填詞小説，大都亡是子虛。"清代，"小説"這一内
涵的指稱對象又進一步泛化，實際上涵蓋了白話通俗小説、彈詞等多種俗文
學文體，如梁章鉅《歸田瑣記》卷七"小説"："小説九百，本自虞初，此子
部之支流也。而吾鄉村里，輒將故事編成七言，可彈可唱者，通謂之小説。"②

　　除白話通俗小説之外，"小説"的"虛構的有關人物故事的特殊文體"之
内涵還曾指稱部分傳奇小説，如明代"剪燈三話"就被明確稱爲"幻設"之
寓言：吴植《剪燈新話序》："余觀宗吉先生《剪燈新話》，其詞則傳奇之流，
其意則子氏之寓言也。"③ 胡應麟稱："本朝《新》《餘》等話，本出名流，以
皆幻設，而時益以俚俗，又在前數家下。""《新》《餘》二話，本皆幻設，然
亦有一二實者。《秋香亭記》，乃宗吉自寓，見田叔禾《西湖志餘》。"④

　　明代以來，人們對"小説"作界定還往往突出其娛樂消遣功能，如嘉靖
年間洪楩編刊話本小説集《六十家小説》，純以娛樂爲歸，體現了小説文體向
通俗化演進的迹象。明代佚名《新刻續編三國志引》亦然："夫小説者，乃坊
間通俗之説，固非國史正綱，無過消遣於長夜永晝，或解悶於煩劇憂態，以
豁一時之情懷耳。……其視《西遊》《西洋》《北遊》《華光》等傳不根諸説遠
矣。……客或有言曰：書固可快一時，但事迹欠實，不無虛誑渺茫之議乎？
予曰：世不見傳奇戲劇乎？人間日演而不厭，内百無一真，何人悦而衆艷也？
但不過取悦一時，結尾有成，終始有就爾。誠所謂烏有先生之烏有者哉。大
抵觀是書者，宜作小説而覽，毋執正史而觀，雖不能比翼奇書，亦有感追踪
前傳，以解世間一時之通暢，並豁人世之感懷君子云。"⑤ 清代褚人穫《封神

---

① （清）吴興白雲道人《賽花鈴》，上海古籍出版社《古本小説集成》據本衙藏板本影印，第 361 頁。
② （清）梁章鉅《歸田瑣記》，中華書局 1981 年版，第 132 頁。
③ （明）瞿佑《剪燈新話》，上海古籍出版社《古本小説集成》據嘉靖刊本影印，第 3 頁。
④ （明）胡應麟《少室山房筆叢》，上海書店出版社 2001 年版，第 371、435 頁。
⑤ （明）酉陽野史《三國志後傳》，上海古籍出版社《古本小説集成》據萬曆刊本影印，第 1—6 頁。

演義序》："此書直與《水滸》《西遊》《平妖》《逸史》一般詭異，但覺新奇可喜，怪變不窮，以之消長夏、袪睡魔而已。又何必究其事之有無哉？"① 顯見，娛樂功能已成爲與虛構同樣重要的"小説"之特性。

<h2 style="text-align:center">五</h2>

近代以來，"小説"的指稱對象又進一步泛化，"小説"成了通俗叙事文體的統稱，涵蓋了文言小説和白話小説之外的彈詞寶卷、雜劇傳奇等多種不登大雅之堂的俗文學文體。如天僇生《中國歷代小説史論》："自黄帝藏書小酉之山，是爲小説之起點。此後數千年，作者代興，其體亦屢變。晰而言之，則記事之體盛於唐。……雜記之體興於宋。……戲劇之體昌於元。……章回、彈詞之體行於明、清。"② 管達如《説小説》："文學上之分類：一、文言體。……此體之中，又分爲二派：一唐小説，主詞華；一宋小説，主説理。近世著述中，若《聊齋志異》，則唐小説之代表也；若《閱微草堂筆記》，則宋小説之代表也。……一、白話體。此體可謂小説之正宗。……此派多用章回體，猶之文言派多用筆記體也。……三、韵文體。此體中復可分爲兩種：一傳奇體，一彈詞體是也。傳奇體者，蓋沿唐宋時之倚聲，而變爲元代之南北曲，自元迄清，於戲劇界中，占重要之位置者也。……彈詞體者，其初蓋亦用以資彈唱。及於今日，則亦不復用爲歌詞，而僅以之供閱覽矣。"③

這種"小説"觀念在當時具有相當的普遍性，如知新主人《小説叢話》："二十年來所讀中國小説，合筆記、演義、傳奇、彈詞，一切計之，亦不過二百餘種。"④ 俞佩蘭《女獄花叙》："中國舊時之小説，有章回體，有傳奇體，

---

① 轉引自丁錫根編《中國歷代小説序跋集》，人民文學出版社 1996 年版，第 1404 頁。
② 《月月小説》第一年第十一號，1907 年。
③ 《小説月報》第三卷第五、七至十一號，1912 年。
④ 《新小説》第二十號，1905 年。

有彈詞體，有志傳體，朋興焱起，雲蔚霞蒸，可謂盛矣。"① 狄平子《小説新語》："吾國舊時小説，如《水滸》，如《西廂》，如《紅樓》，如《金瓶》，皆極著名之作。"② 吳曰法《小説家言》："小説之流派，衍自三言，而小説之體裁，則尤有別。短篇之小説，取法於《史記》之列傳；長篇之小説，取法於《通鑑》之編年。短篇之體，斷章取義，則所謂筆記是也；長篇之體，探原竟委，則所謂演義是也。至於傳奇一種，亦小説之家數，而異曲同工。"③ 將彈詞、戲曲納入小説之後，甚至出現了"曲本小説"這樣的稱謂，老伯《曲本小説與白話小説之宜於普通社會》："曲本小説，以傳奇小説爲最多。……有曲本小説，則負販之流，得以歌曲之唱情，生發思想也。"④ 當然，也有人對彈詞、戲曲納入"小説"名下持有異議，如別士《小説原理》："如一切章回、散段、院本、傳奇諸小説是，其書往往爲長吏之所毀禁，父兄之所呵責，道學先生之所指斥。""曲本、彈詞之類，亦攝於小説之中，其實與小説之淵源甚異。"⑤

　　彈詞寶卷、雜劇傳奇等多種通俗叙事文學文體被納入"小説"名下，應主要源於這些文體地位低下，與"小説"同屬不登大雅之堂、無關政教的"小道"，同時，也應與清中後期通俗文學文體或通俗伎藝名稱的"混稱""泛稱"有關。如，"平話"本爲以散説形式敷演故事的口頭伎藝的專稱和白話通俗小説的泛稱，但彈詞、南詞等多種説唱伎藝却都被納入"平話"名下，如王韜《海陬冶遊録》："滬上女子之説平話者，稱爲先生。大抵即昔之彈詞，從前北方女先兒之流也。"《瀛壖雜志》卷五："平話始於柳敬亭，然皆鬚眉男

　　① 陳平原、夏曉虹編《二十世紀中國小説理論資料》（第一卷），北京大學出版社 1997 年版，第137 頁。
　　② 《小説時報》第九期，1911 年。
　　③ 《小説月報》第六卷第六號，1915 年。
　　④ 《中外小説林》第二年第六期，1908 年。
　　⑤ 《繡像小説》第三期，1903 年。

子爲之。近時如曹春江、馬如飛皆其嬌嬌獨出者。道咸以來，始稱女子，珠喉玉貌，脆管幺弦，年令聽者魂銷。”郭麐《樗園消夏録》卷上：“江浙多有説平話者，以善嘲謔詼諧爲工。浙人多用唱本，有《芭蕉扇》《三笑姻緣》之類，謂之南詞。”梁章鉅《歸田瑣記》卷七“小説”亦謂：“小説九百，本自虞初，此子部之支流也。而吾鄉村里，輒將故事編成七言，可彈可唱者，通謂之小説。”①

綜上所述，從先秦兩漢到明清時期，“小説”一辭的内涵經歷了明顯的演化過程，其中指稱對象錯綜複雜，而上述五個方面基本涵蓋了中國古代“小説”之實際内涵。對於“小説”指稱對象繁雜這一特性，近人浦江清先生有一段很好的總結：

　　在文言文學裏，小説指零碎的雜記的或雜志的小書，其大部分的意旨是核實的，雖然不一定是正確性的文學，内中有特意造飾的娛樂的人物故事，但只占一小部分。用現代的名詞來説明，小説即是筆記文學或隨筆文學。在白話文學裏，小説有廣狹兩義，都可以虛構的人物故事來作爲定義。狹義的小説單指單篇故事或社會人情小説，不包括歷史通俗演義，這種意義只在一個較短的時間裏流行。廣義的小説包括一切説話體的虛構的人物故事書，以及含有人物故事的説唱的本子，甚至於戲曲文學都包括在内，所以不限於散文文學。有一個觀念，從紀元前後起一直到 19 世紀，差不多兩千年來不曾改變的是：小説者，乃是對於正經的大著作而稱，是不正經的淺陋的通俗讀物。②

---

① （清）梁章鉅《歸田瑣記》，中華書局1981年版，第132頁。
② 浦江清《論小説》，《浦江清文録》，人民文學出版社1989年版，原文刊於1944年《當代評論》第4卷第8、9期。

　　需要特別指出的是："小説"既是一個"歷時性"的觀念，即其自身有一個明顯的演化軌迹；但同時，"小説"又是一個"共時性"的概念。"小説"觀念的演化主要是指"小説"指稱對象的變化，然這種變化並不意味著對象之間的不斷"更替"，而常常表現爲"共存"，如班固《漢志》的"小説"觀一直影響到清代，《四庫全書總目》對"小説"的看法即與《漢志》一脈相承，《總目》所框範的小説"叙述雜事""記録異聞""綴輯瑣語"和明清以來的通俗小説在清人的觀念中被同置於"小説"的名下。此一特性或即爲"小説"在中國古代歷史語境中的"本然狀態"。

【相關閲讀】

1. 浦江清《論小説》，《浦江清文録》，人民文學出版社 1989 年版。

2. 石昌渝《"小説"界説》，《文學遺産》1994 年第 1 期。

"寓言"考

　　"寓言"作爲文體術語約始於近代，但作爲批評術語却在中國古代文學史上被廣泛運用，而尤盛行於小説批評。在文言小説和白話小説領域，"寓言"用以指稱小説文體的虚妄、虚構和寄寓等特性，這對於促進古代小説文體的自覺虚構意識和思想情感寄寓意識的發展成熟起到了積極推動作用。因此，釐清這一術語在中國古代小説史上的淵源流變，有助於揭示古代小説"幻設虚構""言志寄托"等文體意識的生成過程和發展脈絡。

一

　　"寓言"一辭最早見於《莊子》。《莊子·寓言》："寓言十九，藉外論之。親父不爲其子媒。親父譽之，不若非其父者也。非吾罪也，人之罪也。與己同則應，不與己同則反；同於己爲是之，異於己爲非之。"① 郭象《莊子注》注"寓言十九"："寄之他人，則十言而九見信。"② 陸德明《經典釋文》："寓，寄也。以人不信己，故托之他人，十言而九見信也。"③ 這裏，"寓言"指通過假托他人的言論來論説自己的觀點，或者説是將自己的觀點寄托在他人的言論當中。《莊子·天下》："古之道術有在於是者，莊周聞其風而悦之。

① （清）郭慶藩撰《莊子集釋》，中華書局1961年版，第948頁。
② 同上，第947頁。
③ 同上，第947頁。

清光緒《古逸叢書》本《南華真經注疏》

以謬悠之説，荒唐之言，無端崖之辭，時恣縱而不儻，不以奇見之也。以天下爲沈濁，不可與莊語，以卮言爲曼衍，以重言爲真，以寓言爲廣。"① 結合《天下》篇整體來看，莊子認爲，由於世人沉迷不悟，不能用端莊而誠實的言詞向他們講述"寂漠無形，變化無常"的大道，必須用"謬悠""荒唐""無端崖"的"卮言""重言""寓言"來講述。可見，"寓言"同"卮言""重言"一起，是與"莊語"相對的一種論説大道的方式，具有虛擬的特點，用它能够廣泛地闡發事理。總之，把《寓言》《天下》結合起來考察，可知《莊子》之"寓言"是指一種出於虛設、具有寄寓性質的論説方式，用這種方式來闡發事理更容易爲人所接受。

《莊子》之後，"寓言"一辭在論詩、論文、論史，特別是在論戲曲中，

① （清）郭慶藩撰《莊子集釋》，中華書局 1961 年版，第 1098 頁。

被廣泛使用，並進一步發展豐富了其原有的内涵。

"寓言"一辭用於論詩，多與詩歌寄寓比興的特點有關。如鍾嶸《詩品·詩品序》："故詩有三義焉：一曰興，二曰比，三曰賦。文已盡而意有餘，興也；因物喻志，比也；直書其事，寓言寫物，賦也。"① 劉熙載在《藝概·賦概》裏對鍾嶸"寓言寫物"解釋道："風詩中賦事，往往兼寓比、興之意。鍾嶸《詩品》所由竟以寓言寫物爲賦也。賦兼比興，則以言内之實事，寫言外之重旨。故古之君子上下交際，不必有言也，以賦相示而已。不然，賦物必此物，其爲用也幾何？"② 顯然，此處之"寓言"，明顯是指"賦兼比興"的詩歌創作方法，也就是"以言内之實事，寫言外之重旨"。

"寓言"一辭用於論文，有時指出於虛設、有所寄托之言。如《史記·老子韓非列傳》："（莊子）其學無所不窺，然其要本歸於老子之言。故其著書十餘萬言，大抵率寓言也。作《漁父》《盜跖》《胠篋》以詆訿孔子之徒，以明老子之術。《畏累虛》《亢桑子》之屬，皆空語無事實。"③ 司馬遷雖然用"寓言"評論《莊子》一書，但他用這個詞的涵義已經比《莊子》"寓言"的意義更加寬泛，泛指出於虛設，並且具有寄寓性質的故事、言論。另外，用"寓言"論文有時僅指文章虛設的内容，如范温《潛溪詩眼》"山谷論詩文優劣"一則云："司馬遷（學）《莊子》既造其妙，班固學《左氏》，未造其妙也。然《莊子》多寓言，架空爲文章；《左氏》皆事實，而文調亦不減《莊子》，則《左氏》爲難。"④ 將"寓言"和"事實"對舉，説明在他看來"寓言"具有和"事實"相對相反的意義，即想像虛設。

"寓言"一辭用於論史，也有寄托之意。如曾國藩讀《史記》後説："太史（司馬遷）傳莊子曰：'大抵率寓言也。'余讀《史記》亦'大抵率寓言

---

① （清）何文焕輯《歷代詩話》，中華書局 1981 年版，第 3 頁。
② （清）劉熙載《劉熙載論藝六種》，巴蜀書社 1990 年版，第 95 頁。
③ （漢）司馬遷《史記》，中華書局 1959 年版，第 2143、2144 頁。
④ （宋）范温《潛溪詩眼》，見郭紹虞輯《宋詩話輯佚》，中華書局 1980 年版。

也'。列傳首伯夷，一以寓天道福善之不足據，一以寓不得依聖人以爲師，非
自著書，則將無所托以垂不朽。次管、晏傳，傷己不得鮑叔爲之知己，又不
得如晏子者爲之薦達。此外如子胥之憤、屈賈之枉，皆藉以鳴其鬱耳。非以
此爲古來偉人計功簿也。"① 這裏所説的"寓言"就是把個人的思想感情寄托
在他人他事上的有所寄寓之言。

　　在論戲曲時，"寓言"一辭主要指稱戲曲創作的憑空虛構或寄托言志。李
漁《曲部誓詞》："余生平所著傳奇，皆屬寓言，其事絶無所指。恐觀者不諒，
謬謂寓譏刺其中，故作此詞以自誓。竊聞諸子皆屬寓言，稗官好爲曲喻。《齊
諧》志怪，有其事，豈必盡有其人；博望鑿空，詭其名，焉得不詭其實?"②
李漁爲了向人們解釋自己的戲曲創作絶對没有諷刺他人的意思，特別發此誓
詞，聲明他的傳奇劇都是虛構的。這裏的"寓言"就是虛構的同義詞。清焦
循《劇説》卷四稱："《南陽樂》言武侯相北地王諶，滅魏、吴，復興漢祚，
蓋寓言也。"③ 因爲《南陽樂》講諸葛亮消滅魏、吴兩國，興復漢室的故事，
明顯與史實相左，具有虛構的成分，焦循認爲這部戲曲已經不屬於歷史劇的
範疇，而是寓言。可見焦循所説的"寓言"就是指虛構的戲曲内容。明顧起
元《坐隱先生傳》中提及晚明汪廷訥所作的傳奇作品《環翠堂傳奇》："有樂
府傳奇十數種……率藉人以寫己懷，得寓言比興之意。"丘濬《伍倫全備記》
第一齣《副末開場》【臨江仙】："這本《伍倫全備記》，分明假托揚傳，一本
戲裏五倫全。備他時世曲，寓我聖賢言。""寓言"在這裏又指在戲曲創作中
寄寓作者自己的思想感情或聖賢之道。可以説，以明清傳奇爲"寓言"是一
種非常普遍的共識，明徐復祚《曲論》："要之，傳奇皆寓言，未有無所爲者，

---

① （清）曾國藩《曾國藩全集·讀書録》，岳麓書社 1989 年版，第 75 頁。
② （清）李漁《李漁全集》（第一卷），浙江古籍出版社 1991 年版，第 130 頁。
③ （清）焦循《劇説》，《中國古典戲曲論著集成》（八），中國戲劇出版社 1959 年版，第 167 頁。

正不必求其人與事以實之也。"① 李漁《閑情偶寄》卷一《詞曲部·結構第一·審虛實》："傳奇無實，大半皆寓言耳。"②

綜上所述，"寓言"一辭作爲理論批評術語雖涉及領域廣泛，引申之義也比較豐富，但主要内涵相對較爲明確單一，即寄寓性和虛構性。

二

"寓言"在小説領域的使用更爲普遍，較早是在唐代，唐及唐以後，"寓言"一辭廣泛運用於文言小説和白話通俗小説領域，成了小説評論中用於評價小説虛妄不實或虛構寄寓之特性的一個常用術語。

劉知幾《史通·采撰》："嵇康《高士傳》，好聚七國寓言；玄晏《帝王紀》，多采《六經》圖讖，引書之誤，其萌始於此矣。"③ 在此，"寓言"主要指《高士傳》的虛擬性。《史通·雜説下》："嵇康撰《高士傳》，取《莊子》《楚辭》二漁父事，合成一篇。夫以園吏之寓言，騷人之假説，而定爲實録，斯已謬矣。"④ 劉知幾借用"寓言"是爲了突出"偏紀小説"中一些作品的虛妄難信，這與其强調采撰要考核徵實的史學思想密不可分。在劉氏觀念中，大量載録傳聞的"偏紀小説"雖然具有一定的史料價值，史家可以"徵求異説，采摭群言"⑤，但其對此類著述中諸多虛妄失實之作的批判也十分嚴厲："其失之者，則有苟出異端，虛益新事，至如禹生啓石，伊産空桑，海客乘槎以登漢，姮娥竊藥以奔月。如斯踳駁，不可殫論，固難以污南、董之片簡，

---

① （明）徐復祚《曲論》，《中國古典戲曲論著集成》（四），中國戲劇出版社 1959 年版，第234 頁。
② （清）李漁《李漁全集》（第三卷），浙江古籍出版社 1991 年版，第 15 頁。
③ （唐）劉知幾《史通》，上海古籍出版社 2008 年版，第 84 頁。
④ 同上，第 382 頁。
⑤ 同上，第 84 頁。

霑班、華之寸札。”“又訛言難信，傳聞多失，至如曾參殺人，不疑盜嫂，翟義不死，諸葛猶存，此皆得之於行路，傳之於衆口，儻無明白，其誰曰然。”①“寓言”之被借用於小説學正與此史學思想背景密切相關。

　　李肇《唐國史補·韓沈良史才》：“沈既濟撰《枕中記》，莊生寓言之類；韓愈撰《毛穎傳》，其文尤高，不下史遷，二篇真良史才也。”②《枕中記》講述窮困不適的盧生夢中歷經人間富貴榮華，夢覺黄粱未熟，遂大徹大悟，其人物故事具有鮮明的幻設性和寄托性。因此，李肇將《枕中記》稱爲“莊生寓言之類”，且與“以文爲戲”的《毛穎傳》相提並論，也是主要爲了彰顯其虚構、寄寓的創作特徵。

　　宋元時期小説學使用“寓言”一辭主要限於筆記小説。洪邁《夷堅乙志序》：“夫《齊諧》之志怪，莊周之談天，虚無幻茫，不可致詰。逮干寶之《搜神》，奇章公之《玄怪》，谷神子之《博異》，《河東》之記，《宣室》之志，《稽神》之録，皆不能無寓言於其間。若予是書，遠不過一甲子，耳目相接，皆表表有據依者。謂予不信，其往見烏有先生而問之。”③宋人以“寓言”指人物故事，多表示與真實發生之事相對的虚設之事，如惠洪《林間録》卷四：“記高僧嘉言善行，謝逸爲之序。然多寓言，如謂杜祁公、張安道皆致仕居睢陽之類，疏闊殊可笑。”趙與時《賓退録》卷五：“前二事蓋寓言，以資笑謔，而後事乃真有之。”④顯然，洪邁所言之“寓言”亦爲此意。《搜神記》《玄怪録》等志怪書由記録傳聞而成，雖然其中不免有虚妄失真的訛傳，但在作者看來，自己的著作衹是“實録”傳聞而已，與子虚烏有的虚構無關。干寶

---

①　（唐）劉知幾《史通》，上海古籍出版社 2008 年版，第 84，85 頁。

②　（唐）李肇等《唐國史補　因話録》，上海古籍出版社 1979 年版，第 55 頁。

③　轉引自丁錫根《中國歷代小説序跋集》，人民文學出版社 1996 年版，第 94 頁。洪邁《夷堅支丁序》與此段文字所論頗爲相似：“稗官小説家言不必信，固也。信以傳信，疑以傳疑，自《春秋》三傳，則有之矣，又況乎列禦寇、惠施、莊周、庚桑楚諸子汪洋寓言者哉！《夷堅》諸志，皆得之傳聞，苟以其説至，斯受之而已矣，聱牙畔奐，予蓋自知之。……凡此諸事，實爲可議。予既悉書之，而約略表其説於下，愛奇之過，一至於斯。”

④　（宋）趙與時《賓退録》，上海古籍出版社 1983 年版，第 63 頁。

《搜神記序》謂："衛朔失國，二傳互其所聞；吕望事周，子長存其兩説，若此比類，往往有焉。……若使采訪近世之事，苟有虛錯，願與先賢前儒分其譏謗。"① 這種觀念在宋代依然普遍，沈括《夢溪筆談》卷四《辨證二·蜀道難》云："蓋小説所記，各得於一時見聞，本末不相知，率多舛誤。"② 然在洪邁的觀念中，我們可以看出已有了細微的變化，他稱《搜神記》《玄怪錄》等書中"不能無寓言於其間"，指出其中存在一些憑空虛構之作，實際上表明他開始對載録傳聞的筆記小説中部分作品的自覺虛構性有了一定的認識。對於自己的著作《夷堅志》，他一方面信誓旦旦地稱"若予是書，遠不過一甲子，耳目相接，皆表表有據依者"。而另一方面却又戲言"謂予不信，其往見烏有先生而問之"。似乎在特意模糊實録傳聞和有意虛構的界限，甚至一定程度上開始認可這種自覺虛構性，故而元代石巖在《續夷堅志跋》中就明確將洪邁《夷堅志》稱爲虛構的"演史寓言"："《續夷堅志》，乃遺山先生當中原陸沉之時，皆耳聞目見之事，非若洪景盧演史寓言也。"③

　　對筆記小説部分作品寓言虛構性的認識變化或許與"小説"功用觀的變化有關。陳振孫《直齋書録解題》卷十一《夷堅志》："稗官小説，昔人固有爲之者矣。游戲筆端，資助談柄，猶賢乎已可也。"④ 曾慥《類説序》："小道可觀，聖人之訓也。……可以資治體，助名教，供談笑，廣見聞，如嗜常珍，不廢異饌，下箸之處，水陸具陳矣。"⑤ 對小説"助談柄""供談笑""廣見聞"等娛樂消遣性的强調和"補史之闕"等史學價值的淡化，自然容易使得"游戲筆端"的虛構逐步被認可和接受，宋晁載之《洞冥記跋》謂："昔葛洪造《漢武内傳》《西京雜記》，虞義造《王子年拾遺録》，王儉造《漢武故事》，

①　（晉）干寶《搜神記》，中華書局 1979 年版，第 2 頁。
②　（宋）沈括《夢溪筆談》，岳麓書社 1998 年版，第 29 頁。
③　（金）元好問《續夷堅志》（《古小説叢刊》），中華書局 1986 年版，第 99 頁。
④　（宋）陳振孫《直齋書録解題》，上海古籍出版社 1987 年版，第 336 頁。
⑤　轉引自丁錫根《中國歷代小説序跋集》，人民文學出版社 1996 年版，第 1779 頁。

並操觚鑿空，恣情迂誕，而學者耽閲以廣聞見，亦各其志，庸何傷乎！”① 由此可見，洪邁提出“不能無寓言於其間”，特意模糊實録傳聞和有意虛構的界限，甚至開始在一定程度上認可這種自覺虛構性，無疑是對筆記小説傳統文體觀念的一種突破。

“寓言”在明代文言小説理論批評中沿襲了前人的用法，指稱志怪之作中明顯虛妄難信的内容，如楊儀《重校甘澤謡序》評價《甘澤謡》：“所載事，亦皆詭怪難信，蓋多寓言。”② 但已更多的用於評價傳奇小説，吴植《剪燈新話序》：“余觀宗吉先生《剪燈新話》，其詞則傳奇之流，其意則子氏之寓言也。”③ 此處“寓言”應包含幻設虛構和寄托言志兩重涵義，前者正如胡應麟所説：“本朝《新》《餘》等話，本出名流，以皆幻設，而時益以俚俗，又在前數家下。”④ “《新》《餘》二話，本皆幻設，然亦有一二實者。《秋香亭記》，乃宗吉自寓，見田叔禾《西湖志餘》。”⑤ 後者正如瞿佑自己所言：“而勸善懲惡，哀窮悼屈，其亦庶乎言者無罪，聞者足以戒之一義云爾。”⑥《剪燈新話》有不少藉鬼神精怪以言志的作品，如《修文舍人傳》《令狐生冥夢録》《太虛司法傳》等，但也有相當一部分作品叙述戰亂中的男女戀情，如《聯芳樓記》《翠翠傳》《秋香亭記》《金鳳釵記》《愛卿傳》《牡丹燈記》等，爲現實人事之作，將其統稱爲“皆幻設”的“寓言”之作，表明傳奇小説開始確立起自覺虛構的文體意識。同時，强調“寄寓性”也有助於强化傳奇小説創作的主體性，深化作品的思想藝術内涵。

以“寓言”評價《剪燈新話》或許可看作傳奇小説幻設虛構和寄托言志

---

① 轉引自丁錫根《中國歷代小説序跋集》，人民文學出版社 1996 年版，第 35 頁。
② （唐）袁郊《甘澤謡》（《叢書集成初編》本），中華書局 1985 年版，第 1 頁。
③ （明）瞿佑《剪燈新話》（外二種），上海古籍出版社 1981 年版，第 4 頁。
④ （明）胡應麟《少室山房筆叢》，上海書店出版社 2001 年版，第 371 頁。
⑤ 同上，第 435 頁。
⑥ （明）瞿佑《剪燈新話》（外二種），上海古籍出版社 1981 年版，第 3 頁。

這一文體意識的確立標志，這一文體觀念被傳奇小説創作者普遍接受，産生了廣泛的影響，實際上開創了唐宋傳奇記録傳聞之外的另一傳奇小説文體傳統①，如祝允明《野記》將效顰《剪燈新話》的《剪燈餘話》明確稱爲“寓言小説”：“少時曾作《剪燈餘話》，雖寓言小説之靡，其間多譏失節，有爲作也。”② 陶輔《花影集自序》稱《剪燈新話》《剪燈餘話》《效顰集》：“大率三先生之作，一則信筆弄文，一則精巧競前，一則持正去誕。”梅鼎祚《才鬼記》卷一零《滕穆醉遊聚景園記》評“兩話”：“皆亡是烏有之談。蓋效唐人小説而未至者耳，其後此類種種迭出，更不逮此矣。”③ 李禎《剪燈餘話序》稱：“兹所謂以文爲戲者非耶？……好事者觀之，可以一笑而已，又何必泥其事之有無也哉？”④ 清代《聊齋志異》顯然也是繼承了這一傳奇小説文體傳統，孔繼涵《聊齋志異序》：“今《志異》之所載，皆罕所聞見，而謂人能不異之乎？然寓言十九，即其寓而通之，又皆人之所不異也。不異於寓言之所寓，而獨異於所寓之言，是則人之好異也。”⑤ 南村《聊齋志異跋》：“余觀其寓意之言，十固八九，何其悲以深也。”⑥《聊齋自志》：“浮白載筆，僅成孤憤之書。寄托如此，亦足悲矣！”⑦ 蔡培《聊齋志異序》：“若《聊齋》一書，乃柳

---

① 魯迅《中國小説史略》第八篇《唐之傳奇文》稱：“小説亦如詩，至唐代而一變。……演進之迹甚明，而尤顯者乃在是時則始有意爲小説。”判定唐代傳奇小説開始出現自覺虚構意識，其實不確。魯迅先生上述論斷，源於胡應麟《少室山房筆叢·二酉綴遺》中的一段論述：“凡變異之談，盛於六朝，然多是傳録舛訛，未必盡幻設語，至唐人乃作意好奇，假小説以寄筆端，如《毛穎》《南柯》之類尚可，若《東陽夜怪録》稱成自虚，《玄怪録》元無有，皆但可付之一笑，其文氣亦卑下亡足論。”胡應麟稱“唐人乃作意好奇，假小説以寄筆端”顯然是一種特指，即舉例中所列《毛穎》《南柯》之類“以文爲戲”的俳諧之作，而絕非統指唐傳奇。而且，從唐代傳奇小説創作的實際情況來看，大多數作品還是以記録見聞爲主要編創方式，且常常在正文或序跋中明確交代故事來源，唐傳奇的想像虚構實際上主要表現爲以傳聞爲基礎的情節、細節增飾和場面鋪叙，而非人物故事的自覺虚構。

② （明）祝允明《野記》，中華書局 1985 年版，第 86 頁。

③ （明）梅鼎祚《才鬼記》，中州古籍出版社 1989 年版，第 167 頁。

④ （明）瞿佑《剪燈新話》（外二種），上海古籍出版社 1981 年版，第 121、122 頁。

⑤ 轉引自丁錫根《中國歷代小説序跋集》，人民文學出版社 1996 年版，第 140 頁。

⑥ （清）蒲松齡著，張友鶴輯校《聊齋志異》（會校會注會評本），上海古籍出版社 1986 年版，第 31 頁。

⑦ 同上，第 3 頁。

泉不遇於時者之所爲，大抵皆子虚烏有之説耳，必從而注之，毋乃膠柱鼓瑟乎？”①

此外，“寓言”一辭還曾作爲以文爲戲的俳諧之作的文類概念，如詹景鳳“鈔撮諸家文集中托諷、取譬之作，分十二類”②編爲一書，將其命名爲《古今寓言》；《綉谷春容》專列有“寓言”類目，收《東郭生傳》《傾國生傳》《孔方生傳》《三友傳》等二十篇“以文爲戲”的“假傳”“托傳”。

三

明代中期白話小説興起之初，小説理論批評隨即借用“寓言”一辭彰顯其憑空虚構或寓意寄托的文體特徵。

明萬曆二十年金陵唐氏世德堂《新刻出像官板大字西遊記》卷首之陳元之《刊西遊記序》稱：“余覽意，近跌弛滑稽之雄，卮言漫衍之爲也。……此其書直寓言者？彼以爲大丹之數也。……彼以爲濁世不可以莊語也，故委蛇以浮世；委蛇不可爲教也，故微言以中道理；道之言不可以入俗也，故浪謔、笑謔以恣肆。……謬悠荒唐，無端崖矣。”③陳元之稱《西遊記》爲“寓言”顯然也是從“滑稽之雄”“卮言漫衍”的幻設虚構性和“微言以中道理”的寄寓性兩方面來説的。《西遊記》爲“寓言”的界説被後世普遍認可，如幔亭過客《李卓吾評本西遊記題詞》：“此《西遊》之所以作也。説者以爲寓五行生克之理、玄門修煉之道。余謂三教已括於一部，能讀是書者，於其變化橫生之處引而伸之，何境不通？何道不洽？”④尤侗《西遊真詮序》：“其言雖幻，

①　轉引自丁錫根《中國歷代小説序跋集》，人民文學出版社1996年版，第153頁。
②　（清）永瑢等《四庫全書總目》，中華書局1997年版，第1920頁。
③　（明）吳承恩《西遊記》，上海古籍出版社《古本小説集成》據世德堂刊本影印，第3—6頁。
④　（明）《李卓吾先生批評西遊記》，《明清善本小説叢刊》本，臺灣天一出版社1980年版。

可以喻大；其事雖奇，可以證真；其意雖游戲三昧，而廣大神通具焉。"① 王
陽健《西遊原旨跋》："《西遊》，寓言也，如《易》辭焉，如《南華》焉，彌
綸萬化，不可方物。"② 托名虞集的《西遊證道書序》亦謂："而余竊窺真君之
旨，所言者在玄奘，而意實不在玄奘；所紀者在取經，而志實不在取經；特
假此以喻大道耳。"③

《西遊記》被看作神魔小説開山之作，將其文本性質界定爲"寓言"實際
上代表了對此類小説的一種共識。明代佚名《新刻續編三國志引》："其視
《西遊》《西洋》《北遊》《華光》等傳不根諸説遠矣。……客或有言曰：'書固
可快一時，但事迹欠實，不無虛誑渺茫之議乎？'予曰：'世不見傳奇戲劇
乎？人間日演而不厭，内百無一真，何人悦而衆艷也？但不過取悦一時，
結尾有成，終始有就爾。誠所謂烏有先生之烏有者哉。'"④ 謝肇淛《五雜
組》卷十五："《西遊記》曼衍虛誕，而其縱橫變化，以猿爲心之神，以豬爲
意之馳。……《華光》小説則皆五行生克之理。……其他諸傳記之寓言者，
亦皆有可采。"⑤ 清代褚人穫《封神演義序》："此書直與《水滸》《西遊》《平
妖》《逸史》一般詭異，但覺新奇可喜，怪變不窮，以之消長夏、袪睡魔而
已。又何必究其事之有無哉？"⑥

如果説神魔小説《西遊記》被稱爲"寓言"源於其人物故事鮮明而突出
的"幻設""游戲"特色，與"以文爲戲"的創作傳統密不可分，那麽世情小
説《金瓶梅》被稱爲"寓言"則顯然另有一番道理。觀海道人《金瓶梅序》：

---

① （清）陳士斌《西遊真詮》，上海古籍出版社《古本小説集成》據乾隆刊本影印，第 4 頁。
② （清）劉一明《西遊原旨》，上海古籍出版社《古本小説集成》據嘉慶重刊本影印，附跋第
21 頁。
③ （清）汪象旭、黄周星《西遊證道書》，上海古籍出版社《古本小説集成》據日本内閣文庫藏
本影印，第 3、4 頁。
④ （明）酉陽野史《三國志後傳》，上海古籍出版社《古本小説集成》據萬曆刊本影印，第 1—
6 頁。
⑤ （明）謝肇淛《五雜組》，上海書店出版社 2001 年版，第 312 頁。
⑥ 轉引自丁錫根編《中國歷代小説序跋集》，人民文學出版社 1996 年版，第 1404 頁。

"今子之撰《金瓶梅》一書也，論事，則於古無徵，等齊東之野語。……至若謂事實於古無徵，則小説家語，寓言八九，固不煩比附正史以論列。"① 廿公《金瓶梅跋》："《金瓶傳》爲世廟時一巨公寓言，蓋有所刺也。"② 顯然，觀海道人、廿公借用"寓言"一辭評價《金瓶梅》是爲了明確《金瓶梅》的文本性質：人物故事"於古無徵""齊東之野語"的虛構性質和作者"有所刺"的主體寄托性。其中，對《金瓶梅》虛構性質的界定應與當時人們對《水滸傳》的看法有很大關係，容與堂本《忠義水滸傳》第一回回評："《水滸傳》事節都是假的，説來却似逼真，所以爲妙。"第七十一回眉批："劈空捏造，條理井井如此，文人之心一至此乎！"第十回回評："《水滸傳》文字原是假的，只爲他描寫得真情出，所以便可與天地相終始。"③ 袁無涯《忠義水滸全書》之《發凡》："是書蓋本情以造事者也，原不必取證他書。"④ 胡應麟《少室山房筆叢》之《莊岳委談下》："元人武林施某所編《水滸傳》，特爲盛行，世率以其鑿空無據。"⑤《水滸傳》當時普遍被看作是虛構之作，由其生發而來的《金瓶梅》必然也屬"齊東之野語"。對《金瓶梅》"寓言"性質的界説，也基本成爲後世的共識，如清代張竹坡《金瓶梅寓意説》："稗官者，寓言也。其假捏一人，幻造一事，雖爲風影之談，亦必依山點石，藉海揚波。故《金瓶》一部，有名人物，不下百數，爲之尋端竟委，大半皆屬寓言。"⑥ 四橋居士《隔簾花影序》："《金瓶梅》一書，雖係寓言……則是書也，不獨深合於六經之旨，且有關於世道人心者不小。後之覽者，幸勿以寓言而忽之也可。"⑦

　　作爲一部"世情書"，《金瓶梅》中的人物情節都爲現實社會之人情世態，

---

① 轉引自丁錫根編《中國歷代小説序跋集》，人民文學出版社 1996 年版，第 1109、1110 頁。
② （明）蘭陵笑笑生著，秦修容整理《金瓶梅》（會評會校本），中華書局 1998 年版，第 1471 頁。
③ （明）施耐庵《李卓吾評本水滸傳》，上海古籍出版社 1988 年版，第 11、1049、146 頁。
④ 《忠義水滸全書》卷首，明萬曆四十二年袁無涯刻本。
⑤ （明）胡應麟《少室山房筆叢》，上海書店出版社 2001 年版，第 436 頁。
⑥ 轉引自黃霖編《金瓶梅資料彙編》，中華書局 1987 年版，第 58 頁。
⑦ （清）《隔簾花影》，上海古籍出版社《古本小説集成》據本衙藏板本影印，第 4—9 頁。

與《西遊記》等神魔小説之"厄言漫衍"的人物故事類型迴然有別，這種寫實性自然更容易造成"歷史真實感"。佚名《韵鶴軒雜著》卷下："至如西門大官人，特不過子虚、烏有、亡是公之類耳。……市井細人，往往以假托之詞，據爲典故，其不令人噴飯者鮮矣。"① 因此，將寫實性的"世情書"界定爲"寓言"顯然更有助於强化白話小説文體的自覺虛構意識和思想感情寄寓意識，促進白話小説的文人化進程。從某種意義上説，對《金瓶梅》"寓言"性質的揭示，標志著中國古代白話小説以自覺虛構和主體寄托爲核心觀念的文體意識的發展成熟。晚明以降，白話小説爲虛構的、寄托性的故事性文體已基本成爲一種共識，如鈕琇《觚剩續編》卷一"文章有本"條："傳奇演義，即詩歌紀傳之變而爲通俗者。哀艷奇恣，各有專家，其文章近於游戲。大約空中結撰，寄姓氏於有無之間，以徵其詭幻。"駕湖漁叟《説唐後傳序》："若傳奇小説，乃屬無稽之談，最易動人聽聞，閲者每至忘食忘寢，戛戛乎有餘味焉。"② 風月盟主《賽花鈴後序》："而余謂稗家小説，猶得與於公史。勸善懲淫，隱陽秋於皮底；駕空設幻，揣世故於筆端。"③ 董寄綿《雪月梅傳跋》："况稗官小説，憑空結撰，何能盡善？"④

四

近代以來，隨著"寓言"獨立文體地位的確立，原本主要用於評價文學創作"虛設""寄托"等内涵的"寓言"被逐步淡化，代之而起的是作爲"文體"的"寓言"，至此，"寓言"作爲小説術語"淡出"了小説領域。而

① 轉引自朱一玄編《金瓶梅資料彙編》，南開大學出版社2002年版，第564頁。
② （清）駕湖漁叟《説唐演義後傳》，上海古籍出版社《古本小説集成》據觀文書屋刊本影印，第2頁。
③ （清）吴興白雲道人《賽花鈴》，上海古籍出版社《古本小説集成》據本衙藏板本影印，第361頁。
④ （清）陳朗《雪月梅》，上海古籍出版社《古本小説集成》據德華堂刊本影印，第2頁。

這一轉化的"契機"是近代以來的中西文學交流，其發端則爲伊索寓言的傳入。

早在明朝末年，伊索寓言就已翻譯介紹到中國，不過在早期的譯本中，並未將其與中國古代原有的"寓言"一辭聯繫起來，更無從談起促進中國傳統"寓言"觀念的轉變。第一本專門翻譯介紹伊索寓言的中文選譯本名曰《況義》（1625），由法國耶穌會士金尼閣（Nicolas Trigault，1577—1628）口授、中國天主教士張庚筆傳。據《泉州府志》載，張庚於明萬曆丁酉（1597）中舉人，授平湖教諭，爲人正直，約在天啓元年（1621）入天主教。張庚是以中國傳統文人和天主教徒的雙重身份和雙重眼光來理解、接受伊索寓言這一新鮮事物的。他翻譯伊索寓言的目的就是爲了傳教："張先生憫世人之懵懵也，取西海金公口授之旨而諷切之。""後直指其意義所在，多方開陳之。"① 傳教目的使他忽略了金尼閣口授的伊索寓言的文學性質，而從傳教功能的角度將其特點總結爲"比"。"況之爲況"，"蓋言比也"②，也就是用金尼閣口授的故事來打比方，委曲表達對世人的勸諫之意。清道光二十年（1840）廣州出版的根據英文翻譯的伊索寓言漢譯本《意拾喻言》（ESOP'S FABLES），譯者爲英國人羅伯特·湯姆（Robert Thom），編譯這個譯本也不是出於文學目的，而是爲了幫助外國人學習漢語，他在書前一篇介紹意拾（伊索）的《小引》中簡單地把伊索寓言理解爲"譬喻"，説它"易明而易記"。

最早將伊索寓言與寓言聯繫起來的是光緒十四年（1888）由張赤山編輯的《海國妙喻》，他在《序》中寫道："其（伊索）所著寓言一書，多至千百餘篇。藉物比擬，叙述如繪，言近旨遠，即粗見精，苦口婆心，叮嚀曲喻，能發人記性，能生人悟性，讀之者賞心快目，觸類旁通，所謂道得世情透，

---

① 謝懋明《跋〈況義〉後》，楊揚《〈伊索寓言〉的明代譯義抄本——〈況義〉》，《文獻》1985 年第2 期。
② 同上。

便是好文章。"① 不過，張赤山雖使用"寓言"一辭來解釋《海國妙喻》，却僅
藉此説明其"藉物比擬""言近旨遠"等創作方式，並没有賦予"寓言"一辭
以文體意義。

　　1903 年林紓與嚴氏兄弟合譯
《伊索寓言》，從這時起，"寓言"
一辭纔逐漸從文體意義上與伊索寓
言聯繫在一起。與前人相比，林譯
對轉變中國寓言觀念的貢獻主要有
兩方面，一是對伊索寓言的準確認
識；二是使用"寓言"作爲伊索寓
言的譯名，並爲後來的譯本所沿
用。他在《伊索寓言序》中説：
"伊索爲書，不能盈寸，其中悉寓
言。……伊索氏之書，閲歷有得之
書也。言多詭托草木禽獸之相酬
答，味之彌有至理。"② 其"寓言"
一辭是指伊索寓言中充滿了想像虚
構並寄寓有深意，"言多詭托草木

林紓、嚴培南、嚴璩譯《伊索寓言》
民國二十七年商務印書館發行

禽獸之相酬答，味之彌有至理"。這樣的解釋既充分利用了中國傳統的寓言觀
念，又概括出伊索寓言以動物故事揭露人類弱點的基本特徵。不僅如此，林紓
還將其與中國古典小説《諧謔録》等相比較，清楚地認識到伊索寓言適合兒童
教育的特點："蓋欲求寓言之專作，能使童蒙聞而笑樂，漸悟乎人心之變幻、物

---

① 張赤山譯《海國妙喻》，見《中國近代文學大系·翻譯文學集》，上海書店 1991 年版。
② 林紓、嚴培南等合譯《伊索寓言》，商務印書館 1903 年版。

理之歧出，實未有如伊索氏者也。"林紓對"寓言"的闡釋已同伊索寓言在西方
文學中所屬的文體概念 Fable 基本相符，如《不列顛百科全書（國際中文版）》
對 fable 的定義是："Fable 寓言故事形式。通常以像人類一樣行動和説話的動
物爲主角，爲揭露人類的愚蠢和弱點而講述。把一種寓意或行爲教誨編入故事，
往往在結尾處明確指出。西方寓言傳統從伊索開始，成效顯著。"這就爲國人準
確認識 fable 這一新文體打下了基礎。林紓選擇了"寓言"一辭爲其譯作命名，
一方面是因爲他用中國傳統的寓言觀念來理解伊索寓言，另一方面大概也是爲
了表達他以《伊索寓言》寄托個人思想感情之意。林譯《伊索寓言》在當時發
行很廣，而且繼林紓之後出現的伊索寓言漢譯本都沿用了林譯本的書名。

　　從林譯本開始，中國讀者看到和接受的是中國傳統"寓言"之名與西方
寓言"fable"之實的結合體。隨著人們對西方寓言 fable 這種文體的深入了
解，"寓言"一辭也就自然地具有越來越清晰的 fable 涵義。1913 年，伊索寓
言的另一個重要的翻譯介紹者孫毓修在《小説月報》上對 fable 進行了較爲全
面的介紹。這段話雖然簡短，却可以看作是中國傳統寓言觀念開始向一種新
的文體觀念轉換的標志："Fable 者，捉魚蟲草木鳥獸天然之物而强之入世，
以代表人類喜怒哀樂、紛紜静默、忠佞邪正之概。《國策》桃梗土人之互語、
鷸蚌漁夫之得失，理足而喻顯，事近而旨遠，爲 Fable 之正宗矣。譯者取莊子
寓言八九之意，名曰寓言。日本稱爲物語。此非深於哲學、老於人情、富於
道德、工於詞章者，未易爲也。自教育大興，以此頗合於兒童之性，可使不
懈而幾於道。教科書遂采用之。高文典册一變而爲婦孺皆知之書矣。古之專
以寓言者著書，自成一子者，昉於希臘之伊索。"[1]"譯者取莊子寓言八九之
意，名曰寓言"，使英文"fable"一辭的涵義轉移到"寓言"一辭中。孫毓修
把《戰國策》中桃梗土偶、鷸蚌相爭等以動植物爲主角的故事稱爲 fable 的正

----

[1]　孫毓修《歐美小説叢談續編》，《小説月報》1913 年 10 月 25 日。

宗，明顯是采用西方寓言的標準來選擇中國寓言故事，因而此處"寓言"一辭已經偏離了它傳統的"虛構""寄寓"的涵義和文學批評術語的身份，開始有了文體意義。

中國傳統寓言觀念轉換的最初動因是 fable 爲"寓言"一辭注入新的文體意義，然而更爲重要的是，伊索寓言的翻譯刺激了中國的譯者和學者從文體的角度對中國自己的寓言作品進行整理和研究。這些整理和研究進一步推動了中國傳統的寓言觀念的轉換，更新了"寓言"一辭的文體意義。光緒三十二年（1906），陳春生編輯了一本《東方伊朔》，由上海廣學書局出版，其中選了《列子》《莊子》《淮南子》《韓非子》《吕氏春秋》《説苑》《史記》《通鑑》等書中的故事。當時的基督教刊物《通問報》爲這本書作廣告説："《東方伊朔》，乃取中國古書中極有趣味、可以比方道理之故事，共成一書，演成官話，雖婦人小孩，均爲喜聽。誠傳道人之利器。"① "伊朔"即"伊索"，從這本書的書名就可見出《伊索寓言》對編輯此書的影響。民國六年（1917），沈德鴻（茅盾）從經史子三部中選取了 127 個故事，編輯出版《中國寓言（初編）》。孫毓修先生在爲此書寫的序言中説："譯學既興，淺見者流驚伊索爲獨步，奉詰支爲導師，亦文林之憾事，誠藝苑之缺典。用是發憤，鈔納成編，題曰《中國寓言》。"② 由此可見《伊索寓言》對整理中國寓言的刺激作用。

而對中國寓言的研究，首先就要從文體角度回答何爲"寓言"的問題。1930 年，第一部專門研究中國寓言的專著《中國寓言研究》問世。這本書的作者胡懷琛先生不但深入研究了中國古代的寓言作品，而且在書中專門闢出一章（第三章《全世界寓言的産地：印度希臘中國》）對印度、希臘和中國的寓言進行比較研究。他對寓言文體的總結以中國古代的寓言作品爲基礎，同時又能體現西方寓言作品的特點，具有兼容中西的概括能力："寓言，是用

---

① 《通問報：耶穌教家庭新聞》1910 年第 8 期。
② 轉引自陳蒲清《中國古代寓言史》，湖南教育出版社 1983 年版，第 297 頁。

文學的方式，説一個故事；但是，這個故事是暗示真理，或是包含一個道德的訓條。”“寓言的實質，是真理，或道德的訓條。又可以説，寓言的形式，是文學的；寓言的實質，是哲學的，或倫理學的。”① 此後中國寓言的研究也多采用這種思路和方法②。中國的寓言觀念向一種新的文體觀念發展，從了解、認識伊索寓言帶來的西方寓言觀念開始，但它從未停留在 fable 文體觀念的範圍内，而是努力貫通中西以尋找寓言這種文體質的規定性。這使得中國的寓言觀念在現代轉換的同時也突破了自身傳統和外來規範，成爲一種兼容中西、更具概括性的文體觀念。

　　綜上所述，“寓言”一辭源於《莊子》，指一種出於虚設、具有寄寓性質的論説方式。之後，被廣泛運用於論詩、論文、論史、論戲曲，指稱其中的寄寓性和虚構性。“寓言”在小説領域的使用更爲普遍，較早出現於唐代，用於批評筆記小説中的虚妄不實之作，或標示“以文爲戲”之作的虚構寄寓性。宋元時期，開始借用“寓言”特意模糊筆記小説實録傳聞和有意虚構的界限，甚至在一定程度上認可這種自覺虚構性，突破筆記小説實録見聞的傳統文體觀念。明代，“寓言”開始更多地評價傳奇小説，實際上成爲傳奇小説幻設虚構和寄托言志文體意識確立的標志，開創了唐宋傳奇記録傳聞之外的另一傳奇小説文體傳統。同時，在白話小説興起之初，“寓言”隨即被借用以彰顯其憑空虚構或寓意寄托的文體特徵，並逐漸成爲白話小説以自覺虚構和主體寄托爲核心觀念的文體意識發展成熟的標志。近代以來，隨著伊索寓言傳入中國，其所屬的西方 fable 文體概念在中西文學交流中逐步注入到“寓言”中，從而促成其由古代理論批評術語逐步轉型爲現代文體概念。

---

① 胡懷琛《中國寓言研究》，商務印書館 1930 年版，第 2、7 頁。
② 詳見王焕鑣《先秦寓言研究》第 4 章“寓言的特徵”，古典文學出版社 1957 年版；陳蒲清《中國古代寓言史》“結束語”部分，湖南教育出版社 1983 年版；公木《先秦寓言概論》第 11 章“藝術特徵與思想成就”，齊魯書社 1984 年版。

"志怪"考

    "志怪"一辭與"小説""寓言"同出於《莊子》，是現存文獻中最早出現的小説文體術語之一。且與"小説""寓言"相比，"志怪"一辭的小説史意義更爲明確，"小説"在先秦時期是社會一般用語，後廣爲延伸，歧義亦繁；而"寓言"與小説之關係是由叙事文學之共性而延伸至小説批評的，"寓言"指稱之文體與小説相關，但始終未成爲一種真正意義上的小説文體類型；"志怪"則不然，自《莊子·逍遥遊》開始，"志怪"一辭便在題材類型上奠定了它的小説文體學基礎；南北朝時，"志怪"一辭被廣泛用作書名；此後，"志怪"一辭的小説史意義更爲豐富；一直到20世紀，魯迅《中國小説史略》在梳理中國小説之發展時更對"志怪"的小説文體類型意義作了明確的定性，影響深遠。故考釋"志怪"及其相關語詞之内涵有助於我們梳理中國古代這一獨特的小説類型，進而把握中國古代小説文體的演化軌迹。

一

    據現有資料，"志怪"一辭最早出現於《莊子·逍遥遊》：

    北冥有魚，其名爲鯤。鯤之大，不知其幾千里也；化而爲鳥，其名爲鵬。鵬之背，不知其幾千里也；怒而飛，其翼若垂天之雲。是鳥也，海運則將徙於南冥。南冥者，天池也。齊諧者，志怪者也。諧之言曰："鵬之徙於南冥也，水擊三千里，摶扶搖而上者九萬里，去以六月息者也。"

在這段文字中，出現了在後世小説史上影響深遠的兩個語詞："齊諧"與"志怪"。對於這兩個語詞的理解，前者多有歧義，後者則基本一致。"齊諧"一辭，歷代之解釋大體可分爲三類：一是認爲"齊諧"是人名，據唐陸德明《釋文》所載，漢代史官司馬彪、崔駰持此觀點[1]，晉葛洪亦然[2]，清末俞樾也持此説[3]；二是視"齊諧"爲書名，上引唐陸德明《釋文》謂六朝簡文帝持

明嘉靖間世德堂刊本《南華真經》

---

[1]　（唐）陸德明《釋文》云："齊諧……司馬及崔並云人姓名，簡文云書。"見（清）郭慶藩《莊子集釋》，上海書店 1986 年影印《諸子集成》本，第 3 頁。

[2]　（晉）葛洪《抱朴子》卷二《論仙》："或問曰：'神仙不死，信可得乎？'抱朴子答曰：'雖有至明，而有形者不可畢見焉；雖稟極聰，而有聲者不可盡聞焉；雖有大章竪亥之足，而所常履者未若所不履之多；雖有禹、益、齊諧之智，而所嘗識者未若所不識之衆也。萬物云云何所不有，況列仙之人盈乎竹素矣。不死之道曷爲無之。'"

[3]　（清）俞樾："按下文'諧之言曰'，則當作人名爲允；若是書名，不得但稱諧。"見（清）郭慶藩《莊子集釋》，上海書店 1986 年影印《諸子集成》本，第 3 頁。

此説。三持折衷之説，認爲"齊諧"既可指人名，也可指書名，《逍遥遊》之"齊諧"，並非特指人或書。如唐成玄英疏云："姓齊名諧，人姓名也；亦言書名也，齊國有此俳諧之書也。"① 在先秦可搜檢史料中，使用"齊諧"一辭者僅此一例。而正因爲"齊諧"以"志怪者也"作釋解，故後世將其視爲與"志怪"基本同義之語詞②，並同列爲這一小説類型之書名。

《逍遥遊》所謂"志怪"，後世解釋大體相同。唐陸德明釋"志怪"曰："志，記也；怪，異也。"③ 在先秦典籍中，"志"爲記録之意④，而"怪"則多指非耳目日常所接者，或者與耳目日常所接不同者。如《國語·魯語》云："木石之怪，曰夔、蝄蜽；水之怪，曰龍、罔象；土之怪，曰羵羊。"三國吳郡韋昭注曰："龍，神獸也，非常見，故曰怪。"⑤《山海經·南山經》載："又東三百八十里曰猨翼之山。其中多怪獸，水多怪魚。"郭璞注曰："凡言怪者，皆謂貌狀倔奇不常也。"⑥《逍遥遊》及所引"諧之言"所提及的"鵬"，自然是日常所難見之事物，超出根據日常生活所總結的經驗與知識範疇。又《論語·述而》言："子不語怪、力、亂、神。"朱熹《四書章句集注》引謝氏

① （清）王先謙《莊子集解》，上海書店 1986 年影印《諸子集成》本，第 1 頁。

② （唐）成玄英疏："齊諧所著之書，多記怪異之事，莊子引以爲證，明己所説不虚。"見（清）王先謙《莊子集解》，上海書店 1986 年影印《諸子集成》本，第 1 頁。

③ （清）郭慶藩《莊子集釋》，上海書店 1986 年影印《諸子集成》本，第 3 頁。

④ 《春秋穀梁傳》"宣公十五年"："王札子殺召伯、毛伯。王札子者，當上之辭也。殺召伯、毛伯，不言其，何也？兩下相殺也。兩下相殺，不志乎《春秋》，此其志，何也？矯王命以殺之，非忿怒相殺也，故曰以王命殺也。以王命殺則何志焉？爲天下主者，天也。繼天者，君也。君之所存者，命也。爲人臣而侵其君之命而用之，是不臣也；爲人君而失其命，是不君也。君不君，臣不臣，此天下所以傾也。"《春秋左氏傳》"昭公四年"："初，穆子去叔孫氏，及庚宗，遇婦人，使私爲食而宿焉。問其行，告之故，哭而送之。適齊，娶於國氏，生孟丙、仲壬。夢天壓己，弗勝，顧而見人，黑而上僂，深目而豭喙，號之曰：'牛！助余！'乃勝之。旦而皆召其徒，無之。且曰：'志之！'及宣伯奔齊，饋宣伯。宣伯曰：'魯以先子之故，將存吾宗，必召女。召女，何如？'對曰：'願之久矣。'"朱自清《詩言志辨》認同聞一多《歌與詩》文中關於先秦"志"有"記憶""記録"和"懷抱"三個意義的結論。朱自清：《詩言志辨》，開明書店 1947 年版，第 2 頁。

⑤ （清）徐元誥撰，王樹民、沈長雲點校《國語集解·魯語（下）第五》，中華書局 2002 年版，第 191 頁。（晉）干寶著，李劍國輯校《新輯搜神記》卷十六第 202 條爲相同載記，中華書局 2007 年版，第 263 頁。

⑥ 袁珂校注《山海經校注》，巴蜀書社 1992 年版，第 3 頁。

解釋云："聖人語常而不語怪，語德而不語力，語治而不語亂，語人而不語神。"① 以"怪"與"常"相對，而所謂"常"，也即日常生活經驗，故"怪"是指非日常生活經驗範疇。劉寶楠《正義》釋此曰："'不語'，謂不稱道之也。"又言："《說文》云：'怪，異也。'此常訓。《書傳》言夫子辨木、石、水、土諸怪，及防風氏骨節專車之屬，皆是因人問答之非，自爲語之也。至日食、地震、山崩之類，皆是災變，與怪不同，故《春秋》紀之獨詳。"② 按劉寶楠的解釋，所謂"怪"是指非自然規律生成的現象，而"異"則是自然規律生成的異常表現，故前者聖人不語，後者則爲《春秋》等詳載。

在先秦時期，與《逍遙遊》"志怪"一辭相通而略有不同者，還有"志異""記異"兩個語詞。如《春秋穀梁傳·成公十六年》載："十有六年，春，王正月，雨木冰。雨而木冰也，志異也。《傳》曰：根枝折。"③ 此處"異"之意，與志怪之"怪"相通但不同，是指自然災變之類的異事，是自然規律的一種變異形態。如《論語·先進》："吾以子爲異之問。"劉寶楠正義："'異'者，謂異人也。若顏淵、仲弓之類。"④ 即指表現卓異者，但與普通人的基質並無不同。又《春秋公羊傳·隱公三年》載："己巳，日有食之。何以書？記異也。"何休注："異者，非常可怪。"⑤ 此處記異也即志異，何休所謂"可怪"是令人詫異的意思。

與上述語詞相關者另有"夷堅"一辭，《列子·湯問篇》云：

> 有溟海者，天池也，有魚焉，其廣數千里，其長稱焉，其名爲鯤。
> 有鳥焉，其名爲鵬，翼若垂天之雲，其體稱焉。世豈知有此物哉？大禹

① （宋）朱熹《四書章句集注》，中華書局1983年版，第98頁。
② （清）劉寶楠撰，高流水點校《論語正義》，中華書局1990年版，第272頁。
③ 十三經注疏整理委員會整理《春秋穀梁傳注疏》，北京大學出版社2000年版，第269頁。
④ （清）劉寶楠撰，高流水點校《論語正義》，中華書局1990年版，第463頁。
⑤ 十三經注疏整理委員會整理《春秋公羊傳注疏》，北京大學出版社2000年版，第42頁。

行而見之，伯益知而名之，夷堅聞而志之。①

　　此段文字大體與《莊子·逍遥遊》相同，衹不過記録故事者變"齊諧"而爲"夷堅"②。晉張湛注云："夷堅未聞，亦古博物者也。"由此，所謂"夷堅"也被後人引以爲"小説之祖"，明胡應麟言："古今志怪小説，率以祖夷堅、齊諧，然齊諧即《莊》，夷堅即《列》耳。"③

　　綜上，在先秦時期，與"志怪"相近之語詞有"齊諧""夷堅""志異""記異"等，其中"志異""記異"之内涵與"志怪"略有不同，"志異""記異"所言説或載録的是自然進程中變異的故事，包括自然現象與人；而"志怪"所言説或載録的則是非日常所能見之事物，其價值判斷超出了日常生活經驗與知識範疇。然《莊子》所謂"志怪"與"齊諧"、《春秋》二傳所謂"志異"與"記異"，則共同構成了後世志怪小説的基本内涵。

　　"志怪"及其相關語詞之内涵對後世小説史之影響可謂深遠，今人郭紹虞對此有一段很好的概括："《莊子》第一篇即言：'齊諧者，志怪者也。'若使果有《齊諧》這部書，則是哲人的文學采用志怪的小説，所以遞爲因果，後世小説亦有導源於哲理文的可能。若使没有《齊諧》這部書，也可知志怪小説的産生，導源於哲人的想像。……哲理文嫡系的演進，成爲論辯序跋等類的文字；其旁系的演進，一方面足以助辭賦之體制，一方面足以助小説之萌芽，其演進的趨勢也都有語體化的傾向。"④

---

① 楊伯峻撰《列子集釋》，中華書局 1979 年版，第 156—157 頁。
② 《列子》一書多有漢末魏晉六朝時的詞彙，故其成書年代頗受質疑。見楊伯峻《列子集釋》，中華書局 1979 年版，第 347 頁。王東《從詞彙角度看〈列子〉的成書時代補證》，《古漢語研究》2009 年第 1 期。
③ （明）胡應麟《少室山房筆叢》卷三十六《二酉綴遺中》，上海書店出版社 2001 年版，第 362 頁。
④ 郭紹虞《試從文體的演變説明中國文學之演變趨勢》，《照隅室古典文學論集》，上海古籍出版社 1983 年版，第 39 頁。

二

　　魏晉六朝時期，"志怪"（"齊諧"）一辭被用作書名，這是"志怪"作爲文體術語在小説史上的一次重要演進。此時以"志怪"（"齊諧"）爲書名者數量繁多，如《隋書·經籍志》即著録有殖氏《志怪記》、《孔氏志怪》、《祖台之志怪》、東陽無疑《齊諧記》、吳均《續齊諧記》等。另外還有《玉燭寶典》所引《志怪》《雜鬼怪志》，《法苑珠林》所引《志怪傳》，《北堂書鈔》所引《志怪集》，《太平御覽》所引《志怪》《志怪集》《許氏志怪》，《太平廣記》所引《志怪》《志怪録》，清文廷式《補晉書藝文志》入子部小説家類的《曹毗志怪》等。這一時期以"志怪""齊諧"爲書名的群體現象，表明這兩個語詞已具有普遍意義。綜觀魯迅《古小説鈎沉》所輯《祖台之志怪》《孔氏志怪》《殖氏志怪記》《曹毗志怪》四書①，可以發現"志怪"的内容大體爲人世異事，且具有"傳聞異辭"的特徵②。如《祖台之志怪》與《孔氏志怪》皆載周處事，然前者僅言周處斬蛟，後者則云周處爲三害之一；"齊諧"一辭亦然，吳均《續齊諧記》有意續東陽無疑《齊諧記》，可知"齊諧"一辭也如"志怪"一樣具有普遍之意義。且《齊諧記》和《續齊諧記》兩書所載亦大體爲人世異事，同樣具有"傳聞異辭"的特徵③。

　　對於以上著述，六朝人又持以怎樣的認識觀念呢？其所可注意者在如

---

　　① 魯迅《古小説鈎沉》輯《祖台之志怪》共十五條，第 128—131 頁；輯《孔氏志怪》共十條，第 132—135 頁；輯《殖氏志怪記》共兩條，第 210 頁；《曹毗志怪》共一條，第 242 頁。魯迅《古小説鈎沉》，齊魯書社 1997 年版。

　　② （南朝梁）劉勰《文心雕龍·史傳》："若夫追述遠代，代遠多僞，公羊高云'傳聞異辭'，荀況稱'録遠略近'，蓋文疑則闕，貴信史也。然俗皆愛奇，莫顧實理。傳聞而欲偉其事，録遠而欲詳其迹，於是棄同即異，穿鑿傍説，舊史所無，我書則傳。此訛濫之本源，而述遠之巨蠹也。"（梁）劉勰著，范文瀾注《文心雕龍注》，人民文學出版社 1958 年版，第 286—287 頁。

　　③ 魯迅《古小説鈎沉》輯東陽無疑《齊諧記》共十五條，魯迅《古小説鈎沉》，齊魯書社 1997年版，第 138—142 頁。《漢魏六朝筆記小説大觀》輯吳均《續齊諧記》共十七條，上海古籍出版社編《漢魏六朝筆記小説大觀》，上海古籍出版社 1999 年版，第 1001—1009 頁。

下三點：

一是六朝人將"志怪"之書視爲"史官之末事"。如南朝梁阮孝緒《七録》就將"志怪"之書收入"紀傳録"和"鬼神"類。而部居更爲清晰的是深受《七録》影響的《隋書·經籍志》，今人來新夏謂："（《隋書·經籍志》）除史部中正史、古史、雜史、起居注四篇不用《七録》體例外，其餘'或合併篇目，或移易次第，大略相同'（原注：清姚振宗《隋書經籍志考證》）。"①《隋書·經籍志》將上述以"志怪""齊諧"命名之書與《海内先賢傳》《列女傳》《列仙傳》《列異傳》《述異記》《搜神記》等書同歸類於"雜傳"類②。據《隋書·經籍志》"雜傳"類之小序，可知"雜傳"類所收著作可細分爲兩類：《海内先賢傳》《列女傳》《孝子傳》《高士傳》《列仙傳》等爲一類，是"叙聖賢之風"、"操行高潔，不涉於世者"的"郡國之書"③；《列異傳》《搜神記》《志怪》《齊諧記》等書爲另一類，是"序鬼物奇怪之事"④的著作。這兩類著作，《隋書·經籍志》認爲雖然都"雜以虚誕怪妄之説"，但"推其本源，蓋亦史官之末事也"⑤。而《隋書·經籍志》"雜傳"類即合併南朝梁阮孝緒《七録·紀傳録》中的"雜傳"與"鬼神"而成。阮孝緒《七録》的"雜傳"類相當於《隋書·經籍志》"雜傳"類細分的第一類，《七録》的"鬼神"類相當於《隋書·經籍志》"雜傳"類細分的第二類。同時，《隋書·經籍志》"序鬼物奇怪之事"類還包括《古異傳》《甄異傳》《述異記》《靈異録》《靈異記》《旌異記》《近異録》等書，其中"異傳""異記""異録"等語詞，即爲先秦"志異""記異"兩辭的變體。此類著作之內容，大抵爲發生在人世的鬼神事。由此可見，"志怪""齊諧""志異""記異"四辭的內涵在此時期已無

① 來新夏《古典目録學淺説》，中華書局1981年版，第105頁。
② （唐）魏徵等《隋書·經籍志》"史部雜傳"小序，中華書局1973年版，第974—982頁。
③ 同上，第982頁。
④ 同上，第982頁。
⑤ 同上，第982頁。

大的差異，且與先秦"志怪"的説理性相比，魏晉六朝志怪的著力點在對人世"鬼神"事的載録（但並不僅限於鬼神，還包括與鬼神一樣的奇怪之事），如干寶上表言其撰《搜神記》之動因，云："臣前聊欲撰記古今怪異非常之事，會聚散逸，使同一貫，博訪知之者，片紙殘行，事事各異。"[①] 干寶所言，強調的是整理散逸的"怪異非常之事"，"使同一貫"，並無所謂言理明道之意。這亦大體代表了魏晉六朝人"志怪"之目的。

二是六朝人視"志怪"爲"史官之末事"與他們對"鬼神"及諸多怪異之事的認識密切相關。誠如魯迅所言：文士"叙述異事，與記載人間常事，自視固無誠妄之别"[②]。這在東晉郭璞《山海經叙》、南朝梁蕭繹《金樓子·志怪篇》等的表述中可以明確看到。

蕭繹《金樓子·志怪篇》卷首即詳細闡釋了人的認知之有限與宇宙之無限之間的矛盾，明言"夫耳目之外，無有怪者。余以爲不然也"。然後列舉一系列超出常理的自然現象："水至寒而有溫泉之熱，火至熱而有蕭丘之寒，重者應沉而有浮石之山，輕者當浮而有沉羽之水，淳于能剖臚以理腦，元化能刳腹以浣胃，養由拂蜻蛉之左翅，燕丹使衆鷄之夜鳴。"[③] 由此確認"志怪"之合理。

《知不足齋叢書》本《金樓子》

---

① （晉）干寶《搜神記·進搜神記表》，中華書局 1979 年版，第 3 頁。
② 魯迅《中國小説史略》，北新書局 1927 年版，第 37 頁。
③ （梁）蕭繹《金樓子》，商務印書館《叢書集成初編》本 1939 年版，第 89 頁。

而郭璞《山海經叙》則闡釋得更爲明晰：

　　世之覽《山海經》者，皆以其閎誕迂誇，多奇怪俶儻之言，莫不疑
焉。……夫以宇宙之寥廓，群生之紛紜，陰陽之煦蒸，萬殊之區分，精氣
渾淆，自相漬薄，遊魂靈怪，觸象而搆，流形於山川，麗狀於木石者，惡
可勝言乎？然則總其所以乖，鼓之於一響；成其所以變，混之於一象。世
之所謂異，未知其所以異；世之所謂不異，未知其所以不異。何者？物不
自異，待我而後異，異果在我，非物異也。……是故聖皇原化以極變，象
物以應怪，鑒無滯賾，曲盡幽情，神焉廋哉！……余有懼焉，故爲之創傳，
疏其壅閡，闢其茀蕪，領其玄致，標其洞涉。庶幾令逸文不墜於世，奇言
不絕於今，夏后之迹，靡刊於將來；八荒之事，有聞於後裔，不亦可乎。①

　　在郭璞看來，宇宙之"寥廓"決定了自然變化的無限性，這種無限性體
現在自然界的無窮生衍中；同時，自然界的無窮生衍及乖變與人的認知之有
限永遠是一個矛盾，人並不能真正認知所謂的"怪與常"，故而"志怪"也是
史性的實録書寫，"足以發明神道之不誣也"。《搜神記·妖怪篇》卷首即云：
"妖怪者，蓋精氣之依物者也。"② 可爲明證。我們上一節已揭示了魏晉六朝人
大體以志怪書爲史部雜傳類，而時人在修史或注史時也經常引録志怪書③，這

① 袁珂《山海經校注》，巴蜀書社 1992 年版，第 541—544 頁。
② （晉）干寶著，李劍國輯校《新輯搜神記》，中華書局 2007 年版，第 257、165 頁。
③ 裴松之注《三國志》引用曹丕《列異傳》《異物志》等，參見張子俠《〈三國志〉裴注研究三
題》，《史學史研究》（社會科學版）2000 年第 2 期。范曄《後漢書》左慈戲曹操故事的叙事與干寶
《搜神記》的叙事大體相同，應是前者引録後者。范曄修史取資甚廣，如劉知幾《史通·書事》的概
括："范曄博采衆書，裁成漢典，觀其所取，頗有奇工。"干寶約生於晉武帝太康（280—289）中，卒
於晉穆帝永和（345—356）年間。（此説源於李劍國，參見其著《唐前志怪小説輯釋》，上海古籍出版
社 1986 年版，第 208 頁。）范曄的生卒年則爲 398—445 年。范曄具備修史能力時，干寶早已聲名籍
籍。《南史·徐廣傳》云："時有高平郗紹亦作《晉中興書》，數以示何法盛。法盛有意圖之，謂紹曰：
'卿名位貴達，不復俟此延譽。我寒士，無聞於時，如袁宏、干寶之徒，賴有著述，流聲於後。宜以爲
惠。'紹不與。"且干寶《搜神記》出來後即爲時人所重視，干寶亦因此而被譽爲"鬼之董狐"（見劉
義慶《世説新語·排調》）。

都説明魏晉六朝對於“志怪”的認識觀念。

　　三是六朝人已明確將“志怪”書視爲是與《世説新語》等“小説”不同的兩類書籍。與對待“志怪”書的態度不同，魏晉六朝人視劉義慶《世説新語》、劉義慶《小説》《殷芸小説》和南北朝無名氏《小説》等著作爲子家的小説書寫。雖然在事實上，這一類著作亦具史性書寫之性質。如《殷芸小説》“殆是梁武帝作《通史》時事，凡此不經之説爲通史所不取者，皆令殷芸別集爲《小説》。是此《小説》因《通史》而作，猶《通史》之外乘也。”① 有研究者認爲此言乃臆斷，然也可能符合事實②。劉義慶《小説》已佚，但從殷芸《小説》徵引《世説新語》來看，劉義慶《小説》可能也是《世説新語》一類之“雅記”，而《世説新語》和劉向《新序》《説苑》一樣，是“正紀綱、迪教化、辨邪正、黜異端”③ 之書④。這類著作側重記載歷史真實人物的言行，具有史書之徵實與勸懲特性⑤。然從命名來看，魏晉六朝人還是區別對待這類著作與志怪書的，且阮孝緒《七録》將這一類著作著録於“子兵録”“小説部”⑥，由此可見，魏晉六朝人是將志怪書與“小説”類著作視爲性質不同的

---

　　① （清）姚振宗《隋書經籍志考證》卷三十二，《二十五史補編》，中華書局 1955 年版，第5537 頁。

　　② 羅寧、武麗霞《〈殷芸小説〉考論》（《華中科技大學學報》（社科版）2004 年第 1 期）認爲殷芸《小説》成書於大通三年（中大通元年，529 年）之前，而《通史》在中大通二年（530）尚未完成。然據《梁書·吳均傳》載，梁武帝使吳均撰《通史》，“起三皇，訖齊代，均章本紀、世家功已畢，唯列傳未就。普通元年（520）卒，時年五十二。”余嘉錫《四庫提要辨證》詳考吳均、殷芸兩人事迹及生卒年斷限，吳均長殷芸兩歲，“二人仕同朝，同以博學知名”（余嘉錫：《四庫提要辨證》卷十七，雲南人民出版社 2004 年版，第 858 頁）。另余嘉錫《殷芸小説輯證》云：“考芸所纂集，皆取之故書雅記，每條必注書名，與六朝人他書隨手鈔撮不注出處者不同。”（余嘉錫《余嘉錫論學雜著》，中華書局 1963 年版，第 280—281 頁。）故吳均奉旨撰《通史》，殷芸奉旨撰《小説》，極可能是實際情況。

　　③ （宋）高似孫《子略》卷四，《叢書集成初編》本，中華書局 1985 年版，第 40 頁。

　　④ 余嘉錫《四庫提要辨證》卷十七詳考“世説”與“新書”語源，認爲劉義慶《世説新語》乃用劉向《新序》《説苑》“上述春秋，下紀秦、漢”體。（余嘉錫《四庫提要辨證》卷十七，雲南人民出版社 2004 年版，第 862—863 頁。）

　　⑤ 據劉義慶《世説新語·輕詆》載，裴啓《語林》因録謝安語不實而廢。裴啓《語林》與劉義慶《世説新語》乃同性質之著述，與殷芸《小説》雖有差別，但裴啓《語林》因不徵實而廢案例可略見當時“小説”徵實與勸懲（或教化）之價值追求。

　　⑥ 殷炳艷《〈七録〉研究及其重輯》，第 69 頁，吉林大學 2009 年 4 月碩士學位論文，分類號：K204，研究生學號：2007922013。

兩類書籍。而《隋書·經籍志》將它們列入"子部小説家"類①，應是這一觀念的延續。當然，從敍事文體而論，兩類著作並無本質分別。由此可知，當今的古代小説研究將魏晉六朝的"志怪"與"志人"二分，從觀念而言確實符合當時著述實際。

三

魏晉六朝以後，唐宋人對"志怪"本體的認識有著重要的意義。其重要性主要表現在兩個方面：（1）唐宋人逐步將"志怪"闌入"小説"範疇，無論是"子部"之"小説家"還是"史部"之"偏記小説"。（2）唐宋人對"志怪"的題材性質及其審美趣味作了較爲深入的探討。

如前所述，"志怪"書在魏晉六朝人的觀念中常常被看作史性的書寫，故在目錄學中將其收錄在"紀傳錄""鬼神"類，並有意識地將"志怪"與"小説"視爲兩種不同的著述類型。而隨著"小説"指稱範圍的擴大，"志怪"被闌入"小説"範疇成了唐宋時期"志怪"的一個顯明變化。

首先，初唐史官劉知幾在《史通》中明確認定"偏記小説，自成一家，而能與正史參行，其所由來尚矣"。並將"偏記小説"分爲"一曰偏紀，二曰小錄，三曰逸事，四曰瑣言，五曰郡書，六曰家史，七曰別傳，八曰雜記，九曰地理書，十曰都邑簿"十家，其中"雜記"類即爲志怪書，言："陰陽爲炭，造化爲工，流形賦象，於何不育。求其怪物，有廣異聞。若祖台《志怪》、干寶《搜神》、劉義慶《幽明》、劉敬叔《異苑》，此之謂雜記者也。……雜記者，若論神仙之道，則服食煉氣，可以益壽延年；語魑魅之途，

_____

① 劉義慶《小説》見《舊唐書·經籍志》和《新唐書·藝文志》"小説類"，劉義慶《世説新語》、殷芸《小説》、無名氏《小説》皆見《隋書·經籍志》"小説類"。

則福善禍淫，可以懲惡勸善，斯則可矣。及謬者爲之，則苟談怪異，務述妖邪，求諸弘益，其義無取。"身爲史官的劉知幾，一方面從史學角度肯定了志怪書存在的合理性，同時也指出志怪書中那些"苟談怪異""務述妖邪"者的不足。

其次，對"志怪"本體的認識還體現在目録學上志怪書載録的變化，歐陽修的《新唐書·藝文志》完成了志怪書從史部到子部的位移。且看下表：

史志 志怪書	隋書·經籍志	舊唐書·經籍志	新唐書·藝文志
殖氏《志怪記》	史部雜傳類	不録	不録
《孔氏志怪》	史部雜傳類	史部雜傳類	子部小説家類
祖台之《志怪》	史部雜傳類	史部雜傳類	子部小説家類
東陽無疑《齊諧記》	史部雜傳類	史部雜傳類	子部小説家類
吳均《續齊諧記》	史部雜傳類	史部雜傳類	子部小説家類
曹丕《列異傳》	史部雜傳類	史部雜傳類（題張華）	子部小説家類
干寶《搜神記》	史部雜傳類	史部雜傳類	子部小説家類
祖冲之《述異記》	史部雜傳類	史部雜傳類	子部小説家類
袁王壽《古異傳》	史部雜傳類	史部雜傳類（題袁仁壽）	子部小説家類
戴祚《甄異傳》	史部雜傳類	史部雜傳類	子部小説家類
劉質《近異録》	史部雜傳類	史部雜傳類	子部小説家類
侯白《旌異記》	史部雜傳類	史部雜傳類	子部小説家類

志怪書從史部到子部的位移，實際顯示了人們對"志怪"的認識嬗變。歐陽修在《新唐書·藝文志》"子部小説家類"中不僅將魏晉六朝的志人小説仍録於子部"小説家"，還將志怪書從史部移至子部小説家。在歐陽修看來，正史應該記載"君臣善惡之迹"，"要其治亂興廢之本，可以考焉"；傳記則爲"風俗之舊，耆老所傳遺言逸行，史不及書，則傳記之"，其意義在於"或詳

一時之所得，或發史官之所諱，參求考質，可以備多聞焉"①。即在歐陽修的觀念中，建立在事實基礎上的"實錄"是史傳的基礎，而魏晉六朝志怪書明顯不具備這種品格，因此它們不能錄入史部。既然這些作品不能錄入史部，那麼如何爲它們在目錄學中定位呢？顯然，尋找在叙事特徵上與"雜傳"或"傳記"相近，但又不在史部的部類最爲合適。

在歐陽修的觀念中，與"雜傳"或"傳記"同屬於"史官之流"者，還有"小説""方言""地理""職官""氏族"等。其中，"小説"在叙事特徵上與"雜傳"或"傳記"相近，且又不被史傳的"實錄"品格所束縛。同時，歐陽修認爲："《書》曰：狂夫之言，聖人擇焉。又曰：詢於芻蕘。是小説之不可廢也。古者懼下情之壅於上聞，故每歲孟春，以木鐸徇於路，采其風謡而觀之。至於俚言巷語，亦足取也。今特列而存之。"② 故在歐陽修看來，《隋書·經籍志》和《舊唐書·經籍志》"史部雜傳雜家類"著錄的魏晉六朝志怪書，符合"子部小説家"的標準和特質，於是將這些作品著錄於《新唐書·藝文志》"子部小説家"類。歐陽修此舉的主觀目的，是從史學本位出發來清理史書，而客觀上却揭明了"志怪"的特性，由此，"志怪"在目錄學上部居"子部小説家"成爲常態。

"志怪"闌入"小説"範疇，"志怪"書由史部位移到子部，也逐步促成了唐宋人對"志怪"的題材性質及其審美趣味進行深入的探討。

考察唐宋兩代志怪書的著述和"志怪"等語辭的使用，可以發現，唐宋人對於"志怪"的認識有了許多新的内涵。如顧況爲戴孚《廣異記》所作序，即從奇異的題材角度和奇趣的審美角度評判了他心目中的所謂志怪書，其言：

---

① （宋）歐陽修《崇文總目》，許逸民、常振國編《中國歷代書目叢刊》（第一輯），現代出版社1987年版，第37、76頁。

② 同上，第98—99頁。

　　志怪之士，劉子政之《列仙》，葛稚川之《神仙》，王子年之《拾遺》，東方朔之《神異》，張茂先之《博物》，郭子潢之《洞冥》，顏黃門之《稽聖》，侯君素之《精異》，其中神奧，顧君《真誥》，周氏之《冥通》。而《異苑》《搜神》，《山海》之經，《幽冥》之録，襄陽之《耆舊》，楚國之《先賢》；《風俗》所通，《歲時》所記。吳興陽羨，南越西京；注引古今，辭標淮海。裴松之、盛宏之、陸道瞻等，諸家之説，蔓延無窮。國朝燕《梁四公傳》，唐臨《冥報記》，王度《古鏡記》，孔慎言《神怪志》，趙自勤《定命録》，至如李庚成、張孝舉之徒，互相傳説。①

　　在序中，顧況列舉了“志怪之士”所著之代表性志怪書，這些作品在《隋書·經籍志》中分屬“雜傳”（如《列仙傳》等）、“雜史”（如《拾遺記》等）、“雜家”（如《博物志》等）、“地理書”（如《山海經》等）等。劉知幾把“偏記小説”劃分爲十類，這些志怪書大體可分屬其中的“小録”“逸事”“郡書”“别傳”“雜記”“地理書”等類。由此可見，顧況觀念中的志怪書範疇，外延已然擴大。此序作於貞元間，而唐初到貞元間，正是“偏記小説”著述的繁盛之時，唐高彥休概括道：“皇朝濟濟多士……故自武德、貞觀而後，呪筆爲小説、小録、稗史、野史、雜録、雜記者多矣。貞元、大曆已前，捃拾無遺事。”② 其中多有以志怪、記異、志異、異記等語辭作書名者，如南巨川《續神異記》、戴孚《廣異記》、張薦《靈怪録》、白居易《記異》等。稍後則有牛僧孺《玄怪録》、李復言《續玄怪録》等。這些著述皆以奇趣爲審美旨歸，如牛僧孺《玄怪録·張老》結尾云：“貞元進士李公者，知鹽鐵院，聞從事韓準太和初與甥侄語怪，命余纂而録之。”③ 其實，以詩名世的顧況亦崇

①　（宋）李昉等編《文苑英華》卷七三七，中華書局1966年版，第3838頁。
②　（唐）高彥休《唐闕史》序，（上海）商務印書館1936年版，第1頁。
③　（唐）牛僧孺編《玄怪録》，中華書局1982年版，第10頁。

尚奇趣，他爲戴孚《廣異記》作序，正體現了這一審美旨趣。

　　唐大中年間，段成式不僅提出了"志怪小説之書"的概念，還從"滋味"角度對其價值與意義進行了論述：

　　　　夫《易》象一車之言，近於怪也；詩人南箕之興，近乎戲也。固服縫掖者肆筆之餘，及怪及戲，無侵於儒。無若詩書之味大羹，史爲折俎，子爲醯醢也。炙鴞羞鱉，豈容下箸乎？固役而不耻者，抑志怪小説之書也。成式學落詞曼，未嘗覃思，無崔駰真龍之嘆，有孔璋畫虎之譏。飽食之暇，偶録記憶，號《酉陽雜俎》，凡三十篇，爲二十卷，不以此間録味也。①

　　在段成式之前，柳宗元《讀韓愈所著毛穎傳後題》以"味"設喻，他一方面以《詩經》的"謔而不虐"和《史記》爲"滑稽"者立傳證明韓愈之"以文爲戲"不違聖人教化之旨；另一方面又舉出古聖先賢的"奇異"嗜好，論證韓愈《毛穎傳》是"大羹玄酒，體節之薦，味之至者"外的"奇味"②。段成式此論與柳宗元"奇味"論有著同樣的意義。

　　這種對於"志怪"的認識，宋人作出了進一步的强化，如蘇軾在黄州與嶺表時，與客談，"强之使説鬼，或辭無有，則曰'姑妄言之'"③，此雖爲日常化之行爲，但也體現了對"志怪"的認識。其中以洪邁的著述及其理論表述最爲精當，他不僅編著《夷堅志》，更從理論上對"志怪"之性質進行了闡釋：

　　　　稗官小説家言不必信，固也。信以傳信，疑以傳疑，自《春秋》三

---

① （唐）段成式《酉陽雜俎》，中華書局1981年版，第1頁。
② （唐）柳宗元《柳河東集》卷二十，上海人民出版社1974年版，第366—367頁。
③ （宋）葉夢得《石林避暑録話》卷一，上海書店出版社1990年版，第3頁。

傳則有之矣，又況乎列禦寇、惠施、莊周、庚桑楚諸子汪洋寓言者哉！
《夷堅》諸志，皆得之傳聞，苟以其説至，則受之而已矣。

又言：

　　《夷堅》初志成，士大夫或傳之，今鏤板於閩、於蜀、於婺、於臨
安，蓋家有其書。人以予好奇尚異也，每得一説，或千里寄聲，於是五
年間又得卷帙多寡與前編等，乃以乙志名之。凡甲乙二書，合爲六百事，
天下之怪怪奇奇盡萃於是矣。夫齊諧之志怪，莊周之談天，虛無幻茫，
不可致詰。逮干寶之《搜神》，奇章公之《玄怪》，谷神子之《博異》，
《河東》之記，《宣室》之志，《稽神》之録，皆不能無寓言於其間。若予
是書，遠不過一甲子，耳目相接，皆表表有據依者。謂予不信，其往見
烏有先生而問之。①

　　綜上，唐宋人對於“志怪”的認識有其重要之價值，一方面，將“志怪”
闌入“小説”範疇確定了“志怪”的基本内涵，同時，唐宋人對“志怪”題
材特性和審美趣味的探討也有重要之意義。但從總體上看，唐宋人對“志怪”
的認識較少涉及“志怪”的文體性質，如段成式使用了“志怪小説之書”的
表述，但“志怪小説”是泛稱，尚無文體含義。而唐宋人對“志怪”範圍的
擴大也使“志怪”之界域顯得模糊不清。

<h2 style="text-align:center">四</h2>

　　明清以來，志怪之創作不絶如縷，尤其在清代，出現了蒲松齡《聊齋志

---

① （宋）洪邁撰，何卓點校《夷堅志》，中華書局 2006 年版，第 967、185 頁。

異》和紀昀《閲微草堂筆記》兩部巨著，且各自特色鮮明，遂使志怪創作"雙水分流"，並引起了理論上的探討。觀明清以來對"志怪"之探究，明人可以胡應麟爲代表，清人以紀昀爲翹楚，而近代以來則以魯迅先生的研究最具價值。

胡應麟在其《少室山房筆叢·九流緒論下》中分小說爲六類：

> 小説家一類又自分數種，一曰志怪，《搜神》《述異》《宣室》《酉陽》之類是也；一曰傳奇，《飛燕》《太真》《崔鶯》《霍玉》之類是也；一曰雜録，《世説》《語林》《瑣言》《因話》之類是也；一曰叢談，《容齋》《夢溪》《東谷》《道山》之類是也；一曰辨訂，《鼠璞》《鷄肋》《資暇》《辨疑》之類是也；一曰箴規，《家訓》《世範》《勸善》《省心》之類是也。談叢、雜録二類最易相紊，又往往兼有四種，而四家類多獨行，不可攙入二類者。至於志怪、傳奇，尤易出入，或一書之中二事並載，一事之内兩端具存，姑舉其重而已。[①]

胡氏之六類劃分有其價值，基本標示了古代文言小說之類別。他以"志怪"爲"小説家"之首，乃因其認爲志怪書是"古今小説之祖"[②]。當然，從這段分類描述可知，胡應麟的分類標準還是雜糅的，他欲兼顧題材與體裁，故而並未真正廓清"志怪"之界域，特別是志怪與傳奇的界域。如志怪類所舉《宣室志》乃唐人張讀之作，以"宣室"爲名，乃用漢文帝問賈誼鬼神事典，故其爲志怪書[③]。但該書從文體而言，一類爲粗陳梗概的筆記體，一類爲叙事婉轉、文采意想皆具的傳奇體。又如傳奇類所舉《太真》，有楊玉環死後

---

① （明）胡應麟《少室山房筆叢·九流緒論下》，上海書店出版社 2001 年版，第 282—283 頁。
② （明）胡應麟《少室山房筆叢·二酉綴遺中》，上海書店出版社 2001 年版，第 362 頁。
③ （漢）司馬遷《史記·屈賈列傳》："孝文帝方受釐，坐宣室。上因感鬼神事，而問鬼神之本，賈生因具道所以然之狀。"

之諸般故事，然這些故事皆是志怪筆法。胡應麟對此也有清醒認識，故言
“志怪、傳奇，尤易出入”。

　　清人對志怪書的分類以《四庫全書總目》最具代表性。志怪書大抵繫於
“子部小説家類”，與胡應麟“六分法”不同的是，《四庫全書總目》將“小説
家”大略分爲三類，即所謂：“迹其流別，凡有三派，其一叙述雜事，其一記
録異聞，其一綴輯瑣語也。”① 其中“記録異聞”即爲“志怪”，如《搜神記》
《續齊諧記》《宣室志》等魏晉六朝唐宋時期典範的志怪書，皆在“異聞之屬”；
但紀昀評判小説之標準主要在功能，小序言之甚明，曰：“中間誣謾失真，妖妄
熒聽者，固爲不少，然寓勸戒，廣見聞，資考證者，亦錯出其中。……然則
博采旁搜，是亦古制，固不必以冗雜廢矣。今甄録其近雅馴者，以廣紀聞。
惟猥鄙荒誕，徒亂耳目者則黜不載焉。”② “寓勸戒”“廣見聞”“資考證”成了
他評判小説的基本價值標準，故在這一前提之下，紀昀僅在題材上對小説予以
劃分，而較少考慮小説（包括“志怪”）的文體特性。倒是在對《聊齋志異》
的批評上，見出了紀昀“志怪”與“傳奇”兩分的文體觀念。紀昀言：

　　　　《聊齋志異》盛行一時，然才子之筆，非著述者之筆也。虞初以下，干
　　寶以上，古書多佚矣。其可見完帙者，劉敬叔《異苑》、陶潛《續搜神記》，
　　小説類也；《飛燕外傳》《會真記》，傳記類也。《太平廣記》，事以類聚，故
　　可並收。今一書而兼二體，所未解也。小説既述見聞，即屬叙事，不比戲
　　場關目，隨意裝點。……今燕昵之詞、媟狎之態，細微曲折，摹繪如生。
　　使出自言，似無此理；使出作者代言，則何從而聞見之？又所未解也。③

────────

① （清）紀昀總纂《四庫全書總目提要》卷一百四十子部小説家類一，河北人民出版社 2000 年
版，第 3560 頁。
② 同上，第 3560 頁。
③ （清）紀昀《閲微草堂筆記》，上海古籍出版社 1980 年版，第 472 頁。

就文體而言，蒲松齡《聊齋志異》一爲記録傳聞的筆記體，一爲"一事之内兩端具存"的傳奇體，前者約有 296 篇，後者約有 195 篇①。紀昀否定"摹繪如生"的傳奇體"志怪"，要求"志怪"應爲"著述者之筆"。如此主張，實則是一種文體訴求，而紀昀創作《閱微草堂筆記》正是踐行了他的志怪文體觀。在《閱微草堂筆記》諸序跋中，紀昀還對自己創作"志怪"的初衷和特性作了簡要説明，其中《姑妄聽之自序》的一段話頗值玩味，其實代表了紀昀對志怪文體特性的認識：

> 余性耽孤寂，而不能自閑，卷軸筆硯，自束髮至今，無數十日相離也。三十以前，講考證之學，所坐之處，典籍環繞如獺祭。三十以後，以文章與天下相馳驟，抽黄對白，恒徹夜構思。五十以後，領修秘籍，復折而講考證。今老矣，無復當年之意興，惟時拈紙墨，追録舊聞，姑以消遣歲月而已。……緬昔作者，如王仲任、應仲遠，引經據古，博辨宏通；陶淵明、劉敬叔、劉義慶，簡澹數言，自然妙遠。誠不敢妄擬前修，然大旨期不乖於風教。②

明清時期，人們還就"志怪"的娱樂價值和寫作姿態作了描述，如明人祝允明，祝氏曾編撰《志怪録》《語怪編》等，並在序中對"志怪"作了探討，《志怪録自序》謂："志怪雖不若志常之爲益，然幽詭之事，固宇宙之不能無，而變異之來，非人尋常念慮所及。"在他看來，"志怪"之"恍語惚説，奪目驚耳，又吾儕之所喜談而樂聞之者也"。他舉洪邁爲例："昔洪野處《夷堅志》，至於四百二十卷之富，彼其非有真樂者在，則胡爲不中輟而能勉强於

---

① 石昌渝《中國小説源流論》，三聯書店 1994 年版，第 213 頁。
② （清）觀弈道人《姑妄聽之跋》，（清）紀昀《閱微草堂筆記》，上海古籍出版社 1980 年版，第 359 頁。

許久哉?"① 在《語怪四編題識》中，祝氏提出了其"志怪"創作的寫作姿態和心境："凡閑暇書之，有興書之，事奇警熱鬧不落寞書之。"② "真樂""閑暇""有興"很好地概括了創作"志怪"的真實心態。清人袁枚在《新齊諧序》中也講述了他創作"志怪"的初衷："余生平寡嗜欲，凡飲酒、度曲、樗蒲，可以接群居之歡者，一無能焉。文史外無以自娛，乃廣采游心駭耳之事，妄言妄聽，記而存之。"③ 這種"率性"的言論也反映了明清時期部分志怪創作的真實情況。

以"志怪"作爲小説史研究之專名，魯迅肇其端，其《中國小説史略》以較大篇幅詳論了"志怪"之緣起、發展及其特性，如《六朝之鬼神志怪書》《唐之傳奇集及雜俎》《宋之志怪及傳奇文》和《清之擬晉唐小説及其支流》等諸篇對此均有較多的論述。綜觀魯迅先生對"志怪"的研究，其價值大致表現在三個方面：一是他明確認定了"志怪"是中國古代小説的一個重要類型，並將其放在中國小説發展的歷史長河中加以鑒別，這是一種在小説史學科背景上對"志怪"的清理，有其明確的學理性和建設性；二是比較清晰地梳理了"志怪"這一小説類型的發展歷史，雖然《史略》尚未展示完整的"志怪史"，但重點突出，詳略有序，如六朝和清代是"志怪"創作的重要時期，《史略》便詳加討論，而唐宋時期"志怪"與"傳奇"關係密切，《史略》則在比較中將"志怪"加以相對簡略的闡釋；三是提出了不少有價值的觀點，如以"用傳奇法，而以志怪"概言《聊齋志異》的特色，評《閲微草堂筆記》"尚質黜華，追踪晉宋""雍容淡雅，天趣盎然"，但"過偏於論議""與晉宋

---

① （明）祝允明《志怪録》自序，《四庫全書存目叢書》子部第 246 册，齊魯書社 1997 年版，第 528 頁。
② （明）祝允明《語怪四編》題識，《四庫全書存目叢書》子部第 125 册，同上，第 588 頁。
③ （清）袁枚《子不語》（又名《新齊諧》）序，《筆記小説大觀》第 20 册，江蘇廣陵古籍刻印社 1983 年版，第 1 頁。

志怪精神，自然違隔"等評論均頗爲精到①。而以下一段評論更爲學界廣爲引述：

> 中國本信巫，秦漢以來，神仙之說盛行，漢末又大暢巫風，而鬼道愈熾；會小乘佛教亦入中土，漸見流傳。凡此，皆張皇鬼神，稱道靈異，故自晉訖隋，特多鬼神志怪之書。其書有出於文人者，有出於教徒者。文人之作，雖非如釋道二家，意在自神其教，然亦非有意爲小說，蓋當時以爲幽明殊途，而人鬼乃皆實有，故其叙述異事，與記載人間常事，自視固無誠妄之別矣。②

在這段表述中，魯迅揭示了六朝志怪産生之背景、志怪書的兩類作者以及六朝人"志怪"之意圖及其特性等，這些觀點大都成了後來學術史上的"常識"。總之，經過魯迅先生對"志怪"的清理和探究，"志怪"作爲中國小說史之"專名"最終得以確立，並一直延續至今。

綜上所述，我們可以得出如下結論：（1）在先秦時期，"志怪"與"齊諧""夷堅""志異""記異"等相近語詞共同奠定了後世"志怪"的基本内涵。（2）"志怪"在魏晉時期被廣泛用作書名，成爲史部"記異"的"雜傳"類型；唐代以來，"志怪"逐步闌入"小說"範疇，其題材類型和審美趣味得到了進一步的探究；至明清時期，"志怪"作爲一種小說類型的文體性質也得以揭示。（3）魯迅對"志怪"的研究確立了"志怪"的小說史價值，而其"志怪"是相對於"志人"而言的，"志人"是對歷史人物清言簡行的記載，"志

---

① 魯迅《中國小說史略》，北新書局 1927 年版，第 234、240、241 頁。
② 同上，第 37 頁。

怪”則是“序鬼物奇怪之事”。但“志怪”與“志人”僅有題材差異，並無文體的差異，從文體角度言之，“志怪”與“志人”皆屬“筆記體”。

【相關閱讀】

李劍國《唐稗思考録》，《唐五代志怪傳奇叙録》，南開大學出版社 1993 年版。

“稗官”考①

　　“稗官”與“小説”之關係至爲密切。近代以來，對於小説觀念的辨析，往往是以西方虚構的叙事爲衡鑒，來追溯中國歷史上“小説”的發生和發展，然此種追溯因與中國早期目録學所反映的“小説”概念在實質上有相鑿枘處，以致研究者常常或不得不捨棄早期目録學記載的“小説”而另探其源，或爲彌合上述兩種不同的“小説”概念而曲爲其説；亦已有研究者意識到這一問題對我們研究所造成的困境，因而提出應對古典目録學的“小説”和今天文學性的“小説”概念予以區分和正名②。筆者認爲，要對早期目録學的“小説”概念予以正名，恰恰應先切斷西方虚構性叙事文學視野下的這種追溯，通過回到當時的歷史語境，還原中國早期“小説”的原始意義。從這個意義上説，我們考索“稗官”之内涵、對班固《漢書·藝文志》所載録的“小説家者流，蓋出於稗官”之推斷重新加以探討，不失爲一種途徑，因爲釐清其所説的“小説家”與“稗官”之間的關係，探察此説背後相關的社會文化環境與制度，至少會對證實當時人們於“小説”性質的認識有所裨益。

一、顔師古注與相關討論

　　欲究明“小説家者流，蓋出於稗官”一説，關鍵在於求證何爲“稗官”。

　　① 本文原題《小説家出於稗官説新考》，陳廣宏著，刊於《中國典籍與文化論叢》第 12 輯，爲本書行文統一計，開首略有删改，另文中注釋格式亦有部分調整。
　　② 參見邵毅平、周峨《論古典目録學的“小説”概念的非文體性質——兼論古今兩種“小説”概念的本質區别》，《復旦學報》2008 年第 3 期。

而恰恰在這一問題上，距班固時代不算太遠的魏人如淳，概念已不甚明晰，儘管他依據自己生活時代所有的"偶語爲稗"的説法，注"稗音鍛家排"，這或許對探究其時"小説"在民間誹議與俳諧之間的形態演化提供了有用的綫索①，但從其推引《九章算術》"細米爲稗"之釋，輾轉往《漢志》所説"街談巷語"之"細碎之言"方向理解來看，他對"稗官"的認識，確屬"望文生義"②，這可由我們下面所要探討的出土秦漢律簡中"稗官"之義得到證明。相比較之下，時代更晚的顏師古所作注釋，以現今的研究證之，要顯得有據而接近事實。他一方面通過與如淳之注不同的聲訓——"稗音稊稗之稗，不與鍛排同也"，將"稗"之語義直接拉回到"稗官，小官"的對應訓釋；另一方面則通過徵引"《漢名臣奏》唐林請省置吏，公卿大夫至都官稗官各減什三"之文獻所載③，從漢代官制中尋找佐證。其意義首先在於表明"稗官"一辭所出有自，至少爲漢人所使用。此條材料如《兩漢博聞》（四庫館臣據晁公武《郡齋讀書志》所載，作宋楊侃編）卷四、周紫芝《太倉稊米集》卷四十六、王應麟《玉海》卷一百二十六、方以智《通雅》卷二十四皆因仍載録，然直到當代學者，才有更爲詳細的探討。當然，這是因爲，顏氏這樣的解釋仍過於簡略。據此，我們仍無法知曉所謂"稗官"的來龍去脈及其具體秩級、職能。但無論如何，其説影響深遠而遞傳至今，不管是否被認可，畢竟成爲當代學者不可繞過的研究基礎。

---

① 饒宗頤《秦簡中"稗官"及如淳稱魏時謂"偶語爲稗"説——論小説與稗官》一文即對此作了富有啓發性的推證，載《饒宗頤二十世紀學術文集》卷三，臺北新文豐出版股份有限公司 1988 年版，第 59—67 頁。

② 參見余嘉錫《小説家出於稗官説》所論，《余嘉錫論學雜著》，中華書局 1963 年版，第 266 頁。

③ 唐林爲漢成帝及王莽新政時期名臣，與劉向、劉歆父子同時，《漢書·鮑宣傳》有附傳。關於《漢名臣奏》，檢《隋書·經籍志》"史部·刑法"，著録《漢名臣奏事》三十卷，不題撰人；《舊唐書·經籍志》"史部·刑法"，著録《漢名臣奏》三十卷，陳壽撰，又二十九卷，知成書於魏晉時。《隋書·經籍志》當據《隋大業正御書目録》著録群書，《舊唐書·經籍志》實爲《古今書録》之節本，皆據當時秘書省及諸司所藏之書而記其目，則該著隋唐時尚存，故爲曾任秘書少監、秘書監、弘文館學士的顏師古所經眼，應無疑問，材料當屬有據。

在跨入新世紀之前，研究者有關“稗官”的探討，基本上以傳世文獻爲主，從語源學與古代相關官制入手，展開進一步的鈎稽、考證。其中顏注所引《漢名臣奏》唐林請省置吏的這一條材料，成爲他們實際關注的重心，鑒於傳世文獻於“都官”頗有可徵，研究者一般皆著眼於“都官”與“稗官”之關係，來推測“稗官”所指稱。余嘉錫先生引據《廣雅·釋詁》之釋“稗”爲“小”，支持顏氏“稗官”爲“小官”說，又據《漢書》“昭帝紀”“食貨志”顏師古注“中都官，京師諸官府也”，以爲“中都官，即都官也，故司隸校尉有都官從事一人，主察舉百官犯法者。夫都官既爲京官之通稱，唐林以都官稗官併言，是稗官亦小官之通稱矣”。他從《左傳·襄公十四年》、賈誼《新書·保傅篇》等有關先秦“士傳言”制度的記載，推定采道途之言的“稗官”即所謂“天子之士”，《周禮》鄭玄注即曰：“小官，士也。”比諸漢之“稗官”，認爲是“指四百石以下吏言之”①。周楞伽先生《稗官考》亦同意“稗官”爲天子左右之士的説法②。袁行霈先生則懷疑此説，認爲“天子之士長居天子身邊，官秩雖低，也不應稱小官”，因而另從“稗的本義爲野生的稗禾”相闡發，推測“稗官應指散居鄉野的、沒有正式爵秩的官職，他們的職責是采集民間的街談巷語，以幫助天子了解里巷風俗、社會民情”，“都官既然是京官，那麼稗官當然是京官以外的小官了”，故以浦江清先生所説的“稗官”無非是鄉長里長之類爲“近是”③。持“稗官”不等於士之説的，還有饒宗頤先生。此外，潘建國氏《“稗官”説》又據《後漢書·輿服下》所引《東觀書》（可參《東觀漢記》卷四）糾補余説，認爲都官有中、外之分，乃由漢官中朝、外朝之分而來，故余氏以“中都官”即“都官”實誤，而“‘都官’既爲泛稱，則‘稗官’自亦爲泛稱；‘都官’既有令、丞、從事、長史、書

---

① 余嘉錫《小説家出於稗官説》，《余嘉錫論學雜著》，中華書局 1963 年版，第 266—269 頁。
② 載《古典文學論叢》第 3 輯，齊魯書社 1982 年版。
③ 見袁行霈著《〈漢書·藝文志〉小説家考辨》，《文史》第七輯。

佐、侯、司馬等屬，已經包括了大小官員，則‘稗官’便不會也不應是‘小官之通稱’，而應具有某種特别的指向，即泛指那些將如稗草一般‘鄙野俚俗’之内容説與王者聽聞的官員”，故其在“稗”之釋義上略同於袁行霈先生，認爲須從“鄙野俚俗”義項著眼，“這一義項的‘稗’字正可與‘都’字相對應”①。其實際用意則在於重新闡釋《隋書·經籍志》所建立的“小説家”與周官之土訓、誦訓、訓方氏之間的對應關係，而將漢代的待詔臣、方士侍郎一類視作其流變。

　　以上圍繞“稗官”的討論實各有啓發，也引出了不少問題，然在今天看來，由於這些闡釋所能利用的傳世文獻畢竟缺乏有關“稗官”的直接材料，因資源有限，僅依靠對間接材料的理解、推斷，難免會出現偏差，即便有相同的取資、相近的思路，結論亦相去甚遠。幸運的是，隨著近十餘年來相繼公布的出土秦漢律簡中相關資料的發現，以及對這些出土文獻全面研究的展開，這一求證便有進一步深入、落實之可能，祇不過我們的方法會以秦漢官制的相關辨析爲主，而輔諸語源學的推究。

二、出土秦漢律簡中的“稗官”

　　最早在“稗官”考釋上引入出土文獻資料的是饒宗頤先生，他在《秦簡中“稗官”及如淳稱魏時謂“偶語爲稗”説——論小説與稗官》一文中，首先根據新出土雲夢秦簡中“令與其稗官分，如其事”一語，認爲“《漢志》遠有所本，稗官，秦時已有之”②。不過，該文始撰於 20 世紀 70 年代末，因時代甚早，而有關秦簡的全面研究尚未展開，加上他所考察的重心主要在如淳注上，亦即關於“小説”形態本身，故其意義更多地是在爲研究者開啓結合

①　潘建國《“稗官”説》，《文學評論》1999 年第 2 期。
②　《饒宗頤二十世紀學術文集》卷三，第 60 頁。

出土文獻資料進行研究的新思路。近年來如陳洪氏撰《稗官説考辨》一文，即有意標舉此一路徑，對"稗官"重新予以探討。他利用已公布的出土秦簡資料及相關研究，不僅對饒宗頤先生已關注的睡虎地秦簡所涉"稗官"這一條材料作了較爲深入的檢討，又補充並論證了另外一條龍崗秦簡的資料，由此得出結論，"秦漢以來之'稗官'，是對縣令至於鄉長等各級附屬小官吏的泛稱，其職能也是廣泛的，其中有職掌文書的。據此上推，則《漢志》所謂先秦之'稗官'，也應當是泛指一些低級的小官微吏"，故而證實顏注"稗官"爲"小官"大致不錯①。這其實已接近事實的真相，然而由於秦漢官制中的中央直屬及地方行政機構的低級職官系統的確相當複雜，出土文獻研究界與史學界的研究亦衆説不一，要完全澄清相關的細節與疑問，確有相當的難度，陳文因此認爲"要從'稗官'之官名、職能去弄清小説家和小説的起源問題，恐怕是行不通的"，轉而提出"大膽放棄'稗官'一辭去追尋'小説家''小説'的起源問題，另闢蹊徑"，或"不糾纏'稗官'的細節，重新理解《漢志》關於'小説家'的整個記載"（同上），我覺得多少有點可惜。鑒於"小説"材源與"小説"著録之間的區別，弄清"稗官"之秩級、職能看似與"小説"的起源關係不大，但於中國早期"小説"性質的還原考察却不可或缺，而要重新理解《漢志》關於'小説家'的整個記載，脱離了"稗官"之細節實證恐亦難以真切。因此，我們仍有必要依據更多新出土的資料，結合傳世文獻的發掘、排比，充分借助出土文獻研究界與史學界已有相關問題的探討所得，將對"稗官"説的考察繼續進行下去。

在考究上述兩條記述"稗官"的秦簡之前，我們先來看比較晚近出土的張家山漢簡《二年律令》中的相關記載：

---

① 該文於 2005 年 4 月四川宜賓舉辦的"中華文學史料學國際學術研討會"上首次發表。

□（四六九）都官之稗官及馬苑有乘車者，秩各百六十石，有秩毋乘車者，各百廿石。（四七〇）

□□□□□□吏□□□□告官及歸任行縣道官者，若稗官有印者，聽。券書上其廷，移居縣道，居縣道者皆封臧（藏）。（四二六）①

這兩條材料，前者出於《秩律》，後者出於《金布律》。鑒於《秩律》"較爲全面系統地載有漢初上自朝廷公卿文武百官和宮廷官員及其屬吏，下自漢廷直接管轄的郡、縣、道直至鄉部、田部等基層行政組織長吏和少吏，以及列侯、公主所封食邑的吏員名稱和秩禄石數"②，我們首先可相當直觀地看到所謂"稗官"在漢官系統中的地位，其級別是自二千石以下所有秩次中最低的兩級，即"有乘車者"爲百六十石，"有秩毋乘車者"爲百廿石。值得辨析的倒是何謂"都官之稗官"，這又恰可跟前舉顏師古注引《漢名臣奏》中唐林請省置吏之疏相聯繫。關於"都官"，自睡虎地秦簡公布以來，已頗爲出土文獻研究界與史學界所關注，而隨著尹灣漢簡與張家山漢簡的公布，研究者綜合傳世文獻與出土秦漢律書，有了更具體的進展。大致説來，"都官"指直屬朝廷的機構，漢代稱京師諸官府爲"中都官"，亦有不在京師而派出地方的，如郡、國皆有"都官"，其在縣設分支機構或附屬機構，稱爲"離官"；"都官"主要負責各項專業事務，不涉及地方行政。有研究者據此《秩律》中的相關記載推測，列卿名下設有令、丞或長、丞的下屬機構，大概都屬於都官。而這些設有令、丞或長、丞的機構，其長官與縣的長官秩次相同，即令爲千石

① 《張家山漢墓竹簡（第 247 號墓）》，文物出版社 2001 年版，第 202—203、190 頁。
② 謝桂華《〈二年律令〉所見漢初政治制度——張家山漢簡〈二年律令〉漢律價值初探（筆談之四）》，《鄭州大學學報》2002 年第 3 期。

至六百石，長爲五百石至三百石（漢成帝時取消了八百石和五百石兩個秩次）①。裘錫圭先生曾解釋睡虎地秦簡《法律問答》"命都官曰長，縣曰嗇夫"，其意思應該是説，"中央或内史與郡的屬官之長稱長，縣的屬官之長則稱嗇夫"②，這是很值得我們注意的。這也就是説，"都官"之官吏是直屬中央諸官府之屬官，不管它是在京師還是地方，而與地方縣級行政機構的官吏相對待而言，其長官（所謂"都官令、丞"之類）即是這樣的屬官之長，而所謂"都官之稗官"，即都官的下級屬吏，以人們一般皆認爲是"都官"的鹽、鐵官爲例，其屬吏就有令史、官嗇夫、佐等，這亦與縣的屬吏相對應，其秩禄則有百石、斗食、佐史之級別，而"漢制計秩自百石始"，是即所謂"有秩"③，百石以下的斗食、佐史之秩還不算正式官秩。對照《漢書·百官公卿表上》：

> 縣令、長，皆秦官，掌治其縣。萬户以上爲令，秩千石至六百石。減萬户爲長，秩五百石至三百石。皆有丞、尉，秩四百石至二百石，是爲長吏。百石以下有斗食、佐史之秩，是爲少吏。

我們看到，如果説，與縣的長官秩次相同的"都官"之長乃"長吏"，那麼，作爲其下級屬吏的"都官之稗官"即屬"少吏"階層，故顔注"小官"，實可具體化爲這樣的"少吏"。至於唐林上奏建議"公卿大夫至都官稗官各減什三"，應該是就直屬朝廷的機構官吏而言，首先是"都官稗官"與"公卿大夫"相對，前者是後者管轄諸官府的屬官；其次是"都官"與"稗官"相對，前者指"長吏"，後者指"少吏"。上舉《金布律》（金布指倉庫錢糧）一條材料，言及"稗

----

① 參見于振波《漢代的都官與離官》，載李學勤、謝桂華編《簡帛研究 2002/2003》，廣西師範大學出版社 2005 年版。
② 見裘錫圭《嗇夫初探》，載《雲夢秦簡研究》，中華書局 1981 年版，第 231 頁。
③ 參見王國維《流沙墜簡考釋》2·10 上，轉引自裘錫圭先生上文。

官有印者”，此“稗官”印當即所謂“小官印”，如張家山漢簡《賊律》：“僞寫徹侯印，棄市；小官印，完爲城旦春□（一〇）。”居延漢簡“初元五年四月壬子，居延庫嗇夫賀以小官印行丞事，敢言□”（合校三一二·十六）亦可爲證①。而據《漢官儀》卷下：“孝武皇帝元狩四年令通官印方寸大，小官印五分。”《漢舊儀》卷下：“下至二百石皆爲通官印。”我們亦恰可印證，所謂“稗官”或“小官”，正是百石以下的“少吏”。

我們再來看陳洪氏已引證的秦簡中有關“稗官”的記述：

> 官嗇夫免，效其官而有不備者，令與其稗官分，如其事。（《睡虎地秦墓竹簡·秦律十八種·金布律》八三）②

> 縣、道官，其傳□……。取傳書鄉部稗官。其【田】(?)及□【作】務□……（《龍崗秦簡》九、十）③

這首先表明，正如饒宗頤先生已指出的：“稗官，秦時已有之。”而它亦是漢承秦制的一種反映。前一條，出自《金布律》，《睡虎地秦墓竹簡》整理者譯解爲：“機構的嗇夫免職，點驗其所管物資而有不足數情形，應令他和他下屬的小官按各自所負責任分擔。”④ 這

睡虎地秦墓竹簡：“官嗇夫免，效其官而有不備者，令與其稗官分，如其事。”參睡虎地秦墓竹簡整理小組編《睡虎地秦墓竹簡》，文物出版社 1990 年版，第 21 頁。

---

① 謝桂華等編《居延漢簡釋文合校》，文物出版社 1987 年版。
② 睡虎地秦墓竹簡整理小組編《睡虎地秦墓竹簡》，文物出版社 1990 年版，第 40 頁。
③ 中國文物研究所、湖北省文物考古研究所編《龍崗秦簡》，中華書局 2001 年版，第 74 頁。
④ 《睡虎地秦墓竹簡》，文物出版社 1990 年版，第 40 頁。

裏比較棘手的，是對於"官嗇夫"的解釋，一般認爲是負責某一方面事務的
"嗇夫"的通稱，然其名目繁多，且在秦代，縣令、長一度也被稱爲"嗇夫"
（所謂"大嗇夫""縣嗇夫"），情況相當複雜；尤其在歸屬都官或縣的機構問
題上，學界的判定頗不一致。裘錫圭先生於 1999 年嘗撰長文《嗇夫初探》，
對戰國到漢代的各種嗇夫作了相當詳實的梳理、考證，他認爲，從秦律來看，
各種官嗇夫的確絕大多數是縣的屬官，祇有少數是例外（如苑嗇夫應屬於都
官）。如果要把這種嗇夫（"都官在其縣者"）也包括進去，對於上引《法律
問答》"縣曰嗇夫"那句話的涵義，就需要理解得廣泛一點，不但縣直屬各官
之長稱嗇夫，都官設於縣的離官之長也稱嗇夫。從漢代的情況來看，嗇夫除
了一般都是一官之長以外，還有一個共同特點，那就是他們都是百石以下的
小官吏。其秩次分有秩（百石）和斗食兩級，都屬於少吏的範圍①。根據這樣
的論析，特別是他把"官嗇夫"理解爲"少吏、小官之長"，"縣令、長之下
的官吏，除了丞、尉是長吏，一般都是少吏，所以縣屬各官之長一般都稱嗇
夫。都官之長，秩別與縣、令長相當，他們的屬官之長，一般也是百石以下
的少吏，所以也往往稱嗇夫"②，那麼，所謂"與其稗官分"之"稗官"，當指
同爲"少吏"的吏員，"嗇夫"是這種"少吏"之長。後一條，《龍崗秦簡》
整理者譯解爲："縣、道官府，其傳送……在鄉政府稗官處領取傳書。凡田獵
與做工……"這裏又出現一個"鄉部稗官"③，亦需要我們稍加辨析。所謂
"鄉部"，或簡稱"部"，是分部而治的意思，也就是說，鄉政府是縣政府的派
出單位；"鄉部稗官"當與縣、道官相對而言，指的是縣、道官府分部鄉亭的
屬吏，如鄉嗇夫、鄉佐即是這樣的屬吏。漢代仍有"鄉部"，如《漢書·韓延
壽傳》："延壽大喜，開閣延見，内酒肉與相對飲食，屬勉以意告鄉部，有以

---

① 裘錫圭《雲夢秦簡研究》，中華書局 1981 年版，第 231—233 頁。
② 同上，第 240 頁。
③ 《龍崗秦簡》，中華書局 2001 年版，第 74—75 頁。

表勸悔過從善之民。"《後漢書·左雄傳》："鄉官部吏，職斯禄薄……鄉部親民之吏，皆用儒生清白任從政者。……"常爲人引證。《漢書·百官公卿表上》明確將"鄉官部吏"列入百石以下的"少吏"階層，並略述他們的職能曰：

> 大率十里一亭，亭有長。十亭一鄉，鄉有三老、有秩、嗇夫、游徼。三老掌教化。嗇夫職聽訟，收賦税。游徼徼循禁賊盗。縣大率方百里，其民稠則減，稀則曠，鄉、亭亦如之，皆秦制也。

《續漢書·百官志五》有更詳之記載，可參看。唯其中"三老"不屬於行政屬吏，乃地方自治組織，嚴耕望先生即曾辨之説："近人恒以與有秩、嗇夫、游徼、亭長並論，失之遠矣。有秩、嗇夫、游徼、亭長等乃郡縣屬吏分部鄉亭者，純爲地方政府之行政屬吏。"①

三、關於"稗官"的結論及其語源推測

綜上，我們可以得出結論，所謂"稗官"，在秦漢是指縣、都官之屬吏，具體秩次在百六十石以下，是所謂的"少吏"階層。他們處於整個官僚系統的最基層，且根據相關文獻及研究，無論縣、都官之令、長，其闢除屬吏皆以所在縣及鄰縣爲限，任用本籍人②，顯示了一種地緣性特徵。故如章太炎在《諸子略説》中説，"是稗官爲小官近民者"③，是切中肯綮的。由此來看余嘉錫先生由推定"稗官"即所謂"天子之士"，而認爲漢之"稗官"是"指四百

---

① 《中國地方行政制度上編》卷上《秦漢地方行政制度》，臺北"中研院"史語所1994年版，第245頁。
② 參見于振波《漢代的都官與離官》一文所引證。
③ 章太炎《國學講演録》，江蘇文藝出版社2007年版，第50頁。

石以下吏言之"，應屬有誤，無論依照其所引《春秋繁露·爵國篇》："大國上卿，位比天子之元士，今八百石，下卿六百石，上士四百石，下士三百石。" 還是《續漢書·百官志》於三公下引《漢舊注》曰："東西曹掾比四百石，餘掾比三百石，屬比二百石，故曰公府掾比古元士三命者也。" 比二百石以上當古之士①，這樣的理解應無大的出入，而"少吏"的秩次恰恰在百六十石以下。另如饒宗頤先生也已指出，如《國語上》載邵公之言，恰恰是"庶人傳語"而非"士傳語"，這其實也是值得我們關注的。有研究者已經注意到，漢及以前典籍中如《吕氏春秋·達鬱》《淮南子·主術》亦皆作"庶人傳語"，而此"庶人"，可以理解爲《孟子·萬章下》《禮記·王制》所説的"庶人之在官者"，孫奭疏或即本鄭玄注，皆曰"庶人在官者"乃"謂府史之屬，官長所除，不命於天子國君也"，這又可由《書·胤征》之"嗇夫馳，庶人走"得到證實，孔疏曰："庶人走，蓋是庶人在官者，謂諸侯胥徒也。"② 這倒啓發我們可以循此類綫索，進一步追考秦以前屬於屬吏階層采言傳語的情況。袁行霈先生受浦江清先生的影響，從"稗官"幫助天子了解里巷風俗、社會民情的職責，推想與"都官"並言的"稗官"當爲京官以外的小官，思路正確，不過，事實上作爲"都官"的下屬吏員，更確切地説，"稗官"亦應包括京官屬吏，衹不過它亦在最基層，而認爲"稗官應指散居鄉野的、没有正式爵秩的官職"，多少也有問題，因即便斗食、佐史之秩還不算正式官秩，百石却是算的，倒是"三老"不受秩禄，却不在地方行政屬吏之列。此外，如潘建國氏以漢官内、外朝之分，來解釋《東觀漢記》所説的"中、外諸都官令"，恐亦不確，至於"稗官"非周官之土訓、誦訓、訓方氏，我們下面再作進一步討論。陳洪氏的結論中，縣令作爲縣行政之官長，屬於長吏，應劃出"稗官"之外。

---

① 參見王國維《太史公行年考》，《觀堂集林》第 2 册，1959 年版，第 497 頁。
② 參見羅寧《小説與稗官》，《四川大學學報》1999 年第 6 期。不過，該文以六百石以下可視爲小官則誤。

顏師古注"稗官"爲"小官"，余嘉錫先生以爲"深合訓詁"，從秦漢律
簡中"稗官"與"小官"可相與爲釋，似亦可證實其説可從。不過，前述如
饒宗頤、袁行霈、潘建國諸位先生皆嘗對此有所疑議，至少認爲以"小"釋
"稗"非其本義，我覺得這也是有理由的。不管作爲後出的《廣雅》中之訓釋
是否有前代文獻的依據，其將"稗"與"細""纖""杪"等字一起釋爲"小
也"，顯然是就其引申義而言的。既然現在"稗官"的具體面目已經釐清，我
們不妨在此基礎上，嘗試對此一稱名的語源亦再作一番推考。"稗"之釋，據
《説文·禾部》："禾别也。從禾，卑聲。"徐鍇曰："似禾而别也。"清人如段
《注》："謂禾類而别於禾也。"王筠《句讀》："惟稻中生稗，猶谷中生莠，皆
貴化爲賤。故俗呼此稗爲稻莠。"朱駿聲《通訓定聲》："亦别種非正之意。"
再看與之相關的另一個字"䅫"，《説文·黍部》："䅫，黍屬。從黍，卑聲。"
段《注》："禾之别爲稗，黍之屬爲䅫，言别而屬見，言屬而别亦見。䅫之於
黍，猶稗之於禾也。"朱駿聲《通訓定聲》："猶稗之於禾，黍之别也。"從
《説文》的基本釋義來説，可互見的"稗""䅫"兩字，意爲"禾""黍"屬而
有别者，後人的解釋皆循此，唯王筠、朱駿聲進一步闡釋其性質有"貴"
"賤"之對待、"正""别"之對待。這樣的推斷應該是有依據的，此依據即在
其聲符義上。語源學研究告訴我們，聲符義的本質，是一種示源性語義[1]。
"稗""䅫"兩字皆爲"卑聲"，《説文·𠂇部》："卑，賤也。執事者。從𠂇甲
聲。"徐鍇曰："右重而左卑，故在甲下。"雖然如朱駿聲《通訓定聲》已辨許
説形聲義俱誤，以"卑"爲"稗"字古文，然其聲韵所載，確有低下義。兹
舉三例其他"卑聲"的同源字"庳"，《説文·广部》："中伏舍，從广卑聲。
一曰屋庳（按：段《注》依《韵會》訂作"卑"）。"《玉篇·广部》："庳，卑
下屋也。"朱駿聲《通訓定聲》解釋"中伏舍"曰："謂兩傍高、中低伏之

---

① 參見殷寄明《漢語同源字詞叢考》"聲符義概説"，東方出版中心 2007 年版，第 8 頁。

舍。"這是指低下的房屋。"婢",《説文·女部》:"女之卑者也。从女,从卑,卑亦聲。"段《注》:"《内則》:父母有婢子。鄭曰:所通賤人之子。是婢爲賤人也。"《廣韵·紙韵》:"婢,女之下也。"這是指地位低賤的女性。"裨",《説文·衣部》:"裨,接益也。"其實訓益的本字作"䘏",朱駿聲《通訓定聲》:"此爲增益之正字,經傳皆以俾、以裨、以埤爲之。"段《注》以爲"䘏""裨"是古今字。朱駿聲《通訓定聲》曰:"裨,衣別也。从衣卑聲,猶禾之稗、黍之䅢也。"其引《儀禮·覲禮》"侯氏裨冕"鄭注曰:"天子六服,大裘爲上,其餘爲裨,以事尊卑服之,而諸侯亦服焉。"知"裨"指天子、諸侯的次等禮服,亦有低下甚或非正義。這樣的例子還有不少[1],自可幫助我們領會"稗"之義,而其所構成"稗官"一辭,意爲地位低下、低賤之官當無疑議,"小官"之釋當即由此而來;若由上述"稗"所具有的禾屬而別種、非正而低賤的内涵細究之,"稗官"是否本來即有別於長官或正官的低級屬吏之意,它與古人常與"稗"相通假的"裨"字(諸如"裨海"與"稗海""裨販"與"稗販""裨官"與"稗官"等)所構成的"偏裨""裨輔"之詞義是否有相關處,我覺得亦是可進一步求教於訓詁學專家予以求證的。

四、"稗官"爲"小説"著録者

如所周知,有關"小説家"的記載,最早有桓譚《新論》與班固《漢書·藝文志》兩條材料。余嘉錫先生認爲:"桓子之言,與《漢志》同條共貫,可以互相發明也。"(同前引)我覺得很有道理。桓譚與劉歆同時,其《新論》原書已佚(有嚴可均輯本),《文選》卷三十一江淹雜體詩《李都尉從軍》"袖中有短書"李善注所引的下面這段話,常爲人所引用:

---

① 可參看上引《漢語同源字詞叢考》第150條,第307—310頁。

若其小説家，合叢殘小語，近取譬論，以作短書，治身理家，有可觀之辭。

從"合叢殘小語""以作短書"等叙述來看，此"小説家"的行爲當爲著録是相當明顯的。人們也已注意到《新論·閔友》中另有"通才著書以百數，惟太史公爲廣大，其餘皆叢殘小論，不能比之子雲所造《法言》《太玄經》也"的議論，可以幫助理解所謂"叢殘小語"的含義，其以司馬遷、揚雄"究天人之際、通古今之變、成一家之言"的體大思精之作相對照，則高下立見，然顯然是以著述爲語境的。至於王充《論衡·書解篇》解釋"古今作書者非一，各穿鑿失經之實，傳違聖人質，故謂之蕞殘（按：吳承仕以爲"蕞當爲蕝"），比諸玉屑"，更於述作之際，明確以合乎聖人之道之信實作爲判别著述性質及價值的依據。所謂"短書"，指書寫載體的形制，據書寫文類的性質而定，與"經"相對而言（可參看王國維《簡牘檢署考》）。在竹簡時代，經的書寫定制爲二尺四寸長，而傳及其他類别的著述則書於短簡，是謂"短書"，如郭店出土的楚簡有三種長度，雜抄各家之説的一種最短，即爲此類。《論衡·謝短篇》曰："漢事未載於經，名爲尺籍短書，比於小道，其能知，非儒者之貴也。"可與其上條所論相參看，顯然，在儒家成爲顯學並定於一尊的過程中，書寫形制標準的制定，反映了一種文化的權力，它與書寫對象的性質與價值認定密切相關。

我們再來看班固《漢書·藝文志》所録"小説家"序：

小説家者流，蓋出於稗官。街談巷語，道聽途説者之所造也。孔子曰："雖小道，必有可觀者焉，致遠恐泥，是以君子弗爲也。"然亦弗滅也。閭里小知者之所及，亦使綴而不忘。如或一言可采，此亦芻蕘狂夫之議也。

首先，我們須將造"小説"者與采言者區分開來，前者出於"街談巷語、道聽途説者"，後者才是"稗官"之職司，正如魯迅早就指出的，"然稗官者，職惟采集而非創作"①。其次，從"閭里小知者之所及，亦使綴而不忘"亦可看出，其所謂采言，實爲著録。綴者，連屬也，本義應是將竹簡編連成册，所謂"綴而不忘"，當指記録。正因爲"稗官"是著録者，他雖然不是"小説"的來源，却是這種"小説"之書的來源，故而才會被賦予"小説家"的稱號。我們知道，《漢書·藝文志》實乃删取劉歆《七略》之作，而其基礎，乃劉向父子歷二十餘年整理内外藏府群書之工作，他們所面對的恰恰是前人留存的著述篇籍，他們所有"辨章學術、考鏡源流"的作爲都是以此爲對象展開的，明乎此，則他們稱"小説"之書的著録者爲"小説家"，便理所當然。

前面我們已詳細考察了秦漢皆使用的"稗官"一詞，具體是指縣、都官的屬吏，是所謂的"少吏"，這意味著他們就是相當龐大的文吏階層，是秦漢帝國從中央機構到地方基層行政通過行政文書被整合並維持運轉的實際擔當者。《論衡·別通篇》嘗曰："漢所以能制九州者，文書之力也。"所表明的正是皇帝和各級官吏通過文書治理天下的有效作用。作爲最基層的吏員，他們當然承擔著從土地及各項生産管理、賦税徭役之徵派，到維持地方治安、參與司法等許多不同的具體事務。然而，其處理各項事務的準則或依據是帝國頒發的各種律令，其執行過程及方式也通過各種類似數字化管理及行政公文而得以實現，正如《論衡·量知篇》所謂"文吏筆札之能，而治定簿書，考理煩事"，因此，"曉習文法"成爲他們基本的職能要求，整個帝國保證中央集權所必需的上令下達與下情上達的雙向信息交流亦皆依賴於文書。《漢書·藝文志》"小學家"與許慎《説文解字叙》皆嘗引述漢律所規定的文吏令史

---

① 魯迅《中國小説史略》第二篇"神話與傳説"，中國文史出版社 2002 年版，第 15 頁。

“諷書九千字”及試八體或六體書法的最低技能要求①，亦無非表明擁有書寫權力者必須具備的一種專業素質。我們看尹灣出土的墓主爲東海郡功曹史師饒的漢墓中，隨葬各種書寫工具及公文檔案，恰可證明他們對文吏身份及職能的顯示。也正是在該墓中出土的《神烏賦》，有一個細節可能並未引起人們的足夠重視，那就是在正文十八支簡之外，有一支書寫標題，而“另一支上部文字漫漶不清，下部有雙行小字，所記疑爲此賦作者或傳寫者的官職（乃少吏）和姓名”②。該簡文字如下：

□□書（？）□風陽（？）□□　蘭陵游徼衛宏（？）賓（？）

故襄賁（？）□沂縣功曹□□

據有關報告，《神烏賦》之簡的長度爲 22.5—23 釐米，相當於漢尺一尺左右，此正所謂“短書”。我以爲，從該賦的内容來看，是可以鑒定爲《漢志》所説的“小説”的，這倒不是從今人之虚構性叙事文學的標尺出發，而恰是從所謂“叢殘小語”“近取譬論”“芻蕘狂夫之議”等性質來衡量的，作品以一對烏鴉在營造巢穴時的經歷爲借喻，雖屬先秦以來“禽鳥奪巢”之類型化題材，表現的應該是當時民間百姓的生活遭遇與哀怨呼聲，所謂“鳥獸且相憂，何況人乎”，其諷議時政是相當明顯的；作爲陪葬品，它亦因此不應該被認爲是出於墓主娛樂的需求，而應看作是文書的一種樣例，上簡有關著録、傳寫者官職和姓名的落款恰好透露了這樣的信息。著録、傳寫者一爲蘭陵縣游徼衛氏，一爲由襄賁縣轉任□沂縣（按：疑爲“臨沂縣”）的功曹某某，他們正是屬於“少吏”階層的“秩官”，同墓出土的《東海郡吏員簿》雖然於“少

---

① 李學勤《試説張家山簡〈史律〉》一文對此有進一步的辨正，可參看《中國古代文明研究》，華東師範大學出版社 2005 年版，第 242—246 頁。

② 見《尹灣漢墓簡牘初探》，《文物》1999 年第 10 期。

吏"並未記載他們的秩次，但據《東海郡上計集簿》的統計推測，作爲縣屬吏的功曹、游徼大約皆在斗食這一級，或許他們上呈於郡，而到了作爲郡功曹史師饒的手中。像這樣的縣屬吏無疑處在親民的最前沿，他們常常奔走在鄉里街市公幹，采集民情俗議並上達也是其任務之一。過去我們常常會覺得，將《漢志》所載這種采言觀風的行爲與古之聖人諸如"士傳言，庶人謗"的制度聯繫起來，或許具有儒者相當理想化的色彩。當然，我們還應繼續對此進行追溯考察，而現在看來，這種行爲至少在漢代社會，本來也是文吏政治職能的題中之義。

五、餘　論

人們亦已注意到荀悦改編《漢書》而成的編年體《漢紀》，其叙諸子九家之所出，大體皆本《漢志》，惟獨於"小說家者流"，删却"稗官"兩字，直接稱"蓋出於街談巷議所造"。這究竟是荀氏尚知"稗官"之義，祇不過更注重"小說"本身之來源而非著録者，抑或如余嘉錫先生所猜測的其時"稗官之名存而實亡"，現亦不得而詳。至《隋書·經籍志》所撰小序，一方面同荀悦，删却"稗官"的案斷而直接稱"小說者，街説巷語之説也"，一方面在全面將之與上古誦詩采風制度建立聯繫的同時，據《周官》而推原至誦訓氏、訓方氏（其他九家亦"時立異同"），"稗官"之義遂至湮晦。現有研究頗有以《隋志》此說落實《漢志》之"稗官"解釋的，然如余嘉錫先生已嘗辨兩家之說不同，並謂《隋志》"蓋既規橅《漢志》，又欲自出新意，而考證復未能精密，遂致進退失據如此，其言似是而實非也"[1]，這還是應該引起我們重視的。其實，以《隋志》此說落實《漢志》"稗官"之解釋並非今人才有，清

---

① 余嘉錫《小説家出於稗官説》，《余嘉錫論學雜著》，中華書局1963年版，第270頁。

人如惠士奇《禮說》卷五即已論證說：

> 土訓，道地圖；誦訓，道方志，古之稗官也。稗官，乃小說家者流。小說九百，本自虞初。虞初，洛陽人，漢武帝時，以方士侍郎，號黃車使者，蓋即古之土訓、誦訓。王巡守則夾王車，挾此秘書，儲以自隨，待上所求問，皆常具焉。王者欲知九州山川形勢之所宜，四方所識久遠之事及民間風俗，輶軒之所未盡采，太史之所未及陳，凡地慝方慝、惡物醜類，乃立稗官，使稱說之，故曰訓。解詁爲訓，偶語爲稗，其義一也。說者謂街談巷語，道聽途說者所造，豈其然乎？

所述由虞初之身份及“小說”名目等相關信息，推測古之土訓、誦訓即爲其始原，應該說體現了《隋志》的思路，側重點已落在了對於“說”之特殊言語行爲的追溯，是否合乎“小說”起源的真實情況，我們可以另外再討論，但與《漢志》小序原意不符，却是可以證明的。《漢志》既本諸劉歆《七略》，由與之同時的唐林請省置吏之疏可知，這個時代的朝臣對於與“都官”並言的“稗官”之具體涵義應該尚是明曉的，而上面對於“稗官”在秦漢時代所指稱的實際考察，顯示了其與《周禮》土訓、誦訓及訓方氏之職級、職掌確不相同，劉歆於《周禮》應最爲嫻熟，其於新朝置《周禮》博士並授門徒，甚至自漢包周、宋司馬光以來直至康有爲等，徑疑《周禮》爲歆僞作，既有這樣的條件，正如余嘉錫先生指出的，“豈不能於三百六十官中，求得其所出乎”[1]，這祇能說明，《隋志》的土訓、誦訓說並不能作爲理解《漢志》“稗官”說的依據。

　　《漢志》所載録“稗官說”之具體涵義的湮晦，無疑會令我們在正確理解

<hr />

①　余嘉錫《小說家出於稗官說》，《余嘉錫論學雜著》，中華書局 1963 年版，第 270 頁。

漢人對"小説"性質的認識上失去一種津梁，而究明此説將擔當文吏政治職能的"稗官"作爲"小説"著録者的用意，或許有助於我們重建早期"小説"的歷史語境。戰國秦漢，可以説是中國文化由口傳系統向書寫系統轉換的重要時期，章學誠將文字著述取代口耳相傳的原因，歸爲"官守師傳之道廢"（《文史通義·詩教》），這也就是人們常常説的王官失守、學術下移，在諸侯紛爭的形勢下，個人言説、個人著述、個人藏書皆有了發生、發展的空間，因而有所謂的諸子、百家言勃興。面對武帝時代以來"下及諸子傳説，皆充秘府"（《漢志》）的盛況，劉歆輩在梳理其學術源流時，將其中以九家爲代表的諸子，仍視作是王官所屬各職司之流裔，其學説不論是他們本人還是門弟子所著録，畢竟因下移的知識權力而同時擁有書寫權力，亦因而被視作"可觀"；倒是那些在民間無甚身份的個人言説，那也往往會與政治論議相關，或者一直在里巷流傳的口傳歷史、寓言，那同樣常常具有政治功用的指向性，既被視作"淺薄""迂誕"，不管如秦代"禁偶語"或是如漢代"弗滅"而"可采"，其管理與著録實皆與文吏政治職能發生關係。它們能够被采録，首先依賴的是"稗官"所擁有的書寫權力，從這一點來説，"小説"以文字形式留存並傳播確與"稗官"有關（當然，武帝時代的方士"小説"或許可以看作一種特例，但也仍不失爲一種個人言説）。劉向將包括民間書在内的各家書中"淺薄不中義理"的片斷別集以爲《百家》（參見《説苑·叙録》），作爲一種預演與示範，而被劉歆列入"小説家"，則顯示了整理者的"小説"標準。因此，從"稗官"所具有的文吏政治職能去觀照他們采集、著録的對象，從漢代民間口傳系統向書寫系統轉換的過程去考察"小説"内外形制與標準的形成，當時人們對於"小説"性質的認識還是可以窺見的，那也確與《莊子·外物》的"小説"、《荀子·正名》的"小家珍説"、《論語·子張》的"小道"是一脈相承的。從大類來説，"小説"被歸類於《諸子略》，本身就很能説明問題，祇不過主要是言説者的身份決定了其價值品位與所屬類列。

【相關閲讀】

1. 余嘉錫《小説家出於稗官説》,《余嘉錫論學雜著》上册，中華書局1963 年版。

2. 潘建國《"稗官"説》,《文學評論》1999 年第 2 期。

附："稗官"語義流變考

　　《漢書·藝文志》（以下簡稱《漢志》）中"小説家者流，蓋出於稗官"一語是古代小説起源的經典論述。漢代以後，"稗官"一詞頻繁見諸文獻之中，尤其從宋代開始，"稗官"已然是文人的常用語，這一常用語繼承了《漢志》"小道可觀"的價值標準，不僅可作爲小説代名詞而使用，更跨出小説的範疇進入史學領域和小説以外的俗文學領域。與作爲文體術語的"小説"不同的是，"稗官"在大多數情況下是作爲一個"功能指向"性的語詞出現的，其最突出的特性在於非主流、非正統的價值標識，它本身並不具備明確的文體特性，因而可以靈活使用。基於此，本文以秦漢時期的"稗官"爲起點，重點考察"稗官"一詞從宋至清末的語義流變，從而對"稗官"一詞的語義作出相對完整的復原。①

一、作爲職官的"稗官"

　　從時間來看，"稗官"一詞最早出於秦漢簡中，材料如下：

---

　　①　20世紀初以來，魯迅、胡懷琛、余嘉錫、浦江清、袁行霈、周楞伽、潘建國等學者相繼撰文對《漢志》中的"稗官"一詞進行考釋，饒宗頤、曹旅寧、陳洪、陳廣宏等學者又輔以出土文獻加以考證。上述諸家對"稗官"的考訂頗有精當之處，對秦漢時期的"稗官"作了最大程度的還原。然從各家研究來看，其關注點主要集中在秦漢時期的"稗官"爲何種職官，而對"稗官"一詞在後世的流變及其意義未能予以充分重視，研究幾乎闕如。故本書將《"稗官"語義流變考》一文作爲補充附於此。

官嗇夫免，效其官而有不備者，令與其稗官分，如其事。（《睡地虎秦墓竹簡》簡八三）①

縣、道官，其傳□……。取傳書鄉部稗官。其［田］（？）及□［作］務……（《龍崗秦簡》簡九、十）②

□□□□□□吏□□□□告官及歸任行縣道官者，若稗官有印者，聽。券書上其廷，移居縣道，居縣道者皆封臧（藏）。（四二六）（《張家山漢簡》）③

□（四六九）都官之稗官及馬苑有乘車者，秩各百六十石，有秩毋乘車者，各百廿石。（四七〇）（《張家山漢簡》）④

饒宗頤首先注意到這一材料，他引用上列第一條材料從“稗”的音和義上對“稗官”一詞進行了解析，並結合《國語》《左傳》的相關材料認爲“稗官”爲“庶民”⑤。後來的曹旅寧、陳洪、陳廣宏等接續著饒宗頤的思路作出了進一步的考證，曹旅寧認爲“稗官”爲秩級在一百六十石的小官的通稱⑥；陳洪認爲秦漢以來之“稗官”是對縣令至於鄉長等各級附屬小官吏的泛稱，其職能也是廣泛的⑦；陳廣宏認爲“稗官”在秦漢是指縣、都官之屬吏，具體

①　睡虎地秦墓竹簡整理小組編：《睡虎地秦墓竹簡》，文物出版社 1990 年版，第 40 頁。
②　中國文物研究所、湖北省文物考古研究所編：《龍崗秦簡》，中華書局 2001 年版，第 74 頁。
③　張家山二四七號漢墓竹簡整理小組編：《張家山漢墓竹簡 二四七號墓》，文物出版社 2001 年版，第 190 頁。
④　同上，第 202—203 頁。
⑤　饒宗頤《秦簡中“稗官”及如淳稱魏時謂“偶語爲稗”説——論小説與稗官》，香港中國語文學會編《王力先生紀念論文集·中文分册》，三聯書店（香港）有限公司 1987 年版，第 337—342 頁。
⑥　曹旅寧《張家山漢律職官的幾個問題》，《南都學壇》2006 年第 3 期。
⑦　陳洪《“稗官”説考辨》，見劉躍進主編：《中華文學史料》，學苑出版社 2007 年版，第 79—94 頁。

秩次在百六十石以下，是所謂的"少吏"階層①。雖然諸家的結論各有不同，但是綜合來看秦漢簡中的稗官應爲一種基層小官的泛稱。從上述第四條材料可以看出，其俸秩大約在一百六十石左右，這些出土材料很清楚地證明了秦漢或者更早的時候已經存在了"稗官"這種小官，而且這時的"稗官"也只含有這一原始義。

下及《漢志》"諸子略"，"稗官"一詞出現於"小説家"小序中，這一使用有著重要意義，它奠定了"稗官"一詞在後世的基本含義。其云：

> 小説家者流，蓋出於稗官。街談巷語，道聽塗説者之所造也。孔子曰："雖小道，必有可觀者焉，致遠恐泥，是以君子弗爲也。"然亦弗滅也。閭里小知者之所及，亦使綴而不忘。如或一言可采，此亦芻蕘狂夫之議也。②

此處"稗官"一詞後來有兩家爲其作注③，分別是三國時期的如淳與唐代的顏師古，兩家都運用相關材料予以說明，然而今天這些材料已經無法具體確證稗官作爲一種職官的相關細節，諸如俸祿、存在時期等。民國以來，從胡懷琛開始，余嘉錫、浦江清、袁行霈、曲沐、周楞伽、羅寧、潘建國等人均撰文對"稗官"進行考釋④，然各家的觀點未能達成統一。觀諸家之考述，

---

① 見陳廣宏《文學史的文化叙事：中國文學演變論集》，復旦大學出版社 2012 年版，第 20—38 頁。

② （汉）班固《漢書》卷三〇，中華書局 1962 年，第 1745 頁。

③ 三國魏如淳注云："稗音鍛家排，《九章》'細米爲稗'。街談巷語，其細碎之言也。王者欲知閭巷風俗，故立稗官使稱説之。今世亦謂偶語爲稗。"唐代顏師古注："稗音稊稗之稗，不與鍛排同也。稗官，小官。《漢名臣奏》唐林請省置吏，公卿大夫至都官稗官各減什三，是也。"如氏之注側重解釋"稗"的音與義，並未直言"稗官"的意義，只是從其功能作出模糊解釋。顏氏注直言稗官爲小官，並引《漢名臣奏》之語予以說明，然而"稗官"相關詳細信息依然無法得知。

④ 胡懷琛 1928 年發表的《稗官辨》最早以專文討論"稗官"，這篇文章長久以來被忽略，胡氏在其文中認爲"誦訓氏訓方氏即後世稗官之初祖"。（胡懷琛《稗官辨》，《小説世界》17 卷第 1 期，1928 年 3 月）余嘉錫廣引典籍，從諸書記載有關"士"的内容與《漢志》所記"稗官"的職（轉下頁）

《漢志》中的"稗官"應爲一種下層小官，其地位較爲低下。綜合以上秦漢簡和《漢志》的記載，可以看出"稗官"這種小官在秦和西漢確實存在。[①] 值得注意的是，《漢志》中的這段話奠定了後世"稗官"的基本内涵，首先，"小説家者流，蓋出於稗官"一語將稗官與小説永久地勾連在一起，後世的"稗官"一詞用來指代"小説"即源於此。再者，"稗"字本意爲"野生之稗禾"，由這一語義限定下的"稗官"一詞自然爲隱含低下之義，故"稗官"之"稗"與小説之"小"和小道之"小"的價值意義是相通的。换言之，正是從《漢志》開始，"稗官"在後世流變中始終含有突出的"小道"特性，同時也反映出小説在衆文體中的邊緣性和從屬性地位。

漢以後宋之前，"稗官"一詞零星出現於文獻，如《文心雕龍·諧隱》：

　　　然文辭之有諧隱，譬九流之有小説，蓋稗官所采，以廣視聽。若效而不已，則髡袒而入室，旃孟之石交乎？[②]

（接上頁）責相近而推出"小説家所出之稗官，爲指天子之士"，在此基礎之上，又考定漢代的稗官指"四百石以下吏"，同時又言"漢時列士，不聞有傳達民語之事，稗官之名存而實亡矣"。（余嘉錫《余嘉錫論學雜著》，中華書局2007年版，第265—279頁）浦江清則將"稗官"與"鄉長里長"之類的小官對應起來。（浦江清《浦江清文録》，人民文學出版社1958年版，第182頁）袁行霈認爲唐林將都官與稗官並列，都官既然是京官，那麼稗官當然是京官以外的小官了。而天子之士長居天子身邊，官秩雖低，也不應稱稗官，這是顯而易見的。稗的本意是野生的稗禾，稗官應指散居鄉野的、没有正式爵秩的官職。他們的職責是採集民間的街談巷語，以幫助天子瞭解里巷風俗、社會民情。（袁行霈《〈漢書·藝文志〉小説家考辨》，《文史》第7輯，中華書局1979年版，第179—189頁）曲沐認爲稗官並不是實指哪一種具有爵秩的官員，而是泛指從事某一類工作的人員，即從事搜集、整理、進獻、保存和編纂小説的人員，其中包括天子之士，采詩之官與鄉里長老等人。（曲沐《稗官摭識》，《貴州社會科學》1982年第5期）周楞伽認爲顏師古"以小官釋稗官，不但義較如淳爲長，而且深合訓詁"。（周楞伽《稗官考》，見《社會科學戰線》編輯部編《古典文學論叢》第3輯，齊魯書社1982年版，第257—266頁）潘建國認定'稗官'不是事實存在的職官名，而是泛指某種行政職能。（潘建國《"稗官"説》，《文學評論》1999年第2期）羅寧認爲漢代大小官之别是十分確定的，一般以六百石爲界限，六百石及六百石以上可視爲公卿大夫，而六百石以下則可視爲小官，而稗官自然屬於後者。（羅寧《小説與稗官》，《四川大學學報（哲學社會科學版）》1999年第6期）

① 郭洪伯注意到，"秦與西漢時期，稗官普遍存在。……但到了東漢，稗官逐漸退却，嗇夫一類的也很少出現。……到了東漢，曹全面盛行起來，稗官幾乎銷聲匿迹"。郭洪伯《秦漢"稗官"考——秦漢基層機構的組織方式》，見北京大學歷史學系編《述往而通古今，知史以明大道——第七屆北京大學史學論壇論文集》，第13頁。

② （南朝梁）劉勰撰，范文瀾注《文心雕龍注》，人民文學出版社1958年版，第272頁。又范文瀾注稗官爲小官。

這裏劉勰用九流中小説的地位來説明文辭中諧辭隱語的地位，其"稗官"之含義與《漢志》一致，亦指稱一種職官。

同爲目録記載，同爲"小説家"小序，《隋書·經籍志》（以下簡稱《隋志》）對《漢志》中的"小説出於稗官"一語只是繼承了一小部分，其云：

> 小説者，街説巷語之説也。《傳》載輿人之誦，《詩》美詢于芻蕘。古者聖人在上，史爲書，瞽爲詩，工誦箴諫，大夫規誨，士傳言而庶人謗。孟春，徇木鐸以求歌謡，巡省觀人詩以知風俗。過則正之，失則改之，道聽塗説，靡不畢紀。《周官》誦訓"掌道方志以詔觀事，道方慝以詔辟忌，以知地俗"；而訓方氏"掌道四方之政事，與其上下之志，誦四方之傳道而觀衣物"，是也。孔子曰："雖小道，必有可觀者焉，致遠恐泥。"①

《隋志》的記載與《漢志》相比，有兩方面特點：一方面，它繼承了《漢志》的部分説法，主要是序中的首尾兩句話；另一方面，則自出新意，引用《左傳》《周禮》等典籍來説明小説的發源。《隋志》作者在選用材料的取向使得《隋志》中並没有出現"稗官"一詞，而只是將《漢志》中的"小説家者流，蓋出於稗官，街談巷語，道聽塗説者之所造也"一語省略爲"小説者，街説巷語之説也"，又引用《周禮》中的話，認爲小説當出於"誦訓""訓方氏"之官，省略了《漢志》中的"稗官"一詞。作爲唐代官方所修的《隋書》，其影響力毋庸置疑，它的這種有意或無意的"省略"在很大程度上影響到"稗官"一詞中小官之語義在後世的流傳。

《隋志》之後，作爲官名或小官之語義的"稗官"很少出現在文獻中，且

---

① （唐）魏徵等《隋書》卷三四，中華書局 1973 年版，第 1012 頁。

無甚影響。如唐代柳宗元《上襄陽李愬僕射獻唐雅詩啓》中有言："謹撰《平淮夷雅》二篇，齋沐上獻。誠醜言淫聲，不足以當金石，庶繼代洪烈，稗官里人，得采而歌之，不勝憤踖之至。"① 而宋代的"稗官"史料中，也僅有少數幾條含有小官之義，如魏了翁《鶴山全集》卷六四《題蘄州儀曹范填元帥府牒後》："靖康之禍，薦紳大夫士未嘗不憤惋，於大官貴人無足倚賴，而冗曹稗官猶可與有爲也。"② 元明清三代亦然，雖然"稗官"出現於文獻的頻率越來越高，但這一義項也是零星出現。如胡統虞《此庵講録》卷九："先生曰：賢友之意非不佳，但思從古來位極人臣，以及稗官末史，莫不都有一篇文字。"③ 何紹基《東洲草堂文鈔》卷一九《紙賦》云："此稗官塵吏，所以支離而浩汗，此鼠牙雀角，所以軋苗而差參。"④

　　綜上，"稗官"最早是作爲泛指的小官或某一具體職官名稱而出現的，其源頭可上溯至秦簡，秦漢時已多次出現，但漢以後，這種義項的使用很少見於相關記載。這一現象的原因可大致歸納如下：首先，東漢時期官制系統中"稗官"的消失使得"稗官"作爲職官的含義失去了它大部分的現實意義；其次，《隋志》對《漢志》"小説家序"的改寫部分程度上隔斷了這一原始意義的流傳。另外值得注意的是，《漢志》中的"稗官"是對秦漢簡"稗官"的繼承和延伸，同時，又在"稗官"與"小説"之間建立了聯繫，基於此，宋代以來，"稗官"的小官之義基本消失，而其作爲小説的代名詞則經常見諸文獻，同時，"小説"的含義（俚俗淺薄之義）又反過來被"稗官"所承繼，從而在明清時期衍生出一種常見的文體文類語詞，"稗官"在其中常常作爲"前綴"而出現。

---

① （唐）柳宗元《柳宗元集》卷三六，中華書局 1979 年版，第 917 頁。
② 曾棗莊主編《宋代序跋全編》第 7 册，齊魯書社 2015 年版，第 4985 頁。
③ （明）胡統虞《此庵講録》，《續修四庫全書》第 944 册，上海古籍出版社 2002 年版，第 243 頁。
④ （清）何紹基《東洲草堂文鈔》卷一九，《續修四庫全書》第 1529 册，上海古籍出版社 2002 年版，第 288 頁。

二、作爲小説代名詞的"稗官"

從宋代開始，"稗官"經常和"小説"及相關語詞合成"稗官小説"等詞出現於典籍之中，這時"稗官"顯然已經成爲小説的代名詞了。

"稗官小説"之用始於北宋，成熟於南宋，盛於元明清。北宋時的馬涓較早使用了"稗官小説"一詞，其《二江先生文集序》曰："至於謔笑之間，稗官小説，旁搜俯拾，附益談叢，此又文之餘事也。"① 這裏直接將"稗官"與"小説"合二爲一，直言"稗官小説"，此處"稗官"一詞已經完全脱去了原來的小官意思，和"小説"組合以後形成的"稗官小説"已經只指小説，而從"旁搜俯拾"和"附益談叢"可以看出，這些"稗官小説"爲筆記體小説。蔡夢弼《杜工部草堂詩箋》亦然，其云："余按稗官小説：'南海有蟲無骨，名曰泥，在水中則活，失水則醉，如一塊泥然。'"② 晁公武《郡齋讀書志》卷三《二百家事類》一書下注曰："右分門編古今稗官小説成一書，雖曰該博，但失於太略耳，不題撰人姓氏。"③ 又趙與時《賓退録》卷六："端伯（曾慥）觀詩，有《百家詩選》；觀詞，有《樂府雅詞》；稗官小説，則有《類説》；至於神仙之學，亦有《道樞》十巨篇。蓋矜多衒博，欲示其於書無所不讀，於學無所不能。"④ 這裏兩位作者分別稱《二百家事類》和《類説》二書爲"稗官小説"，今《二百家事類》一書已不見流傳⑤，只知其爲六十卷。但

---

① 傅增湘原輯，吳洪澤補輯《宋代蜀文輯存校補》，重慶大學出版社 2014 年，第 1015 頁。
② （宋）蔡夢弼《草堂詩箋》卷二一，《續修四庫全書》第 1307 册，上海古籍出版社，2002 年版，第 158 頁。
③ 此出《四部叢刊三編》景宋淳祐本卷三。後孫猛整理本《郡齋讀書志校正》將其置在卷一三，參（宋）晁公武撰，孫猛校證《郡齋讀書志校證》，上海古籍出版社 1990 年版，第 594 頁。
④ （宋）趙與時《賓退録》，上海古籍出版社 1983 年版，第 77 頁。
⑤ 今未見此書傳本，袁行霈、侯忠義《中國文言小説書目》著録其名爲《二百家類事》，稱有清刻本三十卷，不知所據。參袁行霈、侯忠義編《中國文言小説書目》，北京大學出版社 1981 年版，第 132 頁。

是《類説》一書流傳於今，其爲小説選集，所選内容是從漢至北宋時的二百五十種筆記小説，故此處的"稗官小説"是指筆記小説而言。作爲目録學著作，陳振孫的《直齋書録解題》也有"稗官小説"的出現，其卷一一《夷堅志》條下："翰林學士鄱陽洪邁景廬撰。稗官小説，昔人固有爲之矣。遊戲筆端，資助談柄，猶賢乎已可也，未有卷帙如此其多者，不亦謬用其心也哉！"①此處陳氏稱洪邁的《夷堅志》爲"稗官小説"，並對其作出評價。《夷堅志》卷帙多達四百二十卷，其内容十分豐富，除了志怪類的神仙鬼怪、異聞雜録、機祥夢占，還有當時宋人的一些遺聞軼事、詩詞歌賦、風尚習俗以及中醫方藥等，則陳氏所説的"稗官小説"當含有以上的内容。由此觀之，結合上述諸條，宋代所用的"稗官小説"大多數情況下是泛指筆記小説。

　　這些"稗官小説"在宋代是文人們平常的讀物，但是它依舊被視爲"小道"，其地位和價值並無改觀。陳元晉《黃彦遠墓誌銘》："公幼穎悟不群，嗜學如飴，至天文地理、瞿曇老子、稗官小説之書，無不通解。"②樓鑰《攻媿集》卷八五《亡姊安康郡太夫人行狀》："稗官小説，所見尤衆，性復善記，非出强勉。"卷八八《敷文閣學士宣奉大夫致仕贈特進汪公行狀》："借書郡庠，益沉酣於史册，上下數千載興亡大概，下至稗官小説，罔不該究。"③（寶祐）《重修琴川志》卷八叙人"鄭時"條下："自左氏、《史記》、東西漢、《三國志》、南北史以至韓、柳、杜樊川、東坡諸文集皆手抄編録，下至稗官小説，莫不經覽焉。"④以上諸條記載反映了宋人喜閲"稗官小説"，但"稗官小

---

　　① （宋）陳振孫《直齋書録解題》，上海古籍出版社1987年版，第336頁。
　　② 曾棗莊、劉琳主編《全宋文》第325册，上海辭書出版社、安徽教育出版社2006年版，第82頁。
　　③ （宋）樓鑰《攻媿集》卷八五，《欽定武英殿聚珍版叢書》第45册，故宫出版社2010年版，第24404、24441頁。
　　④ （宋）孫應時纂修，（宋）鮑廉續修，（元）盧鎮增修《（寶祐）重修琴川志》卷八"鄭時"條，《續修四庫全書》第698册，上海古籍出版社2002年版，第332頁。

説"在宋時仍被看做是"小道"，它的地位遠遠列於經史、詩文之後，從前文引馬涓所説的"文之餘事"和上述兩句"下至稗官小説"的"下"字可以看出，小説在當時仍是諸種文體中最末流的一種，這種價值定位自《漢志》以來並無改觀。

從明代中後期開始，"稗官小説"一詞除了繼承自宋以來的意義之外，又附著了新的含義。明代章回體小説逐漸發展興盛，它走進平常人的生活之中，而在當時人們的話語系統中，也將這種新興的文學樣式稱爲"稗官小説"。張尚德《三國志通俗演義引》最末一句云："余不揣譾陋，原作者之意，綴俚語四十韻於卷端，庶幾歌詠而有所得歟？於戲！牛溲馬勃，良醫所珍，孰謂稗官小説，不足爲世道重輕哉？"①這裏所説的"稗官小説"指的就是以《三國志通俗演義》爲代表的章回體小説，這種説法在當時並不是個例。稍後隆慶年間的《趙州志》中有云："玄德之義，義于富貴，而堅兄弟之好。二子之義，義于患難，而守君臣之分。此其成大事立大功，于天理人情兩無負也，世之談者溺稗官小説，往往侈桃園事，稱其爲兄弟，夫知有兄弟而不知有君臣。"②此"稗官小説"同樣也指的是當時十分盛行的《三國志通俗演義》，其中的"桃園結義"等事件已爲當時人熟知。值得注意的是，在明中後期的江南，很多文獻都有關於士婦閱覽"稗官小説"的記載，而這些"稗官小説"多是指當時流行的話本和章回體小説。唐順之《弟婦王氏墓誌銘》："蓋其自少知書，稗官小説終日未嘗去手。每覽至古人奇節，輒激烈自詫，恨其不爲男子。"③唐順之記其弟婦王氏亦喜讀這些"稗官小説"，可以看到當時士婦讀的還是以歷史題材爲主的話本和章回體小説，因爲這些小説含有"大義"和"古

---

① 此小引寫自嘉靖壬午，即 1522 年。引文參黃霖、韓同文選注《中國歷代小説論著選》，江西人民出版社 1990 年版，第 111 頁。

② （明）蔡懋昭纂修《（隆慶）趙州志》卷四，《天一閣藏明代方志選刊》，上海古籍書店 1962 年影印天一閣隆慶刻本，第 6 册。

③ （明）唐順之撰，馬美信、黃毅點校《唐順之集》，浙江古籍出版社 2014 年版，第 696 頁。

人奇節"。①

　　"稗官小説"一詞在晚清時仍然使用,《大清光緒新法令》中關於各學堂管理通則的規定云:"各學堂學生不准私自購閱稗官小説,謬報逆書。凡非學科内應用之參考書,均不准攜帶入堂。"② 但是自從晚清梁啓超等人倡導"小説界革命"後,傳統的筆記、志怪、傳奇、話本和章回體小説不再被視爲"小道",而是引入西方的文學觀念,重新確立小説的價值,認爲小説是"文學之最上乘"。伴隨這一變化,"稗官小説"這一古老且陳舊的詞語也漸漸消失於人們的視野中。

　　與上述"稗官小説"含義相類似的詞還有:稗官野史③、稗官家、稗官説、稗官書、稗官之説、稗官之流、虞初稗官、芻説稗官、稗官小説家等詞④,這些詞的含義雖近於小説,然而其源起和含義之側重點各有不同。以下

---

　　① 李舜華曾對宋元以降的女性閲讀小説狀況作了考察,她認爲在明代,"隨著説唱在女性之間的興盛,在書坊的作用下,專供女性閲讀的唱本、話本也流行起來,還形成了十分興盛的市場",而從女性閲讀的内容來看,元末以講史爲重,明代則有講史、靈怪、公案、説經諸家,亦有言及男女情事者。詳見李舜華:《明代章回小説的興起》,上海古籍出版社 2012 年版,第 92—94 頁。
　　② 上海商務印書館編譯所編纂,韓兒玲、王鍵、閆曉君點校《大清新法令（1901—1911）點校本》第 3 卷,商務印書館 2011 年版,第 345 頁。
　　③ "稗官野史"一詞更多出現在史學領域,詳見下文。
　　④ "稗官説"一詞也常見於古代典籍中,其意也相當於"小説"。洪邁《夷堅支序》:"今是書萌芽,稚兒力請曰:'大人自作稗官説,與他所論著及通官文書不侔,雖過於私無嫌,避之宜矣。'"又《盤州集》卷七五《趙孺人墓銘》:"凤興,誦旁行書,已則閱稗官説。有他出二子,誨其箴縷之事,常在側。"此兩處關於"稗官説"的記載均出於宋代,作名詞均與"小説"意近。"稗官之説"常常出現於文末來表示作者的自謙,其義相當於"小説家之言",則其中"稗官"也指小説。如宋祁在《大樂圖義序》中言:"而臣重以爲言者,乃惓惓於効忠,亦思不出位,以被稗官之一説云爾。淺聞孤學,懼不足采。謹上。""虞初稗官"一詞源於《漢志》。《漢志・諸子略》小説家著録有《虞初周説》九百四十三篇,又張衡《西京賦》曰:"匪唯玩好,乃有秘書。小説九百,本自虞初。"這一詞的意思也指小説,陳仁子在《元大德九年東山書院刊本序》云:"褚先生喜讀外家傳語,張華盡天下奇秘書,韓昌黎手不停披百家之編。故其學浩博而文淵永,乃知學子耽經玩史外,別有虞初稗官之書,亦未可少。""芻説稗官"一詞同樣源於《漢志》,《漢志》在評介小説時云"如或一言可采,此亦芻蕘狂夫之議也","芻説"便是"芻蕘狂夫之議也"的簡化。"芻説稗官"通常指志怪、傳奇等小説。如羅泌《路史》卷三七:"以至芻説稗官,此類尤煩,如《廣異記》、《玄怪録》,俱有妻箏投果之言,逸史仙傳拾遺俱有筌篋爲婚之事。""稗官小説家"與"稗官家"意義相同。如《夷堅支丁序》云:"稗官小説家言不必信,固也。信以傳信,疑以傳疑,自《春秋》三傳,則有之矣,又况乎列禦寇、惠施、莊周、庚桑楚諸子汪汪寓言者哉!""稗官道途之説"一詞同樣來自《漢志》,"道途"即爲"道聽塗説"之省略,其也用來指小説。宋劉攽《爲王郎中謝晏相公啓》:"竊自爲溲落之品,無以謝特達之知。然而小夫竿牘之間,稗官道途之説,竊常從事,時以白心。筆墨所成,狂斐盈帙。"另此處"稗官道途"與"小夫竿牘"並列,仍舊表示一種輕視之義。

僅舉幾例：

“稗官野史”一詞常出現於明清小說的序跋以及内容之中，用來指代小說。如凌濛初《二刻拍案驚奇》卷三七：

> 話説世間稗官野史中，多有記載那遇神、遇仙、遇鬼、遇怪、情欲相感之事。其間多有偶因所感撰造出來的，如牛僧孺《周秦行記》，道是……又有那《后土夫人傳》，説是……後來宋太宗好文，太平興國年間，命史官編集從來小説，以類分載，名爲《太平廣記》，不論真的假的，一總收拾在内。①

凌濛初此處所説的“稗官野史”便是那些記載神仙鬼怪、情欲相感的小説，後面以《周秦行紀》《后土夫人傳》和《太平廣記》爲佐證，前兩者爲唐傳奇小説，後者爲小説集，其指涉小説意義頗明。這種意義還出現在《鏡花緣》和《兒女英雄傳》等書中，《鏡花緣》第五十回：（唐閨臣）暗暗忖道：“……倘能遇一文士，把這事迹鋪叙起來，做一部稗官野史，也是千秋佳話。”② 《兒女英雄傳》：“這稗官野史雖説是個玩意兒，其爲法則，則如文章家一也；必先分出個正傳、附傳，主位、賓位，伏筆、應筆，虛寫、實寫，然後才得有個間架結構。”③ 以上兩處“稗官野史”同樣被直接用來指稱小説。“野史”一詞也用來指話本小説，《醒世恒言·勘皮靴單證二郎神》：“原系京師老郎傳流，至今編入野史。”胡士瑩先生認爲“這裏稱話本爲野史，可能是書會先生提高其話本價值的一種説法，以示其説話内容具有一定的史實性和文學性，其實‘野史’二字用於‘小説’話本是不確切的，用於‘講史’倒較妥帖”④，

---

① 魏同賢、安平秋主編《凌濛初全集》第 3 册，鳳凰出版社 2010 年版，第 608 頁。
② （清）李汝珍《鏡花緣》，人民文學出版社 1955 年版，第 343 頁。
③ （清）文康《兒女英雄傳》，人民文學出版社 2014 年版，第 280 頁。
④ 胡士瑩《話本小説概論》，商務印書館 2011 年版，第 211—212 頁。

胡先生此觀點可爲的論，"野史"指由"講史"而來的歷史題材章回體小說在明清較爲普遍，章回體小說的風靡也使話本的作者豔羨，由此也給話本小説貼上了"野史"的標籤。"稗官野史"又可省略爲"稗史"一詞，如《青樓夢》第六回中月素與挹香二人的對話："少頃，月素亦歸寢而睡，乃問挹香道：'你平日在家作何消遣？'挹香道：'日以飲酒吟詩爲樂，暇時無非稗官野史作消遣計耳。'月素道：'你看稗史之中，孰可推首？'挹香道：'情思纏綿，自然《石頭記》推首。……'"① 月素回答中的"稗史"一詞無疑是挹香所問"稗官野史"一詞的省略，他們同樣指小説。②

"稗官野乘"一詞也經常被用來指通俗章回體小說。明林瀚《隋唐志傳通俗演義序》："後之君子能體予此意，以是編爲正史之補，勿第以稗官野乘目之，是蓋予以至願也夫。"③ 又野雲主人《增評證道奇書序》："若夫稗官野乘，不過寄嬉笑怒罵於世俗之中，非有微言奧義足以不朽，則不過如山鼓一鳴，螢光一耀而已。"④

"稗官小史"在明清時也用來指話本小説。《警世通言·錢舍人題詩燕子樓》中有詩曰："一首新詞吊麗容，貞魂含笑夢相逢。雖有翰苑名賢事，編入稗官小史中。"朝鮮英祖三十八年（1762）完山李氏《中國小説繪模本》序文中列舉了數十種小説，而將它們通通稱爲"稗官小史"，其言："夫《四書》《六經》，及《綱目》《通鑑》《宋鑑》《明史》《綱鑑》諸書，韓、柳、白、李、杜、蘇諸集，朱子諸書，《二程全書》等諸子百家之外，又有稗官小史等諸書，其名不可勝記。然其中有大小、精粗、虛實、警世之作，何則？……"⑤

---

① （清）慕真山人撰，陳書良標點《青樓夢》，岳麓書社 1988 年版，第 32 頁。
② 關於"稗史"一詞語義的演變，可參劉曉軍《"稗史"考》一文之論述，《中山大學學報（社會科學版）》2008 年第 4 期。
③ 黃霖、韓同文選注《中國歷代小說論著選》，江西人民出版社 1990 年版，第 109 頁。
④ 朱一玄、劉毓忱編《〈西遊記〉資料彙編》，南開大學出版社 2012 年版，第 341 頁。
⑤ 這一資料轉引自（韓）閔寬東《中國古代小說在韓國研究之綜考》，武漢大學出版社 2016 年版，第 264 頁。閔書注出處爲完山李氏《中國小說繪模本》，韓國江原大學出版部 1993 年版，第 152—153 頁。

這一稱謂遠播朝鮮，説明當時視小説爲“稗官小史”或“稗官野史”的觀念已經深入文人們的心中。

“稗官家”來源於《漢志》的“九流十家”，其意爲小説家。所以古代很多著述在引用或指稱小説中的内容時，常用“稗官家言”一語。如《漫遊紀略》卷二：“時漸入夏，舟中休暇，則命柳生談隋唐間稗官家言，其言絶俚。”① 柳敬亭時爲蔡襄敏之客，爲其演説“隋唐稗官家言”，此處應指説書人演説的隋唐間的史事。

“稗官書”一詞出於宋代，其意爲“小説這類書”。劉克莊《後村集》卷四三《釋老六言十首》其三：“道家事頗恍惚，稗官書多詼諧。帝居非若涫也，天上豈有廁哉。”② 劉氏這句六言詩指出了小説詼諧的特色。後世元明清，此詞亦時常出現。方回《桐江續集》卷三〇《贈邵山甫學説》：“類書、韻書、稗官書，博之助也。”③劉光弟《贈中憲公家傳》：“公好閲稗官書，積數十種。時舉古忠節義烈事，坐室中對王恭人數之。光第時尚幼，亦知扶床而聽焉。”④與“稗官小説”一樣，“稗官書”所包含的對象也是隨時代的演進而不斷變大。

“稗官之流”一詞則稍有不同，雖然與上述幾個詞一樣同指小説，但是一個“流”爲它劃出了等級。宋祁《代胥舍人謝啓》：“能賦能銘，未習大夫之事；小言小道，才齒稗官之流。”⑤ 又鄭樵《通志》卷四九《樂略》：“又如稗官之流，其理只在唇舌間，而其事亦有記載。”⑥ 前者的“稗官之流”與“大夫之事”相對，而它的意思也便是“小言小道”的小説。之所以稱“稗官之流”，是因爲《漢志》的“小説家者流，蓋出於稗官”，大致是化而用之，另

① （清）王勝時撰《漫遊紀略》，《筆記小説大觀》第 17 册，廣陵古籍刻印社 1983 年版，第 6 頁。
② （宋）劉克莊撰《後村先生大全集》，四川大學出版社 2008 年版，第 1154 頁。
③ 李修生主編《全元文》第 7 册，江蘇古籍出版社 1998 年版，第 250 頁。
④ （清）劉光弟撰，《劉光弟集》編輯組編《劉光弟集》，中華書局 1986 年版，第 40 頁。
⑤ （宋）宋祁撰《景文集》卷五五，中華書局 1985 年版，第 735 頁。
⑥ （宋）鄭樵撰，王樹民點校《通志二十略》，中華書局 1995 年版，第 911 頁。

外從鄭樵的"其理只在脣舌間"一語也可以看出小説地位的低下，其作爲"小道"的特性在古代一直没有改變。

三、與其他語詞組合的"稗官"

"稗官"一詞的小説之義從《漢志》演變而來，這一點上面已言明。同樣，"稗官"一詞也承繼了《漢志》對於小説的價值定位，《漢志》中"小道""小術"的價值觀念也被"稗官"一詞所承繼，這種最初的價值定位演化成了衆多與"稗官"相關的語詞。這些語詞可概括爲兩方面：一是歷史類語詞，如"稗官野史""稗官野語"等；另外一類是文體類語詞，明清之際，"稗官"常常作爲前綴加在某文體名稱之前表示一種價值功能定位，這一類詞有"稗官樂府""稗官小令"等等。

"稗官野史"一詞始用於宋代，大致指正史之外的雜史野史。《嵩山文集》卷一七《送王性之序》："唐以來稗官野史暨夫百家、譜録、正集、别集、墓誌、碑碣、行狀、别傳，幸多存而不敢少忽也。"① 此乃司馬光之子司馬康之語，言其父編纂《資治通鑑》時對於諸種文獻的選録情況，"稗官野史"是其取材的重要對象，同"小説"一樣，這些"野史"也是"雖小道必有可觀"。同樣陸游《會稽志序》云："上參《禹貢》，下考太史公及歷代史金匱石室之藏，旁及《爾雅》、《本草》、道釋之書，稗官野史所傳，神林鬼區幽怪恍惚之説，秦漢晉唐以降金石刻，歌詩賦詠，殘章斷簡，靡有遺者。"② 這裏陸游爲地方志《會稽志》作序，言其編纂過程，"稗官野史"同樣也是重要的取材對象。又王邁《清漳文會録序》："今吾友德載之講本朝典故也，細繹乎瑶編寶

---

① 曾棗莊主編《宋代序跋全編》第 3 册，齊魯書社 2015 年版，第 1956 頁。
② 錢仲聯、馬亞中主編，涂小馬校注《陸游全集校注》第 9 册，浙江教育出版社 2011 年版，第 373 頁。

帙之文，采摭乎稗官野史之紀，參之以元夫巨人崇論閎議而以己見斷之。”①
王邁好友德載是時主盟“文會”，在解析本朝之典故時，由於要引起聽衆的興
趣，“稗官野史”自然是其重要的參考資料。元代吳師道《題牟成父所作鄧平
仲小傳及濟邸事略後》：“予疇昔好聽遺老談説，見稗官野史，有可備記述者，
輒不忍棄。如俞（文豹）、方（回）所云，皆録藏於家。”② 吳師道此處引用諸
家之説討論南宋時的楊巨源、史彌遠等史實，他所説的“稗官野史”當與其
提到的俞文豹《吹劍録》、李心傳《朝野雜記》等書近似，俞書雜記南宋宮
廷、官場及民間之遺聞軼事，此外記道學黨禁之始末甚詳，至於李書則多記
南宋時的明君、良臣、名儒、猛將，又含兵戎、財賦、禮樂等事③，由此兩書
可窺其所言“稗官野史”之大概。

　　稗官小史、稗官諧史、稗官野乘、稗官小乘、稗官逸乘、稗官別乘等詞
義近於稗官野史。“乘”指“史”源於春秋時期，《孟子·離婁下》：“晉之
《乘》，楚之《檮杌》，魯之《春秋》，一也。”趙岐注曰：“此三大國史記之名
異。‘乘’者，興于田賦乘馬之事，因以爲名⋯⋯”④ 由於晉國之史曰《乘》，
後世於是稱史書爲“史乘”。當“史”與“乘”同義互換時，便産生了上述諸
詞。在以上四者中，“稗官野乘”更爲常見，它出現並大範圍運用於明清時，
和“稗官野史”一樣，當它出現於小説之外的著述中時，多指與嚴肅且規範
的正史相對的瑣語雜記等作品。如清人潘榮陛《帝京歲時紀勝序》云：“元明
以來，山人園客作稗官野乘，以誇詡聞見。”⑤另外值得注意的是“國史稗官”
一詞，“國史”和“稗官”在這裏是並列連用，“國史”既爲一朝一代之正史，

————————

　　① （宋）王邁《臞軒集》卷五，《宋集珍本叢刊》第 79 册，綫裝書局 2004 年版，第 164 頁。
　　② （元）吳師道撰，邱居里、邢新欣點校《吳師道集》，浙江古籍出版社 2012 年版，第 660 頁。
　　③ 此兩書分别參：（宋）俞文豹撰《吹劍録》，中華書局 1991 年版；（宋）李心傳撰《建炎以來朝野雜記》，中華書局，2000 年版。
　　④ （清）焦循《孟子正義》，中華書局 1987 年版，第 574 頁。
　　⑤ （清）潘榮陛《帝京歲時紀勝》，北京古籍出版社 1981 年版，第 3 頁。

則"稗官"直接指代那些在正史之外的野史雜記。如《逃禪詩話》云："全部《史記》，是《答任少卿書》之注。玄、肅二朝國史稗官，是杜詩之注。全部杜詩，是《秋興》八首之注。"① 這裏說杜詩濃縮了玄、肅二朝的所有的正史野史記載，"稗官"二字指的是那些野史雜記。以上諸詞含義基本上都在"史"的範疇之内，而在這一範疇中，"稗官"多和"野史""雜記"等詞一起出現，這類書籍是"小道"，看此類書被視爲"餘事"，這也直接說明了其價值之低下。

史學領域出現"稗官野史"等語詞，是有其深刻的歷史背景的，秦漢一統，馬《史》、班《書》標誌著古代正史的形成。下至魏晉南北朝，適逢亂世，正史雖偶有作，但是時代的動蕩和朝代的更迭造成了史官的失職，由是大量私家史家著述便湧現出來，無疑此時的史學呈現多途的發展，《隋志》所著錄的魏晉南北朝史著也說明了這點。這些私家著述有一些記雜事逸聞的則近於"街談巷語、道聽塗說"的小說，如殷芸《小説》，觀其內容，多記史事，而其名曰"小説"，姚振宗《隋書經籍志考證》："案此殆梁武作《通史》時，凡不經之説爲《通史》所不取者，皆令殷芸別集爲《小説》，是《小説》因《通史》而作，猶通史之外乘。"② 姚氏此言也證明《小説》一書爲野史雜記一類書。不難看出這時身爲"小言小道"的"小説"和野史雜史已有了部分的交融。魏晉南北朝私家修史的風尚在隋朝受到了重創，隋文帝開皇十三年（593）五月下詔："人間有撰集國史、臧否人物者，皆令禁絶。"③ 唐代隋立後，延續了這一政策，太宗貞觀三年（629），正式設立史館，貞觀四年房玄齡以尚書左僕射監修國史，宰相監修國史成爲定制。在史館設立的三十年後，八部史書（《梁書》《陳書》《北齊書》《周書》《隋書》《晉書》《南史》

---

① （清）吳喬《逃禪詩話》，《古今詩話續編》影印本，（臺北）廣文書局 1973 年版，第 148 則。
② 二十五史刊行委員合編《二十五史補編》，中華書局出版社 1956 年，第 5537 頁。
③ （唐）魏徵等《隋書》，中華書局 1973 年版，第 38 頁。

《北史》）相繼產生。這一政策造成了唐前期"正史獨尊"的局面，這時野史雜記類的史書幾乎沒有生存的空間。撰成於景龍四年（710）的《史通》一書集中的展示了這種以"正史之正""實錄之實"爲中心的史學思想，其《雜述篇》將與"正史參行"的"偏記小說"分爲十類加以區別，劉氏作爲一個有持久修史經驗的史學家將正史之外的其他史著視爲"偏記小說"，這也代表著當時官方正統史學在極力強調國史之"正"的同時，把那些野史雜記類的史著極力地排除出史家，而歸到"小說家"中，這不啻爲一種"放逐"，北宋初年的《新唐志》將《隋志》史部"雜傳類"中的一批志怪書改錄於"小說家"下便是這一史學思想的體現。宋時，當"稗官"一詞作爲小說的代名詞出現時，"野史""野說"等歷史類語詞便很自然與它組合在一起，這是一種默契且順理成章的組合。

　　在宋及宋代之後的流傳中，"稗官"一詞還時常和"雜俎""雜記""小令"等文體概念結合在一起出現在文人的典籍中。在這些四字短語中，"稗官"類似"前綴"一樣的使用，當"稗官"作爲"前綴"時它在這一短語往往指涉後面文體文類的低俗粗鄙，這種低俗粗鄙的價值傾向與《漢志》中對小說的評介是相通的。這種使用使得稗官成爲一個極爲特殊的詞，它基於詞性色彩和價值定位與其他詞相連組合成四字短語。如"稗官說部"一詞，《兒女英雄傳》二十八回："第三層，從來著書的道理，那怕稗官說部，借題目作文章，便燦然可觀，填人數，湊熱鬧，便索然無味。"[①] 此處"說部"爲"小說之部"，這裏所指的是通俗小說，則此處"稗官"與"說部"不可能是並列關係，"稗官"更多的表示一種"俗"的色彩，兩者結合起來時才能作爲一個整體來看。下面再以"稗官樂府""稗官小令""稗官彈詞"爲例，來說明"稗官"這種"前綴"的用法。

---

① （清）文康《兒女英雄傳》，人民文學出版社 2014 年版，第 540 頁。

　　樂府在明清時候有時指配樂演唱的劇曲，所以傳奇和雜劇有時被稱爲樂府，"稗官樂府"一詞偶有出現。《（嘉慶）增修宜興縣舊志》卷八《文苑》："（陳貞貽）補博士弟子員，益攻苦，屏居玉潭閣，經史諸集，丹鉛殆遍，旁及稗官樂府。"① 此句所述爲陳氏年輕時苦讀的情形，結合陳氏日後所創作的多部傳奇，他年輕時所讀的"稗官樂府"似爲傳奇劇作，然而此處"稗官樂府"也可以理解爲小説和劇作，所以此處"稗官樂府"義不明。但是董康編著的《曲海總目提要》卷一六《萬民安》條下云："撫按詰亂民，有葛成獨引服，不及其餘，下獄論死，此實事也。自建節外，其數人未録姓名，今此劇臚載頗詳。蓋同時人所作，當從實不謬。稗官樂府不嫌瑣綴，亦可見彼時情狀也。"② 此處是對傳奇劇作《萬民安》的一個説明，"稗官樂府"的意思指的就是《萬民安》這樣的傳奇劇作，並無小説之義，所以此處的"稗官"是類似"前綴"一樣的存在，更多的是一種價值色彩的指涉，即視樂府與小説一樣粗鄙俚俗。

　　彈詞是明末清初在江浙間流行的一種新型文體，大致用用七言韻文及道白相間演唱，以三弦和琵琶伴奏，或兩者並用。雖然彈詞平常用於演唱，但是由於其含有虛構的情節，有時人們也把它稱之爲"彈詞小説"，或許正是基於這種稱謂。"稗官彈詞"一詞時有出現，陳作霖《可園文存》卷一二《先妣行略》："先妣年逾耄耋，耳目聰明，不孝等每晚隨侍，輒講稗官彈詞以消永夜，或諸女孫歸甯，即共作葉子戲，必至三更而後寢。"③ 陳氏和他的兄弟姐妹一起爲母親讀彈詞，這種韻散相間的文體在當時的江浙很受歡迎，而且就娛樂性來説它或許真的和"稗官小説"所差無幾。

---

　　① （清）李先榮撰，（清）阮升基增修，（清）寧楷等增纂《嘉慶增修宜興縣舊志》，江蘇古籍出版社 1991 年版，第 326 頁。
　　② 董康編著，北嬰補編《曲海總目提要》，人民文學出版社 2014 年版，第 758 頁。
　　③ （清）陳作霖《可園文存》卷一二，《清代詩文集彙編》第 736 册，上海古籍出版社 2010 年版，第 105 頁。

　　小令其體比較短小，一般都以一支曲子爲獨立單位，明代王驥德《曲律》說："渠所謂小令，蓋市井所唱小曲也。"[1] 小令體短押韻，易於誦記，又多取材於日常，故流行於市井中，也就是王氏所説的"市井小曲"，這也道出了小令"俗"的特性。明代顧大韶《文學則興陳君傳》："（則興）喜爲他人誦説，至於稗官小令、巷議街談有可采者，入耳出口，津津不竭，故士皆好與君遊。"[2] 此處"稗官小令"是用來誦説的，並且與"巷議街談"並列出現，這也證明了正是基於"俗"的特性，使得小令成爲了"稗官小令"。"小令"與稗官的連用也説明"稗官"一詞的使用並不僅僅局限於"小説"的域界内，正是因爲它承繼《漢志》中小説一詞的低俗之義，所以它可以附著在除了小説之外的俗文學文體文類名稱前，對後者的價值作一界定。

　　以上，我們考述了"稗官"一詞的語義源流，除最初的小官之義外，其在後世的含義大致可分兩端來概括：其一是作爲"小説"的代名詞而使用；其二，基於其淺薄低俗的含義，由此而產生的一些歷史類語詞多指與正史相對的雜史野史，它也可以被用在相關文體文類名稱前作一價值功能的定位，以"前綴"的形式而出現。宋以來，"稗官"在運用時呈現出數十種不同的形態，看似"雜亂"的背後其實蘊藏著一個統一的精神内核，那就是《漢志》中"小道可觀"的價值尺度，這種價值尺度的指涉成爲"稗官"一詞的最顯著特色。也正是在這一"標尺"作用下，它不僅可以用來指代"小説"[3]，還可以在史學領域和小説以外的俗文學領域而使用。無論是史學範疇中的野史、

---

　　① （明）王驥德撰，陳多、葉長海注釋《曲律注釋》，上海古籍出版社 2012 年版，第 191 頁。
　　② （明）顧大韶《炳燭齋稿》，《四庫禁毀書叢刊》第 104 册，北京出版社 1997 年版，第588 頁。
　　③ "小道可觀"與"小説"之間的聯繫，譚帆曾有精辟之斷論："'小道可觀'是中國小説學史上第一個值得重視的理論命題，它雖然沒有太多的理論内涵可以探究，但它以其論説者的權威性和判斷的直接性對中國小説和小説學產生了深遠影響。這一出自儒家經典《論語》中的一段言論，經班固《漢書·藝文志》的演繹及其與'小説'的勾連，在很大程度上可謂給小説文體立了一根無可逾越的'標尺'，規定了小説在中國文化史上的基本位置，後世白話通俗小説位置的進一步下移及其與'史'和儒家教化觀念的攀附無不可從'小道可觀'這一理論命題中尋找到思想的源頭。"參譚帆《小説學的萌興——先唐時期小説學發覆》，《文學評論》2004 年第 6 期。

雜記，還是俗文學領域中的樂府、彈詞、小令等文體，都與“高文典册”之詩賦不可等量齊觀，其上者或含“寓勸戒、廣見聞、資考證”之内容，而很多時候則被看做是“猥鄙荒誕，徒亂耳目”之作。這種簡單的關於文體雅俗的價值考量，使得小説、野史、雜記、彈詞、小令諸文體處在同一個價值尺度上，其形式固然有差别，然内在之價值趨於相同。

　　然而晚清已降，這一常用詞却漸漸消失於人們的視野中，報紙①、小説、學術著作中雖偶有出現，但都是略引古意，和之前作爲一種書面常用語截然不同了。結合清末民初特殊的時代背景，這種消失的原因亦可概括爲兩端：首先，晚清以來，梁啓超發起了“小説界革命”，其後有一批人參與其中大肆鼓吹小説的功用，梁氏等人將“小説”與政治運動緊密結合，極力推崇小説的社會功用，從而視小説爲“文學之最上乘”，在這一過程中不斷貶斥傳統小説的社會作用，倡導歐美各國及日本的政治小説。梁氏等人重今輕古、親西疏中的主張和價值取向産生了廣泛的影響。對這一現象，劉勇强的分析可謂精當：“當小説被捧爲‘文學之最上乘’後，傳統小説不但難膺其賞，反而在這種‘最上乘’的文體期許下，愈形淺陋。而在此基礎上産生的傳統小説理論不但不曾爲小説營造良好的生存環境，更無法適應小説發展的新要求，從而爲西方小説觀念的趁虚而入留下了巨大的空隙。”② 作爲古代小説代名詞和文體前綴詞的稗官與主流自然是扞格不入，其被疏遠也在情理之中了。其次，伴隨中西文化的碰撞和西方理論的傳入，“小説”和“novel”一詞進行了對譯，這一對譯使得“小説”一詞的含義完全改變了，對譯之後的“小説”含義主要爲“虚構之叙事散文”，很明顯，這一含義與“稗官”語義的差别是巨大的，其中最爲主要的術語性質的差異，從本質而言，“稗官”是一個“功能

---

　　① “稗官”一詞在近代報刊中出現次數較多，尤其是以發表小説爲主的刊物，然觀其涵義，尚未脱前文論述之範圍，其語義之運用多承襲前代。
　　② 劉勇强《一種小説觀及小説史觀的形成與影響——20世紀“以西例律我國小説”現象分析》，《文學遺産》2003年第3期。

指向"的術語，顯示其非主流、非正統的特性，對譯的"小説"則是一個
"文體術語"，揭示的是小説的文體特性，而近代以來中國小説史的建構正是
以"文體"爲本質屬性的。故而隨著現代小説理論體系的不斷完善和現代小
説創作的不斷成熟，"小説"這一"現代性"的含義不斷被強化，從而成爲核
心術語，而"稗官"一詞漸漸消失。在一個學科的建構過程中，選擇了一個
核心術語就意味著對其他詞語的遺棄。民國以來，在中國古典小説研究的現
代化進程中，諸多學者選擇了對譯之後的"小説"一詞來界定古代小説或構
建小説史，產生的大量著作又不斷強化了這一使用，在這一百多年的時間裏，
小説史這個學科正是圍繞著西化的"小説"一詞而被快速建構的。與之形成
鮮明對比的是，"稗官"一詞在小説研究領域却鮮有人問津，20 世紀以來僅
有的幾篇論文也只是考述其爲何種官職而已。"稗官"無疑成了被遺棄的那一
個，同時被遺棄的還有其背後的涵義。當我們溯流而上，看到這些被掩蓋的
内涵呈現出其獨有的價值時，作一清楚的考釋是必要的，因爲這樣，我們才
更能真實地把握古代小説發展的本來面貌。

【相關閱讀】

饒宗頤：《秦簡中"稗官"及如淳稱魏時謂"偶語爲稗"説——論小説與
稗官》，香港中國語文學會編《王力先生紀念論文集·中文分册》，三聯書店
（香港）有限公司 1987 年版，第 337—342 頁。

"筆記"考

　　"筆記"和"筆記小説"無疑稱得上古代文學和古典文獻研究中最爲混亂的概念術語之一，近年來，有學者專門撰文對"筆記""筆記小説"進行辨析[①]，對其中的許多問題進行了梳理、辨正，但綜合起來看，這些論述主要集中於何爲"筆記"和"筆記小説"，如何界定"筆記"和"筆記小説"，其範圍如何劃定等問題上，而很少對"筆記"或"筆記小説"在古代文類系統中的原有内涵、指稱和近現代以來新概念的起源和推演作全面系統的梳理，並釐清其中的來龍去脈。對此，我們擬從"筆記"之名實、近代以來的"筆記""筆記小説"概念和"筆記體小説"之特性等幾個方面作一梳理和辨析。

一、古代文類系統中"筆記"之名實

　　"筆記"一辭最早出現於魏晉南北朝時期，如《藝文類聚》卷四九梁王僧孺《太常敬子任府君傳》："辭賦極其清深，筆記尤盡典實。"《南齊書》卷五十二《文學·丘巨源傳》載丘巨源致尚書令袁粲的書信："議者必云筆記賤伎，非殺活所待；開勸小説，非否判所寄。"[②]劉勰《文心雕龍·才略》："路粹、楊修，頗懷筆記之工；丁儀、邯鄲，亦含論述之美，有足算焉。""溫太

---

① 程毅中《略談筆記小説的含義和範圍》，《古籍整理研究學刊》1991年第2期；陶敏、劉再華《"筆記小説"與筆記研究》，《文學遺産》2003年第2期；嚴傑《"筆記"與"小説"概念的目録學探討》，《唐五代筆記考論》，中華書局2008年版。
② 上海古籍出版社、上海書店編《二十五史》，上海古籍出版社、上海書店1986年版，第2003頁。

真之筆記，循理而清通：亦筆端之良工也。"① 當時，"筆記"並非文類概念，或泛指執筆記叙的"書記"，即《文心雕龍·書記》所言："夫書記廣大，衣被事體，筆札雜名，古今多品。"或泛指與韵文相對應的散文文體，即《文心雕龍·總術》所言："今之常言，有'文'有'筆'，以爲無韵者'筆'也，有韵者'文'也。"② 顯然，魏晉南北朝所稱之"筆記"與後世的"筆記"文類概念所指非一，差距甚遠。

不過，後世稱爲"筆記"的文類之"實"却於魏晉南北朝時期已經出現，《隋書·經籍志》"雜家"已著録了不少後世稱之爲"筆記"類的著作，如《雜記》《子林》《廣志》《部略》《古今注》《政論》《物始》《典言》《内訓》《子鈔》《雜語》等一批新興的考證辨訂、雜議雜談、雜鈔雜編等筆記雜著，姚振宗《隋書經籍志考證》稱："以上自《博物志》至此皆雜家之不名一體者，爲一類。其中亦略有分别，以類相從。……《四庫提要》所謂雜考、雜説、雜品、雜纂之屬此皆有之。"

宋代，"筆記"一辭開始用作書名，宋祁《筆記》肇端。宋祁將前代泛稱之"筆記"作爲其個人著作之書名顯然屬於一種個人化的、富有新意的借用。繼宋祁《筆記》之後，不斷涌現出如謝采伯《密齋筆記》、陸游《老學庵筆記》、錢時《兩漢筆記》、蘇軾《仇池筆記》、龔頤正《芥隱筆記》、劉昌詩《蘆浦筆記》等。這類命名爲"筆記"的著作，大都爲隨筆札記的形式，體例隨意駁雜、内容包羅萬象，多以議論雜説、考據辨證爲主，而兼記述見聞、叙述雜事，如《筆記》："其書上卷曰《釋俗》，中卷曰《考訂》，多正名物音訓，裨於小學者爲多，亦間及文章史事。下卷曰《雜説》，則欲自爲子書，造

① （梁）劉勰撰，周振甫譯注《文心雕龍今譯》，中華書局 1986 年版，第 428、431 頁。
② 同上，第 234、385 頁。

語奇雋。"①《老學庵筆記》："軼聞舊典，往往足備考證。"②宋以降，"筆記"
被廣泛用作此類著作的書名，如元代黄溍《日損齋筆記》、陳世隆《北軒筆
記》、郭翼《雪履齋筆記》，以及明清之李日華《六研齋筆記》、祝允明《讀書
筆記》、項皋謨《學易堂筆記》、王士禛《香祖筆記》、陳其元《庸閑齋筆記》、
黎士宏《仁恕堂筆記》、徐昂發《畏壘筆記》、張文炳《公餘筆記》、潘繼善
《經史筆記》等。

　　此類著作中，與"筆記"相類的常用名稱還有"隨筆""筆談""叢説"
"漫録""雜志""雜記"等，基本可看作"筆記"之別稱，如"隨筆"有《容
齋隨筆》《畫禪室隨筆》《菰中隨筆》《南村隨筆》《客窗隨筆》；"筆談"有
《夢溪筆談》《漫齋筆談》《蒙齋筆談》《禪寄筆談》《韵石齋筆談》；"叢説"有
《螢雪叢説》《東園叢説》《四友齋叢説》《綉谷叢説》；"漫録"有《能改齋漫
録》《墨莊漫録》《歸田漫録》《南園漫録》《快雪堂漫録》；"雜志"有《研北
雜志》《獨醒雜志》《清波雜志》《在園雜志》；"雜記"有《靖康緗素雜記》
《雲谷雜記》《猗覺寮雜記》《吕氏雜記》。另外"筆録""叢談""札記""漫
記"等也較爲常見。這些別稱大都可"望文生義"，理解爲不拘體例的隨筆雜
録。如洪邁《容齋隨筆》卷一："予老去習懶，讀書不多，意之所之，隨即紀
録，因其後先，無復詮次，故目之曰隨筆。"此類著作在唐宋時期，特別是在
宋代，發展成蔚爲大觀的筆記雜著文類，《四庫全書總目》"雜考之屬"案：
"考證經義之書，始於《白虎通義》，蔡邕《獨斷》之類，皆沿其支流。至唐
而《資暇集》《刊誤》之類爲數漸繁，至宋而《容齋隨筆》之類動成巨帙。其
説大抵兼論經、史、子、集，不可限以一類，是真出於議官之雜家也。""雜
説之屬"案："雜説之源，出於《論衡》。其説或抒己意，或訂俗訛，或述近

---

①　（清）永瑢等《四庫全書總目》，中華書局 1997 年版，第 1604 頁。
②　同上，第 1621 頁。

聞，或綜古義，後人沿波，筆記作焉。大抵隨意録載，不限卷帙之多寡，不分次第之先後。興之所至，即可成編。故自宋以來，作者至夥。"①《新唐書·藝文志》、晁公武《郡齋讀書志》、陳振孫《直齋書録解題》、焦竑《國史經籍志》、黃虞稷《千頃堂書目》等歷代公私書目多將此類著作歸爲"雜家"，但也有相當一部分歸入"小説家"②，如《老學庵筆記》《能改齋漫録》《夢溪筆談》《芥隱筆記》《日損齋筆記》《雲麓漫鈔》《東軒筆録》《讀書筆記》《少室山房筆叢》《六硯齋筆記》《應庵隨意筆録》《讀書日記》等。至《四庫全書總目》，此類著作則基本統一歸入"雜家類"之"雜考之屬"或"雜説之屬"。

同時，也有部分以隨筆雜記見聞爲主的"小説類"著述冠以此類名稱，如宋代吳處厚《青箱雜記》、陳師道《後山談叢》、曾慥《高齋漫録》、魏泰《東軒筆録》，元代蔣子正《山房隨筆》，明代陸深《玉堂漫筆》、談修《避暑漫筆》等。不過，相對而言，以隨筆札記形式議論雜説、考據辨證的"雜考""雜説"類著作使用此類名稱更爲普遍，而隨筆雜記見聞爲主的"小説類"著作則使用較少，且主要集中於"雜記""雜志"之稱。

隨著廣泛用作爲書名，"筆記"也成爲指稱此類雜著的文類概念，如南宋史繩祖《學齋佔畢》卷二："前輩筆記、小説固有字誤或刊本之誤，因而後生末學不稽考本出處，承襲謬誤甚多。"③洪邁《夷堅支庚序》："鄉士吳潦伯秦出其乃公時軒居士昔年所著筆記，剽取三分之一爲三卷，以足此篇。"明代余象斗《題列國序》："於是旁搜列國之事實，載閱諸家之筆記，條之以理，演之以文，編之以序。"④不過，相對於"雜家""小説"等文類概念而言，"筆

---

① （清）永瑢等《四庫全書總目》，中華書局 1997 年版，第 1636 頁。
② 宋代以降公私書目中，"小説家"的主體主要指志怪、傳奇、雜記等敘事類作品，但同時也包含了少部分筆記雜著等非敘事類作品，著録對象基本與"雜家"的"雜考""雜説""雜纂"的文類性質相當，即胡應麟《少室山房筆叢》所言："小説家一類，又自分數種：……一曰叢談，《容齋》《夢溪》《東谷》《道山》之類是也。一曰辨訂，《鼠璞》《鷄肋》《資暇》《辨疑》之類是也。一曰箴規，《家訓》《世範》《勸善》《省心》之類是也。"
③ （宋）史繩祖《學齋佔畢》（《叢書集成初編》本），中華書局 1985 年版，第 31 頁。
④ 轉引自丁錫根《中國歷代小説序跋集》，人民文學出版社 1996 年版，第 862 頁。

記"作爲文類概念使用並不廣泛，内涵和指稱也較爲籠統模糊。

《四庫全書總目》曾明確將"筆記"作爲指稱議論雜説、考據辨證類雜著的文類概念，如上文所引《四庫全書總目提要》卷一百二十三"雜家類"之"雜説之屬"案："雜説之源，出於《論衡》。其説或抒己意，或訂俗訛，或述近聞，或綜古義，後人沿波，筆記作焉。大抵隨意録載，不限卷帙之多寡，不分次第之先後。興之所至，即可成編。"① 這段案語實際上將"筆記"作爲"雜家類"之"雜説之屬"的一個"别稱"，而且，"筆記"作爲文類概念廣泛應用於《四庫全書總目提要》的文本評論中，指示其文本性質，如《七修類稿》提要："是編乃其筆記，凡分天地、國事、義理、辨證、詩文、事物、奇謔七門。"②《篔齋雜著》提要："此編乃其筆記，載曹溶《學海類編》中。"③《經子臆解》提要："案：世懋是編，雖亦解《周易》、四書，然不過偶拈數則，特筆記之流，不足以言經義。又參以道家之言，是有德明之過而無其功，不能與之並論矣。今入之雜家類中，從其實也。"④《讀史訂疑》提要："是編乃其考證之文。雖以《讀史訂疑》爲名，而所言不必皆史事。……蓋本筆記之流，而强立'讀史'之目，名實乖舛，職是故矣。"⑤《北軒筆記》提要："至所載僧静如事，則體雜小説，未免爲例不純。是亦宋以來筆記之積習，不獨此書爲然。"⑥

同時，"筆記"在清代也曾明確用作隨筆述怪記異、載録歷史瑣聞等以叙事爲主的"小説"類作品的文類名稱，如曲園居士《右臺仙館筆記序》："而精力衰頽，不能復有撰述，乃以所著筆記歸之。筆記者，雜記平時所見所聞，

---

① （清）永瑢等《四庫全書總目》，中華書局 1997 年版，第 1636 頁。
② 同上，第 1699 頁。
③ 同上，第 1700 頁。
④ 同上，第 1663 頁。
⑤ 同上，第 1684 頁。
⑥ 同上，第 1629 頁。

蓋《搜神》《述異》之類，不足則又徵之於人。"① 鄭開禧《閱微草堂筆記序》："今觀公所著筆記，詞意忠厚，體例謹嚴，而大旨悉歸勸懲，殆所謂是非不謬於聖人者歟！雖小說，猶正史也。"② 這樣，至清末，"筆記"實際上已成爲一個非常寬泛的文類概念，泛指議論雜說、考據辨證、敘述見聞等以隨筆札記的形式載錄而成、體例隨意駁雜的多種類型的雜著，成爲部分"雜家類"和"小說類"作品的別稱。不過，相對而言，同爲指稱此類雜著的概念，"雜家""小說"更爲正式、更爲普遍，而"筆記"則較爲隨意、使用也較少。

二、近現代的"筆記"與"筆記小説"概念

近代以來，隨著西方隨筆散文等概念的傳入，研究者在使用"筆記"一辭指稱古代的文獻典籍時，其内涵和指稱對象發生了較大變化，相對於古代文類系統中的原有内涵，"筆記"概念進一步泛化。如姜亮夫《筆記選》（北新書局，1934 年）之序言《筆記淺說》，將古代的"筆記"界定爲："這類短文的特色，很明顯的自然是'短'——篇章之短。從他的内容上來看，籠統的説，是比較的減少些嚴重性。"並將其分爲六類，"一、論學的筆記，如《困學紀聞》《日知錄》。二、修身養性的筆記，如《退庵隨筆》。三、記事的筆記，如《松漠記聞》等。四、閑話的筆記，屬於游戲雋語小説等，如《世説新語》及《衍世説》這一派的書。五、記人的筆記，如《海嶽志林》《欒城遺言》。六、小説的筆記。""不過全書單純只有一類的，比較的少；多半都是六類混合不分的多。"③ 陳幼璞《古今名人筆記選》將"筆記"分爲雜記、雜論、

---

① （清）俞樾《右臺仙館筆記》，齊魯書社 1986 年版，第 1 頁。
② （清）紀昀《閱微草堂筆記》，浙江古籍出版社 2010 年版，第 8 頁。
③ 姜亮夫《筆記選》，北新書局 1934 年版，第 3—4、6—7 頁。

雜考三類①；周作人《談筆記》（1937 年 5 月《文學雜誌》）稱筆記的範圍：
"雜家裏我所取的只是雜説一類，雜考與雜品偶或有百一可取，小説家裏單取
雜事。"其中，"雜説"即"議論而兼叙述者"，"雜考"即"辨證者"，"雜品"
即"旁究物理、臚陳纖瑣者"②，"雜事"即"迹其流別，凡有三派：其一叙述
雜事"③。雖説各家對"筆記"内涵和指稱範圍的界定不盡一致，但大體上還
是有一個相對統一的判斷，即"筆記"爲篇幅短小、不拘體例、内容駁雜的
議論、考證、叙事性的隨筆、札記、雜録等，其範圍涉及古代文類系統中的
"雜家""小説家""雜史""雜傳"乃至古文、序跋等多種文類。顯然，"筆記"
主要是從隨筆記録、篇幅短小、不拘體例等文體形式的視角來界定的。

　　20 世紀 50 年代以後，"筆記"概念由籠統雜亂而逐步趨於規範，其界定
以劉葉秋先生《歷代筆記概述》最具代表性："把其他一切用散文所寫零星瑣
碎的隨筆、雜録統名之爲'筆記'。""歸納一下從魏晉到明清的筆記看，大致
可以分爲三大類：第一是小説故事類的筆記。始魏晉迄明清的志怪、軼事小
説。……第二是歷史瑣聞類的筆記。始魏晉迄明清的記野史、談掌故、輯文
獻的雜録叢談。……第三是考據、辨證類的筆記。始魏晉迄明清的讀書隨筆、
札記。"④將"筆記"劃分爲"小説故事類""歷史瑣聞類""考據辨證類"，
實際上基本成了當代學界的一種較爲普遍的共識，如中華書局推出《歷代史
料筆記叢刊》和《學術筆記叢刊》，收録範圍大體相當於"歷史瑣聞類"和"考
據辨證類"。

　　在古典文獻中，"筆記"和"小説"絶少搭配連用，"筆記小説"更非一
個相對固定的文類概念或文體概念，其作爲文體或文類概念起源於 20 世紀

---

① 陳幼璞《古今名人筆記選》，商務印書館 1938 年版。
② （清）永瑢等《四庫全書總目》，中華書局 1997 年版，第 1563 頁。
③ 同上，第 1834 頁。
④ 劉葉秋《歷代筆記概述》，北京出版社 2003 年版，第 1、4 頁。

初，是近代學者從文體角度對中國古代小説進行分類時提出的，當時多稱爲
"札記體""筆記體""雜記體"等，如天僇生《中國歷代小説史論》："自黄帝
藏書小酉之山，是爲小説之起點。此後數千年，作者代興，其體亦屢變。晰
而言之，則記事之體盛於唐。記事體者，爲史家之支流，其源出於《穆天子
傳》《漢武帝内傳》《張皇后外傳》等書，至唐而後大盛。雜記之體興於宋。
宋人所著雜記小説，予生也晚，所及見者，已不下二百餘種，其言皆錯雜無
倫序，其源出於《青史子》。於古有作者，則有若《十洲記》《拾遺記》《洞冥
記》及晉之《搜神記》，皆宋人之濫觴也。"①新小説報社《中國唯一之文學報
〈新小説〉》："十一、札記體小説如《聊齋》《閲微草堂》之類，隨意雜録。"②
管達如《説小説》"小説之分類"："體制上之分類：一、筆記體。此體之特質，
在於據事直書，各事自爲起訖。有一書僅述一事者，亦有合數十數百事而成
一書者，多寡初無一定也。此體之所長，在其文字甚自由，不必構思組織，
搜集多數之材料。意有所得，縱筆疾書，即可成篇，合刻單行，均無不可。
雖其趣味之濃深，不及章回體，然在著作上，實有無限之便利也。"③吴曰法
《小説家言》："小説之流派，衍自三言，而小説之體裁，則尤有別。短篇之小
説，取法於《史記》之列傳；長篇之小説，取法於《通鑑》之編年。短篇之
體，斷章取義，則所謂筆記是也；長篇之體，探原竟委，則所謂演義是也。"④
披髮生《紅淚影序》："中古時斯風未暢，所謂小説，大抵筆記、札記之類耳。
魏、晉間，雖有傳體，而寥落如晨星。迨李唐有天下，長篇小説始盛行於時。
讀漢以下諸史藝文志可睹也。趙宋諸帝，多嗜稗官家言，官府倡之於上，士
庶和之於下，於是傳記之體稍微，章回之體肇興。"⑤近代學界對古代小説的

① 《月月小説》第一年第十一號，1907 年。
② 《新民叢報》十四號，1902 年。
③ 《小説月報》第三卷第五、七至十一號，1912 年。
④ 《小説月報》第六卷第六號，1915 年。
⑤ 陳平原、夏曉虹編《二十世紀中國小説理論資料》（第一卷），北京大學出版社 1997 年版，第
379 頁。

文體分類粗略而含混，其所提出的"筆記體""札記體"或泛指與白話章回體相對而言的短篇文言小説，或專指與"傳記體"相對而言的筆記體文言短篇小説。

20 年代末，隨著小説史研究的不斷深入，一些學者開始進一步對中國古代小説的文體類型進行深入探討，如胡懷琛《中國小説研究》（商務印書館 1929 年版）第三章《中國小説形式上之分類及研究》將古代小説文體類型劃分爲記載體、演義體、描寫體、詩歌體，鄭振鐸《中國小説的分類及其演化的趨勢》（《學生雜志》1930 年 1 月第 17 卷第 1 期）劃分爲筆記小説、傳奇小説、平話小説、中篇小説、長篇小説，青木正兒《中國文學概論》（開明書店 1938 年版）第二章《文學序説》（二）"文學諸體的發達"劃分爲筆記小説、傳奇小説、短篇小説、章回小説。其中，"筆記小説"被界定爲與"傳奇小説"相對應的文言小説文體類型概念，指稱隨筆記録而成，篇幅短小、内容駁雜的文言短篇小説，如鄭振鐸《中國小説的分類及其演化的趨勢》稱："第一類是所謂的'筆記小説'。這個筆記小説的名稱，係指《搜神記》（干寶）、《續齊諧記》（吳均）、《博異志》（谷神子）以至《閲微草堂筆記》（紀昀）一類比較具有多量的瑣雜的神異的'故事'總集而言。"青木正兒《中國文學概論》稱："'小説'這名稱的産出，是在漢代；當時所稱的小説，好像多爲記載道家與神仙家的奇怪之説者，可是那些書現在都不存了。這個系統的東西，在六朝亦盛，曾有若干種流傳下來，大抵是雜録種種神怪的事，此流後世不絶，有許多的著述産生，這叫做筆記小説或劄記小説。"

1912 年，以王文濡主編的《筆記小説大觀》（上海進步書局編印）的出版爲標志，"筆記小説"還被界定爲一個龐雜的文類概念。《筆記小説大觀》收書二百多種，極其寬泛，以古代文類系統中的子部"小説"文類爲主體，擴展到與之相近的"雜史""雜傳""雜家"類著作，如《宋季三朝政要》《宋遺民録》《中興禦侮録》《澠水燕談録》《浦陽人物記》《池北偶談》《鶴林玉露》《雲麓漫鈔》《侯鯖録》《容齋隨筆》等。在古代文類系統中，子部"小説"本身就易與"雜史""雜傳""雜家"等相混淆，鄭樵《通志·校讎略》之《編次之訛論十五篇》謂："古今編書所不能分者五：一曰傳記，二曰雜家，三曰小説，四曰雜史，五曰故事。凡此五類之書，足相紊亂。"① 馬端臨《文獻通考·經籍考二十二》亦謂："莫謬亂於史，蓋有實故事而以爲雜史者，實雜史而以爲小説者。"② 因此，以收録子部"小説"文類爲主的《筆記小説大觀》涉及部分與之相近的"雜史""雜傳""雜家"類著作也完全正常。這樣，《筆記小説大觀》實際上將"筆記小説"基本界定爲以子部"小説"概念爲主體而包含部分"雜史""雜傳""雜家"著作的龐雜文類概念。"筆記小説"同時作爲文體類型概念和文類概念，流傳甚廣，逐漸被人們普遍接受，成爲古代小説研究中約定俗成的概念術語。

　　當代學者對"筆記小説"概念的接受和發展，基本沿襲了近代以來的兩種概念：一爲從文體角度界定的相對單一的文體類型概念，如苗壯《筆記小説史》之"緒論"稱："概括説來，筆記小説是文言小説的一種類型，是以筆記形式所寫的小説。它以簡潔的文言，短小的篇幅記叙人物的故事，是中國小説史中最早産生並貫穿始終的小説文體。"③ 吳禮權《中國筆記小説史》之"導論"稱："概括起來説，所謂'筆記小説'，就是那些以記叙人物活動（包括歷史人物活動、虛構的人物及其活動）爲中心、以必要的故事情節相貫穿、以隨筆雜録的筆法與簡潔的文言、短小的篇幅爲特點的文學作品。"④ 二爲從文類角度界定的非常龐雜的文類概念，如上海古籍出版社《歷代筆記小説大觀》之"出版説明"稱："'筆記小説'是泛指一切用文言書寫的志怪、傳奇、雜録、瑣聞、傳記、隨筆之類的著作，内容廣泛駁雜，舉凡天文地理、朝章

---

① （宋）鄭樵《通志》，中華書局 1982 年版，第 834 頁。
② （元）馬端臨《文獻通考》，中華書局 1986 年版，第 648 頁。
③ 苗壯《筆記小説史》，浙江古籍出版社 1998 年版，第 6 頁。
④ 吳禮權《中國筆記小説史》，商務印書館 1993 年版，第 3 頁。

國典、草木蟲魚、風俗民情、學術考證、鬼怪神仙、艷情傳奇、笑話奇談、逸事瑣聞等等，宇宙之大，芥子之微，琳琅滿目，真是萬象包羅。"①

從上述梳理可以看出，"筆記"和"筆記小說"概念存在著重疊、交叉等關係：作爲文體類型概念的"筆記小說"基本與"筆記"中"小說故事類"大體一致；作爲龐雜的文類概念的"筆記小說"則與"筆記"的指稱範圍基本相當，甚至在某種意義上可看作"筆記"的別稱。長期以來，"筆記小說"既作爲相對單一的文體概念指稱筆記體的文言小說，又作爲龐雜的文類概念指稱古代文類系統中的"小說"文類（文言部分），同時涵蓋了兩種不同的內涵和指稱對象，自然就造成了概念使用的混亂。這無疑是"筆記小說"概念最爲顯而易見的局限性。其實，除此之外，"筆記小說"還有其深層局限性，這主要體現在如下兩點：

其一，近現代"筆記小說"概念與古代文類系統中的"筆記""小說"概念之內涵指稱相互糾葛不清。近代以來，"筆記小說"作爲文體概念，被界定爲與"傳奇小說"相對應，隨筆記錄而成，篇幅短小、內容駁雜的文言短篇小說；作爲文類概念，"筆記小說"泛指一切用文言書寫的志怪、傳奇、雜錄、瑣聞、傳記、隨筆之類的著作。這一內涵指稱是近現代學者根據研究整理古代小說的理論需要而賦予的。然而，在古代文類概念系統中，"筆記"和"小說"都是古已有之、有特定內涵指稱的概念術語。也就是說，"筆記小說"是由近現代學者根據整理研究古代小說的理論需要，在古已有之的相關概念術語基礎上重新界定而成，與古代文類概念中的"筆記"與"小說"存在一定的交叉關聯，但對應關係不明確，內涵指稱相互糾葛，在一定程度上造成了概念界定的混雜不清。對此，有的學者甚至建議取消這一概念，如程毅中先生稱："以筆記與小說連稱出於清末，於古於今都缺乏科學依據，在目錄學

① 《歷代筆記小說大觀》，上海古籍出版社 1999 年版，第 1 頁。

上已造成了一些混亂，今後似不宜再推廣這個名稱了。"①

　　其二，"筆記"與"小説"文類系統的本然狀態與"筆記小説"所持的現代研究理論視域之間存在錯位。浦江清《論小説》稱："小説是個古老的名稱，差不多有二千年的歷史，它在中國文學裏本身也有蜕變和演化，而不盡符合於西洋的或現代的意義。所以小説史的作者對此不無惶惑，一邊要想采用新的定義來甄别材料，建設一個新的看法，一邊又不能不顧到中國原來的意義和範圍，否則又不能觀其會通，而建設中國自己的文學的歷史。"② 的確，近現代研究者總是自覺或不自覺地站在現代文化、文學的知識體系和價值立場上來觀照古代文化傳統中起源、發展的文類系統，不可避免地存在著種種認知與價值判斷的遮蔽、錯位和誤讀。"筆記小説"概念的界定也典型地反映了這種困惑和矛盾。如何以回歸還原的思路更好地貼近歷史本然的邏輯發展綫索，無疑是我們研究古代文類時必須認真思考的一個重要問題。

三、"筆記體小説"之特性

　　那"筆記"能否界定爲小説之一種"文體"呢？我們認爲，依據文體之功用宗旨、創作内涵、篇章體制、叙事方式等規範特徵，將那些以隨筆雜記而成，不拘體例、篇幅短小、叙事簡潔、内容駁雜的文言小説，稱之爲"筆記體小説"，以區分篇幅漫長、記述婉轉、文辭華艷的"傳奇體小説"，並與"傳奇體""話本體""章回體"一起構成古典小説的文體系統還是大致符合中國古代小説創作實際情況的，且更爲規範、貼切。這一格局也大致得到了學界比較普遍的認可。

　　"筆記體小説"作爲古代小説創作中相對獨立的一種文體類型，古人很早

---

① 程毅中《略談筆記小説的含義和範圍》，《古籍整理研究學刊》1991 年第 2 期。
② 浦江清《浦江清文録》，人民文學出版社 1989 年版，第 180 頁。

就對其有所界定，唐代劉知幾《史通·雜述》將正史之外的雜史雜著統稱爲"偏記小説"，分爲十類，"是知偏記小説，自成一家，而能與正史參行，其所由來尚矣。爰及近古，斯道漸煩，史氏流別，殊途並鶩。権而爲論，其流有十焉：一曰偏紀，二曰小録，三曰逸事，四曰瑣言，五曰郡書，六曰家史，七曰別傳，八曰雜記，九曰地理書，十曰都邑簿"。其中，"逸事""瑣言""雜記"三類實際上即爲"筆記體小説"。其中，"國史之任，記事記言，視聽不該，必有遺逸，於是好奇之士，補其所亡，若和嶠《汲冢紀年》、葛洪《西京雜記》、顧協《瑣語》、謝綽《拾遺》，此之謂逸事者也"，主要指載録歷史人物逸聞軼事者；"街談巷議，時有可觀，小説卮言，猶賢於己，故好事君子，無所棄諸，若劉義慶《世説》、裴榮期《語林》、孔思尚《語録》、陽玠松《談藪》，此之謂瑣言者也"，主要指以記載歷史人物言語片段爲主者；"陰陽爲炭，造化爲工，流形賦象，於何不育，求其怪物，有廣異聞，若祖台《志怪》、干寶《搜神》、劉義慶《幽明》、劉敬叔《異苑》，此之謂雜記者也"，則主要指載録鬼神怪異之事者。① 對於此類作品，劉氏首先從史學角度和立場肯定了其所具有的一定史料價值，如《史通·采撰》稱："是知史文有闕，其來尚矣。自非博雅君子，何以補其遺逸者哉？蓋珍裘以衆腋成温，廣廈以群材合構。自古探穴藏山之士，懷鉛握槧之客，何嘗不徵求異説，采摭群言，然後能成一家，傳諸不朽。"《史通·雜述》稱："言皆瑣碎，事必叢殘，固難接光塵於五傳，並輝烈於三史，古人以比玉屑滿篋，良有旨哉。"② 但同時也以"信史""實録直書""勸善懲惡""雅正"等正統史學原則批評了其中一些"妄者爲之""繆者爲之"的末流之作"真僞不別""是非相亂""褻狎鄙言""有傷名教""苟談怪異""務述妖邪"，如"逸事者，皆前史所遺，後人所記，求諸異説，爲益實多。及妄者爲之，則苟載傳聞，而無銓擇，由是真僞不別，

---

① （唐）劉知幾《史通》，上海古籍出版社 2008 年版，第 193、194 頁。
② 同上，第 84、195 頁。

是非相亂，如郭子横之《洞冥》、王子年之《拾遺》，全構虛辭，用驚愚俗，此其爲弊之甚者也。瑣言者，多載當時辨對，流俗嘲謔，俾夫樞機者藉爲舌端，談話者將爲口實，乃蔽者爲之，則有詆訐相戲，施諸祖宗，褻狎鄙言，出自牀第，莫不昇之紀録，用爲雅言，固以無益風規，有傷名教者矣。……雜記者，若論神仙之道，則服食煉氣，可以益壽延年，語魑魅之途，則福善禍淫，可以懲惡勸善，斯則可矣。及謬者爲之，則苟談怪異，務述妖邪，求諸弘益，其義無取"①。劉氏以采撰徵實、取材雅正爲原則，對國史采録"謂謔小辯，嗤鄙異聞"等末流之作大加斥黜，"晉世雜書，諒非一族，若《語林》《世說》《幽明録》《搜神記》之徒，其所載或詼諧小辯，或神鬼怪物。其事非聖，揚雄所不觀；其言亂神，宣尼所不語。皇朝新撰《晉史》多采以爲書。夫以干、鄧之所糞除，王、虞之所糠秕，持爲逸史，用補前傳，此何異魏朝之撰《皇覽》，梁世之修《遍略》，務多爲美，聚博爲功，雖取説於小人，終見嗤於君子矣"②。

　　明代胡應麟《少室山房筆叢·九流緒論》對"小説家"進行了明確的類型劃分，"小説家一類，又自分數種：一曰志怪，《搜神》《述異》《宣室》《酉陽》之類是也。一曰傳奇，《飛燕》《太真》《崔鶯》《霍玉》之類是也。一曰雜録，《世說》《語林》《瑣言》《因話》之類是也。一曰叢談，《容齋》《夢溪》《東谷》《道山》之類是也。一曰辨訂，《鼠璞》《鷄肋》《資暇》《辨疑》之類是也。一曰箴規，《家訓》《世範》《勸善》《省心》之類是也"③。其中，"志怪""雜録"及"叢談"中的部分作品即爲"筆記體小説"。"志怪"爲記載鬼神怪異者，基本相當於劉知幾所言之"雜記"，不過相對而言，更爲通用一些，如《酉陽雜俎》卷一"固役而不恥者，抑志怪小説之書也"④。《文獻通

① （唐）劉知幾《史通》，上海古籍出版社 2008 年版，第 194、195 頁。
② 同上，第 85 頁。
③ （明）胡應麟《少室山房筆叢》，上海書店出版社 2001 年版，第 282 頁。
④ （唐）段成式《酉陽雜俎》，齊魯書社 2007 年版，第 1 頁。

考·經籍考四十四》之《夷堅別志》："志怪之書甚夥，至鄱陽《夷堅志》出，則盡超之。"①"雜録"，主要指載録歷史人物軼事、瑣言等著作，基本相當於劉知幾所言之"逸事""瑣言"。"叢談"所列舉作品，古代目録學多著録在"其説或抒己意，或訂俗訛，或述近聞，或綜古義"的"雜家類"之"雜説之屬"，指以議論考訂爲主而兼叙述雜事、語神述怪的筆記雜著。其中，叙述雜事、語神述怪的部分自可看作"筆記體小説"。

《四庫全書總目》"小説家"序："迹其流別，凡有三派：其一叙述雜事；其一記録異聞，其一綴輯瑣語也。""雜事"主要指載録歷史人物逸聞瑣事者，基本上相對於劉知幾所言之"逸事"和"瑣言"、胡應麟所言之"雜録"；"異聞"主要指記載鬼神怪異之事者，基本上相當於劉知幾所言之"雜記"、胡應麟所言之"志怪"。"瑣言"則主要是從著録體制的角度來命名的，指上兩類中記述特別叢殘瑣碎者以及諧謔、俳諧、寓言之作。三類都可歸入"筆記體小説"。

概而言之，"筆記體小説"的指稱對象和題材類型大體可分爲兩種，一種爲載録鬼神怪異之事的"雜記""志怪""異聞""語怪"，另一種爲載録歷史人物軼聞瑣事的"逸事""瑣言""雜録""雜事"。相對而言，以鬼神怪異之事爲"筆記體小説"的文體觀念較爲明確，述怪語異、搜神記鬼幾乎成爲判定"筆記體小説"的一種標準，如馮鎮巒《讀聊齋雜説》："千古文字之妙，無過《左傳》，最喜叙怪異事，予嘗以之作小説看。"②《四庫全書總目》"小説家類叙"："然屈原《天問》，雜陳神怪，多莫知所出，意即小説家言。"③《睽車志》提要："是書皆紀鬼怪神異之事，爲當時耳目所聞者。……其他亦

---

① （元）馬端臨《文獻通考·經籍考》，華東師範大學出版社 1985 年版，第 1034 頁。
② （清）蒲松齡著，張友鶴輯校《聊齋志異》（會校會注會評本），上海古籍出版社 1986 年版，第 9 頁。
③ （清）永瑢等《四庫全書總目》，中華書局 1997 年版，第 1834 頁。

多涉荒誕。然小説家言，自古如是，不能盡繩以史傳。"①《山海經》提要："書中序述山水，多參以神怪……核實定名，實則小説之最古者爾。"②"孝經類"案："虞淳熙《孝經集靈》，舊列經部。然侈陳神怪，更緯書之不若。今退列於《小説家》。"③ 載録歷史人物軼聞瑣事的題材類型則較易與"雜史"、"雜傳記"相混淆，《四庫全書總目》"小説家雜事之屬"案："紀録雜事之書，小説與雜史，最易相淆。諸家著録，亦往往牽混。"④ 通常，載録"朝廷大政"還是與政教無關的"瑣事雜言""不經傳説"就成爲區分"雜史"和"小説"的主要標準，兩者的主要區別爲："小説"所記瑣聞軼事多無關"朝政軍國"，無關"善善惡惡"之史家旨趣，而爲日常之瑣碎小事，《歐陽修集·居士外集》卷十九《與尹師魯第二書》："今若便爲正史，盡宜删削，存其大要，至如細小之事，雖有可紀，非干大體，自可存之小説，不足以累正史。"晁公武《郡齋讀書志》卷九《傳記類》："《藝文志》以書之紀國政得失、人事美惡，其大者類爲雜史，其餘則屬之小説。"⑤《四庫全書總目》"小説家雜事之屬"案："今以述朝政軍國者入雜史；其參以里巷閑談、詞章細故者，則均隸此門。"⑥《世説新語》提要："所記分三十八門，上起後漢，下迄東晉，皆軼事瑣語，足爲談助。……義慶所述，劉知幾《史通》深以爲譏。然義慶本小説家言，而知幾繩之以史法，疑不於倫，未爲通論。"⑦《南唐近事》提要："文寶有《江表志》，已著録。……其體頗近小説，疑南唐亡後，文寶有志於國史，搜采舊聞，排纂叙次，以朝廷大政入《江表志》。至大中祥符三年乃成，

① （清）永瑢等《四庫全書總目》，中華書局 1997 年版，第 1883 頁。
② 同上，第 1871 頁。
③ 同上，第 421 頁。
④ 同上，第 1870 頁。
⑤ （宋）晁公武《衢本郡齋讀書志》，江蘇古籍出版社 1988 年版，第 241 頁。
⑥ （清）永瑢等《四庫全書總目》，中華書局 1997 年版，第 1870 頁。
⑦ 同上，第 1836 頁。

其餘叢談瑣事，別爲緝綴，先成此編。一爲史體，一爲小説體也。"①

　　古人不僅對"筆記體小説"指稱對象和題材類型有著明確認識，而且對其文體性質、功用價值、編創原則、篇章體制等文體特性也都有著較爲統一的看法。

　　"筆記體小説"在文體性質上通常都被看作"史之流別"——有別於正史的野史傳説之類，《新唐書‧藝文志序》："至於上古三皇五帝以來世次，國家興滅終始，僭竊僞亂，史官備矣。而傳記、小説，外暨方言、地理、職官、氏族，皆出於史官之流也。"② 司馬光《進資治通鑑表》稱："遍閲舊史，旁采小説。"陳言《潁水遺編‧説史中》："正史之流而爲雜史也，雜史之流而爲類書、爲小説、爲家傳也。"笑花主人《今古奇觀序》："小説者，正史之餘也。"紀昀等《四庫全書總目》之"史部總叙"："史之爲道，撰述欲其簡，考證則欲其詳……並小説亦不遺之。"③

　　與此相聯繫，"筆記體小説"功用價值被定位爲"資考證、廣見聞、寓勸戒、供詼嘲"，曾慥《類説序》："小道可觀，聖人之訓也。……可以資治體，助名教，供談笑，廣見聞，如嗜常珍，不廢異饌，下箸之處，水陸具陳矣。"④ 陳振孫《直齋書録解題》卷十一《夷堅志》："稗官小説，昔人固有爲之者矣。游戲筆端，資助談柄，猶賢乎已可也。"胡應麟《少室山房筆叢‧九流緒論》："小説者流……其善者，足以備經解之異同，存史官之討核，總之有補於世，無害於時。"⑤《四庫全書總目》"子部總叙"稱："稗官所述，其事末矣，用廣見聞，愈於博弈，故次以小説家。"⑥ "小説家叙"稱：

① （清）永瑢等《四庫全書總目》，中華書局 1997 年版，第 1844 頁。
② 上海古籍出版社、上海書店編《二十五史》，上海古籍出版社、上海書店 1986 年版，第 4282 頁。
③ （清）永瑢等《四庫全書總目》，中華書局 1997 年版，第 611 頁。
④ （宋）曾慥《類説》，《北京圖書館古籍珍本叢刊》，北京圖書館出版社 1988 年版，第 6 頁。
⑤ （明）胡應麟《少室山房筆叢》，上海書店出版社 2001 年版，第 283 頁。
⑥ （清）永瑢等《四庫全書總目》，中華書局 1997 年版，第 1191 頁。

"中間誣謾失真，妖妄熒聽者，固爲不少，然寓勸戒、廣見聞、資考證者，亦錯出其中。"①

　　"筆記體小説"多表現爲"據見聞實録"的記述姿態和寫作原則，許多作品在序跋中反復强調，這些記載爲耳聞目睹之傳聞的"實録"，其中雖不免虛妄失真的訛傳，但却並非子虛烏有的杜撰，如干寶《搜神記自序》謂："衛朔失國，二傳互其所聞；吕望事周，子長存其兩説，若此比類，往往有焉。……若使采訪近世之事，苟有虛錯，願與先賢前儒分其譏謗。"②洪邁《夷堅乙志序》："若予是書，遠不過一甲子，耳目相接，皆表表有據依者。"③《閱微草堂筆記》："小説既述見聞，即屬叙事，不比戲場關目，隨意裝點。"④不過，因一些"傳聞"本身的附會依托、虛妄不實，"實録傳聞"的"筆記體小説"也不免"率多舛誤"，"真僞相參"，如沈括《夢溪筆談》卷四《辨證二·蜀道難》："蓋小説所記，各得於一時見聞，本末不相知，率多舛誤，皆此文之類。"⑤《四庫全書總目》之《劇談録》提要："然稗官所述，半出傳聞，真僞互陳，其風自古，未可全以爲據，亦未可全以爲誣。"⑥

　　對於"筆記體小説"隨筆雜記、不拘體例、篇幅短小、一事一則的篇章體制，古人亦多有論述，如《史通·雜述》稱之爲"言皆瑣碎，事必叢殘"。李翱《卓異記序》："自廣利隨所聞見，雜載其事，不以次第。"毛晉《西京雜記跋》："余喜其記書真雜，一則一事，錯出别見，令閱者不厭其小碎重迭云。"

---

① （清）永瑢等《四庫全書總目》，中華書局 1997 年版，第 1834 頁。
② （晋）干寶《搜神記》，《古小説叢刊》，中華書局 1979 年版，第 2 頁。
③ 轉引自丁錫根編《中國歷代小説序跋集》，人民文學出版社 1996 年版，第 94 頁。
④ （清）紀昀《閱微草堂筆記》，浙江古籍出版社 1997 年版，第 372 頁。
⑤ （宋）沈括《夢溪筆談》，岳麓書社 1998 年版，第 29 頁。
⑥ （清）永瑢等《四庫全書總目》，中華書局 1997 年版，第 1879 頁。

清順治三年宛委山堂刊《説郛》本
《宋景文公筆記》

綜上所述，"筆記"一辭最早出現於魏晉南北朝，泛指執筆記叙的"書記"或與韵文相對應的散文文體。宋代以降，被廣泛用作書名，與"隨筆""筆談""雜志"等別稱一起，主要命名以議論雜説、考據辨證爲主而兼記述見聞、叙述雜事的隨筆札記，也指稱以隨筆雜記見聞爲主的"小説類"著述。同時，逐步發展成爲指稱此兩類雜著的文類概念。

近現代以來，"筆記"概念泛指篇幅短小、不拘體例、内容駁雜的議論、考證、叙事性的隨筆、札記、雜錄等；"筆記小説"最早作爲文體概念起源於 20 世紀初，是近代學者從文體角度對古代小説分類時提出的，後被明確界定爲與"傳奇小説"相對的文言小説文體類型概念。同時，還被界定爲龐雜的文類概念：以子部"小説"爲主體而兼含部分"雜史""雜傳""雜家"著作。

作爲中國古代小説的文體類型概念之一，"筆記體小説"的主要文體特性基本可概括爲：以載録鬼神怪異之事和歷史人物軼聞瑣事爲主的題材類型，"史之流別"的文體性質，"資考證、廣見聞、寓勸戒、供詼啁"的功用價值定位，"據見聞實録"的記述姿態和寫作原則，隨筆雜記、不拘體例、篇幅短小、一事一則的"言皆瑣碎，事必叢殘"的篇章體制。

【相關閱讀】

1. 劉葉秋《略談歷代筆記》,《天津社會科學》1987 年第 5 期。

2. 陶敏、劉再華《"筆記小説"與筆記研究》,《文學遺産》2003 年第
2 期。

"傳奇"考

　　"傳奇"之義界，一般注重其於"小説"與"戲曲"之分野，即"傳奇"者，明以前指不同於筆記體之文言小説，明以來則主要用以指稱與雜劇不同之戲曲。然"傳奇"之內涵實不止於此，王國維《宋元戲曲考·餘論》即指出"傳奇""凡四變"之現象：在唐爲"小説家言"，在宋爲諸宮調，在元爲雜劇，在明爲"以戲曲之長者爲傳奇"①。翻檢相關典籍，其實自唐以來，"傳奇"之內涵遠多於"四變"，而今人對此也歧説紛紜②。更有學者認爲"傳奇"既不應是小説之分類概念，也不應是文體概念③。鑒此，"傳奇"一辭仍需詳加考辨，以清源正本，並闡明其作爲文體概念之意義與價值。

一

　　明人胡應麟《少室山房筆叢》卷四十一《莊岳委談（下）》云：

---

　　① 王國維《宋元戲曲史》，上海古籍出版社 1998 年版，第 129—130 頁。
　　② 如汪辟疆《唐人小説·〈傳奇〉叙錄》認爲裴鉶《傳奇》在宋盛傳，因而宋人以之指"唐人小説之涉及神仙詭譎之事"者（上海古籍出版社 1978 年版，第 267 頁）。胡倫清編注《傳奇小説選》"序言"言傳奇爲"唐代底短篇小説"、"是傳述瑰奇的意思"（正中書局 1936 年版，第 2、3 頁）。盧冀野《唐宋傳奇選》"導言"認爲："在小説中是體裁的名稱，同時也是另一類型的散文。"（商務印書館1947 年版，第 4 頁）侯忠義則界定："傳奇是我國小説的一種體裁，它用傳奇手法來'傳寫奇事，搜奇記逸'（《少室山房筆叢·九流緒論》）。其中既有志怪的內容，也有現實的內容。"（侯忠義《唐人傳奇》，春風文藝出版社 1999 年版，第 1 頁。）袁閭琨、薛洪勣編《唐宋傳奇總集·唐五代》"前言"："傳奇，是唐宋文言短篇小説的總稱。這一稱謂始於宋代。其後歷代相沿用。"（河南人民出版社 2001年版，第 1 頁。）袁行霈主編《中國文學史》第二卷："傳奇作爲唐人文言小説的通稱。"（高等教育出版社 2005 年版，第 320 頁）
　　③ 歐陽健《中國小説史略批判》，山西人民出版社 2008 年版，第 106 頁。

　　傳奇之名，不知起自何代。陶宗儀謂："唐爲傳奇，宋爲戲諢，元爲雜劇。"非也。唐所謂傳奇，自是小說書名，裴鉶所撰，中如《藍橋》等記，詩詞家至今用之，然什九妖妄，寓言也。裴晚唐人，高駢幕客，以駢好神仙，故撰此以惑之。其書頗事藻繪，而體氣俳弱，蓋晚唐文類爾，然中絶無歌曲樂府。若今所謂戲劇者，何得以傳奇爲唐名？或以中事迹相類，後人取爲戲劇張本，因展轉爲此稱，不可知。范文正記岳陽樓，宋人譏曰傳奇體，則固以爲文也。①

　　胡氏認爲，"傳奇"一辭詞源不可考，就目前所發現的資料來看，唐之前沒有"傳奇"連用現象，最初使用的是唐人，即胡氏所謂"唐所謂傳奇，自是小說書名"，也就是裴鉶所著小說集《傳奇》，另元稹著《鶯鶯傳》亦名《傳奇》②，元稹之《傳奇》成書於中唐貞元年間，裴鉶之《傳奇》成書於唐末，此時期正是唐代傳奇小說的藝術發展高峰階段，傳奇小說的文體特徵及價值追求也在這時形成。故從元稹、裴鉶對"傳奇"一辭的使用及此時期傳奇小說中所體現的"傳""奇"等觀念，我們大致可以推知"傳奇"一辭在當時的基本内涵。

　　元稹著《傳奇》之初衷，是從維護禮教的立場出發，將鶯鶯寫成害人害己之"尤物"，將張生寫成"善補過"的正人君子，以警醒後人"使知者不爲，爲之者不惑"（元稹《鶯鶯傳》）。其勸懲初衷是史意的書寫，而之所以能達到勸懲目的，則因《鶯鶯傳》所載張生與鶯鶯之情事讓人"深嘆"，故而能流傳廣遠。又，在《鶯鶯傳》篇末，著者交代："貞元歲九月，執事李公

---

①　（明）胡應麟《少室山房筆叢》，中華書局上海編輯所 1958 年版，第 555 頁。
②　關於元稹之篇名有兩種意見，一是周紹良先生《唐傳奇箋證·〈傳奇〉箋證》（人民文學出版社 2000 年版，第 384—417 頁），認爲其名應爲《傳奇》；一是如李劍國先生《唐五代志怪傳奇叙録·鶯鶯傳》（南開大學出版社 1993 年版，第 310—322 頁），認爲元稹不會以"傳奇"這一泛稱命名其文。筆者贊同周紹良先生的意見，考證從略。

垂，宿於予靜安里第，語及於是。公垂卓然稱異，遂爲《鶯鶯歌》以傳之。
崔氏小名鶯鶯，公垂以命篇。”李公垂之作《鶯鶯歌》，是因其事“異”於常
情，是奇異之事而“傳之”，即欲使奇事廣遠流傳。於李公垂而言，崔張情
事，祇是傳聞，而元稹則是“傳之”者。由此可知，元稹《傳奇》是傳奇異
之事，即“傳奇”（chuán qí）。裴鉶《傳奇》之旨歷代多有解釋。如明胡應麟
《少室山房筆叢·莊岳委談（下）》云：“以駢好神仙，（裴鉶）故撰此以惑
之。”徐渭《南詞叙録》亦云：“裴鉶乃吕用之之客，用之以道術愚弄高駢，
鉶作傳奇多言仙鬼事詔之。”[1] 考諸《傳奇》諸篇内容，“其書所記皆神仙怪譎
事”[2]。裴鉶著《傳奇》以惑主爲宗旨，已無元稹《鶯鶯傳》之史意。但裴鉶
“傳奇”之内涵，與元稹是一致的，明人周祈《名義考》卷七“雋永傳奇炙
輠”條言之甚確，云：“裴鉶著小説，號《傳奇》。……《釋名》：傳，傳也，
所以傳示人。……鉶之説多奇異可傳示。”即裴鉶之用“傳奇”，亦應是
“chuán qí”，是傳示奇異之事。

　　元稹、裴鉶所用“傳奇”之内涵，在其他傳奇小説中亦可得到驗證。如
沈既濟《任氏傳》成書之由，乃是衆士大夫“晝宴夜話，各徵其異説”時，
聽聞任氏之事後“共深嘆駭，因請既濟傳之，以志異云”。李公佐《謝小娥
傳》因感於謝小娥在夢的啟示下爲父夫復仇事，“知善不録，非春秋之義”，
“故作傳以旌美之”。李復言《續玄怪録·尼妙寂》言李公佐“大異”謝小娥
事而爲之“作傳”，並因進士沈田“持以相示”而知之。白行簡《李娃傳》寫
李娃“節行瑰奇”，乃應李公佐之命“爲傳”，“握管濡翰，疏而存之”。如此
之材料所在多有，兹再列舉數例如下：

---

　　① （明）徐渭《南詞叙録》，《中國古典戲曲論著集成》第三册，中國戲劇出版社 1959 年版，第
246 頁。
　　② （宋）晁公武《郡齋讀書志》，《中國歷代書目叢刊》第一輯（下），現代出版社 1987 年版，第
671 頁。

　　然即柳氏,志防閑而不克者;許俊慕感激而不達者也。向使柳氏以色選,則當熊轓韠之誠可繼;許俊以才舉,則曹柯繩池之功可建。夫事由迹彰,功待事立。惜鬱堙不偶,義勇徒激,皆不入於正。斯豈變之正乎? 蓋所遇然也。(許堯佐《柳氏傳》)

　　世所不聞者,予非開元遺民,不得知。世所知者,有《玄宗本紀》在。今但傳《長恨歌》云爾。(陳鴻《長恨歌傳》)

　　事皆摭實,則編錄成傳,以資好事。雖稽神語怪,事涉非經,而竊位著生,冀將爲戒。(李公佐《南柯太守傳》)

　　一群士人"會於傳舍,宵話徵異,各盡見聞。……公佐爲之傳"。(李公佐《廬江馮媼傳》)

　　嘗以是説傳於人世。(李朝威《柳毅傳》)

　　閭里傳之,頗增駭異。(皇甫氏《原化記·吳堪》)

　　張佐求"叟"賜言"以廣聞見","叟"則言曰:"吾之所見,梁隋陳唐耳,賢愚治亂,國史已具。然請以身所異者語子。"(牛僧孺《玄怪錄·張佐》)

　　醫工所謂異人者。(《會昌解頤·賈耽》)

　　人生之契闊會合多矣,罕有若此之奇,常謂古今所無。……何其異哉!(《無雙傳》)

時人異焉。（《非烟傳》）

這些中晚唐傳奇小説興盛時期的材料，都體現出傳示奇異之事的“傳奇”內涵。

有論者認爲：“‘傳奇’之‘傳’應是‘傳記’之‘傳’，而非‘傳聞’之‘傳’，‘傳奇’的内涵應是用傳記體、史傳體來寫奇異人物、奇特故事，或爲奇人異事記録立傳。”① 事實上，“傳奇”之“傳”，既是“傳聞”之“傳”，也是“傳記”之“傳”。據考證，被稱爲“絶代之奇”的唐傳奇，有112篇單篇流行，有8部傳奇集行世，此外還有許多傳奇散輯於共30部“傳奇志怪集”和“志怪傳奇集”中②。這些傳奇小説一般稱作“記”（包括“志”“録”等）或“傳”（當然也有部分不以此命名），大都在篇末交代寫作緣起時還點明其記傳性質。唐傳奇著者之所以以“傳”“記”名篇，正爲顯示其“良史才”，也是文人意識的體現③。

“傳奇”内涵之形成，實由中晚唐傳奇小説著者“有意爲之”。“傳奇”的自覺，從小説發展實際而言，發生在大曆年間④。而唐大曆及其後文人之追求，大體以“奇”“怪”“麗”等爲風尚。李肇《國史補》卷下“叙時文所尚”條云：“元和已後，爲文筆則學奇詭於韓愈，學苦澀於樊宗師。歌行則學流蕩於張籍。詩章則學矯激於孟郊，學淺切於白居易，學淫靡於元稹。俱名爲‘元和體’。大抵天寶之風尚黨，大曆之風尚浮，貞元之風尚蕩，元和之風尚

---

① 張進德《“傳奇”辨》，《古典文學知識》1998年第1期。
② 參見李劍國《唐五代志怪傳奇叙録》，南開大學出版社1993年版。
③ 李肇《國史補》有言：“沈既濟撰《枕中記》，莊生寓言之類；韓愈撰《毛穎傳》，其文尤高，不下史遷。二篇真良史才也。”以“良史才”譽《枕中記》和《毛穎傳》，應是時代的一種價值判斷。宋人王讜編撰《唐語林・企羡門》載：“薛元超謂所親：‘吾不才，富貴過人。平生有三恨：始不以進士擢第，不娶五姓女，不得修國史。’”此事例可爲佐證。
④ 魯迅《唐宋傳奇集》序例言：“惟自大曆以至大中，作者雲蒸，鬱術文苑，沈既濟、許堯佐擢秀於前，蔣防、元稹振采於後，而李公佐、白行簡、陳鴻、沈亞之輩，則其卓異也。”魯迅《魯迅全集》第十卷，人民文學出版社1973年版，第190頁。

怪也。"《舊唐書》卷一百六十言："貞元、大和之間，以文學聳動縉紳之伍者，宗元、禹錫而已。其巧麗淵博，屬辭比事，誠一代之宏才。"而"唐之文風大振於貞元、元和之時"①，由此可見這是一個時代的整體價值追求，"傳奇"內涵之形成亦爲此一時代特色的反映。

胡氏又以"其書頗事藻繪，而體氣俳弱"概括裴鉶《傳奇》總體特徵，並稱之爲"晚唐文類"。胡氏所謂"晚唐文類"並非無根之談。翻檢《太平廣記》主撰官李昉編撰的《文苑英華》，其卷794—796爲"傳"類散文，可發現如杜牧、皮日休、李磎、陸龜蒙等人，皆著有與《傳奇》筆法相同的"傳記"文和其他類散文②。另陸龜蒙《怪松圖贊》中有"筆傳其奇"句，據《文苑英華》卷七百八十四此句下有注云"集作援筆傳奇"，無論是"傳其奇"還是"傳奇"，其內涵當以陸氏此文中另兩句話來解釋："或怪乎形，或奇於辭"，即事怪文奇。由此可見，"傳奇"筆法在晚唐已形成"文類"，而其源頭則是初唐以來的"傳奇"書寫，如王績、張說、李華、元結、韓愈、柳宗元等③。

唐代采用"傳奇"筆法的文類，與裴鉶《傳奇》的文體有諸多共同之處，如駢詞麗語與散體古文的融合、叙事的追求與人物的塑造等。清人平步清《霞外攟屑》卷七即指出此種現象，云："古文寫生逼肖處，最易涉小說家數，宜深避之。"正因這種共性，宋人才能提出"《傳奇》體"的概念。陳師道《後山詩話》載："范文正公爲《岳陽樓記》，用對語說時景，世以爲奇。尹師魯讀之，曰：'《傳奇》體爾！'《傳奇》，唐裴鉶所著小說也。"④目前有一種觀點認爲此處之"傳奇"是通名，實是誤解。其實陳師道已明確指出尹師魯

① （南宋）謝采伯《密齋筆記》，商務印書館1936年《叢書集成初編》本，第28頁。
② 可參見日人清水茂《杜牧與傳奇》一文，該文論述了杜牧受傳奇小說影響而著的各類運用"傳奇"筆法的散文。清水茂著，蔡毅譯《清水茂漢學論集》，中華書局2003年版，第253—280頁。
③ 關於此一論點，可參見趙殷尚《論韓柳傳記文的産生因素——兼談唐代古文與唐傳奇的關係》一文，文載臺灣《"國立編譯館"館刊》第28卷第1期，第105—122頁。
④ 尹師魯（尹洙）"傳奇體"的提出，最早見於北宋畢仲詢《幕府燕閑録》："范文正公作《岳陽樓記》，爲世所貴。尹師魯讀之，曰：'此傳奇體也。'"

口中之“傳奇”是“唐裴鉶所著小説也”，即《傳奇》。作爲古文家之尹師魯所謂“《傳奇》體”，也是從胡氏所謂“文”的角度來考察的，重點在裴鉶《傳奇》所形成的用穠麗典雅之“對語”（駢語）描繪時景、以散文議論叙述的、亦駢亦散的表現形式，而並非指叙事性的、專與其他小説文體相區別的傳奇體小説。

　　章學誠在論及傳奇文類的形成時嘗言：“小説出於稗官，委巷傳聞瑣屑，雖古人亦所不廢。然鄙野多不足憑，大約事雜鬼神，報兼恩怨，《洞冥》《拾遺》之篇，《搜神》《靈異》之部，六代以降，家自爲書。唐人乃有單篇，別爲傳奇一類。大抵情鍾男女，不外離合悲歡。”並在“唐人乃有單篇，別爲傳奇一類”句後自注云：“專書一事始末，不復比類爲書。”① 誠如章氏所言，經過中唐傳奇小説創作的實踐，傳奇小説的一些内在規範性特徵已然形成。裴鉶的《傳奇》創作即受到這些規範性的影響，其各篇小説，不僅故事題材相類，而且在叙事的外在表現形式與内在結構方面也大體相同。裴鉶把它們輯集並命名爲《傳奇》，即帶有標志性的意義，可以説爲以後“傳奇”一辭成爲小説文體術語奠定了基礎。

二

　　“傳奇”在宋元兩代的使用，除了作爲元稹《鶯鶯傳》和裴鉶《傳奇》的專指外②，逐步發展爲小説史之通名。

　　“傳奇”首先成爲民間伎藝中的一個題材類型。吴自牧《夢粱録》卷二十“妓樂”條言孔三傳“編成傳奇靈怪，入曲説唱”。耐得翁《都城紀勝·瓦舍

---

① （清）章學誠《文史通義·詩話》，上海書店 1988 年影印出版，第 77 頁。
② 如王性之《傳奇辨正》、趙德麟《商調蝶戀花詞》、《類説》本《異聞集》、《遺山樂府》卷中《江梅引序》、《南村輟耕録》卷十四《婦女曰娘》條和卷十七《崔麗人》條等，皆爲元稹之《傳奇》（即《鶯鶯傳》）；至於引及裴鉶《傳奇》的更多，此不一一贅舉。

衆伎》亦云："諸宮調本京師孔三傳編撰傳奇靈怪，入曲説唱。"周密《武林舊事》卷六"諸色藝人"條更是直言"諸宮調傳奇"。孔三傳之以"説唱"方式演繹"傳奇靈怪"的"諸宮調"，與北宋其他民間伎藝共存於勾欄瓦舍，孟元老《東京夢華録》卷五"京瓦伎藝"條記載的諸多説唱藝術中，不僅有"説話"的"講史"與"小説"等家數，還記載了專門"説三分"的霍四究與"説五代史"的尹常賣。孔三傳的"説唱諸宮調"欲與"説話"伎藝争勝，在"編撰傳奇靈怪入曲説唱"之際，不僅要吸納唐"傳奇""靈怪"類小説之麗語駢詞特質，也應充分借鑒"説話"伎藝的説唱優勢。如鄭振鐸《中國俗文學史·鼓子詞與諸宮調》評價孔三傳言："（孔三傳）當爲汴京瓦肆中鬻技之一人，既能在諸藝雜呈、萬流輻輳之'京都瓦肆中'占一席之地，與小唱、小説、雜劇、懸絲傀儡、説三分、賣《五代史》諸專家争雄長，則其'新詞'必當有甚足動人之處。且既使'士大夫'皆能誦之，則其文辭必也甚爲精瑩可嘉可知。"[1] 孔三傳首創之"説唱諸宮調"，如王國維所言，乃"小説之支流，而被之以樂曲者也"[2]，如《董解元西厢記諸宮調》，與元稹《鶯鶯傳》相較，"有時只覺形式不同而已"，"若其本質之主要成分，實無二致"[3]。

正因爲有孔三傳輩的實踐與努力，"傳奇"成爲小説史的通名，即宋元"説話四家數"之一的"小説"家門中以題材爲據劃分的類型名。灌圃耐得翁《都城紀勝》"瓦舍衆伎"條載：

> 説話有四家：一者小説，謂之銀字兒，如烟粉、靈怪、傳奇。説公案，皆是朴刀桿棒及發迹變泰之事。説鐵騎兒，謂士馬金鼓之事。説經，謂演説佛事。説參請，謂賓主參禪悟道等事。講史書，講説前代書史文傳、

---

[1] 鄭振鐸《中國俗文學史》下册，上海書店 1984 年版，第 92 頁。
[2] 王國維《宋元戲曲考》第四章"宋之樂曲"，上海古籍出版社 1998 年版，第 40 頁。
[3] 任半塘《唐戲弄》下册，上海古籍出版社 1984 年版，第 1082 頁。

興廢争戰之事。最畏小説人，蓋小説者能以一朝一代故事頃刻間提破。

　　由灌圃耐得翁云"講史書"者"最畏小説人，蓋小説者能以一朝一代故事頃刻間提破"可知，"小説"是講單個故事的，並以故事情節的設置取勝。"小説"門下"烟粉""靈怪""傳奇"三者並列。故此時"傳奇"已是"小説"中一種關於一人或一事之奇事逸聞故事類型的通名，具有文類意義，但還不具備文體意義。把"傳奇"作爲文類名使用並非灌圃耐得翁的個人認識，而是當時比較普遍的認識觀念，如吳自牧《夢粱録·小説講經史》亦云："説話者，謂之舌辯。雖有四家數，各有門庭。且小説名銀字兒，如烟粉、靈怪、傳奇、公案、朴刀、桿棒、發發踪泰（發迹變泰）之事……"後羅燁於《醉翁談録·舌耕叙引·小説開闢》中再次以"傳奇"作爲文類名使用，並於"傳奇"類中詳細列舉具有代表性作品的篇名：

　　　　夫小説者……有靈怪、烟粉、傳奇、公案，兼朴刀、桿棒、妖術、神仙。……論《鶯鶯傳》《愛愛詞》《張康題壁》《錢榆罵海》《鴛鴦燈》《夜遊湖》《紫香囊》《徐都尉》《惠娘魄偶》《王魁負心》《桃葉渡》《牡丹記》《花萼樓》《章臺柳》《卓文君》《李亞仙》《崔護覓水》《唐輔采蓮》，此乃爲之傳奇。

　　所列舉的 18 篇作品，有唐人傳奇小説，有話本，亦有戲曲，文體不盡相同。但這 18 篇作品的題材，大致皆如《鶯鶯傳》一樣是愛情故事①。將《鶯鶯傳》列爲首篇，或應慮及《鶯鶯傳》原名《傳奇》。由此可推知，"傳奇"這一小説文類源於《鶯鶯傳》並以之爲典範，專門演述男女之間愛情故事類

────────────

　　① 參見黃霖、韓同文選注《中國歷代小説論著選》上册，江西人民出版社 2000 年版，第 92、93 頁及第 97 頁、第 98 頁的注 39。

型。而"小説人"的職業性與商業性，要求"傳奇"具有迎合市場需求的商品化性質，因此"傳奇"也就轉向以傳示奇聞和娛人情性爲主。《金史》卷一二九《佞幸傳》即載："張仲軻幼名牛兒，市井無賴，説傳奇小説，雜以俳優詼諧語爲業。"而"説話"的場所"瓦舍"也規定了"傳奇"必須具備娛樂之功能，灌圃耐得翁《都城紀勝》"瓦舍衆伎"條謂"瓦舍"是當時京師"爲士庶放蕩不羈之所，亦爲子弟流連破壞之地"。可見，作爲"説話"職業一種的"説傳奇小説"，是爲滿足聽衆"俗皆好奇"的娛樂心理，由此可歸納出宋元時作爲"小説"類型的"傳奇"内涵：一是故事的奇異性，二是主要講述男女愛情。

毋庸諱言，"傳奇"文類的確立也有一個過程。從唐末陳翰編《異聞集》，到宋初李昉等人編"事以類聚"的《太平廣記》時把《李娃傳》《鶯鶯傳》等14部愛情題材作品歸入"雜傳記"，以及後來張君房"編古今情感事"① 的《麗情集》，已體現出强烈的小説類型意識，祇是他們還没有以"傳奇"來指稱這一類愛情題材的傳奇文學，隨著説唱伎藝的發展，"傳奇"的文類意義逐漸加强，並最終得以確立。

南宋末期，謝采伯在"烟粉""靈怪""傳奇"文類之分的基礎上提出初具文體意義的"傳奇"概念，其《密齋筆記·自序》言："經史、本朝文藝雜説幾五萬餘言，固未足追媲古作，要之無牴牾於聖人，不猶愈於稗官小説、傳奇、志怪之流乎？"這裏"傳奇"與"稗官小説""志怪"對舉，觀其文意，"傳奇"的文類意義已明確獨立，且已具有初步文體概念之含義。元中葉大學者虞集則正式把"傳奇"作爲小説之文體概念使用。虞集《道園學古録》卷三十八《寫韵軒記》云：

---

① （宋）晁公武《郡齋讀書志》（衢本）卷十三"小説類"《麗情集》條，許逸民、常振國編《中國歷代書目叢刊》第一輯（下），現代出版社1987年版。

蓋唐之才人，於經藝道學有見者少，徒知好爲文辭。閑暇無可用心，輒想像幽怪遇合、才情恍惚之事，作爲詩章答問之意，傳會以爲説。盍簪之次，各出行卷以相娛玩。非必真有是事，謂之“傳奇”。元稹、白居易猶或爲之，而況他乎！

虞集這段話道出了唐人傳奇小説著述的文體意義。首先，虞集所云“謂之‘傳奇’”，並非唐人自謂，而是指後人對唐傳奇的稱謂。所謂“作爲詩章答問之意”是指元稹《鶯鶯傳》等傳奇小説中男女以詩歌互通情感之方式，而文中白居易實係陳鴻《長恨歌傳》之誤記①。其次，虞集以“想像幽怪遇合、才情恍惚之事”和“作爲詩章答問之意”來概括唐代“傳奇”，基本界定了“傳奇體”之特色。其後，“傳奇”作爲傳奇小説的文體名逐漸被認可、接受和運用。如元末陶宗儀《南村輟耕録》：“唐有傳奇，宋有戲曲、唱諢、詞説，金有院本、雜劇、諸宮調”，“稗官廢而傳奇作，傳奇作而戲曲繼”。在陶氏所揭橥的文學發展歷程中，顯然，“傳奇”是指不同於筆記體小説的唐代小説。元夏庭芝《青樓集志》亦然：“唐時有傳奇，皆文人所編，猶野史也，但資諧笑耳。”

三

相比於唐宋元三代，明清兩代“傳奇”一辭的用法更爲多元，從而使得“傳奇”的外延與内涵愈益泛化。綜合起來看，“傳奇”一辭在明清兩代的用法大體上可以分爲如下五個方面：

---

① 對於這段話，今人的認識也有分歧。一是認爲虞集“所謂‘傳奇’，在小説外兼指詩篇，將白居易的《長恨歌》也包括在内，則主要指内容題材而言的，並非專指某種小説樣式”，而且認爲虞集以唐人自謂其著述爲“傳奇”（見李宗爲《唐人傳奇》，中華書局 1985 年版，第 5 頁）；一如筆者所言（可參見李劍國《唐五代志怪傳奇叙録》代前言《唐稗思考録》，南開大學出版社 1993 年版，第 9 頁）。

　　一是繼承宋元時形成的、基本專指唐代傳奇小説的文體概念。明吳植《〈剪燈新話〉序》云:"余觀宗吉先生《剪燈新話》,其詞則傳奇之流,其意則子氏之寓言也。"明人楊升庵《藝林伐山》卷一七:"詩盛於唐,其作者往往托於傳奇小説神仙幽怪以傳於後,而其詩大有絶妙今古,一字千金者。"明胡應麟《少室山房筆叢·九流緒論(下)》更是把小説家又細分爲志怪、傳奇、雜録、叢談、辨訂、箴規六種。與胡應麟同時的臧懋循於《負苞堂集·彈詞小記》中云:"近得無名氏《仙遊》《夢遊》二録,皆取唐人傳奇爲之敷演。"又吕天成《曲品》云:"此即《心堅金石傳》,死者生之,分者合之,是傳奇體。"清江東老蟬《〈醉醒石〉跋》:"今唐以前書,止《燕丹子》存,至唐而歧小説、傳奇爲二類。或向壁虚造,或影射時政。唐人以爲行卷,以其可以見筆力,可以見胸襟,而所撰遂盛行於世。"又清汪憸《〈印雪軒隨筆〉序》云:"夫自漢京鼎盛,九百傳小説之名;蒙縣書成,十九是寓言之體。於是演義成於蘇鶚,傳奇創自裴鉶;寫南楚之新聞,紀大唐之奇事。""演義"與"傳奇"在這裏都作爲一種小説文體的專名來使用,而這兩個小説專名在當時相當程度上已經普遍使用①。而章學誠所謂"唐人乃有單篇,別爲傳奇一類。大抵情鍾男女,不外離合悲歡","專書一事始末,不復比類爲書"②,正是在此基礎上的進一步界定。

　　二是指話本和擬話本小説。以傳奇指稱(擬)話本應始自宋元"説話四家數"的小説家門的分類,明洪楩所編《清平山堂話本》收元代話本《簡帖和尚》,題後即注明是"公案傳奇",此注當爲洪楩所注,亦應是依宋元之舊。以傳奇稱公案小説,大概是因爲"公案小説的内容,大抵是當時社會日常所發生的民刑事件,主要是摘奸發覆、洗冤雪枉的故事。它不但和朴刀桿棒、發迹變泰有聯繫,就是和傳奇也有一定聯繫",且"《宿香亭張浩遇鶯鶯》的

————————
① "演義"在明清兩代的用法可參考本書《"演義"考》。
② (清)章學誠《文史通義·詩話》,上海書店1988年影印出版,第77頁。

篇末有'判詞'，無疑是一篇'公案'小説，但和它同題材的《醉翁談録》説話名目《牡丹亭》却列入'傳奇'類，可見'公案'往往帶有'傳奇'的性質，所以合稱爲'公案傳奇'"①。又明睡鄉居士《〈二刻拍案驚奇〉序》："即空觀主人者，其人奇，其文奇，其遇亦奇。因取其抑塞磊落之才，出緒餘以爲傳奇，又降而爲演義，此《拍案驚奇》之所以兩刻也。"② "傳奇""演義"並舉，前者指《初刻拍案驚奇》，後者則指《二刻拍案驚奇》，其實兩者俱是凌濛初擬話本小説的通稱③。檢凌氏之兩刻，《初刻》卷二十文明言："這一回話文，出在《空緘記》，如今依傳編成演義一回。"所謂"演義"，即擬話本。《初刻》卷九入話："從來傳奇小説上邊，如《倩女離魂》，活的弄出魂去，成了夫妻；如《崔護謁漿》，死的弄轉魂來，成了夫妻。奇奇怪怪，難以盡述。"《倩女離魂》與《崔護謁漿》則顯然是話本小説（或具有話本性質的小説）④。睡鄉居士稱兩刻爲傳奇，蓋因兩刻之"入話"多爲唐傳奇故事之節略，且"正話"亦多一人一事之奇聞異事。此後，清人編輯（擬）話本集直以"傳奇"命篇，如《古今傳奇》（又名《今古傳奇》，十四卷）、《五色石傳奇》⑤等。

三是指長篇章回小説，包括歷史、英雄、人情、神魔等各種題材。檢史料，以"傳奇"正式指稱長篇章回小説的是清人。清晴川居士《〈白圭志〉序》云："余少時習舉業，中年繁於家政，老則静養餘年。每尚好觀小説，蓋世之傳奇，余皆得而讀之矣。……如周末之《列國》，漢末之《三國》，此傳奇之

---

① 胡士瑩《話本小説概論》下册，中華書局 1980 年版，第 665—666 頁。

② （明）凌濛初《二刻拍案驚奇》，上海古籍出版社 1983 年版，第 1—2 頁。

③ 凌濛初在戲曲與小説兩方面都有很高的成就。此處睡鄉居士所言之"傳奇"當指凌濛初的《初刻拍案驚奇》，首先因爲凌濛初的戲曲創作主要是雜劇而非明清傳奇戲，其次從凌濛初的生平來看其小説創作活動應先於戲曲創作活動。可參見歐陽代發《話本小説史》，武漢出版社 1994 年版，第 257 頁。另外，此處"傳奇""演義"爲"互文"用法，非指《初刻》爲"傳奇"，《二刻》爲"演義"。

④ 《初刻拍案驚奇》卷二"入話"云："傳奇上邊説，周堅死替趙朔，以解下宫之難，是賤人像了貴人。"這裏的"傳奇"指明毛晉《六十種曲·八義記》的第二十一出"周堅替死"，是戲曲。

⑤ 關於《五色石傳奇》，現在一般認爲是（擬）話本小説集，可參見歐陽代發《話本小説史》，武漢出版社 1994 年版，第 434 頁。

最者，必有其事而後有其文矣。若夫《西遊》《金瓶梅》之類，此皆無影而生端，虛妄而成文，則無其事而亦有其文矣。"《列國志》《三國志通俗演義》《西遊記》《金瓶梅》等長篇小説在此都被稱爲傳奇小説。清嘉慶二十四年瞿家鏊《〈西遊原旨〉序》説《西遊記》"詭異詠奇，驚駭耳目，第視爲傳奇中之怪誕者"（瞿家鏊評語中的"傳奇"一辭，無疑指長篇章回小説）。又如乾隆年間刊本《醒風流傳奇》爲長篇章回烟粉類小説；杭世駿在《飛龍全傳》序中云"偶然翻閱案上殘書，見有《飛龍傳奇》一卷"，《飛龍全傳》是長篇章回小説；長篇章回俠義英雄類小説則有清道光年間之《如意君傳》，又名《無恨天傳奇》（據《四庫全書總目》，又名《第一快活奇書》《無恨天》）。又清王士禛《香祖筆記》卷十二中也提到《水滸傳傳奇》之書名①，半月老人《〈續刻蕩寇志〉序》中以"傳奇"稱前後《水滸》②，等等。張問陶《船山詩草·贈高蘭墅同年》詩句"艷情人自説紅樓"自注云："傳奇《紅樓》八十回以後俱蘭墅所補。""傳奇"的指稱範圍擴展到長篇章回小説的文體範疇，究其因，有如下三方面：一是裴鉶用"傳奇"作書名的最初本意——傳示奇聞異事——的發展；二是明清兩代用"傳奇"稱篇幅較長且分折的戲曲範疇的擴展，這是由古人小説戲曲混同不分的習慣所決定；三是明清兩代小説創作與批評的整體自覺的結果，因爲"傳奇"在明清兩代已發展爲小説戲曲批評的一個術語。明清人以"傳奇"來指稱長篇章回小説的用法，也爲今世研究者所襲用，如鄭振鐸在《插圖本中國文學史》中將《水滸傳》等稱爲傳奇，而今人已習慣於將明清長篇章回小説分爲"歷史演義""英雄傳奇""神魔小説"和"世情小説"等。

---

　　① 王士禛《香祖筆記》卷十二載："徐神翁謂蔡京曰：'天上方遣許多魔君下生人間，作壞世界。'蔡曰：'安得識其人？'徐笑曰：'太師亦是。'按《水滸傳傳奇》首述誤走妖魔，意亦本此。"上海古籍出版社 1982 年版。

　　② 半月老人《〈續刻蕩寇志〉序》云："予少時每遇稗官小説諸書，亦嘗喜涉獵，而獨不喜觀前後《水滸》傳奇一書。蓋此書流傳，凡斯世之敢行悖逆者，無不藉梁山之鷗張跋扈爲詞，反自以爲任俠而無所忌憚。"丁錫根編《中國歷代小説序跋集》，人民文學出版社 1996 年版。

　　四是指小說的創作筆法，與歷史的"傳信"相對。明吉衣主人《〈隋史遺文〉序》云："史以遺名者何？所以輔正史也。正史以紀事，紀事者何？傳信也。遺史以搜逸，搜逸者何？傳奇也。傳信者貴真：爲子死孝，爲臣死忠，摹聖賢心事，如道子寫生，畫面逼肖。傳奇者貴幻：忽焉發怒，忽焉嬉笑，英雄本色，如陽羨書生，恍惚不可方物。""傳奇"在此處是一個動賓結構短語，與"傳信"之真實相對，是傳示奇聞的意思。以傳奇來概括小說的選材與創作追求，觸及了小說與歷史的本質區別，使小說的"傳奇"性質在創作實際與理論層面相融合。對此，清乾嘉時人李雨堂《〈萬花樓楊包狄演義〉叙》所論最爲詳備：

　　　　書不詳言者，鑒史也；書悉詳而言者，傳奇也。史乃千百年眼目之書，歷紀帝王事業文墨羣籍，以稽考運會之興衰，緒君相則以扶植綱常準法者，至重至要之書也。然柄筆難詳，大題小作，一言而包盡良相之大功，一筆而揮全英雄之偉績，述史不得不簡而約乎！自上古以來，數千秋以下，千百數帝王，萬機政事，紙短情長，烏能盡博？至傳奇則不然也，揭一朝一段之事，詳一將一相之功，則何患乎紙短情長哉！故史雖天下至重至要，然而筆不詳，則識而聽之者未嘗不覺其枯寂也。唯傳雖無關於稽考扶植之重，如舟中寂寞，伴侶已希，遂覺史約而傳詳博焉。是故閱史者雖多，然究傳者不少也。更而溯諸其原，雖非痛快奇文，渙然機局，較之淫辭艷曲，邪正猶有分焉。然好淫辭、癖艷曲之輩，閱此未必協心。唯喜正傳，疾淫艷者，必以余言爲不謬也。

　　李雨堂對"傳奇"的筆法、內容以及對受衆的影響等方面作出了詳細論述，由此就不難理解明清人稱呼（擬）話本與長篇章回小說爲"傳奇"的因由了。"傳奇"的這一用法，也爲今世研究者所繼承。鄭振鐸1932年寫的

《插圖本中國文學史》中認爲《金瓶梅》："她不是一部傳奇，實是一部名不愧實的最合於現代意義的小説。她不寫神與魔的爭鬥，不寫英雄的歷險，不寫武士的出身，像《西遊》《水滸》《封神》諸作。她寫的乃是在宋、元話本裏曾經略略的曇花一現的真實的民間社會的日常的故事。"宋元話本的那些故事裏尚帶有不少傳奇的成分在内，"《金瓶梅》則將這些'傳奇'成分完全驅出於書本之外。她是一部純粹寫實主義的小説"[①]。在這裏，"傳奇"是與"寫實主義"相對的創作手法。而"傳奇性"也是研究者們論述小説時經常使用的一個專業詞彙。

　　五是小説與戲曲的統稱。以"傳奇"稱南曲或戲文始於宋代，綿延於元明清[②]。而明清兩代"傳奇"又通指小説，因而"傳奇"發展爲小説與戲曲的統稱亦非突兀之事。如清鴛湖漁叟《〈説唐後傳〉序》云："即世有稗官野史，闕而不全，其中疑信參半，亦可采撮殘編，以俟後之深考，好古者猶有取焉。若傳奇小説，乃屬無稽之談，最易動人聽聞，閱者每至忘食忘寢，戞戞乎有餘味焉。"又如清醉犀生光緒辛卯中秋《〈古今奇聞〉序》云："今人見典謨訓誥仁義道德之書，則忽忽思睡；見傳奇小説，則津津不忍釋手。嗚呼！世風日下，至於此極。然稗官小説亦正有移風易俗之功，如《琵琶》《荊釵》二記，采入《續文獻通考》經籍一門，以其言忠言孝、宜風宜雅，合於稗官勸善懲惡之義。""傳奇小説"在這裏是一個包括小説與戲曲兩大文學門類的泛指概念。"傳奇"一辭發展爲小説戲曲的統稱，除了在古人心目中小説和戲曲同屬"小道"的因素外，主要是由小説與戲曲在發生發展過程中形成的一些同質同構所決定。清孔尚任《〈桃花扇〉小引》云："傳奇雖小道，凡詩賦、詞

---

　　①　鄭振鐸《插圖本中國文學史》第四册，作家出版社 1957 年版，第 919—922 頁。
　　②　從現有的文獻資料來看，"傳奇"一辭其實從南宋就已經用來指稱戲曲，始見於南宋末年張炎《山中白雲詞》卷五《滿江紅》詞小序："贈韞玉，傳奇惟吳中子弟爲第一。"所説"傳奇"指當時流行於南方的南曲戲文。任半塘因此説："若宋人所謂'傳奇體'，'傳奇'二字，則已指講唱本或劇本矣。"（任半塘《唐戲弄》下册，上海古籍出版社 1984 年版，第 1081 頁。）至於其後的發展，可參見郭英德著《明清傳奇史》"緒論"第一節、第二節（江蘇古籍出版社 1999 年版）。

曲、四六、小説，無體不備。至於摹寫鬚眉，點染景物，乃兼畫苑矣。其旨趣實本於《三百篇》，而義則《春秋》，用筆行文，又《左》《國》《太史公》也。”孔尚任這段話是針對戲曲而言，然衡諸小説亦同樣合理。這就是“傳奇”作爲小説戲曲統稱的深層意味。更何況略早於孔尚任的李漁（李漁比孔尚任早生三十餘年），把自己的短篇小説集命名爲《無聲戲》，已經把小説看成“無聲戲”。同時，明清兩代傳奇戲的傳奇性追求，明清人多有闡述，大旨爲奇事與奇情是傳奇性之所在。明陳與郊《鸚鵡洲傳奇》卷首附闕名所作序即云：“傳奇，傳奇也，不過演奇事，暢奇情。”倪倬《〈二奇緣傳奇〉小引》亦云：“傳奇，紀異之書也，無奇不傳，無傳不奇。”孔尚任《〈桃花扇〉小識》云：“傳奇者，傳其事之奇焉者也，事不奇不傳。”傳奇戲的傳奇性全然在於奇情與奇事，與傳奇小説的傳奇性一脈貫通。作爲小説家和戲曲家的李漁，曾作出明確揭示，云：“傳奇所用之事，或古或今，或虛或實，隨人拈取。古者，書籍所載古人現成之事也；今者，耳目傳聞，當時僅見之事也。實者，就事敷陳，不假造作，有根有據之謂也；虛者，空中樓閣，隨意構成，無影無形之謂也。”①

　　由上面分析可知，“傳奇”或“傳奇小説”作爲文言小説文體之一種概念，雖早在元中期確立，然因明清兩代的泛化，遂隱晦不彰。因而在近代時期，學界極少從文體角度以“傳奇”或“傳奇小説”的概念專指傳奇小説文本，一般以“記事體”小説或文言小説稱之，而把“傳奇小説”作爲明清傳奇戲或小説和戲曲的總稱。如新小説報社在 1902 年 7 月 15 日《新民叢報》第十四號上發表的《中國惟一之文學報〈新小説〉》論及該報之内容，其中“十一、札記體小説”，舉例爲《聊齋志異》《閱微草堂筆記》之類；“十二、傳奇體小説”，其後注解云：“本社員有深通此道、酷嗜此業者一二人，欲繼索

_____

①　（清）李漁《閑情偶寄·詞曲部·結構第一·審虛實》，上海古籍出版社 2000 年版，第 30—31 頁。

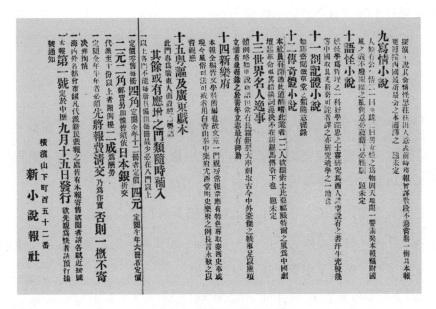

1902 年《新民叢報》第十四號

士比亞、福禄特爾之風，爲中國劇壇起革命軍，其結構詞藻决不在《新羅馬傳奇》下也。”可知所謂“傳奇體”即爲戲劇。王鍾麒《中國歷代小説史論》，以“記事體”稱呼傳奇小説①。管達如連載在 1912 年《小説月刊》第五至十一期的《説小説》中“小説之分類”：從“文學上之分類”之“唐小説”包括唐代傳奇小説，以“文言體”指代；“韵文體”中分“傳奇體”與“彈詞體”，“傳奇體”指戲曲。成之（吕思勉）在發表於 1914 年《中華小説界》第三至八期的《小説叢話》中認爲，小説“從文學上觀察”可以分爲散文與韵文兩類，散文中分爲文言與俗語兩類，韵文中分爲傳奇與彈詞兩類，並總結了當時社會上對小説的九種稱呼，其中有傳奇小説一類，舉例即爲《西厢記》。搜檢陳平原、夏曉虹編《二十世紀中國小説理論資料》第一卷所收 1897 年至 1916 年間的小説理論資料，可發現，提到“傳奇體”，基本是指戲曲文本，

① 王鍾麒《中國歷代小説史論》，載《月月小説》第一卷第十一期，1907 年。

所説之傳奇小説，也必然包括戲曲①。

四

　　"傳奇"成爲現代學術意義上的小説文體概念②，發生在 20 世紀的二三十年代，魯迅《中國小説史略》肇其端③。《中國小説史略》的成書，於現代中國小説史學而言意義巨大，如作者所云："中國之小説自來無史，有之，則先見於外國人所作之中國文學史中，而後中國人所作者中亦有之，然其量皆不及全書之什一，故於小説仍不詳。"④《中國小説史略》的出現，改變了中國自來無史的事實，確立了中國小説史學的規範⑤。

　　《中國小説史略》是在魯迅 1920 年的講義《小説史大略》基礎上成書的⑥，《小説史大略》以"傳奇體傳記"來命名唐代小説，具體論述中也以"記傳"來稱呼沈既濟、元稹、白行簡等人著述的傳奇小説⑦。然魯迅《中國小説史略》共 28 篇，其中第八篇爲"唐之傳奇文（上）"、第九篇爲"唐之傳奇文（下）"、第十篇爲"唐之傳奇集及雜俎"、第十一篇爲"宋之志怪及傳奇文"，皆以"傳奇文"爲傳奇小説立論。如第八篇"唐之傳奇文（上）"

---

　　① 陳平原、夏曉虹編《二十世紀中國小説理論資料》（第一卷），北京大學出版社 1997 年版。

　　② "傳奇"作爲現代意義上的文學文體概念，已確認了明清傳奇戲曲和以唐代爲代表的傳奇體小説兩種內涵，本文在此僅縷述後者的確認過程。

　　③ 近代鮮有以"傳奇小説"這一名詞專指傳奇小説文體者，劉師培發表於 1905 年《國粹學報》上之《論文雜記》云："小説家流，出於稗官。班《志》所列者十餘家，今咸失傳。……然古代小説家言，體近於史，爲《春秋》家之支流，與樂教固無涉也。唐代士人始著傳奇小説，用爲科舉之助，如《幽怪錄》、《傳奇》是也。"此處"傳奇小説"雖是文體概念，但並未形成一定影響。

　　④ 魯迅《中國小説史略》，人民文學出版社 1975 年版，第 1 頁。

　　⑤ 在魯迅《中國小説史略》之前，中國人撰之小説史有張靜廬《中國小説史大綱》、盧隱《中國小説史略》兩書。

　　⑥ 從 1920 年 8 月開始，魯迅在北京大學、北京高等師範學校、世界語專門學校、北京女子高等師範學校等校講授中國小説史課程，講稿即爲《小説史大略》，共 17 篇，由北京大學國文系教授會油印。

　　⑦ 劉運峰編《魯迅全集補遺》，天津人民出版社 2006 年版，第 258—266 頁。

中，魯迅言：

> 小説亦如詩，至唐代而一變，雖尚不離于搜奇記逸，然叙述宛轉，文辭華艷，與六朝之粗陳梗概者較，演進之迹甚明，而尤顯者乃在是時則始有意爲小説。胡應麟（《筆叢》三十六）云："變異之談，盛于六朝，然多是傳録舛訛，未必盡幻設語，至唐人乃作意好奇，假小説以寄筆端。"其云"作意"，云"幻設"者，則即意識之創造矣。此類文字，當時或爲叢集，或爲單篇，大率篇幅曼長，記叙委曲，時亦近于俳諧，故論者每訾其卑下，貶之曰"傳奇"，以別於韓柳輩之高文。顧世間則甚風行，文人往往有作，投謁時或用之爲行卷，今頗有留存於《太平廣記》中者（他書所收，時代及撰人多錯誤不足據），實唐代特絶之作也。然而後來流派，乃亦不昌，但有演述，或者摹擬而已，惟元明人多本其事作雜劇或傳奇，而影響遂及於曲。

第八篇 唐之傳奇文

小説亦如詩，至唐代而一變，雖尚不離于搜奇記逸，然叙述宛轉，文辭華艷，與六朝之粗陳梗概者較，演進之迹甚明，而尤顯者乃在是時則始有意爲小説。胡應麟（《筆叢》三十六）云："變異之談，盛于六朝，然多是傳録舛訛，未必盡幻設語，至唐人乃作意好奇，假小説以寄筆端。"其云作意，云幻設者，則即意識之創造突。此類文字，當時或爲叢集，或爲單篇，大率篇幅曼長，記叙委曲，時亦近于俳諧，故論者每訾其卑下，貶之曰「傳奇」，以別於韓柳輩之高文，顧世間則甚風行，文人往往有作，投謁時或用之爲行卷，今頗有存於太平廣記中者，（他書所收，時代及撰人多錯誤不足據），實唐代特絶之作也。然而後來流派，乃亦不昌，但有演述，或者摹擬而已，惟元明人多本其事作雜劇或傳奇，而影響遂及於曲。

鲁迅《中国小说史略》
北新書局 1927 年 8 月四版

幻設爲文，晉世固已盛，如阮籍之《大人先生傳》，劉伶之《酒德頌》，陶潛之《桃花源記》、《五柳先生傳》皆是矣，然咸以寓言爲本，文詞爲末，故其流可衍爲王績《醉鄉記》、韓愈《圬者王承福傳》、柳宗元《種樹郭橐駝傳》等，而無涉於傳奇。傳奇者流，源蓋出於志怪，然施之藻繪，擴其波瀾，故所成就乃特異，其間雖亦或托諷喻以紓牢愁，談禍福以寓懲勸，而大歸則究在文采與意想，與昔之傳鬼神明因果而外無他意者，甚異其趣矣。

　　由"傳奇體傳記"到"傳奇文"的變化，足以説明魯迅已認識到史傳與小説的差異，而這種差異集中體現在小説的文學性認識上。上引這段話，魯迅對傳奇小説的文體內涵作了較詳盡的論述，從形式、内容、技法、語言、作者、源流六個方面進行了闡釋。魯迅對"傳奇"文體概念的釐定，其小説史意義主要有二：一是小説發展演進的意義，六朝小説"粗陳梗概"，而唐代傳奇則"叙述宛轉，文辭華艷"，"演進之迹甚明"；一是新的文體與文體獨立，唐前簡質之小説非史即子，傳奇小説則非子非史。這種釐定對處於初創期的中國古代小説史構架的確立有極大之影響。魯迅《中國小説史略》出版以後，學界對唐代小説的認識即大體取資於此。如譚正璧關於傳奇小説文體的概括即主要依承魯迅，其言唐人"有意爲小説，致使文字易樸質爲華艷，叙述由直接而宛轉"[1]，是魯迅所謂"叙述宛轉，文辭華艷"之白話化。汪辟疆在《唐人小説在文學上之地位》一文中説："唐人小説與詩歌，同爲第一流文學"，"唐人小説之絶異於六朝者，其一則在掇拾怪異，偶筆短書，本無意於小説之作；其一則在搜集題材，供其掞藻，乃始有意爲小説者也"[2]。基本觀點亦與魯迅相同。胡懷琛在 1934 年初版的《中國小説概論》中則在魯迅的基礎上更具體化地歸納了"傳奇"的五大特性：

　　（1）每件少則幾百，多則一千兩千字，尤以一二千字以上獨立成篇

---

　　① 譚正璧《中國小説發達史·自序》，上海光明書局 1935 年初版，第 137 頁。
　　② 汪辟疆《唐人小説在文學上之地位》原發表於 1931 年 6 月《讀書雜誌》第 1 卷第 3 期。本文引自《汪辟疆文集》，上海古籍出版社 1988 年版，第 605 頁。

的爲佳。（2）每件包含一個故事。故事中的人物，大概不外乎是神仙、妖怪；才子、佳人；武士、俠客。（3）獨立成篇的，每篇自首至尾，有很精密的組織。（4）詞藻很華麗，很優美。（5）和紀事的"古文"不同。古文中的事"真"的部分多，"假"的部分少。傳奇則和他相反，"真"的部分少，"假"的部分多，甚至全是假的。詞藻比"古文"更濃厚。描寫得比"古文"更真切細膩。獨立成篇的篇幅，也比"古文"爲長。所以它和紀事的古文絕不相同。①

由此可見，以"傳奇"作爲唐以來"叙述宛轉""文辭華艷"之短篇文言小説的文體名，在此時期已經確立。

在古代小説研究日益深入的 20 世紀下半葉至本世紀，研究者也努力對"傳奇"作爲一種文體作出自己的界定。如馬幼垣、劉紹銘《筆記、傳奇、話本、公案——綜論中國傳統短篇小説的形式》中歸納出傳奇文體的四特徵："傳奇小説最易識別的特色有四種：（一）作者賣弄'詩才'；（二）多以長安作故事背景；（三）結尾常見'史筆'，把當事人評議一番；（四）故事中的叙事者，通常就是該故事的目擊者或見證人。"並補充説："自宋以後任何以文言寫成的兩三千字以上的小説，均可視爲傳奇傳統的延續。"②劉世德主編《中國古代小説百科全書》對"傳奇"的界定爲："傳奇小説主要由傳記文和志怪小説發展而來，但題材有所擴展，更爲接近現實生活，特別是愛情故事較多，所以宋人曾以'傳奇'專指愛情題材。一般説傳奇小説的文學性較强，故事情節委婉，人物形象鮮明，細節描寫較多，從而篇幅也較長。作者注重文采和意想，有自覺的藝術構思。但有些偏重紀實的作品，與傳記文相近；有些

---

① 劉麟生、方孝岳、胡懷琛等著《中國文學七論·中國小説概論》，廣西師範大學出版社 2007 年版，第 198 頁。
② 臺灣静宜文理學院編《中國古典小説研究專集》第二册，聯經出版事業公司 1980 年版，第 9 頁。

神怪題材的作品，又與志怪小説類似。"① 這兩個界定具有一定代表性，皆有自己的生發，但大體未脱魯迅界定之範圍。

　　通過上述粗略考辨，我們可以得出如下結論：（1）"傳奇"之本意爲傳示奇異之人與事，是一種審美創造方式，並非僅僅發生在小説領域，因而"傳奇"可以指稱戲曲文體，也可以作爲創作方法的批評術語加以使用。（2）"傳奇"作爲小説文體概念萌生於宋元時期，隱晦於明清兩代，而真正確立則在 20 世紀中國現代學術的創建時期，魯迅先生的《中國小説史略》是其肇始。（3）"傳奇"作爲小説文體概念是指由唐代新興、宋以來綿延不絶的"叙述宛轉，文辭華艷"的文言短篇小説這一文體。這既可以將"傳奇"與"志怪"的筆記體相區分，也可將"傳奇"與"傳記""古文"相區分，從而使這一小説文體脈絡分明。

【相關閲讀】

孫遜、潘建國《唐傳奇文體考辨》，《文學遺産》1999 年第 6 期。

---

① 劉世德主編《中國古代小説百科全書》，中國大百科出版社 1998 年版，第 39 頁。

"話本"考

對於"話本"一辭的理解，學界長期沿襲魯迅先生的定義——"説話人的底本"。20世紀60年代日本學者增田涉發表《論"話本"的定義》一文，稱"話本"除偶爾作"故事的材料"解釋外，多數祇能作"故事"解①。80年代末以來，國内一些學者也紛紛撰文對"話本"一辭的原義進行探討，除"説話人的底本"外，提出了"故事""故事本子""傳奇小説"等不同的解釋②。雖然這些考辨和争論已從不同角度對"話本"的内涵和指稱進行了較深入的探討，但依然存在忽略概念本身在長期使用過程中的發展演化及其複雜性、史料誤讀等諸多問題。因此，很有必要在全面掌握相關史料的基礎上，對"話本"一辭在古典文獻中的原義進行一番深入的考辨。

一、"伎藝的底本"

"話本"一辭最早見於敦煌遺書中的唐代講唱文學作品《韓擒虎話本》，原本没有題名，祇是結尾説："畫本既終，並無鈔略。"③ 多數學者認爲"畫

① 原文發表在《人文研究》1965年第16卷第5期，漢語譯文刊載於1981年臺北出版的《中國古典小説研究專集》第三集（臺灣聯經出版事業公司），《古典文學知識》1988年第2期予以摘要轉載。

② 主要有蕭欣橋《關於"話本"定義的思考——評增田涉〈論"話本"的定義〉》，《明清小説研究》1990年第3期；張兵《話本的定義及其他》，《蘇州大學學報》1990年第4期；周兆新《"話本"釋義》，《國學研究》第二卷，北京大學1994年版；劉興漢《對"話本"理論的再審視——兼評增田涉〈論"話本"的定義〉》，《社會科學戰綫》1996年第4期；施蟄存《説"話本"》，《文藝百話》，華東師範大學出版社1994年版；石昌渝《中國小説源流論》第五章《話本小説》中的有關論述，三聯書店1994年版。

③ 王重民等編《敦煌變文集》，人民文學出版社1957年版，第206頁。

本”即“話本”之訛①。“話”在隋唐主要作“故事”解，而且主要指“傳説不盡可信，或寓言譬况以資戲謔者”②。“本”有書畫碑帖等書本之義，如《南史》卷五十九《王僧孺傳》：“僧孺好墳籍，聚書至萬餘卷，率多異本。”③《隋書·經籍志》：“隋開皇三年，秘書監牛弘表請分遣使人，搜訪異本。每書一卷，賞絹一匹，校寫既定，本即歸主。”④“畫本既終，並無鈔略”出現於鈔本的篇尾，旨在説明文本的完整性，這裏，“畫（話）本”應當具體指《韓擒虎話本》文本自身。《韓擒虎話本》屬唐代“市人小説”或“説話”伎藝。因此，“話本”應爲“市人小説”或“説話”伎藝底本的通稱⑤，是與伎藝相關的專有名詞。“話本”一辭出現於説唱伎藝濫觴的唐代應不是一種偶然，它是隨著説唱伎藝及其底本的産生而出現的。

宋元時期，隨著説唱、雜戲等伎藝形式的發展，作爲“説話”伎藝底本的“話本”一辭的指稱對象也有所變化。

　　凡傀儡敷演烟粉靈怪故事、鐵騎公案之類，其話本或如雜劇，或如崖詞，大抵多虚少實，如巨靈神朱姬大仙之類是也。影戲，凡影戲乃京師人初以素紙雕鏃，後用彩色裝皮爲之，其話本與講史書者頗同，大抵真假相半，公忠者雕以正貌，奸邪者與之醜貌，蓋亦寓褒貶於市俗之眼戲也。（灌圃耐得翁《都城紀勝》“瓦舍衆伎”條）⑥

---

① 參見王慶菽《試談“變文”的産生和影響》，《敦煌變文論文録》，上海古籍出版社 1982 年版。
② 孫楷第《説話考》，《滄州集》，中華書局 1965 年版，第 92 頁。
③ （唐）李延壽《南史》，中華書局 1975 年版，第 1462 頁。
④ （唐）魏徵等《隋書》，中華書局 1973 年版，第 908 頁。
⑤ 唐代的講唱藝術有俗講、轉變、説話、議論、唱詞、俗賦等多種伎藝形式，對應的底本分別有講經文、變或變文、話或話本、論、詞或詞文、賦等，不同的伎藝種類的底本有著不同的名稱，“話本”應當僅用來指稱“説話”的底本。參見周紹良《談唐代民間文學——讀〈中國文學史〉中“變文”節書後》，《敦煌變文論文録》，上海古籍出版社 1982 年版；王小盾《敦煌文學與唐代講唱藝術》，《中國社會科學》1994 年第 3 期。
⑥ （宋）灌圃耐得翁《都城紀勝》，見《東京夢華録（外四種）》，古典文學出版社 1956 年版，第 97、98 頁。

　　凡傀儡，敷演烟粉、靈怪、鐵騎、公案、史書歷代君臣將相故事，話本或講史，或作雜劇，或如崖詞。……更有弄影戲者，元汴京初以素紙雕鏃，自後人巧工精，以羊皮雕形，用以彩色裝飾，不致損壞。杭城有賈四郎、王昇、王閏卿等，熟於擺布，立講無差。其話本與講史書者頗同，大抵真假相半，公忠者雕以正貌，奸邪者刻以醜形，蓋亦寓褒貶於其間耳。（吴自牧《夢粱録》卷二十"百戲伎藝"條）①

　　前人對此處"話本"一辭的釋義主要有兩種，分別以魯迅和增田涉爲代表。魯迅《中國小説史略》稱"話本"爲"説話藝人的底本"就是以《夢粱録》中的這段文字爲依據的，也就是説，魯迅把此處的"話本"釋爲"説話人的底本"；增田涉《論"話本"的定義》對此提出質疑，指出"這裏所説的話本實際上自可解釋爲'故事'"。而其他許多研究者多依違於這兩者之間。其實，魯迅先生的解釋比較接近實際，"話本"應爲傀儡戲、影戲、雜劇、講史、崖詞等伎藝底本的泛稱。"凡傀儡，敷演烟粉、靈怪、鐵騎、公案、史書歷代君臣將相故事，話本或講史，或作雜劇，或如崖詞"是對傀儡戲情況總的介紹，其中，前半句無疑指傀儡戲敷演的故事内容，後半句則借"話本"説明傀儡戲采用了講史、雜劇、崖詞等伎藝的演出形式。前半句已説明傀儡戲敷演的故事内容，後半句沒有必要再用"話本"指稱"故事"，而且，把"話本"解釋爲"故事"，雖能與"或講史""或如崖詞"搭配，但却無法與"或作雜劇"組合。因此，此處"話本"一辭不應作"故事"解，而祇能理解

---

　　① （宋）灌圃耐得翁《都城紀勝》，見《東京夢華録(外四種)》，古典文學出版社 1956 年版，第311 頁。《都城紀勝》成書於南宋理宗端平二年（1235），《夢粱録》成書於南宋末年。《夢粱録》中的這段話大約承襲《都城紀勝》並稍加改動而成，它比前者的記載更加詳盡明白。因此，這裏主要以它爲依據對"話本"一詞的指稱和内涵做出分析。對於兩者之間内容上的差異，孫楷第先生《近代戲曲的演唱形式出自傀儡戲影戲考》稱："然則《都城紀勝》紀瑞平以前事，其時弄傀儡戲者，唯是敷演烟粉、靈怪、鐵騎、公案之事；《夢粱録》紀淳祐咸淳間事，其弄傀儡者已增演史書也。"

爲伎藝的“底本”①。“更有弄影戲者……杭城有賈四郎、王昇、王閏卿等，熟
於擺布，立講無差。其話本與講史書者頗同”是對影戲的介紹，其中，“其話
本與講史書者頗同”應指弄影戲者使用的底本與講史書者很相似。此處，“話
本”作“故事”解也很難講通，而祇能理解爲伎藝人的“底本”。不過，與上
一則材料借“話本”説明傀儡戲的演出形式有所不同，這句話借助“底本”
也説明其故事内容，後面的“大抵真假相半”顯然是針對故事内容而言的②。
元鍾嗣成《録鬼簿》（影鈔尤貞起鈔本）“陸顯之”條下注云：“汴梁人，有
《好兒趙正》話本。”《好兒趙正》應爲“小説”伎藝的名目，“話本”顯然祇
能作“説話伎藝的底本”解。在這三則材料中，影戲、傀儡戲、“小説”的底
本明確稱爲“話本”。從第二則材料中的“話本或講史，或作雜劇，或如崖
詞”“更有弄影戲者……話本與講史書者頗同”推斷，講史、雜劇、崖詞的
“底本”大概也可以稱爲“話本”。可見，與唐代相比，宋元“話本”一辭的
指稱對象出現了明顯的泛化。説唱、雜戲等伎藝形式在宋代得到了巨大發展，
出現了空前繁榮，隨著伎藝種類的增多，“話本”一辭不可避免地被其他伎藝
借用，逐漸成爲敷演故事的伎藝底本的泛稱。不過，除泛稱“話本”外，宋
元説唱雜戲等伎藝的底本還有著自己的特稱。如《都城紀勝》之“瓦舍衆伎”
條：“教坊大使，在京師時有孟角毬曾撰雜劇本子，又有葛守誠撰四十大曲

---

　　① 從其他一些史料記載來看，傀儡戲的確曾采用了雜劇、崖詞等演出形式。《東京夢華録》卷五
“京瓦伎藝”條云：“杖頭傀儡任小三，每日五更頭回小雜劇，差晚看不及矣。”把杖頭傀儡的“引子”
稱爲“小雜劇”，可見其演出形式即爲“雜劇”；孫楷第先生《近代戲曲的演唱形式出自傀儡戲影戲
考》一文經考證亦稱：“水傀儡扮雜劇，亦兼演百戲。”葉德均《宋元明講唱文學》指出：“傀儡戲所
用的崖詞也是以七言詩贊爲主，如《西廂記》諸宫調卷四‘傀儡兒’兩支就是如此，它和陶真同屬詩
贊系統。”這説明，傀儡戲曾使用與陶真、崖詞等伎藝形式相似的七言詩贊唱詞。
　　② 從其他一些史料來看，影戲在内容和演説方式上的確與講史相似。高承《事物紀原》卷九
“影戲”條説：“仁宗時，市人有能談三國事者，或采其説加緣飾作影人，始爲魏、蜀、吳三分戰争之
象。”“采其説加緣飾作影人”説明影戲演説的内容來自“講史”，而且采用了與講史相似的演説形式；
張耒《明道雜志》：“京師有富家子……此子甚好看弄影戲。每弄至斬關羽，輒爲之泣下，囑弄者且緩
之。一日，弄者曰：‘雲長古猛將。今斬之，其鬼或能祟。請既斬而祭之。’此子聞甚喜。”影戲敷演
的是三國故事，從“弄者曰”來看，弄影戲者幕後的講説與講史也頗相似。

詞，又有丁仙現捷才知音。"①《宋史·樂志》："真宗不喜鄭聲，而或爲雜劇詞，未嘗宣布於外。"這裏，用"雜劇本子""雜劇詞"指稱"宋雜劇的底本"。宋元南戲的演唱脚本則稱爲"掌記"，如《宦門子弟錯立身》第五齣：【賞花時】："憔悴容顏只爲你，每日在書房攻甚詩書！（生）閑話且休提，你把這時行的傳奇，（旦白）看掌記。（生連唱）你從頭與我再温習。（旦白）你直待要唱曲，相公知道，不是耍處。（生）不妨，你帶得掌記來，敷演一番。……【那吒令】：這一本傳奇，是《周字太尉》；這一本傳奇，是《崔護覓水》；這一本傳奇，是《秋胡戲妻》；這一本是《關大王獨赴單刀會》；這一本是《馬踐楊妃》。"②

　　雖然"話本"一辭在宋元時期曾確指"説話"、影戲、傀儡戲、戲文等伎藝的底本，但並不意味著現存的"宋元話本小説"即爲當時"説話"伎藝的底本。

　　將現存的宋元白話通俗小説界定爲"説話"伎藝的底本始於王國維先生和魯迅先生。王國維《大唐三藏取經詩話跋》："此書與《五代平話》《京本小説》及《宣和遺事》，體例略同。……《也是園書目》有宋人詞話十六種，《宣和遺事》其一也。詞話之名，非遵王所能杜撰，必此十六種中有題詞話者此有詩無詞，故名詩話。皆《夢粱錄》《都城紀勝》所謂説話之一種也。……今金人院本、元人雜劇皆佚；而南宋人所撰話本尚存，豈非人間希有之秘笈乎！"③《中國小説史略》"宋之話本"篇稱："説話之事，雖在説話人各運匠心，隨時生發，而仍有底本以作憑依，是爲'話本'。《夢粱錄》（二十）影戲條下云：'其話本與講史書者頗同，大抵真假相半。'……是知講史之體，在歷叙史實而雜以虛辭，小説之體，在説一故事而立知結局，今所存《五代史平話》及《通俗小説》殘本，蓋即此二科話本之流，其體式正如此。"④　不過，

---

①　（宋）灌圃耐得翁《都城紀勝》，見《東京夢華録（外四種）》，古典文學出版社1956年版，第96頁。

②　錢南揚《永樂大典戲文三種校注》，中華書局1979年版，第231頁。

③　轉引自丁錫根《中國歷代小説序跋集》，人民文學出版社1996年版，第756頁。

④　魯迅《中國小説史略》，上海古籍出版社1998年版，第73頁。

王國維、魯迅先生的這種界定並無明確的史料或理論依據，大概衹是以這些作品口頭文學性的結構體制和敘事方式爲依據的直觀推測。然而，學界長期以來對此論斷却並未提出過多少質疑，而是不斷地進行修正、豐富和完善。如王古魯《話本的性質和體裁》（《二刻拍案驚奇》附錄，古典文學出版社1957年版）："'話本'是'説話人'依據來做説話的底本，原來只是師父傳徒弟，而不是直接給人家看的。……現在我們所看到的話本，事實上已經不完全是原來的底本，至少是經過文化水準並不很高的文人所潤飾過的，所以其中時代較早的幾篇，文字較爲拙劣。"① 胡士瑩先生則論證説，它們雖然都是説話人的底本，但却有著兩種不同的來源——"説話"的記録本和編撰的底本②。程毅中先生則提出底本有"簡本""繁本"兩種類型的説法："話本指説話人的底本，這只是一個比較概括的解釋。如果對具體作品作一些分析，至少可以分爲兩種類型。一種是提綱式的簡本，是説話人自己準備的資料摘鈔，有的非常簡單，現代的説書藝人稱之爲'梁子'。另一種是語録式的繁本，比較接近於演出本的樣式，基本上使用口語，大體上可以説是一種新型的白話小説。提綱式的簡本，實際上只是一個提要。……另一類語録式的繁本，則是以説話人的口氣寫的，中間往往采用了説話人的插話和自問自答的敘事法，基本上用口語講述，但還夾雜了許多文言語彙。"③

　　近年來，有些學者則完全否定了宋元話本爲説話藝人底本的説法，而提出了"録本説"，認爲它們是由"説話"伎藝口述的内容記録整理而來的通俗讀物④，如石昌渝先生稱："書面化的'説話'就是話本小説。話本小説不是

① （明）凌濛初《二刻拍案驚奇》，古典文學出版社1957年版，第815頁。
② 詳見胡士瑩《話本小説概論》，中華書局1980年版，第130、131頁有關論述。
③ 程毅中《宋元小説研究》，江蘇古籍出版社1999年版，第241、242頁。
④ 其實，陳乃乾在《三國志平話跋》（《古佚小説叢刊》，海寧陳氏慎初堂排印本，1928年版）中已提到類似的看法："吾國宋元之際，市井間每有演説話者，演説古今驚聽之事……大抵與今之説書者相似，惟昔人以話爲主，今人以書爲主。今之説書人彈唱《玉蜻蜓》《珍珠塔》等，皆以前人已撰成之小説爲依據，而穿插演述之。昔之説話人則各運匠心，隨時生發，惟各守其家數師承而（轉下頁）

説話人的底本，而是摹擬‘説話’的書面故事。它最初是記録‘説話’加以編訂……説話人有一些是瞽者，他們只能靠耳聞心受，依賴不了底本，即使有底本，那底本也不會是今天看到的話本小説的樣子，大概只是一個故事提綱和韻文套語以及表演程式的標記。"① 周兆新《"話本"釋義》："換句話説，它們都不是底本，而是依據説書藝人口述整理而成、專供廣大群衆案頭欣賞的通俗讀物。"② 從敦煌講唱文學作品的相關情況和現存宋元小説家話本的文本特徵來看，顯然"録本説"較爲合理。現在，許多敦煌學者認爲，變文等講唱文學作品大都是爲了閲讀的目的而傳鈔的，這些作品並非藝人演出的底本，而是口頭文學演出的録本，如陸永峰《敦煌變文研究》："從變文文本的形態來看，它們作爲變文演出的記録，即録本的可能性較大。……這種不同的鈔本而爲同一作品的事實，表明著變文已進入案頭閲讀階段。"③ 梅維恒《變文的形式特徵》一文通過變文圖像與文字配合關係的考察，指出變文文本主要是爲了閲讀而非演出的目的而製作的，變文文本並非演出的底本。宋元話本在文本性質上與變文相近，應該是由類似的鈔本整理、刊刻而成，屬於供人們閲讀的通俗讀物④。現存許多宋元小説家話本描繪具體、詳盡，甚至還有聽衆和演説者問答的描繪，如宋元小説家話本《刎頸鴛鴦會》："説話的，你道這婦人住居何處？姓甚名誰？元來是浙江杭州武林門外落鄉村中。"⑤ 這對底本來説，顯然是不可能也不必要的。從理論上説，這種内容完整、描述詳盡、具體的作品更可能是演出的記録，應爲録本而非底本。當然，在口頭文學記録成文的過程中，記録、整理者對口頭文學的忠實程度不盡相同，難

（接上頁）已。書賈或取説話人所説者，刻成書本，是爲某種平話。如今之編京劇譜者，蓋出自伶人口傳，非伶人依譜而成也。"
　① 石昌渝《中國小説源流論》，三聯書店1994年版，第230頁。
　② 周兆新《"話本"釋義》，《國學研究》第二卷，北京大學1994年版。
　③ 陸永峰《敦煌變文研究》，巴蜀書社2000年版，第156頁。
　④ 梅維恒《變文的形式特徵》，《海上論壇》，復旦大學出版社2000年版。
　⑤ （明）洪楩《清平山堂話本》，上海古籍出版社《古本小説集成》據嘉靖重刊本影印，第237頁。

免會有所删略、增飾，甚至加工、改寫。這樣，就形成了宋元小説家話本繁簡不一的文體風格。然而，否定現存的宋元話本是當年"説話"藝人的底本並不意味著"底本"不曾存在。小説藝人曾使用"底本"以爲依憑是無可懷疑的，如徐夢莘《三朝北盟會編》卷一百四十九："綱善小説，上喜聽之。綱思得新事編小説，乃令祥具説青自聚衆已後踪迹，並其徒黨忠詐及强弱戰鬥之將，本末甚詳，編綴次序，待上則説之。故上知青可用，而喜單德忠之忠義。"① 元鍾嗣成《録鬼簿》（影鈔尤貞起鈔本）"陸顯之"條下注云："汴梁人，有《好兒趙正》話本。"那麼，這些"底本"的文本應是何種形態呢？周兆新《"話本"釋義》一文認爲："説書藝人主要用口傳心授的方法帶徒弟。""師傅也往往把自己的秘本傳給徒弟。如果我們認爲説書藝人有底本，那麼這種秘本就是底本。秘本的内容大致包括兩部分。一是某一書目的故事梗概，二是常用的詩詞賦贊或其他參考資料。北方評書的秘本又叫梁子，就是提綱的意思。""總之，説書藝人的底本至少具備兩個基本特徵：從體裁上看，它是一種簡單扼要的提綱；從内容上看，它必須具備可演性，能够叫座兒。"② 當然，周先生以近現代"説書"的底本判斷宋元"説話"的情況不免有以今律古之嫌，但作爲一脈相承的口頭文學，古今還是有很多相同之處的。口頭文學中，表演者面對聽衆演説故事，許多細節的描繪主要靠臨場的發揮，而不是一板一眼的背誦。所以，"説話"伎藝的底本與近現代説書的"梁子"雖不盡完全相同，但也應大體相似。當然，我們並不能完全排除現存的宋元小説家話本有一些是仿照"小説"的口頭文學形式而直接寫作的通俗文學讀物。不過，相比較而言，宋元小説家話本應爲"録本"更多，"擬作"極少。小説家話本的大量刊行當在元初，也就是説，大約在元代，小説家話本纔成爲較爲流行的刊行讀物。因此，當時它還很難成爲人們模仿寫作的對象。

---

① （宋）徐夢莘《三朝北盟會編》，上海古籍出版社 1987 年版，第 1084 頁。
② 周兆新《"話本"釋義》，《國學研究》第二卷，北京大學 1994 年版。

二、"伎藝的故事内容"与"通俗故事讀本"

　　明代，"話本"依然被作爲伎
藝底本的泛稱使用，如：明刊《李
九我先生批評破窑記》（明萬曆間
富貴堂刊本，收入《古本戲曲叢刊
初集》）首齣副末開場【滿庭芳】，
明確稱戲文脚本爲"話本"："鰍生
後學，空逞俐齒伶牙，本待看時容
易，做就實堪夸。編話本錦上添
花。……添插南科北諢，按宮商由
自無差。賢門聽，戲文可意，恬静
莫喧嘩。"① 然而，總體來看，明清
時期"話本"很少專指伎藝的底
本，而主要用於擬話本中模擬説話
人的口吻，指稱"伎藝的故事内
容"。同時，還引申爲一般通俗故
事讀本的泛稱。

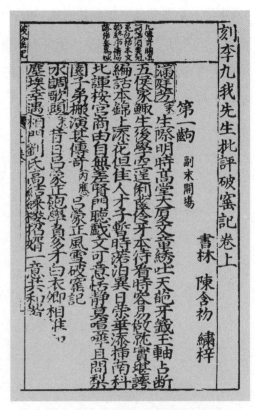

明刊本《李九我先生批評破窑記》

　　"話本"作爲與説唱、雜戲等伎藝形式相關的專有名詞經常被藝人"做
場"時使用，在使用過程中，"話本"一辭的内涵被進一步引申。元刻本《新
編紅白蜘蛛小説》殘頁的末尾有"話本説徹，權做散場"的套語；《清平山堂

① 明刊《李九我先生批評破窑記》爲明代傳奇，第二十一齣眉批："原本無夫人看女一齣，今增
之。"第二十四齣眉批："古本無辭官一節，今增之。"説明此本明傳奇當據之前流傳的元或明代戲文
改編。而此段【滿庭芳】爲原本所有，還是新本所增，現已無法判斷。因此本爲明代流行刊本，故這
裏姑繫於明代。

話本》《熊龍峰刊行小説四種》中的宋元舊篇也有不少此類套語，如《簡帖和尚》《合同文字記》《陳巡檢梅嶺失妻記》《張生彩鸞燈傳》等。顯然，"話本説徹，權（且）作散場"應爲"説話人"指示表演結束的場上用語。此處"話本"一辭雖然没有脱離其原意，仍可作"底本"解，但却不够確切。準確地説，這裏的"話本"應指"伎藝的故事内容"。這裏借"底本"指稱"伎藝的故事内容"，是對"底本"之義的引申。"三言""二拍"中的"話本"一辭基本上都是此類用法，如：

這話本是京師老郎流傳。（《古今小説》卷十五《史弘肇龍虎君臣會》）①

這段話本叫做"汪信之一死救全家人"。（《古今小説》卷三十九《汪信之一死救全家》）

片言得婦是奇緣，此等新聞本可傳，扭捏無端殊舛錯，故將話本與重宣。（《拍案驚竒》卷十二《陶家翁大雨留賓　蔣震卿片言得婦》）②

從來説鬼神難欺，無如此一段話本，最爲真實駭聽。（《拍案驚奇》卷十四《酒謀財於郊肆惡　鬼對案楊化借尸》）

不如"崔俊臣芙蓉屏"故事，又全了節操，又報了冤仇，又重會了夫妻，這個話本好聽。看官，容小子慢慢敷演。（《拍案驚奇》卷二十七《顧阿秀喜舍檀那物　崔俊臣巧會芙蓉屏》）

①　（明）馮夢龍《古今小説》，上海古籍出版社《古本小説集成》據天許齋刊本影印，第 609 頁。下文所引文字均爲該版本，不再一一注出。
②　（明）凌濛初《拍案驚奇》，上海古籍出版社《古本小説集成》據尚友堂刊本影印，第 562 頁。下文所引文字均爲該版本，不再一一注出。

　　所以宣這個話本，奉戒世人，切不可爲著區區財産，傷了天性之恩。
（《拍案驚奇》卷三十三《張員外義撫螟蛉子　包龍圖智賺合同文》）

　　如今待小子再宣一段話本，叫做"包龍圖智賺合同文"。你道這話本
出在那裏？乃是宋朝汴梁西關外義定坊，有個居民劉大，名天祥……
（《拍案驚奇》卷三十三《張員外義撫螟蛉子　包龍圖智賺合同文》）

　　"這段話本叫做（喚做）……""宣一段話本"等語句是説話人向聽衆介
紹説明故事内容。句中"話本"一辭，一方面並未脱離"説話底本"的原義，
另一方面又引申爲"伎藝的故事内容"，被説話人借用以介紹這次演説的故
事。這類用法，有的可能是宋元話本的舊稱，但更多的是擬話本作者的模仿。
不過，無論怎樣，這些材料中的"話本"一辭都是體現説話人口吻的場上用
語或對説話人口吻的模仿①。

　　這種借用在其他伎藝名稱上也有鮮明的體現，"説話""話文"等詞的用
法與"話本"非常相似，也都由原意引申爲"伎藝的故事内容"②。如：

　　　自家今日説一個青年子弟，只因不把色欲警戒，去戀著一個婦人，
　　險些兒壞了堂堂六尺之軀，丢了潑天的家計。驚動新橋市上，變成一本
　　風流説話。（《古今小説》卷三《新橋市韓五賣春情》）

————————————

　　① 《水滸傳》關於"白秀英説書"的一則材料與上文的用法相似，《水滸傳》五十一回《插翅虎
枷打白秀英　美髯公誤失小衙内》："那白秀英道：'今天秀英招牌上明寫著這場話本，是一段風流蘊
藉的格範，喚做"豫章城雙漸趕蘇卿"。'"白秀英説唱的是諸宫調，稱"這場話本"，"場"與"話
本"搭配，顯然是用"話本"指稱這場演出的内容，即"伎藝的故事内容"；《醒世姻緣傳》第八十八
回："報了州官，將尸從牢洞裏拖將出去，拉到萬人坑邊，猪拖狗嚼，蠅蚋咕嘬。這是那作惡的下場。
完了這個畜生的話本，再有別人，另看下回結束。"也基本是這種用法。
　　② 宋元時期，"説話"主要作爲伎藝名稱使用，如《西湖老人繁盛録》"瓦舍"條，《武林舊事》
卷七，《夢粱録》卷二十"小説講經史"條，《都城紀勝》"瓦舍衆伎"條，《三朝北盟會編》卷七十七
"金人來索諸色人"條。"話文"應與變文、詞文等用法相似，爲記録伎藝性故事的文本。

聞得老郎們相傳的説話，不記得何州甚縣，單説有一人……（《古今小説》卷二《陳御史巧勘金釵鈿》）

後來做出花錦般一段説話。（《醒世恒言》卷九《陳多壽生死夫妻》）①

此本説話出在祝枝山《西樵野記》中。（《拍案驚奇》卷十二《陶家翁大雨留賓　蔣震卿片言得婦》）

後人將史書所載廢帝海陵之事，敷演出一段話文，以爲將來之戒。（《醒世恒言》卷二十三《金海陵縱欲亡身》）

你道這段話文，出在那個朝代，何處地方？（《醒世恒言》卷四《灌園叟晚逢仙女》）

這本話文，出在《空緘記》，如今依傳編成演義一回，所以奉勸世人爲善。（《拍案驚奇》卷二十《李克讓竟達空函　劉元晉雙生貴子》）

顯然，"話本""説話""話文"的此類用法與"話"（伎藝性故事）② 非常相似。

"話本"一辭還有明確指稱"中篇文言傳奇"和"白話通俗小説"的幾則例證：

---

① （明）馮夢龍編《醒世恒言》，上海古籍出版社《古本小説集成》據金閶葉敬池刊本影印，第473頁。下文所引文字均爲該版本，不再一一注出。
② 如董解元的《西厢記》卷一："唱一本兒倚翠偷期話。""此本話，説唐時這個書生，姓張名珙、字君瑞，西洛人也。"《拍案驚奇》卷九《宣徽院仕女秋千會　清安寺夫婦笑姻緣》："這本話乃是元朝大德年間的事。"《警世通言·趙太祖千里送京娘》："這段話，題做《趙公子大鬧清油觀，千里送京娘》。"《拍案驚奇》卷十五《衛朝奉狠心盤貴産　陳秀才巧計賺原房》："這便是《陳秀才巧計賺原房》的話。"

　　蓮笑曰："汝欲以碧桃絳桃、三春三紅之事待我，如傷風敗俗諸話本乎?"（《劉生覓蓮記》）

　　因至書坊，覓得話本，特與生觀之。見《天緣奇遇》，鄙之曰："獸心狗行，喪盡天真，爲此話者，其無後乎?"見《荔枝奇逢》《懷春雅集》，留之。（《劉生覓蓮記》）①

　　看到加官生子、烟火樓臺、花攢錦簇、歌舞淫奢，也就不顧那髓竭腎裂、油盡燈枯之病，反説是及時行樂，把那寡婦哭新墳、春梅遊故館一段冷落炎凉光景看做平常。救不回那貪淫的色膽、縱欲的狂心。眼見的這部書反做了導欲宣淫話本。少年文人，家家要買一部。（《續金瓶梅》第一回"普净師超劫度冤魂　衆孽鬼投胎還宿債"）②

　　《天緣奇遇》《荔枝奇逢》《懷春雅集》等中篇文言傳奇和《金瓶梅詞話》等白話通俗小説被一起稱爲"話本"，實際上表明"話本"爲此類作品的泛稱。在明代人看來，《天緣奇遇》《荔枝奇逢》等中篇文言傳奇小説文體卑下，與《玩江樓記》等短篇通俗白話小説品格相類③。這就説明，中篇文言傳奇小説和白話通俗小説被泛稱爲"話本"應主要源於兩類作品同爲通俗故事讀本。因此，我們基本可以推斷，明清時期，"話本"曾引申爲通俗故事讀本的泛稱。其實，《古今小説叙》中的"話本"一辭也應作"通俗故事讀本"解釋。

---

　　①　（明）赤心子等《綉谷春容》（中國話本大系），江蘇古籍出版社1993年版，第91、97頁。
　　②　（清）紫陽道人《續金瓶梅》，上海古籍出版社《古本小説集成》據中國藝術研究院戲曲研究所藏本影印，第6—7頁。下文所引文字均爲該版本，不再一一注出。
　　③　明人高儒《百川書志》卷六"史部·小史"："（《懷春雅集》等）皆本《鶯鶯傳》而作。語帶烟花，氣含脂粉，鑿穴穿墙之期，越禮傷身之事，不爲莊人所取。但備一體，爲解睡之具耳。"明代一些以收話本小説爲主的集子常含此類傳奇文，如《清平山堂話本》《熊龍峰刊行小説四種》；以收傳奇文爲主的通俗類書常含話本小説，如《國色天香》《萬錦情林》《燕居筆記》。這説明，在明人的觀念中，這兩類文體的品格相近。

"若通俗演義，不知何昉。按南宋供奉局，有説話人，如今説書之流。其文必通俗，其作者莫可考。泥馬倦勤，以太上享天下之養。仁壽清暇，喜閲話本，命内璫日進一帙，當意，則以金錢厚酬。於是内璫輩廣求先代奇迹及閭里新聞，倩人敷演進御，以怡天顔。然一覽輒置，卒多浮沉内庭，其傳布民間者，什不一二耳。然如《玩江樓》《雙魚墜記》等類，又皆鄙俚淺薄，齒牙弗馨焉。暨施、羅兩公，鼓吹胡元，而《三國志》《水滸》《平妖》諸傳，遂成巨觀。要以韞玉違時，銷熔歲月，非龍見之日所暇也。"① 這段文字是追溯"通俗演義"的文體淵源及其在宋元時期的演進歷史。馮氏認爲，"通俗演義"源於南宋之"説話"，經歷了宋"《玩江樓》《雙魚墜記》等類"和元"《三國志》《水滸》《平妖》諸傳"兩個發展階段。從"仁壽清暇，喜閲話本，命内璫日進一帙，然一覽輒置……卒多浮沉内庭，其傳布民間者，什不一二耳。然如《玩江樓》《雙魚墜記》等類，又皆鄙俚淺薄，齒牙弗馨焉"來看，馮氏顯然是用"話本"來指稱《玩江樓》《雙魚墜記》等作品。在此段文字中，"話本"的指稱對象是明確的，但内涵却比較模糊。有些學者認爲，此處"話本"爲"説話人的底本"之義，其依據主要爲前文提到的"有説話人，如今説書之流。其文必通俗，其作者莫可考"。其實，這應當是一種誤讀。文中"喜閲話本，命内璫日進一帙"顯然指明"話本"是根據"先代奇迹及閭里新聞""倩人敷演"而成，由太上皇用來直接閲讀的通俗讀物。這些作品祇是以"説話"的方式來敷演，而非説話人用來演説的底本。把《玩江樓》《水滸傳》等"通俗演義"看作口頭"説話"伎藝的讀本形式是明代文人的一種共識。當時，文人在追述"通俗演義"起源時通常會把它與"説話""小説"等口頭伎藝聯繫起來，但却從未看作口頭伎藝的底本，而是將兩者混爲一談，視"通俗演義"爲讀本形式的口頭文學。如天都外臣

---

① （明）馮夢龍《古今小説》，上海古籍出版社《古本小説集成》據天許齋刊本影印，第 2、3 頁。

《水滸傳叙》："小説之興，始於宋仁宗。於時天下小康，邊釁未動。人主垂衣之暇，命教坊樂部，纂取野記，按以歌詞，與秘戲優工，相雜而奏。是後盛行，遍於朝野，蓋雖不經，亦太平樂事，含哺擊壤之遺也。其書無慮數百十家，而《水滸》稱爲行中第一。"① 文中把口頭文學的"小説"與《水滸》等書面的"通俗演義"混爲一談。笑花主人《今古奇觀序》："至有宋孝皇以天下養太上，命侍從訪民間奇事，日進一回，謂之'説話人'。而通俗演義一種，乃始盛行。然事多鄙俚，加以忌諱，讀史嚼蠟，殊不足觀。元施、羅二公大鄶斯道，《水滸》《三國》奇奇正正，河漢無極，論者以二集配伯喈、《西廂》傳奇，號四大書。厥觀偉矣！迄於皇明，文治聿新，作者競爽，勿論廊廟鴻編，即稗官野史，卓然復絶千古。説書一家，亦有專門。然《金瓶》書麗，貽譏於誨淫；《西遊》《西洋》，逞臆於畫鬼，無關風化，奚取連篇？"② 文中將書面的"通俗演義"和口頭的"説書"伎藝混爲一談。顯然，馮氏此處所説的"話本"應當與天都外臣、笑花主人的"小説""通俗演義"在指稱對象上是一致的。因此，與上文中"話本"明確指稱"中篇文言傳奇"和"白話通俗小説"相應證，可以基本斷定馮氏此處的"話本"也應爲泛稱通俗故事讀本。

　　"話本"作爲通俗故事讀本也應由伎藝底本的泛稱引申而來。伎藝底本或脚本作爲藝人搬演的依憑，雖然並非直接供人們閲讀的讀本，但却可看作記載故事的通俗本子，而且，有些伎藝的底本與讀本之間也並無多大差距，如雜劇、戲文等。這樣，就容易在概念區分並不嚴格的俗文學領域把底本概念和讀本概念混爲一談。

----

① 轉引自黄霖、韓同文選注《中國歷代小説論著選》，江西人民出版社 1982 年版，第 124 頁。
② （明）抱甕老人輯《今古奇觀》，上海古籍出版社《古本小説集成》據上海圖書館藏本影印，第 2、3 頁。

三、"話柄"或"舊事"

　　除了"伎藝的底本"和由此引申出的"伎藝的故事内容""通俗故事讀本"之外，"話本"一辭還曾同時作爲普通用語——"話柄"（人們的談論對象）① 或"舊事"。這種用法在元、明、清一直存在著。如：

　　　　任平地波翻浪滾，恣中原鹿走蛇吞。够升合白酒醇，迭斤兩黃鷄嫩。甘分住水郭山村，千古興亡費討論，總一段漁樵話本。（元・汪元亨《沉醉東風・歸田》）②

　　　　燈前月下，逢五百年歡喜冤家；世上民間，作千萬人風流話本。注：話本猶話柄也，言説話之本也。（《剪燈新話・牡丹燈記》）③

　　　　聊效崔氏而逢張珙，諧百年魚水之歡娱；豈被王魁而負桂英，作萬載風流之話本。（《孔淑芳雙魚扇墜傳》）④

　　　　到了唐朝，太宗一洗積弊，策論詩賦定了制舉之例，纔專重文章，立法甚嚴。當時女后臨朝，公主多寵，又有御封墨敕公主門下、宰相幕

───────────────

　　① 《古今小説・沈小霞相會出師表》："留下一段轟轟烈烈的話柄。"《警世通言・唐解元一笑姻緣》："至今吴中把此事傳作風流話柄。"
　　② 《全元曲・第七卷》（河北教育出版社 1998 年版）把此段文字中的"話本"注釋爲"宋元間説唱故事的底本"。顯然，這種理解是錯誤的。"千古興亡費討論，總一段漁樵話本"指千古興亡之歷史不過是漁夫、樵夫的一段談資而已，它應與前文中的"鷗夷泛海槎，陶潛休縣衙，入千古漁樵話"所指相同，也就是説，此處"話本"與説唱故事的底本無任何關係，而與"話柄"相似。
　　③ （明）瞿佑《剪燈新話》，上海古籍出版社《古本小説集成》據日本内閣文庫藏本影印，第 112 頁。
　　④ （明）《熊龍峰刊行小説四種》，上海古籍出版社《古本小説集成》據日本内閣文庫藏本影印，第 153 頁。

中。這些才人，以詩詞流傳宮禁，彈琵琶唱鬱輪袍的故事，漸以鑽營無恥，反做風流話本。(《續金瓶梅》第四十六回"傻公子枉受私關節　鬼門生親拜女房師")

只有女兒偏要習學詩詞，博出個才子的名去，把詩詞傳刻，向女流中奪萃，因此常常惹出風流話本。(《續金瓶梅》第五十三回"苗員外括取揚州寶　蔣竹山遍選廣陵花")

自古人生成一夢，誰人留得音容長，江流月去無踪。潘安西子貌，魂斷已隨風。　惟有畫圖人面在，他年還有相逢。須知圖畫也成空，畫畫人何處？人留話本中。(《都是幻·寫真幻》第一回"活餓莩樓中藏美真")①

直等待他年長進，纏說與從前話本，是必教報仇人，休忘了我這大恩人。(《趙氏孤兒》第一折"賺煞尾")

許宣見了，目睜口呆，吃了一驚。不在姐夫、姐姐面前說這話本，只得任他埋怨了一場。(《警世通言》卷二十八《白娘子永鎮雷峰塔》)②

"說與從前話本"和"不在姐夫、姐姐面前說這話本"中的"話本"顯然指"從前發生的舊事"；"漁樵話本""作千萬人風流話本""作萬載風流之話本""風流話本""人留話本中"等材料中的"話本"則無疑指"話柄"，即

---

① （清）瀟湘迷津渡者《都是幻》，上海古籍出版社《古本小説集成》據北京圖書館藏本影印，第129頁。
② （明）馮夢龍編《警世通言》，上海古籍出版社《古本小説集成》據兼善堂刊本影印，第1182頁。

“人們的談論對象”。“話本”作爲專有名詞指稱伎藝“底本”或“故事內容”主要用於介紹伎藝和說話人“做場”時說明演出內容，泛稱通俗故事讀本主要用於指稱通俗小說作品。與此不同，這里的“話本”完全衹是一種一般用語，與伎藝或小說作品無任何瓜葛。而且，作爲“話柄”和“舊事”也與“伎藝底本或伎藝的故事內容”“通俗故事讀本”在詞義上無多大關係。因此，它應屬一般的社會普通用語。

　　綜上所述，“話本”一辭在古典文獻中的意義主要有如下三點：（1）作爲專有名詞，“話本”在宋元時期指“說話”、影戲、傀儡戲、戲文等伎藝的底本，明清時期引申出“伎藝的故事內容”“通俗故事讀本”，主要用於介紹伎藝和說話人“做場”時對演出內容的說明。（2）作爲社會普通用語，元明清三代一直沿用“話柄”（人們的談論對象）或“舊事”等意義。（3）雖然“話本”一辭在古典文獻中有說話人的底本之義，但古人卻從未在“底本”的意義上指稱現存的“宋元話本小說”，現存的“宋元話本小說”並非當時“說話”伎藝的底本。

【相關閱讀】

　　1. 增田涉《論“話本”的定義》，見《中國古典小說研究專集》第三集，臺灣聯經出版事業公司 1981 年版。

　　2. 周兆新《“話本”釋義》，《國學研究》第二卷，北京大學 1994 年版。

"詞話"考

作爲中國小説史上重要的文體概念，"詞話"一辭在 20 世紀二三十年代中國小説史研究展開之初就已受到學界很大關注。之後，許多學者撰文對其内涵和指稱對象進行了詳盡考證①。80 年代，學界又以 60 年代末發現的明成化刊本説唱詞話爲文獻依據對其相關問題進行了新的探討②。雖然這些研究論著對"詞話"的命名内涵、指稱對象及其體制特徵、淵源流變等基本問題都已做了較全面的論述和界定，但依然存在認識理解不盡一致、許多説法似是而非等諸多問題。我們試圖通過對"詞話"一辭相關文獻資料和前輩學者舊説的重新梳理辨析，既對前人研究作一總結，又期對其中的諸多誤識進行一番辨正。

一、元之"詞話"

"詞話"作爲伎藝名稱最早見於元代，這已基本成爲學界一種共識，如孫楷第《詞話考》："宋人書記雜伎，無云'詞話'者。'詞話'二字，蓋起於金

---

① 這些文章主要有孫楷第《詞話考》，《師大月刊》1933 年第 10 期；葉德均《説詞話》，《東方雜志》第四十三卷四號；葉德均《宋元明講唱文學》，《戲曲小説叢考》，中華書局 1979 年版；胡士瑩《話本小説概論》第六章《話本的名稱》第六節《話本與詞話》，中華書局 1980 年版；胡士瑩《詞話考釋》，《宛春雜著》，浙江人民出版社 1981 年版。

② 如趙景深《談明成化刊本"説唱詞話"》，《文物》1972 年第 11 期；譚正璧、譚尋《明成化刊本説唱詞話述考》，《文獻》1980 年第 3 期、4 期；胡士瑩《話本小説概論》第十一章《明代的説書和話本》第四節《明代的説唱詞話叙録》；周啓付《談明成化刊本"説唱詞話"》，《文學遺産》1982 年 2 期；李時人《"詞話"新證》，《文學遺産》1986 年第 1 期。

元之際。逮元明遂成習語。"① 葉德均《宋元明講唱文學》："宋代雖有種種名
稱不同的講唱文學，但並沒有一種叫'詞話'的。""考詞話名稱的使用是始
於元代，元明兩代最爲通行。"② 上述論斷的主要依據爲：（1）宋代記載諸説
唱伎藝的孟元老《東京夢華録》、灌圃耐得翁《都城紀勝》、西湖老人《西湖
老人繁勝録》、吳自牧《夢粱録》、周密《武林舊事》、羅燁《醉翁談録》等書
中均無"詞話"之名稱；（2）元初文獻中，纔開始出現"詞話"一辭，如關
漢卿《趙盼兒風月救風塵》第三折【滾綉球】【幺篇】："那唱詞話的有兩句留
文：'咱也曾武陵溪畔曾相識，今日佯推不認人。'"③ 完顏納丹等纂《通制條
格》卷二十七"搬詞"："至元十一年十一月中書省大司農司呈、河南河北巡
行勸農官申：順天路東鹿縣鎮頭店聚約百人，搬唱詞話。社長田秀等約量斷
罪。外本司看詳：除繫籍正式樂人外，其餘農民、市户、良家子弟，若有不
務正業，習學散樂，搬唱詞話，並行禁約。"④ 顯然，從文獻資料來看，"詞
話"之名始於元初似乎應爲確論。不過，從"詞話"之名稱元代初年就已較
多地進入政府"禁令"、雜劇來看，它應早有了一段較長的流行期。因此，準
確地講，作爲伎藝名稱，"詞話"一辭的發生應在宋金之末，甚至更早一些，
到元初則已頗爲盛行了⑤。

大多數學者認爲，元代"詞話"一辭專指當時流行的一種獨立的詩贊系

---

① 孫楷第《滄州集》，中華書局 1965 年版，第 99 頁。
② 葉德均《戲曲小説從考》，中華書局 1979 年版，第 656、657 頁。
③ （明）臧晉叔《元曲選》（第一册），中華書局 1958 年版，第 201 頁。元雜劇中引用詞話唱詞的
現象非常普遍，如葉德均《宋元明講唱文學》稱："雜劇中常有整段的七言或十言（間用五言、八言、
九言等雜言）詩贊體的唱詞，或用'詩云'，'詞云'，或是'訴詞云'，'斷云'。它的作用主要是叙述
和總結，其次是形容。……現存元及明初雜劇一四四本，極大多數是有詞話的。"
④ （元）完顏納丹等纂《通制條格》，浙江古籍出版社 1986 年版，第 288、289 頁。此禁令還見
於《元史》卷一百零五《刑法志》第五十三《刑法》（四）"禁令"："諸民間子弟，不務生業，輒於城
市坊鎮，演唱詞話，教習雜戲，聚衆淫謔，並禁治之。"另有《元典章》四十一"刑部"三"謀反亂言
平民作歹"條："聽得妄傳詞話。"
⑤ 元好問《遺山先生文集》卷三十六《楊叔能小亨集引》："無爲琵琶娘人魂韻詞，無爲村夫子
兔園册子。"所記爲金末之事，"琵琶娘人魂韻詞"有可能即指"詞話"。

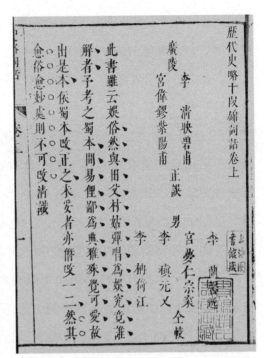

明刊本《按史校正唐秦王本傳》　　　清康熙年間刊本《歷代史略十段錦詞話》

講唱伎藝，如葉德均先生據元雜劇中散見的詞話唱詞和明代的《大唐秦王詞話》和《歷代史略十段錦詞話》推斷："元代詩贊系講唱文學是統一地用詞話名稱。""詞話的韻文唱詞是以詩贊爲主，如散見元雜劇中的元代詞話，明諸聖鄰《大唐秦王詞話》和楊慎擬作的《歷代史略十段錦詞話》，就是用七言和十言詩贊的。"① 李時人先生以明成化刊本説唱詞話爲依據，進一步分析説："元明詞話從根本上説是一種有別於説話、鼓子詞、諸宮調等的説唱藝術形式，在説唱藝術中實際是獨立門庭的。""詞話的演出當以唱爲主，以説爲輔。""唱詞是以七言爲普遍形式的。七言句式結構多二三三（或上四三）……只有少數二三二句……除七字句外，還有少量十字句，被稱爲'攢十字'，普遍形式是三三四。""詞話的唱詞，不論是七字句，還是十字句，都是韻文。押韻的形

①　葉德均《戲曲小説叢考》，中華書局 1979 年版，第 669、658 頁。

式很簡單，基本是隔句韵，而且大都是一韵到底，不再换韵。用韵很寬，不避同字，甚至連幾個韵脚都用同一個字，可以看出完全是用口語押韵的。"①但是，也有一些學者認爲，"詞話"爲當時多種講唱伎藝的一種統稱，如孫楷第《詞話考》："是故同一演唱故事雜伎，在唐謂之'俗講'；在宋謂之'説話'，又謂之'平（評）話'；自元以來謂之'詞話'。"②胡士瑩《話本小説概論》第六章"話本的名稱"第六節"話本與詞話"："詞話之名，雖不見於宋代文獻中，其實在宋代早就有了。""宋代各種詞話體的説唱文學，大體上可歸納爲兩種類型：一種是按照樂曲填成唱詞，中間雜以説白，這是屬樂曲系的；另一種是用七言詩體作唱詞，中間雜以説白，這是屬於詩贊系的。"③綜合元代講唱伎藝的相關文獻資料來看，無疑前一種説法更爲合理。無論是元代雜劇中散見的詞話唱詞，還是明成化刊本説唱詞話及《大唐秦王詞話》《歷代史略十段錦詞話》，都普遍以七言和十言詩贊爲唱詞，具有獨特而鮮明的體制特徵。而且，元代其他樂曲系講唱伎藝"貨郎兒""諸宫調"等也都一直使用著自己的特稱④，從未發現與"詞話"混稱或被泛稱爲"詞話"⑤。孫楷第、胡士瑩先生推斷"詞話"爲當時多種講唱伎藝的統稱或許並

---

①　李時人《"詞話"新證》，《文學遺産》1986 年第 1 期。
②　孫楷第《滄州集》，中華書局 1965 年版，第 101 頁。
③　胡士瑩《話本小説概論》，中華書局 1980 年版，第 175 頁。
④　"貨郎兒""諸宫調"是元代屬指稱和内涵都非常明確的概念，如《元典章》卷五十七《刑部》十九"雜禁"："在都唱琵琶詞、貨郎兒人等，聚集人衆，充塞街市，男女相混，不唯引惹鬥訟，又恐别生事端。"元無名氏《風雨像生貨郎旦》第三折："你如今唱貨郎兒，可不辱没殺我也。""我與人家看牛哩，不比你這唱貨郎兒的生涯這等下賤。"葉德均《宋元明講唱文學》稱該伎藝"用'貨郎兒'的民間樂曲和散説配合作爲叙述故事之用。""唱的'貨郎兒'是當時民間流行樂曲，全部都是用這一樂曲，所以叫'貨郎兒'。"夏庭芝《青樓集》記載趙真真、楊玉娥、秦玉蓮、秦小蓮等藝人"善唱諸宫調"，該伎藝的唱詞取同一宫調的若干曲子聯成短套，再集不同宫調的若干短套聯成整篇作品，故名"諸宫調"。
⑤　"詞話"伎藝在元代還可能有其他稱謂"唱琵琶詞""唱詞"等，但因史料所限，又難以確指，如《元典章》卷五十七《刑部》十九"雜禁"："在都唱琵琶詞、貨郎兒人等，聚集人衆，充塞街市，男女相混，不唯引惹鬥訟，又恐别生事端。"《元典章》卷五十七《刑部》十九"禁聚衆"多次談到"聚衆唱詞"或"唱詞聚衆"。但却從未出現"詞話"一詞指稱其他非詩贊系講唱伎藝的情況。

不確切①。

　　作爲詩贊系講唱伎藝，元之"詞話"通常被認爲是由唐五代詞文、宋代陶真、崖詞發展而來的②。也就是説，宋之"陶真""崖詞"基本可看作元之"詞話"的前身。現存宋代"陶真""崖詞"的直接相關史料非常稀少③，很難説明其伎藝形式，而祇能通過一些間接史料作出推測性描述。通常，大多數學者將其認定爲一種以七言詩贊爲主的講唱伎藝④。"陶真"發展到元代，依然保持了其原有的稱謂，如元末高明《琵琶記》第十七齣"義倉賑濟"："激得老夫性發，只得唱個陶真。"⑤"崖詞"之名稱，元代似乎就失傳了（或許被混稱作"陶真"）。元代，指稱詩贊系講唱伎藝的名稱實際上主要有"陶真"和"詞話"兩種。從明代相關文獻資料來看，"詞話"和"陶真"指稱的應爲同一對象，如郎瑛《七修類稿》卷二十二説："間閭陶真之本之起，亦曰：'太祖太宗真宗帝，四祖仁宗有道君。'國初瞿存齋（佑）過汴之詩有'陌頭

---

　　① 孫楷第先生的觀點主要源於《青樓集》之《時小童傳》，《時小童傳》稱："善調話，即世所謂小説者。如丸走坂，如水建瓴。女童亦有舌辨，嫁末泥度豐年，不能盡母之技云。"孫先生《詞話考》稱："'調話'必'詞話'之誤。"從而推斷出："元之'詞話'一名'小説'，即宋之'小説'無疑。"顯然，這種推測完全是一種誤解。"調話"並非"詞話"之誤，"調"乃"調説"之義，屬宋元習語，如趙德麟《商調蝶戀花》鼓子詞："倡優女子，皆能調説大略。"所謂"調話"即講説故事。胡士瑩先生的觀點則源於明人之"宋人詞話"的誤解。
　　② 如葉德均《宋元明講唱文學》將詩贊系講唱文學的譜系列爲宋之崖詞、陶真，元之詞話，並稱："詞話是元明時講唱文學的名稱，它除了增加十字句外，和陶真並没有什麽不同。"李時人《"詞話"新證》"唐五代詞文正是元明詞話的先河。""詞話上承唐五代詞文，其名雖不見宋人記載，然宋代實不乏其體，如陶真、崖詞。"
　　③ 有西湖老人《繁盛録》："唱崖詞，只引子弟；聽淘真，盡是村人。"灌圃耐得翁《都城紀勝》"瓦舍衆伎"條："凡傀儡敷演烟粉靈怪故事、鐵騎公案之類，其話本或如雜劇，或如崖詞，大抵多虛少實，如巨靈神朱姬大仙之類是也。"吳自牧《夢粱録》卷二十"百戲伎藝"條："凡傀儡，敷演烟粉、靈怪、鐵騎、公案、史書歷代君臣將相故事，話本或講史，或作雜劇，或如崖詞。"
　　④ 如葉德均《宋元明講唱文學》通過傀儡戲的唱詞間接推斷："傀儡戲所用的崖詞也是以七言詩贊爲主，如《西廂記》諸宮調卷四'傀儡兒'兩支就是如此，它和陶真同屬詩贊系統。"另外，從明代文獻中"陶真"的相關記載來看，"陶真"確爲七言詩贊，而明之"陶真"應與宋之"陶真"一脈相承。
　　⑤ （元）高明《琵琶記》，《六十种曲》（第一册），中華書局1958年版，第67頁。明代依然保持著"陶真"的稱謂，如明田汝成《西湖遊覽志餘》卷二十："杭州男女瞽者，多學琵琶，唱古今小説、平話，以覓衣食，謂之陶真。大抵説宋時事，蓋汴京遺俗也。"郎瑛《七修類稿》卷二十二説："間閭陶真之本之起，亦曰：'太祖太宗真宗帝，四祖仁宗有道君。'國初瞿存齋（佑）過汴之詩有'陌頭盲女無愁恨，能撥琵琶説趙家'，皆指宋也。"周揖《西湖二集》卷十七《劉伯温薦賢平浙中》的入話："那陶真的本子上道：'太平之時嫌官小，離亂之時怕出征。'"

盲女無愁恨，能撥琵琶説趙家'，皆指宋也。"① 其中，"太祖太宗真宗帝，四祖仁宗有道君"與明成化刊本説唱詞話《新刊説唱包龍圖斷曹國舅公案傳》《新刻全相説唱張文貴傳》《新編説唱包龍圖斷白虎精傳》開頭的唱詞完全相同。因此，元代"陶真"和"詞話"也應同爲詩贊系講唱伎藝的兩種不同稱謂。這實際上表明，"詞話"是宋之"陶真"（或"崖詞"）發展到元代後新起的別稱。那麼，"陶真"發展到元代之後，爲什麼會被另稱爲"詞話"呢？

前輩學者對"詞話"命名問題的解釋多集中於"詞"字之釋義，且看法不一，如孫楷第《詞話考》稱："元明人所謂'詞話'，其'詞'字以文章家及説唱人所云'詞'者考之，可有三種解釋：一辭調之詞；……二偈贊之詞；……三駢麗之詞。"② 葉德均《宋元明講唱文學》："所以詞話和明清彈詞、鼓詞的'詞'的意義完全相同。但這稱詩贊爲'詞'的，也不始於元代詞話，唐五代俗講中的《季布駡陣詞文》《後土夫人詞》的'詞文'或'詞'，就是指詩贊詞而言。"③ 李時人《"詞話"新證》："元明詞話之'詞'實因'唱詞'而起。"顯然，作爲詩贊系講唱伎藝名稱，"詞話"之"詞"主要指詩贊唱詞的釋義更爲準確、合理。然而，"詞話"之"詞"字釋義實際上僅僅解決了我們對"詞話"這個詞語本身的認識問題，而並不能很好地説明"詞話"的命名問題。其實，"詞話"的命名如果放置在宋元説唱伎藝及其名稱發展演化的歷史背景中來看，似乎可以得到一種比較合理的理解。宋代説唱伎藝主要有"説話"（包括"小説""講史""説經""説鐵騎兒"等）、"鼓子詞"、"唱賺"、"覆賺"、"諸宮調"、"崖詞"、"陶真"等，元代主要有"陶真""詞話""貨郎兒""諸宮調""平話""小説"等。由宋至元，"鼓子詞"

① （明）郎瑛《七修類稿》，上海書店出版社 2001 年版，第 229 頁。
② 孫楷第《滄州集》，中華書局 1965 年版，第 101 頁。
③ 葉德均《戲曲小説從考》，中華書局 1979 年版，第 659 頁。

"唱賺""覆賺"等以宋代詞調爲韻文的樂曲系講唱伎藝已基本消亡，盛行一時的諸宮調也已走向衰落，至元末已"罕有人解"①；"説話"伎藝中的"説經""説鐵騎"基本消亡，"小説"也已衰落，"講史"别稱爲"平話"，繼續盛行。在這些説唱伎藝種類的消長變化中，大多數伎藝沿用著原有的名稱，而祇有"陶真""講史"出現了新的别稱"詞話""平話"。"詞話""平話"皆起源於元初，而且，兩者在命名上具有鮮明的對峙性，"詞話"指以唱詞的方式敷演故事，"平話"指以平説（散説）的方式敷演故事②。這應當不僅僅是一種歷史的偶然，很可能隨著"諸宮調""鼓子詞""唱賺""覆賺"等樂曲系講唱伎藝的衰落消亡，更爲通俗明白的詩贊系"陶真"日趨興盛，在發展過程中，其題材内容也不斷擴大③；同時，"説話"伎藝中的"小説""説經""説鐵騎兒"趨於衰落消亡，而"講史"成爲獨秀的一枝繼續盛行。這時，人們更需要從演説方式的角度，對這兩種最爲盛行的主要説唱伎藝進行區分，於是便出現了對舉的"詞話""平話"。另外，"陶真"之名主要流行於南方，"詞話"很可能是"陶真"伎藝從南方流傳到北方以後出現的。

　　另外，宋元還有"詩話"概念與"詞話"非常相近，有的學者甚至認爲它"應屬詞話範圍"④。因此，也很有必要對"詩話"作一辨正。"詩話"作爲伎藝名稱見於《大唐三藏取經詩話》。《大唐三藏取經詩話》現存兩種宋元刻本，一本爲小字本，題《大唐三藏取經詩話》，另一本爲大字本，題

---

　　① （明）陶宗儀《南村輟耕録》卷二十七："金章宗時，董解元所編《西廂記》，世代未遠，尚罕有人能解之者，況今雜劇中曲調之冗乎。"中華書局 1997 年版，第 332 頁。
　　② "平話"的起源和命名依據，參考本書《"平話"考》。
　　③ 從《西廂記諸宮調》和元雜劇《諸宮調風月紫雲亭》曲詞中提及的諸宮調作品來看，金元諸宮調伎藝的題材已涉及講史、烟粉、靈怪、傳奇等。"陶真"與"諸宮調"同爲講唱伎藝，也應具備了廣泛的題材内容。而且，明成化刊本説唱詞話涉及講史、公案、傳奇、靈怪等多種題材類型，其中，許多作品"頗有可能是從元刊本翻刻的"，因此，元代"陶真"、"詞話"等詩贊系講唱文學的題材也應非常豐富。
　　④ 葉德均《戲曲小説從考》，中華書局 1979 年版，第 659 頁。

《新雕大唐三藏法師取經記》，通常認爲兩者源於同一祖本。"詩話"之名僅見於小字本。小字本卷末有"中瓦子張家印"一行，王國維先生《大唐三藏取經詩話跋》據此認定該書刊刻於南宋，但後來不知何因又改稱元本①。魯迅先生《中國小説史略》第十三篇《宋元之擬話本》則認爲可能刊於元代。綜合各家之説，《大唐三藏取經詩話》的刊刻年代應大體在南宋後期至元代初期。近年來，一些學者經深入考辨認爲，該書雖刊刻較晚，但成書年代"至遲也該在北宋"②，"可能早在晚唐、五代就已成書"③。也就是説，現存《大唐三藏取經詩話》是南宋後期或元代前期之書坊主以晚唐五代或北宋的舊鈔本（或刊本）爲底本重新刊刻的。那麼，題名中的"詩話"一辭爲原本所有，還是後刻者新題呢？從現存相關文獻資料來看，"詩話"更可能屬南宋後期或元初後刊者的新題，而且極有可能是刊刻者自創的新詞。因爲，（1）大字本題《新雕大唐三藏法師取經記》，並無"詩話"之稱，可見"詩話"並非祖本原題；（2）"詩話"一辭並不符合宋代説唱伎藝的命名方式，而於元初流行的"詞話""平話"相對；（3）"詩話"作爲伎藝名稱僅僅見於此書，其他文獻並無記載。許多學者認爲，這部作品被稱爲"詩話"是因其中人物"以詩代話"的詩贊，所謂"以詩代話"，就是每一段結尾處，人物咏詩言志，即以詩贊代替人物的獨白或對白。這種體制實際上是"唐、五代變文話本體制的表現"④，如果因此而被稱爲"詩話"則顯然屬於宋末元初人們的一種妄稱，而且很可能是根據當時流行的"詞話""平話"名稱而自造的。

　　現存最早的"詞話"伎藝話本爲明成化刊本説唱詞話。在一些作品的扉頁上明確題寫其文類名稱——"詞話"，如《新編説唱全相石郎駙馬傳》

---

①　參見《王國維遺書》之《兩浙古刊本考》卷上曾著録"《大唐三藏取經詩話》"。

②　劉堅《〈大唐三藏取經詩話〉寫作年代蠡測》，《中國語文》1982 年第 5 期。

③　李時人、蔡鏡浩《〈大唐三藏取經詩話〉成書時代考辨》，《徐州師範學院學報》1982 年第 3 期。

④　李時人、蔡鏡浩校注《大唐三藏取經詩話校注》之《前言》，中華書局 1997 年版，第 4 頁。

“説唱詞話傳”、《新編説唱包龍圖斷歪烏盆傳》“全相説唱詞話”、《新刊全相鸚哥孝義傳》“新刻説唱足本詞話”等。這實際上是説明，像“小説”“平話”等許多伎藝名稱一樣，“詞話”也由口頭伎藝名稱進一步引申擴展爲文本之文類或文體概念。許多學者認爲，有些作品“刊刻形式、字體、插圖和風格，都承襲了元代的作風”，“頗有可能是從元刊本翻刻的”①。也就是説，這種概念的引申擴展大概在元代就已完成了。

明刊本《新編説唱全相石郎駙馬傳》

二、明清之“詞話”

明清時期，“詞話”一辭實際上存在著兩種内涵和指稱對象：一是沿襲元人的用法，指稱詩贊系講唱伎藝及其話本和模擬此伎藝形式的擬作；二是指白話通俗小説或宋元小説家話本的泛稱。然而，目前學界對“詞話”一辭的理解和界定却僅僅限定爲“元明流行的一種説唱伎藝及其話本的專稱”，基本忽略了後一種内涵和指稱。而且，在使用明後期和清前期文獻中關於“詞話”的史料時，一些學者主要沿襲元代和明前期“詞話”之内涵和指稱進

① 胡士瑩《話本小説概論》，中華書局 1980 年版，第 382 頁。

行闡釋，還造成了多種“史料誤讀”。當然，也可以説，人們對明後期和清前期文獻中關於“詞話”史料的“誤讀”，遮蔽了“詞話”另一種内涵和指稱的存在。

其實，在明代的文獻典籍中，明確指稱詩贊系講唱伎藝及其話本的資料並不多，都穆《都公譚纂》卷上：“君佐出尋瞽人善詞話者十數輩，詐傳上命。明日，諸瞽畢集，背負琵琶。”① 徐渭《徐文長逸稿》卷四《吕布宅詩序》云：“布妻，諸史及與布相關者諸人之傳並無姓，又安得有‘貂蟬’之名。始村瞎子習極俚小説，本《三國志》，與今《水滸傳》一轍，爲彈唱詞話耳。”② “善詞話者”“爲彈唱詞話”中的“詞話”顯然爲講唱伎藝名稱。而從明代中後期開始，“詞話”已很少專指這種具有獨特體制的説唱伎藝，而主要作爲白話通俗小説或宋元小説家話本的泛稱使用。

熊大木《大宋中興通俗演義序》（嘉靖三十一年）：“武穆王《精忠傳》，原有小説，未及於全文。今得浙之刊本，著述王之事實，甚得其悉。然而意寓文墨，綱由大紀，士大夫以下遽爾未明乎理者，或有之矣。近因眷連楊子素號涌泉者，挾是書謁於愚曰：‘敢勞代吾演出辭話，庶使愚夫愚婦亦識其意。’”“辭話”即“詞話”，所謂“演出辭話”，就是將上文之“意寓文墨，綱由大紀”的著作敷演爲“詞話”（或以“詞話”的形式敷演），使“愚夫愚婦亦識其意”③。此處，“詞話”既指《大宋武穆王演義》，又泛指此類白話通俗小説作品。李大年《唐書志傳通俗演義序》（嘉靖三十二年）：“《唐書演義》，書林熊子鍾谷編集。書成以視余。逐首末閲之，似有紊亂《通鑑綱目》

---

① （明）都穆《都公譚纂》，中華書局 1985 年版，第 11 頁。該書成書於正德年間，此條史料所記之事發生於明太祖時期。

② （明）徐渭《徐文長逸稿》，偉文圖書出版社有限公司 1977 影印本，第 280、281 頁。該序作於嘉靖後期，稱史籍全無記載吕布妻子的姓，哪裏又會有貂蟬之名呢。這種稱呼應源於村瞎子彈唱的詞話，這些詞話以極爲俚俗的小説《三國志演義》爲底本，《三國志演義》與今天流行的《水滸傳》同屬一類。有些學者將此段史料理解爲指稱《三國演義》和《水滸傳》的詞話本，應爲誤讀。

③ （明）熊大木《大宋中興通俗演義》，上海古籍出版社《古本小説集成》據清白堂刊本影印，第 1、2 頁。

之非。人或曰：'若然，則是書不足以行世矣。'余又曰：'雖出其一臆之見，於坊間《三國志》《水滸傳》相仿，未必無可取。且詞話中詩詞檄書頗據文理，使俗人騷客披之，自亦得諸歡慕，豈以其全謬而忽之耶？'"①"詞話中詩詞檄書頗據文理"指《唐書演義》中的詩詞檄書非常符合為文之道。這裏，"詞話"顯然就指《唐書演義》。《大宋武穆王演義》《唐書演義》是典型的白話通俗小説，它們被泛稱為"詞話"無疑屬於借用。

萬曆年間，錢希言在《獪園》《桐薪》《戲瑕》等筆記中多次使用"詞話"一辭，如：

> 詞話每本頭上有"請客"一段，權做過（個）"德（得）勝利市頭回"。此正是宋朝人藉彼形此，無中生有妙處。遊情泛韵，膾炙人口，非深於詞家者，不足與道也。微獨雜説為然，即《水滸傳》一部，逐回有之，全學《史記》體。文待詔諸公暇日喜聽人説宋江，先講攤頭半日，功父猶及與聞。今坊間刻本，是郭武定刪後書矣。郭固跗注大僚，其於詞家風馬，故奇文悉被剗剗，真施氏之罪人也。（《戲瑕》卷一）②

此段文字主要介紹"詞話"的"請客""得勝利市頭回"，此處之"詞話"相當於其他人所説的宋人"小説"，如郎瑛《七修類稿》卷二十二："小説起宋仁宗時，蓋時太平盛久，國家閑暇，日欲進一奇怪之事以娛之，故小説得勝頭回之後，即云話説趙宋某年。"③"得勝利市頭回"應指宋元小説家話本中

---

①　轉引自丁錫根編《中國歷代小説序跋集》，人民文學出版社1996年版，第960頁。

②　（明）錢希言《戲瑕》，中華書局1985年版，第8頁。

③　（明）郎瑛《七修類稿》，上海書店出版社2001年版，第229頁。明人還有許多類似記載，如天都外臣《水滸傳叙》："小説之興，始於宋仁宗。於時天下小康，邊警未動。人主垂衣之暇，命教坊樂部，纂取野記，按以歌詞，與秘戲優工，相雜而奏。是後盛行，遍於朝野，蓋雖不經，亦太平樂事，含哺擊壤之遺也。"空觀主人《拍案驚奇自序》："宋、元時有小説家一種，多采閭巷新事為宫闈承應談資，語多俚近，意存勸諷。雖非博雅之派，要亦小道可觀。"《警世通言》卷十九《崔衙內白鷂招妖》可一主人眉批："宋人小説人説賞勞，凡使費動是若干兩、若干貫，何其多也！蓋小説（轉下頁）

的"入話"，許多"入話"包含一連串的詩詞，特別是宋詞，所以錢氏稱之"遊情泛韵，膾炙人口，非深於詞家者，不足與道也"。大概《水滸傳》早期刊本也曾逐回包含"入話"，祇是後來被郭勛翻刻時删除了①。顯然，此處之"詞話"就是指稱宋元小説家話本。稱"詞話"爲"每本"，以"本"爲單位，大概指的是單行本，而非話本集。

宋朝有《紫羅蓋頭》詞話，指此神也。（《獪園》卷十二"二郎廟"條）

宋人《燈花婆婆》詞話甚奇，然本於段文昌《諾皋記》兩段説中來。（《桐薪》卷一"燈花婆婆"條）

考宋朝詞話有《燈花婆婆》，第一回載本朝皇宋出三絶。（《桐薪》卷二"公赤"條）

"《燈花婆婆》詞話""《紫羅蓋頭》詞話"曾被晁氏《寶文堂書目·子雜類》著錄，其中，《燈花婆婆》還曾作爲古本《水滸傳》的"致語"之一②。兩者無疑應爲宋元小説家話本。在這兩段文字中，"詞話"顯然也是作爲宋代

（接上頁）是進御者，恐啓官家裁省之端，是以務從廣大，觀者不可不知。"笑花主人《今古奇觀序》："至有宋孝皇以天下養太上，命侍從訪民間奇事，日進一回，謂之'説話人'。而通俗演義一種，乃始盛行。"

①　這種説法屢見於明代文獻，如天都外臣《水滸傳序》："故老傳聞：洪武初，越人羅氏，詼諧多智，爲此書，共一百回，各以妖異之語，引於其首，以爲之艷。嘉靖時，郭武定勛重刻其書，削去致語，獨存本傳。余猶及見《燈花婆婆》數種，極其酸酪。"《少室山房筆叢》卷四十一説："此書所載四六語甚厭觀。蓋主爲俗人説，不得不爾。余二十年前，所見水滸傳本，尚極足尋味，十數載來，爲閭中坊賈刊落，止錄事實，中間遊詞餘韵，神情寄寓處，一概删之，遂幾不堪覆瓿。"袁無涯《李卓吾先生評忠義水滸全傳》卷首《忠義水滸全傳·發凡》："古本有羅氏致語，相傳《燈花婆婆》等事，既不可復見。"

②　天都外臣《水滸傳序》："余猶及見《燈花婆婆》數種，極其酸酪。"《初刻拍案驚奇》"凡例"："小説中詩詞等類，謂之蒜酪。"可見，此處稱"《燈花婆婆》極其酸酪"主要指其中的詩詞較多，而元之"詞話"爲詩贊體，並無詩詞，故此處之《燈花婆婆》肯定爲"小説家"話本。李日華則稱其爲"小説"，如《味水軒日記》："從沈景倩借得《燈花婆婆》小説閲之，乃鴛脰湖中一老獼猴精也。"

小説家話本的文類概念使用的。又：

> 逍遥子商調《蝶戀花》十一首，蓋宋朝詞話中可被弦索者。以後逗
> 露出金人董解元《北西厢》來，而元人王實父、關漢卿又演作北劇。
> （《桐薪》卷三）

"逍遥子商調《蝶戀花》十一首"指宋代趙令時的《元微之崔鶯鶯商調蝶
戀花》鼓子詞。錢氏認爲，該作品屬於宋朝"詞話"中可由音樂伴奏而歌唱
的。它後來發展爲金代董解元《西厢記諸宮調》。可見，在錢氏看來，宋朝
"詞話"大都屬不可歌唱的，而《蝶戀花》祇不過是一種特例。此處之"詞
話"，也應指稱宋代"小説"伎藝或其話本。明人對宋代"小説"的認識比較
模糊，有人認爲，它爲散説，相當於"説書"，如綠天館主人《古今小説叙》：
"若通俗演義，不知何昉。按南宋供奉局，有説話人，如今説書之流。其文必
通俗，其作者莫可考。"[1] 也有人認爲，它有音樂伴奏和歌唱，如天都外臣
《水滸傳叙》："小説之興，始於宋仁宗。於時天下小康，邊釁未動。人主垂衣
之暇，命教坊樂部，纂取野記，按以歌詞，與秘戲優工，相雜而奏。"[2] 錢希
言《桐薪》卷三謂：

> 《金統殘唐記》載其（黄巢）事甚祥，而中間極誇李存孝之勇，復其
> 冤。爲此書者，全爲存孝而作也。後來詞話，悉倣於此。武宗南幸，夜
> 忽傳旨：取《金統殘唐記》善本。中官重價購之，肆中一部售五十金。
> 今人耽嗜《水滸》《三國》而不傳《金統》，是未嘗見其書耳。

---

① （明）馮夢龍《古今小説》，上海古籍出版社《古本小説集成》據天許齋刊本影印，第 2 頁。
② 轉引自黄霖、韓同文選注《中國歷代小説論著選》，江西人民出版社 1982 年版，第 124 頁。

　　此段文字主要介紹《金統殘唐記》。《金統殘唐記》應爲一部跟《水滸傳》《三國志通俗演義》相類的白話通俗小説①。“後來詞話，悉倆於此”應指後來的“詞話”都以《金統殘唐記》爲敷演的底本。那麼，此處之“詞話”無疑指稱當時的口頭文學伎藝。然而，它到底是指詩贊系講唱伎藝“詞話”還是散説體伎藝“平（評）話”“説書”呢？這恐怕已難以確指。因爲當時“詞話”“平話”混稱的情況已相當普遍（詳見後文的具體考證）。不過，從當時一般情形推斷，此處之“詞話”，更應指“説書”或“評話”。因爲，明代中後期的文人普遍認爲，當時盛行的“説書”伎藝和“通俗演義”都是由宋代的“小説”（或“説話”）伎藝及其話本發展而來的②，錢氏將宋人之“小説”伎藝及其話本稱爲“詞話”，自然也就可能將當時盛行的“説書”“評話”也用“詞話”指代。而且，像《金統殘唐記》這樣長篇巨製的歷史題材作品，更可能被“平話”伎藝敷演。

　　有的學者將上述幾段引文中的“詞話”理解爲詩贊系的講唱伎藝，甚至由《戲瑕》卷一推斷出《水滸傳詞話》的存在，並引證其他材料進行論證，得出《水滸傳》由詞話本演變爲散文本的結論③。這實在是一種誤解，不可不辨。從上述具體考釋可見，此段文字中，錢氏所謂“詞話”指宋元小説家話

---

　　①　此類記載還見於《金陵瑣事剩録》卷一“金統殘唐”條，稱：“武宗一日要《金統殘唐》小説看，求之不得。一内侍以五十金買之以進覽。”

　　②　如緑天館主人《古今小説叙》：“若通俗演義，不知何昉。按南宋供奉局，有説話人，如今説書之流。其文必通俗，其作者莫可考。泥馬倦勤，以太上享天下之養。仁壽清暇，喜閱話本，命内璫日進一帙，當意，則以金錢厚酬。於是内璫輩廣求先代奇迹及閭里新聞，倩人敷演進御，以怡天顔。然一覽輒置，卒多浮沉内庭，其傳布民間者，什不一二耳。然如《玩江樓》《雙魚墜記》等類，又皆鄙俚淺薄，齒牙弗馨焉。暨施、羅兩公，鼓吹胡元，而《三國志》《水滸》《平妖》諸傳，遂成巨觀。”天都外臣《水滸傳叙》：“小説之興，始於仁宋仁宗。於時天下小康，邊釁未動。人主垂衣之暇，命教坊樂部，纂取野記，按以歌詞，與秘戲優工，相雜而奏。是後盛行，遍於朝野，蓋雖不經，亦太平樂事，含哺擊壤之遺也。其書無慮數百十家，而《水滸》稱爲行中第一。”笑花主人《今古奇觀序》：“至有宋孝皇以天下養太上，命侍從訪民間奇事，日進一回，謂之‘説話人’。而通俗演義一種，乃始盛行。然事多鄙俚，加以忌諱，讀史嚼蠟，殊不足觀。元施、羅二公大倡斯道，《水滸》《三國》奇奇正正，河漢無極，論者以二集配伯喈、《西厢》傳奇，號四大書。”

　　③　參見胡士瑩《話本小説概論》第六章《話本的名稱》第六節《話本與詞話》（中華書局 1980年版）和《宛春雜著》之《詞話考釋》（浙江人民出版社 1981 年版）。

本，並不存在所謂的《水滸傳詞話》，且明代文獻中相關的説法也都是指"古本《水滸傳》小説"曾含有"入話"或"頭回"。現存明刊本《水滸傳》中的詩贊之詞雖有可能是説唱詞話之遺文，但也應是散文本《水滸傳》借鑒説唱詞話的結果，而非詞話本演變爲散文本的産物。因爲，這些詩贊之詞數量極少，而且主要用於狀物和咏贊人物，而非叙事，與小説家話本的韵文使用習慣完全相同。也就是説，這些詩贊之詞是完全按照小説家話本韵文的使用習慣被借鑒過來的。當然，元明説唱詞話取材廣泛①，以水滸故事爲題材也是很有可能的，也可能存在水滸故事的説唱詞話話本，現存《水滸傳》刊本中的詩贊之詞或許就是借鑒的此類話本。但這並不能説明現存《水滸傳》由詞話本演化而來。從明代相關文獻資料來看，明人多認爲，《水滸傳》源於"説話"，屬"通俗演義"系統，而與説唱詞話並無多大關係，如緑天館主人《古今小説叙》："若通俗演義，不知何昉。按南宋供奉局，有説話人，如今説書之流。其文必通俗，其作者莫可考。……暨施、羅兩公，鼓吹胡元，而《三國志》、《水滸》、《平妖》諸傳，遂成巨觀。"天都外臣《水滸傳叙》："小説之興，始於宋仁宗。於時天下小康，邊釁未動。……其書無慮數百十家，而《水滸》稱爲行中第一。"笑花主人《今古奇觀序》："至有宋孝皇以天下養太上，命侍從訪民間奇事，日進一回，謂之'説話人'。而通俗演義一種，乃始盛行。……元施、羅二公大鬯斯道，《水滸》《三國》奇奇正正，河漢無極，論者以二集配伯喈、《西廂》傳奇，號四大書。"②

清初，錢曾《也是園書目》卷十《戲曲小説·宋人詞話》著録作品十六

---

① 如姜南《芙塘詩話》卷二引《洗硯新録》"演小説"條："世之瞽者或男或女，有學彈琵琶，演説古今小説，以覓衣食。"田汝成《西湖遊覽志餘》卷二十："杭州男女瞽者，多學琵琶，唱古今小説、平話，以覓衣食，謂之陶真。"徐渭《徐文長佚稿》卷四《吕布宅詩序》云："布妻、諸史及與布相關者諸人之傳並無姓，又安得有'貂蟬'之名。始村瞎子習極俚小説，本《三國志》，與今《水滸傳》一轍，爲彈唱詞話耳。""古今小説""平話"都屬"詞話""陶真"的取材對象。

② （明）抱甕老人輯《今古奇觀》，上海古籍出版社《古本小説集成》據上海圖書館藏本影印，第2、3頁。

種，有《燈花婆婆》、《風吹轎兒》、《馮玉梅團圓》、《種瓜張老》、《錯斬崔寧》、《簡帖和尚》、《紫羅蓋頭》、《山亭兒》、《李煥生五陣雨》、《女報冤》、《西湖三塔》、《小金錢》、《宣和遺事》四卷、《烟粉小説》四卷、《奇聞類記》十卷、《湖海奇聞》二卷。其中，《燈花婆婆》《風吹轎兒》《馮玉梅團圓》《種瓜張老》《錯斬崔寧》《簡帖和尚》《紫羅蓋頭》《山亭兒》《李煥生五陣雨》《女報冤》《西湖三塔》《小金錢》爲單篇流行的宋元小説家話本；《宣和遺事》爲宋元講史平話；《湖海奇聞》被晁氏《寶文堂書目》卷中《子雜類》和《百川書志》卷五《小史類》著録，且《百川書志》稱其：“聚人品、脂粉、禽獸、木石、器皿五類靈怪七十二事。”①《寶文堂書目》卷中《子雜類》和《百川書志》卷五《小史類》多著録通俗小説作品，因此，《湖海奇聞》大概也爲通俗小説集。《烟粉小説》《奇聞類記》大概與《湖海奇聞》性質相類。這十六種作品還被姚燮《今樂考證・緣起・説書》著録爲“宋人説書本目”，可見，這些作品確實爲散文本之通俗小説，而非講唱體的“詞話”。此處“詞話”被別稱爲“説書本”，也應泛指宋代的“白話通俗小説”。

此外，還有個別通俗小説被直接冠以“詞話”之名，如《金瓶梅詞話》《新編梧桐影詞話》等。在這些題名中，“詞話”也並非講唱伎藝概念，而應爲“白話通俗小説”類型概念，相當於“演義”等。《金瓶梅詞話》名爲“詞話”，却與明成化刊本説唱詞話體裁完全不同，實際上爲詩詞曲運用相對較多的白話通俗小説，《續金瓶梅後集凡例》稱：“小説類有詩詞，前集名爲詞話，多用舊曲，今因題附以新詞，參入正論，較之他作，頗多佳句，不至有套腐鄙俚之病。”②顯然，“小説類有詩詞，前集名爲詞話，多用舊曲”，實際上把“詞話”和“小説”基本看作同一概念；《梧桐影詞話》爲清初嘯花軒刊本，

---

① 馮惠民等選編《明代書目題跋叢刊》，書目文獻出版社 1994 年版，第 1267 頁。
② （清）紫陽道人《續金瓶梅》，上海古籍出版社《古本小説集成》據中國藝術研究院戲曲研究所藏本影印，第 2 頁。

目録頁題"新編梧桐影詞話目次"，該書名爲"詞話"，實爲一般白話通俗小說。顯然，這些題名之"詞話"也應作爲白話通俗小說的泛稱看待。

"詞話"被引申爲宋代小說家話本或白話通俗小說的泛稱，既與"詞話""平話""說書"等口頭伎藝名稱的混用有關，也與明人指稱通俗文學作品的習慣密不可分。

元代的詩贊系講唱文學主要以"詞話""陶真"來指稱，而明代則"異常混亂，據文獻的記載共有十種不同的名稱，而本質都是詩贊系的講唱"。它們是"陶真""詞說""詞話""說詞""唱詞""文詞說唱""打談""門詞"和"門事""盲詞"或"瞽詞""彈詞"①。明中期以後，"陶真""彈詞"等名稱開始逐漸盛行，如郎瑛《七修類稿》卷二十二說："閭閻陶真之本之起，亦曰：'太祖太宗真宗帝，四祖仁宗有道君。'"② 田汝成《西湖遊覽志餘》卷二十"熙朝樂事"："杭州男女瞽者，多學琵琶，唱古今小說、平話，以覓衣食，謂之陶真。"③ 周揖《西湖二集》卷十七《劉伯温薦賢平浙中》："那陶真的本子上道：'太平之時嫌官小，離亂之時怕出征。'"④ 田汝成《西湖遊覽志餘》卷二十"熙朝樂事"："其時優人百戲：擊球、關撲、魚鼓、彈詞，聲音鼎沸。"⑤ 沈德符《萬曆野獲編》卷十八"冤獄"條："畜二瞽妓，教以彈詞，博金錢，夜則侍酒。"⑥ 臧懋循《負苞堂集》卷三《彈詞小序》載："若有彈詞，多瞽者以小鼓板唱於九衢三市，亦有婦女以被弦索，蓋變之最下者也。"⑦ 明傳奇《醉月緣》第九折題名爲《彈詞》，且提及許多"彈詞"作品。這樣，

---

　　① 參見葉德均《宋元明講唱文學》，《戲曲小說叢考》（中華書局 1979 年版）第 669 頁的有關論述。
　　② （明）郎瑛《七修類稿》，上海書店出版社 2001 年版，第 229 頁。
　　③ （明）田汝成《西湖遊覽志餘》，上海古籍出版社 1980 年版，第 368 頁。
　　④ （明）周揖《西湖二集》，上海古籍出版社《古本小說集成》據中國藝術研究院戲曲研究所藏本影印，第688頁。
　　⑤ （明）田汝成《西湖遊覽志餘》，上海古籍出版社 1980 年版，第 361 頁。
　　⑥ （明）沈德符《萬曆野獲編》，中華書局 1959 年版，第 478 頁。
　　⑦ （明）臧懋循《負苞堂集》，古典文學出版社 1958 年版，第 57 頁。

“詞話”這一名稱本身的指稱和内涵便逐漸不爲人知了，以致於有了“元人彈詞”之説，如徐復祚《三家村老委談》：“湯若士 ……《南柯》《邯鄲》二傳，本若士、臧晉叔先生所作元人彈詞來。”臧懋循《負苞堂集》卷三《俠遊録小引》：“余少時，見盧松菊老人云，楊廉夫有《仙遊》《夢遊》《俠遊》《冥遊》録四種，實足爲元人彈詞之祖。”① 於是，便出現了“詞話”“評話”“説書”等伎藝名稱的“混稱”現象，如《古今小説》卷一《蔣興哥重會珍珠衫》：“看官，則今日聽我説《珍珠衫》這套詞話，可見果報不爽。”② “聽我説《珍珠衫》這套詞話”完全是説書人做場的口吻，“詞話”顯然是在稱呼自己的伎藝。演説《蔣興哥重會珍珠衫》應屬“評話”伎藝，如《警世通言》卷十一《蘇知縣羅衫再合》：“這段評話，雖説酒、色、財、氣一般有過……”《警世通言》卷十七《鈍秀才一朝交泰》：“聽在下説這段評話。”③ 稱爲“詞話”應爲伎藝名稱的混用。袁于令《雙鶯傳》雜劇第四折【羽調排歌】云：“（小旦）一面差人去請柳麻子説書，混帳到天明罷了。……（小旦）説詞話，間戲嘲，管教胡亂到今宵。”《梅里詩輯》卷四朱一是有《聽柳敬亭詞話》詩。柳敬亭以散説的評話著名，無説唱詞話事，這裏的“詞話”無疑指“評話”。清初錢謙益《列朝詩集》甲集卷十六《王行傳》：“市藥籍，記藥物，應對如流。迨晚，爲主嫗演説稗官詞話，背誦至數十本。”從“演説”“背誦”等搬演方式來看，此處“演説稗官詞話”也應指“評話”“説書”。

　　明人指稱通俗文學作品時，常常把口頭文學伎藝名稱與其相應的書面文學讀物混爲一談，認爲兩者是二而一的④。在這樣一種背景下，“詞話”自然

---

① （明）臧懋循《負苞堂集》，古典文學出版社 1958 年版，第 63 頁。這類現象在古代通俗文藝中比較普遍，如徐復祚《三家村老委談》稱《西廂記諸宫調》爲“説唱本”，徐渭評本《西廂記》也稱它爲“彈唱詞”，胡應麟《少室山房筆叢》卷四十一稱它爲“金人詞説”，毛西河《西河詞話》稱爲“搊彈詞”。

② （明）馮夢龍《古今小説》，上海古籍出版社《古本小説集成》據天許齋刊本影印，第 4 頁。

③ （明）馮夢龍編《警世通言》，上海古籍出版社《古本小説集成》據兼善堂刊本影印，第 355、616 頁。

④ 參見本書《“平話”考》相關論述。

就容易成爲白話通俗小説和宋代小説家話本的泛稱。當然，相對於當時更爲流行的"演義""小説"等通俗小説文體概念來説，"詞話"一辭被如此借用也有其一定的獨特内涵。無論是"游情泛韵，膾炙人口，非深於詞家者，不足與道也"，還是"前集名爲詞話，多用舊曲，今因題附以新詞"，都特別突出了其中較多的詩詞曲等韻文。也許，一些文人特別使用"詞話"就是爲了凸顯此類作品的這種獨特之處。顯然，這種用法屬於"詞話"原義和指稱對象模糊不清之後，文人的一種臆測性用法。這樣的用法在不登大雅之堂的通俗文學領域是非常普遍的。

綜上所述，"詞話"一辭作爲伎藝名稱起源於宋末元初，專指當時流行的一種獨立的詩贊系講唱伎藝，其命名主要是從演説方式的角度對當時兩種最爲盛行的説唱伎藝進行區分的結果；明清時期，"詞話"一辭實際上存在著兩種内涵和指稱對象：一是沿襲元人的用法，指稱詩贊系講唱伎藝及其話本和模擬此伎藝形式的擬作；二是爲白話通俗小説或宋元小説家話本的泛稱。

【相關閱讀】

1. 孫楷第《詞話考》，見《滄州集》，中華書局 1965 年版。
2. 胡士瑩《詞話考釋》，《宛春雜著》，浙江人民出版社 1981 年版。
3. 李時人《"詞話"新證》，《文學遺産》1986 年第 1 期。

"平話"考

　　"平話"既是一個伎藝名稱，指稱中國古代的一種表演伎藝，同時又是一個文體概念，泛指白話通俗小説，同時還是近現代以來古代小説研究中重要的小説史類型概念。對於這一術語，學界對其命名之内涵、指稱對象之變化等問題已有較全面的論述，我們擬在前人研究基礎上，通過對"平話"概念的相關文獻資料和前輩學者之舊説作梳理和辨證，試圖解決目前對"平話"理解不盡一致、許多説法似是而非等諸多問題。

一、元之"平話"

　　"平話"作爲伎藝名稱最早出現於何時，學界主要有宋代和元代兩種説法（也有混稱宋元者），如孫楷第先生稱："是故同一演唱故事雜伎，在唐謂之'俗講'，在宋謂之'説話'，又謂之'平（評）話'。"① 胡士瑩先生稱："平話的名稱，不見於宋代文獻，從現有資料來看，'平話'大概是元人稱講史的一種習語。"②《中國古代小説百科全書》稱："關於此詞，有兩種解釋。一、指宋元時代的講史小説，這主要流行於元代。"③ 近年，顧青先生《説

---

　　① 孫楷第《滄州集》，中華書局 1965 年版，第 101 頁。
　　② 胡士瑩《話本小説概論》，中華書局 1980 年版，第 164 頁。
　　③ 劉世德主編《中國古代小説百科全書》，中國大百科全書出版社 1998 年版，第 382 頁。

"平話"》^① 一文對此問題有比較詳盡的辨析，較充分地論證了"平話"應出現於元代。其主要依據爲：（1）宋代記載説唱伎藝的孟元老《東京夢華録》、灌圃耐得翁《都城紀勝》、西湖老人《西湖老人繁勝録》、吳自牧《夢粱録》、周密《武林舊事》、羅燁《醉翁談録》等書中均無"平話"之名稱，元代文獻中，纔開始出現"平話"一辭。（2）宋代講史話本之傳世者《梁公九諫》《大宋宣和遺事》，題名和文中均未提及"平話"，而《新編五代史平話》雖以"平話"題名，但該書成書和刊刻在宋亡之後，也不能説明宋代就有"平

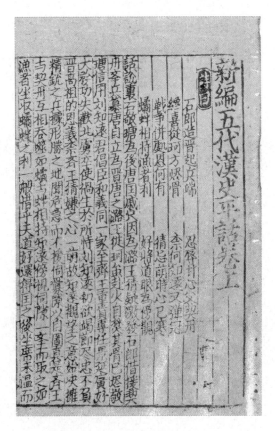

元至治年間刊本《新編五代漢史平話》

話"之名。顧青先生的辨析有著充分的文獻依據，論斷也比較令人信服。綜合前人論述及相關文獻資料，我們大致可以認定，"平話"應爲元人指稱當時流行的講史伎藝及其話本的一種特稱，下列史料可以説明：（1）元人編刊的講史話本都明確題爲"平話"，如《新編五代史平話》《新鐫平話宣和遺事》《全相武王伐紂平話》《全相平話樂毅圖燕七國春秋後集》《全相秦併六國平話》《全相續前漢書平話》和《新全相三國志平話》等；（2）約刊行於元代的朝鮮

① 顧青《説"平話"》，中國社會科學院文學研究所中國古代小説研究中心編《中國古代小説研究》第一輯，人民文學出版社 2005 年版。

邊暹等編的《朴通事諺解》卷下："'我兩個前買文書去來。''買甚麼文書？'
'買《趙太祖飛龍記》《唐三藏西遊記》去。''買時買《四書》《五經》也好，
既讀孔聖之書，必達周公之理，要怎麼那一等平話？'"（3）世德堂本無名氏
《趙氏孤兒》第十齣《張維諷諫》："（貼）樂聲絮繁。（净）夫人也説得是，張
維會説平話。叫來説評話，説得好賞他。（丑）張維不説盤古共三皇，不説夏
禹共陶唐，不説稼穡間關事，只説妲己荒淫説紂王。"

　　元代之"平話"通常被認爲是由宋代之"講史"發展而來。宋代之"講
史"爲"説話"伎藝的"四家數"之一，且爲其中最爲發達成熟的伎藝形式
之一，主要以"歷代書史文傳，興廢争戰之事"爲演説對象①，表演形式主要
以散説爲主，詩詞韵語的少量插用多爲念誦②。元之"平話"與宋之"講史"
一脈相承，基本保持了"講史"的題材内容和表演形式，如現存元之"平話"
話本皆爲歷史題材，《四庫全書總目提要》卷五十四雜史類存目三《平播始
末》附注云："按《永樂大典》有平話一門，所收至夥，皆優人以前代軼事敷
演成文而口説之。"③　而且，從現存元代"平話"話本來看，也主要以散説爲
主。這實際上表明，"平話"是宋之"講史"發展到元代後新起的替代名稱。
那麼，"講史"發展到元代，爲什麼不再沿用舊稱，而要另稱爲"平話"呢？

---

　　①　如灌圃耐得翁《都城紀勝》"瓦舍衆伎"條："説話有四家：……講史書，講説前代書史文傳、
興廢争戰之事。"吳自牧《夢粱録》卷二十《小説講經史》條："説話者謂之舌辯，雖有四家數，各有
門庭。……講史書者，謂講説通鑑、漢唐歷代書史文傳，興廢争戰之事，有戴書生、周進士、張小娘
子、宋小娘子、丘機山、徐宣教。又有王六大夫，元係御前供話，爲幕士請給，講諸史俱通。於咸淳
年間，敷演《復華篇》及《中興名將傳》，聽者紛紛。蓋請得字真不俗，記問淵源甚廣耳。"孟元老
《東京夢華録》卷五"京瓦伎藝"條："崇、觀以來，在京伎藝：……霍四究，説《三分》。尹常賣，
《五代史》。……不以風雨寒暑，諸棚看人，日日如是。"
　　②　《醉翁談録·舌耕叙引》稱"小説"伎藝："講論處不滯搭、不絮煩，敷演處有規模、有收拾。
冷淡處提掇得有家數，熱鬧處敷演得越久長。白得詞，念得詩，説得話，使得砌。""説得話"中的
"話"即"伎藝故事"，而"説得"表明故事主要是靠散説來敷演。"白得詞，念得詩"説明"小説"
中的韵文主要爲詩詞等韵文形式，這類韵語顯然無法像諸宫調中的曲詞或話詞中的詩贊那樣大段地叙
述故事發展，而只能屬於描摹、評論性的點綴性插用，而且"白""念"也表明其中的韵語爲念誦而非
歌唱。在《小説引子》題下有原注稱："演史、講經並可通同。""講史"與"小説"同爲"説話"伎
藝，也應與之有著相似的表演方式。
　　③　（清）永瑢等《四庫全書總目》，中華書局1997年版，第751頁。

對"平話"的命名依據，前輩學者的解釋多集中於"平"字之釋義，主要有兩種認識：（1）"平"同"評"，爲"評論""評議"之義。如張政烺先生稱："所謂評話者果何所指？如細讀之，知以詩爲評也。此三種平話中之詩皆在開端結尾及文字緊要處，凡有兩種用法：一作論斷之根據，二狀事物之形容。此兩者皆品評之意，故可以'平'字賅之。"①　孫楷第先生稱："以其評論古今言之，謂之'平（評）話'。"②　胡士瑩先生稱："可見'評話'就是講説歷史故事而加以評論。"③　（2）"平"即"平説"，相對於"詩話""詞話"而言，強調其衹説不唱之義。如浦江清先生稱："平話者，平説之意，蓋不夾吹彈，講者只用醒木一塊，舌辯滔滔，説歷代興亡故事，如今日之説大書然。"④　吳小如先生稱："'平話'是對話本中'詩話''詞話'等稱謂而言的。蓋講史家説歷史故事，只説而不唱，故稱其説話底本爲'平話'。"⑤　顧青先生《説"平話"》一文完全贊同浦江清、吳小如先生的觀點，並做了進一步論證。"平"即"平説"的主要文獻依據爲：宋代有與"平話"相似的"平文""平詞"之"平"，都是相對於韵文而言的，如沈括《夢溪筆談》卷十四："往歲士人多尚對偶爲文，穆修、張景輩始爲平文，當時謂之古文。"⑥　朱弁《曲洧舊聞》卷九："方古文未行時，雖小簡亦多用四六，而世所傳宋景文公刀筆集，雖平文而務爲奇險，至或作三字韵語，近世蓋未之見。"⑦　岳珂《桯史》卷一"湯岐公罷相"條："洪文安遵在翰林苑當直，例作平語，諫官隨之擊之。""上曰：'公武言卿黨思退，朕謂平詞出朕意。'固却其章，仍徙户侍矣。"⑧　顯然，後一種説法更爲合理，因爲與元代"平話"並行的"詞話"也

---

①　張政烺《講史與咏史詩》，臺灣"中研院"《歷史語言研究所集刊》第十本，維新書局 1971 年版。
②　孫楷第《滄州集》，中華書局 1965 年版，第 101 頁。
③　胡士瑩《話本小説概論》，中華書局 1980 年版，第 166 頁。
④　浦江清《談〈京本通俗小説〉》，《浦江清文録》，人民文學出版社 1989 年版，第 207 頁。
⑤　吳小如《釋"平話"》，《古典小説漫稿》，上海古籍出版社 1982 年版，第 19 頁。
⑥　（宋）沈括著，胡道静校注《夢溪筆談校證》（上），古典文學出版社 1957 年版，第 499 頁。
⑦　（宋）朱弁《曲洧舊聞》，中華書局 1985 年版，第 70 頁。
⑧　（宋）岳珂《桯史》，中華書局 1981 版，第 5 頁。

同樣含有評論性的詩詞韵文或散文，所以，"平話"中的評論性詩詞韵語就不大可能作爲伎藝獨有特徵而成爲其命名之依據。

二、明清之"平話"

明清時期，"平話"一辭實際上存在著三種内涵和指稱對象：（1）基本沿襲元人的用法，指稱只説不唱，以散説形式敷演故事的口頭伎藝。不過，隨著伎藝本身的發展，其題材内容也逐漸逸出講史的範圍，且演説體制兼有長篇、短篇，至明末，則又開始普遍使用另一别稱——"説書"。（2）由口頭伎藝名稱引申爲白話通俗小説及其文體的泛稱。（3）由專有伎藝名稱引申爲包括彈詞、南詞在内的多種講唱伎藝的泛稱。

明代以來，仍沿襲元人用法，"平話"指只説不唱，以散説形式敷演歷史故事的口頭伎藝，且多寫做"評話"。如焦循《劇説》卷一引《國初事迹》："洪武時令樂人張良才説評話，良才因做場擅寫省委教坊司招子，帖市門柱上。有近侍言之，太祖曰：'賤人小輩，不宜寵用。'令小先鋒張焕縛投於水。"① 都穆《都公談纂》卷下："真六者，京師人，瞽目，善説評話，家甚貧。……居半月，爲人説評話，獲布五十匹，大喜過望。"② 徐復祚《花當閣叢談》卷五"書乙未事"條："元美（王世貞）家有廝養名胡忠者，善説平話。元美酒酣，輒命説解客頤。忠每説明皇、宋太祖、我朝武宗，輒自稱朕，稱寡人，稱人曰卿等，以爲常，然直戲耳。"庸愚子《三國志通俗演義序》："前代嘗以野史作爲評話，令瞽者演説，其間言辭鄙謬，又失之於野，士君子多厭之。"③《水滸全傳》第一百十回《燕青秋林渡射雁　宋江東京城獻俘》描

① （清）焦循《劇説》，《中國古典戲曲論著集成》（八），中國戲劇出版社1959年版，第85頁。
② （明）都穆《都公譚纂》，中華書局1985年版，第34頁。
③ （明）羅貫中《三國志通俗演義》，上海古籍出版社《古本小説集成》據嘉靖刊本影印，第4頁。

繪的"平話"演説情景實際上也反映了"平話"伎藝的基本狀況①。將"評話"指稱爲以散説形式敷演故事的口頭伎藝這一用法清以來仍然延續，如錢曾《讀書敏求記》："内府之戲曲，看場之平話，子虚亡是，皆俗語流爲丹青耳。"李斗《揚州畫舫録》卷十一："評話盛於江南，如柳敬亭、孔雲霄、韓圭湖諸人，屢爲陳其年、余淡心、杜茶村、朱竹垞所賞鑒。"②紀昀《閲微草堂筆記》卷十六《姑妄聽之二》："優人演説故實，謂之平話。"③

從現有資料來看，明後期開始，"評話"所指稱的題材内容已逸出講史的範圍，演説體制也兼有了長篇和短篇。《警世通言》卷十一《蘇知縣羅衫再合》："這段評話，雖説酒、色、財、氣一般有過……"卷十七《鈍秀才一朝交泰》："聽在下説這段評話。"④此處是模仿説書人做場的口吻介紹故事内容。這實際上表明，"評話"的題材内容當時已逸出講史的範圍，且包含了短篇之作。而且，從明末柳敬亭的相關説書資料來看，當時"評話"的題材内容非常廣泛、體制也靈活多樣⑤。同時，"評話"之別稱——"説書"也開始普遍使用，如李日華《紫桃軒又綴》卷一："蓋防禦以説書供奉得官，兼有横賜，既老，築委順堂以居，士大夫樂與之往還。"《金瓶梅詞話》三十九回："原來吳道官叫了個説書的，説西漢評話《鴻門宴》。"張岱《陶庵夢憶》："南京柳麻子……善説書，一日説書一回，定價一兩。"⑥余懷《板橋雜記》："柳敬亭……善説書，遊於金陵。"

大致從明末開始，"平話"由原來伎藝名稱還逐漸被引申爲白話通俗小説

① 沈德符《萬曆野獲編》卷五："自撰開國通俗紀傳名《英烈傳》者……令内官之職平話者，日唱演於上前，且謂此相傳舊本。"其中有"日唱演於上前"一語，似乎"平話"也唱，對此，顧青《説"平話"》（《中國古代小説研究》第一輯，人民文學出版社2005年版）一文有詳解，請參閱。
② （清）李斗《揚州畫舫録》，中華書局1960年版，第257頁。
③ （清）紀昀《閲微草堂筆記》，浙江古籍出版社1998年版，第315頁。
④ （明）馮夢龍編《警世通言》，上海古籍出版社《古本小説集成》據兼善堂刊本影印，第355、616頁。
⑤ 參見胡士瑩《話本小説概論》之《明末清初的説書家柳敬亭》。
⑥ （明）張岱《陶庵夢憶　西湖夢尋》，中華書局2007年版，第62頁。

的泛稱。如明無競氏《剿闖小説叙》："懲創叛逆，其於天理人心，大有關係，非泛常因果平話比。"① 此處"泛常因果平話"顯然指一般的通俗白話小説。清代以來，"平話"指稱白話通俗小説及其文體已成爲一種比較普遍的用法，如李放《八旗畫録》後編卷中："所著《紅樓夢》小説，稱古今平話第一。"② 清俞樾《茶香室叢鈔》卷十七："《平妖傳》《禪真逸史》《金瓶梅》皆平話也。《倭袍》《珍珠塔》《三笑姻緣》，皆彈詞也。"③《九九消夏録》卷十二説："宋劉斧所著《青瑣高議》每條各有七言標目，如《張乖崖明斷分財》《回處士磨鏡題詩》之類，頗與平話體相似。"④《重編七俠五義傳序》："偶與言及今人學問遠不如昔，無論所作詩文，即院本傳奇平話小説，凡出於近時者，皆不如乾嘉以前所出者遠甚。……及閲至終篇，見其事迹新奇，筆意酣恣，描寫既細入豪芒，點染又曲中筋節……如此筆墨，方許作平話小説；如此平話小説，方算得天地間另是一種筆墨。"⑤ 有些通俗小説作品還直接以"評話"命名，如清乾隆年間東海吾了翁《兒女英雄傳弁言》："是書吾得之春明市上，其卷端顏曰《正法眼藏五十三參》。……惜原稿半殘缺失次，爰不辭固陋，爲之點金以鐵，補綴成書。易其名曰《兒女英雄評話》。"⑥ 通元子《玉蟾記》第二回："今日無事，就把《十二緣評話》編次一番。"⑦

　　"平話"由伎藝名稱引申爲白話通俗小説的泛稱應主要源於明清時期人們對通俗文學的指稱習慣，即常常將口頭文學伎藝名稱與其相應的書面文學文體混爲一談，認爲兩者是合二爲一的。如天都外臣《水滸傳叙》："小説之興，始於宋仁宗。於時天下小康，邊釁未動。人主垂衣之暇，命教坊樂部，纂取

---

① （明）懶道人口授《剿闖小説》，上海古籍出版社《古本小説集成》據明末刊本影印，第 11 頁。
② 轉引自朱一玄編《紅樓夢資料彙編》，南開大學出版社 2001 年版，第 37 頁。
③ 轉引自孔另境輯録《中國小説史料》，古典文學出版社 1957 年版，第 272 頁。
④ 同上，第 8 頁。
⑤ 轉引自丁錫根編《中國歷代小説序跋集》，人民文學出版社 1996 年版，第 1545 頁。
⑥ （清）文康《兒女英雄傳》，上海古籍出版社《古本小説集成》據山東大學圖書館藏本影印，《弁言》第 1 頁。
⑦ （清）通元子《玉蟾記》，上海古籍出版社《古本小説集成》據緑玉山房刊本影印，第 12 頁。

野記，按以歌詞，與秘戲優工，相雜而奏。是後盛行，遍於朝野，蓋雖不經，亦太平樂事，含哺擊壤之遺也。其書無慮數百十家，而《水滸》稱爲行中第一。"[1] 文中把口頭伎藝的"小説"與《水滸》等"通俗演義"混爲一談；笑花主人《今古奇觀序》："至有宋孝皇以天下養太上，命侍從訪民間奇事，日進一回，謂之'説話人'。而通俗演義一種，乃始盛行。然事多鄙俚，加以忌諱，讀史嚼蠟，殊不足觀。元施、羅二公大鬯斯道，《水滸》《三國》奇奇正正，河漢無極，論者以二集配伯喈、《西廂》傳奇，號四大書。厥觀偉矣！迄於皇明，文治聿新，作者競爽，勿論廊廟鴻編，即稗官野史，卓然復絶千古。説書一家，亦有專門。然《金瓶》書麗，貽譏於誨淫；《西遊》《西洋》，逞臆於畫鬼，無關風化，奚取連篇？"[2] 文中將"通俗演義"和"説書"伎藝混爲一談。黃宗羲《柳敬亭傳》："於是謂之曰：'説書雖小技，然必勾性情，習方俗……'"吳偉業《柳敬亭傳》："莫君之言曰：'夫演義雖小技，其以辨性情，考方俗，形容萬類，不與儒者異道。'"吳氏將柳敬亭的"説書"伎藝稱爲"演義"，也是混同了伎藝名稱和文體名稱。

　　清代中後期，"平話"由以散説形式敷演故事的伎藝專稱，引申爲包括彈詞、南詞在内的多種講唱伎藝的泛稱。如王韜《海陬冶遊録》："滬上女子之説平話者，稱爲先生。大抵即昔之彈詞，從前北方女先兒之流也。"《瀛壖雜志》卷五："平話始於柳敬亭，然皆鬚眉男子爲之。近時如曹春江、馬如飛皆其嬌嬌獨出者。道咸以來，始稱女子，珠喉玉貌，脆管幺弦，年令聽者魂銷。"郭麐《樗園消夏録》卷上："江浙多有説平話者，以善嘲謔詼諧爲工。浙人多用唱本，有《芭蕉扇》《三笑姻緣》之類，謂之南詞。"

---

[1]　轉引自黃霖、韓同文選注《中國歷代小説論著選》，江西人民出版社1982年版，第124頁。
[2]　（明）抱甕老人輯《今古奇觀》，上海古籍出版社《古本小説集成》據上海圖書館藏本影印，第2、3頁。

三、近現代之古代小説研究中的"平話"

在近現代的古代小説研究中，"平話"一辭首先被界定爲宋代白話通俗小説及其文體之泛稱。如 1915 年江東老蟫（繆荃孫）的《京本通俗小説跋》："宋人平話，即章回小説。……三册尚有錢遵王圖書，蓋即也是園中物。《錯斬崔寧》《馮玉梅團圓》二回，見於書目。而宋人詞話題'詞'字，乃'評'字之訛耳。"① 1916 年羅振玉《大唐三藏取經詩話跋》："宋人平話，傳世最少，舊但有《宣和遺事》而已。近年若《五代平話》、《京本小説》，漸有重刊本；此外仍不多見。……宋人平話之傳人間者，遂得四種。"② 1916 年孫毓修《忠傳跋》："《永樂大典》卷 485 之下至卷 486 爲《忠傳》，不著撰人。……其書以流俗本馬融《忠經》爲主，仿宋人平話體，引史事以闡演之。"③ 胡雲翼《中國文學史》："白話小説始於唐……宋代的白話小説，叫做'譚詞小説'，又叫做'平話'。……此種底本，是爲'話本'。宋人'話本'小説之流傳者，今有《新編五代史平話》及《京本通俗小説》二種。"④ 作爲宋代白話通俗小説及其文體的泛稱，"平話"的命名依據應主要源於《五代史平話》等宋元講史話本的題名，如胡懷琛《中國小説概論》（世界書局 1934 年版）："'平話'這兩個字，到宋代纔有。究竟初次出現於什麽時候，我們不能確切地斷定。但是根據可以考見的材料，那時有一部名叫《新編五代史平話》；同時，又有'話本''説話''説話人'等名稱，極爲通行，所以今人談到宋人的小説，就拿'平話'二字，通稱他們。"

---

① 《京本通俗小説》，上海古籍出版社《古本小説集成》據繆荃孫《烟畫東堂小品》本影印，第 221、222 頁。
② 李時人、蔡鏡浩校注《大唐三藏取經詩話校注》，中華書局 1997 年版，第 56、57 頁。
③ 轉引自丁錫根編《中國歷代小説序跋集》，人民文學出版社 1996 年版，第 747 頁。
④ 胡雲翼《中國文學史》，北新書局 1933 年版，第 209 頁。

20 世紀 20 年代末開始，隨著小説史研究的不斷深入，一些學者開始嘗試以文體爲標準對中國古代小説進行文體類型劃分，如胡懷琛《中國小説研究》（商務印書館 1929 年版）第三章《中國小説形式上之分類及研究》劃分爲記載體、演義體、描寫體、詩歌體；青木正兒《中國文學概論》（開明書店 1938 年版）第二章《文學序説》（二）"文學諸體的發達"劃分爲筆記小説、傳奇小説、短篇小説、章回小説；其中，"平話"或"平話小説"也被界定爲古代短篇白話小説的文體類型概念，鄭振鐸《中國小説的分類及其演化趨勢》（《學生雜誌》1930 年 1 月第 17 卷第 1 號）把中國古代小説劃分爲筆記小説、傳奇小説、平話小説、中篇小説、長篇小説等五種文體類型，稱："第三類是'評話小説'。這也是短篇的小説，與傳奇小説相類。惟後者寫以文言，前者寫以白話而已。"在"評話小説"名下列舉的作品有《京本通俗小説》、《清平山堂話本》、"三言"、"二拍"、《醉醒石》、《石點頭》、《照世杯》等；三四十年代，這一概念被相當一部分研究者所接受，如陳子展《中國文學史講話》（北新書局 1933 年版）第七講《傳奇與章回小説》五《章回小説》："先就短篇的平話而論，馮夢龍、凌濛初實爲兩個最重要的作家。……（注："三言""二拍"）這是明清以來最流行的平話總集。"劉大杰《中國文學發展史》（中華書局 1941 年版）第二十六章《明代的小説》七《明代的短篇小説》："於是宋元以來的短篇平話漸漸爲人收集刊行，萬曆天啓年間，平話集盛行於世。""凌濛初才大量以文人的筆來創作平話。"不過，鄭振鐸先生同時又把"話本"界定爲指稱古代短篇白話小説的文體類型概念，如《明清二代的平話集》（《小説月報》1931 年 7、8 月第 22 卷第 7、8 期）："'話本'爲中國短篇小説的重要體裁的一種，其與筆記體及'傳奇'體的短篇故事的區別在於：她是用國語或白話寫成的，而筆記體及傳奇體的短篇則俱係出之以文言。"顯然，"話本"與"平話"在鄭振鐸先生的小説文體分類中指的是同一個對象。這種混用兩個概念的現象在陳子展的《中國文學史講話》（北新書局 1933 年版）

中也有體現，其第八講《從舊文學到新文學》之五《小説之繼續發展》云：
"還有這一時期的話本。魯迅先生也没有提及。不過，短篇話本的發展，從宋
元到晚明，到凌濛初、馮夢龍兩家的撰集，可説已經告一段落。至於艾納居
士的《豆棚閑話》、酌元亭主人的《照世杯》……雖有可觀，其他在這裏就來
不及多提了。"譚正璧《中國文學史》（光明書局 1935 年版）則明確以"話
本"易"平話"，其第八編《明清文學》第一章《小説》第九節《話本集》
謂："明末，刻書之風大盛，於是有人出來匯刻了許多話本集。……清末，有
一部不很高明的話本集頗流行，就是《今古奇聞》。……此後，話本體的短篇
小説再也没有創作了。"尤其 20 世紀 50 年代以來，"話本"和"擬話本"成
爲指稱古代短篇白話小説的最爲普遍的文體類型概念，而"平話"則很少再
有人再用，在某種程度上已成爲小説史上的一個"名稱"。

　　通過上述考辨可以看出："平話"作爲伎藝名稱最早出現於元初，專指以散
説形式敷演歷史題材的口頭伎藝及其話本，其命名是從演説方式的角度對當時
最爲盛行的説唱伎藝進行區分的結果。明清時期，"平話"一辭實際存在著三種
内涵和指稱對象：一是基本沿襲元人的用法，指稱只説不唱，以散説形式敷演
故事的口頭伎藝；二是由伎藝名稱引申爲白話通俗小説及其文體的泛稱；三是
由專有伎藝名稱引申爲包括彈詞、南詞在内的多種講唱伎藝的泛稱。而在近現
代的古代小説研究中，"平話"一辭首先被界定爲宋代白話通俗小説的泛稱，其
後又被界定爲古代短篇白話小説的文體類型概念，而隨著"話本"一辭專指宋以
來的白話短篇小説，"平話"作爲小説文體概念慢慢地在研究者的著述中淡出了。

【相關閱讀】

1. 吳小如《釋"平話"》，《古典小説漫稿》，上海古籍出版社 1982 年版。

2. 顧青《説"平話"》，中國社會科學院文學研究所中國古代小説研究中
心編《中國古代小説研究》第一輯，人民文學出版社 2005 年版。

"演義"考

"演義"之義界似已有"定論"，即"演義"者，歷史演義之謂也。長久以來，殆無疑義。原其始，大約創説於魯迅先生，魯迅先生於中國小説史研究厥功甚偉，而舉其要者，一在於以明確的"小説史意識"揭示中國古代小説之發展歷史；二在於以小説類型觀念梳理古代通俗小説的演化軌迹，所謂"歷史演義""神魔小説""人情小説"等是也。以"歷史演義"作爲一種小説類型，最早見於魯迅先生的《小説史大略》，指稱《三國演義》《水滸傳》等作品；《中國小説史略》未用"歷史演義"這一稱謂，而以"講史"稱之；《中國小説的歷史的變遷》一文亦然，稱《三國演義》等作品本於"講史"。後人據此延伸，稱"歷史演義"或"講史演義"，20世紀50年代以來的小説論著和教科書更大都以魯迅先生之學説爲圭臬而少有辨析，並由此確認了"演義"的基本内涵："演義"是小説類型概念，是指以歷史爲題材的小説作品。然而，中國小説史的實際情形並非如此，翻檢明清兩代的小説史料，我們看到，"演義"並不是一個類型概念，而是一種文體概念，以"演義"命名的通俗小説更遠遠超出了歷史題材的範疇。古今認識之差異可謂大矣，"演義"一辭由此不得不詳加考辨，以清其源、正其本。

一

近人章炳麟於《洪秀全演義序》（1905）一文對"演義"之由來及其演化

作了如下闡述：

> 演義之萌芽，蓋遠起於戰國，今觀晚周諸子説上世故事，多根本經典，而以己意飾增，或言或事，率多數倍。若《六韜》之出於太公，則演其事者也。若《素問》之托於歧伯，則演其言者也。演言者，宋、明諸儒因之爲《大學衍義》；演事者，則小説家之能事，根據舊史，觀其會通，察其情僞，推己意以明古人之用心，而附之以街談巷議，亦使田家婦子，知有秦、漢至今帝王師相之業；不然，則中夏齊民之不知故國，將與印度同列。然則演事者雖多稗傳，而存古之功亦大矣。①

章氏將"演義"分成"演言"與"演事"兩個系統，所謂"演言"是指對義理之闡釋，而"演事"則是對史事的推演，並認爲"演言"由"宋、明諸儒因之爲《大學衍義》"，"演事"則"小説家之能事"。此説頗具眼力，有合理性，然章氏將"演言"限定爲宋明諸儒之著述，"演事"局限於"根據舊史，觀其會通，察其情僞"，則尚待商榷與完善。

案"演義"一辭較早見於西晉潘岳的《西征賦》："靈壅川以止鬥，晉演義以獻説。"《文選・西征賦》李善注云："《國語》曰：靈王二十二年，穀、洛二水鬥，欲毀王宮。王欲壅之，太子晉諫曰：不可。晉聞古之長人，不墮山，不防川。今吾執政實有所辟，而禍夫二川之神。賈逵曰：鬥者，兩會似於鬥。《小雅》曰：演，廣遠也。"② 劉宋范曄《後漢書》卷八十三《周黨傳》亦謂："黨等文不能演義，武不能死君。"③ 故"演義"之本義是演説鋪陳某種道理並

---

　　①　（清）章炳麟《洪秀全演義序》，（清）黄小配著《洪秀全演義》，上海古籍出版社 1981 年版，第 1 頁。
　　②　（南朝梁）蕭統編，（唐）李善注《文選》卷一〇，中華書局 1977 年版，第 149 頁。
　　③　（南朝宋）范曄《後漢書》卷八十三《逸民列傳》，（南朝宋）范曄撰，（唐）李賢等注《後漢書》，中華書局 1965 年版，第 2762 頁。

加以引申。後晉劉昫《舊唐書》卷一百四十四説得更爲明晰：“披圖演義，發於爾志，與金鏡而高懸，將座右而同置。”① 南宋朱熹《朱子語類》卷一百二十六亦云：“因語禪家，云：當初入中國，只有《四十二章經》，後來既久，無可得説，晉宋而下，始相與演義。”② 其中含義可謂一脈相承。

以“演義”作爲書籍之名較早見於唐人蘇鶚的《蘇氏演義》，《蘇氏演義》原作《演義》，《新唐書》收入“子部小説家類”，十卷，《宋史》收入“經解類”和“雜家類”，亦題十卷。《四庫全書》據《永樂大典》輯錄，收入“子部雜家類”，改題《蘇氏演義》，二卷。《提要》云：

> 唐蘇鶚撰。鶚字德祥，武功人，宰相頲之族也。光啓中登進士第，仕履無考。嘗撰《杜陽雜編》，世有傳本。此書久佚，今始據《永樂大典》所引袞輯成編。《雜編》特小説家言，此書則於典制名物，具有考證。……訓詁典核，皆資博識。陳振孫《書録解題》稱其“考究書傳，訂正名物，辨證僞繆，可與李涪《刊誤》、李濟翁《資眼集》、邱光庭《兼明書》並驅”，良非溢美。③

《演義》重於典制名物的考訂，如卷上開首即考“風”之義，云：“風者，告也，號也。《河圖記》曰：風者，天地之使乃告號令耳，凡風動則蟲生，故風字從蟲。”④ 包括對歷史典實、地里，甚至動物蟲魚的考訂，如考堯舜之禪讓、考“首陽山”之來歷、考“烏魚”“蟋蟀”等。還有許多是對一些具體字彙的釋義，如“措大”“坊”等。有些涉及人物的考訂有一定的故事性，如對

---

① （後晉）劉昫等撰《舊唐書》卷一百四十四，中華書局 1975 年版，第 3922 頁。
② （宋）黎靖德編，王星賢點校《朱子語類》卷一百二十六，中華書局 1986 年版，第 3028 頁。
③ （清）永瑢等《四庫全書總目》卷一百十八子部雜家類二，中華書局 1965 年版，第 1016 頁。
④ （唐）蘇鶚《蘇氏演義》卷上，見《叢書集成初編·資眼集及其他二種》，商務印書館民國二十八年（1939）版，第 1 頁。

欽定四庫全書

提要

蘇氏演義二卷　　雜家類二雜考之屬

子部十

臣等謹案蘇氏演義二卷唐蘇鶚撰鶚字德
祥武功人光啟中登進士第仕履無考嘗撰
杜陽襍編及此書襍編世有傳本此書久佚
今始採永樂大典所引裒輯成編襍編特小
說家言此書則於典制名物其有考證書中
所言與世傳魏崔豹古今注馬縞中華古今
注多相出入巳考正於古今註條下然非永
樂大典幸而僅存則豹書之偽猶可考見編
書之剽襲竟無由而證明此固宜亟為表章
以明真贗况今所存諸條為二書所未剗取
者尚居強半訓詁典核皆資博識陳振孫書
錄解題稱其考究書傳訂正名物辨証訛謬可
與李涪刊誤李濟翁資暇集邱光庭兼明書

《四庫全書》本蘇鶚《蘇氏演義》

隋代侯白的一則描述：

> 侯白，字君素，魏郡鄴人。始舉秀才，隋朝頗見貴重，博聞多知，諧謔辯論，應對不窮，人皆悦之。或買酒饌，求其言論，必俟齒發題，解頤而返，所在觀之如市。越公更加禮重，文帝命侍從以備顧問。撰《酒律》《笑林》，人皆傳録。[①]

故檢閲《蘇氏演義》之內涵，則所謂"演義"者，釋義考證之謂也。除《蘇氏演義》外，唐人尚有稱佛經注疏爲"演義"者，如《大方廣佛花岩經隨

---

① （唐）蘇鶚《蘇氏演義》卷下，見《資暇集及其他二種》，《叢書集成初編》，商務印書館民國二十八年（1939）版，第23頁。

疏演義鈔》四十卷，唐釋澄觀撰，有遼刻本和遼寫本傳世①。

至宋代，宋儒釋經之風盛行，《大學衍義》而外，直用"演義"一辭者有劉元剛《三經演義》十一卷，演說《孝經》《論語》《孟子》，《宋史·藝文志》"經解類"著錄；錢時《尚書演義》，《宋史》卷四百七"列傳"第一百六十六著錄；《宋史》卷四十三還有"比覽林光世《易範》，明《易》推星配象演義"一語。可見"演義"一辭至此已從釋義考證漸演化爲對經典的闡釋，明胡經《易演義》十八卷、徐師曾《今文周易演義》十二卷、梁寅《詩演義》十五卷與此同義。姑以《詩演義》爲例作一説明，《詩演義》，《明史》著錄八卷，《四庫全書》著錄十五卷，《提要》云：

> 《詩演義》十五卷，元梁寅撰。寅有《周易參義》，已著錄。是書推演朱子《詩傳》之義，故以演義爲名。前有《自序》云此書爲幼學而作，"博稽訓詁，以啓其塞，根之義理，以達其機。隱也，使之顯，略也，使之詳"。今考其書，大抵淺顯易見，切近不支。元儒之學主於篤實，猶勝虛談高論、橫生臆解者也。②

《詩演義》作者梁寅爲元明間人，此書之《自序》末署洪武十六年（1383），故成書當於明初，是書爲幼學而作，"本以申朱子《集傳》之義"，"先釋字後明一句之旨"（《凡例》）。故所謂《詩演義》者，乃是以通俗化的形式演朱子《詩集傳》之義也。

值得注意的是，以"演義"命名的書籍漸由經義進入了文學領域，"演言"一系由此進入了對文學經典的闡釋。如明陸容《菽園雜記》卷十四記載

---

① 存目見《中國古籍善本書目》"子部下·釋家類·注疏"，上海古籍出版社 1996 年版，第 938 頁。未見。
② （清）永瑢等《四庫全書總目》卷一六經部詩類二，中華書局 1965 年版，第 128 頁。

元進士張伯成所作之《杜律演義》、明焦竑《玉堂叢語》卷一載楊慎《絶句演義》等。《菽園雜記》云："《杜律虞注》本名《杜律演義》，元進士臨川張伯成之所作也，後人謬以爲虞伯生所注。予嘗見《演義》刻本，有天順丁丑臨川黎送久大序及伯成傳序。其略云：注少陵詩者非一，皆弗如吾鄉先進士張氏伯成《七言律詩演義》，訓釋字理極精詳，抑揚趣致極其切當。蓋少陵有言外之詩，而《演義》得詩外之意也。"①《杜律演義》，張性撰，今存明嘉靖十六年（1537）刻本，題"京口石門張性伯成演"，全書將杜詩按内容分類，每類標出具體詩題，先録原詩，繼之訓釋，以作品賞析爲主，今録《蜀相》一詩之訓釋以概其餘：

祠堂，孔明廟也，昭烈即帝位，亮册爲丞相，録尚書事。成都萬里橋南岸道西有城，故錦官也。亮在草廬，先主凡三往乃見。兩朝，先主、後主之朝也。此公初到成都，訪諸葛廟而賦也。起句問祠堂在何處可尋，接句自答在城外古柏陰森之處也。次聯咏祠堂之景，"自春色"，"空好音"，幽閑之地，少人經過也。因睹此景，追感當時先主之顧草廬，至再至三，如是頻繁者，屈己求賢以爲恢復天下之計也。武侯既出，遂以討賊爲己任，開基濟業，歷事兩君。其言曰竭股肱之力，效忠貞之節，繼之以死，此老臣忠君之心也。先主之計若此之大，武侯之心若此其忠，惜乎渭濱之師（司）馬懿怯戰自守，故未見大捷而武侯死矣，乃千載之遺恨，所以長使英雄之士思而泣也。前四句咏祠堂之事，後四句咏武侯之事。②

可見所謂"演義"乃是對杜甫詩歌的通俗化闡釋。

---

①　（明）陸容《菽園雜記》卷十四，《明代筆記小説大觀》第一册，上海古籍出版社2005年版，第512—513頁。
②　《杜律演義》，藏南京圖書館善本室。

二

　　就文學角度而言，章氏所謂"演事"一系較早可追溯到唐代的變文，變文爲唐代説唱文學之一體，其體制不一，有散説體、有賦體，亦有駢散結合、説唱並陳的形式，但其内容基本一致，即對於故事的演説，包括佛經故事、歷史故事和當代時事。至宋代説話興起，"演事"一系發展更爲迅速，史稱南宋"説話"有四家，其中"小説"與"講史"對後世影響更大。然唐宋兩代尚未有以"演義"指稱"演事"類書籍者，唐人有稱之爲"變"者，如《漢將王陵變》，亦有稱之爲"話本"者，如《韓擒虎話本》；宋人將演述史事的作品一般稱之爲"講史""講史書"和"説史"等，如《都城記勝》謂："講史書，講説前代書史文傳興廢争戰之事。"亦有稱之爲"演史"者，如周密《武林舊事》卷六"演史丘幾山"。"演史""演義"，音義最近，以致後人認爲"演義"即"演史"之延伸①。

　　將通俗小説稱之爲"演義"始於《三國志通俗演義》，而近人視"演義"與"歷史演義"爲同一内涵亦由此而來。庸愚子於弘治七年（1494）撰《三國志通俗演義序》，其云："若東原羅貫中，以平陽陳壽《傳》，考諸國史，自漢靈帝中平元年，終於晉太康元年之事，留心損益，目之曰《三國志通俗演義》。文不甚深，言不甚俗，事紀其實，亦庶幾乎史，蓋欲讀誦者，人人得而知之，若《詩》所謂里巷歌謠之義也。"② 嘉靖元年（1522），司理監刊出《三國志通俗演義》，旋即在社會上產生了很大影響，"演義"一辭也隨之流

---

　　① 黄霖、韓同文選注《中國歷代小説論著選》（修訂本），《醉翁談録·舌耕叙引》"演史"注云："演史，亦稱講史，宋元間説話的一種，講説歷代興廢與戰争故事，依據史傳加以敷衍，記録時多用淺近文言，成爲講史話本，是我國小説史最早具有長篇規模的作品，後發展爲演義。"江西人民出版社2000年版，第94頁。

　　② （明）庸愚子《三國志通俗演義序》，（明）羅貫中《三國志通俗演義》，上海古籍出版社《古本小説集成》據嘉靖本影印，第1—5頁。

萬卷樓刊本《三國志通俗演義》

行。修髯子《三國志通俗演義引》一文率先對"演義"之義界作了闡釋：

　　史氏所志，事詳而文古，義微而旨深，非通儒夙學，展卷間，鮮不
便思困睡。故好事者以俗近語，隱括成編，欲天下之人，入耳而通其事，
因事而悟其義，因義而興乎感，不待研精覃思，知正統必當扶，竊位必
當誅，忠孝節義必當師，奸貪諛佞必當去，是是非非，了然於心目之下，
裨益風教，廣且大焉。①

----

① （明）修髯子《三國志通俗演義引》，（明）羅貫中《三國志通俗演義》，上海古籍出版社《古本
小説集成》據嘉靖刊本影印，第1—2頁。

　　所謂"以俗近語，隱括成編，欲天下之人，入耳而通其事，因事而悟其義，因義而興乎感"即指"演義"之特性及其功能。故"演義"一辭在小説領域的最初含義應是以通俗的形式演正史之義，如《三國志通俗演義》就是對陳壽《三國志》的"通俗化"，包括"故事"與"語言"。可觀道人《新列國志叙》謂："羅貫中氏《三國志》一書以國史演爲通俗，汪洋百餘回，爲世所尚。嗣是效顰日衆，因而有《夏書》《商書》《列國》《兩漢》《唐書》《殘唐》《南北宋》諸刻，其浩瀚幾與正史分籤並架。"① 夢藏道人於《三國志演義序》中説得更爲直截："羅貫中氏取其書（指陳壽《三國志》）演之，更六十五篇爲百二十回。合則連珠，分則辨物，實有意旨，不發躍如。其必雜以街巷之譚者，正欲愚夫愚婦共曉共暢人與是非之公。"② 此一含義爲小説作者所信從，甄偉作《西漢通俗演義》即然，其《序》云：

　　　　西漢有馬遷史，辭簡義古，爲千載良史，天下古今誦之。予又何以通俗爲耶？俗不可通，則義不必演矣。義不必演，則此書亦不必作矣。又何以楚漢二十年事數演數萬言以爲書耶？蓋遷史誠不可易也。予爲通俗演義者，非敢傳遠示後，補史所未盡也；不過因閑居無聊，偶閲西漢卷，見其間多牽强附會，支離鄙俚，未足以發明楚漢故事，遂因略以致詳，考史以廣義。③

　　明代小説創作中的所謂"按鑑演義"者即指這一内涵。然此一含義僅是

---

① （明）可觀道人《新列國志·叙》，（明）墨憨齋新編《新列國志》，上海古籍出版社《古本小説集成》據金閶葉敬池梓本影印，第1—2頁。
② （明）夢藏道人《三國志演義序》，明崇禎五年遺香堂刊本，引自丁錫根《中國歷代小説序跋集》，人民文學出版社1996年版，第896頁。
③ （明）甄偉《西漢通俗演義序》，據孫楷第《日本東京所見小説書目》録日本宮内省圖書寮藏明萬曆壬子金陵周氏大業堂本《重刻西漢通俗演義八卷一百零一則》附《西漢通俗演義序》，見孫楷第《日本東京所見小説書目》，人民文學出版社1958年版，第55頁。

“演義”的初始義，明人以“演義”指稱通俗小說實則普遍越出了這一規定，即“演義”者，非專指對某一史書的“通俗化”，而是對歷史現象、人物故事的通俗化敘述。從現有十餘種以“演義”命名的明人小說中我們即可清晰地看出這一趨向，十餘種小說爲：

《三國志通俗演義》、《大宋中興通俗演義》、《唐書志傳通俗演義》、《三寶太監西洋記通俗演義》、《封神演義》、《征播奏捷傳通俗演義》、《三教開迷歸正演義》、《楊家府世代忠勇演義志傳》、《開闢衍繹通俗志傳》（内封中欄題“開闢演義”）、《殘唐五代史演義》、《東漢十二帝通俗演義》、《七十二朝人物演義》、《西漢通俗演義》、《孫龐鬥志演義》、《兩漢演義傳》。

上述作品除《三國志通俗演義》和《唐書志傳通俗演義》外，餘者均淡化了史書概念。而《三國志通俗演義》後世簡化爲《三國演義》也就成了一個自然而然、普遍可以接受的事實。

明人以“演義”指稱通俗小說，在概念的内涵上主要涉及兩個方面：一是“通俗性”，雉衡山人《東西晉演義序》云：“一代肇興，必有一代之史，而有信史有野史。好事者蒐取而演之，以通俗諭人，名曰演義，蓋自羅貫中《水滸傳》《三國傳》始也。”[①] 故“通俗”是“演義”區別於其他小說的首要特性，陳繼儒於《唐書演義序》中説得更爲直截了當：“往自前後漢魏吳蜀唐宋咸有正史，其事文載之不啻詳矣。後是則有演義，演義，以通俗爲義也者。故今流俗即目不挂司馬班陳一字，然皆能道赤帝，詫銅馬，悲伏龍，憑曹瞞

---

① （明）雉衡山人《東西晉演義序》，（明）雉衡山人《東西晉演義》，上海古籍出版社《古本小説集成》據中國藝術研究院戲曲研究所藏本影印，第1頁。

者，則演義之爲耳。演義固喻俗書哉，義意遠矣！"① 二是"風教性"，朱之蕃
《三教開迷演義叙》云："演義者，其取喻在夫人身心性命、四肢百骸、情欲
玩好之間，而其究極在天地萬物、人心底裏、毛髓良知之内……於扶持世教
風化豈曰小補之哉。"② 無礙居士《警世通言叙》謂："通俗演義一種，遂足以
佐經書史傳之窮。"③ 東山主人在《雲合奇踪序》中則以正反兩方面闡述了
"演義"之功能：

> 田間里巷自好之士，目不涉史傳，而於兩漢三國、東西晉、隋唐等
> 書，每喜搜攬。於一代之治亂興衰，賢佞得失，多能津津稱述，使聞之
> 者倏喜倏怒，亦足啓發人之性靈，其間讖謡神鬼，不無荒誕，殆亦以世
> 俗好怪喜新，始以是動人耳目。及其終歸滅亡，始識帝王受命自有真，
> 反側子且爽然自失矣。夫邪妄煽惑，何代無之；使於愚夫愚婦之前，談
> 經説史，群且笑爲迂妄，惟以往事彰彰於人耳目者，張皇鋪演，若徐壽
> 輝、陳友諒之徒，乘隙竊發，莫大智勇自矜，乃不數年身死族滅，巫術
> 無靈，險衆失恃，徒爲太祖作驅除耳。倘鑒於此，人人順時安命，不爲
> 邪説之所動搖，斯演義之益，豈不甚偉！④

　　由此可見，以"通俗"的形式來實施經書史傳對於民衆所無法完成的教
化使命是"演義"的基本特性和價值功能。明人正是以此來確立"演義"的

---

① 《唐書演義序》，(明) 無名氏《唐書志傳題評》，中華書局《古本小説叢刊》第二十八輯影印
世德堂刊本，第 1 頁。
② (明) 朱之蕃《三教開迷演義叙》，(明) 潘鏡若編次《三教開迷歸正演義》，上海古籍出版社
《古本小説集成》據萬卷樓刊本影印，第 4—8 頁。
③ (明) 無礙居士《警世通言叙》，(明) 馮夢龍《警世通言》，上海古籍出版社《古本小説集成》
據兼善堂本影印，第 4 頁。
④ (明) 東山主人《雲合奇踪序》，引自丁錫根《中國歷代小説序跋集》，人民文學出版社 1996
年版，第 1005 頁。

存在依據及其地位的。這一確立對通俗小説的發展有其積極的作用。

三

　　明人拈出"演義"一辭指稱通俗小説實則爲了通俗小説的文體獨立，故在追溯通俗小説的文體淵源時，人們便習慣地以"演義"一辭作界定，以區別其他小説。綠天館主人《古今小説叙》云："史統散而小説興。始乎周季，盛於唐，而浸淫於宋。韓非、列禦寇諸人，小説之祖也。《吴越春秋》等書，雖出炎漢，然秦火之後，□□猶希。迨開元以降，而文人□□橫矣。若通俗演義，不知何昉，按南宋供奉局，有説話人，如□□書之流，其文必通俗，其作者莫可考。泥馬倦勤，以太上享天下之養，仁壽清暇，喜閱話本，命内璫日進一帙，當意，則以金錢厚酬。於是内璫輩廣求先代奇迹及閭里新聞，倩人敷演進御，以怡天顔。然一覽輒置，卒多浮沉内庭，其傳布民間者，什不一二耳。然如《玩江樓》《雙魚墜記》等類，又皆鄙俚淺薄，齒牙弗馨焉。暨施、羅兩公，鼓吹胡元，而《三國志》《水滸》《平妖》諸傳，遂成巨觀。"① 笑花主人於《今古奇觀序》中亦承其説：

　　　　小説者，正史之餘也。《莊》《列》所載化人、佝僂丈人，昔事不列
　　於史。《穆天子》《四公傳》《吴越春秋》，皆小説之類也，《開元遺事》
　　《紅綫》《無雙》《香丸》《隱娘》諸傳，《睽車》《夷堅》各志，名爲小説，
　　而其文雅馴，閭閻罕能道之。優人黄繙綽、敬新磨等，搬演雜劇，隱諷
　　時事，事屬烏有，雖通於俗，其本不傳。至有宋孝皇以天下養太上，命

<hr>

　　① 　（明）綠天館主人《古今小説·叙》，（明）馮夢龍編《古今小説》，上海古籍出版社《古本小説集成》據天許齋刊本影印，第1—4頁。

侍從訪民間奇事，日進一回，謂之説話人，而通俗演義一種，乃始盛行。①

　　從上述引文的追溯中，我們不難看到明人對小説流變的認識觀念，他們以"演義"一辭來指稱通俗小説，其目的正是要强化通俗小説的獨特性和獨立性。

　　由於明人對通俗小説獨立性的强化，故"演義"一辭也便越出了初始專指以歷史爲題材的小説之疆界。一般認爲，"演義"主要是指以歷史爲題材的小説作品，近人以"歷史演義""英雄傳奇""神魔小説""世情小説"來劃歸長篇章回小説之類型後，人們更視"演義"爲"歷史演義"或"講史演義"之專稱。但其實，這一認識並不符合實際情況，在明人看來，無論是歷史題材還是神話傳説，無論是長篇章回還是短篇話本，統統可用"演義"指稱之，上引十餘種書目已説明了這一現象。而在具體的闡述中，史料更是比比皆是，顧起鶴《三教開迷傳引》謂："顧世之演義傳記頗多，如《三國》之智，《水滸》之俠，《西遊》之幻，皆足以省睡魔而廣智慮。"② 天許齋《古今小説識語》云："本齋購得古今名人演義一百二十種，先以三分之一爲初刻云。"③ 睡鄉居士《二刻拍案驚奇序》亦云："至演義一家，幻易而真難，固不可相衡而論矣。即如《西遊》一記，怪誕不經，讀者皆知其謬。……即空觀主人者，其人奇，其文奇，其遇亦奇，因取其抑塞磊落之才，出緒餘以爲傳奇，又降

　　① （明）笑花主人《今古奇觀》序，抱甕老人《今古奇觀》，上海古籍出版社《古本小説集成》據上海圖書館藏本影印，第1—2頁。
　　② 顧起鶴《三教開迷傳引》，（明）潘鏡若編次《三教開迷歸正演義》，上海古籍出版社《古本小説集成》據萬卷樓刊本影印，第2頁。
　　③ 見天許齋藏板《全像古今小説》扉頁，（明）馮夢龍編《古今小説》，上海古籍出版社《古本小説集成》據天許齋本影印。

而爲演義。"① 而凌濛初亦將其《拍案驚奇》稱之爲"演義"："這本話文，出在《空緘記》，如今依傳編成演義一回，所以奉勸世人爲善。"② 可見在明人的觀念中，不僅《三國演義》、《水滸傳》稱爲"演義"，《西遊記》亦可稱爲"演義"，甚至連"三言""二拍"也可稱之爲"演義"。謝肇淛《文海披沙》卷七中就直稱《西遊記》爲《西遊記演義》③。而在小説的具體題署中，這一迹象也頗爲明晰，且大都以"通俗演義"直稱之，如《包龍圖判百家公案》全稱《新刊京本通俗演義增像包龍圖判百家公案》、《鼓掌絶塵》全稱《新鐫出像批評通俗演義鼓掌絶塵》、《型世言》各卷卷首題"崢霄館評定通俗演義型世言"、《南北兩宋志傳》全稱"全像按鑑演義南北兩宋志傳"、《三國志後傳》題"新鐫全像通俗演義續三國志"、《東西晉志傳》內封横題"通俗演義"、《七曜平妖傳》目次題"新編皇明通俗演義七曜平妖全傳"、《魏忠賢小説斥奸書》正文卷端題"崢霄館評定出像通俗演義魏忠賢小説斥奸書"、《有夏志傳》卷端題"按鑑演義帝王御世有夏志傳"、《岳武穆盡忠報國傳》內封右欄題"重訂按鑑通俗演義"等，其中有話本小説，也有講史小説。故質言之，"演義"者，通俗小説之謂也。

"演義"專指通俗小説，它與"小説"一辭的關係又如何呢？我們不妨對明人"小説"一辭之使用情況作一鋪叙以明兩者之關係。

"小説"一辭源遠流長，其內涵在中國小説史上形成了兩股綫索，一是由《莊子》"飾小説以干縣令，其於大達亦遠矣"肇端④，經桓譚"若其小説家，

---

① （明）睡鄉居士《二刻拍案驚奇序》，（明）凌濛初《二刻拍案驚奇》，上海古籍出版社《古本小説集成》據尚友堂刊本影印，第5—7頁。

② （明）凌濛初《拍案驚奇》卷二十"李克讓竟達空函，劉元普雙生貴子"，上海古籍出版社《古本小説集成》據尚友堂刊本影印，第879頁。

③ （明）謝肇淛《文海披沙》卷七《西遊記》："俗傳有《西遊記演義》載玄奘取經西域，道遇魔崇甚多。讀者皆嗤其俚妄，余謂不足嗤也，古亦有之。"見《續修四庫全書》1130册子部雜家類《文海披沙》，上海古籍出版社，第323頁。

④ （清）郭慶藩輯《莊子集釋》卷九上，中華書局1961年版，第925頁。

合叢殘小語，近取譬論，以作短書，治身理家，有可觀之辭"① 和班固《漢志》"小說家者流，蓋出於稗官，街談巷語，道聽途說者之所造也"② 的延續和發展，至唐劉知幾《史通》的闡釋，確認了"小說"的指稱對象乃是唐前歸入"子部"或"史部"的古小說，唐及唐以後的筆記小說亦置於這一"小說"概念名下。二是由民間"說話"一系衍生的"小說"概念，如裴松之注《三國志》引《魏略》之"俳優小說"、《唐會要》卷四之"人間小說"、段式成《酉陽雜俎》續集卷四之"市人小說"等，至宋代"說話"藝術繁興，耐得翁《都城記勝》、吳自牧《夢粱錄》、羅燁《醉翁談錄》均將"小說"指稱通俗的"說話"藝術。

明人對於"小說"一辭的使用基本上承上述兩股綫索而來，較早使用"小說"一辭的是都穆在弘治十八年（1505）爲《續博物志》所作的《後記》："山珍海錯無補乎養生，而飲食者往往取之而不棄，蓋飽飲之餘，異味忽陳，則不覺齒舌之爽，亦人情然也。小說雜記，飲食之珍錯也，有之不爲大益，而無之不可，豈非以其能資人之多識而怪僻不足論邪。"③ 在此之前，人們對《剪燈新話》等作品多以"稗官""傳奇""傳記"稱之，如吳植於洪武十四年（1381）序《剪燈新話》："余觀宗吉先生《剪燈新話》，其詞則傳奇之流，其意則子氏之寓言也。"④ 洪武三十年（1397）凌雲翰序《剪燈新話》則謂："是編雖稗官之流，而勸善懲惡，動存鑒戒，不可謂無補於世。"⑤ 而趙弼於宣德三年（1428）作《效顰集後序》，宣稱其《效顰集》乃"效洪景盧、瞿宗

① （漢）桓譚《桓子新論》，引自（梁）蕭統編，（唐）李善注《文選》卷三十一江文通雜體詩《李都尉從軍陵》注，上海古籍出版社 1986 年版，第 1453 頁。
② （漢）班固《漢書·藝文志》，（漢）班固著，（唐）顏師古注《漢書》卷三十，中華書局 1962 年版，第 1745 頁。
③ （明）都穆《續博物志後記》，引自丁錫根《中國歷代小說序跋集》，人民文學出版社 1996 年版，第 91 頁。
④ （明）吳植《〈剪燈新話〉序》，（明）瞿佑等著，周楞伽校注《〈剪燈新話〉外二種》，上海古籍出版社 1981 年版，第 4 頁。
⑤ （明）凌雲翰《〈剪燈新話〉序》，同上，第 3—4 頁。

吉，編述傳記二十六篇，皆聞先輩碩老所談與己目之所擊者"①。

明人普遍使用"小説"一辭大約在嘉靖以後，郎瑛《七修類稿》卷二十二云："小説起宋仁宗，蓋時太平盛久，國家閑暇，日欲進一奇怪之事以娱之。故小説得勝頭回之後，即云'話説趙宋某年'。……若夫近時蘇刻幾十家小説者，乃文章家之一體，詩話、傳記之流也，又非如此之小説。"②《七修類稿》刊於嘉靖二十六年（1547），時《三國志通俗演義》和《水滸傳》均已刊行多年，故郎瑛已將"小説"一辭直指通俗小説。嘉靖三十一年（1552），小説家熊大木刊出《新刊大宋演義中興英烈傳》，在《序》中，他對時人"謂小説不可案之以正史"的觀點提出駁論，申言"史書、小説有不同者，無足怪矣"③。亦將"小説"指稱通俗小説。而嘉靖年間刊刻的洪楩《六十家小説》更有將文言傳奇和通俗話本同置於"小説"名下的趨勢，該書作爲一部小説集，既選取説經講史話本如《花燈轎蓮女成佛記》和《漢李廣世號飛將軍》，亦取傳奇小説《藍橋記》，衹要其可供消遣和娱樂，都不妨稱之爲"小説"。此書分爲《雨窗集》《欹枕集》《長燈集》《隨航集》《解閑集》和《醒夢集》六集，其選擇趨向已十分明晰。"小説"這一概念在嘉靖以來的變化與通俗小説的崛起密切相關，嘉靖元年（1522），司理監刊《三國志通俗演義》，以後不久，《水滸傳》也開始刊行流傳，刊於嘉靖十年（1531）的李開先《一笑散·時調》即云："崔後渠、熊南沙、唐荆川、王遵岩、陳後岡謂《水滸傳》委曲詳盡，血脈貫通，《史記》而下，便是此書。且古來更未有一事而二十册者。倘以奸盜詐偽病之，不知序事之法，學史之妙者也。"④ 由《三國》《水

---

① （明）趙弼《效顰集後序》，（明）趙弼《效顰集》，上海古籍出版社《續修四庫全書》本，第549頁。

② （明）郎瑛《七修類稿》卷二十二，上海書店出版社2001年版，第229頁。

③ （明）熊大木《序武穆王演義》，（明）熊大木《大宋中興通俗演義》，上海古籍出版社《古本小説集成》據楊氏清江堂刊本影印，第4—5頁。

④ （明）李開先《一笑散》，文學古籍刊行社1955年版，第10頁B面。

滸》的刊行所發端，通俗小説的創作和刊刻在嘉靖以來有了很大的發展，這一局面致使小説稱謂的使用有了相應的變化，其中之一就是"小説"一辭使用的普遍化。且看以下史料：

牛溲馬勃，良醫所珍，孰謂稗官小説，不足爲世道重輕哉！（修髯子《三國志通俗演義引》）①

小説之興，始於宋仁宗。（天都外臣《水滸傳叙》）②

五日，沈伯遠携其伯景倩所藏《金瓶梅》小説來，大抵市諢之極穢者耳，而鋒焰遠遜《水滸傳》。袁中郎極口讚之，亦好奇之過。（李日華《味水軒日記》卷七）③

小説，子書流也，然談説理道或近於經，又有類注疏者；紀述事迹，或通於史，又有類志傳者。他如孟棨《本事》、盧瓌《抒情》，例以詩話、文評，附見集類，究其體制，實小説者流也。至於子類雜家，尤相出入。鄭氏謂古今書家所不能分有九，而不知最易混淆者，小説也。（胡應麟《少室山房筆叢·九流緒論》下）④

風流小説，最忌淫褻等語以傷風雅，然平鋪直叙，又失當時親昵情景。兹編無一字淫哇，而意中妙境盡婉轉逗出，作者苦心，臨編自見。

① （明）修髯子《三國志通俗演義引》，（明）羅貫中編次《三國志通俗演義》，上海古籍出版社《古本小説集成》據嘉靖刊本影印，第3—4頁。
② （明）天都外臣《水滸傳叙》，見《水滸全傳》，人民文學出版社1954年版，第1825頁。
③ （明）李日華著《味水軒日記》，上海遠東出版社1996年版，第496頁。
④ （明）胡應麟《九流緒論下》，《少室山房筆叢》卷二九，上海書店2009年版，第283頁。

（《隋煬帝艷史凡例》）①

　　今小説之行世者，無慮百種，然而失真之病，起於好奇。（睡鄉居士
《二刻拍案驚奇序》）②

　　上述材料始自嘉靖元年（1522），終於崇禎五年（1632），時間跨度過百
年，在指稱對象上，有章回小説、志怪傳奇、筆記和擬話本。可見"小説"
一辭已成爲當時指稱小説這一文類的基本術語。

　　"演義"與"小説"是明人使用最爲普遍的兩個術語，兩者之間的關係大
致這樣："小説"早於"演義"而出現，其指稱範圍包括文言和通俗小説兩大
門類，故"小説"概念可以包容"演義"概念，反之則不能。"演義"是通俗
小説的專稱，而在指稱通俗小説這一對象上，"小説"與"演義"在概念的外
延上是重合的。對於這一概念的區分，明萬曆年間的胡應麟曾作過嘗試，他
認爲，所謂"小説"專指文言小説，包括"志怪""傳奇""雜録""叢談"
"辨訂""箴規"六大門類，而"演義"則指《水滸傳》《三國志通俗演義》等
通俗小説。《莊岳委談》下云："今世傳街談巷語，有所謂演義者，蓋尤在傳
奇雜劇下。"又云："關壯繆明燭一端，則大可笑，乃讀書之士，亦什九信之，
何也？蓋由勝國末，村學究編魏、吳、蜀演義，因《傳》有'羽守邳，見執
曹氏'之文，撰爲斯説，而俚儒潘氏，又不考而贊其大節，遂致談者紛紛。
案《三國志》羽傳及裴松之注，及《通鑑》《綱目》，並無其文，演義何所據
哉？"③胡應麟的這一劃分有一定的合理性，但其清理是爲了捍衛"小説"的

---

　　① 見《艷史凡例》，（明）齊東野人編演《隋煬帝艷史》，上海古籍出版社《古本小説集成》據人
瑞堂刊本影印，第5—6頁。
　　② （明）睡鄉居士《二刻拍案驚奇序》，（明）凌濛初《二刻拍案驚奇》，上海古籍出版社《古本小
説集成》據尚友堂刊本影印，第2頁。
　　③ （明）胡應麟《少室山房筆叢·莊岳委談下》，上海書店出版社2009年版，第432、436頁。

傳統内涵，而在一定程度上蔑視通俗小説。當然，胡氏的劃分在小説史上其實並未起過太大作用，在明中後期，"小説"和"演義"在指稱通俗小説這一對象上是基本通用的。

四

明人以"演義"指稱通俗小説，與"小説"一辭同爲常用之術語，這一强化通俗小説文體獨立的概念對小説的發展頗多裨益，尤其是通俗小説的發展。清以來，對"演義"一辭的闡釋已没有明代那麼熱鬧，基本循明人之觀念而較少改變，但"演義"見之於書名者仍不絶如縷。

在清代，較早對"演義"作闡釋的是清初托名馮夢龍所撰的《列女演義序》，其云：

> （《列女傳》）自垂訓以來，歷代寶之，第惜其義深文簡，雖老師宿儒，臨而誦讀，猶苦艱晦不解。矧柔媚小娃、垂髫弱女，縱能識字，未必精文，安能到眼即得其深心，入口便達其微意。……因思此中徑路，若無伸引，孰能就將。遂不揣固陋，不避愆尤，於長夏永宵，妄取其義深者演而淺之，文簡者繹而細之。約於一字者，廣詳其本末，該於一語者，遍析其源流。使艱晦者大明，不解者悉著。[①]

在《序》中，作者從功能和叙述方法兩方面分析了"演義"之特性，但細細體味，也不過是明人觀念的延續而已，如"義深者演而淺之，文簡者繹而細之。約於一字者，廣詳其本末，該於一語者，遍析其源流"無疑是明代

---

① （明）馮夢龍《列女演義序》，（明）馮夢龍《古今列女傳演義》，上海古籍出版社《古本小説集成》據古吴三多齋梓本影印，第10—15頁。

甄偉"因略而致詳，考史以廣義"（《西漢通俗演義序》）的翻版，並無更多
的發明。由此也説明了明代的"演義"觀已得到了延續。

章學誠在《丙辰札記》中對通俗小説的評判也可看出明人觀念的延續：

> 凡演義之書，如《列國志》《東西漢》《説唐》及《南北宋》，多紀實
> 事；《西遊》《金瓶》之類，全憑虛構，皆無傷也。惟《三國演義》，則七
> 分實事，三分虛構，以致觀者往往爲所惑亂。如桃園等事，學士大夫直
> 作故事用矣。故演義之屬，雖無當於著述之倫，然流俗耳目漸染，實有
> 益於勸懲。但須實則概從其實，虛則明著寓言，不可虛實錯雜如《三國》
> 之淆人耳。①

很明顯，在章學誠的觀念中，所謂"演義"乃通俗小説之全體，而非僅
指《三國演義》等以歷史爲題材者。

鈕琇在《觚賸續編》中對"演義"的追溯頗有意味："傳奇演義，即詩歌
紀傳之變而爲通俗者，哀艷奇恣，各有專家，其文章近於游戲。大約空中結
撰，寄姓氏於有無之間，以徵其詭幻。"② 在此，鈕琇以"傳奇"與"詩歌"
對舉，"演義"與"記傳"比併，似乎在論證"演義"乃"記傳"之通俗化，
"演義"是以"記傳"這種歷史題材爲内涵的，然細考之，其所謂"記傳"不
過是指稱一種體式，是以人物和故事爲主體的表現方式而已，並非是指"演
義"與歷史題材小説的對應關係，就如戲曲不是詩歌的通俗化一樣。劉廷璣
《在園雜志》卷二中的一段言論亦嘗引起後人之誤解，其謂："再則《三國演

---

① （清）章學誠《丙辰札記》，《章氏遺書外編》卷第三，見《清代學術筆記叢刊》第 28 册，學
苑出版社 2005 年版，第 73 頁。
② （清）鈕琇《觚賸續編》卷一《言觚·文章有本》，《筆記小説大觀》第三十編五，新興書局
1979 年版，第 3163 頁。

義》，演義者，本有其事而添設敷演，非無中生有者比也。"① 後人據此認定所謂"演義"即指"本有其事而添設敷演"的歷史題材小説②。但其實，此處之所謂"演義"者，乃前文《三國演義》的簡稱，非指"演義"之體式。觀劉氏《在園雜志》評判了數十種通俗小説，《三國演義》僅其中之一，而在對衆多通俗小説評判之後，劉氏最後結論云："演義，小説之別名，非出正道，自當凜遵諭旨，永行禁絶。"③ 故清人以"演義"指稱一切通俗小説，既是對明人觀念的延續，同時也體現了他們實際的思想認識。蔡元放《東周列國志讀法》謂："一切演義小説之書，任是大部，其中有名人物縱是極多，不過十數百數，事迹不過數十百件，從無如《列國志》中人物事迹之至多極廣者。"④ 其中將"演義小説"並舉即説明了這一問題，而時至清後期的天目山樵張文虎猶然這樣表述："近世演義書，如《紅樓夢》實出《金瓶梅》，其陷溺人心則有過之。"⑤ 將《紅樓夢》《金瓶梅》稱之爲"演義"，絶非是其觀念上的含混不清。

從清代以"演義"命名的通俗小説中，我們也可看出這一趨向：

《新世宏勳》（順治刻本，嘉慶刻本改題"新史奇觀演義全傳"）、《樵史通俗演義》、《後七國樂田演義》、《古今列女傳演義》、《梁武帝西來演義》、《説岳全傳》（正文題"增訂盡忠演義説岳傳"）、《隋唐演義》、《二十四史通俗演義》、《説唐演義全傳》、《後三國石珠演義》、《反唐演義傳》、《異説征西演義全傳》、《東漢演義評》、《南史演義》、《北史演義》、

① （清）劉廷璣《在園雜志》卷二，《清代筆記小説大觀》本，上海古籍出版社 2007 年版，第 2172 頁。
② 見趙明政《明清演義小説理論概説》，《杭州大學學報》1985 年第 3 期。
③ （清）劉廷璣《在園雜志》卷三，《清代筆記小説大觀》本，上海古籍出版社 2007 年版，第 2197 頁。
④ （清）蔡元放批評《東周列國志·讀法》，（明）馮夢龍編，（清）蔡元放評《東周列國志》，岳麓書社 2002 年版，第 2 頁。
⑤ （清）張文虎《天目山樵識語》，見（清）吳敬梓著，李漢秋輯校《儒林外史》（會校會評本），上海古籍出版社 1984 年版，第 771 頁。

《草木春秋演義》、《西周演義》、《萬花樓演義》、《升仙傳演義》、《瓦崗寨演義》、《蓮子瓶演義傳》、《青史演義》、《天門陣演義十二寡婦征西》、《臺戰演義》、《掃蕩粵逆演義》、《羊石園演義》、《捉拿康梁二逆演義》、《火燒上海紅廟演義》、《中東大戰演義》、《萬國演義》、《泰西歷史演義》、《通商原委演義》（即《罌粟花》）、《洪秀全演義》、《兩晉演義》、《中外通商始末記演義》、《掌故演義》、《左文襄公征西演義》、《現身説法演義》、《逐日演義》、《吳三桂演義》。

在以上四十種小説書目中，雖然有部分小説確以歷史故事爲其題材，而不像明人那樣，明確地將“二拍”、《型世言》等話本小説直稱爲“演義”。但若作仔細分析，所謂歷史題材者，已是一個非常寬泛的概念，神話、傳説等均已納入歷史題材的範疇，而更多的則純爲虛構，如《新世宏勳》《樵史通俗演義》叙晚明故事，雖有一定的史實依據，但虛構之成分更爲濃烈；至如《萬花樓演義》《升仙傳演義》《蓮子瓶演義傳》等則全屬臆想。故所謂“演義”亦與“歷史題材”者並無直接對應關係，“演義”之義界明清兩代可謂一脈相承。

晚清以來，隨著西方小説類型概念的引入，“歷史小説”作爲一種小説類型與“政治小説”“科學小説”等得到了廣泛的重視。“演義”這一概念也在這種創作和理論背景中得到了新的審視，而其中最爲重要的是進一步確認了“演義”作爲文體概念的内涵。《中國惟一之文學報〈新小説〉》一文即謂：

歷史小説者，專以歷史上事實爲材料，而用演義體叙述之，蓋讀正史則易生厭，讀演義則易生感。徵諸陳壽之《三國志》與坊間通行之《三國演義》，其比較釐然矣。①

---

① 新小説報社《中國唯一之文學報〈新小説〉》，刊於《新民叢報》十四號上廣告，光緒二十八年七月十五日，見《中國近代期刊彙刊》第二輯《新民叢報》影印本，中華書局 2008 年 4 月第 1 版。

歷史小說是以"歷史上事實爲材料，而用演義體叙述之"。顯然，"歷史小説"是一種小説類型，"演義"是一種文體。而所謂"演義體"者包括叙述方式與語言特色，黃人《小説小話》謂：

> 歷史小説，當以舊有之《三國志演義》《隋唐演義》及新譯之《金塔剖屍記》《火山報仇録》等爲正格。蓋歷史所略者應詳之，歷史所詳者應略之，方合小説體裁，且聲動閲者之耳目。若近人所謂歷史小説者，但就書之本文，演爲俗語，別無點綴斡旋處，冗長拖沓，並失全史文之真精神，與教會中所譯土語之《新舊約》無異，歷史不成歷史，小説不成小説。謂將供觀者之記憶乎，則不如直覽史文之簡要也；謂將使觀者易解乎，則頭緒紛繁，事雖顯而意仍晦也。或曰："彼所謂演義者耳，毋苛求也。"曰："演義者，恐其義之晦塞無味，而爲之點綴，爲之斡旋也，兹則演詞而已，演式而已，何演義之足云。"①

綜觀中國古代通俗小説史，確乎存在一脈以正史爲材料，略加點染或"演義"的小説流派，即明人稱其"按鑑演義"、清人稱其"依史以演義"或"史事演義"者②，此一流派以《三國志通俗演義》爲其起始，至晚清以吴趼人爲代表的歷史小説爲其收束，吴氏之歷史小説"以發明正史事實爲宗旨，以借古鑒今爲誘導"③。正與《三國演義》等歷史小説同趣。這一脈小説可以稱之爲"歷史演義"，但僅是演義小説之一部分，兩者是從屬關係而非對等關

---

① 黄人《小説小話》，署名"蠻"，載《小説林》第二期，丁未年（1907）二月，《評林》第8頁。
② "依史以演義"一語見托名金人瑞的《三國志演義序》，"史事演義"一語見清徐時棟《烟嶼樓筆記》卷四，轉引自《明清小説資料選編》（上），齊魯書社1989年版。
③ 我佛山人《兩晉演義序》，載《月月小説》第一號，光緒三十二年九月望日發行（第三次印本），第3頁。

係，今人視"演義"與"歷史演義"爲同義，正是"含混"了這一層關係①。

　　通過上述粗略考辨，我們的最終結論是：(1)"演義"源遠流長，有"演言"與"演事"兩個系統，"演言"是對義理的通俗化闡釋，"演事"是對正史及現實人物故事的通俗化叙述。(2)"演義"一辭在小説領域，是一個小説文體概念，指稱通俗小説這一文體，而非單一的小説類型概念，故在小説研究中，以"歷史演義"直接對應"演義"的格局應有所改變，"歷史演義"僅是演義小説的一個組成部分。(3)"演義"在歷史小説領域，其最初的含義是"正史"的通俗化，所謂"按鑑演義"，但總體上已越出這一界限。

【相關閱讀】

　　黄霖、楊緒容《"演義"辨略》，《文學評論》2003 年第 6 期。

---

　　① 《辭海》釋"演義"爲："舊時長篇小説的一類。由講史話本發展而來，係根據史傳敷演成文，並經過作者的藝術加工。"《辭海》縮印本，上海辭書出版社 1980 年版。

"按鑑"考

中國古代章回小説中，歷史演義數量繁多，幾乎涉及每個朝代。可觀道人《新列國志叙》云："自羅貫中氏《三國志》一書，以國史演爲通俗，汪洋百餘回，爲世所尚。嗣是效顰日衆，因而有《夏書》《商書》《列國》《兩漢》《唐書》《殘唐》《南北宋》諸刻，其浩瀚幾與正史分簽並架。"① 在閱讀歷史演義時，如果稍加留意，就會發現這些書名前大都標有"按鑑演義"字樣，尤其在明代，"按鑑演義"幾乎成了歷史演義共同的編創方式。然而何謂"按鑑"？作者如何"按鑑"？爲何"按鑑"？對這些問題的思考將有助於我們加强對歷史演義乃至章回小説文體的理解。我們擬結合小説與史傳文本，以明代歷史演義爲中心，考察"按鑑"現象對章回小説文體的影響。

一

明代歷史演義，大都以"按鑑"直接標題，或在封面、卷首等其他部位標明"按鑑"，或雖無"按鑑"之名，但有"按鑑"之實。兹臚列各種"按鑑"之作，以爲考察之基礎。

（1）書題直接標明"按鑑"者：

《音釋補遺按鑑演義全像批評三國志傳》，雙峰堂刊本。

---

① （明）馮夢龍《新列國志》，上海古籍出版社《古本小説集成》據葉敬池刊本影印，第1—2頁。

《新鍥京本校正通俗演義按鑑三國志傳》，三垣館刊本。

《重刻京本通俗演義按鑑三國志傳》，楊閩齋刊本。

《新鍥京本校正按鑑演義全像三國志傳》，種德堂刊本。

《新刻按鑑演義全像三國英雄志傳》，楊美生刊本。

《二刻按鑑演義全像三國英雄志傳》，楊美生刊本。

《新刻湯學士校正古本按鑑演義全像通俗三國志傳》。

《精鐫按鑑全像鼎峙三國志傳》，黎光堂刊本。

《新刻考訂按鑑通俗演義全像三國志傳》，黃正甫刊本。

《京板全像按鑑音釋兩漢開國中興傳志》，詹秀閩刊本。

《新刊按鑑演義全像唐國志傳》，三臺館刊本。

《新鐫玉茗堂批點按鑑參補南北宋志傳》，鄭五雲堂刊本。

《新刻全像按鑑演義南北兩宋志傳》，三臺館刊本。

《新刊按鑑演義全像大宋中興岳王傳》，三臺館刊本。

《新鐫玉茗堂批評按鑑參補出像南北宋志傳》，三槐堂刊本。

《新刊按鑑演義全像唐國志志傳》，三臺館刊本。

《新刊出像補訂參采史鑑唐書志傳通俗演義》，世德堂刊本①。

《新刊參采史鑑唐書志傳通俗演義》，清江堂刊本。

《新鐫玉茗堂批點按鑑參補楊家將傳》，刊者未明。

（2）書題未標明"按鑑"，但在封面、卷首等部位標明按鑑者：

《新刊通俗演義三國志史傳》，葉逢春刊本。目錄題"新刊按鑑漢譜三國志傳繪像足本大全"。

《新刊校正出像古本大字音釋三國志通俗演義》，萬卷樓刊本。封面識語云"輒購求古本，敦請名士，按鑑參考，再三讎校"。

---

① 《唐書志傳通俗演義》雖未直接標題"按鑑"，但"參采史鑑"乃是"按鑑"的通俗化、直觀化表述，亦即"按鑑"之意。

《開闢衍繹通俗志傳》，麟瑞堂刊本。目録頁題"新刻按鑑編纂開闢衍繹通俗志傳"。

《盤古至唐虞傳》，余季岳刊本。卷首題"按鑑演義帝王御世盤古至唐虞傳"。

《有夏志傳》，余季岳刊本。卷首題"按鑑演義帝王御世有夏志傳"。

《有商志傳》，余季岳刊本。卷首題"按鑑演義帝王御世有商志傳"。

《列國前編十二朝傳》，三臺館刊本。卷首題"刻按鑑通俗演義列國前編十二朝"。

《春秋五霸七雄列國志傳》，封面題"按鑑演義全像列國評林"。

《全漢志傳》，寶華樓刊本。目録頁題"全像按鑑演義東西漢志傳"。

《全漢志傳》，克勤齋刊本。《西漢志傳》卷一題"京本通俗演義按鑑全漢志傳"。

《岳武穆盡忠報國傳》，友益齋刊本，封面題"重訂按鑑通俗演義精忠傳"。

（3）雖未標"按鑑"之名，但有"按鑑"之實者：

此類歷史演義雖未明言"按鑑"，但其"按鑑演義"的編創方式仍然清晰可見。其特徵有二：一是按史傳編年的方式叙事，於卷首標明叙事起迄時間；二是以按語的方式標明主題與題材的來源，並借史傳、史臣之名發表評論。

《東西晉演義》，大業堂刊本。卷首標明叙事起迄時間，如卷一云"起自晉武帝太康元年庚子歲四月，止於晉惠帝永熙元年庚戌歲，首尾共十一年事實"。

《鐫楊升庵批點隋唐兩朝志傳》，龔紹山刊本。目録後標明本卷叙事之起迄時間。

《隋唐演義》，本衙藏板，卷首標明叙事起迄時間並有"按隋唐史鑑節目"字樣。

《大唐秦王詞話》，澹園主人撰。卷首均有“按史校正”字樣。

《新刊大宋中興通俗演義》，清江堂刊本。《凡例》云本書之“大節題目俱依《通鑑綱目》……”卷首均標明叙事起迄時間。有雙行小字注，有小字注釋按語、“綱目斷云”之類評語。

《武穆精忠傳》，天德堂藏板。卷首標明叙事起迄時間，注明“按宋史本傳節目”或“按實史節目”。“金粘罕邀求誓書”一節中叙劉韐死節之後，有“綱目斷云”一段議論。第二卷卷首介紹宋高宗皇帝時，亦云“按通鑑帝諱構字德基……”。

《皇明英烈傳》，三臺館刊本。卷首標明叙事起迄時間。文中多次出現“按皇明通紀”“按皇明啓運録”等按語，以及“按皇明通紀論曰”等叙述者的論説。

以上列出 36 種“按鑑”類演義，叙述範圍涵蓋盤古開闢、夏、商、周、列國、兩漢、兩晉、三國、隋唐五代、兩宋以及明代等朝歷史，其數量亦足以占據明代章回小説之半壁江山。可以説，“按鑑”已成爲明代小説作者撰寫歷史演義的不二法門。

二

歷史演義中的“按鑑”一辭顯然係動賓結構語詞。“按”，本義爲“用手向下壓”，引申爲“依據、依照”的意思。《禮記·月令》云：“是月也，命工師效功，陳祭器，案度程，毋或作爲淫巧，以蕩上心。”[①]《前漢書·揚雄傳》云：“移圍徙陳，浸淫蹴部，曲隊堅重，各案行伍。師古曰：……‘案，依也。’”[②] 古者“案”與“按”通，“按”爲依據、依照的意思，這大概没有疑

---

① 《禮記集説》卷六之五，《叢書集成續編》據吳興劉氏嘉業堂刊本影印。
② （漢）班固撰，（唐）顔師古注《前漢書·揚雄傳》，中華書局 1998 年版，第 1166 頁。

義。至於"鑑"，長期以來學界一般認爲指的是宋司馬光之《資治通鑑》。歐陽健《中國神怪小說通史》評"按鑑演義帝王御世系列"的《盤古至唐虞傳》《有夏志傳》《有商志傳》云："所謂'按鑑'，'按'的是司馬光的《資治通鑑》。可是《通鑑》的紀事，上起周威烈王二十三年（公元前 403），下迄後周世宗顯德六年（959），要爲超出《通鑑》範圍之外的歷史'演義'，就根本無'鑑'可按，於是只能依靠傳説，加上作者自己的想像去敷衍成文了。"[1]齊裕焜所著《中國歷史小說通史》也認爲"所謂'按鑑'，'按'的是司馬光的《資治通鑑》"[2]。夏志清《中國古典小說史論》也將"按鑑"解釋爲"根據《資治通鑑》"[3]。

如果歷史演義所"按"之"鑑"即《資治通鑑》，那麼非但上古史無"鑑"可按，兩宋及以後各朝題材的歷史演義也無"鑑"可按，因爲《資治通鑑》叙事止於後周顯德六年，根本不涉宋朝及以後史事。這樣看來，"按鑑"類演義中將有大半是徒有虛名。究竟是古人在故弄玄虛，還是我們今天的理解有偏誤，縮小了"鑑"所指的範圍？從明代小說的出版銷售情況來看，書坊主故弄玄虛也不無可能；而我們誤認"鑑"之確指對象亦時有發生。如有學者根據《大宋中興通俗演義》中之"綱目斷云"，認爲"本書以弘治間浙江刊本《精忠録》爲基礎，參照《通鑑綱目》，並吸收民間傳説編撰而成"[4]。這種理解便值得商榷，朱熹《資治通鑑綱目》根本不涉及宋朝史事，此處所言"綱目"指的是明代商輅的《續資治通鑑綱目》[5]。有一個事實我們不能忽略：自《資治通鑑》問世之後，宋元明三朝產生了不少續書與仿作，並形成了所謂的"通鑑"學。究竟孰是孰非，通過細讀文本，對比、分析"按鑑"類演

---

① 歐陽健《中國神怪小說通史》，江蘇教育出版社 1997 年版，第 436 頁。
② 齊裕焜《中國歷史小說通史》，江蘇教育出版社 2000 年版，第 120 頁。
③ 〔美〕夏志清著，胡益民等譯《中國古典小說史論》，江西人民出版社 2001 年版，第 41 頁。
④ 見石昌渝主編《中國古代小說總目》（白話卷），山西教育出版社 2004 年版，第 37 頁。
⑤ 關於《大宋中興通俗演義》的題材來源，其實孫楷第早已指出乃參采明商輅《續資治通鑑綱目》等書。見《中國通俗小說提要》，《藝文志》第三輯，山西人民出版社 1985 年版，第 201 頁。

義與"通鑑"類史傳便知。

　　我們首先考察"按鑑"類演義所叙故事起迄時間及大致内容。上述各朝
"按鑑"類演義，按照所叙事故事的時間排定，大體如下表：

圖表1　"按鑑"類演義

書　名	叙事時間年限	備　注
開闢衍繹通俗志傳	起於盤古開闢 迄於武王伐紂	叙盤古、三皇、五帝、夏桀、商湯至周武王伐紂事
列國前編十二朝	起於盤古開闢 迄於武王伐紂	叙盤古、三皇、五帝、夏桀、商湯至周武王伐紂事
盤古至唐虞傳	起於盤古開闢 迄於舜帝南巡	叙盤古、三皇及堯、舜、禹事
有夏志傳	起於大禹治水 迄於湯王滅桀	叙禹王、后羿、少康、夏桀及商湯事
有商志傳	起於湯王祈雨 迄於太子滅紂	叙商湯、紂王及周武王事
新鐫陳眉公先生批評春秋列國志傳	起於商紂王七年 迄於秦始皇二十六年	標明"按先儒史鑑列傳"
按鑑演義全像列國評林	起於商紂王七年 迄於秦始皇二十六年	"引"云"謹按五經併《左傳》《十七史綱目》《通鑑》《戰國策》《吳越春秋》等書"
全像按鑑演義東西漢志傳	起於文王渭濱遇太公 迄於單于送鄭衆還國	西周早期諸王史事已經越出《資治通鑑》叙事年限
京本通俗演義按鑑全漢志傳	起於公孫乾遇吕不韋 迄於牢修上書誣黨人	第一節首云"按鑑本傳，昔日文王夢飛熊……"
三國志通俗演義	起於漢靈帝建寧二年 迄於晉元帝太康元年	多"史官評曰"、"贊曰"及小字注
東西晉演義	起於武帝太康元年 迄於安帝義熙元年	文中多小字注釋；有"按鑑"、"綱目發明"之類評論
隋唐演義	起於隋煬帝大業元年 迄於唐僖宗中和二年	卷首注明"按隋唐史鑑節目"

續　表

書　名	叙事時間年限	備　注
隋唐兩朝史傳	起於隋煬帝大業元年 迄於唐僖宗中和二年	詔書、奏折等大都原文襲自《資治通鑑》
唐書志傳通俗演義	起於隋煬帝大業十三年 迄於唐太宗貞觀十九年	諸多情節原文襲自《資治通鑑》
新刻全像按鑑演義 南北兩宋志傳	起於後唐明宗天成元年 迄於宋真宗乾興元年	宋朝史事已經越出《資治通鑑》叙事年限
新刊大宋中興通俗 演義	起於靖康元年 迄於紹興廿五年	文中多"綱目斷云""按《通鑑》"之類評論， 《資治通鑑綱目》不叙宋朝史事
武穆精忠傳	起於靖康元年 迄於紹興廿五年	卷首注明"按宋史本傳節目"文中多"按通鑑" 之類評論
新鎸玉茗堂批點按 鑑參補楊家將傳	起於宋太祖建隆元年 迄於宋神宗熙寧七年	宋朝史事已經越出《資治通鑑》叙事年限
皇明英烈傳	起於元順帝至正元年 迄於大明洪武四年	卷首注明"按皇明通紀"

再考察"通鑑"類史傳。

《資治通鑑》書成而備受推崇，衍生了大批續書與仿作。宋人劉恕云："嘗思司馬遷《史記》始於黃帝而庖犧、神農闕漏不錄，公爲歷代書而不及周威烈王之前，學者考古當閱小説，取捨乖異，莫知適從"①，因而自撰《資治通鑑外紀》以續《資治通鑑》之前史事，自周共和元年庚申至威烈王二十二年丁丑，凡四百三十八年。宋人金履祥"用邵氏《皇極經世歷》、胡氏《皇王大紀》之例損益折衷，一以《尚書》爲主，下及《詩》《禮》《春秋》，旁采舊史、諸子，表年系事，後加訓釋，斷自唐堯以下，接於《通鑑》之前，勒爲一書"②，是

---

① （宋）劉恕《通鑑外紀引》，《資治通鑑外紀》，《四部叢刊》據上海涵芬樓藏明刊本影印。
② （宋）許謙《通鑑前編前序》，（宋）金履祥《資治通鑑前編》，臺灣商務印書館景印文淵閣《四庫全書》，第332册。

爲《資治通鑑前編》。宋人李燾亦“仿司馬光《資治通鑑》例，斷自建隆，迄於靖康，爲編年一書，名曰《長編》”①，即《續資治通鑑長編》。宋人劉時舉撰成《續宋編年資治通鑑》，始自高宗建炎元年，迄於寧宗嘉定十七年。宋人朱熹取司馬光《資治通鑑》“創爲義例，表歲以首年，因年以著統，大書爲綱，分注爲目”②，編爲《資治通鑑綱目》，並創作“綱目體”，爲後世歷史演義所仿效。元人陳桱“以司馬氏《通鑑》、朱子《綱目》並終於五代，其周威烈王以上雖有金履祥《前編》而亦斷自陶唐”③，因此撰成《通鑑續編》，敘事始自盤古開闢而終於昰、昺二王。明人許誥撰《通鑑綱目前編》，以補自《春秋》至《資治通鑑》七十餘年之事。明人商輅遵從《通鑑綱目》體例撰成《續資治通鑑綱目》，始於宋建隆庚申，終於元至正丁未，凡四百有八年史事。就敘事時間年限而論，《資治通鑑外紀》《資治通鑑前編》《通鑑綱目前編》爲續前之書；《續資治通鑑長編》《續宋編年資治通鑑》《續資治通鑑綱目》爲續後之書；《通鑑續編》則將敘事時間年限既往前上溯至盤古開闢，又往後推移至宋昰、昺二王。

　　現將上述“通鑑”類史傳及其所敘史事起迄時間排列於下：

圖表 2　“通鑑”類史傳

（作者）書名	敘事時間年限（公元紀年）	備　注
（宋）司馬光《資治通鑑》	起於周威烈王二十三年，迄於後周顯德六年（前 403—959）	敘周威烈王二十六年至五代後周顯德六年（959）事
（宋）劉恕《資治通鑑外紀》	起於陶唐，迄於周威烈王二十二年（堯—前 404）	敘庖犧、神農、黃帝、堯、舜、禹、夏、商至西周早期君王事

　　①　（元）脱脱《宋史·李燾傳》卷三八八，中華書局 1985 年版，第 11914 頁。
　　②　（宋）朱熹《年譜》，（宋）朱熹撰，朱傑人等主編《朱子全書》，上海古籍出版社、安徽教育出版社 2002 年版，第 119 頁。
　　③　（清）永瑢等《四庫全書總目》卷四十七，中華書局 1965 年版，第 428 頁。

續　表

（作者）書名	叙事時間年限（公元紀年）	備　注
（宋）金履祥《資治通鑑前編》	起於唐堯，迄於周威烈王二十二年（堯—前 404）	叙堯、舜、禹、商湯、武王至魯人獲麟、孔子作《春秋》事
（宋）李燾《續資治通鑑長編》	起於宋太祖建隆元年，迄於哲宗元符二年（960—1099）	叙宋朝一祖八宗事
（宋）劉時舉《續宋編年資治通鑑》	起於高宗建炎元年，迄於寧宗嘉定十七年（1127—1224）	叙宋高宗、孝宗、光宗、寧宗四朝事
（宋）朱熹《資治通鑑綱目》	起於周威烈王二十三年，迄於後周顯德六年（前 403—959）	叙周威烈王二十六年至唐五代後周顯德六年（1362）事
（元）陳桱《通鑑續編》	起於盤古開闢，迄於宋端宗祥興二年（盤古—1280）	叙盤古、天地人皇、三皇五帝、夏、商、周至宋昰、昺二王事
（明）商輅《續資治通鑑綱目》	起於宋建隆元年，迄於元至正二十七年（960—1367）	叙宋太祖至元順帝事
（明）許誥《通鑑綱目前編》	起於魯哀公二十七年，迄於周威烈王二十二年（前 476—前 403）	叙《春秋》至《資治通鑑》《通鑑綱目》間七十餘年事

　　從上述表格可知，《資治通鑑》及其續書所涵蓋的歷史時段已經跨越上自盤古開天闢地，下迄元順帝二十七年長達數千年的歷史。即便是盤古開闢、三皇五帝之類上古歷史故事（或神話故事），也有《資治通鑑外紀》《資治通鑑前編》《通鑑續編》等續前之作足資"按鑑"。徐朔方《開闢衍繹·前言》、《列國前編十二朝傳·前言》以兩書所叙故事越出《資治通鑑》之前而斷言"可見'按鑑'云云是當時小説家的俗套，全不足信"，何滿子《有夏志傳·前言》《有商志傳·前言》也以同樣理由認爲這段歷史"其實並沒有《通鑑》可按"①。這種看法其實是不符實際的。非但如此，《續資治通鑑長編》《續宋編年資治通鑑》《續通鑑綱目》等續後之作亦保證了兩宋至元朝故事同樣有"鑑"可按。清江堂刊本《新刊大宋中興通俗演義凡例》云本書之"大節題目

---

　　①　徐、何兩人所撰四種《前言》見上海古籍出版社《古本小説集成》相關影印本。

俱依《通鑑綱目》"，考其内容，該書所依據的史料便來源於明代商輅的《續資治通鑑綱目》，體例亦模仿朱熹開創的綱目體。余邵魚《題全像列國志傳引》云："《列國傳》……莫不謹按五經併《左傳》《十七史綱目》《通鑑》《戰國策》《吴越春秋》等書，而逐類分紀。"① 其所"按"之"鑑"既包括《通鑑》，也包括《左傳》等其他史傳文獻。此處所言《通鑑》並非《資治通鑑》，因爲《列國志傳》所叙商朝與西周部分史事已經越出《資治通鑑》之叙事時間年限。因此僅據一"鑑"字或"通鑑"一辭就斷言所"按"之"鑑"即《資治通鑑》，顯然是不合適的。

通過考察"按鑑"類演義與"通鑑"類史傳，我們認爲，"按鑑"即"參采史鑑"之意，是依據、依照史鑑而創作的意思，所"按"之"鑑"以《資治通鑑》爲主但並不局限於此，包括《資治通鑑》的諸多續書與仿作以及相關的其他各朝之史傳文獻。將"鑑"範圍於《資治通鑑》一書顯然過於狹窄，既不符合"按鑑"類演義的創作實際，也無法解釋諸多超越《資治通鑑》叙事範圍的"按鑑"現象。

三

既然"按鑑"即依據、依照史鑑進行創作之意，那麼作者又是如何"參采史鑑"的呢？換句話説，"按鑑"類演義從哪些方面參采了"通鑑"類史傳呢？

在"以國史演爲通俗"的過程中，早期的歷史演義作者大都遵從一個基本的創作原則："雖敷演不無增添，形容不無潤色，而大要不敢盡違其實。"②

---

① （明）余邵魚《按鑑演義全像列國志傳評林》，中華書局《古本小説叢刊》影印三台館刊本，第5—6頁。

② （明）可觀道人《新列國志叙》，上海古籍出版社《古本小説集成》據葉敬池梓本影印，第10頁。

在創作方法上，堅持"編年取法麟經，記事一據實録"①，根據史傳文本而"留心損益"②。這種創作模式一直延續到清代，清人吕撫就宣稱其《廿一史通俗衍義》"悉遵《綱鑑》，半是《綱鑑》舊文"③。在具體的操作層面上，"按鑑"類演義主要從兩個方面"參采史鑑"：從史鑑中獲取可資叙述的主題與題材；借鑒史鑑的叙述模式。

一、獲取主題與題材

"據正史，采小説"是歷史演義主題與題材來源的兩種主要方式。《資治通鑑》及其續書與仿作以其涵蓋數千年的記載爲歷史演義提供了内容非常豐富的史料。試舉幾例予以説明：

圖表3　"按鑑"類演義與"通鑑"類史傳之關係

小　説　名　稱	史　料　來　源
開闢衍繹	《通鑑續編》卷一及《資治通鑑前編》卷一至卷六
列國前編十二朝	《通鑑續編》卷一及《資治通鑑前編》卷一至卷六
盤古至唐虞傳	《通鑑續編》卷一及《資治通鑑前編》卷一
有夏志傳	《資治通鑑前編》卷三
有商志傳	《資治通鑑前編》卷四至卷六
新鐫陳眉公先生批評春秋列國志傳	卷一至卷九來源於《資治通鑑前編》卷一至卷十八，卷十至卷十一來源於《資治通鑑》卷一至卷七

① （明）余邵魚《題全像列國志傳引》，上海古籍出版社《古本小説集成》據日本蓬左文庫藏本影印，第3頁。
② （明）庸愚子《三國志通俗演義序》，（明）羅貫中《三國志通俗演義》，上海古籍出版社《古本小説集成》據明嘉靖本影印，第5頁。
③ （清）吕撫《廿一史通俗衍義凡例》，上海古籍出版社《古本小説集成》據正氣堂刊本影印，第1頁。

續　表

小 説 名 稱	史 料 來 源
新鐫陳眉公先生批評春秋列國志傳	卷一至卷九來源於《資治通鑑前編》卷一至卷十八，卷十至卷十一來源於《資治通鑑》卷一至卷七
按鑑演義全像列國評林	卷一至卷九來源於《資治通鑑前編》卷一至卷十八，卷十至卷十一來源於《資治通鑑》卷一至卷七
東西晉演義	《資治通鑑》卷八十一至卷一百八十
隋唐演義	《資治通鑑》卷一百八十至卷二百五十六
唐書志傳通俗演義	《資治通鑑》卷一百八十三至卷一百九十九
大宋中興通俗演義	《續資治通鑑綱目》卷十一至卷十五
全像按鑑演義南北兩宋志傳	卷一來源於《資治通鑑》卷二百七十四至卷二百七十九，卷二至卷二十來源於《續資治通鑑長編》卷一至卷九十九
隋唐兩朝史傳	《資治通鑑》卷一百八十至卷二百五十五
武穆王精忠傳	《續資治通鑑綱目》卷十一至卷十五
全像按鑑演義東西漢志傳	《資治通鑑》卷五至卷四十八
京本通俗演義按鑑全漢志傳	《資治通鑑》《史記》《前漢紀》《西漢紀年》《後漢書》
新鐫玉茗堂批點按鑑參補楊家將傳	《續資治通鑑長編》卷一至卷二百五十八

　　需要指出的是，"通鑑"類史傳除了記載官方正統的史實之外，還博采野史傳聞，走的其實也是"據正史，采小説"的途徑，祇不過以"正史"爲主，輔之以"小説"罷了——司馬光即自稱"遍閲舊史，旁采小説"① 而撰成《資治通鑑》，並且告訴他的助手范夢得："若詩賦有所譏諷，詔誥有所戒諭，妖異有所儆戒，詼諧有所補益，並告存之"②。受其影響，歷史演義主題與題材

---

① （宋）司馬光《資治通鑑序》，中華書局 1956 年版，第 1 頁。
② （宋）司馬光《答范夢得》，（宋）司馬光撰，王雲五主編《司馬文正公傳家集》卷六十二，商務印書館 1937 年版，第 777 頁。

的來源也同時存在兩種途徑——史鑑作品與野史傳聞，即便是內容最接近史事的"按鑑"演義，也並非百分之百地録自史鑑，還糅合了野史傳聞，再加上一點作者的想像與虛構。歷史演義參采史鑑的程度不同，産生了兩種類型的風格，"一是愈趨愈文的'按鑑重編'的歷史故事。一是愈趨愈野，更擴大了，更增添了許多附會的傳説進去的通俗演義，若《説唐傳》之類"①。

二、借鑒叙述模式

作爲編年體通史，《資治通鑑》在叙述體例上采取"年經國緯"的方式，以時間爲中心，鋪叙一定年限内某國或某朝發生的事件，各卷前均標明本卷叙事起迄時間年限，每卷自成一個叙事單元，發生在特定歷史時期内的主要事件按照時間條理清晰地呈現在讀者面前。《資治通鑑綱目》糅合《春秋》編年簡史與三傳注疏的體裁，"表歲以首年，而因年以著統，大書以提要，而分注以備言，使夫歲年之久近，國統之離合，辭事之詳略，議論之異同，通貫曉析，如指諸掌"②，創造了條理明晰、重點突出的綱目體，即先以大字叙述事件的故事梗概，再以小字對該事件做出詳細的注釋；在思想上則承襲了儒家的正統觀念。受其影響，歷史演義的作者在"按鑑"演義時大都參采"通鑑"類史傳的叙事模式，主要體現在以事繫時的文本結構和模擬史官的叙説方式兩個方面。

1. 以事繫時的文本結構

編年體史傳叙事的基本思路即先言某年（某月），再叙某事。這種叙事模

---

① 鄭振鐸《中國文學研究》（上），花山文藝出版社 1998 年版，第 174—175 頁。
② （宋）朱熹《資治通鑑綱目序例》，（宋）朱熹撰，朱傑人等主編《朱子全書》，上海古籍出版社、安徽教育出版社 2002 年版，第 21—22 頁。

式肇始於《春秋》而爲《資治通鑑》所繼承。出於方便閱讀的需要，司馬光在《資治通鑑》各卷之首標明本卷叙事起迄時間的年限，並進而另編《資治通鑑目録》以方便讀者檢索，"著其歲陽歲名於上而各標《通鑑》卷數於下……使知某事在某年，在某卷"①。"按鑑"類歷史演義承襲了這種以事繫時的結構方式，各卷卷首均標明叙事起迄時間年限，大多數作品還列出了標明卷數、時間、回目的目録，同樣能使小説讀者"知某事在某年，在某卷"。除了在整體上造成以時間維繫故事單元的效果外，在各章節叙事的開始，叙述者也是盡可能地先標示具體的日期，再叙述事件。由於強調以時間而不是以人物（紀傳體）或事件（紀事本末體）爲分回或分卷的根據，因而這種文本結構方式的優點與缺陷同樣明顯：其優點是能爲作者理順史事脈絡，排比、演繹史事提供極大方便，同時也能讓讀者對某一王朝或某一時期的史事獲得整飭、清晰的感知印象；其缺點則是破壞了事件的完整呈現，如梁啓超所言，"編年體"史書其叙事"無論如何巧妙，其本質總不離帳簿式。讀本年所紀之事，其原因在若干年前者或已忘其來歷，其結果在若干年後者苦不能得其究竟。非直翻檢之勞，抑亦寡味矣"②。"按鑑"類演義同樣如此。同時，這種方式也不利於讀者對小説人物形象獲得連續完整的認同。

2. 模擬史官的叙説方式

以説書人聲口叙事是明代章回小説叙説方式的共同之處。除此之外，歷史演義還有著不同於英雄傳奇等其他類型章回小説的叙説特點，那就是除了每回開頭的"話説""却説"以外，在文中還多了一種史官聲口的叙説，它以各種不同形式出現，如"論曰""評曰""斷曰""綱目斷云""××有詩曰"之類。

---

① （清）永瑢等《四庫全書總目》卷四十七，中華書局 1965 年版，第 422 頁。
② 梁啓超《中國歷史研究法》，上海古籍出版社 1998 年版，第 20 頁。

歷史演義中的史論傳統根源於史傳中史官對史事的評論，可追溯到《左傳》中的"君子曰"、《史記》中的"太史公曰"以及《漢書》中的"贊曰"等，而受《資治通鑑》及《資治通鑑綱目》的影響尤其强烈。《資治通鑑》在叙述史事之後，司馬光通常以史臣聲口評説。如卷一記"威烈王二十三年，命晉大夫魏斯、趙籍、韓虔爲諸侯"史事之後，接著就有"臣光曰：天子之職，莫大於禮"一段長篇議論。《資治通鑑綱目》中史官聲口的叙説成分更多，形式也更爲豐富多樣，朱熹以"考異""考證""正誤""質實""書法""發明""集覽"等方式不僅評論，還爲人物、事件、地理、名詞等做出詳盡的注釋。這種獨特的叙説方式在"按鑑"類歷史演義中得到了很好的繼承。以《大宋中興通俗演義》（建陽清江堂刊本）爲例：全書中共出現"按史傳""按通鑑""按秦檜""按鄂郡"等有關史傳、人物、地理的論説 17 次，"綱目斷云""宋鑑斷云""××史評""論曰"等形式的評論 19 次，"有詩贊曰""斷曰""評曰"等以詩歌形式的評論 9 次。除此之外，叙述者還以史官身份肆意徵引各種歷史文獻，以追求客觀真實的史傳叙事效果：全書共徵引"表"23 次，"詔"18 次，"疏"6 次，"書"13 次，"檄文"3 次，狀詞、供詞、招詞、判詞等共 5 次。"按鑑"類演義的叙述者隨時中斷叙事進程而以史官聲口發表自己的評論，在文中安插過多的遊離於情節之外的歷史文獻（儘管有的歷史文獻確實有助於推動情節的發展），叙事的真實性固然得以增强，但同時也付出了沉重的代價——歷史演義作爲一種小説的審美特性被大大地消解：叙述者對故事情節的隨意干預導致情節綫索零亂而不連貫，過於明顯的歷史説教嚴重影響到讀者對人物形象作出獨立的價值判斷與道德評論。

四

清人蔡奡評《東周列國志》云："若説是正經書，却畢竟是小説樣子……

但要説他是小説，他却件件從經傳上來。"① 其本意是讚美《東周列國志》真
實的叙事效果，却不經意間描述了大多數"按鑑"類演義的尷尬：小説無法
承受經傳之重，"按鑑"而成的演義之作祇能是似小説而非小説，似經傳而非
經傳的"怪胎"。即便才高如羅貫中氏，其《三國志通俗演義》不也遭人詬病
爲"事太實則近腐"②，"七分實事，三分虛構，以致觀者往往爲所惑亂"③
嗎？既然如此，古人爲何還要津津樂道於"按鑑"演義呢？是什麽原因讓他
們如此熱衷於以這種方式進行小説創作？我們認爲，史意之影響、創作之便
利、商業之目的三者可以解釋明代章回小説中突出的"按鑑"現象。

一、史意之影響

余邵魚《題全像列國志引》云："《列國傳》……編年取法《麟經》，記事
一據實録。……且又懼齊民不能悉達經傳微辭奧旨，復又改爲演義，以便人
觀覽。庶幾後生小子開卷批閲，雖千百年往事，莫不炳若丹青；善則知勸，
惡則知戒。"④ 余氏此言反映了明代歷史演義普遍的創作思想，不能簡單地視
作故弄玄虛。他至少傳達了這麽一個信息：歷史演義在題材的編排、選取以
及創作動機等方面深受史學意識之影響。

《春秋》開創的"屬辭比事"傳統影響到編年體史傳與歷史演義結構方式
的形成。"屬辭"指對語詞的抉擇與文采的修飾；"比事"即按照年、時、月、
日的順序排比史事並根據史事的輕重大小而取捨詳略的意思⑤。《春秋》叙二

---

① （清）蔡昊《東周列國志讀法》，轉引自王筱雲、韋鳳娟等《中國古典文學名著分類集成文論
卷》（3），百花文藝出版社1994年版，第213頁。
② （明）謝肇淛《五雜組》，上海書店出版社2001年版，第312頁。
③ （清）章學誠《丙辰札記》，中華書局1986年版，第90頁。
④ （明）余邵魚《按鑑演義全像列國志傳評林》，中華書局《古本小説叢刊》據三台館刊本影印，
第5—7頁。
⑤ 參瞿林東《中國古代史學批評縱橫》，中華書局1994年版，第2頁。

百四十二年史事，在結構上"以事繫日，以日繫月，以月繫時，以時繫年"①，逐年編次。這種以時間爲軸心維繫故事的結構方式具有非常明顯的優點，劉知幾將其概括爲"繫日月而爲次，列世歲以相續；中國外夷，同年共世，莫不備載其事，形於目前，理盡一言，語無重出"②，遂成爲《資治通鑑》之類編年體史傳的通例，並爲後世歷史演義所仿效。

《左傳》提倡"書法無隱"，強調"實録"的精神影響到史傳作品與歷史演義求信貴真創作思想的形成。史傳作品求信貴真自不待言，敷演史鑑的歷史演義也要追求真實的叙事效果就衹能從史傳傳統講求"實録"的史學意識去尋找解釋。《隋煬帝艷史凡例》宣稱"稗編小説，欲演正史之文而家喻户曉之……不獨膾炙一時，允足傳信千古"。在絶大多數人看來，歷史演義是歷史的通俗化表述，衹不過將"令人展卷而思睡"的史鑑作品轉變爲"士君子争相謄録"的歷史演義而已。形式變了，但叙事的真實性不可喪失。一些"按鑑"類演義直接抄襲史鑑作品中的相關情節，如《大宋中興通俗演義》卷一"師中大敗殺熊嶺"等情節幾乎一字不漏地襲自《續資治通鑑綱目》。這種抄襲行爲固然有少數作者（主要是書商型作者）急於牟利的動機所在，但強調"實録"的史意影響是"按鑑"類歷史演義普遍拘牽於史事的根本原因。在這種觀念影響下，不但作者將歷史演義當史來寫，讀者也將其當史讀，以史鑑作品來核實、印證歷史演義叙事的真實性。李大年指摘《唐書演義》"似有紊亂《通鑑綱目》之非"③，胡應麟也譏笑《三國志演義》云："古今傳聞爲謬，率不足欺有識，惟關壯繆明燭一端則大可笑，乃讀書之士亦什九信之，何也？……案《三國志》羽傳及裴松之注，及《通鑑》《綱目》，並無其文，演

① （晉）杜預《春秋經傳集解序》，文學古籍刊行社 1955 年版，第 1 頁。
② （唐）劉知幾著，（清）浦起龍釋《史通通釋》，上海古籍出版社 1978 年版，第 27 頁。
③ （明）李大年《唐書志傳通俗演義序》，（明）熊大木《唐書志傳通俗演義》，中華書局《古本小説叢刊》據楊氏清江堂刊本影印，第 1 頁。

義何所據哉?"①

　　孔子《春秋》作而"亂臣賊子懼"，司馬光《資治通鑑》成而神宗以爲
"鑒於往事，有資於治道"，朱熹著《資治通鑑綱目》以"明天道，定人道，
昭監戒，著幾微"②。史傳作品追求經世致用之叙事效果的意識也誘發了歷史
演義"按鑑"的動機。在主觀上，歷史演義的作者大都有借敷演史事而寓勸
懲的願望；而在客觀上，廣大"愚夫愚婦"也正是依靠歷史演義而非史傳作
品形成了自己的倫理道德理想。可觀道人認爲《新列國志》讀者"若引爲法
戒，其利益亦與六經諸史相埒"③。吳沃堯更是直接標榜其《兩晉演義》爲
"小學歷史教科之臂助""失學者補習歷史之南針"④。

　　史意影響促成了歷史演義以時間爲軸心結構故事、追求叙事的真實性並
冀此實現勸善懲惡的教化功能，《資治通鑑》等史鑑作品爲歷史演義的創作提
供了主題、題材以及叙事模式等方面依據、模仿的可能，給作者帶來了創作
的便利。

二、創作之便利

　　莫伯冀《三國志通俗演義跋》云："按宋人語録每以俗語解經……元監察御
史鄭鎮孫撰《直説通鑑》十卷，取司馬氏《通鑑》，以俗語衍之，與小説無異，
今猶有傳本。可知研經繹史用通俗語言，前人已開其端，羅氏實沿其例。"⑤

---

　　①　（明）胡應麟《少室山房筆叢》，上海書店 2001 年版，第 432 頁。
　　②　（宋）朱熹《資治通鑑綱目序例》，（宋）朱熹撰，朱傑人等主編《朱子全書》，上海古籍出版
社、安徽教育出版社 2002 年版，第 22 頁。
　　③　（明）可觀道人《新列國志叙》，（明）馮夢龍《新列國志》，上海古籍出版社《古本小説集成》
據葉敬池梓本影印，第 19 頁。
　　④　（清）吳沃堯《兩晉演義序》，《月月小説》第一卷第一期，1906 年。
　　⑤　莫伯冀《三國志通俗演義跋》，轉引自丁錫根《中國歷代小説序跋集》，人民文學出版社 1996
年版，第 911 頁。

《直説通鑑》是否"與小説無異"姑且不論，但這種用通俗語言"研經繹史"的方法對歷史演義作者"按國史演爲通俗演義"有啓發之功却毋庸置疑。在叙事模式上，《春秋》開創的以事繫時的文本結構及三傳注疏的闡述方法，《史記》《資治通鑑》等采用的史官叙事聲口以及《資治通鑑綱目》"大書爲綱，分注爲目"的"綱目體"，都爲歷史演義的編創提供了很好的典範。在主題與題材上，《資治通鑑》及其續書與仿作彙集了數千年的史事（同樣少不了野史傳聞），"小説家在寫小説的藝術尚未十分圓熟之前，就依靠各代的歷史所提供的取用不竭的人物與故事，這些人物與故事的真實性，即便是在極少藝術性的枯燥叙述里也會呈現出來"①。至於"按鑑"類演義對"通鑑"類史傳的依靠關係，前文已有充分闡釋，不再贅言。

三、商業之目的

不可否認，明代歷史演義中的許多"按鑑"之作存在高舉"按鑑"大旗虛張聲勢的成分。這些作品主要出版於明代刻書業非常發達的金陵、建陽等地區，而尤以建陽爲甚，其作者也多數身兼作者與書商兩職。在商言商，在書商型作者的眼裏，歷史演義不僅僅是傳播歷史知識的普及讀物，更重要的是它必須爲書坊主帶來可觀的經濟效益。在競爭日益激烈的出版市場，書坊主們絞盡腦汁，想出各種辦法來擴大自己産品的銷路。當各家書坊的小説在裝幀、成本上已甚爲接近時，强調小説叙事的真實性效果便成了在競爭中獲勝的另一條途徑。大打"按鑑"牌來標榜自家小説題材來源的可靠性，並説明小説具有史傳一般的教化功用，已成爲歷史演義的一大賣點，是許多書坊主慣用的伎倆。萬卷樓刊本《三國志通俗演義》"識語"云："是書也，刻已

---

① 〔美〕夏志清《中國古典小説史論》，胡益民等譯，江西人民出版社 2001 年版，第 10 頁。

數種，悉皆訛舛，茫昧魚魯，觀者莫辨，予深憾焉。輒購求古本，敦請名士，按鑑參考，再三讎校。"① 余季岳刊本《盤古至唐虞傳》卷末"識語"云："邇來傳志之書，自正史外，稗官小説雖輒極俚謬，不堪目睹。是集……悉遵鑑史通紀，爲之演義……不比世之紀傳小説，無補世道人心者也，四方君子以是傳而置之座右，誠古今來一大帳簿也哉。"② 類似廣告在明代歷史演義的"識語""引言"乃至封面上屢見不鮮。僅《三國志通俗演義》一書在明代便有十數種"按鑑"版，標榜"按鑑"以促銷的商業目的由此可見一斑。

明余象斗刊本
《音釋補遺按鑑演義全像批評三國志傳》

通過考察"按鑑"類演義與"通鑑"類史傳的具體文本，我們認爲"按鑑"即"參采史鑑"之意，是依據、依照史鑑而創作的意思，所"按"之"鑑"以《資治通鑑》爲主但並不局限於此，包括《資治通鑑》的諸多續書與仿作以及相關的其他各朝之史傳文獻。由於史意的影響，"通鑑"類史傳又爲歷史演義的創作提供了主題、題材以及敘事模式的便利，因而明代的小説作者們"按鑑"演義，創作出了歷史演義這種章回體小説；書商型

---

① （明）羅貫中《三國志通俗演義》，上海古籍出版社《古本小説集成》據金陵萬卷樓刊本影印。
② （明）鍾惺《盤古至唐虞傳》，上海古籍出版社《古本小説集成》據書林余季岳刊本影印，第150頁。

作者或書坊主出於商業目的而刻意標榜"按鑑"，又對明代歷史演義"按鑑"現象的形成起了推波助瀾的作用。其實從創作的角度而言，除《三國演義》等少數作品外，絕大部分"按鑑"類演義都病於"拘牽史實，襲用陳言，故既拙於措辭，又頗憚於敘事"①，史意有餘而文學韵味不足；從接受角度而言，歷史演義除少數作品外，讀者很難像《紅樓夢》之類的世情小説那樣欣賞到豐富多彩的人物形象群體，也難以出現"經學家看見《易》，道學家看見淫……"②之類的多主題闡釋，這不僅僅是作者水平高低的問題，歷史演義獨特的主題、題材來源以及叙説方式決定了讀者難以擺脱叙述者過於明顯甚至是强加給讀者的影響而作出獨立自主的道德評論與價值判斷。

【相關閱讀】

1. 紀德君《"按鑑"與歷史演義文體之生成》，《文學遺産》2003 年第 5 期。

2. 紀德君《明代"通鑑"類史書之普及與"按鑑"通俗演義的興起》，《揚州大學學報》2003 年第 5 期。

---

① 魯迅《中國小説史略》，上海古籍出版社 1998 年版，第 102 頁。
② 魯迅《〈絳洞花主〉小引》，見《魏晉風度及其他》，上海古籍出版社 2000 年版，第 184 頁。

"奇書"與"才子書"考

　　"奇書"與"才子書"是明末清初小説史上非常重要的理論批評術語，用以指稱通俗小説中的優秀作品，如"四大奇書""第一奇書""第五才子書"等，今人更將"奇書"一辭作爲小説文體的代稱，稱之爲"奇書文體"①。其實，"奇書"與"才子書"都不能完全看成是小説的文體概念，而是明末清初通俗小説評價體系中兩個重要的思想觀念，是當時的文人士大夫爲提升通俗小説的"文化品味"和强化通俗小説的"文人性"而作出的理論闡釋與評判，可看成爲相對超越於通俗小説之上的文人士大夫對通俗小説的一次價值認可和理論評判，對通俗小説的發展帶有一定的"導向"意義，在客觀上强化了通俗小説的文體意識和提高了通俗小説的文體地位。故釐清這兩個概念的內涵及其產生的文化背景可窺見明末清初通俗小説的發展，並進而認識中國古代小説史的發展脈絡。

一

　　以"奇書"指稱小説較早見於明代屠隆的《鴻苞·奇書》一文，然其所指大都爲文言小説：

　　　　① 詳見浦安迪《中國叙事學》，北京大學出版社1996年。羅書華也將"奇書"與"才子書"視爲"章回小説"這一文體概念的前稱。見《章回小説的命名和前稱》，《明清小説研究》1999年第2期。

《山海經》、《穆天子傳》、東方朔《神異經》、王子年《拾遺記》、葛稚川《抱朴子》、《梁四公》、《譚九州》之外，陶弘景《真誥》，此至人得道通明徹玄神明而照了者也。鄒衍譚天，劉向傳列仙，郭子橫《洞冥》、張華《博物》、任昉《述異》、段成式《酉陽雜俎》，此文士博學冥搜、廣采見聞而紀載者也。奇書一耳，其不同如此，具眼者不可不知也。①

將通俗小說稱之爲"奇書"則較早見於明末張無咎的《批評北宋三遂新平妖傳叙》：

小說家以真爲正，以幻爲奇。然語有之："畫鬼易，畫人難。"《西遊》幻極矣，所以不逮《水滸》者，人鬼之分也。鬼而不人，第可資齒牙，不可動肝肺。《三國志》，人矣，描寫亦工，所不足者幻耳。然勢不得幻，非才不能幻，其季孟之間乎？嘗譬諸傳奇：《水滸》，《西廂》也；《三國志》，《琵琶記》也；《西遊》，則近日《牡丹亭》之類矣。他如《玉嬌麗》《金瓶梅》，另闢幽蹊，曲中奏雅，然一方之言，一家之政，可謂奇書，無當巨覽，其《水滸》之亞乎。②

而在明末清初小說史上，將通俗小說稱之爲"奇書"影響最深巨的是所謂"四大奇書"之説③，李漁《古本三國志序》云：

昔弇州先生有宇宙四大奇書之目，曰《史記》也，《南華》也，《水

---

① （明）屠隆《鴻苞》卷二十一，《四庫全書存目叢書》（子部八九），齊魯書社1995年版，第89—350頁。
② （明）張無咎《新平妖傳·叙》，（明）羅貫中編，（明）馮夢龍補《新平妖傳》，上海古籍出版社《古本小説集成》據墨憨齋本影印，第1—3頁。
③ 小說家陳忱也有"四大奇書"的説法，但其所指爲《南華》《西廂》《楞嚴》《離騷》。見《水滸後傳序》。

滸》與《西厢》也。馮猶龍亦有四大奇書之目，曰《三國》也，《水滸》也，《西遊》與《金瓶梅》也。兩人之論各異。愚謂書之奇，當從其類，《水滸》在小説家，與經史不類，《西厢》係詞曲，與小説又不類。今將從其類以配其奇，則馮説爲近是。①

李漁此序作於康熙十八年（1679），可見這一名稱的真正確立乃是在清代。李漁《古本三國志序》之前，還曾有"三大奇書"之目，西湖釣史作於順治庚子（1660）的《續金瓶梅集序》即謂："今天下小説如林，獨推三大奇書，曰《水滸》《西遊》《金瓶梅》者，何以稱夫？《西遊》闡心而證道於魔，《水滸》戒俠而崇義於盜，《金瓶梅》懲淫而炫情於色，此皆顯言之、誇言之、放言之，而其旨則在以隱、以刺、以止之間。唯不知者曰怪、曰暴、曰淫，以爲非聖而畔道焉。"② 李漁之後，"四大奇書"之名在小説界逐步通行，劉廷璣《在園雜志》在梳理中國小説發展史時即以"四大奇書"之名指稱《三國演義》《水滸傳》《西遊記》和《金瓶梅》，並以此概言明代通俗小説的創作成就。而坊間亦以"四大奇書"之名刊刻這四部作品③。綠園老人《歧路燈序》（乾隆四十五年傳鈔本）謂："古有'四大奇書'之目，曰盲左、曰屈騷、曰漆莊、曰腐遷。迨於後世，則坊備襲'四大奇書'之名，而以《三國志》《水滸》《西遊》《金瓶梅》冒之。"④ 閑齋老人《儒林外史序》亦謂："古今稗官野史不下數百千種，而《三國志》《西遊記》《水滸傳》及《金瓶梅演義》，世

---

① （清）李漁《〈三國演義〉序》，（清）李漁《李漁全集》第 18 册《補遺》，浙江古籍出版社 1991 年版，第 538 頁。

② （清）西湖釣史《續金瓶梅集序》，見《〈金瓶梅〉續書三種》，齊魯書社 1988 年版，第 3 頁。

③ 據稱"四大奇書"有芥子園刊本，惜已不見，而有李漁序之《三國演義》醉畊堂刊本則冠以"四大奇書第一種"名目刊行，可知"四大奇書"之叢書或曾刊行。黃摩西《小説小話》卷四："曾見芥子園四大奇書原刻本，紙墨精良，尚其餘事，卷首每回作一圖，人物如生，細入毫髮，遠出近時點石齋石印畫報上。而服飾器具，尚見漢家制度，可作博古圖觀，可作彼都人士視讀。"（《小説林》第二期）

④ （清）碧圃老人《原序》，（清）李海觀《歧路燈》，上海古籍出版社《古本小説集成》據上海圖書館藏本影印，第 33 頁。

稱四大奇書，人人樂得而觀之。"① 可見，以"四大奇書"來概言通俗小説中這四部優秀作品已成傳統②。

　　清初陳忱評《水滸後傳》亦以"奇書"自許，其曰："有一人一傳者，有一人附見數傳者，有數人並見一傳者，映帶有情，轉折不測，深得太史公筆法。頭緒如亂絲，終於不紊，循環無端，五花八陣，縱橫錯見，真奇書也。"③清初以來，以"奇書"指稱通俗小説者可謂比比皆是，如毛批本《三國演義》稱爲"四大奇書第一種"、張批本《金瓶梅》稱爲"皋鶴堂批評第一奇書"、康熙年間刊刻的《女仙外史》內封題"新大奇書"、乾隆十五年蔡元放爲《西遊證道書》作序題爲《增評證道奇書序》等。

　　用"才子書"一辭評價通俗小説或許是金聖歎首創，金氏擇取歷史上各體文學之精粹，名爲"六才子書"，曰《莊子》《離騷》《史記》《杜詩》《水滸》《西廂》。自《第五才子書水滸傳》刊行以後，"才子書"一辭成爲清以來指稱小説的一個常規術語，較早沿用這一稱謂的是清初刊刻的"天花藏合刻七才子

清初葉瑶池刊本
《第五才子書施耐庵水滸傳》

---

　　① （清）閑齋老人《〈儒林外史〉序》，（清）吳敬梓著，李漢秋輯校《儒林外史》（會校會評本），上海古籍出版社 1984 年版，第 763 頁。
　　② 小説史上尚有不少以"奇書"爲書名者，如《後唐奇書蓮子瓶傳》、《龍潭鮑駱奇書》、《忠烈奇書》、《第一奇書鍾情傳》、《第一快活奇書如意君傳》、《第一奇書蓮子瓶》、《群英傑後宋奇書》、《醒世第二奇書》、《鐵冠圖忠烈全書》（又名《忠烈奇書》）等。但這些小説僅延續了"奇書"之名，與晚明以來以"奇書"指稱通俗小説之宗旨實有異趣，"奇書"之名已呈俗濫之傾向。
　　③ （明）樵餘《水滸後傳論略》，（明）陳忱《水滸後傳》，上海古籍出版社《古本小説集成》據紹裕堂刊本影印，第 22 頁。

書”，其中包括《三才子玉嬌李》《四才子平山冷燕》等，以後“才子書”之
稱謂充斥於通俗小説領域。值得注意的是，毛氏父子批評《三國演義》有意
將“奇書”與“才子書”概念合二爲一，在僞托的金聖歎序中，所謂“四大
奇書第一種”的《三國演義》也稱爲“第一才子書”，而在《讀三國志法》中
又作進一步申述：“吾謂才子書之目，宜以《三國演義》爲第一。”①“第一才
子書”之名遂在《三國演義》的刊刻史上影響深遠，以致人們“竟將《三國
志演義》原名淹没不彰，坊間俗刻，竟刊稱爲《第一才子書》”②。

二

　　明末清初的文人何以將小説稱之爲“奇書”或“才子書”？這祇要簡要梳
理一下“奇書”和“才子書”的傳統内涵便可瞭然。

　　“奇書”之概念古已有之，其内涵歷代有異，細考之，約有如下數端：其
一，所謂“奇書”是指内容精深，常人難以卒解之書。如《抱朴子内篇序》
云：“考覽奇書，既不少矣，率多隱語，難可卒解。自非至精，不能尋究，自
非篤勤，不能悉見也。”③《舊唐書》卷七十三記唐顔師古學識淵博、博覽群書
時亦謂：“（唐太宗）令師古於秘書省考定《五經》，師古多所釐正，既成，奏
之。太宗復遣諸儒重加詳議，於時諸儒傳習已久，皆共非之。師古輒引晉、
宋已來古今本，隨言曉答，援據詳明，皆出其意表，諸儒莫不嘆服。於是兼
通直郎、散騎常侍，頒其所定之書於天下，令學者習焉。貞觀七年，拜秘書

---

①　（清）毛宗崗《讀三國志法》，（明）羅貫中著，（清）毛宗崗評訂《毛宗崗批評三國演義》，齊
魯書社 1991 年版，第 23 頁。
②　（清）許時庚《三國志演義補例》，《繪圖增像第一才子書》，清光緒十六年廣百宋齋校印本，
轉引自朱一玄、劉毓忱編《〈三國演義〉資料彙編》，南開大學出版社 2003 年版，第 216 頁。
③　見《抱朴子内篇序》，王明撰《抱朴子内篇校釋（增訂本）》附録一，中華書局 1985 年版，第
367 頁。

少監，專典刊正。所有奇書難字，衆所共惑者，隨疑剖析，曲盡其源。”① 而延伸之，則内容奇特甚至怪異之書亦稱之爲“奇書”，如《宋史》卷四百三十一録孫奭疏中之言：“昔漢文成將軍以帛書飯牛，既而言牛腹中有奇書，殺視得書，天子識其手迹。”② 宋歐陽修更視漢代之讖緯之學爲“奇書”，且將“奇書異説”並舉，視爲“異端之學”：“孔子既没，異端之説復興，周室亦益衰亂。接乎戰國，秦遂焚書，先王之道中絶。漢興久之，《詩》《書》稍出而不完。當王道中絶之際，奇書異説方充斥而盛行，其言往往反自托於孔子之徒，以取信於時。學者既不備見《詩》《書》之詳，而習傳盛行之異説，世無聖人以爲質，而不自知其取捨真僞。至有博學好奇之士，務多聞以爲勝者，於時盡集諸説而論次初無所擇，而惟恐遺之也。”③ 其二，所謂“奇書”是指内容豐贍，流傳稀少之好書。如《魏書》卷八十九所載：“道元好學，歷覽奇書。撰注《水經》四十卷、《本志》十三篇，又爲《七聘》及諸文，皆行於世。”④金代劉祁更將“奇書”指稱爲士大夫秘而不宣、視若珍寶之好書：“昔人云：‘借書一癡，還書亦一癡。’故世之士大夫有奇書多秘之，亦有假而不歸者，必援此。予嘗鄙之，以爲君子惟欲淑諸人，有奇書當與朋友共之，何至靳藏，獨廣己之聞見？果如是，量亦狹矣。如蔡伯喈之秘《論衡》，亦通人之一蔽，非君子所尚，不可法也。”⑤ 其三，所謂“奇書”，是指頗爲怪異的書寫文字。《晉書》卷七十二謂：“其後晉陵武進縣人於田中得銅鐸五枚，歷陽縣中井沸，經日乃止。及帝爲晉王，又使璞筮，遇《豫》之《睽》，璞曰：會稽當出鐘，以告成功，上有勒銘，應在人家井泥中得之。繇辭所謂‘先王以作樂崇德，

---

① （後晉）劉昫等撰《舊唐書》，中華書局 1975 年版，第 2594—2595 頁。
② （元）脱脱等撰《宋史》，中華書局 1977 年版，第 12805 頁。
③ （宋）歐陽修《帝王世次圖序》，《歐陽修全集·居士集》卷四十三，北京市中國書店 1986 年版，第 300—301 頁。
④ （北齊）魏收撰《魏書》，中華書局 1974 年版，第 1926 頁。
⑤ （金）劉祁《歸潛志》卷十三，中華書局 1983 年版，第 145 頁。

殷薦之上帝'者也。及帝即位，太興初，會稽剡縣人果於井中得一鐘，長七寸二分，口徑四寸半，上有古文奇書十八字，云'會稽岳命'，餘字時人莫識之。璞曰：'蓋王者之作，必有靈符，塞天人之心，與神物合契，然後可以言受命矣。'"①

"才子書"一辭在明以前較少看到，然"才子"一辭卻出現較早，《左傳·文公十八年》中即有"高辛氏有才子八人：伯奮、仲堪、叔獻、季仲、伯虎、仲熊、叔豹、季貍"一語②，此八才子又稱"八元"，《集解》賈逵曰："元，善也。"《易·文言》曰："元者，善之長也。"與"才子"相對，時亦有"不才子"之稱謂，《左傳·文公十八年》："昔帝鴻氏有不才子，掩義隱賊，好行凶德，醜類惡物，頑嚚不友，是與比周，天下之民謂之'渾敦'。少皞氏有不才子，毀信廢忠，崇飾惡言，靖譖庸回，服讒搜慝，以誣盛德，天下之民謂之'窮奇'。顓頊氏有不才子，不可教訓，不知話言，告之則頑，捨之則嚚，傲很明德，以亂天常，天下之民謂之'檮杌'。"③故此時所謂"才子"主要指稱有德之士。大約自南北朝始，"才子"一辭較多指稱文墨之士，如《宋書》卷六十七："自漢至魏，四百餘年，辭人才子，文體三變。相如巧爲形似之言，班固長於情理之說，子建、仲宣以氣質爲體，並標能擅美，獨映當時。是以一世之士，各相慕習，原其颷流所始，莫不同祖《風》《騷》。"④《周書》卷四十一亦謂："其後逐臣屈平，作《離騷》以叙志，宏才艷發，有惻隱之美。宋玉，南國詞人，追逸轡而亞其迹。大儒荀況，賦禮智以陳其情，含章鬱起，有諷論之義。賈生，洛陽才子，繼清景而奮其暉。並陶鑄性靈，組織風雅，詞賦之作，實爲其冠。"⑤唐代以降，以"才子"稱呼文人者更是比比

---

①　（唐）房玄齡等撰《晉書》，中華書局 1974 年版，第 1901 頁。
②　楊伯峻編著《春秋左傳注》（修訂本），中華書局 1990 年版，第 637 頁。
③　同上，第 638—640 頁。
④　（梁）沈約撰《宋書》，中華書局 1974 年版，第 1778 頁。
⑤　（唐）令狐德棻等撰《周書》，中華書局 1971 年版，第 743 頁。

皆是，《舊唐書》卷一百六十《劉禹錫傳》引白居易語："予頃與元微之唱和頗多，或在人口。嘗戲微之云：'僕與足下二十年來爲文友詩敵，幸也，亦不幸也。吟咏情性，播揚名聲，其適遺形，其樂忘老，幸也！然江南士女語才子者，多云元、白，以子之故，使僕不得獨步於吳、越間，此亦不幸也！今垂老復遇夢得，非重不幸耶？'"同書卷一百六十三："李虞仲，字見之，趙郡人。祖震，大理丞。父端，登進士第，工詩。大曆中，與韓翃、錢起、盧綸等文咏唱和，馳名都下，號'大曆十才子'。"同書卷一百六十六："穆宗皇帝在東宫，有妃嬪左右嘗誦積歌詩以爲樂曲者，知積所爲，嘗稱其善，宮中呼爲元才子。"① 而元人辛文房爲唐代詩人作傳，即干脆將其書名名爲《唐才子傳》，可見"才子"一辭已成爲文人、尤其是優秀文人之專稱。明人喜結詩派，或以地域、或以年號，詩人群體以"才子"爲名號者盛行於詩壇，如"江西十才子"②、"江東三才子"③、"景泰十才子"④、"吳中四才子"⑤、"嘉靖八才子"⑥ 等。金聖歎選取古今六大才子之文章，定爲"六才子書"，正與此一脈相承。

三

　　由此可見，明末清初的文人以"奇書""才子書"指稱通俗小説是有深意

---

　　① （後晉）劉昫等撰《舊唐書》，中華書局 1975 年版，第 4212—4213、4266、4333 頁。

　　② （清）張廷玉等撰《明史》卷一百三十七："李叔正，字克正，初名宗頤，靖安人。年十二能詩，長益淹博。時江西有十才子，叔正其一也。"中華書局 1974 年版，第 3956 頁。

　　③ 《明史》卷一百九十四："劉麟，字元瑞，本安仁人。世爲南京廣洋衛副千户，因家焉。績學能文，與顧璘、徐禎卿稱'江東三才子'。"同上，第 5151 頁。

　　④ 《明史》卷二百八十六："宣德時，以文學徵。有言溥善醫者，授惠民局副使，調太醫院吏目。恥以醫自名，日吟咏爲事。其詩初學西崑，後更奇縱，與湯胤勣、蘇平、蘇正、沈愚、王淮、晏鐸、鄒亮、蔣忠、王貞慶號'景泰十才子'，溥爲主盟。"同上，第 7341 頁。

　　⑤ 《明史》卷二百八十六："禎卿少與祝允明、唐寅、文徵明齊名，號'吳中四才子'。"同上，第 7351 頁。

　　⑥ 《明史》卷二百八十七："時有'嘉靖八才子'之稱，謂束及王慎中、唐順之、趙時春、熊過、任瀚、李開先、吕高也。"同上，第 7370 頁。

的：“奇書”者，内容奇特、思想超拔之謂也；“才子書”者，文人才情文采之所寓焉。故將小説文本稱爲“奇書”，小説作者稱爲“才子”，既是人們對優秀通俗小説的極高褒揚，同時也是對尚處於民間狀態的通俗小説創作所提出的一個新要求。從小説史角度言之，這一觀念的出現至少是在三個方面試圖强化通俗小説的文體意識：

　　一是試圖强化通俗小説的作家獨創意識。明中後期持續刊行的《三國演義》《水滸傳》《西遊記》和《金瓶梅》確乎是中國小説史發展中的一大奇觀。在人們看來，這些作品雖然托體於卑微的小説文體，但從思想的超拔和藝術的成熟而言，他們都傾向於認爲這是文人的獨創之作。施耐庵、羅貫中爲《三國演義》和《水滸傳》的作者已是明中後期文人的共識，如高儒《百川書志》卷六“史部·野史”著録《水滸傳》題“錢塘施耐庵的本，羅貫中編

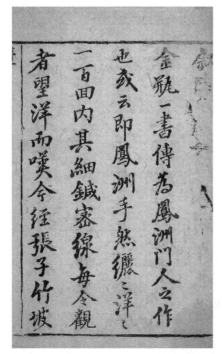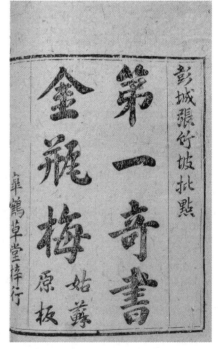

皋鶴草堂刊本《第一奇書金瓶梅》

次"，明嘉靖刊本《忠義水滸傳》亦題"施耐庵集撰，羅貫中纂修"，明雙峰堂刊本題"中原貫中羅道本卿父編輯"，王圻《續文獻通考》卷一百七十七"經籍考・傳記類"、田汝成《西湖遊覽志餘》卷二十五"委巷叢談"、雉衡山人《東西晉演義序》等亦持此種看法。而明雄飛館《英雄譜・水滸傳》、金聖歎《第五才子書水滸傳》則題"錢塘施耐庵編輯"和"東都施耐庵撰"。可見其中雖看法不一，但在文人獨創這一點上卻沒有異議。《金瓶梅》雖署爲不知何人的"蘭陵笑笑生"，但這部被文人評爲"極佳"① 的作品人們大都傾向於出自"嘉靖大名士手筆"②。而金聖歎將施耐庵評爲才子，與屈原、莊子、司馬遷、杜甫等並稱也是試圖強化通俗小説的作家獨創意識。強化作家獨創實際上是承認文人對這種卑微文體的介入，而文人的介入正是通俗小説在發展過程中所亟需的。

　　二是試圖強化通俗小説的情感寄寓意識。李卓吾《忠義水滸傳序》即以司馬遷"發憤著書"説爲理論基礎，評價《水滸傳》爲"發憤"之作："太史公曰：'《説難》《孤憤》，賢聖發憤之所作也。'由此觀之，古之賢聖，不憤則不作矣。不憤而作，譬如不寒而顫，不病而呻吟也。雖作何觀乎？《水滸傳》者，發憤之所作也。蓋自宋室不競，冠屨倒施，大賢處下，不肖處上。馴致夷狄處上，中原處下。一時君相，猶然處堂燕鵲，納幣稱臣，甘心屈膝於犬羊已矣。施、羅二公身在元，心在宋，雖生元日，實憤宋事。是故憤二帝之北狩，則稱大破遼以泄其憤；憤南渡之苟安，則稱滅方臘以泄其憤。敢問泄憤者誰乎？則前日嘯聚水滸之強人也。欲不謂之忠義不可也。是故施、羅二公傳《水滸》，而復以忠義名其傳焉。"③ 吳從先《小窗自紀》卷一《雜著》評

──────────

① （明）袁中道《游居柿録》，《筆記小説大觀》七編二冊，新興書局有限公司1982年版，第947頁。

② （明）沈德符《萬曆野獲編》卷二十五《詞曲・金瓶梅》，《明代筆記小説大觀》第三冊，上海古籍出版社2005年版，第2584頁。

③ （明）李贄《忠義水滸傳序》，（明）李贄《焚書》卷三，見《焚書・續焚書》，中華書局1975年版，第109頁。

“《西遊記》，一部定性書，《水滸傳》，一部定情書，勘透方有分曉”①亦旨在強化作品的情感寄寓意識。謝肇淛《五雜組》卷十五《事部》評“《西遊記》曼衍虛誕，而其縱橫變化，以猿爲心之神，以豬爲意之馳，其始之放縱，上天下地，莫能禁制，歸於緊箍一咒，能使心猿馴伏，至死靡他，蓋亦求放心之喻，非浪作也”②。突出的也是作品的寄寓性。而在推測《金瓶梅》之創作主旨時，明人一般認爲作品是別有寄托、筆含譏刺的。如東吳弄珠客《金瓶梅序》和欣欣子《金瓶梅詞話序》均明確認定《金瓶梅》乃“有意”“有謂”而作：

> 《金瓶梅》，穢書也。袁石公亟稱之，亦自寄其牢騷耳，非有取於《金瓶梅》也。然作者亦自有意，蓋爲世戒非爲世勸也。如諸婦多矣，而獨以潘金蓮、李瓶兒、春梅命名者，亦楚檮杌之意也。蓋金蓮以奸死，瓶兒以孽死，春梅以淫死。較諸婦爲更慘耳。借西門慶以描畫世之大淨，應伯爵以描畫世之小醜，諸淫婦以描畫世之醜婆、淨婆，令人讀之汗下，蓋爲世戒非爲世勸也。余嘗曰：讀《金瓶梅》而生憐憫心者，菩薩也，生畏懼心者，君子也，生歡喜心者，小人也，生效法心者，乃禽獸耳。（東吳弄珠客《金瓶梅序》）③

> 竊謂蘭陵笑笑生作《金瓶梅傳》，寄意於時俗，蓋有謂也。人有七情，憂鬱爲甚。上智之士，與化俱生，霧散而冰裂，是故不必言矣。次焉者，亦知以理自排，不使爲累。惟下焉者，既不出了於心胸，又無詩

---

① （明）吳從先《小窗自紀》，見《四庫全書存目叢書》（子部二五二册）影上海圖書館藏明萬曆刻本，齊魯書社1995年版，第252—649頁。
② （明）謝肇淛《五雜組》卷十五《事部》，《明代筆記小説大觀》第二册，上海古籍出版社2005年版，第1829頁。
③ （明）蘭陵笑笑生著，戴鴻森校點《金瓶梅詞話》，人民文學出版社1985年版，第2頁。

書道腴可以撥遣。然則，不致於坐病者幾希！吾友笑笑生爲此，爰罄平日所蘊者，著斯傳，凡一百回，其中語句新奇，膾炙人口，無非明人倫，戒淫奔，分淑慝，化善惡，知盛衰消長之機，取報應輪回之事，如在目前始終，如脈絡貫通，如萬系迎風而不亂也，使觀者庶幾可以一哂而忘憂也。（欣欣子《金瓶梅詞話序》）①

三是試圖强化通俗小説的文學意識。且看金聖歎對所謂"才子"之"才"的分析：

　　才之爲言材也，凌雲蔽日之姿，其初本於破荄分莢，於破荄分莢之時，具有凌雲蔽日之勢，於凌雲蔽日之時，不出破荄分莢之勢，此所謂材之説也。又才之爲言裁也，有全錦在手，無全錦在目，無全衣在目，有全衣在心，見其領，知其袖，見其襟，知其帔也。夫領則非袖，而襟則非帔，然左右相就，前後相合，離然各異，而宛然共成者，此所謂裁之説也。②

金氏將"才"分解爲"材"與"裁"兩端，一爲"材質"之"材"，一爲"剪裁"之"裁"，其用意已不言自明，他所要强化的正是作爲一個通俗小説家所必備的情感素質和表現才能。他進而分析了真正的"才子"在文學創作中的表現：

　　依世人之所謂才，則是文成於易者，才子也；依古人之所謂才，則

---

① （明）蘭陵笑笑生著，戴鴻森校點《金瓶梅詞話》，人民文學出版社 1985 年版，第 1 頁。
② （清）金聖歎《第五才子書施耐庵水滸傳·序一》，（清）金聖歎著，陸林輯校整理《金聖歎全集》第三册，鳳凰出版社 2008 年版，第 15—16 頁。

必文成於難者，才子也。依文成於易之説，則是迅疾揮掃，神氣揚揚者，才子也；依文成於難之説，則必心絶氣盡，面猶死人者，才子也。故若莊周、屈平、馬遷、杜甫以及施耐庵、董解元之書，是皆所謂心絶氣盡，面猶死人，然後其才前後繚繞，得成一書者也。①

　　金聖歎將施耐庵列爲“才子”，將《水滸傳》的創作評爲“文成於難者”，實則肯定了《水滸傳》也是作家嘔心瀝血之作，進而肯定了通俗小説創作是一種可以藏之名山的文學事業。清初李漁評曰：“施耐庵之《水滸》、王實甫之《西廂》，世人盡作戲文小説看，金聖歎特標其名曰‘五才子書’‘六子才書’者，其意何居？蓋憤天下之小視其道，不知爲古今來絶大文章，故作此等驚人語以標其目。”② 可謂知言。

四

　　以“奇書”“才子書”來評判通俗小説，實則透現了一種獨特的文化信息，體現了文人對通俗小説這一文體的關注和評價，這是文人士大夫在整體上試圖改造通俗小説的文體特性和提升通俗小説文化品位的一個重要舉措。
　　不僅如此，晚明以來的文人士大夫對通俗小説文體的關注並非停留在觀念形態上，還落實到具體的操作層面，即對於通俗小説的文本改訂和修正。而從事小説的文本改訂者又正是那些視小説爲“奇書”“才子書”，爲通俗小説大爲鼓吹的文人士大夫。在明末清初的小説史上，這幾乎是同步進行和雙管齊下的。在這種改訂中，對小説史影響最大的就是被稱爲“奇書”或“才

---

　　① （清）金聖歎《第五才子書施耐庵水滸傳·序一》，（清）金聖歎著，陸林輯校整理《金聖歎全集》第三册，鳳凰出版社 2008 年版，第 16—17 頁。
　　② （清）李漁《閑情偶寄·詞曲部·忌填塞》，（清）李漁《李漁全集》第 3 册，浙江古籍出版社 1991 年版，第 24 頁。

子書”的《三國演義》《水滸傳》《西遊記》和《金瓶梅》。

明末清初的文人對四部小説的改訂集中於三個方面：

首先是對小説作品的表現内容作了具有强烈文人主體特性的修正，這突出地表現在金聖歎對《水滸傳》的改定和毛氏父子對《三國演義》的評改之中。

金聖歎批改《水滸傳》體現了三層情感内涵：一是憂天下紛亂、揭竿斬木者此起彼伏的現實情結；二是辨明作品中人物忠奸的政治分析；三是區分人物真假性情的道德判斷。由此，他腰斬《水滸》，並妄撰盧俊義“驚惡夢”一節，以表現其對現實的憂慮；突出亂自上作，指斥奸臣貪虐、禍國殃民的罪惡；又“獨惡宋江”，突出其虚僞不實，並以李逵等爲“天人”。這三者明顯地構成了金氏批改《水滸》的主體特性，並在衆多的《水滸》刊本中獨樹一幟，表現出了獨特的思想與藝術個性。毛氏批改《三國演義》最爲明顯的特性是進一步强化“擁劉反曹”的正統觀念，其《讀法》開首即云：“讀《三國志》者，當知有正統、閏運、僭國之别。正統者何？蜀漢是也。僭國者何？吴魏是也。閏運者何？晉是也。……陳壽之《志》，未及辨此，余故折衷於紫陽《綱目》，而特於演義中附正之。”① 本著這種觀念，毛氏對《三國演義》作了較多的增删，從情節的設置、史料的運用、人物的塑造乃至個别用詞（如原作稱曹操爲“曹公”處即大都改去），毛氏都循著這一觀念和精神加以改造②，從而使毛本《三國》成了《三國演義》文本中最重正統、最富文人色彩的版本。

其次是對小説文本的形式體制作了整體的加工和清理，使通俗小説（主要指長篇章回小説）在形式上趨於固定和完善。

---

① （清）毛宗崗《讀三國志法》，（明）羅貫中著，（清）毛宗崗評訂《毛宗崗批評三國演義》，齊魯書社 1991 年版，第 6—7 頁。
② 參閲秦亢宗《談毛宗崗修訂三國志通俗演義》，《三國演義研究論文集》，中華書局 1991 年版。

　　古代通俗小説源於宋元説話，因此在從説話話本到小説讀本的進化中，其形式體制必定要經由一個逐漸變化的過程。明末清初的文人選取在通俗小説發展中具有典範意義的"四大奇書"爲對象，故他們對作品形式的修訂在某種程度上即可視爲完善和固定了通俗小説文體的形式體制，並對後世的小説創作起了示範作用。如崇禎本《金瓶梅》刪去了"詞話本"中的大量詞曲，使帶有明顯"説話"性質的《金瓶梅》由"説唱本"演爲"説散本"。再如《西遊證道書》對百回本《西遊記》中人物"自報家門式"的大量詩句也作了刪改，從而使作品從話本的形式漸變爲讀本的格局。對回目的修訂也是此時期小説評改的一個重要方面，這一工作明中葉就已開始，至此時期漸趨完善。如毛氏批本《三國演義》"悉體作者之意而聯貫之，每回必以二語對偶爲題，務取精工"①。回目對句，語言求精，富於文采，遂成章回小説之一大特色，而至《紅樓夢》達巔峰狀態。

　　第三是對小説文本在藝術上作了較多的增飾和加工，使小説文本益愈精緻。這主要包括三個方面，一是補正小説情節之疏漏，通俗小説由於其民間性的特色，其情節之疏漏可謂比比皆是，人們基於對作品的仔細批讀，將其一一指出，並逐一補正。二是對小説情節框架的整體調整，如金聖歎腰斬《水滸》而保留其精華部分，雖有思想觀念的制約，但也包含藝術上的考慮；再如崇禎本《金瓶梅》將原本首回"景陽崗武松打虎"改爲"西門慶熱結十兄弟"，讓主人公提早出場，從而使情節相對地比較緊湊。又如《西遊證道書》補寫唐僧出身一節而成《西遊記》足本等，都對小説文本在整體上有所增飾和調整。三是對人物形象和語言藝術的加工，此種例證俯拾皆是，此不贅述。

　　綜上所述，從"奇書"到"才子書"，明末清初的文人對通俗小説的關注

---

①　（明）羅貫中著，（清）毛宗崗評訂《毛宗崗批評三國演義·凡例》，齊魯書社 1991 年版，第4 頁。

及其評價爲通俗小説確立了一個新的評價體系，而總其要者，一在於思想的
"突異"，一關乎作家的"才情"，而思想超拔，才情噴發，正是通俗小説能得
以發展的重要前提。在通俗小説的發展中，文人在此觀念指導下對小説文本、
尤其是明代"四大奇書"的修訂，也大大提高了通俗小説的文化品位，清人
黄叔瑛對此評價道："信乎筆削之能，功倍作者。"① 雖有所誇大，但也並非全
然虛言。

【相關閲讀】

趙景瑜《關於"奇書"和"才子書"》，《山西大學學報》1986 年第 2 期。

---

① （清）黄叔瑛《第一才子書三國志·序》，雍正十二年（1734）郁郁堂本《官板大字全像批評
三國志》卷首。轉引自朱一玄，劉毓忱編《〈三國演義〉資料彙編》，南開大學出版社 2003 年版，第
422 頁。

"章回"考

　　自元末明初章回小説文體產生以來，章回小説的發展經過了數百年的歷史，留下了數以千計的小説作品，但"章回小説"這一概念的出現及文體界説却是近一百年來的事情，很長時間裹章回小説"名"與"實"之間一直存在錯位。在章回小説發展的各個不同歷史階段，人們習慣於用各種不同名稱來指稱章回小説，較爲常見的有"演義"（"演義小説""通俗演義"）、"平話"（"評話""平話小説"）、"詞話"、"稗史"（"稗官"）、"傳奇"（"傳奇小説"）、"通俗小説"、"白話小説"、"長篇小説"等。直至今天，人們對"章回體"的理解仍然存在不少混亂之處。這固然體現了一種新的文體觀念產生、發展、成熟的歷史過程，但名稱的混亂給章回小説的辨認帶來很多困惑，人們往往根據不同概念外延的某一特徵來確認小説的體裁，衆説紛紜，莫衷一是，或者窄化了章回小説的研究空間，或者泛化了章回小説的研究對象，爲章回小説研究造成不少困惑。因此很有必要梳理章回小説稱謂的演變史，辨析不同歷史時期指稱章回小説的不同概念，對"章回體"這一文體概念做一番正本清源的工作。

一

　　以"演義"或"通俗演義"指稱章回小説，始於明代，延及 20 世紀。在"章回體"概念被普遍認可、接受之前，"演義"或"通俗演義"是衆多名稱中使用時間最長、影響最大的一個概念。自《三國志通俗演義》刊行之後，明清兩朝坊間直接以"演義"或"通俗演義"命名的章回小説非常之多。"演義體"小説早期以敷演史傳爲主，如《大宋中興通俗演義》《東西晉演義》等，後來不再拘泥於史實，逐漸涉及神魔、世情等題材，如《封神演義》《蓮子瓶演義傳》《逐日演義》等。即便是不標"演義"者，時人也多以"演義"目之。謝肇淛《雲海披沙》卷七"西遊記"云："俗傳有《西遊記演義》，載玄藏取經西域，遭遇妖祟甚多，讀者皆嗤其俚妄。余曰不足嗤也，古亦有之。"① 閑齋老人《儒林外史序》云："古今稗官野史，不下數百千種，而《三國志》《西遊記》《水滸傳》及《金瓶梅演義》，世稱四大奇書，人人樂得而觀之，余竊有疑焉。"② 便將《西遊記》《金瓶梅》看作演義。明清兩朝以"演義"一辭指稱章回小説是一個普遍現象。

　　以"演義"一辭指稱章回小説始自《三國志通俗演義》，早期專門用來指稱敷演史傳而成的歷史演義，是歷史的通俗化叙述，後來則由一個文類概念發展成爲一個文體概念，用來指稱包括章回體小説在内的通俗小説③。"演義"作爲一種文體，其主要的特徵即在於通俗性。早期的"演義體"小説多"據正史""按鑑參考"敷演成書，雖然不免增飾虚構，仍難免拘牽於史實，人們多以爲《三國志通俗演義》不及《水滸傳》，就因爲《三國志通俗演義》"七實三虚"的内容布局過於拘謹。"演義體"小説發展到後來，作家的創作思路越發自由，想像與虚構的成分也越來越增多。不僅可以根據野史傳説引申、渲染成長篇巨著，還可以完全"憑虚結構"，杜撰成書。梅溪主人《清風閘序》云：

---

① （明）謝肇淛《文海披沙》，大連圖書供應社 1925 年版，第 90 頁。
② （清）吴敬梓《儒林外史》，人民文學出版社 1975 年據清嘉慶八年（1803）臥閑草堂本影印，第 1 頁。
③ 詳見本書《"演義"考》。

　　小説昉自《虞初》，後之作演義者，或借一人一事引而伸之，可以成數十萬言，如《封神傳》《水滸傳》，由來久矣。抑或有憑虛結撰，隱其人，伏其事，若《金瓶梅》《紅樓夢》者；究之不知實指何人，觀者亦不過互相傳爲某某而已。①

　　從"七實三虛"的《三國志通俗演義》，到"借一人一事引而伸之"的《封神傳》《水滸傳》，再到"憑虛結構"的《金瓶梅》《紅樓夢》，"演義"的創作手法由實録爲主逐步走向完全虛構，"演義"一辭所指稱的對象也由最初的歷史演義擴大到一切題材的章回小説。直到清末民初，還有人以"演義"稱呼章回小説。洗心主人《永慶升平序》云："（《永慶升平前傳》）百八十餘回，雖然演義之詞，理淺文粗，然叙事叙人，皆能刻劃盡致；接逢鬥榫，亦俱巧妙無痕。"② 二我《黄綉球》第十一回評語云："作文不喜平，作演義何莫不然？"③ 值得注意的是，"演義"是一切通俗小説的代名詞，人們不僅僅用來指稱章回小説，還用來指稱話本、擬話本小説。天許齋《古今小説識語》云："本齋購得古今名人演義一百二十種，先以三分之一爲初刻云。"睡鄉居士《二刻拍案驚奇序》云："即空觀主人者，其人奇，其文奇，其遇亦奇。因取其抑塞磊落之才，出緒餘以爲傳奇，又降而爲演義，此《拍案驚奇》之所以兩刻也。"④ 降至 20 世紀前期，當"章回小説"一辭被世人廣泛接受後，"演義"一辭逐漸淡出，遂爲"章回小説"所取代。

　　用"平話"一辭來指稱章回小説，或者將講史、講經平話當作章回小説，亦屢見於前人史料。明無竟氏《剿闖小説叙》稱《剿闖通俗小説》"懲創叛

---

① （清）浦琳《清風閘》，中州古籍出版社 1996 年版。
② （清）郭廣瑞《永慶升平前傳》，清光緒十八年（1892）寶文堂刊本。
③ 《新小説》第十八號，1905 年。
④ （明）凌濛初《二刻拍案驚奇》，人民文學出版社 1996 年版，第 1 頁。

逆，其於天理人心，大有關係，非泛常因果平話比"①。俞樾《重編七俠五義傳序》云："如此筆墨，方許作平話小説；如此平話小説，方算得天地間另是一種筆墨。"② 便是將《剿闖通俗小説》《七俠五義》等章回小説稱爲"平話"（"平話小説"）。又江東老蟫（繆荃孫）《跋〈京本通俗小説〉》云：

　　宋人平話，即章回小説。《夢梁録》云："説話有四家，以小説家爲最。"此事盛行於南北宋，特藏書家不甚重之，坊賈又改頭換面，輕易名目，遂至傳本寥寥天壤。前只士禮居士重刻《宣和遺事》，近則曹君直重刻《五代史平話》，爲天壤不易見之書。③

便是將《宣和遺事》與《五代史平話》等講史話本視爲章回小説。

　　按元、明兩朝以説唱形式出現的説書中，講説《三國志》《五代史》一類長篇歷史故事的講史稱爲平話。到了清代，講史的內容已由元明的講歷史故事，進展到説公案、説靈怪一類的書。不僅僅是説《三國志》，説《西遊記》《濟公傳》（靈怪），説《彭公案》《施公案》《三俠五義》（公案），也都一律稱爲講史或評話④。清凉道人《聽雨軒筆記》對史傳、小説（主要指歷史演義）、平話（評話）三者之間的關係有明確的鑒別：

　　小説所以敷衍正史，而評話又以敷衍小説。小説間或有與正史相同，而評話則皆海市蜃樓，平空架造，如《列國》《東西漢》《三國》《隋唐》《殘唐》《飛龍》《金槍》《精忠》《英烈傳》之類是已。然其中亦有標異出

---

　　① （清）西吴懶道人《剿闖通俗小説》，中華書局《古本小説叢刊》據興文館刊本影印，第2087頁。
　　② （清）俞樾《七俠五義》，寶文堂書店1980年版，第1頁。
　　③ 《京本通俗小説》，上海古籍出版社1988年版，第100頁。
　　④ 參陳汝衡《説書史話》，人民文學出版社1987年版。

奇，豁人耳目者，茲就余所聞者而言之，以見其概焉。①

那麼"平話"的原義又如何呢？馮貞群《孔聖宗師出身全傳跋》云："平話者，優人采史事敷衍而口話之之謂也。權輿趙宋，俗謂説書，或稱講史。"②邱煒菱《金聖歎批小説説》云：

> 大抵宋、元時始有演義小説之書，昉於取便雅俗，即古傳奇中科白一體，演而長之。其義通俗，其名或又稱"平話"。後人目平話爲大書，而判傳奇爲小説，所以濟文言之窮，即説即喻，捷於駟舌矣。……蓋説平話大書之人，既自置其身於小説之中，隨意調侃，旁若無人，借杯在手，積塊在胸，東方曼倩爲不死矣。於是小説中之能事極暢，小説中之舊套亦窮。於此而喜讀小説之人出焉。③

在邱煒菱的論述中，"演義小説"爲一動賓詞組，取"敷演小説"之意，平話爲"演義小説之書"，又稱爲"大書"，是供説話人敷演小説用的話本。又《中國大百科全書》"平話"條的解釋爲：

> 話本體裁之一。與詩話、詞話相對而言，平話是只説不唱之平鋪直叙的話本。另一種解釋是，平即平章之平，意即品評，因而後來又寫作"評話"。現存的宋元平話多爲長篇，題材主要是歷史故事，如《五代史平話》，五種《全相平話》。還有《西遊記平話》僅存佚文。《永樂大典》收有平話26卷，已佚。明清人多寫作"評話"，也有把短篇話本稱作評

---

① （清）清凉道人《聽雨軒筆記》，商務印書館1931年版，第61頁。
② （明）無名氏《孔聖宗師出身全傳》，1927伏跗室主人（馮貞群）影鈔明刊本。
③ 邱煒菱《金聖歎批小説説》，1897年刊本《菽園贅談》。

話的，見於《警世通言》第 11 卷《蘇知縣羅衫再合》、第 17 卷《鈍秀才一朝交泰》。至今曲藝界仍把只説不唱的"大書"稱爲"評話"或"評書"。①

可知"平話"的原始意義應指説話人的口頭説書，後來所指範圍稍有擴大，包括作爲文人案頭之作的話本小説，既指《五代史平話》等篇幅長大、分卷分節的長篇話本，也指《蘇知縣羅衫再合》一類短篇小説。因此用"平話"一辭來指稱章回小説，極不確切。邱煒蔓、俞樾等人視《水滸傳》《七俠五義》等章回小説爲"平話"，繆荃孫將宋元講史話本《宣和遺事》《五代史平話》等看作章回小説，原因在於他們都覺察到了"平話""章回小説"二者概念外延上的共

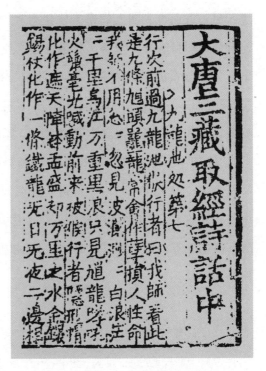

中瓦子張家印《大唐三藏取經詩話》

同點：其義通俗，其文長大（"大書"），有的還分章分節或分則。這僅僅出於對《宣和遺事》《五代史平話》等長篇話本形態特徵的感性認識，没有注意到"章回小説"作爲一種小説文體，除了外在的形式特徵，還應該具有其内在的本質規定性。這種小説觀念在 20 世紀早期很有代表性。王國維在《宋槧大唐三藏取經詩話跋》中指出："此書與《五代平話》《京本小説》及《宣和

① 劉世德主編《中國大百科全書》中國文學卷 I，中國大百科全書出版社 1988 年版，第 611 頁。

遺事》體例略同。三卷之書共分十七節，亦後世小説分章回之祖。"胡適認爲
"宋朝是'章回小説'發生的時代。如《宣和遺事》和《五代史平話》等書，
都是後世'章回小説'的始祖"。這種視平話爲章回小説的觀念，一方面表明
人們已經有了明確的"章回體"文體意識，認識到了一種新的小説文體的産
生；另一方面也表明人們還未曾注意到"章回體"小説的本質特徵，僅僅流
連於分回標目等外在形態。魯迅也注意到《大唐三藏取經詩話》《大宋宣和遺
事》分卷分章的體制特徵，但他並未據此即認定其爲章回小説，而是據其
"近講史而非口談，似小説而無捏合"、介於長篇話本和章回小説之間的本質
特徵，自創新詞以"擬話本"命名之，顯得更爲謹慎。

　　"傳奇"作爲一種小説文體，一般認爲指的是唐代《鶯鶯傳》等爲代表的
文言小説，但明清兩朝以"傳奇"之名指稱章回小説之實者亦頗爲常見。袁
中郎《觴政》云："詩餘則柳舍人、辛稼軒等；樂府則董解元、王實甫、馬東
籬、高則誠等；傳奇則《水滸傳》《金瓶梅》等爲逸典。"① 晴川居士《白圭志
序》云：

　　　　每嘗好觀小説，蓋世之傳奇，余皆得而讀之矣。……如周末之《列
　　國》，漢末之《三國》，此傳奇之最者，必有其事而後有其文矣。若夫
　　《西遊》《金瓶梅》之類，此皆無影而生端，虛妄而成文，則無其事而亦
　　有其文矣。②

　　又《五虎平西前傳序》云："春秋之筆，無非褒善貶惡，而立萬世君臣之
則。小説傳奇，不出悲歡離合，而悦時人鑒閲之心。"③ 瞿家鏊《西遊原旨序》

---

　　① （明）袁宏道著，錢伯城箋校《袁宏道集箋校》，上海古籍出版社 1981 年版，第1419 頁。
　　② （清）崔象川《白圭志》，上海古籍出版社《古本小説集成》據綉文堂刊本影印，第 1—5 頁。
　　③ （清）無名氏《五虎平西前傳》，上海古籍出版社《古本小説集成》據聚錦堂本影印，第 1—
2 頁。

亦説《西遊》"詭異詠奇，驚駭耳目，第視爲傳奇中之怪誕者"①；張問陶《船山詩草》"贈高蘭墅同年"自注亦云："傳奇《紅樓夢》八十回以後，俱蘭墅所補"②，都是以"傳奇"指稱章回小説。

明清兩朝人以"傳奇"概念指稱章回小説，乃立足於章回小説幾個基本的叙事特點：

一是章回小説相對於史傳實録而言的虛構、幻奇特色與"傳奇"相似。章回小説從敷演史傳的《三國演義》到依據野史傳説渲染成文的《水滸傳》《封神傳》，最後發展到完全虛構的《金瓶梅》《紅樓夢》，其虛構的比重逐漸增大。對於章回小説的虛構、幻奇特色，黄越《第九才子書平鬼傳序》説得非常透徹：

客有問於余曰："第九才子書何爲而作也？"予曰："仿傳奇而作也。"客曰："傳奇者，傳其有乎，抑傳其無乎？"余曰："有可傳，傳其有可也；無可傳，傳其無亦可也。今夫傳奇之傳乎無者，寧獨九才子而已哉？世安有所謂孫悟空者，然則《西遊記》何所傳而作也？安有所謂'西門慶'者，然則《金瓶梅》何所傳而作也？其他《西廂記》之'驚夢草橋'，《牡丹亭》之'還魂配合'，《琵琶記》之'乞丐尋夫'，《水滸傳》之'反邪歸正'，不皆傳其無之類乎？"③

經典、史傳以傳信貴真而藏之名山，傳與後人，故作者選材頗爲謹慎；小説傳奇作者没有太多立德立言的思想包袱，或"借他人之酒杯，澆自己胸

---

① （清）劉一明《西遊原旨》，上海古籍出版社《古本小説集成》據湖南常德府護國庵重刊本影印，第3頁。
② （清）張問陶《船山詩草》，中華書局1986年版，第457頁。
③ （清）樵雲山人《第九才子書平鬼傳》，路工、譚天編《古本評話小説集》，人民文學出版社1984年版，第606—607頁。

中之塊壘”，或“游戲筆端資助談柄”，選材上没有太多的顧忌，惟“緣情綺靡”而已。故李春榮《水石緣自叙》云：“夫文人窮愁著書，謂其可以信今而傳後也。若傳奇豈所論哉！顧事不必可信，而文則有可傳。莊生寓言尚矣，他若宋玉窺鄰，元積記會，以及游仙無題之作，或隱或見，祇緣情綺靡，不自以爲可傳也，而今猶競相諷咏焉。下及元人百種，録舊翻新，嘆深夥頤，誰謂傳之必可信哉！又謂不信之可不傳哉！”① 這是能道出章回小説作者心聲的。

二是章回小説在叙述故事、刻畫人物上叙述委曲詳盡、描寫鋪采驪陳的創作手法，與史傳的簡約質樸形成對比，體現了鮮明的“傳奇”特色。李雨堂《萬花樓楊包狄演義序》云：

> 書不詳言者，鑒史也；書悉詳而言者，傳奇也。史乃千百季眼目之書，歷紀帝王事業，文墨輩藉以稽考運會之興衰，諸君相則以扶植綱常準法者，至重至要之書也。然柄筆難詳，大題小作，一言而包盡良相之大功，一筆而揮全英雄之偉績，述史不得不簡而約乎！自上古以來，數千秋以下，千百帝王，萬機政事，紙短情長，烏能盡博？至傳奇則不然也，揭一朝一段之事，詳一將一相之功，則何患乎紙短情長哉！故史雖天下至重至要，然而筆不詳則淺，而聽之者未嘗不覺其枯寂也。唯傳雖無關於稽考扶植之重，如舟中寂寞，伴侶已希，遂覺史約而傳詳博焉。是故閲史者雖多，而究傳者不少也。

需要指出的是，“傳奇”既非《鶯鶯傳》一類文言小説的專稱，也非《五虎平西前傳》等章回小説的别名，它還指稱話本或擬話本小説。《初刻拍案驚奇》卷九入話云：“從來傳奇小説上邊，如《倩女離魂》，活的弄出魂去，成

---

① （明）李春榮《水石緣》，上海古籍出版社《古本小説集成》據經綸堂刊本影印，第1—2頁。

了夫妻；如《崔護謁漿》，死的弄轉魂來，成了夫妻。奇奇怪怪，難以盡述。"
以"傳奇"命名話本小説或話本小説集者亦有之，如《五色石傳奇》《古今傳
奇》等。

　　以"詞話"指稱章回小説，在前人史料中也不少見。熊大木《大宋中興
通俗演義序》云："武穆王《精忠傳》，原有小説，未及於全文。今得浙之刊
本，著述王之事實，甚得其悉。然而意寓文墨，綱由大紀，士大夫以下遽爾
未明乎理者，或有之矣。近因眷連楊子素號涌泉者，挾是書謁於愚曰：'敢勞
代吾演出辭話，庶使愚夫愚婦亦識其意。'""辭話"或即"詞話"之意，指
據《精忠傳》敷演成書的《大宋中興通俗演義》。又李大年《唐書志傳通俗演
義序》云："《唐書演義》書林熊子鍾谷編集。書成以視余。逐首末閲之，似
有紊亂《通鑑綱目》之非。人或曰：'若然，則是書不足以行世矣。'余又曰：
'雖出其一臆之見，於坊間《三國志》《水滸傳》相仿，未必無可取。且詞話
中詩詞橄書頗據文理，使俗人騷客披之，自亦得諸歡慕，豈以其全謬而忽之
耶？'"① 也以"詞話"指稱《唐書志傳通俗演義》。至於《金瓶梅詞話》，更
是以"詞話"冠名章回小説。然而"詞話"同樣非章回小説的專稱，它還可
以用來指稱話本小説。明錢希言《桐薪》卷二"公赤"條云"考宋朝詞話有
《燈花婆婆》，第一回載本朝皇宋出三絶。"② 清錢曾《也是園書目》卷十"戲
曲小説·宋人詞話"著録作品十六種，其中就包括《燈花婆婆》之類話本小
説。除小説外，"詞話"更多的是宋元説唱伎藝的統稱，孫楷第、葉德均等前
輩學者已論之甚詳，現存説唱詞話話本有明成化年間刊本説唱詞話如《新編
説唱詞話花關索傳》、萬曆年間諸聖鄰重編《大唐秦王詞話》以及楊慎擬作
《歷代史略十段錦詞話》等。

　　古人向來"稗官""小説"並舉，故以"稗史""稗官"指稱章回小説者

① （明）熊大木《唐書志傳通俗演義》，中華書局《古本小説叢刊》據楊氏清江堂刊本影印。
② 轉引自胡士瑩《詞話考釋》，胡士瑩《宛春雜著》，浙江人民出版社 1981 年版，第 159 頁。

時亦有之。《嘯亭雜録》卷十云："稗史小説雖皆委巷妄談，然時亦有所據者。如《水滸》之王倫，《平妖傳》之多目神，已見諸歐陽公奏疏及唐介記，王漁洋皆詳載《居易録》矣。"① 《求幸福齋隨筆》云："稗史載曹操殺吕伯奢事，人讀之恒惡曹操之不義。"② 此處稗史便指《三國演義》。《香祖筆記》卷七云："佛經幻妄，有最不可究詰者。如善慧菩薩自兜率天宫下作佛，在摩耶夫人母胎中，晨朝爲色界諸天説種種法，日中時爲欲界諸天亦説諸法，晡時又爲諸鬼神説法，於夜三時，亦復如是。雖稗官小説如《西遊記》者，亦不至誕妄如是。"③ 諸如此類，不勝枚舉。據余嘉錫考證，"稗官爲小説家之所自出，而非小説之别名，小説之不得稱爲稗官家，猶之儒家出於司徒之官，不得名爲司徒儒家，亦不得稱儒家爲司徒家也"④。以稗官（稗史）稱呼"小説"既已不妥，其於章回小説更是隔膜遠甚。

二

以"通俗小説"之名指稱章回小説之實，應是 20 世紀以來的事情。

黄人《小説小話》云："小説固有文、俗二種，然所謂俗者，另爲一種語言，未必盡是方言。至《金瓶梅》始盡用魯語，《石頭記》仿之，而盡用京語。至近日則用京語者，已爲通俗小説。"⑤ 在《中國文學史》中，黄人專設一章"明人章回小説"討論通俗小説，所舉小説名録中既包括《三國演義》等章回小説，又有《拍案驚奇》等擬話本小説，可見他將"章回小説"等同於"通俗小説"，但又包括"擬話本小説"。直至 20 世紀晚期，仍有論者將

① （清）昭槤《嘯亭雜録》，中華書局 1980 年版，第 369 頁。
② （清）何海鳴《求幸福齋隨筆》，民權出版部 1916 年版，第 3 頁。
③ （清）王士禛《香祖筆記》，上海古籍出版社 1982 年版，第 129 頁。
④ 余嘉錫《小説家出於稗官説》，《余嘉錫文史論集》，岳麓書社 1997 年版，第 258 頁。
⑤ 《小説林》第九期，1908 年。

"通俗小説"概念等同於"章回小説"："通俗小説是以淺顯的語言，用符合廣大群衆欣賞習慣與審美趣味的形式，描述人們喜聞樂見的故事的文學作品。……首先，作品的體例格式爲章回體。這一體例格式的最先確立者是《三國演義》與《水滸傳》，後來明清兩代一千多部通俗小説又相繼沿用，因此它們也往往被稱爲章回小説。……這樣，章回體便成了我國明清通俗小説的傳統格式。"①

　　究竟什麽樣的小説是通俗小説呢？劉半農《通俗小説之積極教訓與消極教訓》中將"通俗小説"界説爲"合乎普通人民的，容易理會的，爲普通人民所喜悦所承受的"小説，是"上中下三等社會共有的小説，並不是哲學家科學家交換思想意志的小説，更不是文人學士發牢騷賣本領的小説。若要在中國舊小説中舉出幾個例出來，則《今古奇觀》《七俠五義》《三國演義》等，都是通俗小説；《燕山外史》《花月痕》《聊齋志異》等，都是'發牢騷賣本領'的小説"。劉半農的界説大致是準確的。"通俗小説"的確應擁有上中下社會最廣大的讀者群體，爲普通人民所喜悦所承受，它包括話本小説與章回小説。但由於"五四"新文化運動的歷史背景，我們不難看出劉半農眼裏的"通俗小説"範圍還是有相當的保留，以思想内容而非形式特徵爲取捨標準，將章回小説《花月痕》排斥於通俗小説門外便根據這個標準。但劉半農認爲，"決不可誤會其意，把'通俗小説'看作'文言小説'對待之'白話小説'，——'通俗小説'當用白話撰述，是另一問題"②却不無道理。的確，話本小説與章回小説絶大多數用白話寫出，但不等於通俗小説就是白話小説。白話小説如果不是"合乎普通人民的，容易理會的"，不能爲"普通人民所喜悦所承受"，就稱不上通俗小説。《三國演義》儘管"文不甚深"，但也"言不甚俗"，離白話小説距離還很遠（事實上類似語言風格的章回小説並不在少

---

① 陳大康《明代小説史》，上海文藝出版社2000年版，第106—111頁。
② 《太平洋》第一卷第十號，1918年。

數），但"書成，士君子之好事者，争相謄録，以便觀覽"①，足以證明它的通俗化。劉半農的這一論斷和黄人所論大體吻合。譚正璧《中國文學史大綱》將明人通俗小説分爲三類：神魔故事、人情小説、歷史演義，又稱《三言》《二拍》爲"通俗短篇五大寶庫"，即表明通俗小説既包括章回小説，也包括話本小説。我們認爲，"通俗小説"是一個泛文體概念，是從讀者接受的角度來定義的，對小説的文體形態特徵並没有明確的限定，它並不確指某一種特定的小説文體類型。相對於"章回小説"而言，其外延要寬泛得多。章回小説固然是明清兩朝乃至中國古典小説中通俗小説的主要形式，無論數量還是影響都是最大的，但不能因此就將通俗小説的範圍縮小至章回小説一種，我們可以説章回小説是通俗小説，反過來説就不成立。除章回小説外，話本、彈詞、評書等一切"描述人們喜聞樂見的故事的文學作品"都是通俗小説。

"白話小説"一辭較爲晚出，以此指稱章回小説更是清末民初以來的事情。章回小説大都以白話爲主，這一語體特徵實是秉承話本小説之精髓，就語言通俗而言，二者殊途同歸。莫伯驥《三國志通俗演義跋》云："宋吳自牧《夢粱録》所記之小説人，蓋以口舌摹寫，今所傳之《演義》則以簡牘形容，而其爲用則一也。"② 即是説作爲口頭文學之話本（"以口舌摹寫"）與作爲案頭文學之章回小説（"以簡牘形容"）所用的均是通俗的白話。

20 世紀早期，有人開始從語體角度進行小説分類。1907 年《小説林》第一期《募集小説》廣告，説"本社募集各種……小説，篇幅不論長短，詞句不論文言、白話，格式不論章回、筆記、傳奇"。管達如提出將小説分爲"文言體、白話體、韵文體"三類，並指出"此派（指白話體）多用章回體，猶

---

① （明）庸愚子《三國志通俗演義序》，（明）羅貫中《三國志通俗演義》，上海古籍出版社《古本小説集成》據明嘉靖本影印，第 5 頁。
② 莫伯驥《三國志通俗演義跋》，轉引自丁錫根編《中國歷代小説序跋集》，人民文學出版社1996 年版，第 911 頁。

之文言派多用筆記體也。用此種文字之小説，於中國社會上勢力最大"①。章回小説這一語體特徵，容易導致人們對"白話小説"與"章回小説"兩個概念的混淆，浦江清即認爲"白話小説或稱章回小説，出於説書人所用的底本稱爲'話本'的一種東西"②。將白話小説範圍限於章回小説一體的觀點無疑是片面的，話本或擬話本小説何嘗又不能歸入白話小説一族呢？老伯《曲本小説與白話小説之宜於普通社會》把"白話小説"定義爲："白話小説者，則又於各體小説之外，而利用白話以爲方言之引掖者也。姑無論其爲章回也，爲短篇也，爲箴時與諷世也，要均以白話而見長矣。"③ 是包括章回小説和其他短篇小説的。

根據章回小説篇幅長大之特徵而以"長篇小説"名之者，則是近代以來西學東漸，"以西例律我國小説"的結果。以"長篇小説"之名指稱章回小説之實，或將"章回小説"與"短篇小説"二者對舉，是 20 世紀以來較爲普遍的觀點。耀公《小説發達足以增長人群學問之進步》認爲："及導以小説家之叙事曲折，用筆明暢，無論其爲章回也，爲短篇也，爲傳奇與南音班本也，其人其事，有頓令人心經開豁、腦靈茁發者。"④ 吳宓《評楊振聲〈玉君〉》以爲："就篇幅之長短言之，小説可分三種：（一）短篇小説（Short Story）；（二）小本小説（Novelette）；（三）長篇小説（章回體）（Novel）。"⑤ 而吳曰法《小説家言》更是直接以"長篇小説"稱呼章回小説（"演義"）：

> 小説之流派，衍自三言，而小説之體裁，則尤有別。短篇之小説，取法於《史記》之列傳；長篇之小説，取法於《通鑑》之編年。短篇之

---

① 管達如《説小説》，《小説月報》第三卷第五號，1912 年。
② 浦江清《論小説》，《浦江清文録》，人民文學出版社 1958 年版，第 180 頁。
③ 《中外小説林》第二年第十期，1908 年。
④ 《中外小説林》第二年第一期，1908 年。
⑤ 《學衡》第三十九期，1925 年。

體，斷章取義，則所謂筆記是也；長篇之體，探原竟委，則所謂演義是也。①

　　何謂“長篇小説”？且看下面幾個較有代表性的界説：孫俍工《小説作法講義》以爲“長篇小説是自始至終描寫人物底全體或是一生的一種小説。以量來説，長篇小説底字數通常總在三四萬以上。所以篇幅是擴張的，題材是叙述面面俱到的人生，容載的人物多而描寫詳細，事實複雜往往有許多枝枝葉葉。譬如莫泊三底《一生》，般生底《亞勃沙龍的髮》等，都是描寫薄命羸弱的女子底一生”②。鄭振鐸將中國小説分爲短篇、中篇、長篇，“‘長篇小説’，包括一切的長篇著作，如《西遊記》《紅樓夢》之類。這一類即是所謂 Novel 或 Romance，篇頁都是很長的，有長至一百回、一百二十回，亦有多至二十册、三四十册的”。“長篇最初是講史，後發展成演義，多是一百回到一百二十回”③。陳穆如同樣將小説分爲長篇、中篇、短篇三類，認爲“長篇小説，爲抒寫人生全部最適宜的一種形式，如雨果的《巴黎聖母院》，沙克萊的《紐康傳》等”④。

　　以“長篇小説”概念指稱章回小説，似乎已約定俗成。然“章回小説”與“長篇小説”，畢竟是基於兩種不同語境的界説，儘管二者有其共同之處，但僅僅根據篇幅的長短而在二者之間劃上等號，多少有點不倫不類，勉爲其難。孫俍工以爲字數在三四萬以上即可以稱爲“長篇小説”，這個標準在鄭振鐸那裏恐怕連“中篇小説”的資格都够不上。鄭振鐸認爲八到三十二回之間的小説爲中篇小説，可是《月月小説》編譯部的徵文廣告聲稱：“撰述長篇，

---

①　《小説月報》第六卷第六號，1915 年。
②　俍工《小説作法講義》，上海中華書局 1923 年版，第 200 頁。
③　鄭振鐸《鄭振鐸説俗文學》，上海古籍出版社 2000 年版，第 38、16 頁。
④　陳穆如《小説原理》，世界書局 1932 年版，第 7 頁。

以章回體每部十六回或二十回爲合格。"① 至於陳穆如說的"爲抒寫人生全部
最適宜",實在過於抽象,没有人能够規定"抒寫人生全部"要多長篇幅。究
竟要多長的篇幅才可以稱得上長篇小説,顯然没有、也不可能有統一的標準。
當時即有人指出這一困惑:"小説之篇幅,有長短之殊,人因分之爲長篇小
説、短篇小説。然究竟滿若干字,則可爲長篇? 在若干字以下,則當爲短篇
乎? 苦難得其標準也。但此種形式的分類,殊非必要,竟從俗稱之可矣。"②
的確,僅僅根據篇幅來界説章回小説,實難操作。吴宓雖然意識到不可僅僅
以字數之多、篇幅之長來界説章回小説,加上一條"精整完密的結構特徵",
也算是切中了要害,但將"章回小説"等同於西方的長篇小説,即 novel,仍
然未免附會牽強。中國古代章回小説分回標目、開頭結尾模式化、大量使用
詩詞與韵文以及無處不在的説書人口吻等特徵,是區别於西方國家所謂長篇
小説的主要標志,以"長篇小説"之名指稱"章回小説"之實,無疑忽略了
章回小説最具特色之所在。由是觀之,搬用西方概念的確"殊非必要",不如
"從俗稱之"爲妙。

　　總的説來,在"章回小説"概念被世人廣泛認可並接受之前,上述幾種
稱謂較爲普遍。除此而外,也還有其他稱謂見於史料之中。20 世紀學人多以
"説部"泛稱小説,如幾道、别士《本館附印説部緣起》即以"説部"泛稱以
章回小説爲主體的古典小説;魯迅評價《金瓶梅》爲"同時説部,無以上
之"③,便以"説部"稱呼明代章回小説。以"説部"泛稱古典小説固然體現
了小説地位的提高,但它同時也湮没了章回小説的文體獨特性④。以"奇書"
"才子書"來指稱某些章回小説者更不少見,如"四大奇書""第五才子書"

① 《月月小説》第二年第三期,1908 年。
② 成之《小説叢話》,《中華小説界》第一年第五期,1914 年。
③ 魯迅《中國小説史略》,上海古籍出版社 1998 年版,第 126 頁。
④ 詳見本書《"説部"考》。

等，但“奇書”與“才子書”均不足以稱爲小説文體概念。道理很簡單：命名頗爲隨意，全憑論者個人喜好，缺少客觀有效的標準。

三

以現有史料觀之，“章回”作爲一個詞組首次出現於曹雪芹《紅樓夢》："後因曹雪芹於悼紅軒中披閱十載，增删五次，纂成目録，分出章回，則題曰《金陵十二釵》。"（《紅樓夢》第一回）"纂成目録，分出章回"是曹雪芹在傳統章回小説創作程式影響下的一種自覺的寫作行爲，但其尚未從理論上説明“章回體”的文體特性。光緒三年（1877），尊聞閣主《申報館書目》設立“章回小説類”，收録有《儒林外史》《紅樓夢補》《西遊補》《水滸後傳》《快心編》《林蘭香》等六部章回小説，這或許是第一次明確地將“章回小説”視爲一種小説文體的記載。光緒二十二年，鄒弢《海上塵天影》與王韜《海上塵天影叙》進一步表達了時人對“章回小説”這種文體的認識。鄒弢借小説人物之口表達了自己對章回小説創作的體會，同時也是對“章回體”特徵的感性認識：

　　你要著章回長書，須把各人姓名年貌性情先立一表，然後下筆。自始至終、各人性情，不至兩樣。且章回書不比段説容易立局，須將全書意思貫串，起伏呼應，靈變生動，既不可太即，又不可太離。起頭雖難，做了一二回，便容易了。但書中言語要蘊藉生新，各人各種口氣，所述一切，要與各人暗合，又不可露出實在事迹來。（《海上塵天影》第二章）①

————————

① （清）司香舊尉《海上塵天影》，上海古籍出版社《古本小説集成》據光緒三十年（1904）石印本影印，第14頁。

光緒三十年石印《海上塵天影》

　　王韜在《海上塵天影叙》中兩次提及"章回小書""章回說部":"女史性既聰穎,又喜瀏覽群編,自莊騷班漢以至唐人説部、近時章回小書,靡不過目加以評斷。""歷來章回説部中,《石頭記》以細膩勝,《水滸傳》以粗豪勝,《鏡花緣》以情致勝。"① 在王韜的論述中,已經將章回小説視爲與《莊子》《離騷》《漢書》和唐傳奇等量齊觀的一種文體類型。

　　1900 年,臥讀生在其所作《才子如意緣序》中說:"(《如意緣》)雖僅一十六回,仿章回作,而事迹之離奇,文情之曲突,能使閱者掩卷而思,開卷而笑。"② 臥讀生此處所説的"章回"其實就是"章回體"的意思。

　　① (清)王韜《海上塵天影叙》,上海古籍出版社《古本小説集成》據光緒三十年(1904)石印本影印,第1—2頁。
　　② (清)臥讀生《才子如意緣序》,轉引自丁錫根編《中國歷代小説序跋集》,人民文學出版社1996年版,第1329頁。

　　1903 年，高尚縉《萬國演義序》云：“自隋以來，史志小說家列於子部，其爲體也或縱或橫，寓言十九，可以資談噱……其至於今，則《廣記》《稗海》之屬，庋之高閣，而偏嗜所謂章回小說，凡數十種，種各數十百卷。”①使用的是“章回小說”一辭。

　　1904 年，《小仙源凡例》云：“原書並無節目，譯者自加編次，仿章回體而出以文言，固知不合小說之正格也。”② 不僅有了鮮明的章回小說文體意識，指出了章回小說的某些文體特徵：有回目、以白話爲正格，而且提出了“章回體”概念。

　　“章回體”的産生離不開原有小說文體的支撐與轉化，自其形成之後，又與其他小說文體並存共生。早在 20 世紀開端，就有論者注意到了“章回體”與其他小說文體之間既相傳承又同時並存的關係。較早論及章回小說之文體演變者是別士《小説原理》：

　　　　唐人《霍小玉傳》《劉無雙傳》《步非烟傳》等篇，始就一人一事，紆徐委備，詳其始末，然未有章回也。章回始見於《宣和遺事》，由《宣和遺事》而衍出者爲《水滸傳》（注：元人曲有《水滸記》二卷，未知與傳孰先），由《水滸傳》而衍出者爲《金瓶梅》，由《金瓶梅》而衍出者爲《石頭記》，於是六藝附庸，蔚爲大國，小説遂爲國文之一大支矣。③

　　別士的論述已經涉及由唐人傳奇（《霍小玉傳》等）到宋元話本（《宣和遺事》等）再到明清章回小說（《水滸傳》等）這麼一個古代小說文體演變的

---

① （清）高尚縉《萬國演義序》，（清）沈惟賢編《萬國演義》，光緒二十九年（1903）上賢齋藏版，第1頁。
② 《綉像小說》第三號，1903 年。
③ 同上。

大致過程。俞佩蘭在《〈女獄花〉序》中説"中國舊時之小説，有章回體，有
傳奇體，有彈詞體，有志傳體。……近時之小説，思想可謂有進步矣，然議
論多而事實少，不合小説體裁，文人學士鄙之夷之"①，同樣歸納了舊時小説
文體的幾種類型，並指出了小説以叙事爲主的美學特徵。而第一次以小説史
的視角，試圖全面梳理中國古代小説文體演變過程者見於天僇生《中國歷代
小説史論》：

> 　　自黄帝藏書小酉之山，是爲小説之起點。此後數千年，作者代興，
> 其體亦屢變。晰而言之，則記事之體盛於唐……雜記之體興於宋……戲
> 劇之體昌於元……章回、彈詞之體行於明、清。章回體以施耐庵之《水
> 滸傳》爲先聲，彈詞體以楊升庵之《廿一史彈詞》爲最古。數百年來，
> 厥體大盛，以《紅樓夢》《天雨花》二書爲代表。②

　　據今天的小説文體類型看來，天僇生的概括當然不盡準確，但這種梳理
中國古代小説文體演變史的歷時文體觀却是難能可貴的，"章回體"的産生、
成熟、定型離不開中國古代小説文體演變的歷史環境。
　　前文提及小説林社將小説按語體分爲文言與白話，按文體分爲章回體、
筆記體、傳奇體是相當準確的③，同時也表明了中國古代諸種小説文體之間同
時並存的歷史事實。
　　1930 年，鄭振鐸《中國文學的分類及其演化的趨勢》將中國小説分爲筆
記小説、傳奇小説、評話小説以及"佳人才子書"的中篇小説與章回體的長

---

① 1904 年泉唐羅氏藏板《女獄花》。
② 天僇生《中國歷代小説史論》，《月月小説》第一年第十一號，1907 年。
③ 以其外在形式特徵相似的原因，20 世紀早期的學人大多未能區分"話本體"與"章回體"，
如王國維、胡適、胡行之、黄人等便以《宣和遺事》《取經詩話》等長篇話本爲章回小説。

篇小説五種類型，分類標準側重於小説的語言與篇幅①。

　　1937 年，施蟄存《小説中的對話》首次將中國古代小説文體歸納爲四種類型——筆記體、傳奇體、話本體、章回體，並清晰地勾勒出這四種小説文體類型之間的演進軌迹：

　　　　我國古來的所謂小説，最早的大都是以隨筆的形式叙説一個尖新故事，其後是唐人所作篇幅較長的傳奇文，再後的宋人話本，再後才是宏篇巨帙的章回小説。在這樣的發展過程中，小説的故事是由簡單而變爲繁複，或由一個而變爲層出不窮的多個；小説的文體也由素樸的叙述而變爲絢艷的描寫。而小説中人物對話之記録，也因爲小説作者需要加强其描寫之效能而被利用了。②

　　在施蟄存的論述中，從最早的筆記體到最後的章回體，其流變過程已經昭然若揭。在論及小説中對話能否增加描寫的效能時，施蟄存追問道："到底他們（按：指受西方影響大量運用對話的小説）比章回體、話本體、傳奇體甚至筆記體的小説能多給讀者多少好處呢？"明確排比出了中國古代小説文體的四種類型。如今這種小説文體分類觀已爲後人普遍接受："古代小説可以按篇幅、結構、語言表達方式、流傳方式等文體特徵，分爲筆記體、傳奇體、話本體、章回體等四種文體。"③ 這四種小説文體既是平面的小説文體類型，同時又大致體現了中國古代小説文體的演變過程。

　　至此，"章回體"作爲中國古代小説文體類型之一，其名與實之間的對應關係基本確定。

---

① 載 1930 年 1 月《學生雜誌》第 17 卷第 1 號。
② 載 1937 年 4 月 16 日《宇宙風》第 39 期。
③ 孫遜、潘建國《傳奇文體考辨》，《文學遺產》1999 年第 6 期。

四

在章回小説的發展過程中，名不符實的尷尬持續了五六百年。直至 20 世紀初期，人們拈出"章回小説"一辭，章回小説才有了最切合自己身份的名字。隨著小説理論的逐漸發達，"章回小説"概念日益深入人心，在文字的表述上也由最初的"章回"，發展到"章回小説"，進而發展到"章回體"，文體意識逐漸强化，對章回小説文體特徵的描述也由感性的認識逐漸上升到理論的高度，"章回體"作爲中國古代小説文體概念被確定之後，有人開始試圖給這種文體一個準確的界説，從近乎主觀感悟式的描述發展到學理層面上的科學定義，基本上反映了百年來人們對章回小説的認識過程。

管達如《小説小話》按體制將小説分爲"筆記體"與"章回體"二類，對"章回體"的界説是：

> 此體之所以異於筆記體者，以其篇幅甚長，書中所叙之事實極多，亦極複雜，而均須首尾聯貫，合成一事，故其著作之難，實倍蓰於筆記體。然其趣味之濃深，感人之力之偉大，亦倍蓰之而未有已焉。蓋小説之所以感人者在詳，必於纖悉細故，描繪靡遺，然後能使其所叙之事，躍然紙上，而讀者且身入其中而與之俱化。而描寫之能否入微，則於其所用之體制，重有關係焉。此章回體之小説，所以在小説界占主要之位置也。凡用白話及彈詞體之小説，多屬此種。即傳奇，實亦屬於此類。[①]

以今天的眼光看來，管達如的"章回體"界説並不科學與嚴格。他擴大

---

① 載《月月小説》第三卷第五號，1912 年。

了“章回體”小説的範圍，將“傳奇體”小説以及“彈詞”等文體形式均囊括在内，因而忽略了“分章分回”這一“章回體”小説獨具特色的文體特徵；作爲一個定義，其表述亦有失準確與嚴密。但這畢竟是我國文學史上第一次定義“章回體”概念的勇敢嘗試。他從篇幅、語體、叙述方式等形式而非思想内容層面區分“章回體”與“筆記體”，這種思路與模式亦爲後人所仿效。尤爲可貴的是，管達如敏鋭地觀察到了“章回體”小説在故事情節層面的一個本質特徵，即儘管小説所叙述的事實“極多、亦極複雜”，故事情節“須首尾聯貫，合成一事”，這一點正是區分“章回體”小説與短篇故事集的關鍵。明清兩朝有許多話本小説集形式上均分回標目，也有模式化的開頭與結尾，很容易使人誤認爲“章回體”小説，如《明鏡公案》一類的公案小説。但其故事情節並不聯貫統一，各回大都有自己獨立的情節與人物，故祇能稱其爲短篇小説集而不能稱爲“章回體”小説。要之，分章分回（或分則、分節）僅僅是構成“章回體”小説的必要條件而非充分條件。《中國文學大辭典》①將《明鏡公案》《七十二朝人物演義》等稱爲“白話短篇小説集”，將《玉嬌李》等稱爲“長篇小説”，便因爲前者名爲一書，實是不同小説的集合；後者並未分出章回，當然不可稱爲“章回小説”。

相對而言，蔣祖怡關於章回小説的定義更爲簡要，也更接近現代意義的“章回小説”概念：“章回小説，在形式上是長篇巨制，而承話本之舊，能以説話上的口頭語插入文章，並且分成回目。將這一章故事的重心，縮成相對的兩聯，冠於篇首。”② 已經從篇幅、語體、回目設置以及文體源流諸方面綜合考察章回小説的特點。

“章回小説”概念得以確立之前的各種稱謂或者借用於其他小説文體，或者取自西方小説觀念。這些稱謂雖然不能完全切合章回小説的文體特點，却

---

① 錢仲聯主編《中國文學大辭典》，上海辭書出版社 2000 年版。
② 蔣祖怡《小説纂要》，正中書局 1948 年版，第 172 頁。

也多少符合章回小説的某些局部特徵。"演義"（"演義小説""通俗演義"）、"平話"（"評話""平話小説"）、"傳奇"（"傳奇小説"）、"詞話"、"通俗小説"、"白話小説"、"長篇小説"等概念衹能説具有某些與"章回小説"概念外延相同的成分，各自切合章回小説文體特徵的某一方面，但都不全面，如果以之來命名章回小説，均存在一定的片面性。一個完整、準確的"章回小説"定義應該包涵了上述各種概念中的相應部分：或許可以取"白話小説"之白話語體特徵，"長篇小説"之篇幅長大、首尾聯貫特徵，"演義""通俗小説"之内容通俗、語言明白曉暢特徵，"詞話"之用於説唱、多詩詞韵文的特徵，"傳奇"叙述委曲詳盡、描寫鋪采驪陳的創作特徵，再加上"平話"獨特的分回標目等説話藝術特徵。我們認爲，嚴格的"章回小説"定義，既要能涵蓋其外在的文體特徵，又要能體現其作爲一種小説文體内在的本質規定性，界定如何表述並不重要，它應該包括以下内容：篇幅較爲長大，行文上有分回（節、則）的表現，有能概括各叙事單元内容的回目（節目或則目）；至少有一條貫串到底的情節主綫，不管小説中人物、事件的數量幾何，其情節是連貫統一的，而非衆多短篇小説的綴集；語言通俗曉暢，能爲廣大讀者所接受，以書面語爲主體，並非口頭説書的文字記録，但又多少保留了口頭説書的痕迹。

綜上所述，"章回小説"稱謂的變化反映了一種特定文體形成之後讀者的接受與人們觀念的變遷過程。中國古代的小説理論與創作實踐總是不能同步，章回小説的理論更是落後幾百年。創作既然是在原有文體基礎上的繁衍與生發，理論也離不開對原有成果的繼承與發展，因此在沒有找到最能切合章回小説文體特徵的稱謂之前，借用已有現成的稱謂也是很自然的事情。對於這種現象，浦江清有著合理的解釋："文學上的名詞的意義隨著時代的推移和文學的演化或發展而改變。現代中國文學正在歐化的過程中，新舊共同的名詞，老的意義漸漸被人遺忘，而新的定義將成爲定論。……中國文學史的研究，在這過渡的時代裏，不免依違於中西、新舊幾個不同的標準，而各人有各人的見解和看法。"① "章回體"稱謂的變化與發展，也體現了中國文學觀念與時俱化的過程。

【相關閱讀】

1. 羅書華《章回小説的命名與前稱》，《明清小説研究》1999 年第 2 期。

2. 羅書華《章回小説之"章回"考察》，《齊魯學刊》1999 年第 6 期。

---

① 　浦江清《論小説》，《浦江清文録》，人民文學出版社 1958 年版，第 180 頁。

"説部"考

　　"説部"一辭，學界一般認爲即"小説"的同義詞，並形成了視"説部"即"小説"之"部"的認識觀念與研究格局。然考諸史料，"説部"之稱謂肇始於明代，延續於清中晚期，早期的"説部"概念無論内涵還是外延均與今天的"小説"相去甚遠，"説部"最終成爲小説的同義詞，是近現代以來小説地位提升的結果。通過考索"説部"源流，辨析其在不同語境中意義的轉換，可以清晰地顯示一條從"説"到"小説"再到"説部"的演進軌迹。本文擬以具體文本爲基礎，剖析"説部"體例，探索"説"之語源，闡述"説部"流别，最終考察從"説部"到"小説"的轉換過程。

一

　　"説部"體例，一般認爲肇始於西漢劉向《説苑》與南朝宋劉義慶《世説新語》，清人計東《説鈴序》云："説部之體，始於劉中壘之《説苑》、臨川王之《世説》，至《説郛》所載，體不一家。而近代如《談藝録》《菽園雜記》《水東日記》《宛委餘編》諸書，最著者不下數十家，然或摭據昔人著述，恣爲褒刺，或指斥傳聞見聞之事，意爲毁譽，求之古人多識蓄德之指亦少盭矣。"① "説部"一辭則首見於明王世貞《弇州四部稿》，一百七十四卷，較早有

---

① （清）計東《説鈴序》，（清）汪琬《説鈴》，光緒五年文富堂刊本。

萬曆五年（1577）王氏世經堂家刻本。所謂“四部”者，即《賦部》《詩部》《文部》《説部》，與傳統目録學之“經”“史”“子”“集”四部殊不相類。王氏《説部》著録凡七種，即《劄記内編》《劄記外編》《左逸》《短長》《藝苑厄言》《厄言附録》《宛委餘編》。又明鄒迪光所撰《文府滑稽》，十二卷，卷一至卷八爲《文部》，卷九至卷十二爲《説部》，較早有萬曆三十七年鄒同光刻本。宣統二年（1910），王文濡、沈粹芬、黄摩西、張蕚生等人發起，“仿《説薈》《説海》《説郛》《説鈴》《朝野彙編》之例，彙而集之，俾成巨帙”①，於國學扶輪社編輯出版《古今説部叢書》，十集六十册。從《説苑》到《古今説部叢書》，横亘近兩千年歷史，通過分析《説苑》《世説新語》、王氏《説部》、鄒氏《説部》與《古今説部叢書》的編纂體例，能够比較完整地反映古代“説部”的真實面目，故不憚煩瑣，叙録各書如下：

《説苑》乃劉向校書秘閣時，整理館藏《説苑雜事》一書而成，《漢書·藝文志》“諸子略”“儒家類”著録。劉向《説苑序》云：“（向）所校中書《説苑雜事》及臣向書民間書，誣校讎。其事類衆多，章句相溷，或上下謬亂，難分別次序，除去與《新序》復重者，其餘者淺薄不中義理，別集以爲《百家》。後令以類相從，一一條別篇目，更以造新事十萬言以上，凡二十篇，七百八十四章，號曰《新苑》，皆可觀。”②録其篇目，依次爲“君道”“臣術”“建本”“立節”“貴德”“復恩”“政理”“尊賢”“正諫”“敬慎”“善説”“奉使”“權謀”“至公”“指武”“叢談”“雜言”“辨物”“修文”“反質”，凡二十類。

《世説新語》，《隋志》及新、舊《唐志》皆著録於“小説類”，八卷；今世所傳本皆三卷。篇目如下：（上卷）“德行”“言語”“政事”“文學”；（中卷）“方正”“雅量”“識鑒”“賞譽”“品藻”“規箴”“捷悟”“夙惠”“豪爽”；

---

①　王文濡《古今説部叢書序》，國學扶輪社校輯，1915年第2版。

②　（漢）劉向《説苑序》，《説苑》（《四部備要》本），上海中華書局據明刻本校刊。

（下卷）"容止""自新""企羨""傷逝""棲逸""賢媛""術解""巧藝""寵禮""任誕""簡傲""排調""輕詆""假譎""黜免""儉嗇""汰侈""忿狷""讒險""尤悔""紕漏""惑溺""仇隙"，凡三十六類①。

　　王氏《説部》所録七種，就內容而言實可分爲四類。《劄記》內、外篇乃作者所傳經、史之隨感録，其小序云："卧痾齋室，無書史遊目，因取柿葉，得輒書之，凡百餘則。分爲內、外篇，其內多傳經，外多傳史。"②《左逸》或爲《左傳》逸文，或爲後人僞托，其小序云："嶧陽之梧，爨樵者窮其根，獲石篋焉，以爲伏藏物也。出之，有竹簡，漆書古文，即《左氏傳》。讀之，中有小抵牾者凡三十五則，余得而録。或曰其指正正非左氏指也，或曰秦漢人所傳而托也。余不能辨，聊以辭而已。"③《短長》乃後人僞托之《戰國策》逸文，小序云："耕於齊之野者，地墳得大篆

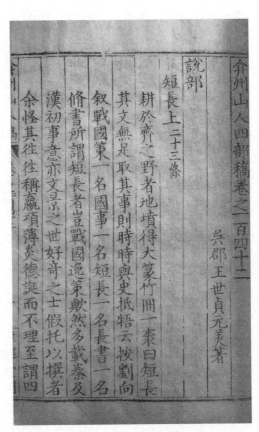

明萬曆五年世經堂刻本
王世貞《弇州山人四部稿》

竹册一帙，曰《短長》，其文無足取，其事則時時與史抵牾云。按劉向叙《戰國策》，一名《國事》，一名《短長》，一名《長書》，一名《修書》，所謂短長

————————

　　①　（南朝宋）劉義慶《世説新語》，上海古籍出版社1982年版。
　　②　（明）王世貞《弇州四部稿·説部》卷一百三十九"劄記"，臺灣商務印書館景印文淵閣《四庫全書》第1281册，第282頁。
　　③　（明）王世貞《弇州四部稿·説部》卷一百四十一"左逸"，同上，第305頁。

者豈戰國逸策歟？然多載秦及漢初事，意亦文景之世，好奇之士假托以撰者。……因録之以佐稗官。一種，凡四十則。"①《藝苑巵言》《巵言附録》《苑委餘編》三種乃詩文評，《藝苑巵言》小序云："余讀徐昌穀《談藝録》，嘗高其持論矣，獨怪不及近體，伏習者之無門也。……以暑謝吏杜門，無齋書足讀，乃取掌大薄蹏，有得輒筆之，投籧箱中，浹月，籧箱幾滿已。……稍爲之次而録之，合六卷，凡論詩者十之七，文十之三。余所以欲爲一家言者，以補三氏之未備者而已。"②

鄒氏《説部》，卷九收録莊子《魍魎問景説》《許由逃堯説》《莊子過魏王》等，列子《呂梁説》《魏人説》《牧羊説》等，子華子《元説》《目奚足信説》《貌説》等，吕子《重己説》，淳于髡《獻鵠説》；卷十收録《戰國策》之《鄒忌諷齊王納諫》《淳于髡説齊王止伐魏》《客諫孟嘗君》《江乙論昭奚恤》《蘇代對燕王》等，《韓非子》之《侏儒説衛靈公》《匡倩對齊宣王》《叔向師曠論齊桓》《西門豹》《炮人喻晉平公》《惠子善譬》等；卷十一收録劉向《鄒忌應淳于髡》《西閭過喻船人》《師曠諫晉平公》等；卷十二收録柳宗元《天説》《捕蛇者説》，來鵠《儉不至説》、李翶《國馬説》、蘇洵《名二子説》、柳宗元《愚谿對》、張羽《筆對》、陳黯《辯謀》、崔祐甫《原鬼》、盛均《人旱解》、李華《言醫》、元結《出規》、蘇軾《御風辭》、劉伶《酒德頌》、白居易《酒功贊》、唐子西《古硯銘》、吳筠《移江神檄》、袁淑《會稽公九錫文》、雅禪師《禪本草》等③。

《古今説部叢書》卷帙浩繁，包羅萬象。王文濡《序》云："要皆文辭典雅，卓有可傳，上而帝略、官制、朝政、宮闈以及天文、地輿、人物，一切可驚可愕之事，靡不具載，可以索幽隱、考正誤，佐史乘所未備。或廖廖短

---

① （明）王世貞《弇州四部稿·説部》卷一百四十二"短長"，臺灣商務印書館景印文淵閣《四庫全書》第 1281 册，第 317 頁。
② （明）王世貞《弇州四部稿·説部》卷一百四十四"藝苑巵言"，同上，第 341 頁。
③ （明）鄒迪光《文府滑稽》，《四庫全書存目叢書》集部第 322 册，齊魯書社 1997 年版。

章，微言隽永；或連篇成帙，駢偶兼長。就文體而論，亦覺無乎不備。"① 僅以第一集爲例。全書分"史乘""博物""風俗""怪異""文藝""清供""游戲""游記""雜志"，凡九類。"史乘"收録漢應劭《漢官儀》、晉司馬彪《九州春秋》、唐李德裕《次柳氏舊聞》、宋江少虞《皇朝類苑》、宋吴枋《宜齋野乘》等，"博物"收録越范蠡《養魚經》、晉王嘉《拾遺名山記》、清錢霖《黔西古迹考》等，"風俗"收録宋朱輔《蠻溪叢笑》、清鈕琇《廣東月令》等，"怪異"收録晉陸機《陸機要覽》、唐李玖《異聞實録》、宋吴淑《江淮異人録》等，"文藝"收録宋韋居安《梅瀾詩話》，明程羽文《詩本事》，清陸次雲《山林經籍策》、清鈕琇《竹連珠》等，"清供"收録宋虞悰《食珍録》、清施清《芸窗雅事》、清成性《選石記》、清張蓋《仿園酒評》，"游戲"收録清尤侗《病約三章》、清黄周星《小半斤謡》、清李式玉《四十張紙牌説》等，"游記"收録清韓則愈《五岳約》，"雜志"收録漢桓譚《新論》、晉裴啓《語林》、唐闕名《商芸小説》、宋龐元莫《談籔》等。其中"清供"所收施清《芸窗雅事》皆爲短小詞條，如"溪下操琴""聽松濤鳥韵""法名人畫片""調雀""試泉茶"等二十一種"雅事"。

至此，我們對"説部"體例已有大致了解。"説部"之編纂，或摭拾前人著述，或自主創新，要之，皆"以類相從，一一條别篇目"，裒集成篇。從内容來看，幾乎無所不包，既可記載人物言行，逸聞趣事，也可考證山川物理，名勝古迹；既可著録皇朝典故，名家名著，也可傳録閭巷舊聞，野乘瑣語；既有香茗珍釀，美味佳肴，也有琴棋書畫，鳥木蟲魚。從體裁來看，"亦覺無乎不備"，有傳、記、説、論、議、諫、對、辨、原、解、規、辭、贊、頌、銘、檄、喻、表、謡、九錫文、詩文評等等，可叙事、議論、説明，手法自由；有恢宏巨帙、片言隻語，形態各異。由是觀之，"説部"絕非某種單一文

體，而是衆多文章、文體、文類之匯聚。"部"有"門類、類别"義，"説部"即"説"之門類或類别。① 既然如此，爲何以"説"名之？將衆多内容、手法、體裁各異之文匯集成部，其間究竟有無共通之點？下文將從"説部"之"説"入手，探索"説部"淵源，並分析其流别。

二

《説文解字》云："説，釋也。"② 清桂馥《説文解字義證》云："説，釋也者。《易·小畜》釋文引作'説，解也'。《廣雅》：'解説也。'……《周易》有'説卦'，《莊子》有'説劍'，《韓非子》有'説難''説林'，《吕氏春秋·勸學篇》：'凡説者，兑之也，非説之也，今世之説者，多弗能兑而反説之。'……《文心雕龍·論説篇》：'説者悦也，兑爲口舌，故言咨悦懌。'"③ 故"説"之本義爲"解釋、説明"，《論語·八佾》："子聞之曰：成事不説。"何晏《集解》引包咸注曰："事已成，不可復解説。"④ 可引申爲"講述、叙説"，《易·咸》："《象》曰：'咸其輔頰舌。'滕口説也。"高亨注："滕口説，謂翻騰其口談，即所謂'口若懸河'。"⑤ 作爲名詞，"説"還可由"講述、叙説"引申爲"話語"。《書·舜典》云："帝曰：'龍！朕聖讒説殄説，震驚朕師！'"孔穎達疏云："帝呼龍曰：我憎疾人爲讒佞之説，絶君子之行，而動驚我衆。"⑥ "話語"又可進一步引申爲"故事"，如唐盧言《盧氏雜説》所記皆晉宋以來文人官僚故事。

---

① 從這個意義去理解，則先秦韓非子《説林》與《儲説》更有資格成爲"説部"始祖，"林"與"儲"在這裏有"以類相從"之意，與"部"大體相當。

② （漢）許慎《説文解字》，中華書局1963年版，第53頁。

③ （清）桂馥《説文解字義證》，上海古籍出版社1987年版，第199頁。

④ （清）阮元校刻《十三經注疏·論語注疏》，中華書局1980年版，第2468頁。

⑤ 高亨《周易大傳今注》，齊魯書社1979年版，第294頁。

⑥ （清）阮元校刻《十三經注疏·尚書正義》，中華書局1980年版，第132頁。

由"説"之諸義衍生出論説體與叙事體等文體。其論説體中最爲典型者乃"説"體，或闡述道理，或考辨名物。元王構曰："正是非而著之者，説也。"[①] 明吳訥云："按説者，釋也，述也，解釋義理而以己意述之也。説之名，起自吾夫子之《説卦》，厥後漢許慎著《説文》，蓋亦祖述其名而爲之辭也。"[②] "説"體之文，往往兼具叙事與論説，秖不過以論説爲目的，叙事爲手段。晉陸機《文賦》曰："奏平徹以閑雅，説煒曄而譎誑。"李善注曰："説以感動爲先，故煒曄譎誑。"方廷珪注曰："説者，即一物而説明其故，忌鄙俗，故須煒曄。煒曄，明顯也。動人之聽，忌直致，故須譎誑。譎誑，恢諧也。解人之頤，如淳于髡之笑，而冠纓絶；東方朔之割肉，自數其美也。"[③] 義理抽象，借助形象具體的故事就容易感發人心，因此先秦諸子"説"體散文，大都寓理於事，借事喻理，雖爲論説體，却兼具叙事體特徵，其叙事部分頗具今天的小説意味。如鄒氏《説部》卷十所收《戰國策》之《淳于髡説齊王止伐魏》：

> 齊欲伐魏，淳于髡謂齊王曰："韓子盧者，天下之疾犬也；東郭逡者，海内之狡兔也。韓子盧逐東郭逡，環山者三，騰山者五，兔極於前，犬廢於後。犬兔俱疲，各死其處。田父見之，無勞倦之苦，而擅其功。今齊魏久相持，以頓其兵，散其衆，臣恐强秦大楚承其後，有田父之功。"齊王懼，謝將休士。

淳于髡的説辭中，"疾犬與狡兔"一節即屬叙事。因此有論者甚至認爲先秦時期存在叙述歷史故事與民間傳説的"説"體叙事文，並影響到後世史傳、寓

---

① （元）王構《修辭鑒衡》，王雲五主編《叢書集成初編》，商務印書館 1937 年版，第 27 頁。
② （明）吳訥《文章辨體序説》，于北山校點，人民文學出版社 1962 年版，第 43 頁。
③ （晉）陸機撰，張少康集釋《文賦集釋》，上海古籍出版社 1984 年版，第 85 頁。

言與小説等叙事藝術的發展①。"説"體流變，近代人姚華闡述甚詳：

　　説盛於戰國，殷、周故事，相傳諸説（伊尹説湯、呂尚説文王之類），皆戰國時筆。沿至漢、魏，餘風未泯，史籍所書，往往而有（杜欽説王鳳、杜鄴説王音王商、董崇説寇恂、鄭興説更始隗囂、袁涣説曹操、沮授説袁紹之類）。口説曰説，書説亦曰説。書説之體，本近上書，奏議類也。至於私説，亦統於論著，韓非《儲説》、墨子《經説》，並造其端，賈誼（《説積貯》見《漢書‧食貨志》）、劉向（《五紀説》見《宋書‧天文志》）、曹植（《髑髏説》見《藝文類聚》十七）、陸績（《渾天儀説》見《開元占經》一又二，《御覽》十七）、王蕃（《渾天象説》見《晉》《宋》《隋》三書《天文志》）之徒，接踵而起。而《易》有《説卦傳》，秦延君説"粵若稽古"至三萬餘言（桓譚《新論》），匡鼎以説"詩"名，許君以説"文"著，凡此之屬，不絶於史，則又流於傳記矣。②

　　明徐師曾認爲，"（説）要之傳於經義，而更出己見，縱橫抑揚，以詳贍爲上而已；與論無大異也。"③ 就以己意闡述義理而言，"説"不但與"論"無大異，且與"議""辨""傳""諫""規""贊""評"等論説體皆相類似，作者爲闡釋道理，明辨事物，讓讀者（聽者）易於並且樂於接受，往往踵事增華，借助寓言或比喻，力求論説的通俗化。《文心雕龍‧論説》云：

　　詳觀論體，條流多品：陳政則與議説合契，釋經則與傳注參體，辨史

---

① 廖群《"説""傳""語"：先秦"説體"考索》，《文學遺產》2006 年第 6 期，第 28—36 頁。
② 姚華《論文後編》，舒蕪、周紹良等編選《中國近代文論選》，人民文學出版社 1959 年版，第 654 頁。
③ （明）徐師曾《文體明辨序説》，羅根澤校點，人民文學出版社 1962 年版，第 132 頁。

則與贊評齊行，銓文則與敘引共紀（集釋：《説文》："論，議也。"《廣雅·釋詁二》："説，論也。"詳本篇及《議對篇》，毛公注《詩》，安國注《書》，皆成爲傳，傳即注也。賈逵曰："論，釋也。"《漢書》曰贊，《後漢書》曰論，《三國志》曰評，其實一也。銓當作詮。《淮南書》有詮言訓，高注曰："詮，就也。"詮言者，謂譬類人事，相解喻也）。故議者宜言，説者説語，傳者轉師，注者主解，贊者明意，評者平理，序者次事，引者胤辭：八名區分，一揆宗論。論也者，彌綸群言，而研精一理者也。①

鄒氏《説部》遍選"論""議""辨""原"等諸多論説體而入"説部"中，原因也在於此。

除了泛指論説體，"説"還專指解説經文，並出現了專門的"説書"體。《漢書·叙傳上》云："時上方鄉學，鄭寬中、張禹朝夕入説《尚書》《論語》於金華殿中，詔伯受焉。"② 清俞樾《茶香室叢鈔》"先進於禮樂蘇子瞻説"條云："後儒説《論語》，亦無引蘇氏此説者。"③ 明徐師曾《文體明辨》收録"説書"體，其小序云：

　　按説書者，儒臣進講之詞也。人主好學，則觀覽經史，而儒臣因説其義以進之，謂之説書。然諸集不載，唯《蘇文忠公集》有《邇英進讀》數條。而《文鑑》取以爲説書，題與篇首有問對字，蓋被顧問而答之之詞。今讀其詞，大抵皆文士之作，而於經史大義，無甚發明，不知當時説書之體，果然乎否也？及觀《王十朋集》，似稍不同，然亦不能敷陳大

① （梁）劉勰撰，范文瀾注《文心雕龍注》，人民文學出版社 1978 年版，第 330—331 頁。
② （漢）班固《漢書》卷一百《叙傳》第七十上，中華書局 2005 年版，第 3080 頁。
③ （清）俞樾《茶香室叢鈔》，中華書局 1995 年版，第 52 頁。

義。故今仍《文鑑》録之，聊備一體云耳。今制：經筵進講，亦有講章，首列訓詁，次陳大義，而以規諷終焉。欲其易曉，故篇首多用俗語，與此類所載者夐異，以爲有益學者，宜別求之。①

儒臣爲人主講説經史，"首列訓詁，次陳大義，而以規諷終焉"，"欲其易曉，故篇首多用俗語"，這個過程實即對經史的通俗化叙述並以己意闡釋義理，亦即"演義"。"演義"分爲"演言"與"演事"兩個系統，"演言"是對義理的通俗化闡釋，"演事"是對正史及現實人物故事的通俗化叙述。小説家"據國史演爲通俗"，遂成爲歷史演義一派；"演義"推而廣之，遂成爲通俗小説創作的重要手法。當"説書"場所從宮廷轉換成民間，當説書内容從經史轉換成故事，當説書者從名儒大臣轉換爲下層文人，當聽衆從人主轉換成市井百姓，"説書"便演變爲"説話"，"話"即故事，"説"便成爲叙事體。宋羅燁《醉翁談録》云："小説者流，出於機戒之官，遂分百官記録之司。由是有説者縱橫四海，馳騁百家。以上古隱奧之文章，爲今日分明之議論。或名演史，或謂合生，或稱舌耕，或作挑閃，皆有所據，不敢謬言。……試將便眼之流傳，略爲從頭而敷演。得其興廢，謹按史書；誇此功名，總依故事。"②

詩文評兼具論説體與叙事體二者之長，論者闡述作詩旨意時往往叙及詩之本事，因此人們常視詩文評爲"説部"，王氏《説部》中《藝苑巵言》《巵言附録》《苑委餘談》皆收録詩文評類，《古今説部叢書》"文藝"類亦收録宋韋居安《梅磵詩話》、明程羽文《詩本事》等詩話。《四庫全書總目》"詩文評類"小序云："……至皎然《詩式》，備陳法律；孟棨《本事詩》，旁採故實；劉攽《中山詩話》、歐陽修《六一詩話》，又體兼説部。"③ 又云《浩然齋雅

---

① （明）徐師曾《文體明辨序説》，羅根澤校點，人民文學出版社 1962 年版，第 140 頁。
② （宋）羅燁《醉翁談録》甲集卷一《舌耕叙引》，古典文學出版社 1957 年版，第 2 頁。
③ （清）永瑢等《四庫全書總目》卷一九五，集部四十八，中華書局 1965 年版，第 1779 頁。

談》"體類説部，所載實皆詩文評"①，《漁洋詩話》"名爲詩話，實兼説部之
體"②。有時甚至直接稱詩話爲説部："又宋時説部諸家如胡仔《苕溪漁隱叢
話》、蔡夢弼《草堂詩話》、魏慶之《詩人玉屑》之類，多有徵引《藝苑雌黄》
之文。"③詩話與説部之淵源，清章學誠闡述甚詳：

　　唐人詩話，初本論詩，自孟棨《本事詩》出，乃使人知國史叙詩之
意；而好事者踵而廣之，則詩話而通於史部之傳記矣。間或詮釋名物，
則詩話而通於經部之小學矣。或泛述聞見，則詩話而通於子部之雜家矣。
雖書旨不一其端，而大略不出論辭論事，推作者之志，期於詩教有益而
已矣。……詩話説部之末流，糾紛而不可犁別，學術不明，而人心風俗
或因之而受其敝矣。④

　　章學誠抓住詩話"叙述歷史""詮釋名物""泛述聞見"三個方面的内容，
與傳記、小學、雜家等學術派别類比，指出了詩話"論辭論事"的本質屬性。
以《古今説部叢書》爲例，其"史乘"類即"叙述歷史"，"博物"類即"詮
釋名物"，至於"泛述聞見"者，則有"風俗""怪異""游記""雜志"等類
可比，《四庫全書總目》稱詩文評類"體兼説部"，並非妄談。

　　"説部"之中，數量最多、影響最大者當屬筆記，或稱隨筆、劄記等。筆
記既可指一種以隨筆形式記録見聞雜感的文體形式，也可指由一條條相對獨
立的札記彙集而成的著述體式⑤。作爲文體形式，筆記具有極大的靈活性與隨
意性，不拘風格，不限篇幅，作者的所見所聞所感，可信手拈來，隨筆録之，

①　(清)永瑢等《四庫全書總目》卷一九五，集部四十八，中華書局 1965 年版，第 1790 頁。
②　(清)永瑢等《四庫全書總目》卷一九六，集部四十九，中華書局 1965 年版，第 1793 頁。
③　(清)永瑢等《四庫全書總目》卷一九七，集部五十，中華書局 1965 年版，第 1798 頁。
④　(清)章學誠著，葉瑛校注《文史通義校注》，中華書局 1985 年版，第 559—560 頁。
⑤　參陶敏、劉再華《"筆記小説"與筆記研究》，《文學遺産》2003 年第 2 期。

如明王世貞《説部》"劄記"小序所言"卧痾齋室，無書史遊目，因取柿葉，得輒書之"。作爲著述體式，筆記包羅萬象，内容宏富，如宋李瀚《容齋隨筆舊序》所言"搜悉異聞，考覈經史，捃拾典故，值言之最者必札之，遇事之奇者必摘之，雖詩詞、文翰、曆讖、卜醫，鈎纂不遺"①。大體而言，筆記可分爲史料性、學術性與故事性三種類型。史料性筆記雖然内容瑣碎駁雜，但所記或爲正史所避諱者，或爲正史所不屑者，或爲正史所不及者，人們常以"稗史"目之，可爲正史之助②。學術性筆記爲作者研究文藝、考辨名物的學術紀録，雖然大都是有感而發，不成體系，却往往有真知灼見存焉。王世貞《藝苑巵言》小序自稱"欲爲一家言"，明屠隆譽之甚高，稱"讀《藝苑巵言》，辨博哉！如涉太湖雲夢焉"③。宋葉大慶《考古質疑》專事考據之學，《四庫全書總目》評曰："其書上自六經諸史，下逮宋世著述諸名家，各爲抉摘其疑義，考證詳明，類多前人所未發。其有徵引古書及疏通互證之處，則各於本文之下用夾注以明之，體例尤爲詳悉，在南宋説部之中，可無愧淹通之目。"④故事性筆記，因其具備人物與一定的故事情節，與現代意義的小説概念接近而被後人稱爲筆記小説。劉葉秋先生《歷代筆記概述》將古代筆記分爲小説故事類、歷史瑣聞類和考據辨證類三類，認爲小説故事類即後人所説的筆記小説。他説："這裏的第一類，即所謂'筆記小説'，内容主要是情節簡單，篇幅短小的故事，其中有的故事略具短篇小説的規模。二三兩類則……只能算作'筆記'，不宜稱爲'筆記小説'。"⑤吴禮權先生《中國筆記小説史·導論》也認爲筆記小説"就是指那些鋪寫故事、以人物爲中心而又較有情節結構的筆記作品"⑥。

---

① （宋）洪邁《容齋隨筆》，上海古籍出版社1978年版，第1頁。
② 詳見本書《"稗史"考》。
③ （明）屠隆《與王元美先生》，《由拳集》，臺北偉文圖書出版社1977年版，第708頁。
④ （清）永瑢等《四庫全書總目》卷一一八，子部二十八，中華書局1965年版，第1022頁。
⑤ 劉葉秋《歷代筆記概述》，中華書局1980年版，第3頁。
⑥ 吴禮權《中國筆記小説史》，商務印書館國際有限公司1993年版，第2頁。

以上考察了"説"之語源，從"説"的諸種義項中梳理出若干説部流別。大致説來，"説"之"解釋、説明"義衍生出"論説"體（包括闡釋義理與考辨名物兩種類型）、"説書"體、詩文評與學術性筆記，"説"之"講叙、叙説"義衍生出史料性筆記、故事性筆記、"説話"以及作爲叙事文學的小説。清人李光廷曾分説部爲兩類："自稗官之職廢，而説部始興。唐、宋以來，美不勝收矣。而其別則有二：穿穴罅漏、爬梳纖悉，大足以抉經義傳疏之奥，小亦以窮名物象數之源，是曰考訂家，如《容齋隨筆》《困學紀聞》之類是也；朝章國典，遺聞瑣事，巨不遺而細不棄，上以資掌故而下以廣見聞，是曰小説家，如《唐國史補》《北夢瑣言》之類是也。"① 近人劉師培則將説部分爲三類："一曰考古之書，於經學則考其片言，於小學或詳其一字，下至子史，皆有詮明，旁及詩文，咸有紀録，此一類也。一曰記事之書，或類輯一朝之政，或詳述一方之聞，或雜記一人之事，然草野載筆，黑白雜淆，優者足補史册之遺，下者轉昧是非之實，此又一類也。一曰稗官之書，巷議街談，輾轉相傳，或陳福善禍淫之迹，或以敬天明鬼爲宗，甚至記壇宇而陳儀迹，因廟而述鬼神，是謂齊東之談，堪續《虞初》之著，此又一類也。"② 名目不盡相同，但内容大體不差，其所謂"考訂家"與"考古之書"，大體可對應"論説"體、詩文評與學術性筆記；"小説家"與"記事之書"大體可對應史料性筆記；至於"稗官之書"，則大體對應故事性筆記與作爲叙事文學的小説。

三

通過考察"説部"體例與"説部"流別，我們知道了古代"説部"通常

① （清）李光廷《蕉軒隨録序》，（清）方濬師《蕉軒隨録 續録》，盛冬鈴點校，中華書局1995年版。

② 劉師培《論説部與文學之關係》，舒蕪、周紹良等編選《中國近代文論選》，人民文學出版社1959年版，第592頁。

作爲一種著述類型出現，是衆多與"説"相關的文章、文體與文類的匯聚，而非單一的文體概念。作爲著述，"説部"的産生與傳統經、史、子、集四部有著密切關係。清人章學誠多次論及"説部"之由來，他説："《詩品》《文心》，專門著述，自非學富才優，爲之不易，故降而爲詩話。沿流忘源，爲詩話者，不復知著作之初意矣。猶之訓詁與子史專家（子指上章雜家，史指上章傳記），爲之不易，故降而爲説部。沿流忘源，爲説部者，不復知專家之初意也。"又説，"諸子一變而爲文集之論議，再變而爲説部之劄記，則宋人有志於學，而爲返樸還淳之會也。然嗜好多端，既不能屏除文士習氣；而爲之太易，又不能得其深造逢源。遍閲作者，求其始末，大抵是收拾文集之餘，取其偶然所得，一時未能結撰者，劄而記之，積少致多，裒成其帙耳"①。在章學誠看來，説部"猶經之別解，史之外傳，子之外篇也"②。近人劉師培對"説部"的産生持論與章學誠大致相同，對"説部"作者的貶斥之意則更爲明顯。他説："唐、宋以前，治學術者，大抵多專門之學，與涉獵之學不同，故叢殘瑣屑之書鮮。唐、宋以降，治學術者，大抵皆涉獵之學耳，故説部之書，盛於唐、宋，今之見於著録者，不下數千百種。""均由學士大夫，好佚惡勞，憚著書之苦，復欲博著書之名，故單辭隻義，軼事遺聞，咸筆之於書，以冀流傳久遠，非如經史子集，各有專門名家，師承授受，可以永久勿墜也。"③很顯然，章、劉二子皆從治學角度立論，視"説部"爲學術性著述，這與後世作爲叙事文學的小説相隔其遠。然而自晚清以降，"説部"已逐漸演變成一個文體概念，專指作爲叙事文學的小説，並成爲小説的代名詞。這中間又是怎樣過渡的呢？對此，清人朱康壽如是説：

---

①　（清）章學誠著，葉瑛校注《文史通義校注》，中華書局 1985 年版，第 559—560、791—792 頁。
②　同上，第 576 頁。
③　劉師培《論説部與文學之關係》，舒蕪、周紹良等編選《中國近代文論選》，人民文學出版社 1959 年版，第 592 頁。

　　説部爲史家別子，綜厥大旨，要皆取義六經，發源群籍。或見名理，或佐紀載；或微詞諷諭，或直言指陳，咸足補正書所未備。自《洞冥》《搜神》諸書出，後之作者，多鈎奇弋異，遂變而爲子部之餘，然觀其詞隱義深，未始不主文譎諫，於人心世道之防，往往三致意焉。乃近人撰述，初不察古人立懦興頑之本旨，專取瑰談詭説，衍而爲荒唐傲詭之辭。於是奇益求奇，幻益求幻，務極六合所未見，千古所未聞之事，粉飾而論列之，自附於古作者之林，嗚呼悖已！①

朱氏此説清晰地勾勒出了古之"説部"如何從"史家別子"演變爲"子部之餘"，再從"詞隱意深""主文譎諫"的子部演變爲"瑰談詭説""荒唐傲詭"的子部，學術意識與詩教觀念逐步減弱，而故事性與娛樂性逐步增強，從徵實的"補正書所未備"到尚虚的"務極六合所未見，千古所未聞之事"，跨度非常之大，已越來越接近現代意義的小説概念。"奇益求奇""幻益求幻"固然是學術著述之大忌，但對叙述故事的小説來説，却幾乎是古人孜孜以求的最高境界，"蓋奇則傳，不奇則不傳。書之所貴者奇也"②，"文不幻不文，幻不極不幻。是知天下極幻之事，乃極真之事；極幻之理，乃極真之理"③。

　　從早期的著述體例到後來作爲叙事文學的小説，"説部"語義轉變的關鍵在於"説"之義項中早已爲此埋藏了合理的邏輯綫索。由"説"之本義"解釋、説明"，引申出"講述、叙説"義，再由此引申出"話語"與"故事"，以"説"指稱講叙故事的小説自然也就有理有據。再者，"説煒曄而譎誑"，爲了闡釋義理，考辨名物，是離不開一定的叙説與講述的："夫説也者，欲其

① （清）朱康壽《澆愁集叙》，（清）王韜《澆愁集》，黄山書社 2009 年版，第 4 頁。
② （清）盧聯珠《第一快活奇書序》，轉引自丁錫根編著《中國歷代小説序跋集》，人民文學出版社 1996 年版，第 1583 頁。
③ （清）袁于令《西遊記題詞》，《李卓吾先生批評西遊記一百回》，臺灣政治大學古典小説研究中心主編《明清善本小説叢刊》影印本。

詳，欲其明，欲其婉轉可思，令讀之者如臨其事焉。夫然後能使人歌舞感激，悲恨笑忿錯出，而掩卷平懷，有以得其事理之正。斯説之有功於世，而不負作者之心矣。"① 如果上文所言之"説"還可理解爲以論説爲主、叙事祇是爲論説服務的話，那麼下文對"説"的闡釋，已經完全偏向其叙事性，此種語境中的"説"便已是作爲叙事文學的小説："從來創説者，不宜盡出於虛，亦不宜盡由於實。苟事事皆虛，則過於誕妄，而無以服考古之心；事事皆實，則失於平庸，而無以動一時之聽。"② 況且"説部"本來包括由"解釋、説明"之義衍生的論説體與"叙説、講述"之義衍生的叙事體。大致説來，漢魏六朝以前，論説體較叙事體發達，但論説體中也有相當比例的叙事成分；漢魏六朝以後，叙事體迅猛發展，尤其是宋元以來，由"説話"發展而成的通俗小説逐漸成爲"説部"主流，作爲叙事文學的小説便逐步占據"説部"的光芒，至晚清以降，終於將論説體從"説部"中剔除出去，人們遂祇知"説部"即小説，而小説又可稱爲"説部"。清人王韜的觀點頗具代表性："《鏡花緣》一書，雖爲小説家流，而兼才人、學人之能事者也。……觀其學問之淵博，考據之精詳，搜羅之富有，於聲韵、訓詁、曆算、輿圖諸書，無不涉歷一周，時流露於筆墨間。閱者勿以説部觀，作異書觀亦無不可。……竊謂熟讀此書，於席間可應專對之選，與他説部之但叙俗情羌無故實者，奚翅上下牀之別哉？"③ 按古之"説部"本來即頗具學術性，章學誠與劉師培甚至視"説部"爲學術著述，無論是按照李光廷的兩分法還是按照姚華的三分法，闡釋義理與考辨名物之"説"都占據半壁江山，倘若擱在以前，"學問""考據""搜羅"本是"説部"之能事，《鏡花緣》作者逞才炫學，哪裏值得王韜大驚小怪

---

① （清）谷口生《小説生綃剪弁語》，上海古籍出版社《古本小説集成》據大連圖書館藏本影印，第1—2頁。

② （清）金豐《説岳全傳序》，（清）錢彩《説岳全傳》，上海古籍出版社《古本小説集成》據大連圖書館藏錦春堂刊本影印，第1頁。

③ （清）王韜《鏡花緣序》，（清）李汝珍《鏡花緣》，汪原放校點，上海亞東圖書館1925年版。

地宣揚？之所以要提醒"閲者勿以説部觀，作異書觀亦無不可"，就是因爲此時的"説部"已經等同於純文學性質的"但叙俗情羌無故實"的小説，《鏡花緣》稍稍"返祖歸宗"，時人便要"作異書觀"了。又如清梅鶴山人《螢窗異草序》云："稗官有三：一説部，一院本，一雜記。"① 其所言"稗官"，即《漢志》所言"街談巷語，道聽途説者之所造"，指非常寬泛意義上的小説；"説部"，指純文學性的叙事作品，即現代意義的小説；"院本"指的是戲曲；"雜記"指的是劄記，而這在以前却是隸屬於"説部"的。此外清王韜《海上塵天影叙》云："歷來章回説部中，《石頭記》以細膩勝，《水滸傳》以粗豪勝，《鏡花緣》以苛刻勝，《品花寶鑑》以含蓄勝，《野叟曝言》以誇大勝，《花月痕》以情致勝。是書兼而有之，可與以上説部家分争一席，其所以譽者如此。"清花也憐儂《海上花列傳例言》云："全書筆法自謂《儒林外史》脱化出來，惟穿插、藏閃之法，則爲從來説部所未有。""説部書，題是斷語，書是叙事。往往有題目係説某事，而書中長篇累牘竟不説起，一若與題目毫無關涉者，前人已有此例。"② 以上所言"説部"皆指現代意義的小説。

　　清末民初，在"小説界革命"浪潮的推動下，小説地位得到空前提高，以至有人感嘆"昔之視小説也太輕，而今之視小説又太重也"③。有人提出在目録學上給予小説與經、史、子、集同等的地位，康有爲《〈日本書目志〉識語》云："易逮於民治，善入於愚俗，可增七略爲八、四部爲五，蔚爲大國，直隸王風者，今日急務，其小説乎！僅識字之人，有不讀經，無有不讀小説者。"④ 梁啓超《譯印政治小説序》云："今中國識字人寡，深通文學之人尤寡，然則小説學之在中國，殆可增七略而爲八，蔚四部而爲五者矣。"⑤其實在

① （清）長白浩歌子《螢窗異草》，齊魯書社 2004 年版，第 1 頁。
② （清）韓邦慶《海上花列傳》，齊魯書社 1993 年版。
③ 黄人《小説林發刊詞》，1907《小説林》創刊號。
④ （清）康有爲《日本書目志》，上海大同譯書局 1897 年版。
⑤ 1898 年 12 月 23 日《清議報》第一册。

傳統經、史、子、集四部之外增列"説部"的設想，清人趙翼早就提過："近代説部之書最多，或又當作經、史、子、集、説五部也。"① 祇不過趙翼所言"説部"指的是筆記之類著述體例，而康、梁所言"説部"，則專指作爲叙事文學的小説。自此以後，"説部"所指遂囿於小説一途，意即"小説"之"部"，如民國年間徐敬修《説部常識》云："説部二字，即小説總彙之名稱。"② 該書對小説類別的區分最能體現這種觀念，如"就派别方面言"分爲理想派與寫實派，"就文體方面言"分爲記載體、章回體、詩歌體，"就文字方面言"分爲文言小説與白話小説、散言小説與韵言小説。

通過剖析"説部"體例，分析"説"的語源，闡述"説部"流别，我們認爲古代"説部"並非單一的文體概念，而是一種著述體例，是由"説"之諸種義項衍生出來的衆多文章、文體與文類的匯聚，大體上可分爲論説體與叙事體。隨着小説文體的獨立與地位的提升，叙事體一家獨大，原屬"説部"的論説體被逐步排擠出"説部"之外，清末民初以來，"説部"最終確立爲"小説"之"部"，專指現代意義的小説。

【相關閱讀】

廖群《"説""傳""語"：先秦"説體"考索》，《文學遺產》2006 年第 6 期。

---

① （清）趙翼《陔餘叢考》卷二十二，上海商務印書館 1957 年版，第 423 頁。
② 徐敬修《説部常識》，上海大東書局 1925 年版，第 7 頁。

"稗史"考

作爲"小説"的代名詞，"稗史"一辭頻頻出現於早期小説史與文學史等著述中，如魯迅《中國小説史略》云："寓譏彈於稗史者，晉唐已有，而明爲盛，尤在人情小説中。"① 錢基博《中國文學史》認爲"（《搜神記》）坦迤，似準陳壽，而事則怪；稗史之開山也。"② 游國恩等《中國文學史》說："我國古代的稗史、志怪小説如《吳越春秋》《搜神記》《補江總白猿傳》等，都寫過白猿成精作怪的故事。"③ 可見在近現代時期的文學史及相關著述中，以"稗史"指稱"小説"實是一個非常普遍的現象。然而"稗史"的本義如何？"稗史"爲何能指稱"小説"？以"稗史"指代"小説"反映了人們怎樣的小説觀念？這一系列的問題均需給予相應的解答。

一

以"稗史"（另有"稗乘""稗海""稗編"等）名書籍者，較早見於宋耐庵《靖康稗史》，嗣後有元徐顯《稗史集傳》、仇遠《稗史》，明王圻《稗史彙編》、孫繼芳《磯園稗史》、黃昌齡《稗乘》、商濬《稗海》，清留雲居士《明季稗史彙編》、宋起鳳《稗史》、湯用中《翼駉稗編》、佚名《明末稗史鈔》、佚名《甲乙

---

① 魯迅《中國小説史略》，人民文學出版社 1973 年版，第 189 頁。
② 錢基博《中國文學史》，中華書局 1993 年版，第 166 頁。
③ 游國恩等《中國文學史》，人民文學出版社 1963 年版，第 92 頁。

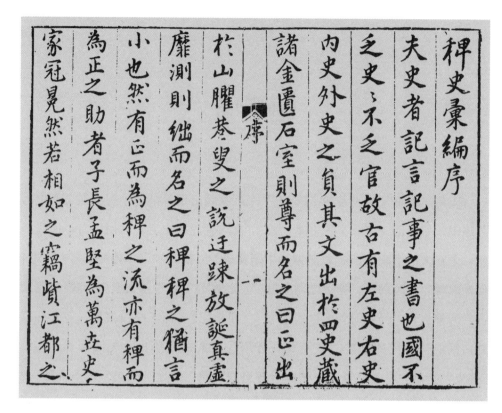

明刊本《稗史彙編》

稗史》、潘永因《宋稗類鈔》，民國徐珂《清稗類鈔》、陸保璿《滿清稗史》等。

而"稗史"最初是作爲史學概念出現的。唐參寥子《唐闕史序》云：

　　皇朝濟濟多士，聲名文物之盛，兩漢纔足以扶輪捧轂而已。區區晉、
魏、周、隋已降，何足道哉！故自武德、貞觀而後，呢筆爲小説小録、
稗史野史、雜録雜紀者，多矣。貞元、大曆已前，掇拾無遺事，大中、
咸通而下，或有可以爲誇尚者，資談笑者，垂訓誡者，惜乎不書於方册，
輒從而記之，其雅登於太史氏者，不復載録。①

① （唐）高彥休《唐闕史》，陳尚君、楊國安整理，車吉心總主編《中華野史·唐朝卷》，中國戲
劇出版社 2002 年版，第 795 頁。

　　據此可知,《唐闕史》中"稗史"一類收録的是"不書於方册",爲"太史氏"即正史所不載録的"遺事",它可以"爲誇尚""資談笑""垂訓誡",其地位與"小説""野史""雜録"等同列。對於"稗史"的定義,明周孔教《稗史彙編序》説得更爲明瞭:

　　　　夫史者記言記事之書也,國不乏史,史不乏官,故古有左史右史内史外史之員。其文出於四史,藏諸金匱石室,則尊而名之曰正;出於山臒巷叟之説,迂疏放誕、真虚靡測,則絀而名之曰稗。稗之猶言小也,然有正而爲稗之流,亦有稗而爲正之助者。①

　　周孔教認爲,"稗史"指與"正史"相對的那一類史籍,"出於山臒巷叟之説",史料來源鄙野俚俗;"迂疏放誕、真虚靡測",内容妄誕淺薄;"絀而名之曰稗",地位比較低下。"絀"有"低劣"義,清鄭觀應《盛世危言·考試下》云:"期滿考試,或優或絀,參考三年之學業,可得其詳。"②清章炳麟《商鞅》云:"法家與刀筆吏,其優絀誠不可較哉!"③"稗史"在這裏是一個偏正詞語,語義重心當落在"史"字,"稗之猶言小也"。周孔教釋"稗史"之"稗",當受《漢書·藝文志》釋"稗官"影響所致。《漢書·藝文志》"諸子略·小説家"云:"小説家者流,蓋出於稗官。街談巷語,道聽途説者之所造也。"魏如淳注曰:"《九章》'細米爲稗'。街談巷説,其細碎之言也。王者欲知閭巷風俗,故立稗官使稱説之。"唐顔師古引如淳注後,又加注曰:"稗官,小官。"④師古釋"稗"爲"小",除受如淳"細米爲稗"影響外,又源於

①　(明)王圻《稗史彙編》,北京出版社1993年版,第1頁。
②　(清)鄭觀應《盛世危言》,辛俊玲評注,華夏出版社2002年版,第131頁。
③　(清)章炳麟《訄書》,劉治立評注,華夏出版社2002年版,第188頁。
④　(漢)班固撰,(唐)顔師古注《前漢書》,中華書局2000年版,第1378頁。

《廣雅》。《廣雅》卷二"釋詁"云："稗，小也。"①

從上述兩篇序文對"稗史"的描述與定義可以看出，"稗史"之"稗"的價值判斷意味十分明顯，有"鄙野卑微"之義，"稗史"作爲一種史籍，所記載的是官修正史所不取的閭巷瑣談、逸聞舊事。事實上，在多數場合，"稗史"一辭的確是以與"正史"相對，而與"野史"等同的面貌出現的。元徐顯《稗史集傳序》云："古者鄉塾里閭亦各有史，所以紀善惡而垂勸戒。後世惟天子有太史，而庶民之有德業者，非附賢士大夫爲之紀，其聞者蔑焉。世傳筆談、麈録、僉載、友議等作，目之爲野史，而後之修國史者，不能不有取之，則野史者亦古閭史之流也歟？"② 明王世貞《藝苑卮言》卷六認爲"楊（慎）工於證經而疏於解經，博於稗史而忽於正史"③。清昭槤《嘯亭雜録》卷二"金元史"條云："自古稗史之多，無如兩宋，雖若《捫虱新語》《碧雞録》不無污蔑正人，然一代文獻，賴兹以存，學者考其顚末，可以爲正史之助。"④清尤侗《明藝文志》列有"正史類"四百七十一部，"稗史類"一百十部。《四庫全書總目》史部首列正史，《正史類·序》稱："正史之名，見於《隋志》，至宋而定著十有七。明刊監板，合宋、遼、金、元四史爲二十有一。皇上欽定《明史》，又詔增《舊唐書》爲二十有三。近搜羅《四庫》，薛居正《舊五代史》得裒集成編，與歐陽修書並列，共爲二十有四。今並從官本校録，凡未經宸斷者，則悉不濫登。蓋正史體尊，義與經配，非懸諸令典，莫敢私增，所由與稗官野史異也。"⑤ "未經宸斷，悉不濫登"，"非懸諸令典，莫敢私增"，語氣論斷相當嚴厲，四庫館臣如此強調正史的尊貴地位，突出了正史"欽定""御制"的官方血統，同時也反映了稗史史學地位的低下。值得

① （清）王念孫《廣雅疏證》，上海古籍出版社 1983 年版，第 198 頁。
② （元）徐顯《稗史集傳》，王雲五主編《叢書集成初編》，商務印書館 1937 年版。
③ （明）王世貞《藝苑卮言》，丁福保輯《歷代詩話續編》，中華書局 1983 年版，第 1053 頁。
④ （清）昭槤《嘯亭雜録》，何英芳點校，中華書局 1980 年版，第 30 頁。
⑤ （清）永瑢等《欽定四庫全書總目》，中華書局 1997 年版，第 613 頁。

注意的是，儘管各朝著述認爲稗史鄙野卑微，但大都還是强調其"垂訓誡""爲正史之助"的文獻價值。這種認識非常重要，它是後人將小説依附於史，以"稗史"指代"小説"的一個非常重要的理論根據。一般來説，稗史作者持"慮史氏或闕則補之意"①，所記或爲正史所避諱者，或爲正史所不屑者，或爲正史所不及者，故内容駁雜，但往往有珍貴的文獻資料見於其中，是後世撰述正史的重要材料來源。如《靖康稗史》包括《宣和乙巳奉使金國行程録》等七種記載北宋靖康之變的野史，對宋金交惡、宋都汴京陷落始末以及北宋宫室宗族北遷的情況所記尤詳，具有較高的史料價值。《稗史集傳》包括王艮、柯九思、王冕等十三人的傳記，多爲徐顯曾與之交遊或熟悉者，資料較爲翔實可靠，清人朱彝尊的《王冕傳》與近人柯劭忞《新元史》中的《柯九思傳》等書即采用了它的記載。《稗史彙編》搜羅廣博，包羅萬象，李廷對《跋稗史彙編》認爲它"取材於千古而衡定於宗工，豈若摘一孔雀之藻羽，脱一犀象之牙角，以僅僅資譚謔者比哉？宜其紹荀李流風，直追典則而並駕矣"②。宋起鳳所輯《稗史》記載了明代至清初朝野遺事150餘條，是研究明代宫廷遺聞逸事的重要資料。孫楷第認爲《磯園稗史》"除委巷瑣事外，正嘉間遺聞掌故往往而有，亦未嘗不可爲考訂之資也"③。

　　内容時見珍聞，"可爲考訂之資"，這祇是稗史特徵的一個方面。另一方面，稗史"屬辭比事，皆不與《春秋》《史記》《漢書》相似，蓋率爾而作，非史策之正也"，"學者多鈔撮舊史，自爲一書，或起自人皇，或斷之近代，亦各其志，而體制不經"，"又有委巷之説，迁怪妄誕，真虚莫測"④。前者保

---

① （唐）李肇《國史補序》，上海古籍出版社1979年版，第1頁。
② （明）王圻《稗史彙編》，北京出版社1993年版，第2474頁。
③ 孫楷第《戲曲小説書録解題》，人民文學出版社1990年版，第13頁。
④ （唐）魏徵等《隋書·經籍志》史部"雜史"類序，中華書局2000年版，第650—651頁。史家常將稗史歸於雜史類，如《元史·藝文志》將仇遠《稗史》、徐顯《稗史集傳》收入史部"雜史"類，《明史·藝文志》將孫繼芳《磯園稗史》收入史部"雜史"類，另明人所著《澹生堂藏書目》亦於"雜史"類分列野史、稗史、雜録三目。

證了稗史有存在的價值，後者則導致了稗史地位的低下。恰恰是稗史這種讓人毀譽參半的特徵，使得它與小説之間有著千絲萬縷的聯繫，後人屢屢將小説比作稗史，以稗史指代小説，都是因爲二者在題材内容、叙述體例以及價值地位等方面有著太多的相似之處。

二

　　"稗史"作爲文學概念用來指稱小説，發生在明清兩朝小説創作日益繁盛的背景之下。《四雪草堂重編隋唐演義發凡》云："古稱左圖右史，圖像之傳由來舊矣。乃今稗史諸圖，非失之穢褻，即失之粗率。"①《三分夢全傳凡例》云："凡稗史後不如前者居多，惟此書下半部詞意更妙，越看到尾越有味越有趣。"② 作爲史學概念，人們大都强調它證史的文獻價值；作爲文學概念，人們則往往突出其感人的藝術魅力。清吳展成《燕山外史序》云："自來稗史中求其善言情者，指難一二屈。蘊齋天才豪放，別開生面，於一氣排奡中，回環起伏，虛實相生，稗史家無此才力，駢儷家無此結構，洵千古言情之傑作也。"③ 清王寅《今古奇聞自序》云："稗史之行於天下者，不知幾何矣。或作詼奇詭譎之詞，或爲艷麗淫邪之説。其事未必盡真，其言未必盡雅。方展卷時，非不驚魂眩魄。"④ "回環往復，虛實相生"，"其事未必盡真，其言未必盡雅"，這是文家眼中的稗史，與史家眼中的稗史"可以爲正史之助"，"爲考訂之資"有明顯不同，"稗史"的指涉對象發生改變，其文體特徵與價值功能

---

①　（清）褚人穫《隋唐演義》，上海古籍出版社《古本小説集成》據四雪草堂初印本影印，第2頁。

②　（清）張士登《三分夢全傳》，上海古籍出版社《古本小説集成》據道光二十八年（1848）刻本影印，第1頁。

③　（清）陳球《燕山外史》，上海新文化書社1933年版，第1—2頁。

④　（清）王寅《今古奇聞》，上海古籍出版社《古本小説集成》據上海東璧山房藏板影印，第1頁。

也相應地發生變異。一爲史籍，一爲小説，二者的契合點何在？從史學之
"稗史"到文學之"稗史"，二者之間又如何過渡？通過分析"小説"一辭的
早期含義，我們發現以"稗史"指代小説有其合理依據，同時這種指代又反
映了人們一種根深蒂固、影響深遠的小説觀念。

"稗史"一辭本身即由"稗官"生發而來。自《漢志》斷言"小説家者
流，蓋出於稗官"以來，"稗官"遂成了"小説"的代名詞。關於"稗官"的
解釋，或以爲乃天子之士，或以爲即周官中的土訓、誦訓、訓方氏與漢代的
待詔臣、方士侍郎之類，其職能是專爲王者誦説遠古傳聞之事和九州風俗地
理、地應方應以及修仙養生之術①。無論取何種意義，"稗官"祇是一個概稱，
在不同時代有不同的官職名，從其職責來看，"稗官"其實相當於"史"，祇
不過與左史、右史等專記王者言行者不同，他們記錄的是閭巷舊聞與民俗風
情等"街談巷語、道聽途説"。《漢志》所言"小説"與現代意義的"小説"
也並非同一個概念，二者的内涵和外延均相差甚遠，但與"稗史"的早期含
義却存在很大程度的契合。《漢志》所録小説，大抵爲"街談巷語，道聽途説
者之所造"，今人往往據此來論證它的虛構性，進而證明它與現代意義的小説
同義。但《漢志》所言"街談巷語、道聽途説"的本意並非要突出"小説"
的虛構特徵，而是要強調"小説"來源於民間閭巷舊聞的非官方身份。儘管
如此，《漢志》所録"小説"仍然具有"史"的特徵與功能。《漢志》著録小
説十五家，《伊尹説》《師曠》《天乙》《黃帝説》後皆注明"淺薄""依托"
"迂誕"字樣，《鬻子説》《務成子》後注明"後世所加""非古語"字樣，這
些都是班固以史家眼光，用史籍標準來審視上述"小説"作爲"史"的真實
可靠性；而《周考》後所注"考周事也"，《青史子》後所注"古史官記事

---

① 參余嘉錫《小説家出於稗官説》，《余嘉錫文史論集》，岳麓書社 1997 年版；周楞伽《稗官
考》，《古典文學論叢》第三輯，齊魯書社 1982 年版；潘建國《"稗官"説》，《文學評論》1999 年第 2
期；本書《"稗官"考》。

也”，更是明白無誤地告訴我們這兩家“小説”的史籍特徵。再從十五家小説所叙内容來看，它們同樣具有“史”的性質。據《吕氏春秋》卷十四《本味篇》記載，伊尹爲厨師，以陪嫁奴隸身份至湯，曾以至味之道説湯，極言魚肉、菜果、飯食之美，借以闡發“聖王之道”。其中“果之美者，箕山之東，青鳥之所，有甘櫨焉”一段，又見於漢應劭《漢書音義》引（《史記·司馬相如傳》中《上林賦》注引）及漢許慎《説文解字》“櫨”字下引；“飯之美者，玄山之禾，南海之秏”一段，又見《説文解字》“秏”字下引。因此余嘉錫認爲《伊尹説》的内容，大抵皆言“水火之齊，魚肉菜飯之美，真閭里小知者之街談巷語也”。《青史子》所存遺文，一則見於大戴《禮記·保傅篇》、賈誼《新書·胎教十事》引文，記王后進行胎教的種種方法；一則見於大戴《禮記·保傅篇》所引，記古人入學和出行的規矩；另一則見於《風俗通義》卷八，記歲終祭祀用鷄之義。三者都是禮教中之小事，《周禮·春官·小史》説小史“凡國事之用禮法者掌其小事”，《青史子》所記與其職掌正合。正因爲記事瑣屑，又多爲街談巷議，所以班固列爲小説家類①。余嘉錫評曰：“其書見引於賈誼戴德，最爲可信，立説又極醇正可喜，古小説家之面目，尚可窺見一斑也。”《虞初周説》943篇，《文選·西京賦》云：“匪爲玩好，乃有秘術，小説九百，本自虞初。從容之求，實俟實儲。”薛綜注曰：“小説醫巫厭祝之術，凡有九百四十三篇，言九百，舉大數也。持此秘術，儲以自隨，待上所求問，皆常具也。”② 可知《虞初周説》所録943篇小説，多爲醫巫厭祝之術，同樣屬於閭巷舊聞與民俗風情之類。再從古之“小説”的功能來看，《隋書·經籍志》“子部·小説家”云：“古者聖人在上，史爲書，瞽爲詩，公誦箴諫，大夫規誨，士傳言而庶人謗。孟春，徇木鐸以求歌謡，巡省觀人詩，

---

① 參劉世德等主編《中國古代小説百科全書》“伊尹説”與“青史子”條，大百科全書出版社1998年版，第675、396頁。

② 《文選·李善注》，《四部備要》本，上海中華書局據鄱陽胡氏校本校刊。

以知風俗。過則正之，失則改之，道聽途説，靡不畢紀。周官，誦訓'掌道方志以詔觀事，道方慝以詔辟忌，以知地俗'；而訓方氏'掌道四方之政事，與其上下之志，誦四方之傳道而觀衣物'，是也。"① 可知"小説"與"書""詩""箴""諫"等文體一樣，肩負著使王者"過則正之，失則改之"的使命。由此可知，《漢志》著録之"小説家"所具有的"史"的性質是明顯的。雖然《伊尹説》等先秦諸書或經改竄，或多依托，其記載的真實性未免令人懷疑，但起碼《青史子》的内容真實可信，故余嘉錫所言"古小説家之面目"，與現代意義的小説並不相同，而與"稗史"同義，可以爲正史之助。又《隋書·經籍志》云："小説十卷，梁武帝敕安右長史殷芸撰。"唐劉知幾《史通·雜説》云："劉敬叔《異苑》稱：晉武庫失火，漢高祖斬蛇，劍穿屋而飛，其言不經，梁武帝令殷芸編爲小説。"姚振宗《隋書經籍志考證》曰："案此殆是梁武帝作通史時凡不經之説爲通史所不取者，皆令殷芸別集爲小説，是小説因通史而作，猶通史之外乘。"② 將不經之説別集爲小説，是居統治地位的正史意識對不合經傳的史料所做出的取捨，《殷芸小説》或許有些篇目符合現代意義的小説概念，但在當時的語境下，它首先是作爲史籍產生的，是不合正史的稗史、野史一類，故姚振宗認爲"小説因通史而作，猶通史之外乘"，所言甚是。又明王圻《稗史彙編引》云："正史具美醜、存勸戒，備矣，間有格於諱忌，隘於聽睹，而正史所不能盡者，則山林藪澤之士復搜綴遺文，別成一家言而目之曰小説，又所以羽翼正史也者，著述家寧能廢之？"③ 可見將正史所不能收、不願收的典故逸聞視爲小説，自《殷芸小説》以降並不鮮見。後人多稱小説爲稗史、野史、稗乘，可以羽翼正史，原因也在於此。

---

① （唐）魏徵等《隋書》，中華書局 2000 年版，第 680 頁。
② 參余嘉錫《殷芸小説輯證》，《余嘉錫文史論文集》，岳麓書社 1997 年版，第 259 頁。
③ （明）王圻《稗史彙編》，北京出版社 1993 年版，第 19 頁。

三

早期的“小説”與“稗史”在概念的内涵與外延上有太多重合之處，使得後人在很長時間裏“小説”與“稗史”不分，並形成了“小説爲正史之餘（亦即稗史）”的小説觀念，不少作者更是直接以“稗史”“野史”“逸史”“外史”等語詞標題，標榜小説的“史餘”身份，如《呼春稗史》《繡榻野史》《禪真逸史》《儒林外史》等，不勝枚舉。明熊大木《序武穆王演義》認爲“稗官野史實記正史之未備”，笑花主人《今古奇觀序》則説得更爲具體：

清初刊本《今古奇觀》

　　小説者，正史之餘也。《莊》《列》所載化人、傴僂丈人，昔事不列於史；《穆天子》《四公傳》《吳越春秋》，皆小説之類也。《開元遺事》《紅綫》《無雙》《香丸》《隱娘》諸傳，《輶車》《夷堅》各志，名爲小説，而其文雅馴，閭閻罕能道之。①

到了清代，將小説與稗史等同並列，視其爲正史之餘的小説觀念已經相

① （明）抱甕老人《今古奇觀》，上海古籍出版社《古本小説集成》據上海圖書館藏本影印，第1頁。

當普及，幾乎成爲共識。金聖歎説"寓言稗史亦史也"①，蔡元放《東周列國志序》認爲"稗官固亦史之支派，特更演繹其詞耳"②，伯寅氏《續小五義叙》認爲"史無論正與稗，皆所以作鑒於來兹"③，觀鑒我齋《兒女英雄傳序》云："稗史，亦史也。其有所爲而作，與不得已於言也，何獨不然！"④ 句曲外史《水滸傳叙》亦持同樣的觀點："嗚呼！文章之升降，豈獨正史爲然哉？間嘗取稗史論之，《武皇》《方朔》《飛燕》《靈芸》《虬髯》《柳毅》諸傳，或耀艷深藉，或倜儻蒼凉，是亦正史之班、范。"⑤ 小説爲正史之餘觀念的流行，促使讀者常常以讀史的眼光去讀小説，章學誠批評《三國演義》"七分實事，三分虚構"⑥，是以讀《三國志》的眼光讀《三國演義》；《嘯亭雜録》認爲"稗史小説雖皆委巷妄談，然時亦有所據者。如《水滸》之王倫，《平妖傳》之多目神，已見諸歐陽公奏疏及唐介記，王漁洋皆詳載《居易録》矣"⑦，楊澹游《鬼谷四友志序》自稱"余於經史而外，輒喜讀百家小傳、稗史野乘，雖小説淺率，尤必究其原，往往將古事與今事較略是非。……第《列國》亦屬稗史，未足全憑，然有孟子所云'晉國天下莫强'一言可原"⑧，同樣是以史籍標準衡量小説。小説與史籍之間這種糾纏不清的關係甚至影響到明清時期的小説批評。唐順之、王慎中等人認爲"《水滸》委曲詳盡，血脈貫通，《史記》而下便是此書"⑨，金聖歎認爲"《水滸傳》方法，都從《史記》出來，却有許多

---

① （清）金聖歎《第五才子書施耐庵水滸傳》第一回回評，上海古籍出版社《古本小説集成》據金閶葉瑶池覆刻本影印，第 57 頁。

② 轉引自黃霖、韓同文《中國歷代小説論著選》，江西人民出版社 1985 年版，第 411 頁。

③ 《續小五義》，上海申報館仿聚珍版。

④ （清）文康《兒女英雄傳》，世界書局 1935 年鉛印本。

⑤ 據 1924 年上海掃葉山房《評注水滸傳》石印本。

⑥ （清）章學誠《丙辰劄記》，中華書局 1986 年版，第 90 頁。

⑦ （清）昭槤《嘯亭雜録》，何英芳點校，中華書局 1980 年版，第 310 頁。

⑧ （明）楊景淓《鬼谷四友志》，上海古籍出版社《古本小説集成》據博雅堂藏板本影印，第 1—8 頁。

⑨ （明）李開先《一笑散·時調》，葉楓校訂，文學古籍刊行社 1955 年據康熙間陸貽典抄本影印。

勝似《史記》處"①，毛宗崗説"《三國》叙事之佳，直與《史記》仿佛"②，張竹坡説"《金瓶梅》是一部《史記》"③。將《水滸傳》《三國演義》《金瓶梅》等比附《史記》，固然存在小説創作師法《史記》的客觀事實，除此而外，恐怕還有因時人視小説爲稗史，導致了批評家們想攀附作爲正史的《史記》以抬高小説身價的主觀願望。

隨著小説創作的日益繁盛，小説的地位與價值也逐漸受到世人重視，人們對小説作爲文學類型的本體特徵的思考也日漸深入。晚清以降，儘管以"稗史"指稱小説的現象仍很常見，但此種語境中的"稗史"已很少作爲史籍概念出現，人們關注的不再是"可以爲正史之助"，"可以資考證"的史學意義，而是它作爲文學類型的文采、章法與結構以及想像、聯想與虛構等特徵，關注的是小説的文學性。《青樓夢》第六回有一段對話描寫主人公金挹香與月素對小説的看法，云：

> 挹香纔入幃，覺一縷異香十分可愛。少項，月素亦歸寢而睡，乃問挹香道："你平日在家作何消遣?"挹香道："日以飲酒吟詩爲樂，暇時無非稗官野史作消遣計耳。"月素道："你看稗史之中，孰可推首?"挹香道："情思纏綿，自然《石頭記》推首。其他文法詞章，自然'六才'爲最。《驚艷》中云：'似嚦嚦鶯聲花外囀。'這'花外'二字，何等筆法!……"④

"六才"即金聖歎所評"第六才子書西廂記"，在這裏，人們關注的是

---

① （清）金聖歎《讀第五才子書法》，《第五才子書施耐庵水滸傳》，上海古籍出版社《古本小説集成》據金閶葉瑶池覆刻本影印，第 5 頁。
② （清）毛宗崗《讀三國志法》，《三國志演義》，上海鴻文書局、春明書店 1937 年版，第 25 頁。
③ （清）張竹坡《批評第一奇書〈金瓶梅〉讀法》，《金瓶梅會評會校本》，秦修容整理，中華書局 1998 年版，第 1501 頁。
④ （清）俞達《青樓夢》，上海古籍出版社《古本小説集成》據鄭州大學圖書館藏本影印，第 7、8 頁。

“稗史”的“情思纏綿”與“文法詞章”，而不再計較《石頭記》與《西廂記》在多大程度上可以“爲正史之助”①。幾道、別士《本館附印説部緣起》云：“書之紀人事者謂之史；書之紀人事而不必果有此事者，謂之稗史。”② 亞里士多德認爲：“詩人的職責不在於描述已發生的事，而在於描述可能發生的事，即按照可然律或必然律可能發生的事。”③ 紀録已經發生的事情是史家的職責，紀録可能發生的事情則屬於文學的範圍，幾道、別士對“史”（指史籍）與“稗史”（指小説）的區分與亞里士多德的看法相同。最能反映近現代以來對“稗史”文學意義的認識者莫過於華林一所譯美國小説戲劇批評家哈米頓（今譯哈彌爾頓）的《小説法程》，該書將英語“fiction”一辭翻譯成“稗史”，並稱“稗史之目的在以想像而連貫之事實闡明人生之真理”，“凡文學作品之目的在以想像而連貫之事實闡明人生之真理者，皆曰稗史”④。將稗史直接對應於西方的小説，與明代周孔教的定義完全不同。至此，“稗史”一辭已完成了由史學概念向文學概念的轉變。

通過上述分析，我們認爲“稗史”最初是一個史學概念，指的是一種記載閭巷舊聞與民俗風情的史籍類型。它的史料來源、叙述體制與作者身份均不同於官修正史，故地位低下，但有一定的文獻價值，可以“爲正史之助”。“稗史”的這些特徵與早期的“小説”（“稗官”）在具體内容、價值功能與身份地位等方面有其相似之處，故人們常稱小説爲稗史。隨著小説的發展，尤其是通俗小説的崛起，小説的叙述手法與文體功能也有所轉變，“稗史”一辭

---

① 將小説、戲曲統稱爲“稗史”或“小説”是晚清至近代以來較爲常見的説法。幾道、別士《本館複印説部緣起》亦云：“其具五不易傳之故者，國史是矣，今所稱之‘二十四史’俱也；其具有五易傳之故者，稗史小説是矣，所謂《三國演義》、《水滸傳》、《長生殿》、《西廂》、‘四夢’之類是也。”又蔣瑞藻《小説考證》實際上也包括小説與戲曲兩方面的考證，詳見本書《“小説”考》。
② 《國聞報》1897 年 10 月 16 日至 11 月 18 日。
③ 〔古希臘〕亞里士多德《詩學》，羅念生譯，人民文學出版社 1962 年版，第 28 頁。
④ 〔美〕Clayton Hamilton《小説法程》，華林一譯，吳宓校，商務印書館 1932 年版，第 1、135 頁。

的含義也相應發生了變化，最終成了一個文學概念。同時，以“稗史”指稱“小説”的漫長過程，也反映了中國古代長期以來認爲小説爲正史之餘的思想觀念。

【相關閱讀】

1. 瞿林束《雜談正史與野史》，《江淮論壇》1982 年第 3 期。

2. 余嘉錫《小説家出於稗官説》，《余嘉錫文史論集》，岳麓書社 1997 年版。

"舊小説"與"古小説"考

晚清民初是傳統學術向現代學術的過渡期，這一時期最突出的表現便是各種術語的層出不窮。正如王國維所言："言語者，思想之代表也，故新思想之輸入，即新言語輸入之意味也。"① 在小説這一領域，新術語出現也較多，經歷的古今轉換更爲明顯，古代指稱小説的"稗官""稗史"等詞漸漸被淘汰，與之形成鮮明對比的是，"舊小説"一詞出現並成爲了人們的習慣用語。"舊小説"一詞的發源可追溯至"小説界革命"，它作爲"新小説"的對立面而出現，多指以章回小説爲代表的古代小説。梁啓超等人所使用的"舊小説"一詞多含貶義，"小説界革命"後，"舊小説"一詞大量出現並逐漸成爲人們的常用詞，其貶義色彩漸漸減弱，而文體意義逐步凸顯，即其"舊"的意義在不斷減弱，而"小説"的文體內涵在不斷增强，多數情況下作爲古代小説文體的代名詞而使用。

一、"小説界革命"與"舊小説"的産生

"舊小説"一詞在 20 世紀以前很少出現，較早見於清初《虞初新志》卷一六所收周亮工《因樹屋書影》的一則故事下，張潮評曰："舊小説中，已有吞繡鞋、焚袄廟事矣。"② 此處張潮所言"舊小説"大致指以前的小説。此後，

---

① （清）王國維《静庵文集》，遼寧教育出版社 1997 年版，第 117 頁。
② （清）張潮輯《虞初新志》，河北人民出版社 1985 年版，第 294 頁。

這一詞並未出現於人們的著述之中，直到清末的"小説界革命"，"舊小説"
一詞應運而生並成爲人們的常用語，1902 年《新民叢報》第 20 號"紹介新
刊"欄目刊登《〈新小説〉第一號》，文中闡述了新出之報刊小説與傳統小説的
差異，明確使用了"舊小説"一詞，其云：

> 小説之作，以感人爲主，若用著書演説窠臼，則雖有精理名言，使
> 人厭厭欲曛，曾何足貴？故新小説之意境，與舊小説之體裁，往往不能
> 相容。①

此處的"舊小説"一詞無疑指的是以章回體小説爲代表的古代小説，而
"舊小説之體裁"則指的是章回小説分章辟回的形式和叙事方式②，則與其相
對的"新小説"無疑是當時"小説界革命"的產物，1898 年"戊戌政變"失
敗後流亡日本的梁啓超在日本文學界的影響下創辦了《新小説》③，由此"新
小説"一詞遂風靡一時。這一"新"字背後所容納的有内容、結構、作小説
之目的等等。

"舊小説"與"新小説"直接相對④，雖然"舊小説"出現的次數在 20 世
紀最初的幾年比較少，但是其語義實際上隨著"新小説"語義的不斷豐富而
漸增。結合上述《新民叢報》和同時其他人關於"新小説"的論述，我們亦

---

① 《〈新小説〉第一號》，見陳平原、夏曉虹編《20 世紀中國小説理論資料》（第一卷），北京大學
出版社 1989 年版，第 39—40 頁。
② 參夏曉虹《覺世與傳世——梁啓超的文學道路》一書第三章之論述，中華書局 2006 年版。張
蕾《新小説與舊體裁：〈新小説〉著譯作品論》一文也有論述，見《中國現代文學研究叢刊》2015 年第
4 期。
③ 關於梁啓超創辦《新小説》刊物與日本東京春陽堂刊行《新小説》之間的關係，參夏曉虹
《晚清"新小説"辨義》一文之論述，載《文學評論》2017 年第 6 期。
④ "新小説"與"舊小説"意義相對較爲明顯，如 1906 年《月月小説》第 2 號刊的《弱女救兄
記》云："但叙蕙仙救兄一節，以一弱女子而如是勇敢、如是機警，已爲吾國舊小説中不多覯之人物。
而如是勇敢、如是機警，殊無一絲囂張操切，自命爲女英雄女豪傑之習氣，又爲近日新小説中所絕少
之構撰。"

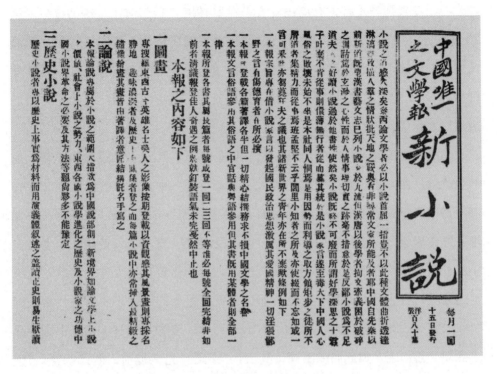

前者清議報登佳人奇遇之例紫就釘裝語氣未完憂然中止也

一本報文言俗語參用其書既俱某體者則全部一律

一本報宗旨專在借小説家言以發起國民政治思想激屬其愛國精神一切精心結撰務求不損中國文學之名譽

1902 年《新民叢報》第十四號

可總結出"舊小説"的内涵：首先，此時代梁啓超所倡導的"新小説"帶有強烈的政治導向性，他極力強調"新小説"的政治功用，這一政治功用表現爲激勵國民的愛國精神①，與其相對的"舊小説"因爲政治功用極小而被貶低②。如 1902 年《新民叢報》第 14 號刊載的《中國唯一之文學報〈新小説〉》中云："本報宗旨，專在借小説家言，以發起國民政治思想，激屬其愛國精

---

① 此時期"新小説"被視爲"開通民智"的觀點比較常見，如 1901 年邱煒萲云："觀此而外國民智之盛，已可想見。吾華縱未驟幾乎此，然欲謀開吾民之智慧，誠不可不於此加之意也。"邱煒萲《小説與民智關係》，見陳平原、夏曉虹編《20 世紀中國小説理論資料》（第一卷），北京大學出版社，1989 年版，第 31 頁。1902 年梁啓超在《論小説與群治之關係》詳細闡述了"改良群治"與創作"新小説"的關係。梁啓超《論小説與群治之關係》，同前，第 33—37 頁。

② 嚴復、梁啓超等人對舊小説的批判可參黄曼《晚清留洋群體"舊小説"批判》一文之論述，載《華中學術》2016 年第 4 期。

神，一切淫猥鄙野之言，有傷德育者，在所必擯。"① 而前述《新民叢報》第
20 號亦云："蓋今日提倡小説之目的，務以振國民精神，開國民智識，非前
此誨盜誨淫諸小説之作可比。"② "新小説"能"發起國民政治思想，激厲其愛
國精神"，又能"開國民智識"，而與其相對的"舊小説"顯然只能是"誨盜
誨淫"之作了。

其次，梁氏等人所言的"新小説"明顯受到了西方小説觀念的影響，他
們也將這一西方小説觀念明確的融入了"新小説"中，故新舊的區別又往往
體現爲中西小説的不同，在這個層面上，"舊小説"往往是被貶斥的。《中國
唯一之文學報〈新小説〉》開篇即言："小説之道感人深矣。泰西論文學者必以
小説首屈一指，豈不以此種文體曲折透達，淋漓盡致，描人群之情狀，批天
地之竅奥，有非尋常文豪所能及者耶！"③ 此語是當時《新小説》報社諸人對
"新小説"的認識，它無疑是對西方"novel"的一個整體描述。但是中國古代
小説即"舊小説"與此明顯不同，其云："中國自先秦以前，斯道既壼，《漢
書·藝文志》已列小説家於九流；但漢唐以後，學者拘文牽義，困於破碎之
訓詁，騖于玄渺之心性，而於人情事理切實之迹，毫不措意，於是反鄙小説
爲不足道……"④ 我國古代的小説雖發源較早，但是通常被視爲"小道"，並
且"於人情事理切實之迹，毫不措意"。在新與舊、中與西二元對立思維的指
引下，《新小説》報對其所刊小説的內容與形式予以革新，但是就創作來看，
其內容上的革新遠遠大於文體形式的革新，《中國唯一之文學報〈新小説〉》一
文所舉的 15 類內容與作品都是以前"舊小説"基本没有的，如哲理科學小
説、探偵小説等。但是這些小説在體裁上仍沿用"舊小説"的章回體，如這

① 新小説報社《中國唯一之文學報〈新小説〉》，見陳平原、夏曉虹編《20 世紀中國小説理論資
料》（第一卷），北京大學出版社 1989 年版，第 41 頁。
② 《〈新小説〉第一號》，同上，第 39 頁。
③ 新小説報社《中國唯一之文學報〈新小説〉》，同上，第 41 頁。
④ 同上。

15 類中"歷史小説"的介紹云："歷史小説者，專以歷史上事實爲材料，而用演義體叙述之。蓋讀正史則易生厭，讀演義則易生感。"① 很明顯"歷史小説"採用的體式仍然是傳統的演義體裁，而就當時梁氏等人的創作來看，這一體裁也採用的較多。夏曉虹認爲這一體裁"只是形式，真正的要義在白話"，雖然"'新小説'本以白話爲理想文體，然而，實際呈現出來的狀態，却是文言作品多於白話"，這一分析十分精當②。所以"新小説"在内容上雖與"舊小説"有别，但是在體裁和語體上仍然相互聯繫。

最後，我們可看出"新小説"的媒介是報刊，而"舊小説"在刊刻時往往花費較多的時間和財力，這一媒介反映在新舊小説的創作上便是創作技巧的不同。如上述《〈新小説〉第一號》中所言，"新小説"要"依報章體例，月出一回，無從顛倒損益，艱於出色"，而"舊小説"則是"一部小説數十回，其全體結構，首尾相應，煞費苦心，故前此作者，往往幾經易稿，始得一稱意之作"，如此一來，"新小説"要"按月續出，雖一回不能苟簡，稍有弱點，即全書皆爲減色"，"舊小説"則不同，其"最爲精采者，亦不過十數同，其餘雖稍間以懈筆，讀者亦無暇苛責"，另外"新小説"要"於發端處，刻意求工"，"舊小説"通常"篇首數回，每用淡筆晦筆，爲下文作勢（令讀者彷徨于五里霧中，毫無趣味）"。這裏對"舊小説"雖有好評，但也只是一鱗半爪。

綜上，可看出"小説界革命"中新舊小説的區别主要在内容上，新小説的政治導向性也主要是通過内容的變革而實現的，從梁啓超創作的《新中國未來記》等作品便可以清楚地看出。另一方面，"新小説"在創作體式上仍然秉承著"舊小説"，演義體依舊是當時"新小説"採用最多的一種體式。梁氏

---

① 新小説報社《中國唯一之文學報〈新小説〉》，見陳平原、夏曉虹編《20 世紀中國小説理論資料》（第一卷），北京大學出版社 1989 年版，第 42 頁。
② 詳見夏曉虹《晚清"新小説"辨義》一文之論述，《文學評論》2017 年第 6 期。

等人在變革小說内容的過程中注入了强烈的價值判斷，“舊小説”成爲被貶低的一方。

　　“小説界革命”之後，“舊小説”一詞迅速成爲了人們的常用語詞，以報刊爲例，20 世紀初葉以來的 20 家重要的報刊多次出現了“舊小説”一詞，下表統計了“舊小説”出現次數在 10 次以上的這 20 家報刊，結果如下：

出　處	出現的年份	次　數	出　處	出現的年份	次　數
《申報》①	1906—1949 年	1 837	《文學月報》	1932 年	76
《東方雜誌》	1908—1948 年	21	《申報月刊》	1932—1945 年	16
《新世界小説社報》	1906—1907 年	11	《華年》	1932—1934 年	10
《小説新報》	1916—1923 年	39	《金剛鑽月刊》	1933—1935 年	11
《新青年》	1918—1920 年	13	《文藝陣地》	1938—1944 年	20
《遊戲世界》	1921—1923 年	12	《現世報》	1938—1940 年	10
《晨報副鎸》	1921—1925 年	15	《宇宙風乙刊》	1939—1941 年	10
《星期》	1922—1923 年	15	《永安月刊》	1939—1949 年	13
《紅雜誌》	1922—1924 年	17	《中國文化》	1940—1941 年	20
《京報副刊》	1925 年	10	《萬象》	1941—1945 年	23
《生活週刊》	1927—1933 年	19			

　　通過上述統計，我們可清晰地看出在“小説界革命”之後的不久，“舊小説”一詞便大規模的開始使用，而後成爲了人們的常用詞，在整個 20 世紀上半葉它也一直都是常見用詞，這一點從它們分布的年份和出現的次數可以清楚地看出。以《申報》爲例，從 1906 年至 1949 年，“舊小説”一詞出現了多達 1 800 多次，然而《申報》早在 1872 年便由英國商人美查創辦，在 1872 年

----

　　① 《申報》中“舊小説”一詞多出現於廣告中，且同一則廣告有時會連續出現數天，這一重複情況較爲明顯，故此處所顯示次數較多。

到 1906 年的這段時間中,《申報》並未出現"舊小説"一詞,作爲當時國内數一數二的報社,其用詞必然會緊跟時代風氣,這也是其商業性所決定的。從另一個側面也看出,20 世紀初有著濃厚西學背景的諸人所倡導的這場革新運動對原有中國語詞系統的改變是巨大的,"舊小説"只是衆多詞語中的一個。

二、漸失貶義的"舊小説"

"小説界革命"之後,"舊小説"一詞出現的次數急劇增加,而其意義也在不斷地豐富,後來者繼承了上述梁氏等人對新舊小説的界定,"舊小説"一方面多被用來指代以章回體小説爲代表的古代小説,從使用的感情色彩來看,後來者也同時承襲了梁氏等人對"舊小説"的消極評價,但是這一貶義的價值評判隨著時間推移而慢慢減少,"新文化運動"之後,其多以中性詞出現。

清末民初的文人在使用"舊小説"時,通常對其持批駁的觀點。1905 年知新主人在《小説叢話》中列舉了中國小説不如外國小説的幾點,其中一點云:"一曰:公德。外國人極重公德,到處不渝,雖至不堪之人,必無敢有心敗壞之者。吾國舊小説界,幾不辨此爲何物,偶有一二人,作一二事,便頌之爲仁人,爲義士矣。"[①] 這裏以一種極重的道德觀念來評價舊小説,認爲作舊小説者不重公德,暗含此類著作有敗壞道德之義,意在提倡以歐美爲主的文明小説,提升國人之素質。1909 年孫毓修《〈童話〉序》:"吾國之舊小説,既不足爲學問之助,乃刺取舊事,與歐美諸國之所流行者,成童話若干集,集分若干編,意欲假此以爲群學之先導,後生之良友。"[②] 此序爲孫毓修爲

---

① 知新主人《小説叢話》,見黃霖、韓同文選注《中國歷代小説論著選》下編,江西人民出版社 1990 年版,第 73 頁。
② 孫毓修《〈童話〉序》,見王泉根《中國現代兒童文學文論選》,廣西人民出版社 1989 年版,第 18 頁。

《童話》叢書寫的序文，他認爲我國古代的小説不足以教育兒童，不足視爲兒童文學。1914 年成之在《小説叢話》認爲舊小説缺乏高尚之理想，其言："中國舊小説，汗牛充棟，然除著名之十數種外，率無足觀者，缺於此條件故也。理想者，小説之質也。質不立，猶人而無骨幹，全體皆無所附麗矣。"①古代小説汗牛充棟，然而在成之看來，除了著名的十來種之外，大多小説並不具有他所言的高尚之理想，缺此小説便無骨幹也。1915 年梁啓超回溯前十年小説："質言之，則十年前之舊社會，大半由舊小説之勢力所鑄成也，憂世之士，睹其險狀，乃思執柯伐柯爲補救之計，於是提倡小説之譯著以躋諸文學之林，豈不曰移風易俗之手段莫捷於是耶？今也其效不虛，所謂小説文學者，亦既蔚爲大觀。"②梁氏之語説明了"舊小説"向"新小説"的轉變，而新舊的背後更是代表著一種思想，"新小説"所藴含的思想可以"移風易俗"。

　　清末民初文人在批判"舊小説"的同時，也給出了矯正"舊小説"的"良藥"，這一"良藥"便是科學思想。1905 年《東方雜誌》第二卷《論小説與社會之關係》一文云："夫我社會所以沉滯而不進者，以科學上之智識，未足故也；以物質上之智識，未有經驗故也。因之而安於固陋，入於迷信者，大半以此。若提倡小説者，而能含科學之思想，物質之經驗，是則我社會之師也，我社會之受其益者當不淺。"③1906 年《新世界小説報》刊載了《論科學之發達可以辟舊小説之荒謬思想》④一文，其中認爲"我國舊小説之所演述者，誠不足以當格致之士一噱也"，只有"科學大進，思想自由"才可以改良小説，其中對"舊小説"負面評價顯而易見，可以説科學與新小説都處在舊小説的對立面上。1907 年《新世界小説報》刊載的《讀新小説法》區別了

---

① 成之《小説叢話》，見陳平原、夏曉虹編：《20 世紀中國小説理論資料》（第一卷），北京大學出版社 1989 年版，第 454 頁。

② 梁啓超《告小説家》，同上，第 484 頁。

③ 佚名《論小説與社會之關係》，同上，第 151 頁。

④ 佚名《論科學之發達可以辟舊小説之荒謬思想》，同上，第 188—191 頁。

"新小説"和"舊小説":"要而言之,舊小説文學的也,新小説以文學的而兼科學的,舊小説常理的也,新小説以常理的而兼哲理的。讀舊小説須具二法眼藏,一作如是觀,一作如彼觀,吾恨不令漆園老叟鑿我渾沌人,以觀遍四千年來之舊小説。讀新小説,須具萬法眼藏,社會的作社會觀,國家的作國家觀,心理的作心理觀,世界的作世界觀。吾只得求吾佛慈悲,生萬眼,生萬手,生萬口,以閱遍持遍讀遍無量劫無量數之新小説。"① 相比於舊小説,新小説具有兩個新特點,既是科學的又是哲理的,新小説包含社會、國家、心理和世界多種題材,新舊小説的價值功能高下立判,科學顯然扮演著重要作用。1916 年履堅在志異小説《祝由科》開篇即説:"自科學昌明,哲士多以理繩物,凡理所不能通者,事雖奇奧,指爲荒誕。"② 此處指出了當時人們習慣了以"科學"去衡量小説的好壞。同年蔡元培《在北京通俗教育研究會演説詞》云:"如我國小説之侈言神仙鬼怪。此亦因近世科學日臻發達,故小説亦因科學之潮流而轉移也。"③ 蔡氏此處指出了"小説亦因科學之潮流而轉移"。直到 1919 年,李定夷在《改良小説芻議》④ 中提出了五點改良舊小説的方法,分別是:"取中西善本詳細批判之""取近時行本嚴屬甄別之""敦聘大學家精著模範本""昌明各科學以扶植智識""演講禮教以端讀者趨向",其中第四點便是"昌明科學",他認爲"科學乃智識之母",故通過提倡科學改良舊小説以達到"扶植智識"的目的。

在新文化運動時期,"舊小説"的内涵進一步豐富。周作人、錢玄同對"舊小説"持批判態度,1918 年周作人在《日本近三十年小説之發達》一文云:"即使寫得極好如《紅樓夢》,也只可承認它是舊小説的佳作,不是我們

① 佚名《讀新小説法》,見陳平原、夏曉虹編:《20 世紀中國小説理論資料》(第一卷),北京大學出版社 1989 年版,第 278 頁。
② 履堅《祝由科》,《中華小説界》1916 年第 3 卷第 2 期。
③ 蔡元培著,高平叔編《蔡元培教育論著選》,人民教育出版社 1991 年版,第 69 頁。
④ 李定夷《改良小説芻議》,《小説新報》1919 年第 5 年第 1 期。

現在所需要的新文學。它在中國小説發達史上，原占著重要的位置，但是它不能用歷史的力來壓服我們。新小説與舊小説的區別，思想果然重要，形式也甚重要。舊小説的不自由的形式，一定裝不下新思想；正同舊詩舊詞舊曲的形式，裝不下詩的新思想一樣。"① 周氏從提倡新文學的角度認爲，舊小説的形式不適合新思想的闡發，也就是説舊小説的形式多適合舊的内容。1919年錢玄同將"舊小説"和"舊詩""舊賦"歸在一起，對此進行了嚴厲的批判，其云："適值政府厲行復古政策，社會上又排斥有用之科學，而會得做幾句駢文，用幾個典故的人，無論那一方面都很歡迎，所以一切腐臭淫猥的舊詩舊賦舊小説復見盛行；研究的人于用此來數衍政府社會之餘暇，亦摹仿其筆墨，做些小説筆記之類。此所以貽毒于青年之書日見其多也。"② 錢氏認爲這些"舊詩舊賦舊小説"是"腐臭淫猥"的，而且"貽毒于青年"。然而胡適從提倡國語的角度出發對"舊小説"作出了積極的評價，他甚至將明清的白話章回小説稱爲"活文學""文學之正宗"，從這個角度出發，胡適對當時的"新小説"的不足之處予以了批駁，其在《建設的文學革命論》一文中説："現在的小説（單指中國人自己著的），看來看去，只有兩派。一派最下流的，是那些學《聊齋志異》的劄記小説……此類文字，只可抹桌子，固不值一駁。還有那第二派是那些學《儒林外史》或是學《官場現形記》的白話小説。……現在的'新小説'，全是不懂得文學方法的：既不知布局，又不知結構，又不知描寫人物，只做成了許多又長又臭的文字；只配與報紙的第二張充篇幅，却不配在新文學上占一個位置。"③ 胡適此處指出"新小説"對傳統小説的模仿和承襲，胡適的這種觀點亦爲後來者所繼承。1920年妙然在《新雜誌和黑幕小説》中説："舊小説中的材料，有幾種却是説來'離經背道'。也有許多

① 周作人著，鐘叔河編《周作人文類編・日本管窺》，湖南文藝出版社1998年版，第247頁。
② 宋雲彬、錢玄同《通信："黑幕"書》，《新青年》1919年第6卷第1號。
③ 胡適《胡適文集》第2册，人民文學出版社1998年版，第52頁。

文章做得很好，意思做得很周密的。一般人看了，能夠增進做文章的技能；就是他的内容，雖是有些奇怪謊誕的地方，却不至於弄壞一般人的心理。像現在各處小書坊——上海地方更多——出的黑幕小説，專們描寫各種極壞的社會狀況，并且説得'淋漓盡致'，有門有徑。使得一般青年男女看了，學得許多爲非作惡的門路。"① 1922 年淚兒在《我之新舊小説觀》就表達了這樣的觀點，他説："就是舊小説做的太艱難，新小説做的太草率，做舊小説的人把小説看做千秋不朽的事業，所以成一部小説，也不知經若干時日，然而他一番苦心，都不會白用……所以我國數千年來，小説是很少很少，如今新小説可就多了，但又未免把小説看的太容易，當今以小説家自負的，真是不乏其人，但真正當得起這三個字的，能有幾人……"② 上述妙然指出了當時黑幕小説的弊端，淚兒也明確指出新小説存在創作速度過快、作家對生活的理解過於淺薄的缺陷，而在他們眼中"舊小説"並没有這些問題。

　　"新文化運動"後，"舊小説"一詞作爲古代小説的代名詞慢慢褪去了貶義的色彩。1933 年魯迅《豪語的折扣》一文云："舊小説家也早已看穿了這局面，他寫暗娼和別人相爭，照例攻擊過別人的偷漢之後，就自序道……"③ 1935 年力生在《典型人物的描寫》一文中云："中國的舊小説中，寫善人一味爲善，惡人一味作惡，無論何時，人物的性格常是停滯在一點，毫無進展，這就是所謂'静的人物'。"④ 碧暉在《諷刺小説和〈儒林外史〉》中説："《儒林外史》在中國的舊小説中的確是比較特出的，所寫的題材不是佳人才子的浪漫史，也不是神怪、武俠的超人間的故事，只斷片地描寫出所'憎'的平平常常

---

① 妙然《新雜誌和黑幕小説》，《新婦女》第 3 卷第 6 號。
② 淚兒《我之新舊小説觀》，《京報》1922 年 12 月 4 日第 5 版。
③ 魯迅《魯迅全集》第 5 卷，人民文學出版社 2005 年版，第 256—257 頁。魯迅曾多次使用"舊小説"一詞，1933 年在給何家駿、陳企霞的信中説："材料，要取中國歷史上的，人物是大衆知道的人物，但事迹却不妨有所更改。舊小説也好，例如《白蛇傳》（一名《義妖傳》）就很好，但有些地方須增加（如百折不回之勇氣），有些地方須削弱（如報私恩及爲自己而水滿金山等）。"見《魯迅全集》第 12 卷，人民文學出版社 2005 年版，第 426 頁。
④ 力生《典型人物的描寫》，《新生》1935 年第 2 卷第 21 期。

的社會，宗法封建時代的上層階級；所取的態度只是冷冷的諷刺……"① 1943
年朱自清在《論做作》一文中説："舊小説裏女扮男裝是喬裝，那需要許多做
作。難在裝得像。"② 此類例證不一而足，它們不再帶有强烈的貶義，更多作
爲一個中性詞出現。

　　值得注意的是，"舊小説"一詞在三十年代中期卷入了階級討論的論爭
中，這一論爭的背後體現著當時學者關於中國社會性質的認識，"舊小説"被
認爲是資産階級和封建階級的標識，代表落後的成分。1934 年李長之《論中
國舊小説裏兩個共同的成分》認爲"出自大衆之手的通俗的俚鄙的舊小説可
以找出農村社會的封建意識的最典型的表現，這一表現有兩點：一、是一夫一
妻制的性道德的維護；二、是當前的統治勢力的維持"③。李氏這種帶有濃厚
政治色彩的觀點隨後也引起了爭論，蓮生和劉西謂相繼撰文予以批駁，前者
認爲"中國舊小説與其説是擁護'一夫一妻制'的性道德。不如説是擁護
'一夫多妻制'的性道德比較正確"④，後者認爲"中國舊小説往往倒是社會最
忠實的呈現，最能供給社會學者一個歷史的現實。但是這只是一種材料，一
種方便，却不能因之評判一部小説的價值"⑤。而關於舊小説的階級性，歐陽
山在《抗戰以來的中國小説（1937—1941）》一文中説的更加明白，其言：
"魯迅出現以前的小説是舊小説，是封建階級的舊小説和資産階級的舊小説，
魯迅出現以後直到現在以至未來的小説是新小説，是新民主主義和人民大衆反
帝反封建的新小説。無論在字面上，在内容和形式上，兩者都是截然不同的。
叙述中國舊小説的專史只有一本，那就是魯迅著的《中國小説史略》，——在這

① 碧暉《諷刺小説和〈儒林外史〉》，《論語》1935 年總第 58 期。
② 朱自清《論做作》，《文學創作》1943 第 1 卷第 4 期。
③ 李長之《論中國舊小説裏兩個共同的成分》，《大公報》1934 年 9 月 29 日第 12 版。
④ 蓮生《中國舊小説中的性道德——質李長之君》，《大公報》1934 年 10 月 3 日第 12 版。
⑤ 劉西謂《中國舊小説的窮途》，《大公報》1934 年 10 月 6 日第 12 版。

點上，魯迅同時又是著述中國小説歷史的僅有的一人了。"① 雖然上述討論認爲
舊小説是封建階級和資産階級的文藝形式，但是這一階級標識並未內化在其
詞義中。

三、"舊小説"的文體內涵

從上述論述中可看出"舊小説"一詞的價值判斷色彩在漸漸減弱，在
"新文化運動"後，它多對應的是古代小説文體。事實上"舊小説"一詞從
"小説界革命"以來一直代表著古代小説文體，20世紀20年代後隨著小説史
學科的日漸成熟和其價值判斷色彩的減弱，這一文體指涉越來越明顯。

"舊小説"一詞在具體使用時，多數情況下指代章回小説。1908年《小
説林》報社關於"紅樓叢話"欄目的徵稿告示云："我國舊小説，以《紅樓
夢》爲第一。其中深文奧義，命名記時，甚至單詞片語，篇章句讀，每每人
執一詞，家騰一説，津津樂道之。然未有輯成專書者，本社敬告愛讀諸君，
苟有發明之新考據，新議論，新批評，新理想，不論長篇短劄，以及單詞只
義，請寄交本社發行所。"② 鐵的《鐵翁爐餘》亦云："吾國舊小説中，人所最
愛讀者，莫如《紅樓夢》，或喜其諷喻，或喜其戀情，文者見之謂之文，淫者
見之謂之淫，在讀者各具眼光耳。"③ 1913年默在《申報》"雜評"欄目云：
"前清胡林翼有言，本朝官場中全以《紅樓夢》一書爲秘本，故一入仕途即鑽
營擠軋無所不至。在草野中則又以《水滸傳》爲師資，滿口英雄好漢而所謂
奇謀秘策，率皆粗莽可笑。余謂民國成立而後，此兩部舊小説仍兢兢保守玉

---

① 歐陽山《抗戰以來的中國小説（1937—1941）》，《中國文化》1941年第3卷第2、3期。
② 《敬告愛讀〈紅樓夢〉諸君》，《小説林》1908年第11期。
③ 鐵《鐵翁爐餘》，見陳平原、夏曉虹編《20世紀中國小説理論資料》（第一卷），北京：北京大
學出版社，1989年版，第333頁。

笈寶册不是過也。惟近來國人於此兩種舊小説外又添兩種泰西新小説，在官則喜讀偵探小説，在民則喜讀革命小説。不然近來之捕獲嫌疑犯何其多，而革命之聲何仍不絶於耳鼓也。"① 1920 年記者的《小説二次革命議》云："吾人試舉舊小説言之，《紅樓夢》《水滸傳》《花月痕》《金瓶梅》等，皆吾國舊小説之卓著者；等而下之，若《林蘭香》《蕩寇志》《西遊記》《野叟曝言》等皆舊小説中之佳本；再等而下，如《平妖傳》《如意緣》《鴛鴦夢》《十二樓》等，此千篇一律之小説，坊間不下三四百種……"② 1921 年落華《小説小説》亦云："論中國之舊小説者，莫不推崇《紅樓》與《水滸》，謂爲小説之聖。毀之者則斥導淫誨盜之書，聚訟至今，莫衷一是。"③ 1923 年吳羽白在《我的舊小説觀》一文中説："在此稱舊小説，係指刻過木板的回目小説。"④ 1933 年莊心在《布克夫人及其作品》："最後在作品方面，布克夫人還寫于幾篇論文，如《東方西方及其小説》（現代曾有介紹）及《中國初期小説的源流》等亦極具見解，近頗沉湎于中國的《水滸》《紅樓夢》等舊小説，聞已將《水滸》一書譯成英文，交由美國出版云。"⑤ 1939 年唐弢《論會話》云："舊小説如《水滸傳》《紅樓夢》之類，也以用會話刻劃人物出名，其中尤以《水滸傳》爲巧妙。"⑥ 1942 年危月燕《從大衆語説到通俗文學》云："現在深入大衆之中在大衆中具有極大潛勢力的幾部舊小説，如《三國志》《紅樓夢》《水滸傳》等，就都是用白話寫成。"⑦ 以上諸條中"舊小説"均用來代指以《紅樓夢》《水滸傳》爲主要代表的章回小説，而且從時間跨度來看，"小説界革命"至 1949 年這一用法都很常見。

---

① 默《紅樓夢與水滸傳》，《申報》1913 年 4 月 20 日。
② 記者《小説二次革命議》，《小説新報》1920 年第 5 期。
③ 落華《小説小説》，《禮拜六》，1921 年總第 102 期。
④ 吳羽白《我的舊小説觀》，《時報》1923 年 6 月 19 日。
⑤ 莊心在《布克夫人及其作品》，《矛盾月刊》1933 年第 2 卷第 1 期。
⑥ 唐弢《論會話》，《宇宙風：乙刊》1939 年總第 16 期。
⑦ 危月燕《從大衆語説到通俗文學》，《萬象》1942 年第 2 卷第 4 期。

上述“舊小説”一詞在指古代小説時偏重於章回體小説，然而吳曾祺編《舊小説》一書時並未將章回小説納入，而是選入了大量的筆記小説和傳記類作品，由是“舊小説”在這裏指筆記小説。1914 年吳氏編選的《舊小説》出版，作爲一部小説總集，此書選録了漢魏六朝至清代的古體小説，按時代先後排列爲六集：甲集爲漢魏六朝作品，乙集爲唐代作品，丙集爲五代作品，丁集爲宋代作品，戊集爲金元明作品，己集爲清代作品。此書在當時影響較大，東園《〈小説新報〉第六年》曾説：“且小説之傳

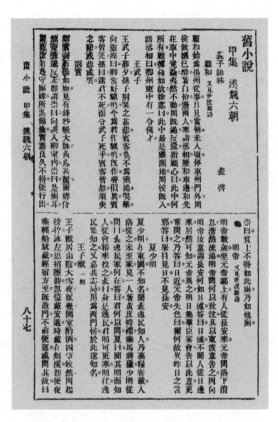

商務印書館 1914 年版吳曾祺編《舊小説》

播天下者有二：一爲閩人吳增（按：應爲“曾”）祺之《舊小説》；一爲浙人沈頌華[1]之新小説，舊小説出商務書館；新小説則出國華書局，舊小説將摧以爲薪；新小説猶方興未艾。”[2] 吳氏此書所選以筆記小説和傳記類作品爲主，筆記小説兹不舉例，傳紀類作品如清代魏禧的《大鐵椎傳》、錢謙益的《書鄭仰田事》、吳偉業的《柳敬亭傳》等散文名篇。吳氏納入這類傳記作品實與他的編纂思想密切相關。在《舊小説》一書的例言中，吳曾祺説：“爲學文之助而

---

① 沈頌華，應爲沈仲華，國華書局的主人。國華書局辦有《小説新報》，此處“新小説”便指的是《小説新報》。

② 東園《〈小説新報〉第六年》，《小説新報》1920 年第 7 期。

輯，以小説引人之興味，即以古文示人之矩矱。集中每於雜記之前選登各大家文者以此。”① 這裏吳氏明確指出此書的編纂主要是爲了“學文之助”，這些古文可以“示人之矩矱”，而其中選録的小説作品僅僅是爲了“引人之興味”，從這個角度來看，其選録的小説總集毋寧説更像是一部古文總集。

與提倡變革的“小説界革命”文人相比，吳氏的文學觀念顯得更爲保守，這點可從《舊小説》序中看出，其云：

> 竊以説部之書，托體較卑，上不得躋於經史之列，又其中出於寓言者十之八九，故爲考據家之所不及。至於張皇鬼神之狀，婉孌兒女之私，彼夫道學先生相戒不以寓目，而余竊以窺古文之秘者，莫此爲近。徒觀其叙事之妙，控顥引末，首尾畢具，而間及一二可歌可泣之事，神情意態，落楮文生，使讀者悽然以悲，歡然以喜，其感人之捷，有不知其所以然者。雖以左、馬復生，亦當引爲入室弟子。②

此處吳氏將説部與經史、道學對比從而作出評價，與新時代的文人相較，這種評價方式和思維方式還是顯得更爲傳統，事實上吳氏本來就長於古文學，對於傳統學術的造詣頗高，尤其是古代的文章學，他曾編選《中學國文教科書》選録歷代文章七百零一篇，1910 年他編成《涵芬樓古今文抄》，此書多達一百册，收録兩千多家文人的文章八千餘篇③。很明顯上述兩書對《舊小説》一書的編纂宗旨産生了很大影響，導致其選入大量的散文名篇，而傳統的學術背景也使其對當時學人所使用的“舊小説”的含義沒有那麼深的體認。

---

① 吳曾祺編《舊小説》，上海書店出版社 1985 年版，例言第 1 頁。
② 同上，叙第 1 頁。
③ 關於吳曾祺的文章學思想，可參看朱迎平《吳曾祺的文章學理論和價值》一文，載王水照、侯體健主編《中國古代文章學的衍化與異形——中國古代文章學二集》，復旦大學出版社 2014 年版，第 567—575 頁。

另外章回小説篇幅冗長，不便入選總集，也可能是吳氏不選的原因之一。

　　從上述論述可看出"舊小説"一詞在指古代小説文體時既可指章回小説又可指筆記小説。而《時代日報》1934 到 1935 年開設的"舊小説雜話"欄不僅評論了筆記小説和章回小説，還有《東城父老傳》《虯髯客傳》等傳奇小説。事實上從 20 世紀 20 年代後，"舊小説"原有的貶義色彩漸漸消失，而其文體内涵越來越突出，而這一時段小説史學科也逐漸從無到有。中國古代小説史學科的成立與小説史的編纂密切相關，1920 年，張静廬的《中國小説史大綱》出版，此書國人寫就的第一部小説史著作。郭紹虞在 1921 年翻譯出版了日本學者鹽谷温的《支那文學概論講話》一書的小説部分，命名爲《中國小説史略》，此書較早以"史"的觀念來整合古代小説，他以先秦的神話傳説爲小説之起源，又以時間順序述及兩漢六朝小説、唐代小説和宋代以降的譚詞小説，中國古代小説史的格局在此已經初步廓清。從 1923 年到 1924 年，魯迅出版了自己在北京高校講課時的講義，命名爲《中國小説史略》①，在此書中，魯迅以筆記、傳奇、話本、章回四種文體來劃分古代小説，魯迅對於作品類型的劃分和各種文體的源流考述爲古代小説構建了一個較爲精密的體系。此書之後仍有多部小説史著作出現，但總體並未超出魯迅的所規劃的體系。魯迅此部著作的出現，標誌著古代小説史學科的初步形成，它把古代小説文體明確作爲一種研究對象，並對其内部的各種二級文體作出了精密的劃分。

　　隨著小説史學科的日漸成熟，"舊小説"一詞更多的用來指涉古代小説文體，而較少含原本的貶義色彩。很多學者在分析古代小説文體時便直接用"舊小説"一詞，如 1939 年胡野吟的《中國舊小説的新評價》② 一文在分析如何評價古代小説時便直接用"舊小説"一詞，1943 年青冰在《舊小説的常用

---

① 詳見楊燕麗《〈中國小説史略〉的生成與流變》，《魯迅研究月刊》1996 年第 9 期。
② 胡野吟《中國舊小説的新評價》，《文心》1939 年第 2 卷第 1 期。

套語》① 一文同樣如此，1945 年李何林在《中國舊小説發展概觀》一文中梳理了古代小説的流變，它給"舊小説"作了明確的界定："這裏所謂'舊小説'是指五四前後新文學運動以前的一切小説而言，不論它是文言、白話、長篇或短篇。"② 很明顯李氏所認爲"舊小説"就是"五四之前"的小説而言，"舊小説"相對的是"新文學"。"新文學"這一文學史概念從 20 世紀 30 年代左右就已開始使用③，1929 年春朱自清在清華大學講授"中國新文學"，並編訂了《中國新文學研究綱要》，1932 年周作人在輔仁大學主講新文學，並出版《中國新文學的源流》，1935 年《中國新文學大系》出版。這一"新文學"主要指魯迅等人用白話創作的各體作品，由此我們可看出"舊小説"的對立面已由"小説界革命"時的"新小説"轉移到了"五四"時的"新文學"，雖然此兩者都以"新"字命名，但是意義明顯不同，前者的時代色彩和價值判斷色彩更爲濃厚，後者更多的是作爲一個文學史概念而出現。與之相同，"舊小説"的内涵也經歷了這樣的變化。

"舊小説"在 20 世紀 50 年代逐漸淡出人們的視野，原因在於 50 年代以後新舊二元對立話語的消融，在文學史的譜系中，古代、近代、現代的概念已趨於成熟，"古代"明確了時間上的界限，即指 1840 年前。而"舊小説"的"舊"字則處在一個變動的狀態中，時代不同則其涵義便不同，這一變動性也決定了它不能進入文學史和小説史中作爲固定術語而使用。

四、"古小説"的語義及内涵

"古小説"一詞的使用頻率較之"舊小説"顯得少了許多，"古小説"一

---

① 青冰《舊小説的常用套語》，《文學批評》1943 年總第 2 期。
② 李何林《中國舊小説發展概觀》，《進修月刊（昆明）》，1945 年第 1 卷第 2 期。
③ 關於"新文學"這一概念的梳理，可參李怡主編《詞語的歷史與思想的嬗變——追問中國現代文學的批評概念》，巴蜀書社 2013 年版，第 22—24 頁。

詞最早可追溯古人所使用的“古小説家”一詞，如明代焦竑《書歐餘漫録》云：“古小説家蓋出於稗官，街談巷語道聽塗説者之所造也。《漢·藝文志·六藝》九種，凡百三家，僅三千餘篇，而《小説》十五家乃至千三百八十篇，其多如此。歷世寖遠，莫可考見。”① 很明顯焦氏所云的“古小説家”指《漢書·藝文志》（下簡稱《漢志》）的小説家，則“古小説”指的是《漢志》小説家下所收録的小説。清代張謙宜《硯齋論文》卷五論及周亮工時云：“《書戚三郎事》純用瑣細事描寫情狀，是史法却不入史品，正當於結構疏密處辨之。此只如古小説之雋者耳。”② 書戚三郎事被張潮收入《虞初新志》卷七，此篇情節曲折，長達三四千字，這便是張謙宜所評的“純用瑣細事描寫情狀”，這種故事僅僅被視爲好一點的“古小説”。此處“古小説”一詞内涵較爲模糊，但是從“純用瑣細事”可看出其多近於兩漢六朝的筆記小説。

　　下至民國，“古小説”一詞出現次數漸漸增多。1921 年胡寄塵《今寓言》提到“古小説家”一語，其云：“古小説家，爲諸子百家之一。顧其言不傳，今所見者，散出於《莊》《列》之書而已，然命詞平實，寓意深遠，有足觀也。”③ 此處所言“古小説家”與前述明代焦竑所言意義基本相同，均指兩漢之小説。1922 年甘蟄仙在《章實齋的文學概論》一文中評章學誠的小説觀念時云：“這便是他以史學眼光觀察小説的論據。章氏把幾種古小説，認爲‘非《尚書》所部，即《春秋》所次；……不儕於小説’無非打算拉他入史學範圍裏去。”④ 此處的幾種古小説當是《漢志》所著録的幾種小説，則此處的“古小説”和“古小説家”中的“古小説”含義相同。

　　“古小説”一詞又可以泛指古代小説。1923 年不肖生所著的小説《留東外史補》中潘良仲形容其看到魯理成家對面住的人時云：“一個酒糟鼻子倒是

---

① （明）焦竑《澹園集》，中華書局 1999 年版，第 1200 頁。
② 王水照編《歷代文話》第 4 册，復旦大學出版社 2007 年版，第 3935 頁。
③ 胡寄塵《今寓言》，《遊戲世界》1921 年第 3 期。
④ 甘蟄仙《章實齋的文學概論》，《晨報副鐫》1922 年 12 月 7 日。

不小，古小説上説甚麽鼻如懸膽，這人的鼻子真像是懸的一個牛膽，一團酒杯細精圓的肉，垂在嘴唇上，你看像不像是懸膽呢？"①《紅樓夢》二十五回有詩形容癩頭和尚云："鼻如懸膽兩眉長，目似明星蓄寶光。"②《劉公案》第二十五回形容女僧容貌亦云："眉似遠山拖翠黛，鼻如懸膽正當中，臉似丹霞一般樣，未開口想必是糯米牙在口中。"③ 結合此兩處描寫，則上述不肖生所言的"古小説"當泛指包含章回小説在內的古代小説。1925 年徐悲鴻《對於藝術教育之意見》中提及關於中國藝院畫科的組織架構，其中介紹圖書館云："藏中國全史、經、子、雜史、古小説、詩、詞，及記載藝術之書，並近出及日本所出之金石書畫精印本，各國神話史乘、藝史專史、藝人傳記、評論、字典、姓名録、雜誌。"④ 這裏"古小説"作爲圖書館藏書的一類是古代小説的代名詞，與詩、詞等並列。胡寄塵《中國的古小説》⑤ 一文討論了整個古代的小説，將古代小説的發展分爲三個階段，分別是周秦、晉唐和宋元，據周氏文中所討論的內容來看，這裏的"古小説"也指的是古代小説。1926 年魯迅《馬上支日記》云："不知怎地忽然想起今天校過的《小説舊聞鈔》裏的强汝詢老先生的議論來。這位先生的書齋就叫作求有益齋，則在那齋中寫出來的文章的內容，也就可想而知。他自己説，誠不解一個人何以無聊到要做小説，看小説。但于古小説的判決却從寬，因爲他古，而且昔人已經著録了。"⑥ 對照《小説舊聞鈔》所收録的强汝詢《求益齋文集》卷五《佩雅堂書目》小説類序，可知魯迅所指的是强氏所言的"何致降而爲小説，敝神勞思，取媚流俗，甘爲識者所耻笑，甚矣其不自重也！然亦學術之衰，無良師友教誨規

---

① 不肖生《留東外史補》，《星期》1923 年第 47 期。
② （清）曹雪芹、高鶚著，中國藝術研究院紅樓夢研究所校注《紅樓夢》，人民文學出版社 1996 年版，第 345 頁。
③ （清）佚名《劉公案》，華夏出版社 2015 年版，第 92 頁。
④ 徐悲鴻《對於藝術教育之意見》，《晨報副鎸》1925 年第 50 號。
⑤ 胡寄塵《中國的古小説》，《新月》1925 年第 1 卷第 3 期。
⑥ 魯迅《馬上支日記(四)》，《語絲》1926 年第 92 期。

益之助，故邪辟污下，至於此極而不自悟其非。嗚呼，可哀也已"① 諸語。細觀强氏所言，他所評論的是整個古代的小説，則魯迅此處所言的"古小説"亦當指古代的小説。

與上述含義不同的是，"古小説"又可被用來指漢至隋的筆記小説。魯迅在 1909 年秋至 1911 年，輯録了上起周代的《青史子》、下迄隋代侯白《旌異記》的散佚小説共三十六種，命名爲《古小説鉤沉》，很明顯此處"古小説"一詞指的是漢代至隋代的小説。但是此書直到 1938 年收入《魯迅全集》而得以面世，故魯迅所言的"古小説"一詞在 1938 年以後才爲世人所矚目。静生在 1946 年在《中國古小説叙録》一文中繼承了魯迅的觀點，認爲"中國古小説者，隋以前之小説也"②。

"古小説"在指古代小説時，由於意義的重疊，也出現了混用的情况。1925 年王森然《中等學校國文教學之商榷》一文云："胡適之舉出 20 部以上的舊小説，謂可作課本，似屬非當，那些古小説只可作爲參考用，采作教材，似非所宜。"③ 此處胡適所舉出的舊小説大致是指 1920 年其在《中學國文的教授》一文中所言的"看二十部以上，五十部以下的白話小説"，其中所列多數是明清章回體白話小説，王氏此處既把它們看作是"舊小説"，也用"古小説"一詞來指涉。直到 1975 年，王雲五在《匯印小説考證序》中有將"舊小説"和"古小説"區别的意圖："班固稱：小説者流，出於稗官。如淳注：王者欲知間巷風俗，故立稗官，使稱説之。雖多駁雜不純；然其博采旁搜，固可廣見聞也。然而古之小説，體例不與今同。古之小説，據《漢書·藝文志》，實始於漢。今之小説，殆出於宋天聖嘉祐間。傳言仁宗時國家閑暇，朝臣日進一奇怪事以娱宫廷。此所謂古今小説，統名爲舊小説。海通以還，西

---

① 魯迅校録《小説舊聞鈔》，齊魯書社 1997 年版，第 111 頁。
② 静生《中國古小説叙録》，《中華月報》1944 年第 7 卷第 5 期。
③ 王森然《中等學校國文教學之商榷》，《京報副刊》1925 年 5 月 26 日第 160 號。

風東漸，新小説應運而興，與舊小説又略異其趣。"① 此處王雲五所言的"舊小説"指的是古代小説，其對立面是新小説，而"古小説"是發端於《漢志》的小説，大約以筆記小説爲主。今人所言"古小説"也多就筆記小説而言，程毅中的《古小説簡目》收錄了先秦至唐五代的 450 種小説，他認爲"古小説相對於近古的通俗小説而言，或稱爲子部小説，或稱爲筆記小説，内容非常繁雜，很難概括其特性"，又認爲"古小説相對於白話小説，不僅時代較早，而且文體較古"②。則程毅中所言之"古小説"指筆記小説。中華書局出版的"古小説叢刊"，就其所出各書來看，所用"古小説"之義亦指筆記小説而言。

【相關閲讀】

夏曉虹：《晚清"新小説"辨義》，《文學評論》2017 年第 6 期。

---

① 王雲五：《王雲五全集》第 19 册，九州出版社 2013 年版，第 541 頁。
② 程毅中：《古小説簡目·凡例》，中華書局 1981 年版，第 8 頁。

下 卷

釋“草蛇灰綫”

“草蛇灰綫”是古代小説評點中較爲常見的一個文法術語，它源於堪輿理論，而後在古代文學批評領域被屢屢轉用，尤其在小説評點領域出現得更爲普遍。作爲一種小説技法，它或以一種結構綫索的形式而存在，或以伏筆照應的形式而存在，或以象徵隱喻手法的形式而存在，具有較爲複雜的内涵①。

據現有文獻，“草蛇灰綫”這一術語較早出現在唐代。唐人楊筠松撰堪輿書《撼龍經》，其中《葬法倒杖》篇中“離杖”與“騎龍”兩節分別有云：

> 聚氣須用客土，堆成要有微窩屬，或草蛇灰綫者方結，否則旺氣未平，必主灾禍。

> 龍神盡處，有突兀之結案，迫前砂而穴露。其氣不聚，後龍疊來，草蛇灰綫，過脈分明。穴須退後高扦，取騎龍下，深井放棺。填補明堂，以全造化也。②

---

① 此一文法術語已受到研究者較廣泛的關注，如胡適《水滸傳考證》、陳洪《中國小説理論史》第 188 頁（天津教育出版社 2005 年版）、陳桂聲《張竹坡〈金瓶梅〉批評三則淺析·草蛇灰綫》（《金瓶梅研究集》齊魯書社 1981 年版）、羅德榮《爲金聖歎“草蛇灰綫法”一辯》（《天津師大學報》1985 年第 2 期）、梁歸智《草蛇灰綫之演繹》（《紅樓夢學刊》2001 年第 2 期）等論著對此均有涉及。

② 以上兩處材料分別見《四庫全書》“子部·術數類·撼龍經”，第 808 册，上海古籍出版社 1987 年版，第 77、79 頁。

明人所撰堪輿類典籍《靈城精義》亦有載録①：

　　氣脈何以分別？凡脈之行必須斂而有脊，乃見草蛇灰綫，形雖不甚
露而未嘗無形也。②

　可見，"草蛇灰綫"的使用較早出於古代風水典籍，指山勢（龍脈）似斷
非斷、似連非連的態勢，並非作爲文法而使用。

　在詩文等文學領域，"草蛇灰綫"一語較早出現於明末劉宗周《聖學宗要
小引》一文：

　　竊取去非（作者友人劉去非——筆者注）之意云耳，由今讀其言，
如草蛇灰綫，一脈相引，不可得而亂，敢謂千古宗傳在是。③

　在這裏，劉宗周以"草蛇灰綫"一辭來指稱"聖學"相傳中的時斷時續
的態勢，擴大了這一術語的運用領域。

　清初賀貽孫則在其《詩筏》中較早地在詩論中運用了此一術語：

　　愈碎愈整，愈繁愈簡，態似則而愈正，勢欲斷而愈連。草蛇灰綫，

————————

　　① 對於此書，《欽定四庫全書總目·子部十九·術數類三》有辨析："舊本題南唐何溥撰。溥字令通，履貫未詳。是編上卷論形氣，主於山川形勢，辨龍辨穴。下卷論理氣，主於天星卦例，生克吉凶。自宋以來，諸家書目皆不著録。觀其言宇宙有大關合，氣運爲主。……其法出自明初寧波幕講僧，五代時安有是説？其非明以前書確矣。其注題曰劉基撰。前列引用書目凡二十二種，如《八式歌》之類，亦明中葉以後之僞書，則出於贋作，亦無疑義。"（中華書局 1997 年版，第 1433 頁）至於此書性質，《欽定四庫全書總目·術數存二》中《堪輿類纂人天共寳》（十二卷）（安徽巡撫采進本）條目下有云："明黃慎撰。慎字仲修，海陽人。其書刊於崇禎癸酉。分經、傳、論、狀、書、記、篇、説、詩、賦、歌、訣、問答、雜録、辨、斷穴法、葬法、序、表二十目。大抵割裂舊書，分門編次，舛錯紛淆，漫無持擇。如何溥《靈城精義》一書，因無門可歸，改曰《論氣正訣》，入之訣類，他可知矣。"（中華書局 1997 年版，第 1462 頁）
　　② 《靈城精義》"卷上"，《四庫全書》，第 808 冊，上海古籍出版社 1987 年版，第 132 頁。
　　③ （明）劉宗周著《劉子遺書》卷一，《四庫全書》第 717 冊，上海古籍出版社 1987 年版，第 101 頁。

蛛絲馬迹，漢人之妙，難以言傳，魏、晉以來，知者鮮矣。①

　　清初仇兆鰲《杜詩詳注》卷二十三轉引朱瀚論杜詩《小寒食舟中作》："頷聯分承上二，時逢寒食，故春水盈江，老景蕭條，故看花目暗。須於了無蹊徑處尋其草蛇灰綫之妙。"同書卷二十在論及杜詩《秋日寄題鄭監湖上亭三首》時又云："杜詩三章叠咏，有首章爲主，後二首分應者，如《羌村》，如《領妻子赴蜀》及《湖亭》，詩於草蛇灰綫中見其章法之妙。"② 在此，批評者以"草蛇灰綫"這一術語揭示了或隱或斷而又前後照應的詩歌特點，頗爲生動形象。

　　經學家顧鎮在論及《詩經·大雅·桑柔》時亦涉及"草蛇灰綫"："後八章極言民之貪亂，將更有不可知之變，亦先逗出'俾民卒狂'句，皆詩中草蛇灰綫、結構精嚴處。"③ 將民之反抗情緒的前後隱性相連特點加以貼切的評解，也注意到了"草蛇灰綫"對於行文"結構"之影響。

　　與此同時，清初批評家王廷燦在論述文體特徵時也提到了"草蛇灰綫"："賦頌之體麗以則，如陳周鼎商彝；論辯之體精而核，如指草蛇灰綫，此其大凡也。"④

　　散文批評中較早運用"草蛇灰綫"之法的是閻若璩《四書釋地》對《孟子·公孫丑下》中兩"坐"字⑤的評論："此兩坐字殊不同，而孟子文字止於

　　① 郭紹虞輯《清詩話續編》，上海古籍出版社 1983 年版，第 139 頁。
　　② （清）仇兆鰲著《杜詩詳注》，中華書局 1979 年版，第 2062、1732 頁。
　　③ （清）顧鎮著《虞東學詩》卷十，《四庫全書》第 89 册，上海古籍出版社 1987 年版，第 678 頁。
　　④ （清）湯斌撰，王廷燦編《湯子遺書》"識語"，《四庫全書》第 1312 册，上海古籍出版社 1987 年版，第 423 頁。
　　⑤ 見《孟子·公孫丑下》："有欲爲王留行者，坐而言，不應，隱几而卧。客不悦曰：'弟子齊宿而後敢言，父子卧而不聽，請勿復敢見矣。'曰：'坐，我明語子。'"見《諸子集成·孟子》，上海書店出版社 1986 年版，第 179 頁。

前後，若兩坐字中間，絕不叙客起立之狀而起立自見也。此文章家草蛇灰綫
之法。"①

　　作爲與小説文體接近的戲曲門類，戲曲批評中也借鑒了"草蛇灰綫"這
一術語。韋佩居士《〈燕子箋〉序》："蓋合詞之全幅而觀之，構局引絲有優有
應，有詳有約，有案有斷。即游戲三昧，實寓以左國龍門家法，而慧心盤腸，
蜿紆屈曲，全在筋轉脈搖處，別有馬迹蛛絲，草蛇灰綫之妙。"② 而《槃薖碩
人增改定本〈西廂記〉》卷首亦云："子有《南華》，詞有西（約缺九字）。兩者
局雖不同，而其神氣則頗相似。昔人稱《南華》每篇段中，纘中引綫，草裹
眠蛇。試詳味《西廂》每篇段中，變化斷纘，倏然博换，倏然掩映，令人觀
其奇情，不可捉摹，則見真與《南華》似。"③ 此處"纘中引綫，草裹眠蛇"
顯係對"草蛇灰綫"一辭的化用。另外，吳儀一在評《牡丹亭》"聞樂"一節
漁燈兒曲之二有眉批："追凉銷炎，處處照合時景，後即以仲夏寒凉轉入月
宫。草蛇灰綫，絕無形迹。"④ 此處則以"仲夏寒凉"與"月宫"寒凉相接，
體現"草蛇灰綫"技法以類同形象來串引情節叙寫的特點。

　　上文我們對"草蛇灰綫"這一術語的源起以及在諸文體批評（小説除外）
中的運用情況作了簡要分析，可以看出，尋求類似意象前後相映而形成或隱
或顯的綫性貫通，著眼於前後叙述中的伏筆照應，是所謂"草蛇灰綫"的重
要特點。小説批評中"草蛇灰綫"的用法與上述内涵大致相通。

　　較早在小説批評中引入"草蛇灰綫"一語的可追溯至明代正德元年
（1506）"戲筆主人"所撰的《〈忠烈傳〉序》，他在評述這部小説時認爲："意

---

　　① （清）閻若璩《四書釋地又續》卷上，《四庫全書》第 210 册，上海古籍出版社 1987 年版，第
389 頁。
　　② 轉引自吳毓華編著《中國古典戲曲序跋集》，中國戲劇出版社 1990 年版，第 228 頁。
　　③ 轉引自秦學人、侯作卿編《中國古典編劇理論資料彙編》，中國戲劇出版社 1984 年版，第
60 頁。
　　④ 同上，第 319 頁。

則草蛇灰綫，文則中矩中規，語則白日青天，聲則晨鐘莫鼓。"① 此處"草蛇灰綫"大體指該小説意蘊深晦的特點，並非專門指涉一種藝術技法。而金聖歎是最先在小説評點中廣泛運用"草蛇灰綫"這一文法術語的。翻檢《貫華堂第五才子書水滸傳》，"草蛇灰綫"一辭總共出現四次：

《讀第五才子書法》："有草蛇灰綫法。如景陽崗勤敘許多哨棒字，紫石街連寫若干簾子等是也。驟看之，有如無物，及至細尋，其中便有一條綫索，拽之通體俱動。"

（第十一回楊志與索超雪天比武之前，小説對時令略有交待："次日天曉，時當二月中旬。"）評語寫道："有意無意，所謂草蛇灰綫之法也。"

（第十四回叙及吴用爲誘導阮氏三人入伙而假意再次勸酒。）評語寫道："不惟照顧吃酒，有草蛇灰綫之法，且又得一寬也。"

（第十四回寫吴用到石碣村邀三阮入伙智取生辰綱，叙及石碣村景。）評語寫道："非寫石碣村景，正記太師生辰，皆草蛇灰綫之法也。"②

可以看出，第一處的"草蛇灰綫"主要指通過對同一意象的反復強調來起到結構安排上的綫索作用。浦安迪認爲這是所謂"形象迭用原則"的典型③。第二處的"草蛇灰綫"意在爲後文"雪天比武"在時令上伏筆，起結構上對

---

①　轉引自丁錫根編著《中國歷代小説序跋集》，人民文學出版社 1996 年版，第 1300 頁。

②　以上四處批語均引自（清）金聖歎評改本《第五才子書水滸傳》，上海古籍出版社《古本小説集成》據金閶葉瑤池刊本影印，第 22、645、765、750 頁。

③　〔美〕浦安迪著，沈亨壽譯《明代小説四大奇書》，中國和平出版社 1993 年版，第 259 頁。

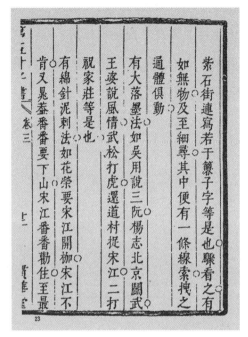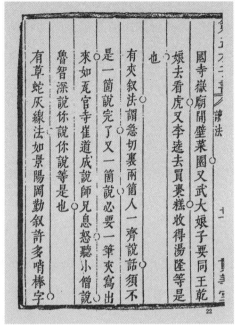

《貫華堂第五才子書水滸傳》

後文的預示作用。與此對應的是第三處的"草蛇灰綫"，它主要爲前文有意安排的細節描寫在後文加以重複叙寫，形成照應關係。實際上，這兩種形式是相輔相成的，没有伏筆也就無所謂照應，没有照應也就無所謂伏筆。第四處的"草蛇灰綫"較少有人關注，實際近似於小説表現手法上的隱喻、象徵等"影寫法"。可見，"草蛇灰綫"這一技法術語在金聖歎筆下發生了微妙變化，它不僅有别於本源的"草蛇灰綫"用法，也稍異於其他文體批評中的用法。以結構上的綫索貫串、細節叙寫上的伏筆照應以及小説意藴指涉上的"影寫法"等方面，構成了"草蛇灰綫"複雜而豐富的内藴；而以後的小説評點較多繼承了金聖歎的批評傳統，體現了"草蛇灰綫"這一技法在小説批評中的獨特内涵。以下我們就從三個方面對"草蛇灰綫"這一術語在小説批評中的内涵作一梳理。

我們首先來看作爲“結構綫索”的“草蛇灰綫法”。

張竹坡《金瓶梅》第三回回前評有云：“文内寫西門慶來，必拿灑金川扇兒。前回云手裹拿著灑金川扇兒，第一回云卜志道送我一把真川金扇兒，直至第八回内，又云婦人見他手中拿著一把紅骨細灑金金釘鉸川扇兒。吾不知其用筆之妙，何以草蛇灰綫之如此也。何則？金、瓶、梅蓋作者寫西門慶精神注瀉之人也。”第二十回回前評亦云：“篇内寫玉樓、金蓮，映上文一段，固是束住上文，不知又是爲惠蓮偷期安根也。何則？此回、二十九回，是一氣的文字，内惟講一宋惠蓮，而惠蓮偷期，確實玉簫做牽綫者。今看他……接手玉樓陪説蘭香一引，接手即將玉簫提出。……又藉月娘掃雪，引出還席；借還席時，以便玉簫作綫，惠蓮蒙愛。……看者不知，乃謂山洞内方是寫惠蓮。豈知《金瓶》一書，從無無根之綫乎！試看他一部内，凡一人一事，其用筆必不肯隨時突出，處處草蛇灰綫，處處你遮我映，無一直筆、呆筆，無一筆不作數十筆用。粗心人安知之。”① 從這裏可以看出，借鑒金聖歎對“哨棒”“簾子”等固定物象的强調，張竹坡認爲，《金瓶梅》作者通過對“扇”“玉簫”這兩個固定意象的叙寫以達到貫串綫索之目的。從第一回看似無意之中叙及“金扇”的來歷，到第二回寫潘金蓮將叉竿碰巧落到搖著“金扇”的西門慶身上，再到第三回寫爲王婆做衣的潘金蓮在屋内看見拿著“金扇”的西門慶，再到第八回寫潘金蓮埋怨西門慶長久不現身而將其隨身所帶之“金扇”撕爛。可以説在前八回中，“金扇”的每一次出現都標志著兩人之間的微妙變化：就西門慶而言，此扇可謂其隨身之物，説此扇即是西門慶身份象徵亦無不可（此扇畫面内容即與風月之事相關）；就潘金蓮而言，此扇的出現即意味著其在悖逆倫理之途越行越遠。當然，就作者而言，此扇的每一次描寫即在暗中串連起前後情節進展，完全可以視爲小説作者精湛的結構布局藝術

---

① 此兩處批語均引自秦修容整理《金瓶梅》（會評會校本），中華書局 1998 年版，第 56、277 頁。

的體現，而"玉簫"在宋惠蓮與西門慶偷期過程中所起作用，其實也如"金扇"，差別僅在於一者爲物，一者是人而已。潘金蓮與西門慶之事本取自《水滸傳》，如若全然依照《水滸傳》摹寫，藝術效果勢必減損不少。而采用以"金扇"作爲有意無意描寫兩人勾搭之事的貫串綫索，則不僅使得《金瓶梅》在構思安排上有別於《水滸傳》，更重要的是令《金瓶梅》在藝術上增色不少。

《紅樓夢》脂硯齋評點也同樣體現了此類特點。第八回在寫及寶釵與寶玉互賞佩玉之後，此時的夾批爲："余亦想見其物矣。前回中總用草蛇灰綫寫法，至此方細細寫出，正是大關節處。"以"金玉"作爲貫串上下文的綫索。又如第二十六回中正文叙及"林姑娘生的弱，時常他吃藥，你就和他要些來吃，也是一樣"。其後有評語："閑言中叙出黛玉之弱。草蛇灰綫。"① 模仿金聖歎評點"哨棒"的"草蛇灰綫"在《聊齋志異》等小説評點中亦有體現，如《聊齋志異》卷七"宦娘"評："無意中點此一筆，通篇以琴作草蛇灰綫之法。"② 此篇確通體以"琴"作爲前後情節演進之綫索，由起首點明温如春"少癖嗜琴"，至其後從道人學"琴"，以至雨夜投宿小村、以姻求合宦娘不得而鬱悒彈"琴"，終以"琴"聲與宦娘生成一層陰陽之戀，"琴"在有意無意之中成爲全篇叙事的貫串引綫。

作爲"結構綫索"之"草蛇灰綫"，其主要特徵表現爲：前文對同一物象有意無意地反復叙寫，至後文關鍵處加以點破，從而顯露出一條非常清晰的貫串綫索。

在古代小説批評中，與這一術語在用法上大致相近的還有不少，如"雲龍鱗爪"：

---

① 以上兩處批語均引自（清）曹雪芹著，（清）脂硯齋評批，黃霖校點《脂硯齋評批紅樓夢》，齊魯書社 1994 年版，第 154、444 頁。

② （清）蒲松齡著，張友鶴輯校《聊齋志異》（會校會注會評本），上海古籍出版社 1986 年版，第 986 頁。

《水滸傳》第七回寫兩個公人欲問魯達情況而被魯達喝斥而未果，後文林冲却在閑談中流露了魯達的那些驚人之舉。對此，金聖歎評道："疑其必説，則忽然不説；疑不復説，則忽然却説。譬如空中之龍，東雲見鱗，西雲露爪，真極奇極恣之筆也。"毛氏父子評點《三國志演義》第十五回："蓋既以備爲正統，則叙劉處文雖少，是正文；叙孫、曹處文雖多，皆旁文。於旁文中帶出正文，如草中之蛇，於彼見頭，於此見尾；又如空中之龍，於彼見鱗，於此見爪。記事之妙，無過於是。"① 在此，毛氏父子認爲小説以尊劉爲主，則在非叙劉備之處也皆"以旁寫正""以閑寫忙"，在看似無關之筆中實貫穿劉備這一主綫。《結水滸全傳》第一百十七回夾評："忽然提出鋼輪火櫃，爲此陪襯，遂令章法奇離，如東雲現鱗、西雲露爪。可見文無定法，全在措置得宜也。"②《聊齋志異》卷十評《神女》："如此串插如神龍，然東雲現鱗，西雲現爪。"此種技法，應該説與"草蛇灰綫"近似。

與"草蛇灰綫"更爲接近的是所謂"常（長）山蛇陣"。

《金瓶梅》第四十五回中多處叙及桂姐與西門慶商討回家之事，張竹坡在回前評中寫道："内中一路寫桂姐，有三官處情事如畫，必如此隱隱約約，預藏許多情事，至後文一擊，首尾皆動。此文字長蛇陣法也。"《野叟曝言》第八回寫素臣在前回中夢及傳授兵、醫、詩學三業與三姬，而此回則加以明叙，與夢境相應，故而末批有云："常山蛇陣，擊首尾應，擊尾首應，擊中則首尾俱應，特言其大略耳，實則寸寸節節，隨處皆應，吾讀此回知之。"③《孫子兵法·九地篇》有記載："譬如常山蛇陣式，擊首則尾應，擊尾則首應，擊其中，則首尾皆應。"可知"常山蛇陣"本爲兵法布陣之一種，首尾和中端緊密

① （明）羅貫中原著，（清）毛宗崗評改，穆儔等標點《三國演義》，上海古籍出版社1989年版，第175—176頁。
② （清）俞萬春著《結水滸全傳》，上海古籍出版社《古本小説集成》據上海辭書出版社藏本影印，第1874頁。
③ （清）夏敬渠著，黃克校點《野叟曝言》，人民文學出版社1997年版，第101頁。

關聯，以達到布陣嚴密的整體效果。小說評點家將此借用到文學批評中也旨在說明敘寫過程中前後緊密照應的重要性，其内涵確與"草蛇灰綫"相近。

其次來看作爲"伏筆"和"照應"的"草蛇灰綫"法，這在小說評點中更爲普遍。

毛氏父子在評點《三國志演義》中較早體現了作爲"伏筆""照應"的"草蛇灰綫"意蘊。在第二十一回叙及劉備得知公孫瓚已死消息但不知趙子龍下落時，其後夾批寫道："不獨玄德欲知其下落，即讀者亦急欲知其下落，乃此處偏不叙明，直至後古城聚義時方纔出現。叙事真有草蛇灰綫之奇。"張竹坡在《金瓶梅》第六十七回描寫西門慶死亡徵兆時評到："映死期，用筆總是草蛇灰綫，由漸而入，切須學之。"直接以"映"字注解此處的"草蛇灰綫"。《紅樓夢》張新之評本第一百回亦有此類評語："入題如草蛇灰綫，接'縱淫心'回，絶不另起爐竈，龍門筆也。"① 將前後兩回的照應關係點明。另如《儒林外史》第二十四回亦有評語："故意説出他（鮑文卿）原形，草蛇灰綫。又逗國公府。"②《雪月梅》第五回夾評："灰綫草蛇，失事之根由在此，却是正筆，不是閑筆。"③《北史演義》凡例："書中叙夢兆、卜筮，似屬閑文，然皆爲後事埋根。此文家草蛇灰綫法也。"④《結水滸全傳》第九十五回夾評："忽於此處照出蓋青天來，真是草蛇灰綫。"⑤

在小說批評中，有時未直用"草蛇灰綫"之名，但却體現了"伏筆""照應"之意，即有"草蛇灰綫"之實，此類情況在小說評點中也屢有出現。最爲顯著者爲脂硯齋評本《紅樓夢》中的所謂"千里伏綫"或"伏脈千里"。第

---

① 馮其庸纂校訂定《八家評批紅樓夢》，文化藝術出版社 1991 年版，第 2481 頁。
② （清）吳敬梓著，李漢秋輯《儒林外史》（會校會評本），上海古籍出版社 1984 年版，第 337 頁。
③ （清）鏡湖逸叟著《雪月梅》，上海古籍出版社《古本小説集成》據上海古籍出版社藏本影印，第 73 頁。
④ （清）杜綱編次《北史演義》，上海古籍出版社《古本小説集成》影印本，第 2 頁。
⑤ （清）俞萬春著《結水滸全傳》，上海古籍出版社《古本小説集成》據乾隆刊本影印，第 1059 頁。

三十一回總批：“後數十回若蘭在射圃所佩之麒麟，正此麒麟也。提綱伏於此回中，所謂草蛇灰綫在千里之外。”第二十七回夾批：“且紅玉後有寶玉大得力處，此於千里外伏綫也。”另外，小説評點中廣爲出現的“逗”“點逗”“隔年下種”等術語也體現了作爲“伏筆”的“草蛇灰綫”的内涵，如金聖歎評本《水滸傳》第二十九回批語：“每每後文事偏在前文閑中先逗一句，至於此句，尤逗得無痕有影。”又如《三國志演義》毛氏父子評改本“讀法”所云：“《三國》一書，有隔年下種，先時伏著之妙。善圃者投種於地，待時而發；善弈者下一閑著於數十著之前，而其應在數十著之後。文章叙事之法，亦猶是已。”

　　最後我們來探討作爲隱喻式的“草蛇灰綫法”在小説評點中的運用。

　　張竹坡在《金瓶梅》評點中繼承了金聖歎對此類“草蛇灰綫法”的批評方式，第七十六回“春梅姐撒嬌西門慶　畫童兒哭躲温葵軒”回前評：“上文七十二回内，安郎中送來一盆紅梅、一盆白梅、一盆茉莉、一盆辛夷，看著亦謂閑閑一禮而已；六十回内，紅梅花對白梅花，亦不過閑閑一令而已。不知作者一路隱隱顯顯草蛇灰綫寫來，蓋爲春梅洗發……一段春光，端的總在梅花也。此回乃特筆爲春梅一寫。”顯然，張竹坡在此處認爲前文對“白梅”“茉莉”“辛夷”等花草的叙寫實是在暗寫“春梅”這一小説重要人物。以物寓人，可視爲此類“草蛇灰綫”的重要特徵之一。姚燮在《紅樓夢》第一百十五回“惑偏私惜春矢素志　證同類寶玉失相知”回末總評中亦有類似評語：“野東西往裏頭跑，此時可惡；家東西往外頭跑，他時可痛。暴看只屬閑文，却是草蛇灰綫。”① 此處的“野東西”和“家東西”，前者指稱上賈府拜訪的“甄寶玉”以及送玉上門並索要巨額銀兩的“和尚”，後者指小説結局中出家的“賈寶玉”和“惜春”，前後蘊含的同一叙寫對象看似爲諸如人物身份

――――――
① 馮其庸纂校訂定《八家評批紅樓夢》，文化藝術出版社1991年版，第2827頁。

（"和尚"），實則爲隱含其中的悲劇遭遇。其間關係的複雜性或許唯有"草蛇灰綫"一語方能盡述。可以看出，以事寓事，注重事件之間深層的意蘊關聯，是隱喻式"草蛇灰綫"的重要特徵。

　　隱喻式的"草蛇灰綫"在批評家筆下並不多見，但體現了把"草蛇灰綫"從小說形式引向了對於小說內涵的把握。脂硯齋甲戌本第一回眉批謂："事則實事，然亦叙得有間架有曲折，有順逆有映帶，有隱有見，有正有閏，以至草蛇灰綫，空谷傳聲……千皴萬染諸奇。書中之秘法，亦不復少。余亦於逐回中搜剔刮剖，明白注釋，以待高明，再批示誤謬。"① 清嘉慶年間尤夙真《〈瑤華傳〉序》亦謂："凡著書立說，須要透得出一個理字，既無理字透出，其情何由而生？若屏絕情理而著書，則吾不知其所著何書矣。兹細閱《瑤華傳》，甚嫌其少，故閱之不已；又於每回之後，妄加評語，其灰綫草蛇處猶恐難明者，特爲拈出之，蓋由得其情而愛其文也。"② 而這也給小說批評帶來了比較重要的影響，如明顯受"草蛇灰綫"法影響的所謂"影寫法"即是如此，張新之在《紅樓夢》第五十四回針對賈母評說才子佳人小說有段對"影寫法"妙用的贊語："凡這些套子，因沒有影兒，所以數回便盡。既沒影兒，所以千頭一面，陳腐可厭。今此書沒人不是影兒，又沒人沒有影兒，且一影二影至三四五影之多，於是因影生事，因事生書，遂浩浩蕩蕩至一百二十回而無一閑文，無一舊套。是悉影之爲用也。"③ 並認爲寫襲人即影寫寶釵，寫晴雯即影寫黛玉。此種批評即係受隱喻式"草蛇灰綫"法的影響。當然，這種影響的不利一面也是明顯的，尤其是當小說成爲影射現實的工具時，弊端就更爲明顯，故而清人李百川認爲"灰綫草蛇，莫非釁竇"，"不惟取怨於人，亦且

---

　　① （清）曹雪芹著，（清）脂硯齋評批，黃霖校點《脂硯齋評批紅樓夢》，齊魯書社 1994 年版，第 6 頁。
　　② 轉引自丁錫根編著《中國歷代小說序跋集》，人民文學出版社 1996 年版，第 1432 頁。
　　③ 馮其庸纂校訂定《八家評批紅樓夢》，文化藝術出版社 1991 年版，第 1311 頁。

損德於己”①。明確反對這種創作傾向。

　　從上述詩文批評和小説評點中“草蛇灰綫”的用法來看，“結構綫索”與“伏筆照應”兩種内涵是“草蛇灰綫”這一術語最爲基本的内涵，相對而言，體現“隱喻象徵”的“草蛇灰綫”祇是一脈支流，前者著眼於藝術手法，後者偏重於内涵意藴。

　　在古代小説批評中，“草蛇灰綫”之所以得到如此普遍的運用與古人的小説創作原則和美學規範是緊密關聯的。作爲體制篇幅較大的小説文體，其“叙事之難，不難在聚處，而難在散處”②。故在創作原則當中最爲重要的即是“目注此處手寫彼處”，如評點者所云：“文章最妙是目注彼處，手寫此處。若有時必欲目注此處，則必手寫彼處。”③“文字千曲百曲之妙。手寫此處，却心覷彼處；因心覷彼處，乃手寫此處。”④“所謂文見於此，而屬於彼也。”⑤“眼觀彼處，手寫此處，或眼觀此處，手寫彼處，便見文章異常微妙。”⑥可見，“目注此處手寫彼處”是小説創作普遍追求的藝術傾向，有助於叙寫“散處之難”，可將分散於作品不同部位的細部單元加以有機鈎連，形成一個内在的統一體。同時，這還與小説批評家所一致稱道的“藏而不露”這一美學規範有關，如毛氏父子所説：“文章之妙，妙在猜不著。……惟猜測不及，所以爲妙。若觀前事便知其有後事，則必非妙事；觀前文便知其有後文，則必非妙文。”⑦《平山冷燕》第二十回批語亦有云：“文章之來踪去迹，最嫌爲人猜疑

　　① （清）李百川著，李國慶點校《緑野仙踪》，中華書局 2001 年版，第 1 頁。
　　② （明）羅貫中原著，（清）毛宗崗評改，穆儔等標點《三國演義》，上海古籍出版社 1989 年版，第 524 頁。
　　③ （元）王實甫著，（清）金聖歎批，張國光校注《金聖歎批本西廂記》，上海古籍出版社 1986 年版，第 13 頁。
　　④ 秦修容整理《金瓶梅》（會評會校本），中華書局 1998 年版，第 277 頁。
　　⑤ （清）陳其泰評，劉操南輯《桐花鳳閣評紅樓夢輯錄》，天津人民出版社 1981 年版，第 147 頁。
　　⑥ （清）哈斯寶評，亦鄰真譯《新譯紅樓夢回批》第十五回批語，引自朱一玄編《紅樓夢資料彙編》，南開大學出版社 2001 年版，第 791 頁。
　　⑦ （明）羅貫中原著，（清）毛宗崗評改，穆儔等標點《三國演義》，上海古籍出版社 1989 年版，第 539 頁。

著而不知變。"① 正是由於"草蛇灰綫"這一藝術技法很好地體現了古人普遍追求的這兩種創作原則和美學規範，故而爲創作者和評點者津津樂道。

【相關閱讀】

1. 羅德榮《爲金聖歎"草蛇灰綫法"一辯》，《天津師大學報》1985 年第 2 期。

2. 梁歸智《草蛇灰綫之演繹》，《紅樓夢學刊》2001 年第 2 期。

---

① （清）天花藏主人著《平山冷燕》，中華書局 2000 年版，第 189 頁。

釋"羯鼓解穢"

"羯鼓解穢"作爲一種小説技法,它側重的是在叙事過程中應盡可能合乎讀者的接受心理,注重小説文本内部不同叙事部分之間各種互補的叙事"格調"的轉換與調劑,使得小説文本呈現出吻合讀者審美需求的叙事風貌。

"羯鼓解穢"一語較早可追溯至唐代。據中唐時期南卓《羯鼓録》所載:"上(唐玄宗,引者注)性俊邁,酷不好琴,曾聽彈琴,正弄未及畢,叱琴者出曰:'待詔出去!'謂内官曰:'速召花奴,將羯鼓來,爲我解穢!'"① 此則材料是關於"羯鼓解穢"這一典故的最早記載,此後不同筆記雜著皆有類似記述②。"羯鼓"何以能"解穢"? 這當中涉及唐玄宗的個人習好。

按,"羯鼓出外夷,以戎羯之鼓,故曰羯鼓";其音質"尤宜促曲急破,作戰杖連碎之聲;又宜高樓晚景,明月清風,破空透遠,特異衆樂"③。故而被唐玄宗譽爲"八音之領袖"。唐玄宗喜"羯鼓"而厭"琴聲",應該合乎其一貫秉性,無論是"昇平"之時還是"幸蜀"之日,皆是如此。試看以下兩則記載:

---

① (唐)南卓等著《羯鼓録·樂府雜録·碧鷄漫志》,古典文學出版社1957年版,第5頁。
② 如(宋)朱勝非撰《紺珠集》卷五:"上嘗聽琴未終遽止之曰:'速令花奴將羯鼓來爲我解穢。'"(《四庫全書》第872册,上海古籍出版社1987年版,第373頁)(宋)王讜著,周勛初校證《唐語林校證》卷四:"玄宗性俊邁,不好琴。會聽琴,正弄未畢,叱琴者曰:'待詔出!'謂内官曰:'速令花奴將羯鼓來,爲我解穢。'"(中華書局1987年版,第328頁)(明)張岱著,夏威淳、程維榮校注《陶庵夢憶》卷三:"從容秘玩,莫令解穢於花奴;抑按盤桓,敢謂倦生於古樂。"(上海古籍出版社2001年版,第39頁)
③ (唐)南卓等著《羯鼓録 樂府雜録 碧鷄漫志》,古典文學出版社1957年版,第3頁。

李龜年、彭年、鶴年，兄弟三人，開元中皆有才學盛名。鶴年詩尤妙，唱《渭城》。彭年善舞。龜年善打羯鼓。玄宗問："卿打多少杖？"對曰："臣打五千杖訖。"上曰："汝殊未我打却三豎櫃也。"後數年，有聞打一豎櫃，因賜一拂杖羯鼓後捲。（唐·佚名《大唐傳載》）①

明皇幸岷山，百官皆竄辱，積尸滿中原，士族隨車駕也。伶官張野狐□栗，雷海清琵琶，李龜年唱歌，公孫大娘舞劍。初，上自擊羯鼓，而不好彈琴，言其不俊也。（唐·范攄《雲溪友議》卷中）

唐玄宗對"羯鼓"與"琴聲"的褒貶態度，由此可窺見一斑，而做出"羯鼓解穢"之舉也就不難理解了。那爲何必須"速召花奴"？"花奴"與"解穢"又有何關聯呢？

按"花奴"爲汝南王李璡的小字，深得唐玄宗喜愛。據載，"汝南王璡，寧王長子也。姿容妍美，秀出藩邸，元宗特鍾愛焉，自傳授之。又以其聰悟敏慧，妙達音旨，每隨遊幸，頃刻不捨。璡常戴砑絹帽打曲，上自摘紅槿花一朵，置於帽上筞處，二物皆極滑，久之方安，遂奏《舞山香》一曲，而花不墜落，上大喜笑，賜璡金器一厨，因誇曰：'花奴資質明瑩，肌髮光細，非人間人，必神仙謫墮也！'"② 由此看來，以自己樂意看見之人、以自己樂意聽見之音，唐玄宗自然是可以"解穢"了。

不過，唐玄宗的這種行爲，在奉守儒家教義者看來，不僅不能"解穢"，反而有"入穢"之虞。儒家經典向來重視音樂的教化功能，同時也將音樂作

---

① 此條記載亦可見諸宋人王讜《唐語林》。周勛初在《唐語林校證》中認爲，《大唐傳載》中"捲"爲"棬"字之誤，"後"字則是涉下文而衍，"羯鼓後捲"應改爲"羯鼓棬"，參見《唐語林校證》，中華書局1987年版，第480頁。

② （唐）南卓等著《羯鼓録　樂府雜録　碧鷄漫志》，古典文學出版社1957年版，第5頁。

爲政教得失的反映①。而琴聲歷來被儒者視爲"雅樂"："琴者，禁也。所以禁
止淫邪，正人心也。"② "琴之爲言禁也，雅之爲言正也，君子守正以自禁
也。"③ 而羯鼓之音如上所言，顯然與琴聲相對立④。故唐玄宗以羯鼓"解
穢"，頗受後人非議，如評者所云："噫！羯鼓，夷樂也。琴，治世之音也。
以治世之音爲穢，而欲以荒夷窊淫之奏除之，何明皇耽惑錯亂如此之甚！正
如棄張曲江忠鯁先見之言，而狎寵禄山側媚悦己之奉。天寶之禍，國祚再造
者，實出幸也矣。"⑤ 如此看來，"羯鼓解穢"一語在古代相當長時期内很有可
能是作爲批判對象而存在的，小説評點中運用此語則褪去了此一術語的道德
評判色彩，而衹是著眼於這一現象本身。

　　通過以上簡短論述，可知"羯鼓解穢"的本義主要是指音樂欣賞過程中
以自身喜好之樂取代厭惡之樂的傾向，反映的是欣賞者急於轉換審美心理這
一狀況，帶有較爲鮮明的個體特徵。而諸如有助於"解穢"之"花奴"等因
素，並非"解穢"的必備條件，重心還在於"羯鼓"。音樂欣賞中的這種審美
心理在小説戲曲等文體批評中不同程度地得到了延續。

　　在古代小説批評中，較早運用"羯鼓解穢"一語的是金聖歎。在《水滸
傳》第二十四回"王婆計啜西門慶　淫婦藥鴆武大郎"前評中，金聖歎評道：
"寫淫婦心毒，幾欲掩卷不讀，宜疾取第二十五卷快誦一過，以爲羯鼓洗穢
也。"⑥ 而第二十五回所叙正是武松鬥殺西門慶、潘金蓮，以此祭奠亡兄。可

―――――――――

　　① 如《毛詩序》所謂"治世之音安以樂，其政和；亂世之音怨以怒，其政乖；亡國之音哀以思，
其民困"。引自郭紹虞主編《中國歷代文論選》（第一册），上海古籍出版社 1979 年版，第 63 頁。
　　② （漢）班固撰《白虎通義》卷上，《四庫全書》第 850 册，上海古籍出版社 1987 年版，第 17 頁。
　　③ （漢）應劭撰，王利器校注《風俗通義校注》卷六・聲音，中華書局 1981 年版，第 293 頁。
　　④ 事實上，直至元代"羯鼓"依然受人非議，如李冶《敬齋古今黈》卷四談及《唐書・藝文志》
的編排體例時認爲："《唐・藝文志》次第絶無法式，甲部經錄禮類中，載《周禮》《儀禮》，自可以類
推。而於樂類中，乃載崔令欽《教坊記》、南卓《羯鼓錄》。夫教坊、羯鼓，何得與雅樂同科？"（《四
庫全書》第 866 册，上海古籍出版社 1987 年版，第 368 頁）顯然對"羯鼓"不無鄙夷之見。
　　⑤ （宋）何薳《春渚紀聞》卷八，中華書局 1983 年版，第 118 頁。
　　⑥ （清）金聖歎評改本《第五才子書水滸傳》，上海古籍出版社《古本小説集成》據金閶葉瑶池
刊本影印，第 1352 頁。

見，此處"羯鼓洗穢"指的是這樣的情形：小説叙寫極度違背道德人倫的情節，使讀者心情壓抑，必欲平之而後快。

"羯鼓解穢"作爲一種創作技法被正式標示，則是在金聖歎批點《西廂記·寺警》一節的前評之中：

> 文章有羯鼓解穢之法：……忽悟文章舊有解穢之法，因而放死筆，捉活筆，陡然從他遞書人身上，憑空撰出一莽惠明，以一發瀉其半日筆尖嗚嗚咽咽之積悶。杜工部詩云："豫章翻風白日動，鯨魚跋浪滄溟開。"又云："白摧朽骨龍虎死，黑入太陰雷雨垂。"便是此一副奇筆，便使通篇文字立地焕若神明。①

孫飛虎兵圍普救寺，令老夫人、崔鶯鶯等人著實驚恐不已，甚至想到了要順從賊兵，以讓鶯鶯當押寨夫人來解除全寺人的性命之憂，其間被逼無奈而又凄絶悲凉之感不難見出，所謂"嗚嗚咽咽之積悶"並非虚言。而在考慮派誰送書搬救兵之時，惠明一句"我敢去"，膽識非凡，無所懼怕，與先前嗚咽之境形成截然對照，可謂在叙述格調上暫時緩解了讀者鬱積之感（當然尚非真正使危急形勢得以化解），正是在這個意義上，金聖歎將此視爲"羯鼓解穢之法"。可見，在《水滸傳》中，金聖歎强調的是出於情理公正的考慮，將不平之事或難以卒看的"穢"行以相應的情節描寫加以撫平，它偏重於情節內容的轉換；而在《西廂記》中，金聖歎突出的是叙事格調的轉換調劑。二者在"解穢"的程度和性質上存有一定差異。

需要特別説明的是：金聖歎是將不同文體用"同一副手眼"來批點的，同樣作爲叙事體的小説戲曲在金聖歎看來差別並不明顯，故而將此處《西廂記》

---

① （元）王實甫著，（清）金聖歎批，張國光校注《金聖歎批本西廂記》，上海古籍出版社 1986 年版，第88 頁。

《貫華堂繡像第六才子西廂記》

的批點視爲金聖歎的一貫看法亦似無不可。下面我們分别就“羯鼓解穢”法的上述兩種内涵在其他小説評點中的實際體現作簡要梳理。

首先從内容層面來分析偏重於情理轉换的“羯鼓解穢”法：

《紅樓夢》第二十回寫李嬤嬤到寶玉房中時，因襲人没搭理她而極爲氣惱，破口大駡：“這會子我來了，你大模大樣的躺在炕上，見我也不理一理，一心只想妝狐媚子哄寶玉，哄得寶玉不理我，只聽你們的話。你不過是幾兩銀子買來的毛丫頭，這屋裏你就作耗，如何使得！”此處眉批即云：“在他人必不敢説，而李嬤嬤竟發之，亦可當三撾羯鼓。”① 作爲寶玉的貼身丫環，襲人寶玉之關係與其他下人相比，自然更爲親近，如若考慮在第十九回剛寫到

<hr />

① 馮其庸纂校訂定《八家評批紅樓夢》，文化藝術出版社 1991 年版，《八家評批紅樓夢》，第447 頁。

襲人借故贖身而離開賈府，從而使得寶玉不得不應允其提出的條件，再聯繫襲人平日與寶玉非同一般的關係（例如第六回），那麽李嬷嬷這些話真可謂"解穢"之效，它將襲人媚主圓滑、善於迎逢的一面（當然，襲人亦有諸多可取之處）加以淋漓盡致的批駁，一定程度上還是合乎讀者心理期待的。可見，此處"三撾羯鼓"與"羯鼓解穢"並無二致。

　　受金聖歎等小説評點者的影響，馮鎮巒在評點文言小説《聊齋志異》時亦借用了此一技法術語。卷十二《苗生》篇叙及苗生在誠心參加衆人宴飲聯詩之時，受到一連串的無禮對待：由起先提議僅宴飲不必作詩而遭拒絕，再由自己所作佳句竟不被贊賞反而要"引壺自傾"，次而他人聯詩"漸涉鄙俚"竟不遭罰。此時苗生自感内心受到不公對待，故而"遽效作龍吟，山谷響應；又起俯仰作獅子舞"，使得衆人聯詩之舉作罷。馮鎮巒對此評道："此亦羯鼓解穢之法。"① 顯然，在評點者看來，苗生有如此反應，實在導源於一連串的被欺辱，以"不平則鳴"一語對此加以描述頗爲恰當。

　　從上述小説評點史料可以看出，其間"羯鼓解穢"用法大體與金聖歎在小説評點中對此語的意藴規定是一致的。應該説，此類"羯鼓解穢"法體現了小説作者和讀者相當濃烈的主體感情色彩。就小説作者而言，遇有情理不正之事必以相應行動的叙寫來紓緩，體現的是現實社會一貫追求的道德評判標準。而就讀者來説，"解穢"的實現也是合乎其期待的。故此一技法與"草蛇灰綫""橫雲斷山"等技法著重於如何安排情節結構不同的是，"羯鼓解穢"法不僅要考慮"如何安排"，更要著眼於"安排什麽"——在如何安排上，它體現的是在盡可能迅捷的叙事節奏上使"穢"事得以解除；至於安排什麽，反映的則是情理公正原則。這是"羯鼓解穢"法的獨特性所在。

　　其次，我們從叙事的形式層面來分析作爲格調轉換的"羯鼓解穢"法：

———————————

① （清）蒲松齡著，張友鶴輯校《聊齋志異》（會校會注會評本），上海古籍出版社 1986 年版，第 1599 頁。

在金聖歎評點《西廂記》之後，作爲格調轉換的"羯鼓解穢"一語，也出現在《結水滸全傳》第七十七回。此回寫陳希真父女兩人經由多日奔波，終到劉廣家中，而陳麗卿因途中"喬妝男子"，到劉廣家中早想改換女服。可此時陳希真出於禮節與劉廣之母寒暄不已，陳麗卿不耐煩地請求其父允許其立時換裝，"爹爹，已到了姨夫家，還假他做甚！由孩兒改了妝罷，這幾日好不悶損人"，隨即麗卿"便隨了劉夫人、兩位表嫂，同到樓上，把男妝都脫了，一把揪下那紫金冠來，仍就梳了那麻姑髻，帶了耳璫"。對此，評者有夾批："快極！一'揪'字活畫麗卿。劉母與希真絮叨亦復三日不得了，四日不得休，幸虧姑娘豪爽，借此發揮橫空隔斷，此羯鼓解穢法也。"①

類似叙寫還出現在《紅樓夢》陳其泰評本之中。在第六十五回"賈二舍偷娶尤二姨 尤三姐思嫁柳二郎"中，作者一反往常以閑言暗語略略提及污穢之事，而對尤二姐與賈璉之"穢事"作以稍加直白的叙寫，如何轉換這一叙述格調？作者轉而通過賈珍、賈璉兩人來叙寫了一個別開生面的尤三姐。總評有云："此書淫人淫事，每用旁見側出，不肯直言。或托之夢寐荒唐，不肯坐實。獨於尤二姐未嘗稍諱。因其太穢，故用閑道出奇，更寫一妖艷倜儻風流豪俠之尤三姐來，頓覺風雲變色，電閃霆轟，使讀者目眩神迷，心驚魄動焉。此明皇羯鼓解穢法也。"②

由以上材料可以看出，"羯鼓解穢"法除用以指涉因情理不平而進行相應的"果報"式的叙寫之外，還可借以強調不同叙事格調之間的互補調劑。

對小説叙事格調的探討，在古代小説評點家那裏並不少見。下面我們擬擇取相關材料作一比照探討，以見出古代小説藝術在此方面的技法規定性。

---

① （清）俞萬春著《結水滸全傳》，上海古籍出版社《古本小説集成》據上海辭書出版社藏本影印，第306頁。

② （清）陳其泰評，劉操南輯《桐花鳳閣評紅樓夢輯録》，天津人民出版社1981年版，第197頁。

　　毛綸、毛宗崗評改本《三國志演義》之《讀法》有云：“《三國》一書，有笙簫夾鼓、琴瑟間鐘之妙。”在羅列一系列緊張戰事與不同女子相互“交迭間叙”之後，毛氏父子進一步指出：“人但知《三國》之文是叙龍争虎鬥之事，而不知爲鳳爲鸞、爲鶯爲燕，篇中有應接不暇者。令人於干戈隊裏，時見紅裙；旌旗影中，常睹粉黛。殆以豪士傳與美人傳合爲一書矣。”所謂“交迭間叙”即指吴、蜀争奪荆州之際間叙劉備赴東吴完婚、趙雲正欲奪取桂陽郡之際叙趙範欲將其嫂許配於趙雲等事件。通過此類“豪士傳”與“美人傳”的交迭間叙，確實能使得叙事格調張弛有度、節奏伸縮有序，更重要的是在叙事格調上能凸顯剛柔相濟之美。從叙事功能而言，既容納了更多的人物事件，又調節了叙事氛圍，應該是合乎讀者欣賞心理的。

　　在評《三國志演義》之《讀法》中毛氏父子還指出：“《三國》一書，有寒冰破熱、涼風掃塵之妙。”並示例加以説明：如“關公水淹七軍之後，忽有玉泉山月下點化一段文字”、“陸遜追蜀，而忽遇黄承彦”等。而這些“破”“掃”之人“或僧、或道、或隱士、或高人，俱於極喧鬧中求之，真足令人躁思頓清，煩襟盡滌”。在此類叙事格調轉換過程中，僧、道等叙寫對象儼然超脱於世俗紛争之外，扮演著救世者或點化者的莊嚴角色。

　　小説評點中還有“設色”法，也與“羯鼓解穢”法大致相近：《花月痕》第四十五回叙及癡珠、秋痕去世之後的蕭慘景况，實過於哀婉，而接叙荷生等人在懷念之中夾雜點綴時事，使得格調爲之一變，評者有云：“單寫癡珠秋痕，文章慘淡，令閲者氣盡意索，必夾寫荷生兼以時事始有光彩。此作者設色法。”① 指出了此法對於叙事格調轉換所産生的實際效果。

　　小説叙事格調的轉換是小説評點者較爲關注的一個領域，“羯鼓解穢”法實則突出了叙事轉換這一環節中審美格調相互調劑的重要性。從原來的一個

---

① （清）魏秀仁著，（清）棲霞居士評《花月痕》，上海古籍出版社《古本小説集成》據福州吴玉田刊本影印，第1036頁。

"文學典故"到作爲文學技法而存在，它直取了"羯鼓"與"彈琴"之間審美差異的内涵，而淡化了後世對唐玄宗"羯鼓解穢"的道德評判，從而成爲了一種中國古代小説戲曲等叙事樣式中廣爲接受的藝術手法①。

---

　　①　在古代戲曲批評中，除金聖歎外，清人許渭森《綴白裘十一集序》中亦論及此法："若夫弋陽、梆子、秧腔則不然：事不必皆有徵，人不必盡可考。有時以鄙俚之俗情，入當場之科白，一上氍毹，即堪捧腹。此殆如東坡相對正襟捉肘，正爾昏昏欲睡，忽得一詼諧訕笑之人，爲我持羯鼓解醒，其快當何如哉！此錢君《綴白裘》外集之刻所不容已也。"引自俞爲民、孫蓉蓉編《歷代曲話匯編》（清代篇·第三集），黄山書社 2008 年版，第 525 頁。

釋"獅子滾球"

"獅子滾球"法是對古代小説特定藝術技法的形象稱謂。它强調在小説叙事過程中應針對重要的叙事關節（或爲情節、或爲人物形象、或爲特定情境）作往復回環的叙寫，以獲得一種循環跌宕的藝術美感。

"獅子滾球"，或稱"獅子弄球""獅子戲球"，是古代流行的雜技門類。《翰林記》"侍遊禁苑"條載："群臣望闕叩首謝，遂遍遊小山，觀二獅子滾球，並金龍噴水，水簾及曲水流觴之處皆雕琢奇異，布置神巧，莫不贊嘆。"① 清初陳元龍《格致鏡原》在論及明代陶瓷藝術時提到："永樂年造壓手杯，坦口折腰沙足滑底，中心畫雙獅滾球，球内篆書'大明永樂年製'六字。"② 康熙朝西洋人南懷仁所撰《堪輿圖説》亦有記載：獅"爲百獸王……擲以球，則騰跳轉弄不息"③。在明清人的有關著述中，"獅子滾球"還轉用於風水、軍事等領域，如題爲明代劉基所撰的風水著作《三元地理賦》中將"獅子弄球"視爲"龍穴位"加以論及："美人梳妝，案堂懸鏡，孤兒坐帳，賢内呈翁。坐虎咬尾，觀其尾；獅子弄球，觀其球。"唐順之《武編》在記載古代戰車時亦云："各子戰車不同：長子神槍雙翅車，二子黑牛金眼銀星百點車，三子伏虎連環車，四子獅子滾球車。"④ 此兩處記載雖不詳其真實情況，但可看出雜技

---

① （明）黃佐撰《翰林記》卷六，《四庫全書》第596册，上海古籍出版社1987年版，第920頁。
② （清）陳元龍撰《格致鏡原》卷三十六，《四庫全書》第1031册，上海古籍出版社1987年版，第554頁。
③ （清）南懷仁撰《坤輿圖説》卷下，《四庫全書》第594册，上海古籍出版社1987年版，第782頁。
④ （明）唐順之撰《武編·前集》卷六，《四庫全書》第727册，上海古籍出版社1987年版，第465頁。

"獅子滾球"所産生的廣泛影響，故而被小説戲曲評點者以設喻形式引入文學批評，作爲一種藝術技法的名稱。

"獅子滾球"作爲一種藝術技法加以提出，較早可追溯至金聖歎。在《讀第六才子書西廂記法》第十七則中他特意指出：

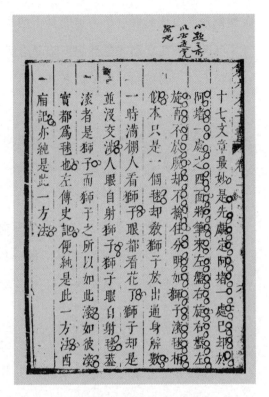

《貫華堂繡像第六才子西廂記》

　　文章最妙是先覷定阿堵一處，已却於阿堵一處之四面，將筆來左盤右旋，再不放脱，却不擒住。分明如獅子滾球相似，本只是一個球，却教獅子放出通身解數，一時滿棚人看獅子，眼都看花了，獅子却是並没交涉，人眼自射獅子，獅子眼自射球。蓋滾者是獅子，而獅子之所以如此滾，如彼滾，實都爲球也。《左傳》《史記》便純是此一方法，《西廂記》亦純是此一方法。①

金聖歎筆下的"獅子滾球"法主要是指：圍繞主要叙寫對象（所謂"阿堵一處"）加以反復叙寫（所謂"左盤右旋，再不放脱"，"却不擒住"），從而在充分調動讀者的欣賞心理的同時又將叙寫意圖凸顯出來。往復性、多面性可謂此法的主要特點。至於《西廂記》中何處描寫運用了"獅子滾球"法，

____

①　（元）王實甫著，（清）金聖歎批，張國光校注《金聖歎批本西廂記》，上海古籍出版社 1986 年版，第13頁。

金聖歎並沒有作具體分析，但對其後的評點家產生的影響卻是深遠的。

毛氏父子在評點《琵琶記》時即沿襲了金聖歎對"獅子滾球"法的認識。在《第七才子書總論》中毛氏談到：

> 是故才子之爲文也，既一眼覷定緊要處，卻不便一手抓住，一口嚙
> 住，卻於此處之上下四旁千回百折，左盤右旋，極縱橫排宕之致，使觀
> 者眼光霍霍不定，斯稱真正絕世妙文。今觀《琵琶》文中，每有一語將
> 逼攏來，一筆忽漾開去，漾至無可攏處，又復一逼，及逼到無可漾處，
> 又復一開，如是者幾番方纔了結一篇文字。正如獅子弄球，貓狸戲鼠，
> 偏不便抓住嚙住，偏有無數往來撲跌，然後獅子意樂，貓之意滿，而人
> 觀之之意亦大塊也。①

毛氏因襲金聖歎之處非常明顯，所不同的是毛氏更突出了"獅子滾球"法的"逼攏"與"漾開"交迭的藝術特徵，而這點金聖歎在《讀第六才子書西廂記法》第十六則中另列爲一"法"：

> 文章最妙是目注此處，卻不便寫，卻去遠遠處發來，迤邐寫到將至
> 時，便且住；卻重去遠遠處更端再發來，再迤邐又寫到將至時，便又且
> 住。如是更端數番，皆去遠遠處發來，迤邐寫到將至時，即便住，更不
> 復寫出目所注處，使人自於文外瞥然親見。②

兩相比較可以看出，毛氏將金聖歎提出的兩種"法"歸並爲一種，擴大

---

① 秦學人、侯作卿編《中國古典編劇理論資料彙編》，中國戲劇出版社 1984 年版，第 286 頁。
② （元）王實甫著，（清）金聖歎批，張國光校注《金聖歎批本西廂記》，上海古籍出版社 1986 年版，第 13 頁。

了“獅子滾球”法的内涵。此舉將叙寫過程中的同一叙事方式的往復性（所謂“逼攏”與“漾開”交迭）與雜技中獅子表演的往復性（意即獅子脚在動，球亦在動，獅子和球總在重複運動）相比擬，揭示了此種技法的特性。從審美接受而言，金、毛兩人所關注的這樣一種技法，旨在曉諭讀者在欣賞過程中不應帶著一種急於探求結果的心態去閱讀作品，而是應側重欣賞這一結果如何在變化中得以實現的，即是要重視往復過程本身而非最終結局。

由於金聖歎和毛氏父子在小說戲曲評點史上的重要成就，後世不少小說評點者在對“獅子滾球”法的界定和運用上皆不同程度受其影響，或遵從他們對此法的本義規定，或從他們描述的喻象特徵加以生發，從而使得“獅子滾球”法的内涵發生了一定的變化。

《女仙外史》第二十八回“衛指揮月明劫寨　吕軍師雪夜屠城”有一則署名洪昇的回末評，其中寫道：

> 十一回奎道人去矣，至四十一二回，尚有多少説話！此回衛都揮之去也，至四十三回，亦尚有多少文章！方知《外史》節節相生，脈脈相貫，若龍之戲珠、獅之滾球，上下左右周回旋折，其珠與球之靈活，乃龍與獅之精神氣力所注耳。是故看書者須觀全局，方識得作者通身手眼。[1]

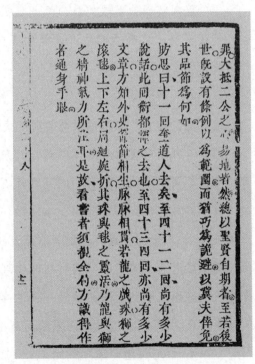

清康熙釣璜軒刊本《女仙外史》

---

[1]　（清）吕熊著《女仙外史》，上海古籍出版社《古本小說集成》據復旦大學藏本影印，第679頁。

此處將"獅之滾球"與"龍之戲珠"並提，認爲圍繞奎道人與衛都（指）揮兩人，並不在一個時段中集中描寫，而是在較長的回目跨度中多面叙寫，從而使得叙事有不停的躍動性（如第四十三回仍在寫"衛指揮海外通書　奎道人宮中演法"），爲小説增添不少閲讀生氣。此處的"獅子滾球法"著重於整體的謀篇布局和審美格局，而並非細部的叙事技巧。

在脂硯齋《紅樓夢》戚序本第五十九至六十一回之中，圍繞薔薇硝與茉莉粉、玫瑰露與茯苓霜這前後兩組致使情節交迭生發的物品，"獅子滾球"法的藝術效用得到了較爲充分的展現，第六十回的回前評有云：

> 前回叙薔薇戛然便住，至此回方結過薔薇案，接筆轉出玫瑰露，引起茯苓霜，又戛然便住，著筆如蒼鷹搏兔，青獅戲球，不肯下一死抓，絶世妙文。[1]

這"絶世妙文"是怎樣呈現的呢？我們不妨稍作分析：

第五十九回寫寶釵派鶯兒與蕊官到黛玉處取薔薇硝爲湘雲之用，兩人從黛玉處取回薔薇硝後並没有一同到寶釵處復命，而是僅交代由蕊官去送薔薇硝。薔薇硝如何交到寶釵那裏在本回没作徑直叙寫，此爲"前回叙薔薇硝戛然便住"；第六十回在寫春燕到蘅蕪苑正要出來之際，蕊官又托春燕將一包薔薇硝轉交給芳官。此處即可表明前回中斷叙寫的取薔薇硝一事已然辦完，此舉則表明叙事又回到上回薔薇硝一事的綫索上來，在此，寶釵交辦的取薔薇硝一事可謂"球"，而前後兩回隔斷而又往復的叙寫薔薇硝則可謂"獅子"作"滾"。第五十九回之"滾"爲第六十回之"滾"作了鋪墊，而第六十回之"滾"又與第五十九回之"滾"輝映成環。接下來，作者又以類似的筆法叙寫

---

[1]　（清）曹雪芹著，（清）脂硯齋評批，黃霖校點《脂硯齋評批紅樓夢》，齊魯書社 1994 年版，第939 頁。

玫瑰露、茯苓霜一案。第六十回，起初五兒向芳官討要玫瑰露，芳官轉向寶玉討得而連玫瑰露瓶都給了五兒，而之後對玫瑰露一事又暫時擱置不叙，轉寫五兒之舅贈送茯苓霜一事。至此關於玫瑰露、茯苓霜的叙寫"戛然便住"，而接續描述玫瑰露、茯苓霜則在第六十一回（此即所謂"不肯下一死抓"）。可以看出，對玫瑰露、茯苓霜一案的叙寫實則也體現了躍動性與間隔性的藝術特點。

"獅子滾球"法在《野叟曝言》第五十六回亦得到較好地體現。此回寫文素臣爲救岳丈而化名孫盛去與當事者廖太監周旋，起初文素臣語辭激辯，廖太監憤恨不已，但還不至動刑，在王都堂勸説之下此事暫不提起；而後廖太監又要求速交巨額銀兩保其岳丈無事，但由於無法湊齊，文素臣又不得不在朝堂直言頂撞廖太監，被罰當堂下跪。文素臣不從，衙役欲動刑，裘太監幫助文素臣暫時解圍，下跪之事暫時作罷。再以後又因裘太監出語觸怒廖太監，致使文素臣再次被嚴刑拷打。這樣幾次往復循環的描寫，小説忽而劍拔弩張，忽而暫時平静，産生了很好的藝術效果。評者對此評曰：

> 裘監，一位解星，出人意外，（廖太監）乃因此更加激怒，必欲處死孫盛，忽起忽落，屢變屢危，真如獅子戲球，滿場勃跳，渾身解數。①

應該説，上述三處小説評點本中提及的"獅子滾球"法是較爲符合金聖歎關於"獅子滾球"法的描述内涵的，即"先覷定阿堵一處，己却於阿堵一處之四面，將筆來左盤右旋，再不放脱，却不擒住"。從中可以看出，"獅子滾球"法既可用於較長跨度的不同回目叙寫之中，也可出現於一回之内。

在具體的小説評點中，除了上述標明"獅子滾球"法名稱之外，還存在

---

① （清）夏敬渠著，黄克校點《野叟曝言》，人民文學出版社 1997 年版，第 690 頁。

雖無此技法之名却有此技法之實的現象，它反映的衹是評點者設喻和表述形式不同而已。"拉來拉去"法即爲此類技法。

"拉來拉去"法由蒙古族小説批評家哈斯寶予以明確揭示。在《新譯紅樓夢》第三回"托内兄如海薦西賓　接外孫賈母惜孤女"的回評中哈斯寶提出：

> 文章有拉來拉去之法，已用在本回。所謂拉來拉去之法，好比一個小姑娘想要捉一隻蝴蝶，走進花園却不見一蝶，等了好久，好不容易看見一隻蝴蝶飛來，巴望它落在花上以便捉住，那蝶兒却忽高忽低、忽近忽遠地飛舞，就是不落在花兒上。忍住性子等到蝶兒落在花上，慌忙去捉，不料蝴蝶又高飛而去。折騰好久纔捉住，因爲費盡了力氣，便分外高興，心滿意足。爲看寶黛二人的命運而展開此書，又何異於爲捉蝶走進花園？①

在該書第二十八回"蛇影杯弓顰卿絶粒　佛口蝶心寶玉釋疑"回批中他又對"拉來拉去"法作了補充説明：

> 文章極妙處，是眼觀此地，並不馬上寫出，從遠遠處寫起，曲曲折折，方要到此，又停筆不寫，又曲曲折折，彎彎繞繞，纔要到此又住下了筆，不肯輕易寫出自己著眼之處，置人將信將疑之間，方突然道破。《紅樓夢》之作，全書都用此法。②

將這兩則材料與金聖歎、毛聲山所論"獅子滾球"法相比，可發現其間

---

① （清）哈斯寶評，亦鄰真譯《新譯紅樓夢回批》第三回批語，引自朱一玄編《紅樓夢資料彙編》，南開大學出版社 2001 年版，第 776—777 頁。

② （清）哈斯寶評，亦鄰真譯《新譯紅樓夢回批》第二十八回批語，同上，第 808 頁。

實質上並無差別。雖然哈斯寶的批語經由今人翻譯而定，“拉來拉去”一語的名稱或可改稱其他，但技法的實際內涵並未發生多大變化。我們試作分析：

第三回寫寶黛初會，本是一書濃墨重彩之處，寶玉放學歸家拜見賈母時，黛玉也在場，但作者却並不立即寫兩人如何相見，而是將筆鋒轉至寶玉出去向王夫人請安，再至賈母處時纔開始細寫寶黛兩人初次相見。其間一“去”一“來”體現了作者筆調的躍動性與往復性，對這一全書關鍵情境並不作徑直叙寫，而是加以兩番“點而不破”“觸而未動”式地周折之後纔細寫，既巧妙地抓住了讀者急於窺破的閱讀心理，順帶又將賈府的人情禮數予以描繪，確實體現了小説作者的匠心。實際上，從更宏觀的視角來看，全書不僅對寶黛初會的叙寫運用“拉來拉去”法，對寶黛愛情演進這一主導綫索的叙寫也運用了此法。如全書多次叙寫寶黛兩人相談正洽或僅有兩人共處時，作者總不徑直將兩人心事挑明，而是改由或是襲人、或是寶釵、或是他人攪攪隔斷而停筆不寫，而不隔多久又“曲曲折折、彎彎繞繞”地出現類似兩人相會被打斷的叙寫，“意綿綿静日玉生香”一節是如此，“埋香冢飛燕泣殘紅”一節是如此，“瀟湘館春困發幽情”一節還是如此。正是運用這樣的布局手法，增加了《紅樓夢》一書的藝術魅力。可以説，在對“獅子滾球”這一藝術技法的賞評方面，哈斯寶既沿襲了金聖歎等人的小説思想，同時又將此種技法所具有的美感内涵揭示得更爲全面深入。

“獅子滾球”法因其設喻内容的寬泛性，致使不少評點家由此衍生出相關的小説技法，如“獅子搏球”等，這種技法與“獅子滾球”法似是而非，故而也有必要稍加辨析：

《結水滸全傳》第七十五回寫陳希真、陳麗卿父女兩人爲躲避高俅、孫静等人的迫害而逃奔虞城。途中因隨身行李過多而雇一莊稼漢作挑夫，作者對挑夫形象的刻畫也頗費筆墨，如寫挑夫因向麗卿討學武藝，不僅不埋怨路途遠、雇費少，反而自己買酒食與父女兩人，對其刻畫頗有幾分生趣，夾批評爲："寫莊家也好，聖歎先生嘗云獅子祇爲搏球，反弄出渾身解數，信然。"①
此則批語顯然襲自金聖歎，但所謂"獅子祇爲搏球"並不同於"獅子滾球"
法，其側重點在於強調獅子滾球雜技中獅子全力以赴這一特點，借用這一比
喻，評點者意在說明對次要人物或細節的描寫也應加以著力，不可等閑視之。
這一評語近似於小説評點中廣爲出現的另一則批語："獅子搏象用全力，搏兔
亦用全力。"②

---

① （清）俞萬春著《結水滸全傳》，上海古籍出版社《古本小説集成》據上海辭書出版社藏本影
印，第205頁。

② （清）金聖歎評改本《第五才子書水滸傳》，上海古籍出版社《古本小説集成》據金閶葉瑤池
刊本影印，第1397頁。關於此論的相似批語還有："作者寫此一篇，正如獅子搏象，筆筆皆用全力。"
（馮其庸纂校訂定《八家評批紅樓夢》，文化藝術出版社1991年版，第801頁，洪秋藩評語）"獅子搏
兔亦用全力"（清人夏敬渠著，黄克校點《野叟曝言》，人民文學出版社1997年版，第521頁）、"北俠
亦是出色寫來，但獅子搏象搏兔，處處都用全力，究是獅子笨處"（清代佚名撰《俠義傳評贊》，引自
丁錫根編著《中國歷代小説序跋集》，人民文學出版社1996年版，第1548頁）等。

釋"背面鋪粉"

"背面鋪粉"是古代小説批評中常見的一個技法術語。它源於繪畫技法，轉用至小説批評後，總體上指稱一種暗寓式的襯托手法①。

清初畫論家蔣驥《傳神秘要》有一段關於"用粉"的記載：

> 用粉以無粉氣爲度，此事常有過不及之弊。太過者，雖無粉氣未免筆墨重濁；不及者，神氣不完，即無生趣。故畫法從淡而起，加一遍自然深一遍，不妨多畫幾層。淡則可加，濃則難退。須細心參之，以恰好爲主。用粉不一法，有用膩粉者，取其不變顔色；有用錯粉者，須制得好，然用蛤粉最妙，不變色兼有光彩。又有上面不用粉，惟背後托粉者，其法亦是。②

由這則材料可知，"用粉"本爲繪畫過程中的一個環節，可分爲正面用粉與背面用粉兩種類型，而背面用粉（所謂"背後托粉"）即爲"背面鋪粉"，它與正面用粉一樣也有諸多講究。"背面鋪粉"亦作"背面傅粉"，涵義一致，

---

① 對"背面鋪粉"的認識，學界有不同看法，如祁志祥《"定法"説——中國古代文學的具體創作方法論》一文認爲"背面鋪粉"法即指"反襯"法（《文學評論》2006年第2期）；侯健《中國小説大辭典》認爲"背面鋪粉"法即是"以賓襯主"的襯托手法（作家出版社1991年版，第55頁）；張世君《明清小説評點山水畫概念析》一文認爲"背面鋪粉"法即指"各種襯染手法"（《學術研究》2002年第1期）；王靖宇《金聖歎的生平及其文學批評》認爲"背面鋪粉"法即爲"諷刺"手法（上海古籍出版社2004年版，第174頁）；周振甫《小説例話》認爲"背面鋪粉"法即指作惡者"背後粉飾"的手法（中國青年出版社1991年版，第365頁）。

② 俞劍華編著《中國畫論類編》，人民美術出版社1986年版，第509頁。

晚清經學家徐灝在注解《論語・八佾》中“繪事後素”一語時謂：

> “繪事後素”者，謂設色既畢，以粉素施於其背，即畫家背面傳粉之
> 法也，《考工記》所謂“繪畫之事後素工”正是此義。唐宋以來相傳背面
> 傳粉之法，蓋古法也。繪事後素則正面之色倍顯，故曰素以爲絢矣。①

由此可見，“背面傳粉”法出自於繪畫技法確切無疑。小説評點中最早提
出“背面鋪粉”的是金聖歎，其《讀第五才子書法》指出：

> 有背面鋪粉法。如要襯宋江奸詐，不覺寫作李逵真率；要襯石秀尖
> 利，不覺寫作楊雄糊塗是也。

奸詐與真率、尖利與糊塗皆可謂性格之兩端，在小説創作中，二者可以
相反相成：一者表現得越清晰，則另一人也相應呈現得更明朗；一者表現得
越爲人稱賞，則另一人相應愈爲人鄙斥。對宋江與李逵兩人，金聖歎在通部
小説中自有明顯偏好；對石秀與楊雄，至少在圍繞如何處置潘巧雲一節上金
聖歎是揚“石”抑“楊”的。可以看出，金聖歎筆下的“背面鋪粉法”主要
是指暗寓褒貶的反襯手法，即通過叙寫截然對立的性格特點，將不同的人物
形象“寫一是二”式地刻畫出來，寓含較爲鮮明的褒貶色彩。

“背面鋪粉”法的此種特徵在評點家蔡元放那裏得以延續。在《水滸後傳
讀法》中他仿照金聖歎提出：

---

① （清）徐灝著《通介堂經説》卷三十五，咸豐四年刻本。另，學界對“繪事後素”這一論題有
較爲深入的研究，參看雷恩海《“繪事後素”的意義指向及其在畫論中的表現》一文，《追求科學與創
新——復旦大學第二屆中國文論國際學術會議論文集》，中國文聯出版社 2006 年版，第 108—117 頁。

有背面鋪粉法。如丁自燮、吕世球之貪污狼藉，却寫一清正不準關
文之蘇州太守以陪襯之。張邦昌、劉豫順金叛宋，却寫一使王鐵杖刺殺
奸臣之開封太守以陪襯之。……見得雖在亂世之中，一般也有正人君子，
不肯駡煞世人，是作者存心忠厚、留餘地處。①

可見，蔡元放對"背面鋪粉"法的規定與金聖歎並無太大差別，正反對
照式的叙寫仍是此法的主要内涵，所不同的是，在蔡元放看來，"背面鋪粉
法"的寓意性更爲明顯。

"背面鋪粉"一語在蔡元放之後，内涵漸趨複雜，這在小説《紅樓夢》的
作者和評者那裏都體現得較爲突出。

在曹雪芹筆下，"背面鋪粉"寫成"背面傅粉"，内涵也發生了較大改變。
如《紅樓夢》第三十八回"林瀟湘魁奪菊花詩"，寶玉、黛玉、寶釵和湘雲等
人皆作菊花詩，其中湘雲所作題爲《供菊》，詩句如下："彈琴酌酒喜堪儔，
幾案婷婷點綴幽。隔座香分三徑露，拋書人對一枝秋。霜清紙帳來新夢，
圃冷斜陽憶舊遊。傲世也因同氣味，春風桃李未淹留。"黛玉在評論時説："據
我看來，頭一句好的是'圃冷斜陽憶舊遊'，這句背面傅粉。'拋書人對一枝
秋'已經妙絶，將供菊説完，没處再説，故翻回來想到未折未供之先，意思
深透。"從《供菊》一詩以及黛玉的評論來看，此處"背面傅粉"是從"供
菊"這一主題之外進行旁面叙寫，而反襯的意味反而並不明顯。

在《紅樓夢》脂硯齋庚辰本第二十四回中，賈芸爲巴結賈璉、王熙鳳而
向舅舅卜世仁賒求香料，而卜世仁愛富嫌貧不肯答應，並埋怨賈芸不會逢迎，
説"前日我出城去，撞見了你們三房裏的老四，騎著大叫驢，帶著五輛車，
有四五十個和尚道士，往家廟去了。他那不虧能幹，這事就到他了?"在"和

———————

① （清）蔡元放《水滸後傳》"讀法"，乾隆三十五年刻本。

庚辰本《脂硯齋重評石頭記》第二十四回

尚道士"之後，評者曰："妙極！寫小人口角羨慕之言加一倍。畢肖，却又是背面傅粉法。"① 從卜世仁的細緻描述中既能看出他對賈府權勢的羨慕之態，而卜世仁貪富厭貧的性格特點也寓含其中，是爲此處"背面傅粉"法的内涵所在。

在《紅樓夢》張新之評本中，"背面傅粉"寫作"背面敷粉"，在小説評點中亦多次出現，不過涵義却與之前不相一致：

第五回"警幻仙曲演紅樓夢"一節中關於李紈的判詞爲："桃李春風結子完，到頭誰似一盆蘭。如冰水好空相妒，枉與他人作笑談。"

對此，張新之評道："以此一人收束諸人，欲留人種也，看前二句可知。後二句則用背面敷粉法，在本人不著筆墨處而大致自見。"② 蔡義江先生認爲，判詞的後兩句是指"李紈死守封建節操，品行如冰清水潔，但是用不著妒忌羨慕"，因爲她"結果只是白白地作了人家談笑的材料"③。由此可見，此處"背面敷粉法"主要是指從旁面來刻畫人物特徵的手法，比之直接叙寫更能揭示人物性格，從而點破題旨。

第十一回寫王熙鳳與寶玉探視病中的秦可卿，在秦可卿陳述一段因病未

① （清）曹雪芹著，（清）脂硯齋評批，黃霖校點《脂硯齋評批紅樓夢》，齊魯書社 1994 年版，第 409 頁。
② 馮其庸纂校訂定《八家評批紅樓夢》，文化藝術出版社 1991 年版，第 121 頁。
③ 蔡義江著《紅樓夢詩詞曲賦評注》，團結出版社 1991 年版，第 55 頁。

能盡到孝道而愧對衆人的事情之後，寶玉不禁淚流，而鳳姐雖自身也感到難受却能從勸解病人著想，故而未將自身感受表露出來，反而勸説寶玉不必爲此憂傷（實則以此寬慰秦可卿不必憂慮病情）。對此，評者道："在鳳姐目中寫出一哽咽不堪之寶玉，用背敷法。"① 此"背敷法"爲"背面敷粉法"的省稱。

　　第二十一回因巧姐出疹而令賈璉與鳳姐暫時分居，賈璉的風流習性由此得以表現。小説正文寫道："那賈璉只離了鳳姐便要尋事，獨寢了兩夜，十分難熬。"對此，張新之評道："此背面敷粉法，寫賈璉，實寫鳳姐也。"② 從"背面鋪粉"這一技法術語的整個使用歷程來看，此處評語尤爲值得注意。在此之前，"背面鋪（傅）粉"法的表現形態大體都以正、反兩面或正面、旁面對寫的形式出現，而此處"背面敷粉法"則打破了這一形式。從全書看來，賈璉與王熙鳳兩人至少在風流習性方面是有共同之處的，因而評者纔將兩人視爲一體，以"背面敷粉法"指稱叙事過程中"寫一是二"的特徵。如果説"寫一是二"在金聖歎那裏是以相反相成的面貌呈現，那麽在張新之筆下則是以相映相成的特徵展現。可以説，"背面鋪粉"法演變至此已發生了轉變。值得注意的是，《聊齋志異》卷一"嬌娜"篇的寫法與此相近。此篇對阿松的描寫："果見嬌娜偕麗人（即阿松，引者注）來，畫黛彎蛾，蓮鉤蹴鳳，與嬌娜相伯仲也。"但明倫夾批云："松娘只此寫足，猶是對面烘襯之法。"③ 而馮鎮巒的夾評則爲："互筆。"結合馮鎮巒評語可以確認，此處"對面烘襯之法"與張新之在本回的"背面敷粉法"内涵基本相同，此種寫法旨在説明阿松之貌與嬌娜不相上下，而嬌娜之美在前文已叙及，故而此種寫法仍是"寫一是二"的體現。

---

① 馮其庸纂校訂定《八家評批紅樓夢》，文化藝術出版社 1991 年版，第 254 頁。
② 同上，第 475 頁。
③ （清）蒲松齡著，張友鶴輯校《聊齋志異》（會校會注會評本），上海古籍出版社 1986 年版，第 62 頁。

　　第四十九回寫岫烟投靠賈府。爲凸顯岫烟性格特點，作者並不像叙寫他人那樣用相當篇幅進行描寫，而是僅僅通過鳳姐的真實感受來突出其品行："鳳姐兒冷眼戱骸岫烟心性行爲，竟不像邢夫人及他的父母一樣，却是個極温厚可疼的人。因此鳳姐兒反憐他家貧命苦，比别的姊妹多疼他些。"對此，張新之評道："鳳姐亦可感格，見天下無難處之人，而岫烟好處用背面敷粉法托出。"① 此處"背面敷粉法"接近反襯手法，即在一貫狠毒刻薄的鳳姐眼中都能存有如此好的品行，可見岫烟爲人的確非同一般。類似此處"背面敷粉法"涵義的在《紅樓夢》洪秋藩評本第四十一回也存在。本回寫劉姥姥與衆人到櫳翠庵品茶，寶玉與劉姥姥受到妙玉不同的待遇，評者認爲此處頗有深意："其以自己常吃茶之緑玉斗斟與寶玉，非以寶玉爲俗人，願與寶玉共杯斝耳。其不收劉姥姥吃過茶杯，即是背面敷粉法。"② 通過對處理兩個茶杯差異性的細微叙寫，妙玉的性情得到極爲鮮明的體現，而"背面敷粉"法的反襯内涵由此也可見出。

　　以上我們結合相關小説材料對"背面鋪（傅、敷）粉"這一技法術語的内涵進行了大致分析，從中可以看出，"背面鋪粉"法的内涵是較爲複雜的，研究過程中如若對小説批評材料不作全面梳理，則結論難免會出現偏頗，這也是學界探討"背面鋪粉"法内涵時出現諸多相互矛盾之處的主要原因。

---

① 馮其庸纂校訂定《八家評批紅樓夢》，文化藝術出版社1991年版，第1180頁。
② 同上，第1007頁。

釋"橫雲斷山"與"山斷雲連"

"橫雲斷山"與"山斷雲連"是古代小説評點中經常出現的兩個技法術語，兩者之間關係微妙，既不能作爲兩種獨立的技法加以看待，又難以完全忽視兩者之間的相似性。這一對技法主要涉及的是小説叙事藝術中"斷"與"連"的關係問題。

"橫雲斷山"法在"斷"與"連"的關係中著重於"斷"：

小説批評中較早運用"橫雲斷山"這一術語的是金聖歎。在總結《水滸傳》諸多文法時，金聖歎提出了"橫雲斷山法"："如兩打祝家莊後，忽插出解珍、解寶爭虎越獄事；又正打大名城時，忽插出截江鬼、油裏鰍謀財傾命事等是也。只爲文字太長了，便恐累墜，故從半腰間暫時閃出，以間隔之。"①宋江兩打祝家莊，未果；吳用説出下一步計謀，小説轉而叙寫解珍、解寶之事，再接續三打祝家莊這一主綫。張順到建康府接取安道全，半途遭遇張旺、孫五謀財害命，幸而被王定六救下，終得以完成使命。對於這兩處主綫之外的情節描寫，金聖歎認爲采用的是"橫雲斷山法"，而其目的是"只爲文字太長了，便恐累墜，故從半腰間暫時閃出，以間隔之"。同時也有舒緩情節節奏之妙用："千軍萬馬忽然颺去，別作湍悍娟致之文，令讀者目不暇易。"②

毛氏父子在評《三國演義》之《讀法》中對此亦予以明確揭示："《三國》

---

① （清）金聖歎評改本《第五才子書水滸傳》卷三之《讀法》，上海古籍出版社《古本小説集成》據金閶葉瑤池刊本影印，第28—29頁。

② （清）金聖歎評改本《第五才子書水滸傳》第四十八回回前評，上海古籍出版社《古本小説集成》據金閶葉瑤池刊本影印，第2703頁。

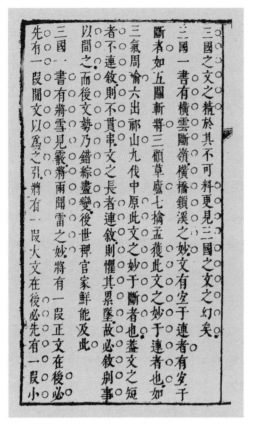

清醉耕堂刊毛宗崗評本《三國志演義》

一書，有橫雲斷嶺、橫橋鎖溪之妙。文有宜于連者，有宜于斷者，如五關斬將、三顧草廬、七擒孟獲，此文之妙于連者也；如三氣周瑜、六出祁山、九伐中原，此文之妙于斷者也。蓋文之短者，不連叙則不貫串；文之長者，連叙則懼其累墜，故必叙別事以間之，而後文勢乃錯綜盡變。後世稗官家，鮮能及此。"此處"橫雲斷嶺"即同"橫雲斷山"，它强調的是在"三氣""六出""九伐"各個連貫情節鏈條中間插入其他事件，以避免連續叙述可能導致的"累墜"之弊。對《讀法》中的這段論述，毛氏還在第九十八回前評中加以詳解：

"七擒孟獲之文，妙在相連；六出祁山之文，妙在不相連。于一出祁山之後、二出祁山之前，忽有陸遜破魏之事以間之，此間于數回之中者也；二出祁山之後、三出祁山之前，又有孫權稱帝之事以間之，此即間于一回之内者也。每見左丘明叙一國，必旁及他國而事乃詳；又見司馬遷叙一事，必旁及他事而文乃曲。今觀《三國演義》，不減左丘、司馬之長。"不僅指出了"連""斷"的各自妙處，還注意到了"間"（即"橫雲斷山"）的具體視角。

除在《讀法》中指出"橫雲斷山法"之外，毛氏在正文夾批中亦時時提及。如第六十四回寫劉璋在被劉備攻打甚急之時轉而求救於宿敵張魯，小説作者此時並未緊接叙寫劉璋如何派人向張魯求助，而是插入馬超糾結羌兵攻打隴西州郡這一事件，之後再接續劉璋使者求助張魯，而馬超欲爲張魯出力。對此毛氏評道："因劉璋求救漢中，本該接叙張魯；却放下張魯，接入馬超。蓋爲馬超投張魯，張魯遣馬超之由也。此等叙事，如連山斷嶺，筆法逼真龍門。"第七十二回寫曹操被劉備圍困時曹彰將其救下，作者此時並不接叙交戰雙方情勢，而是轉而交代曹彰生平個性；寫楊修因猜破曹操退兵之意而被殺，但小説並不接叙曹操如何退兵，而是插叙楊修性格之一節。毛氏認爲這實際也是"橫雲斷山法"的體現："有橫間在中間者，正叙此一事，而忽引他事以夾之，如兩軍交戰之時，而雜以曹彰、楊修兩人之生平是也。"並對此大加贊嘆："作者用筆，直與孔明用兵相去不遠。"

金聖歎、毛氏父子揭示之"橫雲斷山"法可謂一脈相承，都强調改變長篇叙事可能導致的冗墜單調之弊，形成錯綜頓迭之勢，從而達到更佳的叙事效果。

毛氏《三國演義》評點本之後，《紅樓夢》脂硯齋評本中"橫雲斷山法"一語亦多有出現，但技法内涵有了一定變化，它並不指稱由於叙事篇幅過長造成冗贅而運用的"間隔"技巧，而是將諸如日常交談被打斷後再接叙之類的場景視爲"橫雲斷山"：

《紅樓夢》第四回寫賈雨村與門子正看"護官符"，正看到一半，"忽聽傳點，人報：'王老爺來拜。'雨村聽説，忙具衣冠出去迎接"。此處甲戌本旁批云："橫雲斷嶺法，是板定大章法。"第六回寫劉姥姥一進賈府，正向王熙鳳表明來意，忽報賈蓉來，王熙鳳一面叫劉姥姥"不必説了"，一面又問下人："你蓉大爺在那裏呢？"作者擱下劉、王兩人交談，叙寫賈蓉求助王熙鳳之事，後再接叙劉、王兩人交談。脂甲本有旁批："慣用此等橫雲斷山法。"①

值得注意的是《紅樓夢》第十七回寫賈政與衆人遊歷大觀園，"有雨村處

---

① （清）曹雪芹著，（清）脂硯齋評批，黄霖校點《脂硯齋評批紅樓夢》，齊魯書社 1994 年版，第124 頁。

遣人回話”，但作者並不轉寫雨村給賈政如何回話，而是接著叙寫賈政繼續遊覽，祇是將時間比原先縮短而已。對於聽到賈雨村遣人回話，庚辰本夾批云："又一緊，故不能終局也。此處漸漸寫雨村親切，正爲後文地步。伏脈千里，橫雲斷嶺法。"評者將"伏脈千里"與"橫雲斷嶺"並提，頗有意味，與其說此"橫雲斷嶺法"是作爲一種結構手法，還不如說因"斷"（賈雨村回話）而成後文生發之伏筆；賈雨村與賈政之"親切"於此處先伏下，第三十二回中又叙賈雨村造訪賈政，而寶玉應命作陪，可視爲此處"親切"之照應。

　　《紅樓夢》脂硯齋評本之後，"橫雲斷山法"這一術語在小說評點中並没有出現太大的内涵變化，但此一技法之稱謂却多有變化。

　　《結水滸全傳》第七十一回寫蔡京代天子校場檢閱，側重描寫鹵簿儀仗，之後轉叙兵部尚書等人的接駕，此處夾批爲："鹵簿儀仗寫到一半忽夾入兵部尚書接駕，從中隔斷文氣，如雲鎖山腰。"[①] 第七十六回寫云威正著力向陳希真推薦欒廷芳徒弟祝永清："廷玉、廷芳兩兄弟一樣本領，祝永清是廷芳最得意的頭徒，端的青出於藍。"而陳希真關注的却是欒廷玉，轉而問云威："欒廷玉還在否？"此處評者批道："忽然架過欒廷玉，將祝永清頓住，有白雲斷山腰之致。"此處"雲鎖山腰"與"白雲斷山腰"與"橫雲斷山"基本同義。

　　《儒林外史》第十二回寫婁瑋、婁瓚因楊執中薦舉權勿用，決定立即去拜訪權勿用，而恰在此時魏廳官來訪，故而暫時中斷出門拜訪之舉。對此評者批道："峭接橫隔，作者屢用此法。"[②] 第三十三回叙莊紹光本欲拜訪杜少卿，而杜少卿堅持自己上門去拜訪莊紹光，將欲成行之際忽插入婁老爹亡故之事，故而拜訪之舉暫時中斷，評者於此認爲："將爲少卿會莊紹光，却借此一隔，便不平直。全書慣用此法。"對於此"隔"之用意及其産生的實際效果，評者

---

　　① （清）俞萬春著《結水滸全傳》，上海古籍出版社《古本小說集成》據上海辭書出版社藏本影印，第33頁。
　　② （清）吳敬梓著，李漢秋輯《儒林外史》（會校會評本），上海古籍出版社1984年版，第169頁。

有云："少卿急欲會莊紹光，讀者亦急欲兩人會合，作者偏借婁老爹事緩之，以自衿其文法，真無可奈何之事。然而天下無可奈何之事蓋常有之，作者自竊取其意耳。"所謂"峭接橫隔"亦基本同於"橫雲斷山"。

《野叟曝言》第一百二十一回寫文素臣五子就是否應請其舅父涉政一事依次各抒己見，在長子文龍、次子文鳳之後，三子文鵬所提見解受到其祖母、其父親不同的針砭，隨後再接叙四子、五子意見。評者認爲："五子五謀中夾入針砭鵬兒一段，橫山截水，以靈活之，文家之秘。"①"橫山截水"與"橫雲斷山"亦近似。

"山斷雲連"法在"斷"與"連"的關係中則著重於"連"：

與"橫雲斷山"一語相比，"山斷雲連"在小説評點中出現得並不是很普遍。較早提出此種技法的仍是金聖歎，《水滸傳》第十四回吳用"説三阮"，寫吳用依次與阮氏三雄逐一見面並最終聚攏在一起。在最先見到阮小二時，"吳用叫一聲道：'二哥在家麽？'只見阮小二走將出來"，此處夾批："看他兄弟三人，逐個叙出，有山斷雲連、水斜橋連之妙。"此處"山斷雲連"顯然是指"説三阮撞籌"這一相對獨立的叙事單元中三人逐一與吳用相見之情狀，有"斷"有"連"，而旨歸在"連"。

脂硯齋評本《紅樓夢》第十四回寫王熙鳳監管寧國府之時，正要處罰因"睡迷"而來遲之人，而此時恰被其他事件打斷，之後纔重新叙述處置"睡迷"之人："鳳姐便説道：'明兒他也睡迷了，後兒我也睡迷了（將來都没了人了）。'"此處庚辰本旁批云："接得緊，且無痕迹，是山斷雲連法也。"對此一"接得緊"，甲戌本此處旁批説得更明確："接上文，一點痕迹俱無，且是仍與方纔諸人説話神色口角。"可以看出此處"山斷雲連"更爲强調接轉無痕這一叙事效果。

---

① （清）夏敬渠著，黄克校點《野叟曝言》，人民文學出版社 1997 年版，第 1485 頁。

　　《紅樓夢》脂硯齋評本第五十回"蘆雪庵争聯即景詩　暖香塢雅製春燈謎"總評中亦出現此一技法術語："詩詞之峭麗，燈謎之隱秀不待言，須看他極整齊，極參差，愈忙迫愈安閑，一波一折，路轉峰迴，一落一起，山斷雲連，各人局度，各人情性都現。"通觀此回叙寫内容，此處"山斷雲連"依然指叙寫過程中"斷"後接"叙"的情狀，如寶玉被李紈派去櫳翠庵折取紅梅，其後在衆人喧鬧之時，再接叙寶玉將紅梅取回。此"山斷雲連"較諸他處用法並没有發生太大變動，祇不過是由偏重技法運用本身轉而指稱這一技法運用達到一定水準的比喻性評價。

　　值得注意的是，小説評點中還時有"雲斷山連"一語出現。《金瓶梅》第六十四回寫因劉、薛兩位内相拜祭李瓶兒，西門慶特意中斷先前演出的傳奇《玉環記》，改爲迎合劉、薛兩人趣味的雜劇《藍關記》，待兩人走後，"（西門慶）叫上子弟來分付：'還找著昨日《玉環記》上來。'"張竹坡評道："一語接轉，上用幾回院本作間，又是雲斷山連，異樣章法。"① 此"雲斷山連"與"山斷雲連"並無二致，實爲同一技法。《紅樓夢》張新之評本第九十四回總評中"雲斷山連"一語也有出現："此回書最拉雜，最難寫，而在下半回尤難。要看他於拉雜中有雲斷山連、風起波回之妙。"② 此回後半主要圍繞寶玉所佩之玉丢失而展開，此處"雲斷山連"主要指如下事件：起先懷疑賈環拿去，令賈環忿而離開，中間夾寫找回佩玉，後又叙寫賈環趙姨娘因遭無端懷疑而再生怨怒。此一忿一怒的續斷連合，即所謂的"雲斷山連"。

　　通過以上分析，我們不難發現，"橫雲斷山法"與"山斷雲連法"大體上是相對應而存在的：兩種技法一偏重於"斷"，一偏重於"連"，同時我們還注意到，這兩種技法實則是相輔相成的——情節"間斷"之後若無"接續"，就不成爲情節，而一味鋪叙缺少"間隔"，情節也勢必了無興味。試想小説叙

---

① 秦修容整理《金瓶梅》（會評會校本），中華書局 1998 年版，第 886 頁。
② 馮其庸纂校訂定《八家評批紅樓夢》，文化藝術出版社 1991 年版，第 2316 頁。

事中要長篇累牘地進行賬簿式的叙寫是不難的，但却了無興味，而如果叙寫中的情節暫時中斷轉寫他事，之後再續前文，則能形成小説情節的錯綜跌宕之勢而爲人稱賞。從這個意義上説，正是中斷的叙寫（"橫雲斷山"）使得接續描寫的審美效果成爲可能，反之，也正是中斷後的續寫（"山斷雲連"）使得插入叙寫免生頭緒繁雜、有首無尾之弊。因此我們可以看出，"橫雲斷山法"與"山斷雲連法"實是一個統一有機體的兩面，或者説，之所以劃分爲兩個術語，祇是出於不同角度而已。

討論藝術創作中"斷"與"連"的問題，在中國古代有著悠遠的歷史，尤其在古代書畫藝術領域。"橫雲斷山"與"山斷雲連"這兩個小説技法術語即源於古代書論、畫論：

隋末書論家歐陽詢在《三十六法》中有"意連"一法："字有形斷而意連者，如'之''以''心''必''小''川''州''水''求'之類是也"；唐張懷瓘《書斷》在評論東漢書法家張芝作品時則指出："字之體勢，一筆而成，偶有不連，而血脈不斷；及其連者，氣候通其隔行。"[①] 可見，書論中的似連還斷、似斷還連的思想實爲此類技法的理論淵源。在畫論中，傳爲王維所撰《山水論》云："山腰雲塞，石壁泉塞，樓臺樹塞，道路人塞。"可知雲纏山腰早爲繪畫中習用手法。而北宋畫論家對"山腰雲塞"之内蘊進一步加以明晰化，傳爲李成所撰《山水訣》在論具體畫法時有言："藤蔓依纏古木，窠叢簇扎山頭。高山烟鎖其腰，長嶺雲翳其脚。"郭熙、郭思父子所撰《林泉高致·山水訓》在談論如何描畫山水之高遠時亦説道："山欲高，盡出之則不高，烟霞鎖其腰，則高矣。水欲遠，盡出之則不遠，掩映斷其派，則遠矣。蓋山盡出不惟無秀拔之高，兼何異畫碓嘴？水盡出不惟無盤折之遠，何異畫蚯蚓？"此處"烟霞鎖其腰"與上文《結水滸全傳》評點中"雲鎖山腰""白雲斷其

---

① 以上兩則書論材料分別引自《歷代書法論文選》，上海書畫出版社 1979 年版，第 101、166 頁。

腰”極爲相似。另外郭熙、郭思父子還進一步指出山間之雲的不同狀貌：“雲有：雲橫谷口，雲出岩間，白雲出岫，輕雲下嶺。”① 可見，畫論中“雲鎖山腰”“橫雲斷山”本爲指稱山之高遠等狀貌，而小説評點中則用以指代叙事“連”“斷”轉換之態勢，其間因藝術體制不同而有明顯變化。

_____

　　① 以上四則畫論材料分別引自俞劍華編著《中國畫論類編》，人民美術出版社 1986 年版，第596、616、639、645 頁。

釋"水窮雲起"

"水窮雲起"即王維詩句"行到水窮處，坐看雲起時"（《終南別業》）之省稱，轉用至小説批評之後，禪意和理趣基本消失，主要用以指稱一種藝術技法，此種技法側重强調的是在小説叙事過程中要善於"絶境轉換"，營造出驚奇交迭、悲喜相生的藝術效果。

"水窮雲起"這一小説技法稱謂較早見於《水滸傳》袁無涯本。在第六十四回"浪裏白條水上報冤"一節的末評中，評者有云："此篇有水窮雲起之妙，吾讀之而不知其爲水滸也。張順渡江迎醫，而殺一盜，殺一淫……及請得安道全，忽出神行太保應接上山，此又機法之變，而不可測識者也。噫，奇矣！"① 此一節主要寫張順到建康府請安道全爲宋江治病，途中張旺欲害張順，而在讀者料定張順難以完成使命之際，王定六一家救下了張順，可謂"水窮雲起"之一端；安道全被李巧奴糾纏不得脱身，又令讀者對張順能否完成使命深表疑慮，而張順殺李巧奴並嫁禍安道全使之不得不動身，此可謂"水窮雲起"之又一端；歸途中安道全行走不便，時限將至，使讀者不由得再度緊張，而神行太保戴宗的及時接應又令緊張感頓消，此爲"水窮雲起"之另一端。從此則評點材料可以見出，將情節發展與人物刻畫置於曲折跌宕的緊張情境，在看似轉機無望的情況下又出現意料之外的結局，令讀者的閱讀心理在單元時間内往復變換，是"水窮雲起"法的主要特徵，簡言之，小説

---

① 陳曦鍾、侯忠義、魯玉川輯校《水滸傳會評本》，北京大學出版社 1981 年版，第 1189 頁。

叙事要善於"絕處逢生"。

　　金聖歎在評點《水滸傳》時也肯定了此種技法。第五回"魯智深火燒瓦官寺"一節總評提到："此篇處處定要寫到急殺處，然後生出路來，又一奇觀。"① 雖未用"水窮雲起"之名，但論及的即此種技法。第四十七回兩打祝家莊時，宋江一度陷入困境——先是秦明被捉，繼而身旁副將鄧飛亦被捉，宋江祇得退走，退至絕路時，欒廷玉、一丈青等人追趕又至，宋江自己以爲"正待受縛"。在讀者驚嚇之際，不意又出現穆弘、楊雄、石秀、花榮等人趕來救援。對此，金聖歎批道："作文固有水窮雲起之法，不圖此處水到極窮，雲起極變也，使我讀之，頭目岑岑矣。"②

　　清初《豆棚閑話》的評點者對"水窮雲起"法的內涵特徵作了進一步的闡發。第四則"藩伯子破産興家"的總評有云："凡著小説，既要入情中，又要出人意外，如水窮雲起，樹轉峰來。使閱者應接不暇，却掩卷而思，不知後來一段路徑方妙。"③ 此篇寫閻公子因平日積善，至日後落魄之時，不意之間得到了先前救助之人的厚報而終享天年。評者在此處强調"水窮雲起"

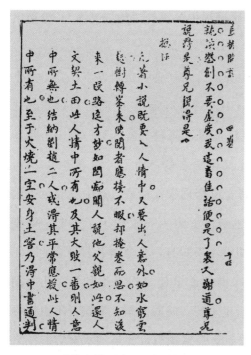

清翰海樓刊本《豆棚閑話》

---

　　① （清）金聖歎評改本《第五才子書水滸傳》，上海古籍出版社《古本小説集成》據金閶葉瑤池刊本影印，第 330 頁。
　　② 同上，第 2692 頁。
　　③ （清）艾納居士撰《豆棚閑話》，上海古籍出版社《古本小説集成》據翰海樓本影印，第 124 頁。

"既要入情中，又要出人意外"，實爲此種技法的運用作了進一步的規定：即作爲解救一端的"雲起"在具體叙寫内容上可不作規定，但必須與"水窮"一端保持内在關聯，即意外之舉必須要合乎情理邏輯，不可無故生發。

張書紳在評點《西遊記》時對"水窮雲起"法也極力肯定。《新説西遊記》第三十回總評有云："或問三藏本是著魔，何以又變虎？……此心一放，急切似難再轉，看他層層剥入，直逼到水窮山盡，然後一筆轉回，真有雲鶴歸巢之妙。"① 此處"水窮山盡，然後一筆轉回"實意同"水窮雲起"，指的是在孫悟空被逐回花果山後，唐僧被虎妖變爲虎之後，八戒即鬧散伙，而沙僧又被妖怪捉拿，取經面臨擱淺，而小龍馬一語提醒八戒去請回孫悟空以爲解救之計，使得取經又出現轉機。故而評者認爲有"雲鶴歸巢之妙"，而在該回夾評中批者又以"縛鳶提絲之妙"來評之，所針對的亦爲此處"水窮雲起"的效用。

但明倫在《聊齋志異》評點中亦極力推崇此法。《青梅》篇寫王進士之女阿喜初以爲老尼能解救自己灾厄，緊接著又認爲老尼與他人通同一氣以陷害自己，故而要自盡，後得老尼勸説而未果。對此，其後夾評云："真是千磨百折，不到山窮水盡處，不肯輕作轉筆。"②《嶺南逸史》和《老殘游記》兩書的評者則對"水窮雲起"法效果産生的内在機制作了初步探索。謝菊園在《嶺南逸史》第九回末評認爲："文寫到盡頭處是極險之筆，如逢玉已昏二山，則二山終當必合，但寫天馬寫到可痛可恨，已走入死巷裏去，試思下回如何轉合。"③ 而在第十回末評中"醉園"即對上文作以回應："文不至絕處逢生，則不見精神魄力。若失水收監二段絕地矣，然後轉出漁人轉出玉英，此冷處解

① （清）張書紳《新説西遊記》，上海古籍出版社《古本小説集成》據上海古籍出版社藏本影印，第937—938頁。
② （清）蒲松齡著，張友鶴輯校《聊齋志異》（會校會注會評本），上海古籍出版社1986年版，第451頁。
③ （清）黃岩著《嶺南逸史》，上海古籍出版社《古本小説集成》據文道堂刊本影印，第385頁。

清其有堂刊本《新説西遊記》

救已對定十二回熱處解救矣，然冷處有功熱處反困，神光直注到負荊解圍諸段，何等變幻，何等經歷。"在此，評者認爲，"寫到盡頭"固然是"極險之筆"，然而，"文不至絕處逢生，則不見精神魄力"①。此論亦可謂"水窮雲起"法在小説中得以普遍運用的根由所在。《老殘游記》第十七回末評對此種技法的發生機制描述爲"反面逼得愈緊，正面轉得愈活"②。應該説這是符合叙事邏輯的，認識較諸前人又更深入一層。

　　"水窮雲起"一語在古代小説評點中除了具備上述技法特徵之外，在具體的評點過程中也展現了一些其他內涵，對此亦略作論述。

---

　　① （清）黃岩著《嶺南逸史》，上海古籍出版社《古本小説集成》據文道堂刊本影印，第428頁。
　　② 《老殘游記》第十七回末評："'山重水複疑無路，柳暗花明又一村'，此卷慣用此等筆墨，反面逼得愈緊，正面轉得愈活。"見吳組緗主編《中國近代文學大系·小説集4》，上海書店出版社1992年版，第382頁。

《水滸傳》第三十回寫武松在殺死張都監和蔣門神並留下"殺人者打虎武松也"八字之後，準備下樓，恰巧張都監家人此時上樓，這預示了另一場厮殺又將開始。此處金聖歎評道："行到水窮，又看雲起，妙筆。寫武松殺張都監，定必寫到殺得滅門絶户，方快人意。"① 此處"水窮"顯然不是從小説人物所處境遇而言，它衹是叙事單元的自然完結；而"雲起"也並非與"水窮"形成突轉之勢。總體而言，此處的"水窮""雲起"指涉的是一波剛止一波又興的叙事現象，或者説指的是一種緊湊連環的叙事樣式，但針對的還是環環相扣的情節内容。第四十八回解珍解寶被拘禁在獄中之時，解珍央求樂和帶信給顧大嫂，以爲解救之策。此時金聖歎評道："真是行到水窮，坐看雲起，而所起之雲，又止膚寸，不圖後文冉冉而興，騰龍降雨，作此奇觀也。"② 此處"水窮雲起"大體仍指連環叙事。

《西遊證道書》第八十三回"心猿識得丹頭　姹女還歸本性"前評中"水窮雲起"一語也值得注意："三藏之脱而復陷，陷而復搬，可謂思路絶矣。乃忽轉出牌位香爐一段，絶處逢生，水窮雲起，因而波及天王哪吒，又演成許大一回文字，可見文心無盡，其奇險幽折當更有過於陷空山無底洞者。"③ 此回之前對唐僧被劫與被救之間已作了多次叙寫，在藝術手法上若還要展開此類循環描寫，則極有可能成爲險筆。而小説作者在此回依然精心叙寫"牌位香爐"以引出妖怪身份，從而也在叙寫解救方式上與之前不同。正是從藝術叙寫這個角度考慮，評者認爲此類叙寫可謂"絶處逢生，水窮雲起"。

由上述分析可知，"水窮雲起"法在古代小説創作中普遍存在，它是古代小説叙事較爲突出的藝術特色，主要是指在叙事過程中將情節發展或人物命

① （清）金聖歎評改本《第五才子書水滸傳》，上海古籍出版社《古本小説集成》據金閶葉瑤池刊本影印，第1673頁。
② 同上，第2724頁。
③ （清）黃周星定本《西遊證道書》，上海古籍出版社《古本小説集成》據日本内閣文庫藏本影印，第1633頁。

運逼至看似無可繼續的盡途，從而令讀者憂慮不已，而轉瞬之間這一緊張局勢又因向反方向轉化，使讀者原先的心理預期失落並産生驚喜不已的叙事效果。“水窮雲起”形象地表現了推動小説叙事波瀾迭起的創作手段，强調了小説叙事要使讀者得以在相對完整的叙事單元中感受到“緊張”與“驚奇”交迭的藝術效果。從現代小説理論來看，如果説“懸念”與“驚奇”是情節叙事得以展開的“雙駕馬車”①，那麽可以這樣説，小説叙事中的“水窮雲起”法偏於“驚奇”。當然，這種因“水窮雲起”而産生的“驚奇”效果也不能隨意構設，如評者所云，它必須是“既要入情中，又要出人意外”，否則難免陷入因巧合過多而導致的“無中生有”之弊。如毛氏父子評本《三國演義》所言：“每見近世稗官家，一到扭捏不來之時，便憑空生出一人，無端造出一事，覺後文與前文隔斷，更不相涉。”②

另外，從上文分析可知，“水窮雲起”法實際上包括“逼”與“轉”兩個環節，與古代小説藝術中的“逼拶”法頗爲相似。我們稍作申述：

“逼拶”一語在古文與八股文評點中較爲常見。如明初薛瑄作有八股文《流連荒亡》，評者夾批謂：“四字分疏不得，下句又侵犯不得，只以民情相形，連遞逼拶，烟波萬丈。”③ 吕晚村在評論唐順之所作八股文《惟君所行也》時亦云：“‘惟’字兩邊説，是逼法不是活法，活法正是逼法。不行此，則行彼。道理分別如此，只看君所行何如。此處都是他人著力不得，此句逼拶極狠，非謂但憑君做也。文之妙亦只是步步逼得緊，變化從此而生。”④ 受八股文評點影響，“逼拶”這一術語在清代小説評點中常爲轉用。如《嶺南逸史》

---

① 羅鋼在《叙事學導論》中認爲：“‘懸念’與‘驚奇’的區别在於，如果説驚奇的産生是由於讀者和故事中的人物都同樣對故事的突轉感到意外，而設置懸念的時候，作者會把故事的謎底有意識地泄漏給讀者，只瞞著故事中的人物。”（雲南人民出版社 1994 年版，第 89 頁）

② （明）羅貫中原著，（清）毛宗崗評改，穆儔等標點《三國演義》“讀法”，上海古籍出版社 1989 年版，第 12 頁。

③ （清）俞長城輯《可儀堂一百二十名家制義》卷六，康熙三十八年合德堂刻本。

④ 同上。

第十三回末評寫道：“極寫天馬之鋭所以逼起惠潮之兵，是拶逼法，不是開合法。蓋自二山仇殺後，作者已刻注到負荆一回矣。”①《儒林外史》第五回寫嚴監生臨終之際伸出兩個手指，衆人多次忖度皆不稱其意，造成一種急而不解的緊張形勢，令讀者急切欲知實情。對此黄小田評道：“此皆文章偪拶之法。”②《結水滸全傳》第七十二回夾評：“此處迎刃而解，皆上文逼拶之力。”③ 從這些評語可知，所謂“逼拶”法是指在叙寫過程中通過層層鋪墊、渲染，産生一種“驚奇”的藝術效果。綜上，“逼拶”法與“水窮雲起”法有類似之處，所不同者在於：“逼拶”法並不令結局指向看似無可轉換之絶境，而是也有可能通過層層累積式叙寫令結局自然呈現，結局與鋪墊叙寫之間並不存有出人意外的轉折；而“水窮雲起”法一方面通過緊逼式叙寫令局勢趨於絶境，同時又使叙事在絶境之後有意料之外的轉折。兩者之間是有一定差異的。

　　總體看來，“水窮雲起”這種技法的總結是小説批評者在把握讀者閱讀心理基礎上的理論提升。從理論角度言之，小説在某種程度上可作爲人的欲望的一種虛擬替代物，而閱讀小説就是一種滿足生活經驗中無法實現的審美體驗，人們藉此可以體驗到現實世界中想要經歷而又無法經歷的特定情感。因此，能否給讀者帶來審美體驗？帶來何種程度上的審美體驗？是小説作者必須考慮的一個重要問題。而小説叙事中的“水窮雲起”法不僅給讀者提供了驚奇的審美享受，而且將憂慮與快慰、急迫與舒緩、絶望與驚喜等諸種情感體驗演繹到了極致，讓讀者獲得一種不同尋常的審美快感。這應該是評點家之所以關注此種技法的深層根由，也是小説創作者運用此種技法的初衷所在。

---

① （清）黄岩著《嶺南逸史》，上海古籍出版社《古本小説集成》據文道堂刊本影印，第570頁。
② （清）吴敬梓著，（清）黄小田評本《儒林外史》，黄山書社1986年版，第53頁。
③ （清）俞萬春著《結水滸全傳》，上海古籍出版社《古本小説集成》據上海辭書出版社藏本影印，第71頁。

釋"鬥笋"

"鬥笋"作爲技法術語是古代建築工藝領域的一個特殊稱謂，用於表現建築、器物等各拼合部分極爲吻合的狀況，所謂"鬥笋合縫"。在小說批評領域，它仍然是作爲一個評價術語，指稱小說叙事過程中事件與事件之間、人物與人物之間妙合無痕的一種藝術特色和境界。

在古漢語中，"鬥"有"嵌合、遇合、拼合"之意，《説文》云："鬥，遇也。"段玉裁注："凡今人云鬥接者，是遇之理也。"① "鬥"亦同"逗"，張相《詩詞曲語辭匯釋》卷二："鬥，猶引也，與逗通。"② 如元邵亨貞《沁園春·無題》："醉後看承，歌時鬥弄，幾度孜孜頻送情。"元武漢臣《生金閣》第四折："説你强要他爲妻，又將他男兒郭成殺壞了，是也不是？是我鬥他要來。"③ "笋"，其用如"榫"，指器物兩部分利用凹凸相接的凸出部分，可引申爲聯繫、連結之意。《集韵·準韵》："榫，剡木相入。"清翟灝《通俗編·雜字》引《程子語録》："枘鑿者，榫卯也。榫卯圓則圓，榫卯方則方。"故"鬥笋"亦可寫做"鬥榫"。由此可知，"鬥笋""逗笋"或"鬥榫"等是相通的。"鬥笋"一辭爲動賓結構，意偏重於"笋"字，因而小説評點中除"鬥笋"一辭外，還有諸如"接笋""合笋"等語辭，實際所指相近。

查閲相關文獻資料，"鬥笋"一辭主要用於工藝建築等領域。試看以下幾

---

① （清）段玉裁《説文解字注》，上海古籍出版社 1988 年版，第 114 頁。
② 張相著《詩詞曲語匯釋》，中華書局 1955 年版，第 219 頁。
③ （明）臧晉叔編《元曲選》第四册，中華書局 1989 年重排版，第 1735 頁。

則史料：

報恩塔成於永樂初年，非成祖開國之精神、開國之物力、開國之功令，其膽智才略，足以吞吐此塔者，不能成焉。塔上下金剛佛像千百億金身。一金身，琉璃磚十數塊湊成之，其衣折不爽分，其面目不爽毫，其鬚眉不爽忽，鬥笋合縫，信屬鬼工。[1]

凡事物之理，簡斯可繼，繁則難久，順其性者必堅，戕其體者易壞。木之爲器，凡合笋使就者，皆順其性以爲之者也；雕刻使成者，皆戕其體而爲之者也；一涉雕鏤，則腐朽可立待矣。故窗櫺欄杆之制，務使頭頭有笋，眼眼著撒。然頭眼過密，笋撒太多，又與雕鏤無異，仍是戕其體也，故又宜簡不宜繁。[2]

閣老坊在縣治之南，爲相國徐文定公諱光啓所建也，成於崇禎辛巳之秋，工費甚繁。……俄而直立，復用二大石，鬥笋合抱於柱底，用壓石獸於其上，故頂蓋紛送而下不動搖，亦石工之巧也。[3]

硯圓徑三寸，圍徑九寸，厚六分。剖歙溪石爲之，天然鬥笋，無斧鑿痕，受墨處略加礱治，墨池刻作魚形。[4]

弓制胎……兩稍以桑木爲之，各長六寸三分，鑲以牛角刻鍥其末以

---

① （明）張岱著，夏咸淳、程維榮校注《陶庵夢憶》，上海古籍出版社 2001 年版，第 7 頁。
② （清）李漁著，江巨榮、盧壽榮校注《閑情偶寄》，上海古籍出版社 2000 年版，第 190 頁。
③ （清）葉夢珠撰，來新夏點校《閱世編》，上海古籍出版社 1981 年版，第 66 頁。
④ 《欽定西清硯譜・舊歙溪石函魚藻硯説》"子部九・譜録類"，《四庫全書》第 843 册，上海古籍出版社 1987 年版，第 543 頁。

受弦㢬，與胎鬥笋，兩接處光削其面。①

從以上材料可知，“鬥笋”實爲對修制房室、閣塔，或製作硯、弓等器物加以賞評時的常用術語，它指的是器物各拼合部分極爲吻合的狀況，並以此作爲衡量技藝高下之標準，此爲“鬥笋”一辭的本義。

除用於建築、製造工藝等領域外，“鬥笋”一辭也多用於其他領域。清人傅以漸等編撰《易經通注》，其《序》有云：“序卦自當從兩卦之鬥笋合縫處爲之，雜卦自當從反對錯綜處求之。”②八股文評點中“鬥笋”一語亦較爲常見，清人俞長城輯《可儀堂一百廿名家制義》，其中卷九在評論唐順之所作《三仕爲令·令尹》中有夾批：“接笋”，卷十二瞿景淳《上天之載·至矣》一文末評則爲：“《詩》言天，《中庸》言君子，言鬥笋處，絶有關會，平淡之中神味深旨。”③實則是以“鬥笋”一辭指出八股文寫作中行文前後暗合之特點。“鬥笋”這一技巧術語在八股文和古文寫作中常常出現，或有運用過濫之弊，故批評之語亦時有出現，如張次仲《周易玩辭困學記》卷十三對所論“乾坤”二字作評議時即有云：“是故二字不是文章家接角鬥笋套語，此與上五‘矣’字語脈相承，正描畫‘易簡’二字精神。”④

戲曲批評中亦時有“鬥笋”一辭出現。如沈自晉《重定南詞全譜凡例·采新聲》有云：“人文日靈，變化何極，感情觸物，而歌詠益多。所采新聲，幾愈出愈奇。然一曲，每從各曲相湊而成，其間情有苦樂，調有正變，拍有緩急，聲有疾徐，必於鬥笋合逢之無迹，過腔按脈之有倫，乃稱當行手

① 《欽定八旗通志》卷四十，《四庫全書》第664冊，上海古籍出版社1987年版，第951頁。
② 《四庫全書》第37冊，上海古籍出版社1987年版，第5頁。
③ 康熙三十八年合德堂刻本。
④ （清）張次仲《周易玩辭困學記》卷十三，《四庫全書》第36冊，上海古籍出版社1987年版，第774頁。

筆。"① 以"鬥笋合縫"強調戲曲"新聲"須在"情""調""拍""聲"等方面協調一致，唯此方可稱爲"當行"。張岱在《陶庵夢憶》中對阮大鋮家優的戲曲表演作了評述，其中也提到了"鬥笋"："阮圓海家優，講關目，講情理，講筋節，與他班孟浪不同。然其所打院本，又皆主人自製，筆筆勾勒，苦心盡出，與他班鹵莽者又不同。故所搬演，本本出色，腳腳出色，齣齣出色，句句出色，字字出色。余在其家，看《十錯認》《摩尼珠》《燕子箋》三劇，其串架鬥笋、插科打諢、意色眼目，主人細細與之講明。"②

以上對"鬥笋"一辭的本義及其在八股文以及戲曲等評點中的運用情況作了簡單梳理。以下我們就小説評點中的"鬥笋"技法展開討論。

就小説評點史料而言，用"鬥笋"這一術語評價小説叙事技巧的主要有三層内涵：評價小説歸攏連結事件和人物的藝術特色、評價增加新的情節和人物時的藝術技巧、小説叙事中的伏筆照應。以下分而論之：

一、用於評價歸攏連結事件和人物的藝術特色

小説中人物、事件衆多，如何安置插放確是非常值得重視的問題，如《三國演義》毛評本第四十一回所評："凡叙事之難，不難在聚處，而難在散處。"③ 實則"散處"雖難，"聚處"亦不易，如何"鬥笋合縫"也是一個難題。

《水滸傳》第六回叙林冲與魯達在路上閑走，而路旁有賣刀者再三兜售寶刀，林冲起初並未在意，幾次三番之後，"行"者與"賣"者終聚合一處：

---

① 秦學人、侯作卿編《中國古典編劇理論資料彙編》，中國戲劇出版社 1984 年版，第 182 頁。
② （明）張岱著，夏咸淳、程維榮校注《陶庵夢憶》，上海古籍出版社 2001 年版，第 129—130 頁。
③ （明）羅貫中原著，（清）毛宗崗評改，穆儔等標點《三國演義》，上海古籍出版社 1989 年版，第 524 頁。

“林冲合當有事，猛可地道：‘將來看！’那漢遞將過來，林冲接在手内，同智深看了，”並最終買下這口寶刀，埋下“誤入白虎堂”之根。對此，金聖歎認爲，未開口買刀之時，“譬如兩峰對插，抗不相下”，而開口之時，文勢“忽突然合笋，雖驚蛇脱兔，無以爲喻”①。顯然，金聖歎對此種勾連事件人物之法贊嘆不迭。又如第十六回寫曹正不僅指點楊志去和魯達會合，而且還爲二人攻打二龍山出謀劃策。對此，在金聖歎看來亦爲“鬥笋”：“一路皆聽曹正處畫，明曹正爲二漢之鬥笋合縫人也。”此種手法更集中的運用還體現在《水滸傳》第八回魯智深野豬林搭救林冲一節，圍繞此一事件，實有兩綫：其一爲薛霸、董超二人蓄謀已久要在林中謀害林冲，其二則爲智深識破二人歹心而決意要在林中將其殺死。此兩心機各自均未窺破知曉，待到林中之時，兩綫遂並爲一綫，其中緣由亦藉魯達自述而得以揭示，從而起到非同尋常的叙事效果。正如聖歎所評：“文勢如兩龍夭矯，陡然合笋，奇筆恣墨，讀之叫絶。”

　　《三國演義》第五十八回寫馬超一日忽作噩夢，驚恐而醒，正問帳下將佐此夢何解，龐德應聲回復：“此乃不祥之兆”，“莫非老將軍在許昌有事否？”而話音剛落，馬岱即入門哭拜：“叔父與弟皆死矣！”通過此一場面描畫，將馬超得知其父遇害之前後態勢交待得極爲緊湊而又動人心魄。對此種描寫，毛氏父子即作評：“接笋甚緊。”同樣的情境還出現在第七十七回寫劉備得知關羽遇害一節，由起先劉備夢遇關羽不祥，至隨後許靖稟告孔明關於關公父子遇害之流言，再隨後叙孔明自道天象預示關公遇害，馬良、伊籍證實荆州關公兵敗求救，最後接叙廖化告知劉封等人按兵不救關羽，天明終於確認關公遇害。這一系列的相關描寫均圍繞劉備驚夢而節節相生，毛氏父子同樣作評：“接笋甚緊”“接笋更急”。

---

　　① （清）金聖歎評改本《第五才子書水滸傳》，上海古籍出版社《古本小説集成》據金閶葉瑤池刊本影印，第382頁。

　　當然，怎樣“鬥笋合縫”，在小說創作中亦有講究。題爲“素軒”所批《合錦回文傳》卷四末評曰：“此卷中錦之後半方有下落，而錦之前半又幾被騙，妙在各不相通，兩不相識，將欲鬥笋，偏不合縫。鬥笋不就，轉出鑽刺，鑽刺不就，轉出求婚，又因小人求婚轉出君子求婚，峰迴路轉，步步令人不測。”① 認爲歸攏收結不必急切使用，而應該盡可能將各自綫索敷演得蜿蜒曲折，效果定當更佳。

二、用於評價增加新的情節和人物時的藝術技巧

　　小說人物衆多、情節複雜，如何合理安排，使之“接縫鬥笋”，亦是小說結構鋪排的重要方法之一。如評者所言：“作小說以一人代數人説話，得神最難，接縫鬥笋尤難。必處處起一開頭，則斷續不成法，即不然，處處費力著墨，亦不成文。”②

　　《水滸傳》第六十六回寫單廷珪、魏定國擒獲宣贊、郝思文之後，太守連夜派人將二人送往東京，而途中遇上李逵、焦挺等人將宣、郝二人救下，並爲山寨新添鮑旭一人。而對於連夜押解“反賊”這一舉動，金聖歎認爲並非旨在揭示官府欠周密，而是要借此引出李逵、鮑旭等其他人物和事件：“作此怪峰，鬥成奇笋。”即更重要的是出於結構意義上的考慮，“夜送”一場即自然而然地生發新的情節，並引出了新的人物。

　　《儒林外史》第十六回寫匡超人閑暇之中與人下棋，行將結束時，觀棋者按捺不住而冒出一句“老兄這一盤輸了”，匡超人這才注意到潘老爹在場，故而了結下棋這一場面轉而與潘老爹論及他事。對此，評點者認爲“接笋絕妙”③。

① （清）素軒評本《合錦回文傳》，上海古籍出版社《古本小説集成》影印本，第 174—175 頁。
② 二我《〈黃繡球〉評語》，《新小説》第十五號（1905），引自陳平原、夏曉紅編《二十世紀中國小説理論資料》（第一卷），北京大學出版社 1997 年版，第 133 頁。
③ （清）吳敬梓著，李漢秋輯《儒林外史》（會校會評本），上海古籍出版社 1984 年版，第 228 頁。

　　此種技法運用最爲充分的應屬《金瓶梅》。張竹坡在該書《讀法》中予以明確揭示："讀《金瓶》，須看其人笋處。如玉皇廟講笑話，插入打虎；請子虛，即插入後院緊鄰；六回金蓮纏熱，即借嘲罵處插入玉樓；借問伯爵連日那裏，即插出桂姐；借蓋卷棚即插入敬濟，借翟管家插入王六兒。……諸如此類，不可勝數。蓋其用筆不露痕迹處也。其所以不露痕迹處，總之善用曲筆、逆筆，不肯另起頭緒用直筆、順筆也。夫此書頭緒何限？若一一起之，是必不能之數也。我執筆時，亦必想用曲筆、逆筆，但不能如他曲得無迹、逆得不覺耳。此所以妙也。"① 作爲世情小說，情節安排、人物描寫相對而言更爲細緻入微，情節和人物的生發就更要注意"鬥笋合縫"。如第一回，西門

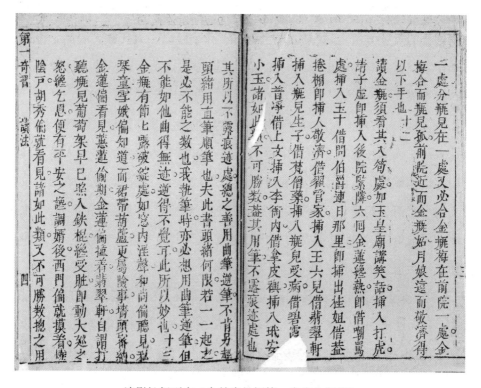

清影松軒刊本《皋鶴堂批評第一奇書金瓶梅》

---

① 秦修容整理《金瓶梅》（會評會校本），中華書局 1998 年版，第 1493 頁。

慶與吳道官等人在玉皇廟説笑，吳道官無意中笑談要到景陽岡打虎領賞，實爲生發武松打虎一節先作鋪墊；第六回借潘金蓮指斥西門慶風流本性，從而爲後文引出孟玉樓與西門慶勾搭一節。此種手法，在小説人物而言是無意道出，在作者却是有意爲之。在叙寫一人一事之中插寫他人他事，既避免頭緒雜多，經濟筆墨，又使得小説情節由一般的"講述"變爲"呈現"，不能不説是高明的叙事手段。

對於這種藝術手法，小説評點中還出現了諸如"借樹開花法""趁水生波法"等，與所謂"鬥笋"較爲接近。如清人蔡元放評《水滸後傳》之《讀法》所云："有借樹開花法。如要寫孫氏弟兄與扈成上登雲山，便寫一毛豸是毛仲義之子，與山泊舊仇，要借鄒潤來生事陷害，以逼成之……不須另起一頭，另撰一事，只借前傳所有之人之事生來，却又隨手了結，文字何等省力！"①又如《水滸傳》第四十三回寫楊雄被綽號"踢殺羊"的張保刁難，金聖歎認爲這與楊志被牛二糾纏的性質相同："楊志被牛所苦，楊雄爲羊所困，皆非必然之事，只是借勺水興洪波耳。"

三、用於評價照應伏筆等藝術技巧

"鬥笋"用於評價小説叙事中的伏筆照應大致有三種情況：

其一，小説叙寫貌似不相關聯的多人多事，但其中貫串主旨却一致。如《水滸傳》第四十八回寫孫立等人爲入夥梁山而欲行反間計，通過樂廷玉打入祝家莊内部，從而攻破祝家莊。而未幾又叙吳用率人下山前往救應，先行攻打祝家莊。就攻打祝家莊而言，兩個事件目標一致，一者爲内攻，一者爲外

---

① 乾隆三十五年刻本。

援，對此，金聖歎評爲"鬥笋都緊簇"①。又如《三國演義》第一百零二回寫諸葛亮爲解糧草運轉不濟之難而先行命人造木牛流馬，而楊儀因不知情而向諸葛亮告知糧草運轉不力，無以爲計轉而求助於諸葛亮，而此時諸葛亮亦順勢將自己謀劃已久的計策告知楊儀。對此，毛氏父子評道："不用孔明吩咐楊儀，先寫楊儀來稟孔明。鬥笋處用逆不用順，絕妙筆法。"《結水滸全傳》第七十七回亦有此類描寫，陳希真與劉廣在不知各自行動意向前提下皆欲與對方結盟好。對此評點者評曰："希真方投劉廣，劉廣又要投希真，鬥笋得好。"②

其二，小説叙寫人物出於各自目的而展開各自行動，最終却獲得一種相反相成的叙事效果。如《三國演義》第一百十三回寫吳主孫休得知劉禪聽信内侍讒言而導致朝政紊亂，出於吳蜀和盟以抗魏之目的，"特使人以敵國之外患警之"，而姜維未辨其中真實意圖却率然出師伐魏以解外患，而最終還是因内憂而致外患未除。對此，毛氏父子夾評云："孫休本欲以外患動其内憂，姜維乃舍内憂而圖外患，絕妙鬥笋。"其回前評亦云："吳主以蜀有内侍之亂，而特使人以敵國之外患警之，此絕妙鬥笋處，亦絕妙伏綫處。何謂鬥笋？姜維因外患而動，則伐魏之笋，於此鬥也。何謂伏綫？姜維因内侍而歸，則班師之綫，又如此伏也。叙事作文，如此結構，可謂匠心。""鬥笋"與"伏綫"於此構成了二而爲一的微妙關係。再如第一百十四回寫鄧艾得知姜維與蜀主有隙而致朝廷内部不穩並力主伐蜀，而賈充則認爲當務之急是要消除魏國自身的内憂方可伐蜀，作品轉而生出魏國生亂、司馬篡魏等情節。對此，毛氏父子評曰："鄧艾方説蜀有内變，賈充却説魏有内變，借伐蜀轉出弑主，鬥笋甚奇。"

---

① （清）金聖歎評改本《第五才子書水滸傳》，上海古籍出版社《古本小説集成》據金閶葉瑤池刊本影印，第 2752 頁。
② （清）俞萬春著《結水滸全傳》，上海古籍出版社《古本小説集成》據咸豐三年刊本影印，第 310 頁。

　　其三，小説叙事中的前伏後應。如《紅樓夢》姚燮評本第二十九回叙賈母等人遊玩清虛觀，賈珍見自己夫人以及兒媳皆未能隨侍，情急之下命賈蓉回家催唤。而待到後文賈母等人正看戲、説笑之時，賈珍之妻尤氏及兒媳都過來給賈母請安。對此評者道："與前賈蓉騎馬回去鬥榫。"① 此"鬥榫"即指小説叙事中的前伏後應。又如桐花鳳閣評本《紅樓夢》第七十回，評者認爲小説作者在前後細節安排上不盡一致而多有微辭，如對於賈政身份，前文説是"員外郎"，而此時又説是"學差"，故認爲"與上文不合笋，殊欠檢點"②。此種情狀下的所謂"鬥笋"與一般意義上的伏筆照應手法並無多大異處。

　　以上對"鬥笋"之法在小説評點中的具體運用作了簡要論述，可以看出此一文法的内涵還是較爲豐富的，而究其實質，皆由"鬥笋"一辭的本義衍生而來。勾連事件或人物之間的前後緊密關係，加快叙事節奏，營造環環相扣的場面，可以説是古代小説"鬥笋"之法的基本内涵和特點。此一文法亦並非孤立存在，而是與諸如"借樹開花"法、"趁水生波"法等小説文法關聯密切，是古代小説較爲常用而又獨特的藝術手法。

---

① 馮其庸纂校訂定《八家評批紅樓夢》，文化藝術出版社 1991 年版，第 687 頁。
② （清）陳其泰評，劉操南輯《桐花鳳閣評紅樓夢輯録》，天津人民出版社 1981 年版，第 210 頁。

釋"大落墨法"

"大落墨法"源自古代繪畫技法，作爲一種小説技法，要求小説敘事過程中對重要情節或人物作出濃筆重彩的描寫，以達到不同尋常的藝術效果。

"大落墨"最早爲古代繪畫技法之一。據元人夏文彦所著《圖繪寶鑑》卷四記載："胡彦龍，儀真人，善畫人物、天神、寒林、水石、窠木，描法用大落墨，自成一家格法。紹定間苗安撫薦入朝爲畫院待詔。"① 胡彦龍，南宋紹定間（1228—1232）人，生平不詳。可知"大落墨"本爲南宋畫家胡彦龍之畫法，此種技法可運用於不同類型的描繪對象。明人朱謀《畫史會要》卷三、清人厲鶚《南宋院畫録》卷八對胡彦龍的此種繪畫技法均有論及，可見此種繪畫風格在古代繪畫史上自有其獨特之處。

"墨法"如何選用是古代繪畫過程中十分重要的一個環節，但大抵以濃淡輕重相宜爲準。宋人李澄叟《畫山水訣》云："落墨無令太重，太重則濁而不清；落墨無令太輕，太輕則燥澀乾枯而不潤。"② 清人方薰《山静居畫論》亦説："墨法，濃淡精神變化飛動而已。""用墨，濃不可癡鈍，淡不可模糊，澀不可涸濁，燥不可澀滯，要使精神虛實俱到。"③ 從這些論説中可看出，用墨是不宜極端化的。但事情往往有另外一面，即用重墨、濃墨時也能取得意想不到的藝術效果。清人朱景英在《明山記》中説："蓋其陽則屏舒障展，盡立

---

① （元）夏文彦撰《圖繪寶鑑》卷四，《圖繪寶鑑》世界書局 1937 年影印版，第 66 頁。
② 俞劍華編著《中國畫論類編》，人民美術出版社 1986 年版，第 620 頁。
③ 同上，第 235 頁。

橫敷；其陰則窈窕玲瓏，疑近而遠。晴則修眉朗列，晦則寸碧深霾，昏旦異形，即離殊態，庶幾畫家所謂大落墨者，非一皴一染之所能仿佛矣。"[①] 此處雖是論山中景色之異同，但實則還是可以用來說明繪畫過程中"大落墨"法的運用效果，即"大落墨"能達到皴染之法所不能獲得的藝術境界，而皴染之法相對於"大落墨"在用墨上顯然力度要小得多。此論與畫論家對"焦墨"描述十分相近："作畫自淡至濃，次第增添，固是常法，然古人畫有起手落筆隨濃隨淡成之，有全圖用淡墨，樹頭坡腳忽作焦墨數筆，覺異樣神采。"[②] 兩相比較，可看出古人所謂"大落墨"還是非常接近"焦墨"法的，而有別於其他墨法種類[③]。從中我們也可看出，正因"大落墨"能產生醒目鮮明、別具一格的藝術效果，因而頗受繪畫者重視。

上文中所說"焦墨"（或者說"大落墨"）還祇是運用在畫作的局部，這與前文所引胡彥龍的總體繪畫風格"大落墨"還是有不同的。繪畫中若全部皆用"大落墨"，則產生的藝術效果就不是醒目鮮明，而是蒼勁有力。對此，清人張謙宜在評論歸有光《李制府之采大木》一文時即云："頭緒井井，如大將布陣，出入照應可見而不可測，如馬政志包羅千古，斷制精核。譬之畫家大落墨、滿設色，須看其胸襟闊大，筆力超忽，一氣收卷，而萬折千迴，皆李將軍畫法也。"[④] 所謂"李將軍畫法"當指唐代青綠山水畫派的代表李思訓（及其兒子李昭道）的繪畫風格，該派畫風與王維代表的水墨山水畫派存有較大差異，前者偏重以重青綠色來描繪山水輪廓，後者則偏向於水墨。此處張謙宜即以"滿設色"來指涉"李將軍畫法"中偏好於重青綠色的特點，而在用墨性質上還是傾向於濃重，故而在此點上與同樣偏於重厚的"大落墨"畫

---

① （清）朱景英著《畬經堂詩文集》卷五，清乾隆刻本。
② （清）方薰《山靜居畫論》，俞劍華編著《中國畫論類編》，人民美術出版社 1986 年版，第 235 頁。
③ 一般來說，古代繪畫"墨法"可分爲破墨法、潑墨法、積墨法、濃墨法、焦墨法、宿墨法等種類。
④ （清）張謙宜《繭齋論文》卷五，清乾隆二十三年法輝祖刻《家學堂遺書二種》本。

法相通，從而得以並提。所謂"筆力超忽"云云，即是就"大落墨"所形成的整體藝術效果而言。

由此可見，"大落墨"既可用於畫作局部，也可用於畫作整體，均能產生非同尋常的效果。而在古代文人那裏，"作畫與作文同法"的觀念還是較爲普遍的①，因而"大落墨"法也多移用於古代文學批評之中。

清初古文家王介山對《孟子·滕文公上》一文極爲稱賞，認爲："此是一篇大落墨文字，汪洋浩瀚，卓屬雄奇，真是前無古，後無今。後世大家能得其似者，獨昌黎耳。"② 顯然，此處"大落墨"是對《孟子·滕文公上》所作的總體藝術評價。清人王培荀在評論杜甫《望岳》一詩時也極爲贊賞其中的"大落墨"法："杜工部《望岳》詩壓倒一切，氣象雄偉，不多著語而盡歸涵蓋之中，是畫家大落墨法第。"③ 此處實則還是就全詩所產生的雄勁有力的總體格調而論的。可以看出，受篇幅短小這一因素的限定，詩文領域"大落墨"法皆著眼於作品總體筆力，並不細化至局部用筆，而且作爲"技法"的特徵也不是很明顯。這點在小説評點中則發生了較大改變。

在小説評點中，金聖歎較早意識到小説叙事藝術中的"大落墨"現象，並將其作爲一種獨特的叙事技法加以鄭重提出：

　　有大落墨法。如吴用説三阮，楊志北京鬥武，王婆説風情，武松打虎，還道村捉宋江，二打祝家莊等是也。④

此處"大落墨法"應當是就作品的局部叙事而言。在《水滸傳》這部長

---

① （清）范璣《過雲廬畫論》，俞劍華編著《中國畫論類編》，人民美術出版社 1986 年 12 月第 2版，第 917 頁。

② 轉引自褚斌傑、譚家健《先秦文學史》，人民文學出版社 1998 年版，第 275 頁。

③ （清）王培荀著，蒲澤校點《鄉園憶舊録》，齊魯書社 1993 年版，第 264 頁。

④ （清）金聖歎評改本《第五才子書水滸傳》"讀法"，上海古籍出版社《古本小説集成》據金閶葉瑶池刊本影印，第 23 頁。

篇叙事畫卷中，"吳用説三阮""楊志北京鬥武"等是其中非常重要的情節。"説三阮"是梁山聚義的關鍵一環，没有三阮參與劫持生辰綱並齊上梁山，那麽其後的梁山故事恐怕得另寫了。因而對"説三阮"這樣一個重要環節本身，必須加以精心著墨。而在實際的叙寫中，吳用作爲謀士的身份特徵也得到充分展現。"還道村捉宋江"一節亦爲《水滸傳》宋江故事中至爲關鍵的一段，它爲宋江這一形象附上了神秘色彩，使得之後作爲梁山首領的宋江遇事總能化險爲夷。"楊志鬥武"和"武松打虎"則是"楊志傳"和"武松傳"中最爲耀眼的部分，對其作濃墨重彩的刻畫無疑對展示兩人性格極爲有益。而"王婆説風情"一方面鮮明地表現了王婆作爲"虔婆"的性格特徵，另一方面又爲精心描摹西門慶、潘金蓮兩人勾搭之事預先作了鋪墊。"二打祝家莊"是梁山義軍少數攻打不順的戰事之一，也是整部小説對戰事描寫最爲精彩的部分。通過對雙方互有勝負、甚而宋江一方稍顯劣勢的場面描寫，突出地展現了交戰雙方的心機與謀略。

由此可見，"大落墨法"或用於刻畫人物有代表性的性格特徵，或用於叙寫複雜情節中至爲特殊的一環，抓住最"富有意味"或最富有個性特徵的事件或片斷進行非同尋常的著力描寫，從而達到"以一總多"的藝術效果，給人以極爲鮮明的印象①。

"大落墨法"有時還作爲一種"寄寓"手法加以運用。這種手法的揭示較早也是金聖歎，在《西厢記》"驚艷"一節的總評中，他明確提出："鶯鶯非他，鶯鶯殆即著書之人之心頭之人焉是也。紅娘、白馬悉復非他，殆即爲著書之人力作周旋之人焉是也。……讀《西厢》第一折，觀其寫君瑞也如彼，夫亦可以大悟古人寄託筆墨之法也夫。凡爲傳奇，不可不喻此旨，此大

---

① 金聖歎除了在評《水滸傳》之《讀法》中提出"大落墨法"一語外，在小説正文的夾批中也時見"大落墨"一語。如"武都頭十字坡遇張青"一節，寫張青交代孫二娘對三類人不應謀其財、害其命，而首先即是"雲遊僧道"。在金聖歎看來："張青爲頭是最惜和尚，便前牽魯達，後挽武松矣。布格展筆，如畫家所稱大落墨也。"（《古本小説集成·第五才子書水滸傳》，第 1501 頁）

落墨法。"① 金聖歎認爲，"大落墨法"即爲"寄托筆墨之法"，這對之後的小説評點者産生了一定的影響。

如《紅樓夢》脂批，"庚辰本"第七十五回有段夾批云："前只有探春一語，過至此回，又用尤氏略爲陪點，且輕輕淡染出甄家事故。此畫家來落墨之法也。"②（"來落墨之法"恐爲"大落墨法"之誤）此段批語針對的是這樣的語境：在前回抄檢大觀園時，探春因憤怒而有意無意地説出甄家被抄一事，却並未細述。而此回開頭尤氏正要到王夫人房中，恰被下人勸止，原因在於甄家被抄一事已成事實，且恰巧此時甄家派人與王夫人商討抄家後事，故而尤氏爲避免惹麻煩而改道去探視李紈。甄家被抄一事雖不作正面描寫，而通過"尤氏改道"這樣一個細節描寫却達到了不寫之寫的目的，且達到了比正面描寫更爲深刻的藝術效果。

清張新之評本《紅樓夢》

"大落墨"法所具有的寄寓性特點在《紅樓夢》張新之評本中體現得相當普遍。兹列舉數例：

第一回寫姑蘇城"閶門外有個十里街，街內有個仁清巷，巷內有個古廟，因地方狹窄，人皆呼作葫蘆廟"，在"仁清巷"三字之後，夾

---

① （元）王實甫著，（清）金聖歎批，張國光校注《金聖歎批本西廂記》，上海古籍出版社 1986 年版，第 34 頁。

② （清）曹雪芹著，（清）脂硯齋評批，黃霖校點《脂硯齋評批紅樓夢》，齊魯書社 1994 年版，第 1166 頁。

批云："無中生有，則惟'仁'。'仁'，種也。'仁'，人也。'清'，無所淆，則先天也。去'水'加'心'，則'人情'也，是此書大落墨處。"①

第二十九回寫張道士要替寶玉做媒，黛玉冷嘲寶玉已有了"好姻緣"，寶玉大發雷霆，又將通靈寶玉擲摔。對此，張新之評道："一見面寫摔玉，至此又寫摔玉，乃全書大落墨處，何以輕率?"② 確實，所謂"金玉良緣"一直被寶玉視爲忌諱，他衹信"木石姻緣"，希望能與黛玉結爲"知己"，而自己心事竟被黛玉誤解，心中苦惱無以宣泄，故有此舉。此處"大落墨"一語是較爲確切地表明了摔玉一事在整部小說中的深刻寓意。

第六十四回寫尤二姐吞金逝去，寶玉等人也要爲此喪事行禮，而此時正是夏天，扇子須隨身携帶，故而襲人爲寶玉趕做一個新的扇套，以替換舊的扇套。對此，評者夾批道："上找秦氏死，直溯此善沽没之初，乃舊事也。現在之喪爲尤二、三姐過脈，乃新事也。結舊以換新，無非毀心滅性，是大落墨。"③

第八十回寫薛蟠與夏金桂大吵之後抱怨自己運氣不好，不該娶了她。評者則云："統歸氣數之天，乃大落墨。"④

類似批語在全書中仍有十多處，但多爲牽强附會式的説解，羅列如下：

"文字對舉，乃大落墨"（第七回）

"置辦日'錢華'，則但有錢花而已，日'七人'，日'斗方'，皆大落墨"（第八回）

"扶陽抑陰，乃大落墨"（第三十回）

"二門之間所重只一'孝'字而已，乃大落墨處"（第三十九回）

---

① 馮其庸纂校訂定《八家評批紅樓夢》，文化藝術出版社 1991 年版，第 6 頁。
② 同上，第 691 頁。
③ 同上，第 1582 頁。
④ 同上，第 1968 頁。

"王合乾坤兩象，可陰可陽，仁則果中之種，種善結善，種惡結惡。鳳之所種，惡而已矣，故此仁結惡果於正盛時已到，是此書大落墨"（第四十九回）

"孝家如此，其孝可知，乃束上起下大落墨處"（第七十五回）

"一部《大學》，通身反過，乃全書大落墨"（第八十四回）

"笑字又全書大落墨，前評屢詳"（第八十四回）

"此老昧真，皆大落墨"（第八十五回）

"一部閑話出自鴛鴦，乃大落墨"（第九十四回）

"假作閑談，又以大落墨發端"（第一百九回）

"破除氣數之天，歸之理道之天，是大落墨處"（第一百十七回）①

可見張新之筆下的"大落墨"一語多數只是評點者的個人見解，與小説文本自身其實並無太多關聯。

如上所述，"大落墨法"在繪畫領域既可指局部作法，又可指通篇手法，兩者皆能獲得出色的藝術效果。而在小説評點領域，由於小説叙事篇幅的影響，"大落墨法"一般被視爲局部作法而倍受稱賞，或表現爲小説叙事中重要段落的濃墨重彩，或表現在對人物描寫的重點刻畫；同時，"大落墨法"有時還兼指一種寄寓手法，且越到後期，這種寄寓性特徵越加明顯。

---

① 所引評語均出自馮其庸纂校訂定《八家評批紅樓夢》，文化藝術出版社 1991 年版。

釋"加一倍法"

"加一倍法"① 作爲一種小説技法，它既可以視爲小説文本細部描寫的修飾手法，又可以作爲一種整體構思布局的手法，在不同的小説評點者筆下呈現出不同的表現内容，體現了較爲複雜的技法内涵。

小説評點中"加一倍"法的提出較早見於金聖歎《第五才子書水滸傳》，第十一回楊志窘迫時，淪落到不得不賣刀且受到潑皮百般刁難，第十二回楊志得意時又倍受梁中書賞識，對於這種寫法，金聖歎極爲稱賞："天漢橋下寫英雄失路，使人如坐冬夜，緊接演武廳前寫英雄得意，使人忽上春臺。咽處加一倍咽，艷處加一倍艷，皆作者瞻顧非常，趨走有龍虎之狀處。"② 所謂"加一倍咽""加一倍艷"，實際上是表明要在極悲或極喜的情境中叙寫人物的遭遇，使得人物形象更爲鮮明突出。第二十七回施恩爲求助武松奪回快活林，在牢中對武松額外關照，而這種關照又是接連幾天通過細緻地叙寫顯示出來的：先使武松免遭殺威棒，繼而以酒食管待，之後又替武松"篦了頭，綰了髻子，裹了巾幘"，隨後在飯食之餘還奉茶。金聖歎認爲這亦是"加一倍寫"③。在第

① "加一倍法"較早見於古人對《周易》爻卦的推演，北宋道學家邵雍較早注意到了這其中的"加一倍法"。據（宋）朱熹編《二程外書》卷十二《傳聞雜記》記載："堯夫（即邵雍）易數甚精。自來推長歷者，至久必差，惟堯夫不然。指一二近事，當面可驗。明道（即程顥）云：待要傳與某兄弟，某兄弟那得工夫？要學，須是二十年功夫。明道聞説甚熟，一日因監試無事，以其説推算之，皆合。出謂堯夫曰：堯夫之數，只是加一倍法，以此知《太玄》都不濟事。堯夫驚撫其背，曰：大哥你恁聰明！"見《四庫全書》第698册，上海古籍出版社1987年版，第340頁。
② （清）金聖歎評改本《第五才子書水滸傳》，上海古籍出版社《古本小説集成》據金閶葉瑶池刊本影印，第617頁。
③ 同上，第1539頁。

四十回前評中，金聖歎再次提出了這一技法："前回寫吳用劫江州，皆呼衆人默然授計，直至法場上，方突然走出四色人來。此回寫宋江打無爲軍，却將秘計一一説出，更不隱伏一句半句，凡以特特與之相異也。然文章家又有省則加倍省，增即加倍增之法。既已寫宋江明明定計，便又寫衆人個個起行；不寫則只須一句，寫則必須兩番。此又特特與俗筆相異，不可不知也。"①

　　如果説，金聖歎在小説評點中僅揭示了"加一倍法"的具體運用，那在《西廂記》評點中他就特別提出了"加一倍法"這一技法術語。老夫人賴婚之後，鶯鶯派紅娘探視處於苦悶中的張生。對此，金聖歎評道："言才子佳人一個如彼，一個如此，兩人一般作出許多張致。若我則殊不然，亦不啼，亦不笑，亦不起，亦不眠，一口氣更無回互，直去死却便休。蓋是深譏張生、鶯鶯之張致，而不覺己之張致乃更甚也。此等筆墨，謂之'加一倍法'，最是奇觀。"② 細究此處之"加一倍法"實類同於上文所謂"加一倍咽""加一倍艷"，同樣著力於在極度境遇中更好地實現叙寫效果。

　　毛氏父子在評點《三國演義》時延續了金聖歎的批評思路。第二十回張遼被曹操俘獲後，起初曹操欲舉劍怒殺張遼，後在劉備、關羽勸説下，"操擲劍笑曰：'我亦知文遠忠義，故戲之耳。'乃親釋其縛，解衣衣之，延之上坐"。轉瞬間，曹操舉止神態有了很大變化，而這其實很能説明曹操性格特徵。毛氏父子夾評云："要殺則親自拔劍，不殺則解衣延坐；怒便加一倍怒，愛亦加一倍愛。奸雄權變，真不可及。"③ 顯然，在評點者看來，曹操的個性特點經由"加一倍"法表現得淋漓盡致。

---

　　① （清）金聖歎評改本《第五才子書水滸傳》，上海古籍出版社《古本小説集成》據金閶葉瑤池刊本影印，第2223—2224頁。
　　② （元）王實甫著，（清）金聖歎批，張國光校注《金聖歎批本西廂記》，上海古籍出版社1986年版，第151頁。
　　③ （明）羅貫中原著，（清）毛宗崗評改，穆儔等標點《三國演義》，上海古籍出版社1989年版，第248頁。

在評《金瓶梅》之《讀法》中，張竹坡亦以"加一倍法"的寫作特點評價西門慶的形象塑造，他總結道：

> 文章有加一倍寫法，此書則善於加倍寫也。如寫西門之熱，更寫蔡、宋二御史，更寫六黃太尉，更寫蔡太師，更寫朝房，此加一倍熱也。如寫西門之冷，則更寫一敬濟在冷鋪中，更寫蔡太師充軍，更寫徽、欽北狩，真是加一倍冷。要之，加一倍熱，更欲寫如西門之熱者何限，而西門獨倚財肆惡；加一倍冷者，正欲寫如西門之冷者何窮，而西門乃不早見機也。[1]

清影松軒刊本
《臯鶴堂批評第一奇書金瓶梅》

此處"加一倍寫法"實是對西門慶生前身後所處境遇的極度寫照，從而爲刻畫西門慶這一人物形象、揭示這一形象的社會意義作了極好的説明。所謂蔡宋二御史、黃太尉、蔡太師乃至"朝房"，這些實際上構成了西門慶爲所欲爲的深層社會背景，由此揭露批判了西門慶這一普通商人依賴錢財賄賂獲得顯赫地位的社會環境，此爲極度之"熱"。而在西門慶死後，不但女婿陳敬

---

① 秦修容整理《金瓶梅》（會評會校本），中華書局 1998 年版，第 1498 頁。

濟落魄（當然並不因西門慶之死而直接導致），其往日的靠山蔡太師也落得發
配充軍的下場，加上"徽、欽北狩"，可謂國破家亡，此爲極度之"冷"。當
然，這種極度的"熱"與"冷"並不是在一兩回即交替完成，而是小説作者
花了相當篇幅精心營構而形成的，也就是説，此處的"加一倍寫法"從一定
意義上是著眼於小説的整體構思。

　　除《讀法》之外，張竹坡在相關回目評點中也提及了"加一倍法"。如第
十六回回前評："王婆遇雨一回，將金蓮情事故意寫得十分滿足。却是爲'占
鬼卦'一回安綫。此回兩番描寫在瓶兒家情事，二十分滿足，亦是爲竹山安
綫。文章有反射法，此等是也。然對'遇雨'一回，此又是故意犯手文字，
又是加一倍寫法。蓋金蓮家是一遍，瓶兒獨用兩遍，且下文還用一遍，方渡
敬濟一笋。總是雕弓須十分滿扯，方才放箭也。"① 評語中所謂"情事"皆與
西門慶相關，所謂"渡敬濟一笋"指後一回中陳敬濟初見潘金蓮時暗露淫邪
之念，此亦可謂小説著力表現的人情世相之一。而此類描寫如若之前無任何
類似情境的描寫，勢必顯得較爲唐突，故而通過前兩番類似情境的叙寫（西
門慶與潘、李兩人私通之事，所謂"'遇雨'一回"），再來叙寫陳敬濟的醜
態即有了一定的鋪墊，從而有水到渠成之效。可以説，此處之"加一倍寫法"
是爲下文相關叙寫造勢。

　　蔡元放在總結《水滸後傳》的藝術特徵時也提出了"加一倍"法：

　　　　有加一倍寫法。如虎峪寨鬥法，另外寫出三座高臺；郭京兒戲陷神
　　京，先寫在錢老家捉怪，又寫其黃河渡口叫化，又寫其與汪五狗偷鷄；
　　寫馬國主遊春，先寫在宮中商量，又寫沿路看景，又寫祭墓，又寫流觴
　　曲水之類。總要寫得十分滿足，熱鬧便熱鬧之極，出醜便出醜之極，快

---

　　① 秦修容整理《金瓶梅》（會評會校本），中華書局 1998 年版，第 223 頁。

活便快活之極，使文字有瓊花插琪樹、海水泛洪濤之妙也。①

　　所謂"熱鬧便熱鬧之極，出醜便出醜之極，快活便快活之極"，是蔡元放對"加一倍寫法"具體表現特點的總結。這一特點與清末小說評論家管達如在《說小說》中對此種技法的表述頗爲一致："小說所述之事實，皆爲抽象的。故其意味，較之自然之事，常加一倍之濃深。叙善人則愈覺其善，叙惡人則愈覺其惡，叙可愛之物則愈覺其可愛，狀可憎之態則愈覺其可憎，其使讀者悲喜無端，涕流交集，宜矣。"②

　　"加一倍"法在《紅樓夢》《聊齋志異》等小說評點中也屢有出現，我們先看《紅樓夢》中的評點。第三回寫寶玉到賈母處時，先聞有腳步聲，之後丫鬟又特意通報，此處眉批有云："點出寶玉，分外有神，加一倍寫法，與鳳姐出場同。"③ 可以看出，此處"加一倍寫法"實是指小說主要人物初次出場時濃墨重彩的叙寫方式，較諸一般人物出場情境有明顯之差異。而對於人物塑造來說，這種叙寫差異本身即構成了意義（凸顯寶玉在賈府中的尊貴身份）。第三十四回寶玉挨打後黛玉來探視，此時寶玉"忽又覺有人推他，恍恍惚惚聽得有人悲切之聲。寶玉從夢中驚醒，睁眼一看，不是別人，却是林黛玉"。此處眉批寫道："先用渲襯點出林黛玉，是加倍寫法。"④ 這裏"加倍寫法"的特徵表現爲"渲襯"。在張新之筆下，"加一倍法"內涵却有所不同。第六十回芳官當著柳家媳婦在厨房以糕餅喂鳥，且語露驕寵之狀。對此張新之評道："口角情形如見，而驕盈至此，其招妒致禍何如！是加一倍寫黛玉。"⑤ 芳官的個性特點在一

---

①　《水滸後傳》"讀法"三十一，據乾隆三十五年刻本。
②　引自黃霖、韓同文選注《中國歷代小說論著選》（下），江西人民出版社 2000 年版，第347 頁。
③　馮其庸纂校訂定《八家評批紅樓夢》，文化藝術出版社 1991 年版，第 71 頁。
④　同上，第 808 頁。
⑤　同上，第 1470 頁。

些方面與林黛玉較爲近似，如語辭時常尖利直快，對與自己秉性不相容者多有鄙薄等，因而此處"加一倍寫"實際上意味著雖表面上寫的是芳官，而實際上却是在寫林黛玉，這樣的寫法比之單純描寫黛玉能起到加倍效果。

　　馮鎮巒在評點《聊齋志異》時亦多次提及"加一倍法"。在卷四《促織》篇中爲凸顯促織之善鬥，對其"敵手"進行了預先描畫："村中少年好事者，馴養一蟲，自名'蟹殼青'。"在評點者看來，這亦是"加一倍法"的表現："特標一名，用墊襯加一倍寫法，所謂寫煞紅娘正是寫雙文也。若只與尋常之蟲鬥，勝則亦常品耳。"在描寫促織戰勝"蟹殼青"之後，作者又再次叙寫它與鷄相鬥也並不遜色："臨視，則蟲集冠上，力叮不釋。"評點者認爲："蟲竟能與鷄鬥，皆加一倍寫法。"卷七《青娥》亦揭示了"加一倍法"："文章要省即加倍省，要增即加倍增。不寫，則許多只須一句，要寫，則一事必須數番。娶女歸三字，省法，人知者是收上，不知即以爲下段用處。"①

　　"加一倍法"在其他小説評點中也屢屢出現，如《北史演義》第二十三卷夾評："將與將戰用全力，兵與兵戰亦用全力，是加倍寫戰法。"②《花月痕》第八回眉批："是加一倍寫法。"第十八回眉批："加一倍寫法，哀感動人。"③《野叟曝言》第一百四十回末評："故於其卒也，天子親臨其喪，而宰相至於哭之成疾，是加一倍寫法，不得謂其用情之過。"④

　　通過以上對"加一倍法"這一術語的粗略梳理，我們可以看出："加一倍法"的内涵是比較豐富的，而主要特徵是將叙寫對象（或人物或事件）加以放大，使得人物或事件的特徵更爲鮮明突出，從而達到一般叙寫所不能取得的藝術效果。

---

　　① （清）蒲松齡著，張友鶴輯校《聊齋志異》（會校會注會評本），上海古籍出版社 1986 年版，第 487、488、932 頁。
　　② （清）杜綱編次《北史演義》，上海古籍出版社《古本小説集成》據乾隆刊本影印，第 465 頁。
　　③ （清）魏秀仁著，（清）棲霞居士評《花月痕》，上海古籍出版社《古本小説集成》據福州吳玉田刊本影印，第 145、400 頁。
　　④ （清）夏敬渠著，黄克校點《野叟曝言》，人民文學出版社 1997 年版，第 1753 頁。

釋"章法"

　　"章法"一辭在古代小説批評中時常出現，是古代小説批評家用於評價小説叙事藝術的習常用語。從古代小説批評的實際情況來看，"章法"一辭大致有三個內涵：

　　"章法"首先是指稱一般意義上的文法。

　　"章"字本有"法規""法式"之義，如《詩・大雅・抑》："夙興夜寐，灑埽廷內，維民之章"，鄭玄於"章"字即注爲："章，文章法度也。"①"章""法"兩字構成互訓關係，"章法"一辭即"法則"之義。先看幾則用例：

　　《水滸傳》開篇叙及高俅發迹之前幾經周折而托住於柳大郎家，並且"一住三年"。金聖歎認爲"一路以年計，以月計，以日記，皆史公章法"②，認爲《水滸傳》的叙事借鑒了《史記》的藝術手法。

　　《水滸傳》第三十六回薛永巧遇宋江，邀其到酒家共飲，而店家不予其便。金聖歎則批道："分付酒家不賣，凡四叙，却段段變換，學《國策》'城北徐公'章法。"認爲這樣的叙事手法徑從《戰國策》學來。

　　《金瓶梅》張竹坡評本第四十回前評："文字無非情理，情理便生出章法。"③

　　《隋唐演義》（百回本）第六十七回總評："作文不論古今，須看章法，有

---

　　①　（漢）鄭玄箋《毛詩正義》卷十八，上海古籍出版社 1990 年版，第 644 頁。
　　②　（清）金聖歎評改本《第五才子書水滸傳》，上海古籍出版社《古本小説集成》據金閶葉瑤池刊本影印，第 64 頁。
　　③　秦修容整理《金瓶梅》（會評會校本），中華書局 1998 年版，第 588 頁。

開闔，有提挈，有挽合，有收拾。"①

《結水滸全傳》第八十四回夾評："句句是閑筆能到，却句句必不可省，此等章法，能細讀前傳者自知。"第九十回夾批："以事而論，則以永清之循良智警，宜有此卓見；以文而論，賓主章法，不可不分，讀至後回自見。"②

《鏡花緣》第三十九回眉批："此回借祝壽極力點染，蓋作者特爲總結海外各國，章法所謂交代也。"

《花月痕》第九回眉批："回顧上半折，又應入手作收，章法完密。"③

以上數例均指一般意義上之"文法"。

"章法"有時與"春秋書法"的内涵相近。

"春秋書法"（有時則稱"春秋筆法"），作爲一種通過遣辭造句與比次史事，來對史事、人物進行褒貶衡量的史書叙事法則，一直爲歷代"良史"所遵循，而其本質特徵可約略概述爲"尚簡用晦"④。正是在這一意義層面上，古代小説評點者常常用"章法"一辭來評價小説叙事中所寄寓的"微言大義"。

《水滸傳》第五十九回寫晁蓋領軍下山攻打曾頭市，點將時首先是林冲，最後幾個則是劉唐、阮氏三兄弟、白勝、杜遷和宋萬。金聖歎認爲這其中頗有深意，所謂"特點林冲第一，章法奇絶人"，"點至後半，忽然是最初小奪泊人，章法奇絶人"。在金聖歎看來，祇有梁山泊聚義初期的幾個頭領纔爲晁蓋所信任，這其間反映出晁蓋和宋江之間的微妙關係，這樣的"章法"寓有深意。而在同一回叙及晁蓋中箭之後，林冲便差遣劉唐三阮等六人護送晁蓋

---

① （清）褚人穫編《隋唐演義》，上海古籍出版社《古本小説集成》據四雪草堂刊本影印，第1746 頁。

② （清）俞萬春著《結水滸全傳》，上海古籍出版社《古本小説集成》據上海辭書出版社藏本影印，第589 頁。

③ （清）魏秀仁著，（清）棲霞居士評《花月痕》，上海古籍出版社《古本小説集成》據福州吳玉田刊本影印，第178 頁。

④ 參見李洲良《春秋筆法的内涵外延與本質特徵》，載於《文學評論》2006 年第 1 期。

回梁山泊，金聖歎依然認爲這其中頗具意味："差六人，章法奇絶人。"認爲此"章法"反映了晁蓋在梁山泊的真實處境，叙述簡短而寓意豐富。

《紅樓夢》評點中也時有以"章法"指出其中的深意。脂硯齋評本第二十八回叙及寶玉與薛蟠、蔣玉菡等人戲酒，因蔣玉菡不知襲人爲寶玉之貼身丫鬟而在遊戲中將襲人之名點出，蔣玉菡是不知其故，侍女雲兒則加以點明。此處有旁批："用雲兒説出，是章法。"而眉批則進一步點破："雲兒知怡紅細事，可想玉兄之風情意也。"① 張新之評本《紅樓夢》第四回叙及薛寶釵一家搬入賈府梨香院後，寶釵日與諸姊妹或看書下棋，或作女工，唯獨不提寶釵與寶玉往來。張新之對此評道："皆略點一過而不及寶玉，是章法，是筆法，是心法。"認爲這樣的"章法"安排實則暗示了寶釵與寶玉兩人之間的微妙關係。

庚辰本《脂硯齋重評石頭記》第二十八回

應該説，作爲"春秋書法"而運用的小説"章法"，實際上是傳統史書"微言大義"等叙事法則對小説藝術批評在觀念上影響的産物，而實質是反映了小説叙事與史書叙事二者緊密的内在關係。

---

① （清）曹雪芹著，（清）脂硯齋評批，黄霖校點《脂硯齋評批紅樓夢》，齊魯書社 1994 年版，第495 頁。

"章法"還常常用於評價小説中諸如"前後照應""首尾呼應"等具體的叙事法則。

先看首尾照應之"章法"。這種情形在小説評點中普遍存在，如《水滸傳》金聖歎評本最後一回寫到刻有聚義頭領姓名的石碣時評道："一部大書以石碣起，以石碣終，章法奇絶。"而在小説末尾以古詩結束全文時則評道："以詩起，以詩結，極大章法。"小説《青樓夢》最後一回夾評："詞起詩結，絶大章法。"①《新説西遊記》（張書紳評本）最後一回寫唐太宗於故地迎候唐僧取經歸來，此時夾評則有："當日太宗於此送出，是日又從此迎回，章法絶妙。"② 由此可見，此類首尾照應章法須有前後類似叙寫作對照纔能成立，孤立的一處叙寫不構成"章法"，它反映了評點者對叙事圓滿境界的追求。

復看行文中間前後對照之"章法"。與首尾照應相類似，此種"章法"依然須有前後多處類似叙寫作比較纔得以成立。如《水滸傳》金聖歎評本第五十六回寫呼延灼在戰敗後寶馬被盜，此時有評語："前篇寫偷甲，此篇寫偷馬，章法對而不對，不對而對，奇妙之極。"認爲此篇偷馬與上回時遷盜取徐寧寶甲在叙事性質上類似，起到了行文前後關照的效果。又如第三十一回寫武松在殺死張都監等人後逃至孔亮莊上一酒店時，小説對酒店前後環境有一簡略交代："門前一道清溪，屋後都是顛石亂山。"金聖歎認爲："此二句，只謂是寫景，却不知都是章法。"將後文武松在溪旁醉打店家和孔亮等人以及店家躲至屋後的顛石亂山聯繫起來看，確實是有意照合。又如《金瓶梅》張竹坡評本第四十四回"避馬房侍女偷金　下象棋佳人消夜"總評："夫藏壺與偷金，作遥對章法。下象棋與彈琵琶，又作遥對章法。"認爲本回"偷金"與"下象棋"的叙寫與前文類似細節形成了前後呼應對照之關係，顯示了周密叙

---

① （清）鄒弢評本《青樓夢》，上海古籍出版社《古本小説集成》據鄭州大學圖書館藏本影印，第915頁。

② （清）張書紳《新説西遊記》，上海古籍出版社《古本小説集成》據上海古籍出版社藏本影印，第3117頁。

事的特點。小説評點中諸如"相對作章法""相照作章法""相映成章法"
"與……對鎖作章法"等評語均爲此類"章法"之表現。

再看小説叙事中反復叙寫之"章法"。此一"章法"主要指小説叙事中對
同一類似情境的多次反復叙寫，以近乎程式化之模式，在不經意間達到凸顯
人物性格特徵以及相互之間緊密關係的表達效果。如《金瓶梅》張竹坡評本
中對潘金蓮的描畫即是如此，在《讀法》中張竹坡即認爲書中寫潘金蓮總是
離不開寫孟玉樓，以作陪襯："《金瓶》有板定大章法。如金蓮有事生氣，必
用玉樓在旁，百遍皆然，一絲不易，是其章法老處。"第四十一回寫潘金蓮因
與西門慶生氣而在月娘屋裏哭泣，而此時恰巧孟玉樓過月娘屋裏勸説潘金蓮，
張竹坡評曰："寫金蓮必襯以玉樓，是大章法。"通過此類"大章法"或"板
定大章法"，凸顯了潘金蓮與孟玉樓兩人之間的微妙關係。

除《金瓶梅》外，此類"章法"在《紅樓夢》張新之評本中體現得尤爲
突出。在賈寶玉、林黛玉、薛寶釵三角關係中，實是形成了兩邊關係鏈，即
寶黛一方及紫鵑和晴雯等附屬關係網，寶玉與寶釵一方及襲人等附屬關係網，
爲爭得能與寶玉關係緊密，林薛兩人及其附屬總要干擾對方。對此，張新之
認爲小説叙事中存在諸多"大章法"。小説第八回賈薛兩人互賞各自飾物時，
黛玉恰巧過寶釵處拜訪而遇見賈薛兩人，張新之認爲："金玉既合，此人便
到，乃大章法。"而寶黛兩人之於寶釵的情形也是如此，第十七回叙及寶玉央
求黛玉爲其做香袋後出門至王夫人房中時，"可巧寶釵亦在那裏"，張新之因
而認爲："緊接此人，是大章法。"第十九回叙及寶玉爲黛玉講完"香玉"典
故後寶釵打斷了兩人的嬉鬧，張新之認爲這種情形的叙寫近乎固定不變："必
接此人，章法牢不可破。"而襲人與寶釵關係密切，因此襲人打斷寶黛兩人相
會也就被視作寶釵打斷兩人相會，張新之認爲這同樣是所謂"大章法"，在第
八十一回與第八十二回襲人兩次中斷寶黛兩人相會時均有類似批語："以襲代
釵，乃大章法。""以襲代釵，仍歸章法。"張新之甚至認爲，襲人中斷寶黛兩

人相會不是小説自身情節發展使然，而是叙事程式化手法所致，反映了小説藝術法則對情節叙寫的影響。

關於“章法”，我們最後還需提及的是，自金聖歎始，評點者屢屢將小説叙事中的“章法”與“部法”“句法”“字法”等並舉，所謂“字有字法，句有句法，章有章法，部有部法”（《貫華堂第五才子書水滸傳·序三》）、“《西遊》一書，不惟理學淵源，正見其文法井井。看他章有章法，字有字法，句有句法，且更部有部法”（《新説西遊記》張書紳評本“總批”）、“説部貴章法，句法，字法”（《緑野仙踪》李百川評本第八回夾評）等，將“章法”視爲小説叙事中某一“段落”的創作法則，但實際上，評點者很少呆板孤立地評價小説叙事單元中的所謂“章法”，而總是在前後章節的比較中凸顯“章法”的意義。

【相關閲讀】

張世君《明清小説評點章法概念析》，《暨南學報》2004 年第 3 期。

釋"白描"

　　"白描"最早是指中國古代一種獨特的繪畫手法與藝術風格，在古代繪畫史上占有獨特地位。其後漸轉用於文學批評領域，尤其是在小說評點中頻頻出現，主要用以指稱小說人物描寫的獨特技巧。

　　"白描"作爲古代繪畫中的一種藝術技法，它的出現，標志著繪畫史上一種新的繪畫風格的突起。北宋之前，佛像畫多設色，如鄭午昌先生所述："蓋前世名家，如顧、陸、曹、吳，皆不能免色，故例稱丹青。"[①] 而北宋以來，始創以"白描"作佛像畫，其間尤以李公麟運用此種畫法最爲成功[②]，所謂"李伯時以白描冠絶當時，後人莫之能及"[③]。李公麟以"白描"法創作佛像畫，有別於前代設色點染之風格，以此種手法創作的《維摩詰圖》在繪畫史上倍受贊賞。事實上，李公麟除佛像畫外，其他繪畫創作同樣也以"白描"法占主導，成就也不俗，其畫作多爲後人珍藏[④]。明人汪珂玉《名畫題跋十九》之《李公麟白描湘君湘夫人》評曰："伯時作畫多不設色，此白描《湘君湘夫人》，綰髻作雪松雲繞，更細如針芒，佩帶飄飄，凌雲雲氣，載之而行，

---

　　① 鄭午昌《中國畫學全史》，上海古籍出版社 2001 年版，第 190 頁。所謂"顧、陸、曹、吳"指東晉顧愷之、南朝陸探微、北齊曹仲達、唐朝吳道子等四位畫壇名家。
　　② 李公麟，字伯時，北宋舒州人，熙寧間進士。元符三年歸老龍眠山，因號龍眠山人。
　　③ （明）金幼孜《書梅花人物卷後》，《金文靖集》卷十，《四庫全書》第 1240 冊，上海古籍出版社 1987 年版，第 869 頁。
　　④ 如南宋周密所撰專列畫作收藏之《雲烟過眼錄》卷一記載，"王子慶號所藏"畫作中即有"伯時白描《于闐國貢獅子圖》"，卷三記載"郝清浦清臣所藏"即有"李伯時白描《陽關圖》"（見《四庫全書》第 871 冊，上海古籍出版社 1987 年版，第 53、64 頁）。

真足照映千古。"① 所謂 "南宋名家要皆師法公麟，一若群龍之有首矣"②。誠
非虛言。當然，兩宋時期運用 "白描" 法的除李公麟之外，還有其他畫家，
如周密《志雅堂雜鈔》即載有 "鄧隱白描《十國圖》，後有劍南樵子趙昌押
字"③ 字樣，而鄧隱即當時 "兼長山水、花鳥畫者"。可知，"白描" 爲當時畫
壇諸多畫家所運用，而李公麟祇是其中佼佼者而已。

　　"白描" 一辭在元代仍局限於題畫詩等領域，並没有延及專門的文學批
評，依舊作爲繪畫手法而運用。如柯九思《丹邱生集》所載題畫詩《張叔厚
白描乘鸞仙》④、貢性之《南湖集》所載《白描海棠花》⑤等。與此同時，李公
麟的 "白描" 風格在此時亦廣爲承傳接受。如袁桷《題李龍眠十六羅漢像》
所云："龍眠白描，多用吴道子卧蠶筆，若一用界畫法則，則非矣。"⑥ 所謂
"界畫" 是指以界尺引綫來作畫，而 "卧蠶筆" 則與之相對應。從這裏可看
出，元人已開始初步地從畫史意識來看待李公麟的繪畫風格。陶宗儀《桃源
雅集圖志》云："（右《桃源雅集圖》一卷）淮海張渥用李龍眠白描體之所作
也。"⑦ 張渥何許人？元人顧瑛《草堂雅集》載："張渥，字叔厚，博學明經，
累舉不得志於有司，放意爲詩章，時用李龍眠法作白描，前無古人，雖達顯
人不能以力致之。"⑧ 與張渥效仿李公麟類似，僧梵隆亦 "善白描人物、山水，
師李伯時。高宗極喜其畫，每見輒品題之，然氣韵筆法皆不逮龍眠。"⑨ 從這
些材料不難看出，李公麟的 "白描" 手法在元代産生了廣泛的影響，張光弼
《李龍眠畫飲中八仙歌》其中幾句可謂是這一影響的極好反映："龍眠白描誰

---

① （明）汪珂玉《珊瑚網》卷四十三，《四庫全書》第 818 册，上海古籍出版社 1987 年版，第 815 頁。
② 鄭午昌《中國畫學全史》，上海古籍出版社 2001 年版，第 192 頁。
③ （宋）周密《志雅堂雜鈔》卷下，清粤雅堂叢書本。
④ （元）柯九思《丹邱生集》卷三，清光緒三十四年柯逢時刻本。
⑤ （元）貢性之《南湖集》卷下，《四庫全書》第 1220 册，上海古籍出版社 1987 年版，第 43 頁。
⑥ （元）袁桷《清容居士集》卷四十七，《四部叢刊》景元本。
⑦ （元）陶宗儀《遊志續編》卷下，清嘉慶宛委别藏本。
⑧ （元）顧瑛《草堂雅集》卷七，《四庫全書》第 1369 册，上海古籍出版社 1987 年版，第 324 頁。
⑨ （元）夏文彦《圖繪寶鑑》卷四，世界書局 1937 年影印版，第 60 頁。

不賞？胸次含空生萬象。筆下猶存小篆文，落紙烏緑幾千丈。"①

　　在明代，"白描"畫法一方面繼續受到推崇，已被視爲一種獨立的畫作類別和專門畫法。如宋詡在《宋氏家規部》中對畫的分類："□葉，手卷，軸；某代某名人；士夫畫，工人畫；綉漆，著色，淺絳，水墨，白描；晝夜畫；絹地，紙地；粉本，真本。"②汪珂玉《珊瑚網論畫》關於"畫則"的分類是："白描、水墨、淺絳色、輕籠薄罩、五色輕淡、吳裝、大著色。"③可見，"白描"已然可與"水墨"等類別並稱，這在前代還極少見到，足以見出"白描"手法所産生的影響④。

　　另一方面，在以李公麟爲代表的"白描"畫風至明代已廣爲接受的背景下，明代士人在袁桷等人的基礎上進一步細究這種"白描"風格的特徵、淵流、興盛的原因等相關問題，形成了較爲自覺的理論意識，深化了對此種技法的理性認識。如周復元在《贈黃畫士畫馬圖》中就提到："白描傳自李龍眠，畫馬畫神先畫骨。"⑤這顯然是在以李公麟的白描力作《五馬圖》爲準繩來規定畫馬的關鍵所在，即重在"畫神""畫骨"，在有限的簡略筆墨中凸顯出馬的精神和力度。何良俊較早提出他對"白描"法演變的認識："夫畫家各有傳派，不相混淆。如人物，其白描有二種：趙松雪出於李龍眠，李龍眠出於顧愷之，此所謂鐵綫描；馬和之、馬遠則出於吳道子，此所謂蘭葉描也。其法固自不同。"⑥顯然，何良俊不認同上文袁桷的看法，認爲李公麟的"白描"畫風應源於顧愷之而非吳道子，可謂"白描"中的"鐵綫描"派，而吳道子應屬於"白描"中的"蘭葉描"派。與何良俊不同，汪道昆和王世貞也

---

　　① 《張光弼詩集》卷二，《四部叢刊》景明鈔本。
　　② （明）宋詡《宋氏家規部》卷四，明刻本。
　　③ 俞劍華編著《中國畫論類編》，人民美術出版社1986年版，第142頁。
　　④ 正是出於類似的思路，楊慎在詩作《射虎圖爲箬溪都憲題》中對"白描"多有贊嘆："錢選好手工白描，粉墨丹青色沮喪。"可見時人對"白描"這一獨立畫作類型的偏好。
　　⑤ （明）周復元《樂城稿》卷二，明萬曆刻本。
　　⑥ 俞劍華編著《中國畫論類編》，人民美術出版社1986年版，第110頁。

提出了他們的見解。汪道昆在《尤子求畫跋》中説："白描自張、吴、顧、陸而下，若周昉、李伯時、蘇漢臣、錢選並爲國工，近世若杜堇、仇英庶幾往昔。"① 王世貞認爲："南渡以前獨重李公麟伯時，伯時白描人物，遠師顧、吴，牛馬斟酌韓、戴，山水出入王、李，似於董、李所未及也。"② 可見，汪、王兩人對"白描"的源流並没有劃分得這樣細微，他們均認爲李公麟受到顧愷之、吴道子的共同影響，實際上承續了袁桷的看法。

　　那麽何良俊提及的所謂"鐵綫描""蘭葉描"究竟有什麽差異呢？據汪珂玉《珊瑚網》所録，這兩種描法祇是"古今描法一十八等"中的兩"等"而已。在《珊瑚網》中，汪珂玉以張叔厚例示"鐵綫描"，這與何良俊所言還是較爲相符的，因爲張叔厚確是"用李龍眠法作白描"。"蘭葉描"則列舉馬和之等人，馬和之，南宋初期畫家，擅長人物畫，在畫史上仿"吴裝"創用"蘭葉描"。何謂"吴裝"？郭若虚《圖畫見聞志》卷一載："嘗觀（吴道子）所畫牆壁卷軸，落筆雄勁而敷彩簡淡；或有牆壁間設色重處，多是後人裝飾。至今畫家有輕拂丹青者，謂之'吴裝'。"可知"吴裝"即指仿照吴道子畫風而出現的一種淺設色畫法。從這裏可以看出，由"吴裝"風格演化而來的"蘭葉描"，殆指其稍帶設色的"白描"，與"鐵綫描"存有些微差異。這樣來看，何良俊細分"白描"的看法大體還是在理的，但不管"鐵綫描"還是"蘭葉描"，皆可視爲"白描"手法，它們祇不過是"白描"法的兩個子類别而已，而"鐵綫描"更爲接近李公麟畫風。

　　至此，我們可以得出以下結論："白描"是自北宋以來興起的一種繪畫手法，有明以來倍受關注。它有别於"水墨""著色""淺絳"等畫作類别，不

---

　　① （明）汪道昆《太函集》卷八十六，明萬曆刻本。引文中"張"即張懷瓘，"吴"即吴道子，"顧"即顧愷之，"陸"即陸探微。周昉爲唐代畫家，擅長仕女畫。蘇漢臣爲兩宋之交畫家，擅長畫嬰兒貨郎。錢選爲宋末元初畫家。此處杜堇的畫風，據王世貞《增補藝苑卮言》卷十二所載："杜堇初姓陸，别號古狂，其界畫樓閣人物，嚴雅深有古意，而山水樹石不甚稱，亦是白描第一手也，花卉頗精雅。"

　　② （明）王世貞《藝苑卮言·增補藝苑卮言》卷十二，明萬曆十七年武林樵雲書舍刻本。

重襯染、設色，多以簡略綫條勾勒，以傳神"畫骨"爲要務。亦可兼指以此種畫法而形成的畫作類別，在畫學淵源上出於顧愷之、吳道子，而以李公麟集大成。此種手法可用於描畫人物、山水、鳥獸等領域，而尤以人物"白描"最爲顯著。"白描"畫法有"鐵綫描"與"蘭葉描"之別，但在一般意義上可不加深究。

以"白描"作爲文學批評術語，較早見於茅坤評蘇轍《民政策一》一文："讀此等文章，如看李龍眠白描，愈入細愈入玄，不忍釋手。"① "劍嘯閣"（袁于令）在評論龍子猶所作套數《端二憶別》時亦寫道："句句是端二，句句是周年，而一段真情鬱勃，絶不見使事之迹，是白描高手。"② 此套數是作者爲追憶分別一載的歌伎所作，題後小序云："五月端二日，即去年失慧卿之日也。"從上述評語可見，棄絶造作而力求自然，以平實描寫而表達深意是文學創作中"白描"手法的重要特徵。

文學批評中標舉"白描"法以小説批評最爲突出。

較早在小説批評中引入"白描"一辭的是刊刻於明崇禎年間的《新刻繡像批評金瓶梅》和金聖歎《貫華堂第五才子書水滸傳》③。崇禎本《金瓶梅》第十三回寫惠蓮得到剛從西門慶房中出來的丫鬟玉簫的暗示——"玉簫便遞了個眼色與他，向他手上捏了一把"，之後惠蓮便暗中進西門慶房中與其私會。對此處暗示性的描寫，評者批道："純是白描。"④《水滸傳》第九回寫林冲醉酒之後倒在離酒店不遠的雪地裏，而此時衆莊客正要到酒店向林冲報復，小説寫道："衆莊客奔草屋下看時，不見了林冲，却尋著踪迹趕將來。"金聖

---

① 引自高海夫主編《唐宋八大家文鈔校注集評》卷一百四十，三秦出版社 1998 年版，第 6523 頁。
② （明）馮夢龍評選《太霞新奏》，收錄於《馮夢龍全集》，上海古籍出版社 1993 年版，第 193 頁。
③ 關於《新刻繡像批評金瓶梅》的評點時間，學界一般認爲是在崇禎朝，當然也有其他看法，如劉輝先生即認爲是在清初。在暫無定論之前，本書認同學界一般看法。
④ 秦修容整理《金瓶梅》（會評會校本），中華書局 1998 年版，第 325 頁。

歎評曰："'尋著踪迹'四字，真是繪雪高手，龍眠白描，庶幾有此。"①

　　用"白描"分析小説作品以張竹坡評本《金瓶梅》最爲集中。據粗略統計，"白描"一辭在《金瓶梅》張竹坡評本中出現不下 30 次，不僅在夾批、旁批中可以見到，而且評點者在回前總評及小説"讀法"中亦加以鄭重提出。以下我們對張竹坡筆下的"白描"用法稍作分析。

　　在《讀法》中，張竹坡首先指出了關注小説中的"白描"手法對於欣賞通部小説的重要性："讀《金瓶》，當看其白描處。子弟能看其白描處，必能自做出異樣省力巧妙文字來也。"② 在張竹坡看來，"白描"手法的運用能達到以少總多、以簡馭繁的表達效果，值得加以揣摩，而這也是《金瓶梅》叙事的重要特點。至於如何方能"異樣省力"，第一回夾評作了具體例釋，此回叙寫西門慶埋怨應伯爵等人多天不來走動，"伯爵向希大道：'何如？我説哥要説哩！'"在此句之後，張竹坡即批道："純是白描，却是放重筆拿輕筆，切須學之也。"③ 而"白描"法何以能"異樣省力""放重拿輕"，關鍵在於它能以簡潔筆墨達到寫生傳神效果。此回總評云："描寫伯爵處，純是白描追魂攝影之筆。如向希大説'何如？我説哥要説哩！'……儼然紙上跳出來，如聞其聲，如見其形。"④ 所謂"追魂攝影"即是傳神效果的極佳表述，當然也是對"白描"手法的極好贊譽。一句"何如？我説哥要説哩"確實值得玩味，它既表明伯爵等人見到西門慶之前必定談到過相關話題，又將應伯爵的得意之態、諂媚之態暴露無遺。

　　"白描"手法的這種表現效果除了在語言描寫以外，還往往見諸人物的行動描寫、神態描寫等方面。如第二回寫潘金蓮爲武松接拿氈笠："武松入得門

---

　　① （清）金聖歎評改本《第五才子書水滸傳》，上海古籍出版社《古本小説集成》據金閶葉瑶池刊本影印，第 569 頁。
　　② 秦修容整理《金瓶梅》（會評會校本），中華書局 1998 年版，第 1507 頁。
　　③ 同上，第 16 頁。
　　④ 同上，第 4 頁。

來，便把氈笠兒除將下來，那婦人將手去接。"對此，夾批云："白描處。"①
第二十三回西門慶將本不應告訴外人的事情對別人說起，潘金蓮頗爲惱怒，
而西門慶却不知其故："西門慶道：'甚麼話？我並不知道。'那婦人瞅了一眼
（往前邊去了）。"在"瞅了一眼"四字之後，張竹坡批道："白描。"② 這樣一
種細微的神態描寫，將潘金蓮敢怒難言的微妙心理作了極好的展示。正如張
竹坡所說："凡小說，必用畫像。⋯⋯善畫者，亦可即此而想其人，庶可肖
影，以應其言語動作之態度也。"③ 確可謂至言。

　　從以上分析可以看出，"白描"這一技法術語在張竹坡筆下得到了普遍的
運用④。從運用數量、出現位置以及對批語的關注程度，都可看出張竹坡已經
將"白描"提升爲一種小說文體的創作法度。葉朗先生認爲張竹坡筆下的
"白描""不僅包括了描寫的手法和技巧，而且包括了描寫的目的和效果"，是
較爲在理的⑤。從這一批語的具體用法也可看出，"白描"旨在描摹人情、表
現人物性格和心理特點，這與張竹坡標舉"世情書"這一概念也是非常吻合
的。對"世情書"這一小說概念的認識決定了評點者更爲關注小說描寫中的
"白描"法，《竹坡閑話》謂："邇來爲窮愁所迫，炎涼所激，於難消遣時，恨
不自撰一部世情書，以排遣悶懷。"在《金瓶梅讀法》中又謂："其書凡有描

---

①　秦修容整理《金瓶梅》（會評會校本），中華書局 1998 年版，第 41 頁。
②　同上，第 331 頁。
③　同上，第 400 頁。
④　關於"白描"，小說中還有諸多類似批點，爲節省篇幅，此處衹列出張竹坡關於"白描"的其
他批語，不列正文。第一回行評："一路純是白描勾挑。"第二回行評："白描一句。"第二回行評：
"白描武二。"第二回行評："一路純是白描。"第四回行評："又白描一句。"第八回行評："白描。"第
二十三回行評："一路白描。"第二十六回行評："直講人情，妙。白描中化工手也。"第二十六回行
評："白描。"第二十七回行評："白描。"第二十八回行評："白描。"第三十回前總："又白描入
骨也。"第三十回行評："白描。"第三十回行評："總是現妒婦身說法處，白描入化也。"第三十一回
行評："白描。"第三十二回行評："白描。"第三十六回行評："又白描一曲。"第四十回行評："白
描。"第六十二回行評："白描。"第六十七回行評："一路白描，曲盡借債人心事。"第六十八回行評：
"白描，都爲月兒起花。"第六十八回行評："白描。"第七十五回行評："一面又白描金蓮。"第七十五
回行評："一面又白描月娘。"第七十七回行評："白描一筆。"
⑤　葉朗著《中國小說美學》，北京大學出版社 1982 年版，第 189 頁。

寫，莫不各盡人情。然則真千百化身，現各色人等，爲之説法者也。"可見，在小説評點中關注世態人情是其主導思想。可以説，張竹坡筆下"白描"一語的普遍運用是對"世情書"這一小説概念的絕好注脚。

在張竹坡之後，評點者屢屢將"白描"這一術語引入小説批評：

在評點時間上緊隨《金瓶梅》張竹坡評本之後的《平山冷燕》，其第十六回前評中有一段關於"白描"的評論值得注意：此回寫兩個少年書生題詩於庵壁上，要與山黛較才高下，而山黛父親將詩抄回與山黛過目："山小姐接了，與冷絳雪同看。看了一遍，二人彼此相視。"而爲何"彼此相視"呢？評點者認爲："山黛與冷絳雪看題壁詩，正在觸怒之際，詩才之美，自不便出口稱揚。若竟抹殺，又傷知才之明、愛才之雅。故但用'彼此相視'默默透出。白描之妙，大勝裝花。"① 此處"白描"與上文描寫潘金蓮"瞅了一眼"這一神態極爲相似，可謂以簡潔之筆描難摹之狀、傳難寫之意，明確地指出了"白描"手法勝於設色點染等手法。張書紳評本《新説西遊記》第八十五回前評也有關於"白描"的看法："通篇俱是白描形容，並不著一點彩色，又見一種清靈之妙。"② 也指出了"白描"手法不加著色的技法特點。

被譽爲世情小説之巔峰的《紅樓夢》，其叙寫藝術上的"白描"之處更是爲評點者大加稱道，其中在脂硯齋批點中尤爲突出。脂硯齋批語中"白描"一語共出現6次（括號内文字爲批語所針對的正文）：

蒙府本第六回旁批：白描入神。（王熙鳳用餐之奢華，劉姥姥見到："桌上碗盤森列，仍是滿滿的魚肉在内，不過略動了幾樣。"）

---

① （清）天花藏主人《平山冷燕》，中華書局2000年版，第148頁。
② （清）張書紳《新説西遊記》，上海古籍出版社《古本小説集成》據上海古籍出版社藏本影印，第2678頁。

庚辰本第二十一回眉批："到便宜他"四字與"忘了"二字是一氣而來，將一侯府千金白描矣。（湘雲爲寶玉梳頭時發現寶玉佩帶的四顆珠子有一顆調換了，寶玉説是因爲丢了一顆所以纔補上這一顆，而湘雲説："必定是外頭去掉下來，不防被人揀了去，到便宜他。"而在答應給寶玉梳頭之前，湘雲推脱道："如今我忘了，怎麽梳呢？"此時評語則爲："'忘了'二字在嬌憨。"）

庚辰本第二十三回旁批：丁亥春間，偶識一浙省新發，其白描美人，真神品物，甚合余意。

庚辰本第二十四回眉批：怡

庚辰本《脂硯齋重評石頭記》第二十一回

紅細事俱用帶筆白描，是大章法。（小紅給寶玉倒茶後，又幫秋紋、碧痕接水，"忽見走一個人來接水，二人看時，不是別人，原來是小紅。二人便都詫異，將水放下，忙進房來東瞧西望，並没個別人，只有寶玉"。）

庚辰本第二十四回旁批：難説小紅無心，白描。（秋紋罵小紅："没臉的下流東西！正緊叫你催水去，你説有事故，到叫我們去，你可等著做這個巧宗兒。"）①

---

①　（清）曹雪芹著，（清）脂硯齋評批，黄霖校點《脂硯齋評批紅樓夢》，齊魯書社1994年版，第121、357、399、420頁。

　　甲戌本第二十八回回後評：自"聞曲"回以後回回寫藥方，是白描
顰兒添病也。①

　　在上述六則批語中，第三則與小説正文無關，第一、二、四、五則批語，
其間"白描"的用法與之前的小説評點大體相同，仍是著重强調以簡省直白
的筆墨逼真傳神地寫出人物性格以及心理特徵。而第六則批語中的"白描"
則稍有不同，在評點者看來，要寫林黛玉病情不斷加劇的過程，若作流水帳
式的逐一交待，勢必了無興味。而在每回叙寫中頻頻提及"藥方"，則可以將
病情不減反增這一態勢加以一以貫之地呈現（而非刻意地表露）出來，在不
知不覺中寫出黛玉漸趨病重的狀況。此即是此處"白描"涵義的特殊性所在，
實有預示或昭示之意。

　　《儒林外史》卧閑草堂本也頗多發明"白描"處。《儒林外史》第二十三
回"發陰私詩人被打　嘆老景寡婦尋夫"，總評有云："牛浦未嘗不同安東董
老爺相與，後來至安東時，董公未嘗不迎之致敬以有禮，然在子午宫會道士
時，則未嘗一至安東與董公相晉接也。刮刮面談，謅出許多話説。書中之道
士，不知是謊，書外之閲者，深知其謊。行文之妙，真李龍眠白描手也。"②
作爲諷刺小説的代表作，《儒林外史》"戚而能諧，婉而多諷"③。本回中牛浦
以謊言騙過了道士，而作爲置身書外的讀者却没被騙倒，故而牛浦越是吹嘘，
小説的諷刺效果就越强，當然讀者的閲讀趣味自然就越高。這種藝術感受的取
得，在評點者看來，主要歸因於"白描"手法的運用，作者將牛浦這一人物的
性格特徵以不加按語式地自然呈現出來，由讀者自身對這一人物形象加以判斷。

　　《儒林外史》卧閑草堂本之後，"白描"一語在小説評點中雖仍不斷出現，

① 朱一玄編《紅樓夢資料彙編》，南開大學出版社 2001 年版，第 427 頁。此則批語未録於《脂
硯齋評批紅樓夢》。
② （清）吳敬梓著，李漢秋輯《儒林外史》（會校會評本），上海古籍出版社 1984 年版，第 324 頁。
③ 魯迅著《中國小説史略》"第二十三篇　清之諷刺小説"，齊魯書社 1997 年版，第 175 頁。

但在用法上基本上沒有出現新的内涵，如陳其泰在《紅樓夢》第七回中的夾批："一筆而其事已悉，真李龍眠白描法也。《金瓶梅》亦有用此法者。潘金蓮人房見春梅耳少一環，在牀下脚踏上覓得是也。"①《青樓夢》第一回前評："寫幼卿處純是白描追魂奪魄之筆，如見其人，如聞其聲。"②《花月痕》第十七回末評："此回傳秋痕、采秋，純用白描，而神情態度活現毫端，的是龍眠高手。"③

至此，我們對小説評點家筆下所謂"白描"手法可以得出以下兩點認識：

其一，小説批評中的"白描"涵義主要表現爲：以簡潔筆墨不作修飾地徑直描畫人物的語言、行動、神態，讓人體味出逼真傳神之美、日常寫實之境；強調寓含的深意或藝術效果的傳達須作自然呈現而非主觀表露，以達到含蓄幽婉之美。此二者是"白描"這一技法的主要内涵④。

其二，小説批評中的"白描"主要用以評價人物描寫，環境描畫衹是偶爾出現。這點與繪畫中的"白描"相比，運用領域相對要小。同時，就具體的小説類型而言，"白描"這一技法術語基本上運用於人情寫實小説（世情小説、諷刺小説）的批評之中。因此從一定意義上而言，"白描"可以視爲人情小説這一小説類型創作的重要特徵。

【相關閱讀】

1. 蔡效全《論〈金瓶梅〉的白描藝術》，《齊魯學刊》1991 年第 6 期。

2. 江海鷹《史傳理論："白描"的另一種淵源》，《華南師範大學學報（社會科學版）》2001 年第 3 期。

---

① （清）陳其泰、劉操南輯《桐花鳳閣評紅樓夢輯録》，天津人民出版社 1981 年版，第 67 頁。
② （清）鄒弢評本《青樓夢》，上海古籍出版社《古本小説集成》據鄭州大學圖書館藏本影印，第 3 頁。
③ （清）魏秀仁著，（清）棲霞居士評《花月痕》，上海古籍出版社《古本小説集成》據福州吳玉田刊本影印，第 376 頁。
④ 事實上，在古代戲曲批評中"白描"一詞的内涵與此近同。例如，清初丁耀亢《赤松游題辭》云："《琵琶》以白描難效，優伶之丹朱易摹。古云：'丹青女易描，真色人難學。'"引自俞爲民、孫蓉蓉編《歷代曲話匯編》清代編第一集，黃山書社 2008 年版，第 91 頁。

釋“絕妙好辭（詞）”

“絕妙好辭（詞）”是廣爲人知的典故和習語，也是古代小説評點中普遍用於評價小説語言藝術的基本術語，考察“絕妙好辭（詞）”的由來及其在小説評點中的具體運用，可以大致把握古代小説語言藝術的總體追求。

據現有文獻，“絕妙好辭”的來歷是與東漢曹娥碑文聯繫在一起的。劉孝標爲《世説新語》作注時引晉人虞預《會稽典録》，記載蔡邕讀完邯鄲淳所寫碑文後，題八字作感慨：“黄絹幼婦外孫齏臼。”① 劉敬叔在《異苑》中對蔡邕題字亦有類似載録：“陳留蔡邕避難過吳，讀碑文，以爲詩人之作，無詭妄也。因刻石旁作八字。”② 雖然對蔡邕題碑一事古人即有置疑③，但此一趣事還是被當作事實相傳於後世，如南朝夏侯曾先《會稽地志》、清人西吳悔堂老人所撰《越中雜識》以及今人余嘉錫等均認爲實有其事④。將“黄絹幼婦外孫齏臼”八字與“絕妙好辭”一語相聯繫者是三國名士楊修。《世説新語·捷悟第十一》記載曹操與楊修討論蔡邕爲曹娥碑文所題八字之確切涵義，楊修云：

---

① 《後漢書·列女傳》注解亦引用《會稽典録》中相關記載，見（南朝）范曄撰《後漢書》卷一百十四，上海古籍出版社、上海書店 1986 年版，第 1046 頁。

② 余嘉錫撰，周祖謨、余淑宜整理《世説新語箋疏》，中華書局 1983 年版，第 581 頁。

③ 如李白《曹娥江》詩：“人從月邊去，舟從空中行。此中人延佇，入剡尋王許。笑讀曹娥碑，沉吟黄絹語。”即含蓄地表明了“黄絹語”不大可信；權德輿《送上虞縣丞》詩：“越郡佳山水，清江接上虞。計程杭一葦，試吏佐雙鳧。雲壑覓仙籍，風謠驗地圖。因尋黄絹字，爲我吊曹盱。”更是認爲此事純屬“風謠”。而清人王昶在《金石萃編》中更是運用大量篇幅考證此事真假，結論即是：“邕生平從未嘗作隱語，且‘文辭’與‘辤受’自是二義。邕既工書，辨之必審，未可權宜而通用也。《説文》‘辛’部即有‘辤’字云：‘不受也。’又有‘辭’字云：‘理事也。’何必借‘辤’爲‘辭’？”

④ 如余嘉錫先生認爲：“蔡邕題字，實有其事。”見《世説新語箋疏》，中華書局 1983 年版，第 582 頁。

宋本《世說新語》

"黃絹，色絲也，於字爲絕。幼婦，少女也，於字爲妙。外孫，女子也，於字爲好。齏臼，受辛也，於字爲辤。所謂'絕妙好辭'也。"曹操爲之嘆服。

　　此一典故自明代以來在文人筆記中廣爲流傳，明蔣一葵《堯山堂外紀》卷八《三國》："帝謂修曰：'解不？'答曰：'解。'魏武曰：'卿未可言，待我思之。'行三十里，魏武乃曰：'吾已得。'令修別記所知。修曰：'黃絹，色絲也，於字爲絕。幼婦，少女也，於字爲妙。外孫，女子也，於字爲好。齏曰，受辛也，於字爲辭。所謂絕妙好辭也。'帝亦記之，與修同，乃嘆曰：'有智無智，較三十里。'"記錄頗爲詳盡。清趙翼《陔餘叢考》卷二十二則從隱語角度加以分析："謎即古之隱語。……齊威俱好隱語。漢東方朔射覆'龍雲角，蛇無足。生肉爲膾，乾魚爲脯'之類，尤爲擅長。……至東漢末仍盛行，謂之'離合體'，如蔡中郎書曹娥碑陰'黃絹幼婦外孫齏臼'，楊修解之謂'絕妙好辭'四字也。"可見"絕妙好辭"這一典故在明清時期較受關注，體現了人們對"隱語""謎語"那種諧趣特色的熱衷，而求"趣"、求"諧"實則也符合當時的審美風尚，小説評點廣泛采用此一術語或與這種審美風尚密切相關。

　　作爲習常之用語，"絕妙好辭"也寫作"絕妙好詞"，"詞"與"辭"相通，自古即然。但作爲一個慣用語，"絕妙好詞"則另有淵源，其詞源或許來自宋元之際周密編選之《絕妙好詞》。《絕妙好詞》所收大都是南宋婉約詞人之作品，豪放派詞人詞作雖也有收錄，但僅取其婉約雅正之作。厲鶚評價《絕妙好詞》爲"清言秀句，層見叠出，誠詞家之南董也"①。譚獻《復堂詞話》稱之爲"南宋樂府，清詞妙句，略盡於此"②。所論皆旨在揭示《絕妙好詞》清約秀妙之風格特色。《絕妙好詞》在後世影響漸廣③，而"絕妙好詞"一語或許也由專指周密詞選擴而爲對文學創作中"清約秀妙"之語言風格的強調。

　　還需指出的是，在周密《絕妙好詞》流行以前，論者評價詩文多用"絕妙好辭"，如宋人楊萬里《答晉州李知府》云："二傳絕妙好辭，右拍子長之肩，左摩孟堅之壘，陳、范而下不論也。"④《答福帥張尚書》云："潞公德威之堂，其子作之，坡記之。豈若當家之坡自記之哉？絕妙好辭，前無古人矣。"⑤ 宋人楊冠卿《群公樂府序》亦云："賢豪述作，川增雲興，絕妙好辭，表表在人耳目者，不下數十百家，湮没於時，豈不甚可惜？"⑥ 劉克莊《後村

----

① 《絕妙好詞題跋附録》，見（清）查爲仁、厲鶚箋《絕妙好詞箋》，陝西人民出版社 1992 年版。
② （清）譚獻著《復堂詞話》，合收於《介存齋論詞雜著　復堂詞話　蒿庵論詞》，人民文學出版社 1959 年版，第 30 頁。
③ 參看劉榮平《論〈絕妙好詞〉對詞學思想的影響》一文，載於《廈門大學學報》（哲社版）2005 年第 2 期。
④ （宋）楊萬里《誠齋集》卷一〇六，《四庫全書》第 1161 册，上海古籍出版社 1987 年版，第 341 頁。
⑤ （宋）楊萬里《誠齋集》卷一百十，《四庫全書》第 1161 册，同上，第 399 頁。
⑥ （宋）楊冠卿《客亭類稿》卷七，《四庫全書》第 1165 册，同上，第 486 頁。

詩話》云："《舞劍器行》，世所膾炙絕妙好辭也。"^① 而周密《絕妙好詞》之
後，論者則混用"絕妙好詞"和"絕妙好辭"，由此推測，"絕妙好辭（詞）"
指稱之語言風格或許正由兩個源頭而來，即一爲語言的詼諧幽默，一爲文辭
的清約秀妙。

　　用"絕妙好辭（詞）"評價文學作品的語言風格以小説評點最爲普遍。
較早頻繁使用這一術語的是金聖歎評本《水滸傳》，"楔子"起首對宋太祖有
簡略交代："自古帝王都不及這朝天子。一條桿棒等身齊，打四百座軍州都姓
趙。"夾評："絕妙好辭。可見全部槍棒，悉從一王之制矣。"^② 第二回寫魯達
初會史進，云："聞名不如見面，見面勝似聞名。"亦有夾評："絕妙好辭。"
第二十一回寫柴進遇見宋江："昨夜燈花，今早鵲噪，不想却是貴兄降臨。"
夾評云："絕妙好辭。"第三十七回寫張順將李逵掀落水中："兩隻脚把船只一
搖，船底朝天，英雄落水。"金聖歎認爲這也是"絕妙好辭"。第四十回描寫
宋江攻取無爲軍時的景致："此時正是七月盡天氣，夜凉風静，月白江清，水
影山光，上下一碧。"其後夾評："如許殺人放火事，偏用絕妙好辭，寫得景
物清爽，行文亦當有諸葛真名士之譽也。"第四十五回寫石秀殺死與潘巧雲通
奸的惡僧，有首嘲笑此事的小曲，金氏評曰："真是絕妙好辭。"第五十三回
呼延灼向高俅描述梁山泊軍力："稟明恩相，小人觀探梁山泊，兵粗將廣，馬
劣槍長。"夾評爲："絕妙好辭，遂爲山泊作贊。"第五十四回描寫與花榮對陣
的彭玘裝扮："橫著那三尖兩刃四竅八環刀，驟著五明千里黄花馬。"金聖歎
認爲是"絕妙好辭，三、兩、四、八、五、千，六個字用在一處，遂成異樣
花色"。而第六十回金聖歎認爲"俗本"《水滸傳》描寫盧俊義逃出梁山急尋
路徑時的景色不够雅致，將"俗本""約莫黄昏時分，烟迷遠水，霧鎖深山，

---

①　（宋）劉克莊《後村詩話》"新集·卷一"，中華書局 1983 年版，第 165 頁。
②　（清）金聖歎評改本《第五才子書水滸傳》，上海古籍出版社《古本小説集成》據金閶葉瑶池
刊本影印，第 9 頁。以下金聖歎評語均引自同書。

星月微明，不分叢莽”改爲“約莫黄昏時分，平烟如水，蠻霧沉山，月少星多，不分叢莽”，並在其後作評：“四句絶妙好辭。”

相比較而言，毛氏父子評點《三國演義》較少運用“絶妙好辭（詞）”一語，全書僅有三處：第十六回叙寫吕布射箭：“弓開如秋月行天，箭去似流星落地。”夾評：“絶妙好詞。”第七十一回寫“蔡琰被北方擄去，於北地生二子，作《胡笳十八拍》，流入中原”，評點者認爲：“此亦是絶妙好辭，可與《曹娥碑》作對。”第九十一回寫諸葛亮祭瀘水後蜀軍得以“鞭敲金鐙響，人唱凱歌還”，評點者認爲此句亦爲“絶妙好辭”①。

在范金門等人的《結水滸傳》評本中，“絶妙好辭（詞）”亦得到普遍運用。第七十六回寫陳希真與友人道別：“山高水長，有此一日。”夾評：“絶妙好辭。”②第八十八回描寫麗卿夫婦：“一邊白光裏影著一個猩紅美女，一邊白光裏罩定一個玉琢英雄。”評曰：“絶妙好辭。”而對兩人踏馬並行之叙寫：“從人遞過馬鞭，八個馬蹄踏著月色緩緩而行。”夾批“絶妙好詞”。第一百回寫宋江等人誤遇官軍的驚恐之狀：“宋江大驚失色，急差人往探，那知這枝人馬與宋江毫無干害，乃是一帶疏林敗葉與金風鏖戰。”評曰：“絶妙好辭。”第七十九回阿喜唱曲：“打一輪皂蓋輕車……殺得他衆兒郎不能相借。”評者認爲“真是絶妙好詞”。第一百二十二回寫蔡京死後，宋江無人可依賴，吳用暗示可求助於童貫：“既失大龜，盍求小子？”評者認爲此語亦屬“絶妙好詞”。

《紅樓夢》姚燮評本第七十回寫衆人吟詩唱詞，其中“黛玉的是一闋《唐多令》。……衆人看了，俱點頭感嘆”，評者亦認爲此詞確爲“絶妙好詞”。第九十四回寫紫鵑爲黛玉操心而煩悶：“我自己纔是瞎操心呢。從今以後，我盡

---

① （明）羅貫中原著，（清）毛宗崗評改，穆儔等標點《三國演義》，上海古籍出版社 1989 年版，第 194、923、1183 頁。

② （清）俞萬春著《結水滸全傳》，上海古籍出版社《古本小説集成》據上海辭書出版社藏本影印，第273 頁。

我的心伏侍姑娘,其餘的事全不管!"評者認爲:"就旁觀是瞎操心,襯出黛玉衷腸,淋漓盡致,絕妙好辭。"①

　　除了完整運用"絕妙好辭"一語來評賞小說語言之外,評者還常常借用典故中的"黃絹幼婦"作評語。《金瓶梅》張竹坡評本第二十一回起首有篇《少年游》詞作,評者加批:"黃絹幼婦。"② 第二十八回寫陳敬濟手中之鞋:"曲似天邊新月,紅如退瓣蓮花。"評者同樣認爲這樣的描寫確屬"黃絹幼婦"。《紅樓夢》洪秋藩評本第五回有評:"問曲文如何?曰黃絹幼婦。"③《聊齋志異》馮鎮巒評本卷十"席方平"正文云:"銅臭熏天,遂教枉死城中,全無日月。"夾評爲:"如王實甫、湯若士黃絹幼婦之詞。"④ 可見,"黃絹幼婦"一語實指代"絕妙好辭"。

　　從上述評點史料的梳理中,我們已不難看出,小說評點者用"絕妙好辭(詞)"評價小說語言主要在三個位置:一爲小說中的詩詞曲,包括韻文套語;二爲小說的景物場景描繪;三爲小說的局部情節描寫。而其中所顯示的小說評點者對小說語言風格的藝術追求也非常明晰。這主要有兩個方面:

　　其一,小說語言要詼諧生動、幽默風趣。此類評語最多,如上文所引李逵"兩隻腳把船只一提,船底朝天,英雄落水",呼延灼描述梁山"兵粗將廣,馬劣槍長",《結水滸傳》描摹"宋江大驚失色,急差人往探,那知這枝人馬與宋江毫無干害,乃是一帶疏林敗葉與金風鏖戰"等,均指小說語言特有的那種詼諧幽默之特性。而這一特性是符合小說尤其是通俗小說的文體性質和藝術追求的,小說評點中諸如"趣""趣甚""妙""機趣"等評語的廣泛出現,正與此相吻合。《水滸傳》芥子園評本曾提出小說語言的"當行語",

① 馮其庸纂校訂定《八家評批紅樓夢》,文化藝術出版社 1991 年版,第 1728、2298 頁。
② 秦修容整理《金瓶梅》(會評會校本),中華書局 1998 年版,第 296 頁。
③ 馮其庸纂校訂定《八家評批紅樓夢》,文化藝術出版社 1991 年版,第 143 頁。
④ (清)蒲松齡著,張友鶴輯校《聊齋志異》(會校會注會評本),上海古籍出版社 1986 年版,第 1347 頁。

其中最爲重要之特質即爲"諧趣"，評點正文如下："（道君皇帝）御筆改睦州爲嚴州，歙州爲徽州，因是方臘造反之地，各帶反文字體。"此語顯係趣談，却合乎小説語言"諧趣"這一當行本色①。

其二，小説文辭要清約秀妙，自然貼切。前者表現在景物場景描寫上，如上文所引金聖歎將《水滸傳》第四十回的景物描寫"此時正是七月盡天氣，夜凉風静，月白江清，水影山光，上下一碧"評爲"絶妙好辭"，"寫得景物清爽"，第六十回改爲"平烟如水，蠻霧沉山，月少星多，不分叢莽"等，均突出了小説文辭的清雅秀妙之特色。後者則表現在細節描摹上，小説評點中的所謂"字法"即大都針對小説文辭的自然貼切，如《水滸傳》"魯提轄拳打鎮關西"一回寫魯達"把兩包臊子劈面打將去，却似下了一陣'肉雨'"。金聖歎評曰："'肉雨'二字，千古奇文。"② 對小説文辭清約秀妙、自然貼切的要求，實際反映了文人評點者爲提升小説的藝術水準所作出的努力，他們改寫、評價小説文本正是要使通俗小説逐步走向文人化和經典化③。

綜上，"絶妙好辭（詞）"一語實際承載著古代小説評點者對小説語言特性之要求，既爲小説創作者指出了小説語言藝術的應有品格，也反映了作爲鑒賞者的小説評點者對小説語言趣味的追求。

---

① 陳曦鐘、侯忠義、魯玉川輯校《水滸傳會評本》，北京大學出版社 1981 年版，第 1412 頁。

② （清）金聖歎評改本《第五才子書水滸傳》，上海古籍出版社《古本小説集成》據金閶葉瑶池刊本影印，第 179 頁。

③ 參看譚帆《"四大奇書"：明代小説經典的生成》，《文匯報》2007 年 1 月 14 日第 6 版。

參考書目

1. 胡懷琛《中國小説研究》，商務印書館，1929 年版。

2.〔日〕鹽谷温《中國文學概論講話》，開明書店，1930 年版。

3. 胡懷琛《中國小説的起源及其演變》，正中書局，1934 年版。

4. 蔣祖怡《小説纂要》，正中書局，1948 年版。

5. 鄭振鐸《插圖本中國文學史》，人民文學出版社，1957 年版。

6. 陳汝衡《説書史話》，作家出版社，1958 年版。

7. 孫楷第《滄州集》，中華書局，1965 年版。

8. 哈斯寶《新譯紅樓夢回批》，内蒙古大學政治部宣傳組，1974 年版。

9. 華東師範大學古籍整理研究室選編《歷代書法論文選》，上海書畫出版社，1979 年版。

10. 葉德均《戲曲小説叢考》，中華書局，1979 年版。

11. 胡士瑩《話本小説概論》，中華書局，1980 年版。

12. 程毅中《宋元話本》，中華書局，1980 年版。

13. 趙景深《中國小説叢考》，齊魯書社，1980 年版。

14. 劉葉秋《歷代筆記概述》，中華書局，1980 年版。

15. 譚正璧編著《三言二拍資料》，上海古籍出版社，1980 年版。

16.（清）陳其泰評，劉操南輯《桐花鳳閣評紅樓夢輯録》，天津人民出版社，1981 年版。

17. 陳曦鐘、侯忠義、魯玉川輯校《水滸傳會評本》，北京大學出版社，

1981 年版。

18. 聶紺弩《中國古典小説論集》，上海古籍出版社，1981 年版。

19. 孫楷第《日本東京所見中國小説書目》，人民文學出版社，1981 年版。

20. 柳存仁《倫敦所見中國小説書目提要》，書目文獻出版社，1982 年版。

21. 孫楷第《中國通俗小説書目》，人民文學出版社，1982 年版。

22. 葉朗《中國小説美學》，北京大學出版社，1982 年版。

23. 周紹良、白化文《敦煌變文論文録》，上海古籍出版社，1982 年版。

24. 劉世德《中國古代小説研究——臺灣香港論文選輯》，上海古籍出版社，1983 年版。

25. 李漢秋輯校《儒林外史》（會校會評本），上海古籍出版社，1984 年版。

26. 李劍國《唐前志怪小説史》，南開大學出版社，1984 年版。

27. 鄭振鐸《中國古典文學論文集》，上海古籍出版社，1984 年版。

28. 侯忠義編《中國文言小説參考資料》，北京大學出版社，1985 年版。

29. 李宗爲《唐人傳奇》，中華書局，1985 年版。

30. 陳曦鐘等輯校《三國演義會評本》，北京大學出版社，1986 年版。

31. 黃霖《古小説論概觀》，上海文藝出版社，1986 年版。

32. 李漢秋輯校《儒林外史》（黃小田評本），黃山書社，1986 年版。

33. 孫遜《明清小説論稿》，上海古籍出版社，1986 年版。

34. 張友鶴輯校《聊齋志異》（會校會注會評本），上海古籍出版社，1986 年版。

35.〔美〕韋恩·布斯著，付禮軍譯《小説修辭學》，廣西人民出版社，1987 年版。

36. 胡適《胡適論中國古典小説》，易竹賢編，長江文藝出版社，1987 年版。

37.〔美〕韋勒克著，丁泓等譯《批評的諸種概念》，四川文藝出版社，

1988 年版。

38. 胡適《胡適古典文學論集》，上海古籍出版社，1988 年版。

39. 凌庚等校點《容與堂本水滸傳》，上海古籍出版社，1988 年版。

40. 王先霈、周偉民《明清小説理論批評史》，花城出版社，1988 年版。

41. 〔美〕韓南著，尹慧珉譯《中國白話小説史》，浙江古籍出版社，1989
年版。

42. 張秀民《中國印刷史》，上海人民出版社，1989 年版。

43. 張寅德《叙述學研究》，中國社會科學出版社，1989 年版。

44. 〔美〕華萊士·馬丁著，伍曉明譯《當代叙事學》，北京大學出版社，
1990 年版。

45. 劉世德等主編《古本小説叢刊》，中華書局，1990 年版。

46. 程毅中《唐代小説史話》，文化藝術出版社，1990 年版。

47. 歐陽健、蕭相愷《中國通俗小説總目提要》，中國文聯出版公司，
1990 年版。

48. 馮其庸纂校訂定《八家評批紅樓夢》，文化藝術出版社，1991 年版。

49. 李時人《西遊記考論》，浙江古籍出版社，1991 年版。

50. 〔美〕伊恩·P·瓦特著，高原等譯《小説的興起》，生活·讀書·新
知三聯書店，1992 年版。

51. 郭豫適《中國古代小説論集》，華東師範大學出版社，1992 年版。

52. 林家平、寧强、羅華慶《中國敦煌學史》，北京語言學院出版社，
1992 年版。

53. 徐岱《小説叙事學》，中國社會科學出版社，1992 年版。

54. 陳平原《小説史：理論與實踐》，北京大學出版社，1993 年版。

55. 李劍國《唐五代志怪傳奇叙錄》，南開大學出版社，1993 年版。

56. 吳禮權《筆記小説史》，商務印書館，1993 年版。

57. 章培恒《獻疑集》，岳麓書社，1993 年版。

58. 黃霖《近代文學批評史》，上海古籍出版社，1993 年版。

59. 劉世德《中國古代小說百科全書》，中國大百科全書出版社，1993 年版。

60. 譚帆、陸煒《中國古典戲劇理論史》，中國社會科學出版社，1993 年版。

61.《古本小說集成》編委會編《古本小說集成》，上海古籍出版社，1994 年版。

62. 董乃斌《中國古典小說的文體獨立》，中國社會科學出版社，1994 年版。

63. 羅綱《敘事學導論》，雲南人民出版社，1994 年版。

64. 歐陽代發《話本小說史》，武漢出版社，1994 年版。

65. 瞿林東《中國古代史學批評縱橫》，中華書局，1994 年版。

66. 石昌渝《中國小說源流論》，生活・讀書・新知三聯書店，1994 年版。

67. 陶東風《文體演變及其文化意味》，雲南人民出版社，1994 年版。

68. 童慶炳《文體與文體的創造》，雲南人民出版社，1994 年版。

69. 吳志達《中國文言小說史》，齊魯書社，1994 年版。

70. 黃霖校點《脂硯齋評批紅樓夢》，齊魯書社，1994 年版。

71. 寧宗一等《中國小說學通論》，安徽教育出版社，1995 年版。

72.〔美〕浦安迪《中國敘事學》，北京大學出版社，1996 年版。

73. 俞劍華編著《中國畫論類編》，人民美術出版社，1996 年版。

74. 鄭振鐸《中國俗文學史》，東方出版中心，1996 年版。

75. 丁錫根《中國歷代小說序跋集》，人民文學出版社，1996 年版。

76. 陳平原、夏曉虹《二十世紀中國小說理論資料》（第一卷），北京大學出版社，1997年版。

77. 李昌集《中國古代曲學史》，華東師範大學出版社，1997年版。

78. 李劍國《宋代志怪傳奇叙錄》，南開大學出版社，1997年版。

79. 歐陽健《中國神怪小説通史》，江蘇教育出版社，1997年版。

80. 齊森華、陳多、葉長海《中國曲學大辭典》，浙江教育出版社，1997年版。

81. 嚴家炎《二十世紀中國小説理論資料》（第二卷），北京大學出版社，1997年版。

82. 吳福輝《二十世紀中國小説理論資料》（第三卷），北京大學出版社，1997年版。

83. 錢理群《二十世紀中國小説理論資料》（第四卷），北京大學出版社，1997年版。

84. 徐朔方《小説考信編》，上海古籍出版社，1997年版。

85. 陳美林等《章回小説史》，浙江古籍出版社，1998年版。

86. 褚斌傑《中國古代文體概論》，北京大學出版社，1998年版。

87. 胡從經《中國小説史學史長編》，上海文藝出版社，1998年版。

88. 魯迅《中國小説史略》，上海古籍出版社，1998年版。

89. 秦修容整理《金瓶梅》（會評會校本），中華書局，1998年版。

90. 石麟《話本小説通論》，華中理工大學出版社，1998年版。

91. 薛洪勣《傳奇小説史》，浙江古籍出版社，1998年版。

92. 楊義《中國古典小説史論》，人民出版社，1998年版。

93. 郭英德《明清傳奇史》，江蘇古籍出版社，1999年版。

94. 胡適《中國章回小説考證》，安徽教育出版社，1999年版。

95. 汪涌豪《範疇論》，復旦大學出版社，1999年版。

96. 陳大康《明代小説史》，上海文藝出版社，2000年版。

97. 黃霖、韓同文《中國歷代小說論著選》（修訂本），江西人民出版社，2000 年版。

98. 紀德君《明清歷史演義小說藝術論》，北京師範大學出版社，2000 年版。

99. 齊裕焜《中國歷史小說通史》，江蘇教育出版社，2000 年版。

100. 張錫厚《敦煌文學源流》，作家出版社，2000 年版。

101. 周心慧《古本小說版畫圖錄》（增訂本），學苑出版社，2000 年版。

102. 譚帆《中國小說評點研究》，華東師範大學出版社，2001 年版。

103. 朱一玄《紅樓夢資料彙編》，南開大學出版社，2001 年版。

104. 申丹《敘述學與小說文體學研究》（第二版），北京大學出版社，2001 年版。

105. 王青原等《小說書坊錄》，北京圖書館出版社，2002 年版。

106. 朱一玄《聊齋志異資料彙編》，南開大學出版社，2002 年版。

107. 吳承學《中國古代文體形態研究》（增訂本），中山大學出版社，2002 年版。

108.〔美〕夏志清著，胡益民等譯《中國古典小說史論》，江西人民出版社，2003 年版。

109. 陳平原《中國小說敘事模式的轉變》，北京大學出版社，2003 年版。

110. 朱一玄、劉毓忱《儒林外史資料彙編》，南開大學出版社，2003 年版。

111. 朱一玄、劉毓忱《三國演義資料彙編》，南開大學出版社，2003 年版。

112. 朱一玄、劉毓忱《水滸傳資料彙編》，南開大學出版社，2003 年版。

113. 朱一玄、劉毓忱《西遊記資料彙編》，南開大學出版社，2003 年版。

114. 朱一玄《金瓶梅資料彙編》，南開大學出版社，2003 年版。

115.〔美〕韓南著，徐俠譯《中國近代小說的興起》，上海教育出版社，2004 年版。

116. 石昌渝《中國古代小説總目》，山西教育出版社，2004 年版。

117. 〔美〕王德威著，宋偉傑譯《被壓抑的現代性——晚清小説新論》，北京大學出版社，2005 年版。

118. 〔美〕韋勒克・沃倫著，劉象愚等譯《文學理論》（修訂版），江蘇教育出版社，2005 年版。

119. 陳洪《中國小説理論史》（修訂本），天津教育出版社，2005 年版。

120. 陳平原《中國現代小説的起點——清末民初小説研究》，北京大學出版社，2005 年版。

121. 陳文新《傳統小説與小説傳統》，武漢大學出版社，2005 年版。

122. 郭英德《中國古代文體學論稿》，北京大學出版社，2005 年版。

123. 潘建國《中國古代小説書目研究》，上海古籍出版社，2005 年版。

124. 葉長海《中國戲劇學史稿》，中國戲劇出版社，2005 年版。

125. 〔美〕浦安迪著，沈漢壽譯《明代小説四大奇書》，生活・讀書・新知三聯書店，2006 年版。

126. 黃霖主編《二十世紀中國古代文學研究史》（小説卷），東方出版中心，2006 年版。

127. 〔英〕伊格爾頓著，伍曉明譯《二十世紀西方文學理論》，北京大學出版社，2007 年版。

128. 程國賦《明代小説與書坊研究》，中華書局，2007 年版。

129. 劉勇強《中國古代小説史叙論》，北京大學出版社，2007 年版。

130. （唐）劉知幾著，（清）浦起龍通釋《史通通釋》，上海古籍出版社，2009 年版。

131. 羅寧《漢唐小説觀念論稿》，巴蜀書社，2009 年版。

132. 〔美〕浦安迪著，劉倩等譯《浦安迪自選集》，生活・讀書・新知三聯書店，2010 年版。

133.〔日〕坪内逍遥著，劉振瀛譯《小説神髓》，上海譯文出版社，2010年版。

134. 陳平原《小説史：理論與實踐》，北京大學出版社，2010年版。

135. 宋莉華《傳教士漢文小説研究》，上海古籍出版社，2010年版。

136. 王齊洲《稗官與才人》，岳麓書社，2010年版。

137. 徐大軍《中國古代小説與戲曲關係史》，人民文學出版社，2010年版。

138. 陳平原《作爲學科的文學史》，北京大學出版社，2011年版。

139. 陳文新、〔韓〕閔寬東《韓國所見中國古代小説史料》，武漢大學出版社，2011年版。

140. 劉曉軍《章回小説文體研究》，華東師範大學出版社，2011年版。

141. 張麗華《現代中國“短篇小説”的興起——以文類形構爲視角》，北京大學出版社，2011年版。

142.（清）郭慶藩撰，王孝魚點校《莊子集釋》，中華書局，2012年版。

143. 陳文新《中國小説的譜系與文體形態》，中國社會科學出版社，2012年版。

144. 程國賦《中國古典小説論稿》，中華書局，2012年版。

145. 董乃斌《中國文學叙事傳統研究》，中華書局，2012年版。

146. 紀德君《明清通俗小説編創方式研究》，社會科學文獻出版社，2012年版。

147. 紀德君《中國古代小説文體生成及其他》，商務印書館，2012年版。

148. 李舜華《明代章回小説的興起》，上海古籍出版社，2012年版。

149. 李小龍《中國古典小説回目研究》，北京大學出版社，2012年版。

150. 林崗《明清小説評點》，北京大學出版社，2012年版。

151. 商偉著，嚴蓓雯譯《禮與十八世紀的文化轉折——〈儒林外史〉研究》，生活・讀書・新知三聯書店，2012 年版。

152. 吳光正《神道設教——明清章回小說叙事的民族傳統》，武漢大學出版社，2012 年版。

153. 曾棗莊《中國古代文體學》，上海人民出版社，2012 年版。

154. 李桂奎《傳奇小說與話本小說叙事比較》，復旦大學出版社，2013 年版。

155. 李時人《中國古代小說與文化論集》，中華書局，2013 年版。

156. 文革紅《清代前期通俗小說傳播機制研究》，世界圖書出版公司，2013 年版。

157. 陳才訓《古代小說家、評點家文化素養論》，中國社會科學出版社，2014 年版。

158. 陳大康《中國近代小說編年史》，人民文學出版社，2014 年版。

159. 劉勇強《話本小說叙論》，北京大學出版社，2015 年版。

160. 王慶華《文言小說與相關叙事文類關係研究——"小說"在"雜史""傳記""雜家"之間》，華東師範大學出版社，2015 年版。

161. 陳廣宏《中國文學史之成立》，上海古籍出版社，2016 年版。

162. 羅寧、武麗霞《漢唐小說與傳記論考》，巴蜀書社，2016 年版。

163. 潘建國《物質技術視閾中的文學景觀——近代出版與小說研究》，北京大學出版社，2016 年版。

164. 程毅中《古體小說論要》，北京出版社，2017 年版。

165. 程毅中《近體小說論要》，北京出版社，2017 年版。

166. 黃霖主編《文學評點論稿》，鳳凰出版社，2017 年版。

167. 劉勇強、潘建國、李鵬飛《古代小說研究十大問題》，北京大學出版社，2017 年版。

168. 宋麗娟《"中學西傳"與中國古典小說的早期翻譯（1735—1911）》，

上海古籍出版社，2017 年版。

169. 涂秀虹《明代建陽書坊之小説刊刻》，人民出版社，2017 年版。

170.〔美〕浦安迪《中國叙事學》（第 2 版），北京大學出版社，2018 年版。

171. 陳大康《中國近代小説史論》，人民文學出版社，2018 年版。

172. 陳才訓《明清小説文本形態生成與演變研究》，上海古籍出版社，2018 年版。

173.〔美〕何穀理著，劉詩秋譯《明清插圖本小説閱讀》，生活·讀書·新知三聯書店，2019 年版。

174. 關詩珮《晚清中國小説觀念轉譯——翻譯語“小説”的生成及實踐》，商務印書館（香港）有限公司，2019 年版。

175. 何亮《漢唐小説文體研究》，中華書局，2019 年版。

176. 劉曉軍《中國小説文體古今演變研究》，上海古籍出版社，2019 年版。

177. 石昌渝《中國小説發展史》，山西教育出版社，2019 年版。

178.〔美〕葉凱蒂著，楊可譯《晚清政治小説——一種世界性文學類型的遷移》，生活·讀書·新知三聯書店，2020 年版。

179. 勾豔軍《日本近世小説觀念研究：兼及其中國文學思想淵源》，中華書局，2020 年版。

180. 郝敬《建構“小説”——中國古體小説觀念流變》，中華書局，2020 年版。

181. 紀德君《民間説唱與古代小説交叉互動研究》，中國社會科學出版社，2020 年版。

182. 譚帆《中國小説史研究之檢討》，上海古籍出版社，2020 年版。

183. 徐大軍《宋元通俗叙事文體演成論稿》，上海古籍出版社，2020 年版。

184.〔美〕浦安迪主編，吳文權譯《中國叙事：批評與理論》，上海遠東出版社，2021 年版。

185. 卞孝萱《唐傳奇新探》，商務印書館，2021 年版。

186. 陳平原《小説史學面面觀》，生活·讀書·新知三聯書店，2021
年版。

187. 宋莉華主編《西方早期中國古典小説研究珍稀資料選刊》，社會科學
文獻出版社，2021 年版。

188. 孫遜《孫遜學術文集》，上海古籍出版社，2021 年版。

189. 周健强《中國古典小説在日本江户時期的流播》，中國社會科學出版
社，2021 年版。

190. 宋麗娟《西方的中國古典小説研究（1714—1919）》，上海古籍出版
社，2022 年版。

191. 文革紅《明清通俗小説書坊考辨與綜録》，鳳凰出版社，2022 年版。

192. 伏俊璉等《敦煌文學總論》（增訂版），上海古籍出版社，2022 年版。

193. 張麗華《文體協商——翻譯中的語言、文類與社會》，北京大學出版
社，2023 年版。

附錄一　中國古代小説文體文法
術語研究論著總目

1. 別士《小説原理》，《綉像小説》1903 年第 3 期。

2. 章炳麟《洪秀全演義序》，《洪秀全演義》，香港中國日報社 1908 年版。

3. 管達如《説小説》，《小説月刊》1912 年第 5—11 期。

4. 周作人《古小説鈎沉序》，《越社叢刊》1912 年第一集。

5. 成之《小説叢話》，《中華小説界》1914 年第 1—8 期。

6. 顛公《小説平話起於宋代》，《文藝雜誌》1915 年第 1 期。

7. 張静廬《小説的定義與性質》，《中國小説史大綱》卷一，泰東圖書局 1920 年版。

8. 魯迅《唐傳奇體傳記》（上、下），《小説史大略》八、九，北京大學國文系教授會油印本，1920 年。

9. 郭希汾《譚詞小説》，《中國小説史略》第四章，中國書局 1921 年版。

10. 魯迅《史家對於小説之著録及論述》、《宋之話本》，《中國小説史略》第一篇、第十二篇，北京大學新潮社 1923 年版。

11. 魯迅《唐之傳奇文》（上、下）、《唐之傳奇集及雜俎》、《宋之志怪及傳奇文》，《中國小説史略》第八篇、第九篇、第十篇、第十一篇，北京大學新潮社 1923 年 12 月至 1924 年 6 月。

12. 魯迅《宋民間之所謂小説及其後來》，1924 年《晨報五周年紀念特刊》。

13. 舒嘯《小説的略史與歷代史家的觀念》，《小説世界》1924 年第 6 期。

14. 劉永濟《説部流別》，《學衡》1925 年第 40 期。

15. 周樹人《唐宋傳奇集序例》，《北新半月刊》第一卷第 51、52 號，1927 年 10 月。

16. 范煙橋《小説演進時期》，《中國小説史》第四章，（蘇州）秋葉社 1927 年版。

17. 魯迅《稗邊小綴》，《唐宋傳奇集》（下册），（上海）北新書局 1928 年 2 月版。

18. 姚恨石《〈漢書・藝文志〉以小説爲一家》，《北京益世報》1928 年 9 月 2 日。

19. 楊鴻烈《什麽是小説》，《中國文學雜論》，上海亞東圖書館 1928 年版。

20. 胡懷琛《中國小説實質上之分類及研究》《中國小説形式上之分類及研究》，《中國小説研究》第一章、第二章，商務印書館 1929 年版。

21. 汪辟疆《唐人小説・序・叙例》，《〈傳奇〉叙錄》，神州國光社 1929 年版。

22. 鄭振鐸《中國文學的分類及其演化的趨勢》，1930 年 1 月《學生雜誌》第 17 卷第 1 號。

23. 孫楷第《宋朝説話人的家數問題》，《學文》1930 年第 1 期。

24. 陳汝衡《評話研究》，《史學雜誌》1931 年第 5、6 期合刊。

25. 鄭振鐸《明清二代的平話集》，《小説月報》1931 年第 7、8 期。

26. 汪辟疆《唐人小説在文學上之地位》，《讀書雜誌》1931 年 6 月第一卷第 3 期。

27. 陳子展《章回小説》，《中國文學史講話》，（上海）光華書局 1932 年版。

28. 征農《論章回體小説》，《文學問答集》（2 版），（上海）生活書店

1932 年版。

29. 姜亮夫《唐代傳奇小説》,《青年界》1933 年 9 月第 4 卷第 4 期。

30. 孫楷第《"詞話"考》,《師大月刊》1933 年第 10 期。

31. 方世琨《小説在唐代的傾向》,《文藝戰綫》1934 年第三卷第 1、2 期。

32. 煙橋《宋人筆記與白話》,《珊瑚》1934 年第 6 期。

33. 霍世休《唐代傳奇文與印度故事》,《文學》(上海) 1934 年 6 月第二卷第 6 期。

34. 孫楷第《小説專名考譯》,《師大月刊》1934 年第 10 期。

35. 胡懷琛《唐人的傳奇》,《中國小説概論》第四章,(上海) 世界書局 1934 年版。

36. 向達《唐代俗講考》,《燕京學報》1934 年第 16 號。

37. 胡懷琛《中國小説的起源及其演變》,正中書局 1934 年版。

38. 姜亮夫《筆記淺説》,《筆記選》北新書局 1934 年版。

39. 胡懷琛《中國古代對於小説二字的解釋》《古代所謂小説》《宋人的平話》,《中國小説概論》第一章、第二章、第四章,世界書局 1934 年版。

40. 譚正璧《唐代傳奇》,《中國小説發達史》第四章,(上海) 光明書局 1935 年版。

41. 譚正璧《宋元話本》,《中國小説發達史》第五章,(上海) 光明書局 1935 年版。

42. 胡倫清《傳奇小説選·序言》,(北京) 正中書局 1936 年版。

43. 周潛《論唐代傳奇》,《民鐘季刊》(廣州),1937 年 12 月第二卷第 4 期。

44. 余嘉錫《小説家出於稗官説》,《輔仁學志》1937 年第 1、2 期。

45. 周作人《談筆記》,《文學雜誌》1937 年 5 月。

46.〔日〕青木正兒《文學諸體的發達》,《中國文學概論》第二章（二）,開明書店 1938 年版。

47. 郭箴一《中國小説之演變》,《中國小説史》第一章第三節,商務印書館 1939 年版。

48. 郭箴一《唐始有意爲小説》,《中國小説史》第四章第一節,商務印書館 1939 年版。

49. 王季思《中國筆記小説略述》,《戰時中學生》1940 年第 2 期。

50. 趙景深《南宋説話人四家》,《宇宙風乙刊》1940 年 9 月 16 日第 29 期。

51. 葉君雲《關於筆記》,《古今》1943 年第 29、30 期。

52. 浦江清《説小説》,《當代評論》1944 年第 8、9 期合刊。

53. 傅芸子《俗講新考》,《新思潮》1946 年第 1 卷 2 期。

54. 關德棟《談“變文”》,《覺群周報》1946 年第 1 卷 12 期。

55. 周一良《讀〈唐代俗講考〉》,《大公報》1947 年 2 月 8 日“圖書周報”6 期。

56. 關德棟《略説“變”字來源》,《大晚報》1947 年 4 月 14 日“通俗文學”第 25 期。

57. 葉德均《説“詞話”》,《東方雜誌》1947 年第四十三卷四號。

58. 盧冀野《唐宋傳奇選·導言》,商務印書館 1947 年版。

59. 劉開榮《傳奇小説勃興與古文運動、進士科舉及佛教的關係》,《唐代小説研究》第二章,商務印書館 1947 年版。

60. 王鍾麟《南宋説話人四家的分法》,《中國文化研究叢刊》1948 年第 8 卷。

61. 張政烺《問答録與“説參請”》,《中央研究院歷史語言研究所集刊》1948 年第 17 期。

62. 蔣祖怡《小説纂要》，正中書局 1948 年版。

63. 孫楷第《讀變文・變文"變"字之解》，《現代佛學》1951 年第 10 期。

64. 李嘯倉《説話名稱解》《談宋人説話的四家》《釋銀字兒》，《宋元伎藝雜考》，上海雜志公司 1953 年版。

65. 白丕初《章回小説・八股文章》，《建設》1954 年第 11 期。

66. 馬國藩《批判胡適"文法的研究法"》，《文史哲》1955 年第 12 期。

67. 吳小如《古小説和唐人傳奇——中國小説講話之一》，《文藝學習》1955 年第 4 期。

68. 吳小如《古小説和唐人傳奇》，《中國小説講話及其它》，古典文學出版社 1956 年版。

69. 孫楷第《俗講、説話與白話小説》，作家出版社 1956 年版。

70. 劉文典《宋元人筆記》，《人文科學雜志》1957 年第 1 期。

71. 陸樹侖《從"説話"談起》，《青島日報》1957 年 1 月 26 日。

72. 程千帆《宋代的説話》，《語文教學》1957 年第 6 期。

73. 宋松筠《傳奇小説與傳奇戲曲》，《語文教學通訊》1957 年第 7 期。

74. 張恨水《章回小説的變遷》，《北京文藝》1957 年第 10 期。

75. 陳汝衡《唐代説書》《北宋説書》《南宋説書》，《説書史話》第二章、第三章、第四章，作家出版社 1958 年版。

76. 李騫《唐"話本"初探》，《遼寧大學學報》1959 年第 2 期。

77. 北京大學中文系 1955 級中國小説史稿編輯委員會《唐宋傳奇》，《中國小説史稿》第四章，人民文學出版社 1960 年版。

78. 陳幹《什麼叫章回小説》，《中國青年報》1961 年 12 月 23 日。

79. 胡士瑩《南宋"説話"四家數》，《杭州大學學報》（哲學社會科學版）1962 年第 2 期。

80. 路工《唐代的説話與變文》，《民間文學》1962 年第 6 期。

81. 程弘《話説"平話"》，《光明日報》1962 年 9 月 6 日。

82. 傅懋勉《金聖歎論"那輾"》，《邊疆文藝》1962 年第 11 期。

83. 王沂《漫話"話本"》，《民主評論》1963 年第 19 期。

84. 劉大杰、章培恒《金聖歎的文學批評》，《中華文史論叢》1963 年第 3 輯。

85. 程毅中《關於變文的幾點探索》，《文學遺產》1963 年增刊第 10 輯。

86. 陸澹安《小説詞語匯釋》，中華書局 1964 年版。

87. 孫楷第《唐代俗講軌範與其本之體裁》《宋朝説話人的家數問題》《説話考》《詞話考》，《滄州集》卷一，中華書局 1965 年版。

88. 孟瑶《中國小説史》，（臺北）文星書店 1966 年版。

89. 〔日〕駒田信二《中國小説概念》，《國文學》1966 年第 4 期。

90. 羅錦堂《中國小説概念的轉變》，《大陸雜志》1966 年第 4 期。

91. 雷威安《"話本"定義問題簡論》，《東方》1968 年"中國小説戲曲研究專號"。

92. 〔日〕富永一登《六朝"小説"考：論殷芸"小説"》，《中國中世文學研究》1976 年第 11 期。

93. 〔日〕内山知也《中國小説概念的産生和變遷》，《文學概念的變化》，日本遷國書刊行會 1977 年版。

94. 虞懷周《釋"平話"》，《語言文學》1978 年第 3 期。

95. 魯德才《中國古典小説藝術技巧瑣談》，《南開大學學報》1978 年第 3 期。

96. 葉德均《宋元明講唱文學》，《戲曲小説叢考》卷下，中華書局 1979 年版。

97. 胡士瑩《"説話"的起源和演變》《説話的家數》《話本的名稱》，《話本小説概論》第一章、第四章、第六章，中華書局 1980 年版。

98. 趙景深《從話本到章回小説》，《教學通訊》（文科）1980 年第 2 期。

99. 周楞伽《裴鉶傳奇》，上海古籍出版社 1980 年版。

100. 馬幼垣、劉紹銘《筆記、傳奇、話本、公案——綜論中國傳統短篇小説的形式》，臺灣靜宜文理學院編《中國古典小説研究專集》第二冊，臺灣聯經出版事業公司 1980 年版。

101. 吳志達《史傳·志怪·傳奇——唐人傳奇溯源》，《武漢大學學報》1980 年第 1 期。

102. 程毅中《唐代小説瑣記》，《文學遺産》1980 年第 2 期。

103. 譚正璧、譚尋《明成化刊本説唱詞話述考》，《文獻》1980 年第 3、4 期。

104. 吳德鐸《雜話“話本”》，《讀書》1980 年第 4 期。

105. 談鳳梁《試論中國古代小説概念的演變》，《文藝論叢》1980 年第 10 期。

106. 〔日〕增田涉《論“話本”的定義》，《中國古典小説研究專集》第三集，臺灣聯經出版事業公司 1981 年版。

107. 張鴻勳《敦煌講唱文學的體制及類型初探——兼論幾種〈中國文學史〉有關提法的問題》，《天水師範學院學報》1981 年第 1 期。

108. 劉兆雲《小説、筆記小説與〈世説〉》，《新疆大學學報》（哲社版）1981 年第 2 期。

109. 黃進德《“説話”史料辨證（二則）》，《揚州大學學報》（社科版）1981 年第 4 期。

110. 胡士瑩《“詞話”考釋》，《宛春雜著》，浙江人民出版社 1981 年版。

111. 談鳳梁《試論唐傳奇小説的幾個特點》，《文藝論叢》1981 年 4 月第 13 輯。

112. 吳志達《唐人傳奇》，上海古籍出版社 1981 年版。

113. 吳小如《釋“平話”》，《古典小説漫稿》，上海古籍出版社 1982 年版。

114. 王慶菽《宋代“話本”和唐代“説話”“俗講”“變文”“傳奇小説”的關係》，《甘肅社會科學》1982 年第 1 期。

115. 黄進德《“説話”探源》，《揚州大學學報》（社科版）1982 年第 1 期。

116. 遲子《我國小説概念的變遷及其源流》，《吉林大學社會科學學報》1982 年第 2 期。

117. 周啓付《談明成化刊本“説唱詞話”》，《文學遺産》1982 年第 2 期。

118. 牛龍菲《中國散韵相間、兼説兼唱之文體的來源——且談變文之“變”》，《敦煌學輯刊》1983 年創刊號。

119. 王運熙、楊明《唐代詩歌與小説的關係》，《文學遺産》1983 年第 1 期。

120. 張國光《金聖歎小説理論的綱領——〈讀“第五才子書”法〉評述》，《湖北大學學報》（哲社版）1983 年第 1 期。

121. 姜耕玉《草蛇灰綫，空谷傳聲：〈紅樓夢〉情節的藝術特色兼論情節主體》，《紅樓夢學刊》1983 年第 3 期。

122. 宋洪志《敦煌變文三議》，《齊魯學刊》1983 年第 4 期。

123. 陳年希《試論明清小説評點派對我國古典小説美學的貢獻》，《上海師範學院學報》1983 年第 3 期。

124. 辛蘭香《欲避故犯、犯中求避——〈水滸傳〉塑造人物形象方法之一》，《水滸爭鳴》特輯，1983 年 6 月。

125. 葛楚英《目注彼處，手寫此處——金聖歎之藝術神經論》，《水滸爭鳴》特輯，1983 年 6 月。

126. 王延才《有法無法之間——古代關於藝術創作有無成法的認識》，《學術月刊》1983 年第 10 期。

127. 蔡國梁《從清人的評點看〈儒林外史〉的用筆》，《上海師範大學學報》（哲社版）1984 年第 1 期。

128. 余三定《犯之而後避之：古代小說理論札記》，《語文園地》1984 年第 1 期。

129. 梁歸智《草蛇灰綫，在千里之外：談〈紅樓夢〉的一個創作特色》，《名作欣賞》1984 年第 2 期。

130. 葛楚英《“拽之通體俱動”：金聖歎評〈水滸傳〉的細節描寫》，《孝感師範專科學校學報》1984 年第 2 期。

131. 季步勝《犯中求避，各呈異彩——〈紅樓夢〉重複手法試探》，《江蘇大學學報》（高教研究版）1984 年第 3 期。

132. 吕揚《試論“避”與“犯”》，《柳泉》1984 年第 6 期。

133. 劉葉秋《略談古小說》，《光明日報》1984 年 7 月 3 日。

134. 羅德榮《爲金聖歎“草蛇灰綫”法一辯》，《天津師大學報》1985 年第 2 期。

135. 魯德才《中國古代小說處理空間的藝術》，《明清小說研究》1985 年第 2 輯。

136. 沈繼常、錢模祥《但明倫論作文之要在於“立胎”——〈聊齋志異〉“但評”研究之一》，《明清小說研究》1985 年第 2 期。

137. 馬成生《我國古典作家論小說技巧》，《文史哲》1985 年第 4 期。

138. 胡大雷《論唐人對小說本質的全面把握》，《廣西師大學報》1985 年第 4 期。

139. 李時人《“説唱詞話”和〈金瓶梅詞話〉》，《復旦學報》（社科版）

1985 年第 5 期。

140. 吳新生《漢代小説概念辨析》，《天津師範大學學報》（社科版）1985年第 6 期。

141. 王枝忠《論唐人“始有意爲小説”》，《社會科學研究》1985 年第 6 期。

142. 羅德榮《“傳奇”一辭的含義與衍變》，《文史知識》1985 年第 6 期。

143. 郭邦明《草蛇灰綫，拽之俱動：談古典優秀長篇小説的一個創作特點》，《寫作》1985 年第 12 期。

144. 王永健《明清小説“讀法”芻論》，《明清小説研究》1985 年第二輯。

145. 魯德才《〈水滸傳〉的叙事藝術》，《水滸争鳴》1985 年第四輯。

146. 陳文申《關於“説話”四家和合生》，《中國古典小説戲曲論集》，上海古籍出版社 1985 年版。

147. 李宗爲《唐人傳奇》，中華書局 1985 年版。

148. 劉葉秋《歷代筆記摭談》，《古典小説筆記論叢》，南開大學出版社 1985 年版。

149. 黃霖《萌芽狀態的小説論》，《古小説論概觀》“縱觀篇”，上海文藝出版社 1986 年版。

150. 李時人《“詞話”新證》，《文學遺産》1986 年第 1 期。

151. 馬成生《著文章之美，傳要妙之情——略説唐代小説家的小説觀》，《北方論叢》1986 年第 1 期。

152. 王枝忠《志怪·傳奇·志異——文言小説流變述略》，《寧夏教育學院學報》1986 年第 1 期。

153. 趙景瑜《關於“奇書”與“才子書”》，《山西大學學報》（哲社版）1986 年第 2 期。

154. 曲金良《"變文"名實新辨》,《敦煌研究》1986 年第 2 期。

155. 孫遜《中國小説批評的獨特方式——古典小説評點略述》,《文史知識》1986 年第 2 期。

156. 張載軒《談金聖歎的"〈水滸〉文法"》,《淮陰師範專科學校學報》1986 年第 3 期。

157. 林文山《白描手法在〈金瓶梅〉〈紅樓夢〉中的運用》,《河北學刊》1986 年第 4 期。

158. 李燃青《論毛宗崗的小説美學》,《寧波師院學報》(社科版) 1986 年第 4 期。

159. 翟建波《略論金聖歎對於〈水滸傳〉文法的評點》,《人文雜志》1986 年第 5 期。

160. 陳果安《小説懸念常見類型及特點——讀書札記之二》,《中山大學研究生學刊》(社科版) 1986 年。

161. 熊發恕《中國古代小説概念初探》,《康定民族師範高等專科學校學報》1987 年第 10 期。

162. 皮述民《宋人"説話"分類的商榷》,《北方論叢》1987 年第 1 期。

163. 張志合《談先秦兩漢時期人們對小説的認識》,《許昌師專學報》(社科版) 1987 年第 2 期。

164. 羅憲敏《〈紅樓夢〉的"特犯不犯"藝術》,《紅樓夢學刊》1987 年第 4 期。

165. 郭邦明《犯而能避,無一人一樣,無一事合掌:談優秀古典長篇小説的一個創作特色》,《寫作》1987 年第 6 期。

166. 李慶榮《"無數小文字都有一丘一壑之妙"——〈水滸〉(七十一回本) 布局結構與藝術構思瑣談》,《水滸爭鳴》第五輯,武漢大學出版社 1987 年版。

167. 吴柏森《“染葉襯花”及其他——析金聖歎關於〈水滸〉次要人物描寫的評論》，《水滸争鳴》第五輯，武漢大學出版社 1987 年版。

168. 劉葉秋《略談歷代筆記》，《天津社會科學》1987 年第 5 期。

169. 楊志明《宋人“説話四家”再審議》，《藝譚》1987 年第 6 期。

170. 程毅中《論唐代小説的演進之迹》，《文學遺産》1987 年第 5 期。

171. 王枝忠《關於唐代傳奇和話本的比較研究》，《社會科學》1987 年第 5 期。

172. 饒宗頤《秦簡中“稗官”及如淳稱魏時謂“偶語爲稗”説——論小説與稗官》，《饒宗頤二十世紀學術文集》卷三，臺北新文豐出版股份有限公司 1988 年版。

173. 大中《宋人“説話”究爲幾家》，《上海師範大學學報》（哲社版）1988 年第 1 期。

174. 王先霈、周偉明《小説觀念的突進》，《明清小説理論批評史》第一章，花城出版社 1988 年版。

175. 談鳳梁《小説的概念》，《中國古代小説簡史》第一章第一節，江蘇教育出版社 1988 年版。

176. 蔡景康《論“傳神”》，《明清小説研究》1988 年第 3 期。

177. 方勝《論“以文爲戲”——明清小説理論研究札記》，《明清小説研究》1988 年第 1 期。

178. 翠麗《小説的概念》，《江西圖書館學刊》1988 年第 3 期。

179. 劉葉秋《稗官小説與野史雜記》，《文史知識》1988 年第 3 期。

180. 施蟄存《説“話本”》，《文史知識》1988 年第 10 期。

181. 陳桂聲《張竹坡〈金瓶梅〉批評三則淺析》，劉輝、杜維沫編《金瓶梅研究集》，齊魯書社 1988 年版。

182. 朱迎平《什麽是唐傳奇？——唐傳奇的體制特徵及其淵源》，《文史知識》1988 年第 3 期。

183. 曲金良《變文的講唱藝術——轉變考略》,《敦煌學輯刊》1989 年第 2 期。

184. 王齊洲《中國古小説概念的發生與演變》,《長江大學學報》(社會科學版) 1989 年第 3 期。

185. 張錦池《〈大唐三藏取經詩話〉"説話"家數考論——兼談宋人"説話"分類問題》,《學術交流》1989 年第 3 期。

186. 段國超《論子部小説》,《信陽師範學院學報》(哲社版) 1989 年第 3 期。

187. 侯忠義《唐五代小説 (上)》,《中國文言小説史稿》, 北京大學出版社 1990 年版。

188. 程毅中《唐代傳奇的興起》,《唐代小説史話》第二章, 文化藝術出版社 1990 年版。

189. 陳文新《論唐人傳奇的文體規範》,《中州學刊》1990 年第 4 期。

190. 方正耀《朦朧的小説觀念》,《中國小説批評史略》, 中國社會科學出版社 1990 年版。

191. 蕭欣橋《關於"話本"定義的思考——評增田涉〈論"話本"的定義〉》,《明清小説研究》1990 年第 1 期。

192. 季稚躍《金聖歎與紅樓夢脂批》,《紅樓夢學刊》1990 年第 1 期。

193. 褚斌傑《略述中國古代的筆記文》,《烟臺大學學報》(哲社版) 1990 年第 2 期。

194. 張兵《話本的定義及其他》,《蘇州大學學報》(哲社版) 1990 年第 4 期。

195. 董乃斌《從史的政事紀要式到小説細節化——論唐傳奇與小説文體的獨立》,《文學評論》1990 年第 5 期。

196. 張兵《擬話本三題》，《復旦學報》（社科版）1990 年第 5 期。

197. 蔡鐵鷹《宋話本“小說”家數釋名》，《杭州師範學院學報》（社科版）1990 年第 5 期。

198. 陳文新《論唐人傳奇之“奇”》，《江漢論壇》1990 年第 11 期。

199. 薛振東《歷史、歷史演義、歷史小說》，《歷史教學問題》1990 年第 5 期。

200. 王驤《也談“變相”“變文”的“變”》，《江蘇大學學報》（高教研究版）1991 年第 1 期。

201. 羅憲敏《〈水滸傳〉的“犯之之法”與“避之之法”》，《中國文學研究》1991 年第 1 期。

202. 孟祥榮《唐代小說二題》，《文學遺產》1991 年第 1 期。

203. 程毅中《略談筆記小說的含義和範圍》，《古籍整理研究學刊》1991 年第 2 期。

204. 閻增山《班固“小說觀”之我見》，《貴州文史叢刊》1991 年第 3 期。

205. 嚴雲受《金聖歎的小說創作論》，《安慶師範學院學報》1991 年第 3 期。

206. 陳炳熙《論古代文言小說的筆記性》，《齊魯學刊》1991 年第 5 期。

207. 徐安懷《論演義與小說之關係》，《四川師範大學學報》（社科版）1991 年第 6 期。

208. 徐君慧《小說一辭的歷史變更》，《中國小說史》第一章第一節，廣西教育出版社 1991 年版。

209. 俞爲民《張竹坡的〈金瓶梅〉結構論》，《金瓶梅研究》第二輯，江蘇古籍出版社 1991 年版。

210. 姜東賦《中國小說觀的歷史演進》，《天津師範大學學報》（社科版）

1992 年第 1 期。

211. 錢倉水《小説類名考釋》（三則），《淮陰師範學院學報》（哲社版）1992 年第 1 期。

212. 李學文《凝情輔墨，精巧設技：〈新譯紅樓夢〉回批對寫作技法的研究》，《陰山學刊》1992 年第 1 期。

213. 李太林《“因麒麟伏白首雙星”和“間色法”》，《晉中師範高等專科學校學報》1992 年第 2 期。

214. 黄元《“衆賓拱主”法》，《長沙理工大學學報》（哲社版）1992 年第 3 期。

215. 董國炎《對中國叙事文學理論的重新認識——金聖歎文法論綱》，《山西大學學報》（哲社版）1992 年第 3 期。

216. 吳新生《由“輔教”到“示人”——唐人小説觀念的一個轉變》，《復旦學報》1992 年第 5 期。

217. 陳洪《走出渾沌——“小説”概念之源流變遷》，《中國小説理論史》第一章，安徽文藝出版社 1992 年版。

218. 張兵《説“話本”》，《話本小説史話》，遼寧教育出版社 1992 年版。

219. 陳果安《金聖歎的小説技法論》，《湖南師範大學學報》1993 年第 1 期。

220. 歐陽健《脂批“文法”辨析》，《海南師範學院學報》（社科版）1993 年第 2 期。

221. 段啓明《試説古代小説的概念與實績》，《明清小説研究》1993 年第 4 期。

222. 蔣凡《韓愈、柳宗元的古文“小説”觀》，《學術月刊》1993 年第 12 期。

223. 吳禮權《中國筆記小説史·導論》，商務印書館 1993 年版。

224. 李劍國《唐稗思考録》,《唐五代志怪傳奇叙録》, 南開大學出版社 1993 年版。

225. 石昌渝《“小説”界説》,《文學遺産》1994 年第 1 期。

226. 石麟《章回小説通論》, 中州古籍出版社 1994 年版。

227.（法）雷威安《唐人“小説”》,《文學遺産》1994 年第 1 期。

228. 朱鐵年《中國古代文學批評中的“法”》,《河南電大學報》1994 年第 4 期。

229. 于華《無限風光在險峰——明清小説“步步登高式”正襯技法談》,《閲讀與寫作》1994 年第 8 期。

230. 崔宜明《論莊子的言説方式——重釋“卮言、寓言、重言”》,《江蘇社會科學》1994 年第 3 期。

231. 王小盾《敦煌文學與唐代講唱藝術》,《中國社會科學》1994 年第 3 期。

232. 黄烈芬《〈莊子〉“寓言”辨》,《孔子研究》1994 年第 4 期。

233. 陳午樓《舊事重提説“話本”》,《讀書》1994 年第 10 期。

234. 吳志達《唐人小説發展概貌》,《中國文言小説史》第二編第一章, 齊魯書社 1994 年版。

235. 石昌渝《小説概念》《小説家與傳統目録學家的分歧》《“説”與“俗講”》《傳奇小説》,《中國小説源流論》第一章第一節、第四章、第五章第一節, 三聯書店 1994 年版。

236. 董乃斌《唐傳奇與小説文體的獨立（上、下）》,《中國古典小説的文體獨立》第五章、第六章, 中國社會科學出版社 1994 年版。

237. 吳志達《對“小説”名稱的界説》,《中國文言小説史》第一章, 齊魯書社 1994 年版。

238. 歐陽代發《話本小説釋名》,《話本小説史》第一章第二節, 武漢出版社 1994 年版。

239. 董乃斌《中國古典小說的文體獨立》，中國社會科學出版社 1994
年版。

240. 施蟄存《說"話本"》，《文藝百話》，華東師範大學出版社 1994
年版。

241. 朱鐵年《再論中國古代文學批評中的"法"》，《河南電大學報》
1995 年第 1 期。

242. 梅慶吉《"正筆"與"閑筆"——金聖歎美學思想研究之七》，《黑龍
江社會科學》1995 年第 2 期。

243. 寧宗一等《小說觀念學》，《中國小說學通論》第一編，安徽教育出
版社 1995 年版。

244. 袁惠聰《"小說"概念的歷史演進與分化凝結》，《內蒙古師範大學學
報》（教科版）1995 年第 1 期。

245. 張兵《"說話"溯源》，《復旦學報》（社科版）1995 年第 3 期。

246. 李忠明《漢代"小說家"考》，《南京師大學報》（社科版）1996 年
第 1 期。

247. 卜松山《中國文學藝術中的"法"與"無法"》，《東南文化》1996
年第 1 期。

248. 慶志遠《簡論〈三國演義〉中法的觀念》，《開封教育學院學報》1996
年第 2 期。

249. 王國健《論金聖歎小說"文法"論的文學意義》，《華南師大學報》
1996 年第 2 期。

250. 高思嘉《唐宋"說話"的演變》，《四川師範大學學報》（哲社版）
1996 年第 2 期。

251. 魏家駿《小說爲什麼被叫做"小說"? ——小說概念的詞源學和語義

學考察》，《淮陰師範學院學報》（哲社版）1996 年第 3 期。

　　252. 劉興漢《對"話本"理論的再審視——兼評增田涉〈論"話本"的定義〉》，《社會科學戰綫》1996 年第 4 期。

　　253. 張興璠《中國古代的小説概念以及歷代古文家的"小説氣"之爭》，《蘇州科技學院學報》（社科版）1996 年第 5 期。

　　254. 劉興漢《南宋説話四家的再探討》，《文學遺産》1996 年第 6 期。

　　255. 王恒展《中國小説概念的由來與發展》，《中國小説發展史概論》第一章第一節，山東教育出版社 1996 年版。

　　256. 王恒展《傳奇小説》，《中國小説發展史概論》第五章第二節，山東教育出版社 1996 年版。

　　257. 王志民《"石五六鷁"和"畫家三染"——古典小説技法筆談》，《寫作》1997 年第 1 期。

　　258. 林申清《歷代目録中的"小説家"和小説目録》，《圖書與情報》1997 年第 2 期。

　　259. 寧恢《南宋説話四家研究評析》，《社科縱橫》1997 年第 2 期。

　　260. 胡繼瓊《筆記與小説源流初探》，《貴州大學學報》（社科版）1997 年第 2 期。

　　261. 張開焱《中國古代小説概念流變與定位再思考》，《廣東職業技術師範學院學報》1997 年第 3 期。

　　262. 劉春生《金聖歎小説叙事技法論評述》，《國際關係學院學報》1997 年第 3 期。

　　263. 海河《一擊空谷，八方皆應——從脂評看〈紅樓夢〉的"補"法》，《安徽教育學院學報》1997 年第 4 期。

　　264. 徐志嘯《敦煌文學之"變文"辨》，《中國文學研究》1997 年第 4 期。

265. 伏俊璉《論"俗講"與"轉變"的關係》,《國家圖書館學刊》1997年第 4 期。

266. 王晶波《從地理博物雜記到志怪傳奇——〈異物志〉的生成演變過程及其與古小說的關係》,《西北師大學報》1997 年第 4 期。

267. 侯忠義《隋唐五代小説史・緒論》,浙江古籍出版社 1997 年版。

268. 張進德《"傳奇"辨》,《古典文學知識》1998 年第 1 期。

269. 徐漪平《烘托法在諸葛亮形象塑造中的運用》,《集寧師專學報》1998 年第 1 期。

270. 孫時彬《"草蛇灰綫""伏脈千里"——試論張竹坡長篇小説藝術結構理論》,《函授教育》1998 年第 2 期。

271. 張兵《北宋的"説話"和話本》,《復旦學報》(社科版) 1998 年第 2 期。

272. 王齊洲《論歐陽修的小説觀念》,《齊魯學刊》1998 年第 2 期。

273. 童慶松《〈漢書・藝文志〉的小説觀及其影響》,《圖書館學研究》1998 年第 3 期。

274. 吳光正《説話家數考辨補正》,《海南大學學報》(人文社科版) 1998 年第 3 期。

275. 吳懷東《試論〈莊子〉"寓言"》,《學術界》1998 年第 3 期。

276. 李天喜《〈紅樓夢〉文法舉隅》,《孝感學院學報》1998 年第 3 期。

277. 羅德榮《小説敘事視角理論再思考——"叙法變換"與雙重描寫論辯》,《明清小説研究》1998 年第 4 期。

278. 陳果安《金聖歎論叙事節奏》,《中國文學研究》1998 年第 4 期。

279. 王振良《説話伎藝淵源考論》,《明清小説研究》1998 年第 4 期。

280. 甯稼雨《文言小説界限與分類之我見》,《明清小説研究》1998 年第 4 期。

281. 童慶松《明清史家對"小説"的分類及其相關問題》，《浙江學刊》1998 年第 4 期。

282. 程毅中《筆記與軼事小説》，《傳統文化與現代化》1998 年第 6 期。

283. 陳果安《金聖歎的閑筆論——中國叙事理論對非情節因素的系統關注》，《湖南師範大學學報》（社科版）1998 年第 5 期。

284. 周先慎《古典小説的概念、範圍及早期形態》，《文史知識》1998 年第 10 期。

285. 劉世德《中國古代小説百科全書·前言》，中國大百科全書出版社 1998 年版。

286. 苗壯《筆記小説史·緒論》，浙江古籍出版社 1998 年版。

287. 薛洪勣《什麽是傳奇小説》，《傳奇小説史》第一章第一節，浙江古籍出版社 1998 年版。

288. 劉世德《中國古代小説百科全書》"傳奇"條，中國大百科出版社 1998 年版。

289. 石麟《話本小説通論》，華中理工大學出版社 1998 年版。

290. 陳美林等《章回小説史》，浙江古籍出版社 1998 年版。

291. 羅書華《章回小説的命名和前稱》，《明清小説研究》1999 年第 2 期。

292. 潘建國《"稗官"説》，《文學評論》1999 年第 2 期。

293. 孟昭連《水滸傳評點中的小説技巧論》，《南開學報》1999 年第 2 期。

294. 遲寶東《金批〈水滸傳〉叙事技巧三題》，《海南師院學報》1999 年第 2 期。

295. 林崗《叙事文結構的美學觀念——明清小説評點考論》，《文學評論》1999 年第 2 期。

296. 王鐵《獨具慧眼解真味——脂硯齋對〈紅樓夢〉創作秘法的揭示》，《貴陽師專學報》（社科版）1999 年第 4 期。

297. 張惠玲《宋代"說話"家數平議》，《社科縱橫》1999 年第 4 期。

298. 張曰凱《畫神鬼易，畫人物難——〈紅樓夢〉脂評探秘一得》，《名作欣賞》1999 年第 5 期。

299. 羅寧《小說與稗官》，《四川大學學報》（哲社版）1999 年第 6 期。

300. 孫遜、潘建國《唐傳奇文體考辨》，《文學遺產》1999 年第 6 期。

301. 羅書華《章回小說之"章回"考察》，《齊魯學刊》1999 年第 6 期。

302. 潘建國《佛教俗講、轉變伎藝與宋元說話》，《上海師範大學學報》（哲社版）1999 年第 9 期。

303. 程毅中《說話與話本》，《宋元小說研究》第八章，江蘇古籍出版社 1999 年版。

304. 梅維恒《"變文"的含義》，《唐代變文》第三章，中國佛教文化出版有限公司 1999 年版。

305. 上海古籍出版社《歷代筆記小說大觀·出版說明》，上海古籍出版社 1999 年版。

306. 侯忠義《唐人傳奇》，春風文藝出版社 1999 年版。

307. 李剑平《話本二題》，《欽州師範高等專科學校學報》2000 年第 1 期。

308. 羅書華《中國古代小說觀的對立與同一》，《社會科學研究》2000 年第 1 期。

309. 王念選《文學欣賞和創作中的"草蛇灰綫"法》，《殷都學刊》2000 年第 2 期。

310. 潘國英《說"變文"》，《湖州師範學院學報》2000 年第 2 期。

311. 任遠《"變文"辨》，《浙江師範大學報》（社科版）2000 年第 2 期。

312. 張毅《關於宋人“説話”的幾個問題》，《南開學報》（哲社版）2000年第 3 期。

313. 肖芃《〈史通〉的散文觀與小説觀述評》，《湘潭師範學院學報》（社科版）2000 年第 4 期。

314. 劉鳳泉《先秦兩漢“小説”概念辨證》，《山西大學師範學院學報》2000 年第 4 期。

315. 蕭欣橋《話本研究二題》，《浙江學刊》2000 年第 5 期。

316. 張智華《筆記的類型和特點》，《江海學刊》2000 年第 5 期。

317. 汪祚民《〈漢書·藝文志〉之“小説”與中國小説文體確立》，《安慶師範學院學報》（社科版）2000 年第 6 期。

318. 劉立雲《唐傳奇的文本特徵》，《四川師範大學學報》（社科版）2000 年第 6 期。

319. 紀德君《20 世紀宋元平話的發現與研究》，《廣州師院學報》2000 年第 10 期。

320. 周紹良《唐傳奇簡説》，《唐傳奇箋證》，人民文學出版社 2000 年版。

321. 程毅中《宋元小説家話本集·前言》，齊魯書社 2000 年版。

322. 陸永峰《變文的内涵》，《敦煌變文研究》第一章，巴蜀書社 2000 年版。

323. 潘承玉《古代通俗小説之源：佛家“論議”“説話”考》，《復旦學報》（社科版）2001 年第 1 期。

324. 陳文新《紀昀何以將筆記小説劃歸子部》，《山西師大學報》（社科版）2001 年第 1 期。

325. 梁歸智《草蛇灰綫之演繹——由清代人兩段點評窺探〈紅樓夢〉之境界》，《紅樓夢學刊》2001 年第 1 輯。

326. 孫遜、趙維國《“傳奇”體小説衍變之辨析》，《上海師範大學學報》

（哲社版）2001 年第 1 期。

327. 韓雲波《劉知幾〈史通〉與"小説"觀念的系統化——兼論唐傳奇文體發生過程中小説與歷史的關係》,《西南師範大學學報》（人文社科版）2001 年第 2 期。

328. 劉登閣《中國小説觀的文化座標系》,《中國人民大學學報》2001 年第 3 期。

329. 范勝田《古代小説藝術技法三題》,《閲讀與寫作》2001 年第 3 期。

330. 江海鷹《史傳理論："白描"的另一種淵源》,《華南師範大學學報》（社科版）2001 年第 3 期。

331. 周虹《"極微"觀和"那碾"法——金聖歎評點小説戲曲的修辭方法論》,《上海財經大學學報》2001 年第 4 期。

332. 閔虹《白描與中國古典小説的人物塑造》,《山東教育學院學報》2001 年第 4 期。

333. 張世君《明清小説評點的書法入思方式》,《暨南學報》2001 年第 5 期。

334. 李劍國《早期小説觀與小説概念的科學界定》,《武漢大學學報》（人文科學版）2001 年第 5 期。

335. 熊明《六朝雜傳與傳奇體制》,《武漢大學學報》（人文科學版）2001 年第 5 期。

336. 王慶華《論〈漢書·藝文志〉小説家》,《內蒙古社會科學》（漢文版）2001 年第 6 期。

337. 張世君《中國古代小説評點空間叙事理論探微》,《廣州大學學報》2001 年第 7 期。

338. 袁閭琨、薛洪勣《唐宋傳奇總集·唐五代前言》,河南人民出版社 2001 年版。

339. 蔡鍾翔《金聖歎的小説結構理論》,《水滸爭鳴》第六輯,光明日報出版社 2001 年版。

340. 陳文新《金聖歎論小説"文法"》,《水滸爭鳴》第六輯,光明日報出版社 2001 年版。

341. 石麟《金批〈水滸〉的人物塑造理論》,《水滸爭鳴》第六輯,光明日報出版社 2001 年版。

342. 羅德榮《金聖歎小説美學的成就與貢獻》,《水滸爭鳴》第六輯,光明日報出版社 2001 年版。

343. 孫望《論小説之義界》,《南京師範大學文學院學報》2002 年第 1 期。

344. 張世君《明清小説評點山水畫概念析》,《學術研究》2002 年第 1 期。

345. 張世君《明清小説評點的空間連叙概念：一綫穿》,《廣州大學學報》2002 年第 1 期。

346. 吴華《金聖歎論創作》（上）,《保定師範專科學校學報》2002 年第 1 期。

347. 羅德榮《古代小説技法學成因及淵源探迹》,《明清小説研究》2002 年第 1 期。

348. 石麟《張竹坡批評〈金瓶梅〉寫作技巧探勝》,《湖北師範學院學報》（哲社版）2002 年第 1 期。

349. 趙元領《金聖歎叙事理論的歷史淵源及其歷史地位》,《濟寧師範專科學校學報》2002 年第 2 期。

350. 譚帆《"演義"考》,《文學遺産》2002 年第 2 期。

351. 李劍國《先唐古小説的分類》,《古典文學知識》2002 年第 2 期。

352. 劉立雲《唐傳奇得名考》,《宜賓學院學報》2002 年第 3 期。

353. 吳華《金聖歎論創作》（下），《保定師範專科學校學報》2002 年第 3 期。

354. 馮保善《宋人説話家數考辨》，《明清小説研究》2002 年第 4 期。

355. 劉宣如、劉飛《莊子三言新論》，《南昌航空工業學院學報》（社科版）2002 年第 4 期。

356. 周承芳《"班固小説觀"辨正》，《錦州師範學院學報》（哲社版）2002 年第 4 期。

357. 饒道慶《〈紅樓夢〉脂評中的畫論術語探源》，《紅樓夢學刊》2002 年第 4 輯。

358. 張世君《一綫穿——一個本土的叙事概念》，《暨南學報》2002 年第 5 期。

359. 景凱旋《唐代小説類型考論》，《南京大學學報》（哲社版）2002 年第 5 期。

360. 孟昭連《"小説"考辯》，《南開學報》2002 年第 5 期。

361. 張世君《明清小説評點的空間轉換概念——脱卸》，《西南師範大學學報》2002 年第 6 期。

362. 張世君《間架——一個本土的理論概念》，《學術研究》2002 年第 10 期。

363. 王昕《關於〈新編紅白蜘蛛小説〉和話本》，《話本小説的歷史與叙事》第一章第二節，中華書局 2002 年版。

364. 羅小東《話本的内涵》、《"小説"概念的演化與話本小説的形成》，《話本小説叙事研究》第一章第一節、第二節，學苑出版社 2002 年版。

365. 何華珍《"小説"一辭的變遷》，香港中國語文學會《語文建設通訊》第 70 期（2002 年 5 月）。

366. 饒道慶《明清小説評點中畫論術語一覽：煩上三毛》，《明清小説研究》2003 年第 1 期。

367. 羅寧《論〈殷芸小説〉反映的六朝小説觀念》，《明清小説研究》2003
年第 1 期。

368. 饒道慶《點睛——明清小説評點中畫論術語一探》，《温州師範學院
學報》2003 年第 2 期。

369. 盧世華《古代通俗小説觀念的起源：宋代説話之小説觀念》，《江漢
大學學報》（人文科學版）2003 年第 2 期。

370. 陶敏、劉再華《"筆記小説"與筆記研究》，《文學遺産》2003 年第
2 期。

371. 羅寧《中國古代的兩種小説概念》，《社會科學研究》2003 年第
2 期。

372. 劉勇强《一種小説觀及小説史觀的形成與影響——20 世紀"以西例
律我國小説"現象分析》《文學遺産》2003 年第 3 期。

373. 羅寧《論唐代文言小説分類》，《西南師範大學學報》（人文社科版）
2003 年第 3 期。

374. 丁峰山《中國古代小説概念及類型辨析》，《福州大學學報》（哲社
版）2003 年第 4 期。

375. 譚光輝《"白描"源流論》，《張家口師專學報》2003 年第 4 期。

376. 胡蓮玉《再辨"話本"非"説話人之底本"》，《南京師大學報》（社
科版）2003 年第 5 期。

377. 紀德君《"按鑑"與歷史演義文體之生成》，《文學遺産》2003 年第
5 期。

378. 紀德君《明代"通鑑"類史書之普及與"按鑑"通俗演義的興起》，
《揚州大學學報》2003 年第 5 期。

379. 譚帆《"奇書"與"才子書"——關於明末清初小説史上一種文化現

象的解讀》，《華東師範大學學報》2003 年第 6 期。

380. 黃霖、楊叙容《“演義”辨略》，《文學遺産》2003 年第 6 期。

381. 鍾海波《變文之“變”》，《光明日報》2003 年 12 月 3 日。

382. 蕭欣橋、劉福元《話本小説史·導言》，浙江古籍出版社 2003 年版。

383. 張虹《〈水滸傳〉叙事策略淺論》，《水滸争鳴》第七輯，武漢出版社 2003 年版。

384. 李亦輝《宋人“説話”四家數管窺》，《黑龍江教育學院學報》2004 年第 1 期。

385. 李舜華《“小説”與“演義”的分野——明中葉人的兩種小説觀》，《江海學刊》2004 年第 1 期。

386. 賴婉琴《徵求異説，虚益新事——試從〈夷堅志〉論筆記小説的特點及成因》，《廣東廣播電視大學學報》2004 年第 1 期。

387. 夏翠軍《〈四庫全書總目〉小説類探析》，《山東圖書館季刊》2004 年第 1 期。

388. 許并生《“話本”詞義的演變及其與白話小説關係考論》，《明清小説研究》2004 年第 2 期。

389. 郝明工《“小説”考論》，《涪陵師範學院學報》2004 年第 2 期。

390. 富世平《變文與變曲的關係考論——“變文”之“變”的淵源探討》，《文學遺産》2004 年第 2 期。

391. 樊寶英《論金聖歎的細讀批評》，《齊魯學刊》2004 年第 2 期。

392. 曹辛華《論劉辰翁的小説評點修辭思想——以〈世説新語〉評點爲例》，《山東師範大學學報》（哲社版）2004 年第 2 期。

393. 王冉冉《以論説文文法評點小説結構——金聖歎小説評點的一個本質特徵》，《華東師範大學學報》2004 年第 3 期。

394. 張世君《中西文學叙事概念比較》，《西南師範大學學報》2004 年第

3 期。

395. 張世君《明清小説評點章法概念析》，《暨南學報》2004 年第 3 期。

396. 張稔穰《明清小説評點中的"另類"——馮鎮巒、但明倫等對〈聊齋志異〉藝術規律的發掘》，《齊魯學刊》2004 年第 3 期。

397. 俞曉紅《釋"變"與"變文"》，《上海師範大學學報》（哲社版）2004 年第 3 期。

398. 凌碩爲《論〈四庫全書總目提要〉的小説觀》，《江淮論壇》2004 年第 4 期。

399. 彭知輝《論章學誠的小説觀》，《山西師大學報》（社科版）2004 年第 4 期。

400. 葉崗《〈漢志〉"小説"考》，《文學評論》，2004 年第 4 期。

401. 盧世華、石昌渝《〈漢書·藝文志〉之"小説"的由來和觀念實質》，《中國社會科學院研究生院學報》2004 年第 4 期。

402. 黄慧《淺議那輾的叙事藝術》，《語文學刊》2004 年第 5 期。

403. 夏惠績《橫雲斷山的叙事功能》，《語文學刊》2004 年第 5 期。

404. 曲原《閑閑漸寫意趣橫生——"月度回廊"法探微》，《語文學刊》2004 年第 9 期。

405. 石昌渝《中國古代小説總目·前言》，山西教育出版社 2004 年版。

406. 蕭相愷《文化的·傳説的·民間的：中國文言小説的本質特徵——兼論文言小説觀念的歷史演進》，《中國文言小説家評傳·前言》，中州古籍出版社 2004 年版。

407. 胡蓮玉《關於"話本小説"概念的一些思考》，《明清小説研究》2005 年第 1 期。

408. 李忠明《中國古代小説概念的演變與小説文體的形成》，《明清小説研究》2005 年第 1 期。

409. 孔祥麗《淺談"烘雲托月"法》,《語文學刊》2005 年第 1 期。

410. 胡晴《〈紅樓夢〉評點中人物塑造理論的考察與研究之一》,《紅樓夢學刊》2005 年第 2 期。

411. 高小康《重新認識中國傳統"小説"概念的演變》,《南京師大學報》(社科版) 2005 年第 2 期。

412. 王麗梅《〈莊子〉"寓言""重言"和"卮言"正解》,《綏化學院學報》2005 年第 3 期。

413. 翁筱曼《"小説"的目録學定位——以〈四庫全書總目〉的小説觀爲視點》,《華南師範大學學報》(社科版) 2005 年第 3 期。

414. 孫洛中《張竹坡之〈金瓶梅〉"寓言"觀評説》,《濰坊學院學報》2005 年第 3 期。

415. 李明《敦煌變文的名與實》,《北京工業大學學報》(社科版) 2005 年第 3 期。

416. 岳筱寧《金聖歎情節技法摭談》,《語文學刊》2005 年第 3 期。

417. 石麟《書中之秘法亦復不少——〈紅樓夢〉脂批以"美文"評"作法"談片》,《銅仁師範專科學校學報》2005 年第 3 期。

418. 顧宇《論張竹坡批點〈金瓶梅〉之"時文手眼"》,《連雲港職業技術學院學報》2005 年第 3 期。

419. 張世君《中西叙事概念比較》,《國外文學》2005 年第 4 期。

420. 羅寧《從語詞小説到文類小説——解讀〈漢書·藝文志〉小説家序》,《天津大學學報》(社科版) 2005 年第 4 期。

421. 尚繼武、王敏《宋"説話四家"研究論》,《南華大學學報》(社科版) 2005 年第 4 期。

422. 李軍均《唐代小説觀的演進和傳奇小説文體的獨立》,《華中科技大學學報》(社科版) 2005 年第 6 期。

423. 苗懷明《二十世紀中國古代小説概念的辨析與界定》，《廣州大學學報》（社科版）2005 年第 6 期。

424. 師婧昭《我國小説目録及小説概念的發展》，《中共鄭州市委黨校學報》2005 年第 6 期。

425. 葉崗《中國小説發生期現象的理論總結——〈漢書·藝文志〉中的小説標準與小説家》，《文藝研究》2005 年第 10 期。

426. 顧青《説“平話”》，中國社會科學院文學研究所中國古代小説研究中心編《中國古代小説研究》第一輯，人民文學出版社 2005 年版。

427. 石麟《傳奇小説通論》，中州古籍出版社 2005 年版。

428. 陳衛星《學説之別而非文體之分——〈漢書·藝文志〉小説觀探原》，《天府新論》2006 年第 1 期。

429. 楊菲《稗官爲史之支流論》，《福建師範大學學報》（哲社版）2006 年第 1 期。

430. 劉湘蘭《從古代目録學看中國文言小説觀念的演變》，《江淮論壇》2006 年第 1 期。

431. 周贇龍《淺談中國古典長篇小説中的“草蛇灰綫”》，《國際關係學院學報》2006 年第 1 期。

432. 李金松《技巧即文學：金聖歎的文學本體論》，《江西師範大學學報》（哲社版）2006 年第 2 期。

433. 盧世華《從語義看元代“平話”觀念》，《江漢大學學報》（人文科學版）2006 年第 3 期。

434. 黃霖《辨性質，明角度，趨大流——略談古代小説的分類》，《明清小説研究》2006 年第 3 期。

435. 劉曉軍《“按鑑”考》，《明清小説研究》2006 年第 3 期。

436. 劉曉軍《“章回體”稱謂考》，《上海大學學報》（哲社版）2006 年第

4 期。

437. 陳麗媛《論胡應麟的文言小説分類觀——兼及文言小説分類之發展流變》,《明清小説研究》2006 年第 4 期。

438. 吴子林《叙事成規：金聖歎的“文法”理論》,《河北學刊》2006 年第 5 期。

439. 楊志平《張新之〈紅樓夢〉“品”評論略》,《紅樓夢學刊》2006 年第 5 輯。

440. 何紅梅《試論哈斯寶的“暗中抨擊之法”》,《山東教育學院學報》2006 年第 6 期。

441. 廖群《“説”“傳”“語”：先秦“説體”考索》,《文學遺産》2006 年第 6 期。

442. 馮仲平《金聖歎〈水滸〉評點的理論價值》,《學術論壇》2006 年第 9 期。

443. 王冉冉《章法——論金聖歎小説評點的叙事學》,《古代文學理論研究》第二十四輯, 2006 年 12 月。

444. 王慶華《論“話本”——“話本小説”文體概念考辨》,《話本小説文體研究》第一章, 華東師範大學出版社 2006 年版。

445. 林辰《小説的概念——何謂小説》,《古代小説概論》上編, 春風文藝出版社 2006 年版。

446. 林春虹《金聖歎小説理論溯源》,《明清小説研究》2007 年第 1 期。

447. 丁利榮《虚空出生色相——從“極微法”理論看金聖歎小説評點的佛學立場》,《湖北大學學報》(哲社版) 2007 年第 1 期。

448. 劉漢光《中國古代“寓言”的體式特徵與文化内涵》,《中文自學指導》2007 年第 3 期。

449. 寧稼雨《六朝小説概念的“Y”走勢》,《山西大學學報》(哲社版)

2007 年第 3 期。

450. 王齊洲《劉知幾與胡應麟小説分類思想之比較》，《江海學刊》2007
年第 3 期。

451. 張稔穰《馮鎮巒〈聊齋志異〉評點的理論建樹》，《蒲松齡研究》2007
年第 3 期。

452. 阮芳《草蛇灰綫，伏脈千里——中國古典小説一種獨特的結構技
巧》，《湖北廣播電視大學學報》2007 年第 3 期。

453. 孫偉科《〈紅樓夢〉“筆法”例釋》，《紅樓夢學刊》2007 年第 4 期。

454. 袁魁昌《金聖歎與叙事問題》，《棗莊學院學報》2007 年第 4 期。

455. 張群《中國古代的“寓言”理論及文體形態》，《黃岡師範學院學報》
2007 年第 4 期。

456. 楊東甫《説筆記》，《閲讀與寫作》2007 年第 4 期。

457. 龍紅《從大足石刻藝術看中國式佛經變相——兼論“變文”與“變
相”及其相互關係》，《藝術百家》2007 年第 5 期。

458. 閆立飛《在史傳與小説之間——傳奇小説的文體與觀念》，《天津社
會科學》2007 年第 5 期。

459. 閆立飛《歷史與小説的互文——中國小説文體觀念的變遷》，《明清
小説研究》2007 年第 1 期。

460. 蕭文《“短書”立奇造異》，《文學遺產》2007 年第 5 期。

461. 楊志平《釋“大落墨”——以〈紅樓夢〉張新之評本爲中心》，《紅樓
夢學刊》2007 年第 5 輯。

462. 馬將偉《“間架經營”：金評〈水滸傳〉中的空間結構觀念之考察》，
《貴州社會科學》2007 年第 5 期。

463. 陳才訓《“閑筆”不閑：論古典小説中“閑筆”的審美功能》，《内蒙
古社會科學》2007 年第 6 期。

464. 葉楚炎《“時文眼”中的金聖歎小説評點》,《青海師範大學學報》(哲社版) 2007 年第 6 期。

465. 彭磊、鮮正確《唐傳奇“始有意爲小説”辨——從“小説”之兩類概念談起》,《重慶社會科學》2007 年第 7 期。

466. 藍哲《從文類視角看中國古代“小説”概念的演變》,《科教文匯》(中旬刊) 2007 年第 8 期。

467. 楊志平《釋“橫雲斷山”與“山斷雲連”——以古代小説評點爲中心》,《學術論壇》2007 年第 8 期。

468. 楊志平《小説“章法”辨》,《名作欣賞》2007 年第 12 期。

469. 李軍均《傳奇小説文體研究》,華中科技大學出版社 2007 年版。

470. 李曉暉《二十世紀以來宋元“説話”研究回顧》,《明清小説研究》2008 年第 1 期。

471. 趙紅《〈隋書·經籍志〉的“小説”觀》,《圖書館理論與實踐》2008 年第 1 期。

472. 賀珍《試析〈四庫全書總目〉小説類的分類問題——以〈博物志〉〈山海經〉爲例》,《呼倫貝爾學院學報》2008 年第 1 期。

473. 憨齋《中國古代的“小説”概念》,《閲讀與寫作》2008 年第 1 期。

474. 楊志平《論“草蛇灰綫”與中國古代小説評點》,《求是學刊》2008 年第 1 期。

475. 李化來《對偶與對稱——毛綸毛宗崗論〈三國演義〉叙事結構》,《菏澤學院學報》2008 年第 1 期。

476. 譚帆《論明代小説學的基礎觀念》,《中山大學學報》2008 年第 2 期。

477. 張曉麗《論金聖歎之“草蛇灰綫法”》,《内蒙古師範大學學報》(哲社版) 2008 年第 2 期。

478. 王慶華《由"子之末"到"史之餘"——論中國傳統文言小説文類觀的生成過程》，《海南大學學報》（人文社科版）2008 年第 2 期。

479. 賀根民《小説的名實錯位與學者的抉擇標準》，《東方論壇》2008 年 2 期。

480. 陶敏《論唐五代筆記——〈全唐五代筆記〉前言》，《湖南科技大學學報》（社科版）2008 年第 3 期。

481. 張曙光《談金聖歎叙事文學評點中的結構觀念》，《山東師範大學學報》（社科版）2008 年第 3 期。

482. 錢成《明清八股文法理論對張批〈金瓶梅〉影響試論》，《揚州職業大學學報》2008 年第 3 期。

483. 邵毅平、周峨《論古典目録學的"小説"概念的非文體性質——兼論古今兩種"小説"概念的本質區別》，《復旦學報》（社科版）2008 年第 3 期。

484. 劉曉軍《"稗史"考》，《中山大學學報》（社科版）2008 年第 4 期。

485. 傅承洲《擬話本概念的理論缺失》，《文藝研究》2008 年第 4 期。

486. 呂維洪《淺論從〈漢志〉到〈隋志〉小説的發展變化》，《保山師專學報》2008 年第 4 期。

487. 杜慧敏、王慶華《"小説"與"雜史""傳記"——以〈四庫全書總目〉爲例》，《南京社會科學》2008 年第 4 期。

488. 王燕華、俞鋼《劉知幾〈史通〉的筆記小説觀念》，《上海師範大學學報》（哲社版）2008 年第 6 期。

489. 楊志平《釋"獅子滚球"法》，《學術論壇》2008 年第 9 期。

490. 石麟《金批〈水滸傳〉叙事研究——〈讀第五才子書法〉"文法"芻議》，《水滸争鳴》第十輯，崇文書局 2008 年版。

491. 嚴傑《"筆記"與"小説"概念的目録學探討》，《唐五代筆記考論》，中華書局 2008 年版。

492. 吳懷東《小説 "文備衆體" 的文體屬性》《先唐 "小説" 傳統對於唐傳奇的哺育》《唐傳奇的世俗性、現實性及其與史書、志怪的分野》,《唐詩與傳奇的生成》導論、第一章、第二章,安徽大學出版社 2008 年版。

493. 歐陽健《中國小説史略批判・體例篇》第三章,山西人民出版社 2008 年版。

494. 紀德君《宋元 "説話" 的書面化與 "説話" 底本蠡測》,《廣東技術師範學院學報》2009 年第 1 期。

495. 宋興昌《"寓言" 概念的定義與界定──兼論 "寓言" 與 "fable" 對譯的不對稱性》,《西安歐亞學院學報》2009 年第 1 期。

496. 王菊芹《關於 "寓言" 概念定義的考證》,《新鄉學院學報》(社科版) 2009 年第 1 期。

497. 孫愛玲《千秋苦心遞金針:張竹坡之〈金瓶梅〉結構章法論》,《貴陽學院學報》(社科版) 2009 年第 1 期。

498. 劉曉軍《"説部" 考》,《學術研究》2009 年第 2 期。

499. 羅明鏡《論金聖歎評點〈水滸傳〉中的文法觀》,《湖南税務高專學報》2009 年第 2 期。

500. 袁憲潑《小説可以 "觀"──魏晉南北朝志怪小説觀念考》,《北方論叢》2009 年第 2 期。

501. 姚娟《從諸子學説到小説文體──論〈漢志〉"小説家" 的文體演變》,《西南交通大學學報》(社科版) 2009 年第 2 期。

502. 楊成忠《再論 "變" 和 "變文"》,《連雲港職業技術學院學報》2009 年第 2 期。

503. 李孟霏《宋代説話四家研究評述》,《高等教育與學術研究》2009 年第 3 期。

504. 張子開《野史、雜史和別史的界定及其價值——兼及唐五代筆記或小説的特點》，《綿陽師範學院學報》2009 年第 3 期。

505. 楊志平《釋“水窮雲起”法》，《名作欣賞》2009 年第 3 期。

506. 楊志平《釋“羯鼓解穢”法》，《明清小説研究》2009 年第 4 期。

507. 吳忠耘、沈曙東《〈漢書·藝文志〉小説略論》，《四川烹飪高等專科學校學報》2009 年第 4 期。

508. 劉代霞《〈漢書·藝文志〉與〈隋書·經籍志〉小説觀念比較》，《飛天》2009 年第 6 期。

509. 程麗芳《中國古代小説概念的界定》，《理論月刊》2009 年第 12 期。

510. 楊志平《論堪輿理論對古代小説技法論之影響》，《海南大學學報》（社科版）2009 年第 6 期。

511. 富世平《變文之“變”的含義與淵源》，《敦煌變文的口頭傳統研究》第一章第一節，中華書局 2009 年版。

512. 羅寧《漢唐小説觀念論稿》，巴蜀書社 2009 年版。

513. 趙岩、張世超《論秦漢簡牘中的“稗官”》，《古籍整理研究學刊》2010 年第 3 期。

514. 王瑩、云運《關於〈莊子〉“寓言”“重言”的思考》，《遼寧師範大學學報》（社科版）2010 年第 4 期。

515. 陳廣宏《小説家出於稗官新考》，《中國典籍與文化論叢》2010 年。

516. 吳懷東、余恕誠《文、史互動與唐傳奇的文體生成》，《文史哲》2010 年第 3 期。

517. 張莉《從“俳優小説”看“説話”伎藝的初步形成》，《西南大學學報》（社會科學版）2011 年第 5 期。

518. 譚帆、王慶華《“小説”考》，《文學評論》2011 年第 6 期。

519. 孫雅淇《唐傳奇概念與唐代的小説觀》，《山西師大學報》（社會科學版）2012 年第 3 期。

520. 梁愛民《經學與中國古代小説觀念》,《雲南社會科學》2012 年第
5 期。

521. 羅寧《古小説之名義、界限及其文類特徵——兼談中國小説研究中
存在的問題》,《社會科學研究》2012 年第 1 期。

522. 王齊洲、王麗娟《學術之小説與文體之小説——中國傳統小説觀念
的兩種視角》,《上海大學學報》(社會科學版) 2013 年第 3 期。

523. 吳懷東《"小説"源流與唐傳奇的民間口説傳統——以"小説"及相
關概念爲考察中心》,《江蘇科技大學學報》(社會科學版) 2013 年第 3 期。

524. 王鴻卿《中國古代小説觀念論略》,《鞍山師範學院報》2013 年第
3 期。

525. 孫少華《諸子"短書"與漢代"小説"觀念的形成》,《吉林大學社
會科學學報》2013 年第 3 期。

526. 馮媛媛《〈紅樓夢〉的小説觀——兼論古代小説的真假問題》,《人文
雜誌》2013 年 11 期。

527. 劉正平《筆記辨體與筆記小説研究》,《杭州師範大學學報》(社會科
學版) 2013 年第 6 期。

528. 李軍均《明前"小説"語義源流考論》,《中國文學研究》(輯刊)
2013 年第 2 期。

529. 譚帆《論中國古代小説文體研究的四種關係》,《學術月刊》2013 年
第 11 期。

530. 石麟《小説概念與小説文本的混淆——小説批評與小説史研究檢討
之一》,《湖北師範學院學報》(社會科學版) 2014 年第 1 期。

531. 馬興波《"筆記小説"概念批判與筆記作品的重新分類》,《廣州大學
學報》(社科版) 2014 年第 2 期。

532. 王慶華《古代小說學中"傳奇"之內涵和指稱辨析》，《文藝理論研究》2014 年第 2 期。

533. 呂玉華《中國古代多種小說概念辨析》，《中國文論》2014 年。

534. 梁愛民《傳統目錄學視野中的中國古代小說觀念》，《文藝評論》2014 年第 10 期。

535. 余來明、史爽爽《清末民初的知識轉型與"小說"概念的演變》，《人文論叢》2015 年第 1 期。

536. 蒲春燕《從小說起源看中國古代小說觀念演變》，《雞西大學學報》2015 年第 2 期。

537. 徐大軍《宋元話本與說話伎藝的文本化》，《文學與文化》2015 年第 3 期。

538. 郝敬《唐傳奇名實辨》，《文學評論》2015 年第 4 期。

539. 王慶華《論古代"小說"與"雜史"文類之混雜》，《華東師範大學學報》（社會科學版）2015 年第 5 期。

540. 王齊洲、劉伏玲《小說家出於稗官新說》，《湖北大學學報》（哲學社會科學版）2015 年第 6 期。

541. 高華平《先秦的"小說家"與楚國的"小說"》，《文學評論》2016 年第 1 期。

542. 許景昭《論中國古典小說的"奇"評及"奇書"概念》，《古典文獻研究》2016 年第 2 期。

543. 張鄉里《以今律古與文化原我——中國古代小說觀念的研究現狀》，《牡丹江大學學報》2016 年第 5 期。

544. 張鄉里《〈史通〉"援史入子"對中國古代小說觀念的影響》，《江西社會科學》2016 年第 12 期。

545. 陳民鎮《中國早期"小說"的文體特徵與發生途徑——來自簡帛文

獻的啓示》,《中國文化研究》2017 年第 4 期。

546. 夏曉虹《晚清 "新小説" 辨義》,《文學評論》2017 年第 6 期。

547. 王齊洲《從〈山海經〉歸類看中國古代小説觀念的演變》,《天津社會科學》2018 年第 2 期。

548. 歲涵《述 "異" 傳統與中國古代的小説觀念——以同性欲望爲研究視角》,《華中科技大學學報》(社會科學版) 2018 年第 3 期。

549. 田雪菲、李永東《晚清 "新小説" 概念的生成考略》,《中國現代文學研究叢刊》2018 年第 5 期。

550. 段江麗《中國古代 "小説" 概念的四重内涵》,《文學遺産》2018 年第 6 期。

551. 關詩珮《晚清中國小説觀念譯轉:翻譯語 "小説" 生成及實踐》,商務印書館 (香港),2019 年。

552. 周瑾鋒《史、雜史與小説》,《文藝理論研究》2019 年第 4 期。

553. 宋世瑞《晚清民國語境下 "筆記小説" 概念考論》,《石河子大學學報》2019 年第 5 期。

554. 陳成吒《"新子學" 視域下中國 "小説" 觀念的演進——以諸子 "小説家" 作品的文體變革爲中心》,《學術月刊》2019 年第 5 期。

555. 張玄《筆記小説文體觀念考索——以晚明筆記小説爲中心》,《明清小説研究》2020 年第 1 期。

556. 宋莉華《中國古代 "小説" 概念的中西對接》,《文學評論》2020 年第 1 期。

557. 王瑜錦、譚帆《論中國小説文體觀念的古今演變》,《學術月刊》2020 年第 5 期。

558. 譚帆《中國小説史研究之檢討》,上海古籍出版社 2020 年版。

559. 郝敬《建構 "小説" ——中國古體小説觀念流變》,中華書局 2020

年版。

560. 羅寧、武麗霞《魯迅對"傳奇"的建構及其對現代學術的影響——以中國小説史、文學史爲中心》,《江西師範大學學報》（哲學社會科學版）2021 年第 1 期。

561. 孫超《論傳統小説文體在民初的通變》,《中山大學學報》（社會科學版）2021 年第 4 期。

562. 李桂奎《中國古代小説批評術語之圓通考釋與譜系建構》,《文史哲》2022 年第 3 期。

563. 譚帆《論中國古代小説文體研究的三個維度》,《文學遺産》2022 年第 4 期。

564. 王思豪《"知類"的時代——存在於子、集之間的漢代"小説家"與"賦家"》,《社會科學》2023 年第 2 期。

565. 譚帆《論中國古代小説評點的術語系統》,《文學評論》2023 年第 3 期。

附録二　書評三則

探尋中國古代小説的"本然狀態"與民族特徵
——評《中國古代小説文體文法術語考釋》

鍾明奇

一

　　20 世紀以來，中國古代小説研究成就輝煌，無論是有關小説發展史著作的精心撰寫，還是小説文獻的考訂與整理、小説作家的獨到研究、小説作品的多方位解讀和小説理論的系統闡發等，學者們均奉獻出了可喜的成果。梁啟超、王國維、魯迅、胡適、阿英、譚正璧、孫楷第、鄭振鐸、胡士瑩、吳小如、夏志清、韓南、柳存仁等，無不是中國古代小説研究史上閃閃發光的名字。而尤以魯迅的成就最爲傑出，他寫作《中國小説史略》，篳路藍縷，發凡起例，成爲 20 世紀中國古代小説研究史上的奠基之作，示後來者以研究的軌則與方向。新時期以來，在中國古代小説研究方面，也是人才輩出，佳構如林，研究的深度與廣度大大地向前推進。但從嚴格的科學意義上説，作爲一門真正的學科之成立，中國古代小説史研究尚有某些不足之處。其重要之點，就是人們對作爲這門學科的許多基本概念與範疇之認識，多有模糊的地方。20 世紀 80 年代末，曾有學者感嘆，中國古代文學史研究，還僅僅處於前科學的狀態，這在一定程度上是事實。如果説得苛刻一點，中國古代小説史的研究，同樣存在這種情況。這是因爲，作爲一門科學意義上的成熟學科，構成此學科最爲基礎的概念與範疇，必有較爲明確的界定，倘若作爲一門學科的衆多最爲基本的概念與範疇都没有研究清楚，那麽，我們怎麽能説這一門學科不處於前科學狀態？中國古代小説史的研究，正有此種情狀。

我們這麽説，决不是否定 20 世紀以來廣大學者對於中國古代小説史研究的卓越貢獻。毫無疑問，尤其是魯迅的《中國小説史略》，對小説發展歷史階段的劃分，對小説文體的歸類，對諸多小説現象的分析，等等，多有開創之功。但這並不意味著他的學術著作，正如一切偉大學者的著作一樣，没有任何的不足之處。魯迅自己在《中國小説史略》中還説到"誠望傑構於來哲也"。魯迅這樣説，並非僅僅是出於他的謙虚，而是他深切地認識到，限於當時所能看到的小説材料等原因，他的《中國小説史略》的確尚有可以完善的地方。魯迅的著作是如此，遑論其他的小説史研究論著了。

誠然，就中國古代小説史研究而言，並非没有學者對這門學科的一些基本的概念與範疇作梳理，他們的梳理固然也有成功的，但更多的是偶然的、零碎的研究，不夠系統、深入。譚帆教授等所著的《中國古代小説文體文法術語考釋》則異乎是，該書作爲"國家哲學社會科學成果文庫"的成果，2013 年 3 月由上海古籍出版社出版。全書分爲上下兩卷，上卷是對"小説""寓言""志怪""稗官""筆記""傳奇""話本""詞話""平話""演義""按鑑""奇書"與"才子書""章回""説部""稗史"等文體術語的考釋，下卷則是對"草蛇灰綫""羯鼓解穢""獅子滾球""背面鋪粉""橫雲斷山"與"山斷雲連""水窮雲起""鬥笋""大落墨法""加一倍法""章法""白描""絶好妙辭（詞）"等文法術語的考釋，幾乎囊括了所有最爲重要的小説文體術語與文法術語。本書的獨到之處當然並不僅僅在於所考釋的小説文體術語與文法術語爲數較多，而是有頗爲清晰而完整的學科意識，從對小説文體術

語與文法術語解讀這樣甚爲獨特的研究視角，對中國古代小説最爲基本的概
念、範疇與發展歷程、民族特徵，作了整體的反思與梳理，是對中國古代小
説研究的極大推進。要而言之，本書最爲卓特之處有三：其一，從研究角度
看，從全面、深刻地反思小説研究學術史，特別是小説文體術語與文法術語
的歷史流變切入做小説文體史、小説批評史研究。這固然不是本書研究最爲
根本的目的，却是非常突出的一個特點；其二，從研究方法看，熔乾嘉學派
的治學方法與現代學術研究思想於一爐，既有材料異常扎實的考據，又有内
涵甚爲豐贍的理論；其三，從研究價值看，本書重新認識與界定中國古代小
説文體與文法術語最爲核心的概念與範疇，還原中國古代小説的"本然狀態"
與民族特徵，並爲撰寫一部真正有民族特色的而不是西方小説觀念籠罩下的
中國古代小説文體發展史，掃除積弊，提供至爲關鍵的有較爲科學界説的概
念與範疇支撐。

二

陳平原教授在本書的序中指出："本書最大特色是將批評史、文體史、學
術史三種視野合一。"這個評價是十分中肯的。我的看法是，著者其實是從反
思小説學術史入手做小説文體史、批評史研究。這是因爲，著者的著手處固
然是在反思小説研究史，但其一個重要的落脚點乃是對諸多最爲基本、最爲
核心的小説文體術語與文法術語的爬羅剔抉，刮垢磨光。作爲有鮮明民族特
徵的小説文體術語與文法術語，無疑高度聚焦了小説文體史、批評史之菁華，
因此，對衆多重要小説文體術語與文法術語的深度闡釋與綜合研究，事實上
便是以特殊的學術理路，對中國古代小説文體史與批評史的"本然狀態"與
民族特徵進行獨到的開掘。

黑格爾説，熟知並非真知。學術研究往往要對人們看似"熟知"的東西

加以反思，以求覓得“真知”。毋庸置疑，無論在社會科學領域，還是在自然科學領域，反思是學者最爲可貴的品格與學術精神。反思，意味著懷疑，意味著探究，意味著批判，也往往意味著發現，而這正是學科向前推進的必要前提。對任何一門學科來説，一部學術研究史，不妨説就是一部學術反思史。一個學者如果不能深切地反思學術史，就難以找到有較高水準的學術研究的邏輯起點，發現確乎有價值的重大學術問題。反之，有反思才會有問題，而問題是學術研究的前導；找到了真正的學術問題，也就找到了一個學科前進的方向。若找了大本大原的問題，又勤加泛覽，細加鑽研，則必定極大地推進一門學科的向前發展。本書之所以甫出版就贏得廣泛的學術贊譽，正是譚帆教授帶領其團隊深刻地反思整個中國古代小説研究史中小説文體術語與文法術語這樣頗具根本性、有關全域性的問題，並全身心投入、持之以恒認真探索的結果。

　　本書反思中國古代小説史研究最爲突出的貢獻在於：對一百年來籠罩在西方小説觀念下國人普遍習以爲常，然而並不真知的中國古代小説概念，作了全面、系統、深入的思考。這是在看似没有問題的地方發現了絶大的問題，旨在復原中國古代小説的本來面目。譚帆教授在本書的序言性文字之一《術語的解讀：小説史研究的特殊理路》中説：“近代以來，‘小説史’之著述大多取西人之小説觀，以‘虚構之叙事散文’來概言中國小説之特性，並以此爲鑒衡追溯中國小説之源流，由此確認了中國小説‘神話傳説—志怪志人—傳奇—話本—章回’之發展綫索和内在‘譜系’。此一綫索和‘譜系’確爲近人之一大發明，清晰又便利地勾畫出了符合西人小説觀念的‘中國小説史’及其内在構成。然則此一綫索和‘譜系’並不全然符合中國小説之實際，其‘抽繹’之綫索和‘限定’之範圍是依循西方思想觀念之産物，與中國小説之傳統其實頗多‘間隔’，‘虚構之叙事散文’只是部分地界定了中國小説之特性，而非中國小説之本質屬性。”小説史研究是如此，小説批評研究亦然。本書序言性文字之二《文法術語：小説敘事法則的獨特呈現》説："近代以來，隨著小説評點在小説論壇上的逐漸'消失'和西方小説理論的大量湧入，文法術語漸漸脱離了小説批評者的視綫，人們解讀中國古代小説已習慣於用西方引進的一套術語，如'性格''結構''典型''敘事視角'等，並以此分析中國古代小説，所謂'以西例律我國小説'。可以説，這一套術語及其思路通貫於百年中國小説研究史，對中國古代小説史之研究産生了重大的影響，而中國傳統小説批評的文法術語倒逐漸成了一個'歷史的存在'。"這樣的中國古代小説史研究的歷史與現狀似讓人覺得不可思議，而事實却正是如此。這就是説，近一百年來，絶大多數學者研究中國古代小説，無論是小説史還是小説批評史，不知不覺中主要是在西人的小説觀念導引下進行的，所謂"以西例律我國小説"。這種學術方法、學術視野指導下的研究，正如譚帆教授所指出的那樣，至多只是部分地闡釋了中國古代小説的民族特徵，而其整個真面目即"本然狀態"，却因之被長久地遮蔽或者説忽視了。

在譚帆教授之前，並非沒有人認識到 20 世紀有關中國古代小説觀念乃是西人小説觀念下的産物。如 1905 年出版之《新小説》上刊《小説叢話》，中有定一語，即前述所謂"以西例律我國小説"。如郁達夫在《小説論》中則説："中國現代的小説，實際上是屬於歐洲的文學系統的。"而現代小説，也就是"中國小説的世界化"。他如胡懷琛在商務印書館 1929 年出版的《中國小説概論》中也説："現在中國流行的小説，就是西洋的 Short story（短篇小説）和 Novel（現代小説），但這兩種都是以前所沒有的"，所以現在用的"小説"名稱是"借用"的，"决不是一個確切相當的名稱"。當時就是像鄭振鐸這樣的學者，也是基本用西方的小説觀念去劃分中國古代小説的分類，其發表在《學生雜誌》1930 年 1 月第 17 卷第 1 號上的《中國小説的分類及其演化趨勢》一文，就將小説分爲短篇小説（筆記、傳奇、平話）、中篇小説與長篇小説。以篇幅分爲"短篇小説""中篇小説"與"長篇小説"，這顯然是西方的小説觀念。在中國固有的小説觀念中，小説從不如此以篇幅分。因此，鄭振鐸的此種劃分，與中國古代小説的實際即"本然狀態"其實相距甚遠。

不過，定一、郁達夫、胡懷琛等人只是看到了問題——這誠然比没有看到問題而陶醉於用西方的小説觀念研究中國古代小説者自然要高明得多，但他們並没有用實際的研究成績去解決所看到的問題。從這個角度看，譚帆教授等的研究，其實是對近現代中國古代小説研究史中學術大問題的當代完成。擴大而言之，還原性地反思中國古代小説史研究，成爲近現代學人留給今人的一個時代課題。此課題不解決，中國古代小説研究難以向前發展。也就是説，中國古代小説史研究至今已有一百多年，現在必須回到"什麽是中國古代小説"這樣的本原問題上。在近代數學史上，德國著名數學家希爾伯特，1900 年在巴黎召開的國際數學家大會上，以"數學問題"爲題，作了精彩演講，提出了 23 個極爲重要的數學問題，這就是著名的希爾伯特的 23 個問題，它們被認爲 20 世紀數學研究的制高點。希爾伯特問題對 20 世紀數學的發展起了重大的推動作用，影響深遠。准此，定一之"以西例律我國小説"的問題，不妨説是中國古代小説研究史上的一個"希爾伯特問題"。譚帆教授等固然並不是第一個研究此問題的人，却是以近十年勤勤懇懇、扎扎實實的學術探索，第一個拿出了一部梳理全面而細密、論述系統而深透、讓學界耳目一新的學術專著的人。今後的研究者，如果想從根底、從本質上真正理解中國古代小説的"本然狀態"與民族特徵，本書是難以繞開的必讀之書。

本書著者旨在探究中國古代小説民族特徵的真面目，即"本然狀態"，而破"以西例律我國小説"之研究格局，然而中國古代小説歷史悠久，發展歷程甚爲複雜，譜系極爲龐大，從什麽地方切入才能較好地從整體上把握其本質，攫取其精髓，直探其底蘊，統攝其靈魂？如果像通常那樣從作家創作心理、作品藝術特色、小説創作理論與小説思想等入手研究，當然也能道出中國古代小説"本然狀態"某些重要的方面，著者的獨到之處在於别出心裁地從諸多文體術語與文法術語的考釋入手，這便抓住了問題的根本。之所以這麼説，這是因爲，正如譚帆教授在《術語的解讀：小説史研究的特殊理路》中所云："術語正是中國小説'譜系'之外在呈現"，"所謂'術語'是指歷代指稱小説這一文體或文類的名詞稱謂，這些名詞稱謂歷史悠久，涵蓋面廣，對其作出綜合研究，在某種程度上可以考知中國小説之特性，進而揭示中國小説之獨特'譜系'，乃小説史研究的一種特殊理路"，"從術語角度觀照中國小説文體，可以清晰地梳理出中國小説之文體構成與文體發展，且從價值層面言之，術語也顯示了小説文體在中國古代的存在態勢"。因此，"考索術語與中國小説文體之關係對理解中國小説特性亦頗多裨益"。無庸贅言，文體術語如"小説""寓言""志怪""稗官""筆記""傳奇""話本""詞話""平話""演義"等等，無疑高度濃縮了中國古代小説的"本然狀態"。文體術語是如此，文法術語亦然。它們猶一樹之花，同發一枝，俱開一蒂，而各饒丰姿，其實是在不同的層面上，生動地演繹著中國古代小説的民族特性。《文法術語：小説敘事法則的獨特呈現》指出："在中國古典小説術語中，除了指稱小説史上相關文體的專門術語諸如'小説''傳奇''演義''話本'等之外，還有大量獨具特色的小説文法術語，如'草蛇灰綫''羯鼓解穢''獅子滾球''章法''白描'等，這類文法術語既是中國古代小説評點家所總結的小説敘事技法，同時又是小説評點家評判古代小説的一套獨特的批評話語，最能體現中國傳統小説批評之特色。"因此，著者結合中國傳統文化宏闊的背景，反思小説研究史，即既深挖小説文體術語與文法術語之根底與内涵，又細探其歷史流變與邏輯演進，復鑒衡其鮮明的特性與獨到的價值，對中國古代小説的"本然狀態"與民族特徵，乃有發前人所未發的嶄新發現。簡括地説，這在很大程度上，其實是從文體術語與文法術語之核心概念、範疇之被重新闡釋、界定與展開的方式在做小説文體史與小説批評史研究。毋庸説，這是中國古代小説研究史的一個獨特路徑與重要創舉。

三

　　如果從比較具體的考釋小説文體術語與文法術語來看，本書最爲顯著的特色就是熔乾嘉學派的治學方法與現代學術研究思想於一爐。這就是説，本書的研究，既有踏踏實實、嚴密細緻的考據，却又不流於瑣碎，復有現代學科意識高屋建瓴地去統領它，有較爲系統、精闢的理論的歸納與提升。從表面看，本書似乎只是一部解讀文體術語與文法術語的書，而其中實包藴了極爲豐富的小説學思想，彰顯鮮明的小説文體與小説批評發展演變的軌迹。要而言之，解讀文體術語與文法術語，如前所説，乃是本書切入整個中國古代小説史研究的特殊路徑，其目的，絶不僅僅局限於文體術語與文法術語本身之一隅，而是旨在通過對這些術語的歷時性梳理，由此正本清源，破除百年學術陳見，進而全域性地推進中國小説史的研究。因此，本書事實上是一部有明確小説文體學與小説批評等小説學思想貫穿其中的學術研究專著。熊十力在《佛家名相通釋》之《撰述大意》中説：“若已見得法相唯識意思，而欲詳其淵源所自與演變之序，則溯洄釋迦本旨，迄小乘、大乘諸派，順序切實理會一番，便見端的。”概言之，本書正是欲詳究小説文體術語與文法術語之“淵源所自與演變之序”，最終溯洄小説本旨，由是對小説文體術語與文法術語“順序切實理會一番”。

　　乾嘉學派研究學術問題的一個重要特點，就是十分重視證據，靠材料説話。他們的某些研究，固然也有煩瑣而不得要領的地方，但無疑很好地體現了實事求是、無征不信的治學精神。本書的寫作自然不僅僅以材料的豐富取勝，但的確在材料的梳理上下了極大的功夫。這成爲本書能夠獲得學術上成功的最爲基本的保證。在與劉曉軍所作的《在小説戲曲研究領域的堅守與開拓——譚帆教授訪談》中，譚帆教授就指出本書“在史料上試圖涸澤而漁、一網打盡，既爲術語的解讀提供盡可能完備的佐證，也爲後來研究者提供可資參考的綫索"。許多研究者並非不知道中國古代小説史研究多有"以西例律我國小説"之情狀，但往往既没有選好研究的視角，在材料的梳理上也没有下過追蹤索源、刨根究底的功夫，故他們於中國古代小説"本來面目"之探究，多半停留在空發議論、泛濫不知所歸的境地。陳尚君教授曾説："如果不知道考據而又從事文史研究工作的話，很難達到一個更高的層次。"① 此誠有得之言。譚帆教授等通過原原本本、全面詳博的材料梳理、史實開掘與理論提升，破除中國古代小説遭遇西方小説觀念而形成的種種"遮蔽"，進而恢復中國古代小説的"本然狀態"。

總而言之，本書對小説文體術語與文法術語的考釋，特別是對小説文體術語的考釋，既有著十分精深、純粹的考證，又有著宏觀在握、全域在胸的理論升華。此前人們未嘗不注意對小説文體術語的研究，但其方法正如劉勇强教授在《古代小説文體的動態特徵與研究思路》中所曾指出的："以往的文體研究，較多集中在特定文體外在形式的研究即所謂'辨體'上，比如何爲小説、傳奇與志怪的區别、話本的體制、小説叙述方式的韻散結合，等等。這些問題當然都很重要，需要探討；但文體研究如果僅僅局限於單純的外在形式而不更充分地考慮其生成過程及呈現方式，恐怕是無法實現上面預期的目的的。"文法術語的研究也有類似的情形。劉教授所謂"上面預期的目的"乃是指"不只是增進我們對小説某一體式更清晰的了解，而且還使我們有可能真正從觀念上超越 20 世紀'以西例律我國小説'的思維模式，糾正相當普遍的小説研究與文學自身目的相疏離的現象，進而探索符合中國古代小説實際的理論體系"②。譚帆教授等正是通過對小説文體術語與文法術語的"生成

---

① 陳尚君、黄陽興：《辨章學術　考鏡源流——陳尚君教授訪談録》，《中文自學指導》2006 年第 1 期。
② 劉勇强：《古代小説文體的動態特徵與研究思路》，《文學遺產》2006 年第 1 期。

過程及呈現方式”，下了一番如本書《後記》所説的“考鏡源流、梳理内涵、抉發意旨、評判價值”的功夫，由是破除“以西例律我國小説”的思維模式，很好地實現了有關中國古代小説史研究的目的。

　　且先以小説文體術語的考釋爲例。如《“演義”考》一文，就是本書中的一篇力作。在人們通常的認識中，“演義”之義界似乎早有“定論”：“演義”即是“歷史演義”之謂。其根據主要來自魯迅。在魯迅的《小説史大略》中，將“歷史演義”作爲一種小説類型，用以指稱《三國演義》《水滸傳》等作品。《中國小説史略》一書、《中國小説的歷史的變遷》一文未用“歷史演義”這一稱謂，而代之以“講史”。後人因之有“歷史演義”或“講史演義”之説，並由此確認“演義”之基本内涵：“演義”是小説類型概念，是指以歷史爲題材的小説作品。本書著者通過大量史料，有理有據地得出以下甚爲周密而堅實的結論：“（1）‘演義’源遠流長，有‘演言’與‘演事’兩個系統，‘演言’是對義理的通俗化闡釋，‘演事’是對正史及現實人物故事的通俗化叙述。（2）‘演義’一辭在小説領域，是一個小説文體概念，指稱通俗小説這一文體，而非單一的小説類型概念，故在小説研究中，以‘歷史演義’直接對應‘演義’的格局應有所改變，‘歷史演義’僅是演義小説的一個組成部分。（3）‘演義’在歷史小説領域，其最初的含義是‘正史’的通俗化，所謂‘按鑑演義’，但總體上已越出這一界限。”因爲有對歷史文獻的涵澤而漁式的爬梳，邏輯演繹了“演義”的“生成過程及呈現方式”，上述結論因此不是空穴來風、無根之談。與此同時，著者决不是滿足於展示所搜尋到的有關“演義”的第一手豐富的材料，以炫博學，而是以現代學術眼光，作極精闢的理論的熔鑄與提升，即如前述指出“演義”有“演言”與“演事”之分，一是“對義理的通俗化闡釋”，一是“對正史及現實人物故事的通俗化叙述”，是兩個系統；“演義”是一個小説文體概念，而不是“單一的小説類型概念”，如此等等，無不從理論層面道出或深化自有“演義”一詞以來人所未曾道的卓

見，是對演義"本然狀態"與民族特徵的深刻而獨到的揭示。特別是 20 世紀
五十年代以來，人們之論"演義"大多以魯迅之説爲圭臬，而未察魯迅限於
當時歷史條件，其論述的視角較爲單一，不夠周詳，則本著作之研究，豈非
是對魯迅以來有關小説"演義"概念闡述的顛覆性梳理與研究？即如 1999 年
上海辭書出版社出版的《辭海》縮印本尚如此釋"演義"："舊時長篇小説的
一體。由講史話本發展而來。係根據史傳敷衍成文，並經過作者的藝術加
工。"依譚帆教授之論述，則此定義之偏狹與陳舊顯而易見。

　　他如對"小説""志怪""筆記""傳奇"等其他小説文體術語的考辨亦
然。如"筆記""筆記小説"，乃是古代文學與古典文獻研究中最爲混亂的概
念術語之一，著者從"古代文類系統中'筆記'之名實""近現代的'筆記'
與'筆記小説'概念""'筆記體小説'之特性"三個方面，用大量材料展開
論證，令人信服地指出"筆記體小説"的主要文體特性是："以載錄鬼神怪異
之事和歷史人物軼聞瑣事爲主的題材類型，'史之流別'的文體性質，'資考
證、廣見聞、寓勸戒、供詠嘆'的功用價值定位，'據見聞實錄'的記述姿態
和寫作原則，隨筆雜記、不拘體例、篇幅短小、一事一則的'言皆瑣碎、事
必叢殘'的篇章體制。"著者論"筆記體小説"亦考鏡源流，辨章學術，頗見
考據功夫，然最終從"題材類型""文體性質""功用價值""記述姿態和寫作
原則""篇章體制"加以歸納，是只知考據而不通理論者決不能道，實既簡
潔、精粹而復彰顯現代小説學思想，爲從來論"筆記體小説"者所未曾有，
給人以全新之認識。

　　對小説文法術語的考釋方面亦然。爲了使論述不過於冗長，我們不妨僅
以本書《釋"草蛇灰綫"》爲例。在通常意義上，人們對"草蛇灰綫"這種
修辭手法似乎並不陌生，但事實上對其形成的歷史淵源與發展演變並不真正
清晰，對其作爲小説評點術語與創作技法往往也只有初步的感性的認識。本
書著者却深挖其根脚，探明其源流，即如同論述小説文體術語那樣同樣論述

其“生成過程及呈現方式”，並從頗具理論意味的小説創作原則與美學規範的角度加以科學總結，同樣給人以耳目一新之感。

據著者考證，“草蛇灰綫”作爲古代小説評點中較爲常見的一個文法術語，源於堪輿理論，較早出現在唐代。唐人楊筠松所撰堪輿書《撼龍經》已提到“草蛇灰綫”，明人所撰堪輿類典籍《靈城精義》亦有載録，本是指山勢（龍脈）似斷非斷、似連非連的態勢。此後詩文領域、散文批評與戲曲批評中也借鑒了“草蛇灰綫”這一術語，意謂“尋求類似意象前後相映而形成或隱或顯的綫性貫通，著眼於前後叙述中的伏筆照應”，而小説批評中“草蛇灰綫”的用法與上述内涵大致相通。著者指出較早在小説批評中引入“草蛇灰綫”的可追溯至明代正德元年（1506）“戲筆主人”所撰的《〈忠烈傳〉序》，金聖歎則在小説評點中廣泛運用“草蛇灰綫”這一文法術語。在金聖歎那裏，“草蛇灰綫”是指“結構上的綫索貫串、細節叙寫上的伏筆和照應以及小説意蘊指涉上的‘影寫法’”等内涵。此後的小説評點涉及“草蛇灰綫”者，多承繼上述金聖歎之小説批評思想。不過著者之論“草蛇灰綫”並不就此完結。著者認爲，在古代小説批評中，“草蛇灰綫”之所以得到普遍的運用，與古人的小説創作原則與美學規範緊密關聯。其一是“目注此處手寫彼處”的小説創作藝術追求，如金聖歎、陳其泰、哈斯寶等均有類似的表述。古人之所以崇尚此種寫作藝術，乃是因爲它有助於著者“將分散於作品不同部位的細節單元加以有機鉤連，形成一個内在的統一體”。其二與中國古代小説批評家一致稱道的“藏而不露”的美學規範有關。如毛氏父子批點《三國演義》即云“文章之妙，妙在猜不著”。《平山冷燕》第二十回批語亦説：“文章之來蹤去迹，最嫌爲人猜疑著而不知變。”作爲小説文法術語的“草蛇灰綫”，正契合這一美學規範。著者不僅從大量文獻入手，仔細探究了“草蛇灰綫”的來龍去脈，更對其在明清的廣泛流行，以現代學術眼光，從小説創作原則與美學規範的高度，作了深層的理論上的追索與思考，無疑是對中國古代小説批評史的一大貢獻。

　　譚帆教授在與王慶華合作撰寫的《中國古代小說文體流變研究論略》一文中指出："中國古代小說文體研究的進一步深化和發展或許需要確立以下思路：以回歸還原中國古代小說文體和文體觀念之本體存在爲出發點，對中國古代小說文體的整體形態及各文體類型的起源、發展演變進行全面、系統的梳理，勾勒出古代小說文體之體制規範和藝術構造方式、形態的淵源流變，同時，從小說文體理論、創作與傳播、雅俗文化與文學、社會歷史文化等多角度對小說文體流變進行全面的綜合融通研究，揭示文體發生、發展流變的原因和規律。"① 此文發表在 2006 年的《文藝理論研究》上。在七年後劉曉軍所作的《在小說戲曲研究領域的堅守與開拓——譚帆教授訪談》中，譚帆教授重複了此話。這說明，這是譚帆教授一以貫之非常明確的有關中國古代小說文體流變研究的總的指導思想，其現代小說文體學的理念與表達昭昭可見。因此，從這個角度看，譚帆教授等考釋中國古代小說文體術語與文法術語，固然頗有乾嘉精神與方法貫徹其内，然與乾嘉學派基本滿足於事實之梳理與認定不同，有更高的現代小說學術思想統領著考據。考釋術語不過是一種特殊的路徑，其指向則是更爲遠大的學術目標——即如譚帆教授在訪談中所說的，爲寫出一部"迥異於已有的中國小說史的中國小說文體發展史"作準備，而這正是譚帆教授及其團隊目前正在著手進行的國家重大項目。因此，譚帆教授等以極大的學術勇氣，追根窮源、專門考釋中國古代小說文體術語與文法術語，從根本上說，實是爲撰寫出一部氣度恢弘、真正有自己民族固有特色的中國小說文體發展史，提供堅實的有較爲科學界說的概念與範疇基礎，是奠基性的工作。但此考釋因對中國古代小說的"本然狀態"與民族特徵有諸多獨到的重大發現，這本身也便成爲極具開拓性的研究。小說文法術語當

---

① 譚帆、王慶華：《中國古代小說文體流變研究論略》，《文藝理論研究》2006 年第 3 期。

然並不就是文體術語，然由於它的民族特徵，如同小説文體術語那樣，長久以來亦頗爲西方小説批評術語所遮蔽。因此，對它的深度研究與考釋，除了有助於認識、構建有獨特民族性的中國小説批評史之外，對重新認識中國小説文體發展史之真面目，無疑是一個十分有益的參照。譚帆教授在訪談中説："我們將努力結合中國小説文體學研究，建立一套切合中國小説文體本土特徵的理論框架和分析模式，以還原的思路充分揭示中國小説文體的整體形態及各文體類型的起源、發展演變，更加貼近中國小説文體發展演化的本然狀態和邏輯綫索，從而對中國小説文體做出新的審視和評價。"我們熱切地期待著譚帆教授等的這一目標早日實現！

（原載《中國文學研究》2014 年第四輯，略有刪節。）

小説史研究的新路徑

——評《中國古代小説文體文法術語考釋》

李舜華

晚清以來，傳統小説幾乎一開始便是在與西方現代小説（Novel）相比較中備受關注的。在西方小説所謂現代意義的比附下，如何爲中國傳統小説命名、定位與詮釋，如何描述其演進歷程，都是頗爲尷尬的。可以説，魯迅之所以講述《中國小説史略》，直接源於當時新思潮影響下對小説的推崇及其種種争論；然而，此書開篇第一義却是力排衆議，直指本源，自發明歷代史志著録之小説概念入手，分類辨體、考鏡源流，開始建構中國傳統小説自身的統紀。以目録學發明傳統學術體系之大勢，實盛於晚明清初，而納小説戲曲於其間，又始於晚明胡應麟。可以説，與當時依違新舊、議論不休者迥然異趣的，正在於《史略》強烈的史家精神；同時，這一史家精神與晚明有著極深的學術淵源，它始終植根於傳統目録學的學科體系，以此爲本融攝西學之新思潮，遂能高屋建瓴，成一代研究之典範。

自《史略》行世之後，不少學者以此爲進路，在諸多具體問題的研究中遞有發揮，一時新見迭出，從而奠定了相關領域的基本格局。然而，此類研究多緣於新材料、新發現，《史略》重返史志、會通中西之精神，却早已隨著"五四"新文學思潮的消隱而漸次被遺忘。

自20世紀50年代末，西方漢學界再一次掀起了比較中國傳統白話小説與西方小説的熱潮。這一場持續數十年的争論，逐漸席卷了包括港臺在內的整個海外漢學界；就其歷史意義而言，正是對大陸長期以來“社會歷史—文本”這一研究範式的直接反動，而成爲“五四”時期小説研究新思潮在海外的延續。這場爭議的結果是，一些漢學家開始明確反對以西方現代小説的標準來衡量中國小説，鼓吹重返明清批評；同時，他們反對“五四”以來中國學者所持的小説“通俗”説——確切而言，這一“通俗説”正是在社會歷史批評範式中不斷被誇張被庸俗化的；而强調中國小説存在兩種傳統，文學（人）小説與地攤書籍，其中，後者才是通俗的，而前者却是文人的，其叙事方式上的種種“鄙陋”，恰恰是以中國文化爲基礎的精心結撰，而中國傳統白話長篇小説（即章回）亦因此最終成爲一種真正的新文體。然而，在如何詮釋文人的參與下章回小説這一新文體的興起、及其所寄寓的精神内涵上，海外漢學研究却似乎進入了一種瓶頸狀態，並迅速轉向種種形式的探討。相應地，80 年代以來，我們的文學理論界與現當代文學界，在西方的影響下，迅速開始了中國小説批評的叙述學轉向，並迅速波及中國傳統小説的批評領域。這一思潮影響力之大，使得 80 年代以來學術界便有人不斷倡導回歸傳統的聲音——其極端的口號便是所謂“回到乾嘉去”。只是這一口號終究有些底氣不足，大抵理論的建構尚無以企及晚清民初一代學人，遂不得不以實證之學爲依歸。

可以説，20 世紀六七十年代以來西方漢學對中國傳統小説的討論，其實質是“五四”新思潮的繼續；然而，重返明清評點只是一個途徑，由此建構的中國小説叙述學，及其對中國傳統小説的肯定，始終以西方現代小説爲圭臬，不過略有折衷而已。換言之，這一場討論，最終結果是，西方學者成功地將中國傳統小説的研究納入了 20 世紀以來西方現代小説學的體系，成爲其中一個頗具東方特色的學科分支；這一過程同時也是中國傳統小説近世意義的顯現，並最終指向中國傳統小説的現代轉型。這樣一種研究自有其歷史價值，然而，却始終無法真正詮釋中國傳統小説近世意義的複雜面相，並最終遮蔽了傳統小説自身的發展進程及其意義所在。

　　不過，近三十年來回溯傳統的種種努力，仍可以説功未唐捐。僅就小説領域而言，許多學者從不同角度對"小説""話本""演義""傳奇"等基本概念的持續考索，使得民國以來，特別是 20 世紀下半葉，以西學爲標準的相關界定顯得支離破碎，許多歷史判斷經不起歷史本身的檢驗。而經由實證之學的操演，進而開始回溯"辨章學術，考鏡源流"的傳統學術脈絡本身，便成爲新時期一些目光敏鋭的學者的學術自覺，或許也將是重構中國傳統小説學的開始。也正是因此，譚帆教授等著《中國古代小説文體文法術語考釋》（下文簡稱《考釋》）一書，可以説適逢其時。此書不僅可以看作此前相關問題意識的一次系統總結，而且對於當下研究者對傳統小説研究的系統反思具有重要的啓發。

　　《考釋》明確以"術語的解讀：小説史研究的特殊理路"爲題，開篇即道：

　　　　近年來，對中國小説研究之反思不絶於耳，出路何在？梳理中國小説之譜系或爲有益之津梁，而術語正是中國小説"譜系"之外在呈現。所謂術語是指歷代指稱小説這一文體或文類的名詞稱謂，這些名詞稱謂歷史悠久，涵蓋面廣，對其作出綜合研究，在某種程度上可以考知中國小説之特性，進而揭示中國小説之獨特"譜系"，乃小説史研究的一種特殊理路。

　　簡言之，在作者看來，近代以來在西方小説觀影響下，以"虛構之叙事散文"爲小説之特性，以"神話傳説——志怪志人——傳奇——話本——章回"爲發展之譜系，這一小説史的叙述並不吻合傳統小説發展之實相。因此，從解讀術語入手，重新考知傳統小説的文體特性，並由此清理傳統小説的内在譜系及其演進軌迹，便成爲本書的主要目標。

　　《考釋》一書分上下兩卷，分別爲文體與文法術語兩個部分。其中，下卷專考文法術語，並將文法術語視爲“小説叙事法則的獨特呈現”，不過，這一部分的篇幅與上卷似乎未能相襯。大概對作者而言，這些源於小説評點的叙事法則，僅僅輝煌於明末清初短短五十餘年間，儘管也是中國古代小説批評中“最具小説本體性”的批評内涵，並在中國古代小説史上曾産生過重要的作用，但畢竟已經成了一個“歷史的遺存”。

　　上卷十五個術語的考辨顯然爲全書重點，約分三類：一是小説之總稱，二是小説細目之名稱，三則與小説創作手法有關，或者説半文體概念。前二者實爲《考釋》重構小説自身譜系的關鍵所在，在具體問題的探討上也迭有新見。

　　“小説”的總稱，如“小説”“説部”“稗史”“稗官”，所涉均爲傳統目録學科體系中“小説”一門的起源及命名等問題。作者正是在詳考“小説”“説部”之後，指出“小説”一詞，不論雅俗，不論文白，皆隸於其下，其性質之豐富，變化之複雜，遠非“叙事虛構散文”可以概言，而別有譜系。“作爲‘通名’之‘小説’‘説部’，均從學術分類入手，逐步延伸至通俗小説，由‘子’而‘史’再到‘通俗小説’。”因此，“子”“史”兩部皆是中國小説之淵藪，也是中國小説之本源。作者同時指出：“中國小説糅合‘子’‘史’，又衍爲通俗一系，其中維繫之邏輯不在於‘虛構’，也非全然在‘叙事’，而在於中國小説貫穿始終的‘非正統性’和‘非主流性’。”把小説概念置於學術史脈絡當中，較之僅從其文學特徵加以考察，無疑顯得更爲周延。至於“稗官”，歷來考證者甚多，《考釋》所收陳廣宏教授《“稗官”考》一文，利用出土的秦漢律，指出稗官在秦漢時期，是指縣、都官之屬吏，具體秩次在百六十石以下，位於最基層；最關鍵的是，這些稗官並非天子之士，而是庶人之在官者，也就是説，傳語者乃庶人，而非士人。由這些庶人之在官者來採集民情俗議，亦決定了早期“小説”乃小道、小家珍説的品格。

　　"小說"一門的細目名稱，如章回、傳奇、話本、詞話、演義等概念，歷來論者常常混用，考明其義旨也正是一部小說文體的淵源流變史。值得注意的是，在重新梳理以上概念的同時，本書在緒論中還特別突出了對"演義"與"筆記"的界分。

　　首先，"演義"概念的使用，也同樣經歷了由子至史到通俗的過程，並最終成爲白話小說的統稱，"子史之餘"與"通俗"始終是演義最重要的品格。因此，近代以來僅將演義視爲章回小說的一個文類並不確切，在明清人的議論中，"演義"更多的是一個文體概念。不僅如此，以"演義"統稱白話小說，實質上體現了白話小說在中國小說史上的文體自覺，即明確白話小說以通俗爲特性，以説話爲源頭，以教化、娛樂爲功能，而迥別於此前的文言小說。

　　20 世紀初以來，"筆記"始與"小說"連用，其具體内涵雖仍有爭議，却往往與"傳奇小說"相對，視爲文言小說之一體；與此相應，"筆記"遂得以與"傳奇""話本""章回"並稱小說四體。《考釋》以爲，筆記一體長期隱於子、史兩部之中，而"筆記"一辭初則但指典實之書記，魏晉南北朝人尚有文筆之分，宋人始以"筆記"爲書名，多爲議論雜説、考據辨證類。而近人所云筆記體小說，當以載錄鬼神怪異之事和歷史人物軼聞瑣事爲主，乃"史之流別"，以"資考證、廣見聞、寓勸戒"爲目的，屬於篇幅短小、語言簡古的劄記體。把"筆記"一名置於不同時代的歷史情境，無疑有利於在語言的流變之中把握概念的内涵變化。

　　在以上研究的基礎上，《考釋》指出，對不同文體術語的界定，同時也體現了對不同文體的價值定位，"古人將'傳奇'與'筆記'劃出畛域，又將'演義'專指白話小說，即有價值層面之考慮"。《考釋》最終認同了胡應麟、四庫館臣等關於小說的界分，明確標舉"筆記"與"演義"的對立，這一譜系徹底擱置了小說乃"虛構叙事散文"的研究前提，而強調了小說文白兩體的雅俗之別：在中國傳統小說中，文言小說始終是正宗，而非現代以來小説史所稱之白話小説，在文言小説中，筆記始終是正宗，而非現代以來小説史所稱之傳奇。這一翻案文章儘管會引起一定的爭議，但從本書的論證而言，却並非無根之論。

應該指出，民國時期有關"筆記"體概念的提出，其實有著頗爲特殊的意義。它試圖甄選出傳奇以外其他富於小説意味的短篇文言——以志怪志人爲主，兼及其餘劄記，將之歸於"筆記"名下。概言之，"志怪志人—傳奇—話本—章回"這一譜系强調的是歷時性發展，是對小説史的勾勒；一旦以"筆記"取代"志怪志人"，强調的却是小説四大文體的共時性存在。"筆記"體的提出，不僅折射出民國學人試圖以現代小説概念來重新界定傳奇以外短篇文言的努力，同時也折射出當時小説創作領域的豐富性與複雜性——晚清民國，新興現代小説之外，通俗之章回體與文言之傳奇體、筆記體亦同樣盛行。其中傳奇體與現代小説頗爲相似，不過文白有別罷了，因此，後來也便漸次合流。這樣，隨著現代小説的大興，傳統小説的發展似乎最終成了通俗小説（"演義"）與文人劄記（"筆記"）的兩極對立，雅俗之間相隔日遠，前者進一步走向市井委巷，後者却退向文人學者的案頭，日漸消隱。與此相類，自五四以來，關於新舊體詩的爭論始終不絕，近年來更有種種關於舊體詩應該寫入現代文學史的呼籲；新小説遭遇舊小説的尷尬，其實亦如舊體詩遭遇新體詩一般，只是關於如何重寫筆記體的呼聲更爲微弱罷了。可以説，《考釋》所深慨的，正在於當前小説創作中傳統小説文體的"流失"，包括章回體的通俗化與筆記體的邊緣化。近年來，當人們日益陷入小説創作的困境，而激賞孫犁、汪曾祺等人小説作品中別具一格的傳統風神時，或許很容易想起作爲中國文言小説正脈的筆記體小説。當然，一旦切斷了與傳統血脈的關聯，當代流失的又何止是傳統的小説文體，更爲重要的或許是傳統小説所寄寓的文人精神。

由此來看，《考釋》以"子史之餘"與"通俗"來界定小説的基本特性，並標舉“演義”與“筆記”的對立，試圖由此來重新衍繹傳統小說的譜系，自有其特殊的理論語境。《考釋》最值得激賞的，也正在於其中對近代以來傳統小說研究強烈的反省意識，重返傳統目錄學的研究路徑，以及對文人立場的堅守——或者説它曲折地反映了現代知識人對當下的憂慮，及試圖復歸傳統精神的努力。

正是基於這種強烈的反思精神，《考釋》對傳統小說譜系的還原，是有意識地以擱置“虛構性敍事”爲前提的，不過，這並不意味著《考釋》否定傳統小說虛構性敍事的意義。書中明確提到，虛構敍事是小說“最具本體特性”的内涵，而明清通俗小說的繁興，意味著“‘小説’最終確立了‘虛構的有關人物故事的特殊文體’這一内涵”（《“小説”考》）。也就是説，“虛構性敍事”仍是衡量“小説”文體獨立的重要標尺。這樣，對本書而言，追溯從“志怪”到“傳奇”，再到“筆記”的歷程，同時也是小說根本内涵逐漸彰顯的過程。與此相類，“演義”作爲小説術語，最初並非白話小説的統稱，而是專指以通俗的形式演正史之義，因而往往與“按鑑”合稱“按鑑演義”。從“按鑑”（實）到“傳奇”（虛），從“通俗演義”到“才子書”，也同樣隱寓了小説由子史之餘到獨立的過程。

重構中國小説學，重返明清批評顯然是遠遠不夠的，敍事學也斷非中國小説學主要内涵。或許正因如此，譚帆教授等一批學者迅速由文法術語轉向了文體術語。一種文體，在傳統目錄體系中如何命名、分類與變化，往往也是勾勒這一文體譜系或稱文體學史發生、發展及嬗變的根本途徑。因此，欲還原中國傳統小説自身的理論系統，關鍵在於重返傳統目錄學的學科體系，而發明小説文體的諸多概念自是其應有之義。就此而言，本書與魯迅《中國小説史略》，在植根於傳統的意義上，二者實可以説是殊途而同歸。

（原載《中国社会科学报》2015 年 6 月 15 日，有刪改，本書用原稿。）

中國小説文體之"譜系"梳理及其學理化戰略

——兼評譚帆等《中國古代小説文體文法術語考釋》

李桂奎　黄霖

自20世紀80年代初郭紹虞發表《提倡一些文體分類學》一文，褚斌傑出版《中國古代文體概論》專著之後，文體研究不斷升温。而今隨著郭英德《中國古代文體學論稿》、吳承學《中國古代文體學研究》、曾棗莊《中國古代文體學》等著作的接連推出，文體學研究越來越紅火，大有成爲"顯學"之勢。只是這些研究多集中於詩文，而小説文體研究相對冷落。近來，譚帆等的《中國古代小説文體文法術語考釋》（上海古籍出版社2013年版）不僅拓荒性地對小説文體文法術語進行了系統考釋，而且爲我們開啓了一條深化傳統小説文體研究的路數，即從"譜系"高度著眼開拓中國古代小説文體研究的新局面。

一、"小説文體學"通常被納入"小説學"

自近代"小説學"這一概念被提出以來，其具體運用的含義並非一致。寧宗一主編的《中國小説學通論》（安徽教育出版社1995年版）、羅書華所著《中國小説學主流》（上海書店出版社2007年版）等書主要是指古代小説理論。"小説學"的另一含義是小説研究。譚帆曾對這一概念的來龍去脈進行梳理，並指出它"大致包括小説文體研究、小説存在方式研究和小説的文本批評"①。通而觀之，以往"小説文體學"基本上是被納入"小説學"進行研究的，這些研究大致涉及文體類型、小説文體史、小説文本文法等問題。

首先，小説文體類型向來是小説文體研究的核心問題之一。歷史地看，唐代劉知幾較早開始對小説進行分類，他在對魏晉六朝小説認識的基礎上，將當時的"偏記小説"分成十類（《史通·雜述》）；明代胡應麟則將劉知幾歸爲"小説"的"郡書""地理書""都邑簿"之類剔除出去，重新分爲志怪、傳奇、雜録、叢談、辨訂、箴規等六類（《少室山房筆叢·九流緒論》），只是他六類中的"辨訂""箴規"等類並不爲後人所認同。關於白話小説究竟如何劃分，哪些屬"小説"，哪些不屬"小説"，也是衆説紛紜。這些主要都是由對"小説"特性認識的不確定性所引起的。另外，分類角度的多種多樣和相互交叉也會引起矛盾。如魯迅的《中國小説史略》從内容、題材的角度著眼對明代小説進行了分類，而對清代小説的分類却採取了表現手法角度，自亂體系。在中國古代小説分類史上，較早自覺地討論"小説分類"問題的是管達如，他在 1912 年發表的《説小説》（《小説月報》第 3 卷第 7 期）中專列了一節"小説之分類"，從語言、體制、題材三個角度進行了分類。繼而，吕思勉作《小説叢話》（《中華小説界》1914 年第 3 期）明確地提出"小説之分類，可自種種方面觀察之"。後來，胡懷琛之《中國小説研究》（上海商務印書館 1929 年版）專論中國古代小説分類，其主要精神，就是先解決"何謂小説"的問題，對"中國小説二字之來歷"作了辨析；接著就從"實質""形式""時代"三個不同的角度來分析小説的分類。衆所周知，各種小説類別之"名"其實是由一系列相關聯的體裁與體貌術語組成的。經過長期探索，人們基本形成這樣的共識：儘管學界關於中國古代小説的文體類別説法不同，但

① 譚帆等：《中國分體文學學史·小説學卷》，山西教育出版社 2013 年版，第 10 頁。

最具影響力的類别當有四種，即筆記體、傳奇體、話本體、章回體。從學術史上看，較早明確地提出這一學説的學者應該是施蟄存，他在 1937 年發表的《小説中的對話》一文指出："我國古來的所謂小説，最早的大都是以隨筆的形式叙説一個尖新故事，其後是唐人所作篇幅較長的傳奇文，再後的宋人話本，再後才是鴻篇巨制的章回小説。在這樣的發展過程中，小説的故事是由簡單而變爲繁複，或由一個而變爲層出不窮的多個；小説的文體也由素樸的叙述而變爲絢豔的描寫。而小説中人物對話之記録，也因爲小説作者需要加强其描寫之效能而被利用了。"① 在此，施先生用演進的眼光，勾勒出中國古代小説從最早的"隨筆式的尖新故事"，中經"傳奇文""宋人話本"，到最後的"章回小説"一路演變的歷程。近年，孫遜、潘建國《唐傳奇文體考辨》一文更明確道："古代小説可以按照篇幅、結構、語言、表達方式、流傳方式等文體特徵，分爲筆記體、傳奇體、話本體、章回體等四種文體，而不同文體的小説，可再按照題材分成若干類型，譬如將筆記體小説分爲志怪類、志人類、博物類等，將章回體小説分爲歷史演義類、神魔類、世情類、俠義公案類等。"② 羅書華《中國小説學主流》把"小説"看成是"稗史小説""傳奇小説""平話小説"和"章回小説"的合義。這些類型研究取得了如下共識和成效：傳統小説文體之大類基本爲四，小類又可分出若干，各種小説體既相對獨立，又彼此交叉。

其次，小説文體之"名實"關係也受到關注。羅宗强在《我國古代文體定名的若干問題》一文中指出："決定文體生成、定名和發展的，都不是單一的因素，又對於古人文體觀念的理解與評價，也亂如理絲。""文體的定名涉及體裁與體貌兩大類。"③ 指出文體命名與釋名有著複雜的背景和文化基因。

---

① 施蟄存：《小説中的對話》，載嚴家炎：《二十世紀中國小説理論資料》第 2 卷，北京大學出版社 1997 年版，第 471 頁。
② 孫遜、潘建國：《唐傳奇文體考辨》，載《文學遺産》1999 年第 6 期。
③ 羅宗强：《我國古代文體定名的若干問題》，載《中山大學學報》2009 年第 3 期。

中國古代文體譜系的形成、結構、方法與觀念非常複雜，單是文體命名與分類就令人難以把握。郭英德《中國古代文體學論稿》就進行過歸納和概括，認爲中國古代文體的命名方式主要有四種，即功能命名法、篇章命名法、類同命名法和形態命名法，其中功能命名法是中國古代文體最基本的命名方式。① 具體到對"小説"進行釋名，應該重在"明其特性"與"辨其源流"。也就是説，不僅要注意分辨文體，而且還要注意辨其源流，辨明古今異同。近年，辨體制、溯源流、明正變、品高下這一研究路數不乏運用，如孫遜、趙維國《"傳奇"體小説衍變之辨析——傳奇小説"雜傳體"形態的確立》（《上海師範大學學報》2001 年第 1 期）就是釋"傳奇"之名而辨析其衍變之作，只是尚未形成規模化、系統化。此外，吳承學、何詩海《中國文體學與文體史研究》（鳳凰出版社 2011 年版）在關於小説文體探討過程中也涉及諸如"説部考""論案頭小説及其文體""文史互動與唐傳奇的文體生成"等内涵。程國賦《中國古典小説論稿》（中華書局 2012 年版）重點探討了"中國古代小説命名""中國古代小説命名的文體意義"等問題。紀德君《中國古代小説文體生成及其他》（商務印書館 2012 年版）主要從史傳、説書與小説的親緣關係入手，探尋古代小説的生成機制、叙事特點及其文體形態，也藴含較强的"史識"。翁再紅《走向經典之路：以中國古典小説爲例》（南京大學出版社 2014 年版）以文體的命名與合法化問題爲切入點，分別討論文本創作主體、文本闡釋主體、文本傳播主體以及文化參與主體等諸多因素在文本經典化進程中所起到的不同作用。總之，以往人們關於中國小説文體研究，除了要重點弄清文體認知與分類、命名與釋名的過程外，還要注意不斷地發掘和闡釋小説文體的性能和特點以及小説文體的地位。

　　再次，屬於文體研究意義的小説文本形態研究也有收穫。關於小説文本

① 　郭英德著：《中國古代文體學論稿》，北京大學出版社 2005 年版，第 145 頁。

研究及其相關問題，劉勇强在《小説史叙述的文本策略》一文中説："小説史的文本策略涉及到小説内容與形式的方方面面，如文體、語體、形象構成方式、情節類型、人物設置、時空背景、藝術風格等等，而這當中的每一方面，又可以從諸多細節加以展開。""小説史不只是小説作品的層疊累積，甚至也不只是隨著社會生活發展而變化的小説創作態勢，它完全可以細化或解構爲小説叙述與文體諸要素的産生、運用及融合的漸進過程。"① 大致説，小説文本理論之"譜系"梳理的重心在於文法理論，楊志平《中國古代小説文法論研究》（齊魯書社 2013 年版）已經著重對小説文法論的來源及其自身流變進行了比較深入而系統的梳理。另外，傳統小説批評範式也可以進一步成爲小説"譜系"梳理的綫索。另外，學界也曾通過中西小説文體的比較來做文章，除樂黛雲、饒芃子等比較文學研究者擁有數量可觀的成果外，楊星映《中西小説文體比較》（中國社會科學出版社 2008 年版）一書也值得一提，該書通過深入分析中西小説文體的歷時形態，重點闡述了中西小説文體發展的共同規律和不同特色，突出了小説文體形態賴以形成的文化機制，並關涉小説文體學和小説叙事學等問題。

二、"小説文體學"的獨立及其"譜系"梳理

中國古代小説文體有天然的本土特點，重視"文體"，"以文體爲先"早已是中國古代文學批評的一大傳統。我們的先輩不斷地發出諸如"文章以體制爲先"（王應麟《玉海》卷二〇二引倪正父語）、"假文以辨體"（徐師曾《文體明辨序》）以及"文莫先於辨體"（章學誠《文史通義》卷五内篇五《古文十弊》）等聲音。中國文體理論"譜系"的梳理自然要基於中國傳統文

---

①　劉勇强：《小説史叙述的文本策略》，載《北京大學學報》2007 年第 3 期。

體研究的優勢。歷史地看，劉勰《文心雕龍》已經爲我們確立了早期文體學研究的經典研究模式，明代的《文章辨體》《文體明辨》《文章辨體匯選》等又大體勾勒出傳統文體的研究範圍。且我們先輩所謂的"文體"非僅指文學體裁，而是兼指體貌、體式，幾乎囊括"文類""風格""形式"以及"體性""章法""文法"等多重内涵，還帶有與時俱進的文化印記，本土特性較爲鮮明。以故，我們的文體研究應該帶有高度的文化自覺性。不言而喻，而今把小説文體研究作爲本土文體學研究的重要内容，也自然肩負著文化回歸的使命。① 當然，我們提出小説文體學研究要回歸或基於本土本體，並非意味著簡單地拒絶外來文化。在實際操作上，我們還是既要以西方理論爲鏡照，注重與西方小説文體譜系進行比較，又要自主地探討中國古代小説批評，深入探討中國小説譜系的特質。需要指出的是，而今中國小説文體學研究不僅應該擁有自主性和獨立性，而且要系統化、理論化，即注重"譜系"梳理。

何爲"譜系"？在中國文化傳統中，"譜系"原本指世族、宗族、家族的緊密關聯。由於它肩負著承前啓後、繼往開來、思源報本、認祖歸宗等功能，因而備受重視，以至於出現了鄭樵《通志·氏族略》所謂的"人尚譜系之學，家藏譜系之書"現象。海外"譜系"理論則源於尼采的《道德的譜系》，以法國哲學家福柯所倡之"譜系學"最具影響力。雖然中西"譜系"分別隸屬於宗法和哲學，但其基本精神又是相通的。正如有人所指出的："中西譜系及譜系學的研究對象不同，但存在一些共同點：一是注重研究對象演化的歷程和淵源關係。二是注重尋找對象新元素的發生及其變異而形成的新的組成部分。

---

① 關於文體學研究的學術史意義，吳承學《中國文體學：回歸本土與本體的研究》（《學術研究》2010 年第 5 期）曾經指出："中國文體學研究的興盛意味著中國文學研究内部已出現一種自覺的學術轉向，即對中國本土文學理論傳統的回歸和對古代文學本體的回歸。中國文學與西方文學的重要差異，在某種程度上就是不同文體體系的差異，這種差異決定了中國文學樣式及其發展的特色，也決定了中國文學的研究範圍、研究方式之特點。中國文體學不僅僅是文學的體裁問題，而是古代文學的核心和本體性問題，因此，中國文體學的研究是開放的。中國古代文體譜系的結構與觀念、與之相關的文體價值譜系、文體學的跨學科研究、傳統文體的現代轉化等，都是中國文體學可開拓的學術研究空間。"文體學研究之於整個中國古代文學研究，乃至對中國傳統文化發揚光大都有著非凡的意義。

三是注重研究對象門類種屬的區分及其結構關係。"① 可見，中西"譜系學"
可以相互激發，爲我們梳理中國文學"譜系"提供了理論支持。當然，文體
往往承載著某段歷史時期的文化，文體"譜系"梳理首先要關注文體命名與
解讀闡釋等問題。傳統小説文體"譜系"梳理是我們全面梳理本土文學傳統
"譜系"這一宏大工程的主要項目之一。既然原生態的中國小説文體"譜系"
是一種已然存在，那麽它自然會期待我們繼續基於前人研究成果、運用現代
眼光去進一步加強梳理和研究。當今學人正在爲此努力，如陳文新《中國小
説的譜系與文體形態》（中國社會科學出版社 2012 年版）一書集中展示了他
從"辨體"角度即從身份意識、題材選擇、風格定位、敘述語調等層面把握
不同文體的特點和不同文體之間的異同。上編從文體視角就子部小説（筆記
小説）、傳奇小説、話本小説、章回小説做系統探討；下編就中國古代小説的
重要個案做具體分析，史論結合，顯示了作者梳理中國古代小説譜系的功力。
更爲有意識地本著"譜系梳理"目標而致力於小説文體文法研究者，當數譚
帆等的《中國古代小説文體文法術語考釋》。該論著以皇皇篇幅著意于將批評
史、文體史與學術史融會貫通，通過術語考釋而實現知微見著。其撰述思想
非常明確，即"梳理中國小説之'譜系'"。正如著者所言："中國小説實有
其自身之'譜系'，與西方小説及小説觀頗多鑿枘之處，強爲曲説，難免會成
爲西人小説視野下之'小説史'，而喪失了中國小説之本性。近年來，對中國
小説之反思不絕於耳，出路何在？梳理中國小説之'譜系'或爲有益之津梁，
而術語正是中國小説'譜系'之外在顯現。所謂'術語'是指歷代指稱小説
這一文體或文類的名詞稱謂，這些名詞稱謂歷史悠久，涵蓋面廣，對其做出
綜合研究，在某種程度上可以考知中國小説之特性，進而揭示中國小説之獨

---

① 趙輝：《談中國文學譜系研究的意義》，載《中南民族大學學報》2013 年第 1 期。

特‘譜系’，乃小説史研究的一種特殊理路。"① 這部論著能夠瞄準"梳理譜系"並身體力行地對小説文體和文法術語進行了一一考釋，基本實現了預期目標，具有特殊的學術意義。

三、《中國古代小説文體文法術語考釋》之"譜系"梳理

梳理中國傳統小説"譜系"應該從何處入手呢？曰：主要從文體認知與文本考釋入手。"考釋"，顧名思義，即考證與闡釋，兼取兩種傳統治學方法。小説文體之"名"是對小説認知觀念的命名，文法之"名"是對小説文本審美感性的命名，二者的具體表現即爲小説文體文法"術語"。布林迪厄説："命名一個事物，也就意味著賦予了這事物存在的權力。"②《中國古代小説文體文法術語考釋》就是要從根本上挖掘小説本體存在的意義與價值。

其一，該書做到了厚積薄發，有的放矢。譚帆於 2006 年發表的《中國古代小説文體流變研究論略》強調小説本體研究主要在於文體與文本，成爲這項研究的綱領和資料基礎。關於研究方向和目標，他們這樣説："以回歸還原中國古代小説文體和文體觀念的本體存在爲出發點，對古代小説文體的整體形態及各文體類型的起源、發展演變進行全面、系統的梳理，勾勒出古代小説文體的體制規範、藝術構造方式和形態的淵源流變，同時從小説文體理論、創作與傳播、雅俗文化與文學、社會歷史文化等多角度對小説文體流變進行全面的綜合融通研究，揭示文體發生、發展流變的原因與規律。""在研究思路上，我們回歸中國小説史發展的本土語境，以小説文體術語的解讀爲切入點，盡可能地還原中國小説的獨特譜系。在理論上採取原始要終、追本溯源

---

① 見本書，第 1 頁。
② 〔美〕布林迪厄：《文化資本與社會煉金術》，包亞明譯，上海人民出版社 1997 年版，第 138 頁。

的方式，力圖完整呈現每個術語演變過程中的原貌；在史料上試圖涸澤而漁、一網打盡，既爲術語的解讀提供盡可能完備的佐證，也爲後來者提供可資參考的綫索。"① 後來，他又於《論中國古代小説文體研究的四種關係》一文中提出了這項研究的著力點："梳理中國古代小説文體研究的歷史脈絡，我們認爲，小説文體研究的進一步深入或許還需解決三個問題：'細化''深化'和'本土化'。具體而言，中國古代小説文體研究應著重處理四種關係：'中'與'西'的關係、'源'與'流'的關係、'動'與'静'的關係和'内'與'外'的關係。"② 基於這些思考和規劃，階段性成果《中國古代小説文體文法術語考釋》便應運而生。

其二，該書發揚了"辨章學術，考鏡源流"的學術傳統。我們知道，"命名"與"釋名"是中國傳統重要的學術之道。漢末劉熙作《釋名》即用先秦以來傳統訓詁方法之一的"聲訓"來探求事物典禮命名的本源。劉勰《文心雕龍·序志篇》所提出的文體研究方法是"釋名以章義""原始以表末""選文以定篇""敷理以舉統"。承此古老傳統，《中國古代小説文體文法術語考釋》"緒論"部分以《術語的解讀：小説史研究的特殊理路》和《文法術語：小説叙事法則的獨特呈現》兩篇專論爲重心，詳細分析了中國古典小説文體術語和文法術語的基本情況和價值，可謂全書的行文綱領和指導思想。"正文"部分由上下兩卷構成，共考釋了 27 個在古代小説史上影響深遠的小説術語，包括"小説""志怪""寓言""稗官""筆記""傳奇""話本""章回""說部""稗史"等 15 個小説文類、文體術語，"草蛇灰綫""羯鼓解穢""獅子滚球""白描""章法""絶妙好辭"等 12 個小説文法術語。儘管每篇考釋並非出自同一人，但均注意考鏡源流、梳理内涵、抉發意旨、評判價值，體例大致相同。如關於"演義"這一術語的考釋就做得很到位，在"明其特性"

① 譚帆、王慶華：《中國古代小説文體流變研究論略》，載《文藝理論研究》2006 年第 3 期。
② 譚帆：《論中國古代小説文體研究的四種關係》，載《學術月刊》2013 年第 11 期。

方面，指出“演義”一詞非始於白話小説，並將“演義”分成對義理之闡釋的“演言”與對史事之推演的“演事”兩個系統。明代以來，白話小説繁盛，“演義”便由《三國志通俗演義》等歷史小説逐步演化爲指稱一切白話小説，而其特性即在於“通俗”，“通俗”是“演義”區別於其他小説的首要特性。在“辨其源流”方面，指出“演義”既以通俗爲歸，則其源流亦應有別。進而通過引用緑天館主人《古今小説叙》的記載，指出以“通俗”爲特性，以説話爲源頭，以“教化”“娛樂”爲功能是“演義”的基本性質。最後得出結論説，古人從“特性”“源流”“功能”角度辨别了“演義”（白話小説）之性質，其義例、畛域均十分清晰。① 再如在關於“説部”的考釋中，指出其與“小説”之名一樣具有源遠流長的特點，其指稱之對象亦復與“小説”相類。在考“源”方面，指出其肇始於劉向《説苑》和劉義慶《世説新語》，至於其名稱則較早見於明王世貞《弇州四部稿》。而後對這一術語應用的頭緒又做了如下梳理：明人鄒迪光撰《文府滑稽》，其中卷九至卷一二亦名爲《説部》；至清宣統二年（1910），王文濡主編《古今説部叢書》10 集 60 册，乃蔚爲大觀。近代以來，“説部”專指“通俗小説”，王韜《海上塵天影叙》云：“是書兼而有之，可與以上説部家分争一席，其所以譽之者如此。”② 這種既追蹤術語名實，又考鏡源流的做法，使得我們較全面而清晰地認識到“説部”這一術語的内涵和本質。由此可見，《中國古代小説文體文法術語考釋》一書學術章法和寫作筆法之嚴密。

其三，該書力求條分縷析，富於創新。整體而言，它能分而論之地考釋每個術語，均言必有據，言之鑿鑿；若將經過考釋的各個術語綜合起來看，則足可分别成爲一部小説文體理論史和小説文法理論史，當然也可以視爲一部較爲嚴密的小説文體“譜系”。我們以往接受魯迅等人的看法，通常認爲中

① 見本書《“演義”考》。
② 見本書《“説部”考》。

國小説如同西方小説，均起源於神話。而經過譚帆等的梳理，結論却是：中國小説 由"子"而"史"再到"通俗小説"，而在這一"譜系"中，"子""史"二部是中國小説之淵藪，也是中國小説之本源。"小説"既是一個"歷時性"的概念，即其自身有一個明顯的演化軌迹，但同時，"小説"又是一個"共時性"的概念，各子概念之間常常"共存"。① 這就改變了過去單綫或直綫演進或變遷的印象。再如，我們一向認爲中國小説的本質也如同西方小説，在於其"虛構性"和"叙事性"。但經過譚帆等一番梳理，結果却是：中國小説糅合"子""史"，又衍爲"通俗"一系，其中維繫之邏輯不在於"虛構"，也非全然在"叙事"，而在於中國小説貫穿始終的"非正統性"和"非主流性"。② 至於中國獨有的"筆記體小説"，通過一番考釋和梳理，譚帆等也做了較爲精要的概括：這種以記載鬼神怪異之事和歷史人物軼聞瑣事爲主的題材類型，其價值定位是"資考證、廣見聞、寓勸誡"，其寫作姿態是"據見聞實録"，其篇章體制則是隨筆雜記、簡古雅贍。根據一番系統全面的梳理，該書認爲，將中國小説之特性定位於"虛構之叙事散文"，以"神話傳説—志怪志人—傳奇—話本—章回"作爲中國小説之"譜系"，並不符合中國小説實情。③ 另外，該論著還注意從術語角度審視中國小説文體，並較爲清晰地梳理出中國小説的文體構成和文體發展，且從價值層面指出各種術語也顯示了小説文體在中國古代的存在態勢，那就是"重文言輕白話"，"重筆記輕傳奇"，這一態勢一直延續到晚清。④ 根據這些創新論斷，我們不僅較爲清晰地認識到了中國小説文體不同於西方小説文體，而且對整個本土小説輪廓和"譜系"也有了大致印象。

---

① 見本書《"小説"考》，第 30 頁。
② 見本書《術語的解讀：小説史研究的特殊理路》，第 7 頁。
③ 同上，第 8 頁。
④ 同上，第 16 頁。

　　總之，《中國古代小說文體文法術語考釋》是海內外學術界第一部全面、系統整理和研究小說文體術語的論著，將對中國小說文體研究、中國小說史研究和小說理論批評史研究產生重要影響，也可爲當今的文藝學研究提供有益的借鑒。

　　　　　　　　　　（原載《求是學刊》2015 年第 4 期，有刪節。）

初版後記

《中國古代小説文體文法術語考釋》終於完稿了，我們考釋了 27 個在中國古代小説史上影響深遠的小説術語，包括"小説""志怪""稗官""筆記""傳奇""話本""章回"等 15 個小説文類、文體術語，"草蛇灰綫""羯鼓解穢""獅子滾球""白描""絶妙好辭（詞）"等 12 個小説文法術語。

本書之緣起要追溯到十年以前。2001 年，我撰寫了《"演義"考》一文（《文學遺産》2002 年第 2 期），論文發表後，獲得了一些同行的肯定，由此萌生了對小説文體術語作系統考察的想法。此時及以後數年中，我帶的博士研究生恰好又以小説文體和小説文法研究爲主體，對術語之考釋是其中不可或缺的重要内容，慢慢積累，篇幅漸多，遂於 2006 年以"中國古典小説文體術語考釋"爲題申報了上海市哲學社會科學基金，獲得通過。於是我們全力以赴，不斷增補，以近十年之積累，終成此稿。這是一個由我主持、多人合作的課題，雖分工撰寫，而其中的體系性、整體性還是頗爲明顯的，在撰寫體例、論述思路和行文風格等方面都力求一致，故本書非爲單篇論文之結集，而是一部系統之論著。

我們的分工情況大致如下：

譚帆：《術語的解讀：小説史研究的特殊理路》、《"演義"考》、《"奇書"與"才子書"考》、《"小説"考》（與王慶華合作）、《文法術語：小説叙事法則的獨特呈現》及下卷《釋"草蛇灰綫"》等 12 篇（與楊志平合作）。

王慶華：《"小説"考》（與譚帆合作）、《"寓言"考》、《"筆記"考》、《"話本"考》、《"詞話"考》、《"平話"考》。

李軍均：《“傳奇”考》《“志怪”考》。

劉曉軍：《“按鑑”考》《“章回”考》《“説部”考》《“稗史”考》。

楊志平：《文法術語：小説叙事法則的獨特呈現》及下卷《釋“草蛇灰綫”》等12篇（與譚帆合作）。

需要特别説明的是，陳廣宏教授《小説家出於稗官説新考》一文（《中國典籍與文化論叢》第12輯）對“稗官”之考釋非常深透，資料亦頗爲繁富，經陳先生同意後改題《“稗官”考》收入本書，《“寓言”考》則借鑒了杜慧敏博士的相關論文，文字核對得博士生毛傑、周瑾鋒之力甚多，在此均深表感謝。全書由我最後修改統稿，這是一次愉快的合作。

本書每篇考釋之體例大體相同，考鏡源流、梳理内涵、抉發意旨、評判價值，資料與考釋並重；每篇大都提供相關閱讀篇目（下卷的研究相對比較薄弱，故閱讀篇目從略），書末附有《中國古代小説文體文法術語研究論著總目》，以備讀者延伸閱讀和查詢之需。

對於中國古代小説文體之研究是我們多年來一直關注並投入很大精力的研究題目，除本書外，我們正在撰寫《中國小説文體史》，希望通過這兩個題目的研究，對中國小説史研究有所推進。同時，20世紀以來的中國小説研究和小説創作籠罩在濃重的西學背景之下，我們也希望通過對中國傳統小説文體之清理爲中國小説研究和小説創作的未來發展提供合理的鑒戒。

感謝陳平原教授爲本書撰寫序言，陳先生是我們非常敬重的學者，著述豐厚，在中國小説史研究方面成就卓著。感謝上海古籍出版社奚彤雲女士的大力支持和責任編輯蓋國梁先生的辛勤勞動。撰寫過程中參考了前輩及時賢的大量研究成果，恕不一一列舉，謹致深深謝意。書中疏漏和謬誤所在多有，亦望方家批評指正。

譚　帆

2011年2月28日

增訂本後記

《中國古代小說文體文法術語考釋》2011年定稿，2013年由上海古籍出版社出版。本書是我主持的國家社會科學基金重大項目“中國小說文體發展史”的前期成果，出版以來，得到了學界的頗多謬讚，也相繼獲得了高等學校科學研究優秀成果獎（人文社會科學）二等獎和上海市哲學社會科學優秀成果獎二等獎等獎項。這次的增訂本列入重大項目的系列成果《中國古代小說文體研究書系》，書系包括：1.“術語篇”《中國古代小說文體文法術語考釋》（增訂本）；2.“歷史篇”《中國古代小說文體史》；3.“資料篇”《中國古代小說文體資料繫年輯錄》。

所謂“增訂”，主要做了三項工作：

一是增加了王瑜錦博士的兩篇術語考訂文章。瑜錦也是我的博士生，現在南通大學文學院工作。他的《“稗官”語義流變考》重點考訂了“稗官”一詞的語義流變，著重在宋以來的小說史料。而廣宏先生《“稗官”考》的論述重心在先秦，是對“稗官”本身的考釋，故將瑜錦的論文作爲附錄繫於《“稗官”考》之末。《“舊小說”與“古小說”考》一文則考訂了清末民初較多使用的兩個小說術語各自的内涵及其在近代小說史中的使用情況，這兩個語詞可以看作指稱古代小說最後的術語。

二是增加了三篇書評。分別是鍾明奇教授的《探尋中國古代小說的“本然狀態”與民族特徵——評〈中國古代小說文體文法術語考釋〉》、李舜華教授的《小說史研究的新路徑——評〈中國古代小說文體文法術語考釋〉》和李桂奎、黄霖教授合作的《中國小説文體之"譜系"梳理及其學理化戰略——兼評譚帆等著〈中國古代小説文體文法術語考釋〉》。諸位師友對拙著褒獎有加，實在愧不敢當，謹致深深的謝意。

三是增加了不少插圖，主要是與術語相關的一些書影。這些書影一方面增加術語來源的直觀性，同時也希望增加讀者的閱讀興趣。這部分工作由各篇作者及毛傑博士完成。

本書的修訂工作還包括文字潤色、引文核查等基礎性工作，文末相關閱讀篇目也有增補調整，《參考書目》和《中國古代小説文體文法術語研究論著總目》則延伸至當下，以給讀者和研究者一個相對完整的閱讀和研究書目。

包括本書在内的《中國古代小説文體研究書系》入選"2022上海市促進文化創意産業發展財政扶持資金·新聞出版成果資助類項目"，對我們是很大的支持和鼓勵。感謝責任編輯鈕君怡女史的辛勤付出，我們合作多年，她的認真和投入一以貫之。

譚　帆

2023 年 6 月 12 日改定

圖書在版編目(CIP)數據

中國古代小説文體文法術語考釋 / 譚帆等著. —增
訂本. —上海：上海古籍出版社，2023.10
　（中國古代小説文體研究書系）
　ISBN 978-7-5732-0756-2

　Ⅰ.①中… Ⅱ.①譚… Ⅲ.①古典小説—小説研究—
中國　Ⅳ.①I207.41

中國國家版本館 CIP 數據核字(2023)第 121186 號

中國古代小説文體研究書系
中國古代小説文體文法術語考釋(增訂本)
譚帆 等　著
上海古籍出版社出版發行
（上海市閔行區號景路 159 弄 1-5 號 A 座 5F　郵政編碼 201101）
(1) 網址：www.guji.com.cn
(2) E-mail：guji1@guji.com.cn
(3) 易文網網址：www.ewen.co
上海中華印刷有限公司印刷
開本 710×1000　1/16　印張 37.5　插頁 5　字數 495,000
2023 年 10 月第 1 版　2023 年 10 月第 1 次印刷
印數：1—1,500
ISBN 978-7-5732-0756-2
Ⅰ·3738　定價：178.00 元
如有質量問題,請與承印公司聯繫